西方文学理论史

XIFANG WENXUE LILUN SHI

著

北京大学出版社
北京

图书在版编目(CIP)数据

西方文学理论史/董学文主编. —北京：北京大学出版社，2005.8
(博雅大学堂·中国语言文学)
ISBN 978-7-301-09006-0

Ⅰ.①西… Ⅱ.①董… Ⅲ.①文学理论—文学史—西方国家 Ⅳ.①I109

中国版本图书馆 CIP 数据核字(2005)第 086960 号

书　　名	西方文学理论史 XIFANG WENXUE LILUN SHI
著作责任者	董学文　主编
责任编辑	张雅秋
标准书号	ISBN 978-7-301-09006-0
出版发行	北京大学出版社
地　　址	北京市海淀区成府路 205 号　100871
网　　址	http://pup.cn　新浪微博:@北京大学出版社
电子邮箱	编辑部 wsz@pup.cn　总编室 zpup@pup.cn
电　　话	邮购部 010-62752015　发行部 010-62750672 编辑部 010-62757065
印刷者	三河市北燕印装有限公司
经销者	新华书店
	965 毫米 × 1300 毫米　16 开本　33 印张　570 千字 2005 年 8 月第 1 版　2024 年 12 月第 9 次印刷
定　　价	68.00 元

未经许可，不得以任何方式复制或抄袭本书之部分或全部内容。
版权所有，侵权必究
举报电话 010-62752024；电子邮箱：fd@pup.cn
图书如有印装质量问题，请与出版部联系，电话：010-62756370

目 录

绪　论 /1

第一章　古希腊罗马时期的文学理论 /1
　　一　修辞批评 /3
　　二　苏格拉底—柏拉图的文学理论 /7
　　三　亚里士多德 /16
　　四　贺拉斯与朗吉努斯 /25

第二章　中世纪的文学理论 /38
　　一　普洛丁"美的阶梯论" /41
　　二　奥古斯丁和托马斯·阿奎那 /45
　　三　阿贝拉尔的"唯情论" /50
　　四　"隐喻"与"解经" /54

第三章　文艺复兴时期的文学理论 /63
　　一　但丁论语言"四重意义" /64
　　二　薄伽丘论诗歌 /67
　　三　达·芬奇的诗画比较 /69
　　四　意大利的亚里士多德主义 /73
　　五　"古今之争"与新的文体 /77
　　六　锡德尼论诗歌的"想象" /80
　　七　塞万提斯和莎士比亚 /82

第四章　新古典主义的兴衰 /92
　　一　布瓦洛与新古典主义 /93
　　二　英国新古典主义 /97
　　三　伯克与英国感伤主义 /104
　　四　启蒙主义的文学理论 /107

第五章　浪漫主义文学理论 /119
　　一　浪漫主义文论概述 /119

二　德国的浪漫主义文论 /122
　　三　法国的浪漫主义文论 /136
　　四　英国的浪漫主义文论 /143
第六章　19世纪的社会历史批评 /154
　　一　俄罗斯的社会历史批评 /156
　　二　马修·阿诺德的文学理论 /175
　　三　丹纳的"艺术哲学" /179
第七章　现代形态文学理论前奏 /193
　　一　作为描述方法的"自然主义" /194
　　二　唯美主义的艺术主张 /201
　　三　具有通感色彩的象征主义 /208
　　四　现代主义的出现 /214
第八章　20世纪初的方法论转换 /221
　　一　尼采的"悲剧"与救赎论 /223
　　二　弗洛伊德与精神分析文学理论 /235
　　三　索绪尔论"结构"与"任意性" /246
第九章　俄国形式主义文学理论 /260
　　一　俄国形式主义文学理论概述 /260
　　二　什克洛夫斯基的"反常化"理论 /266
　　三　雅各布森的"文学性"理论 /269
　　四　其他俄国形式主义者的理论 /275
　　五　普罗普的叙述学研究 /280
　　六　对俄国形式主义文学理论的评价 /283
第十章　新批评和原型批评 /289
　　一　新批评派概述 /289
　　二　艾略特和瑞恰兹：新批评的奠基者 /292
　　三　南方时期的新批评派 /297
　　四　耶鲁集团 /305
　　五　原型批评和诺思罗普·弗莱 /312
第十一章　现象学文学理论 /323
　　一　胡塞尔现象学与文学理论 /323
　　二　乔治·布莱和日内瓦学派 /329

三　从英伽登到伊瑟尔 /336
　　四　从伽达默尔到姚斯 /346
第十二章　西方马克思主义文学理论 /359
　　一　西方马克思主义文学理论的基本特征 /362
　　二　卢卡契：西方马克思主义文论的开端 /365
　　三　法兰克福学派的文化工业理论 /373
　　四　从萨特到阿尔都塞 /379
　　五　英美新马克思主义文化理论 /390
第十三章　结构主义文学理论 /404
　　一　结构主义文学理论概述 /404
　　二　罗兰·巴特 /412
　　三　结构主义叙述学 /419
　　四　结构主义文学理论的贡献与局限 /429
第十四章　解构主义文学理论 /439
　　一　解构主义文学理论概述 /439
　　二　雅克·德里达与解构主义思潮 /442
　　三　米歇尔·福柯的话语理论 /450
　　四　保罗·德曼的解构理论与批评 /457
　　五　希利斯·米勒的解构主义文学理论 /463
第十五章　后现代形态文学理论 /474
　　一　后现代主义思潮 /474
　　二　后殖民主义批评 /482
　　三　新历史主义理论 /489
　　四　文化研究的兴起 /494

主要人名对照表 /503

后　记 /508

绪　　论

一

西方文学理论史是一门重要的文学学科。它的任务主要是按照时间顺序来考察发生在西方的文学理论进程、各种文学理论之间的相互关系以及它们演化发展的基本规律。

长期以来，人们已经习惯了对西方文学理论的"故事史"式的讲法，从柏拉图、亚里士多德，经过中世纪、文艺复兴、新古典主义、浪漫主义，直到19世纪的真正的文学思想"文学理论化"，再到20世纪的现代主义文学理论乃至后现代主义文学理论。这种"故事史"式的讲法，这种文学学说理论历险经历的描述，当然是没错的。但是，它有一个弊端，那就是除了能给人提供一个图式化的清单以外，其他再能提供的东西就很有限了。可以说，这种"故事史"式的西方文学理论史，还构不成一种理论的"谱系"。而事实表明，只有"谱系"才能为人们提供某些线索，才能在纷繁复杂而又具有演化规律的文学理论现象中，看到概念和概念的碰撞与汇合，观念和观念的交融与创新。显然，这里的"文学理论现象"与人们常常能看得见的"文学现象"是不同的。

一般来说，文学理论史的讲述方式和建构方式，往往从"历时"的角度来组织研究对象，并旨在呈现出一种"史"的过程。但是，"西方文学理论史"作为一个现代学科，其范畴和内容极为复杂，它的一些流派的演变、命名、研究范围本身，都是很难以归类的。从形态上讲，古代时期，也就是文艺复兴以前的"辩论术""诗学""修辞学"等"人文学科"，都以我们今日所说的"文学"为研究对象，都以总结"文学的使用方式"规律为其理论目的。"文艺复兴"时期，文学和艺术的批评兴起，无疑是文学理论范围的又一次扩大,此时"诗学"话语在新知识环境下的重新组织也方兴未艾。直到17—18世纪,"现代知识学科体系"确立,文学理论才作为一门学科而存在。然而,其存在的样态,依然是极其复杂的。从一般的形态学角度来看,它在德语学术界表现为"文学科学",而在法国,则多表现为"批评理论"。

到了20世纪,西方文学理论更是一个"多元化"的时代。在所谓"文学理论"这个平台之上,流派纷呈,各较短长,令人眼花缭乱、目不暇接。可以说,进入20世纪以来,西方的"文学理论"生产的数量,要远远大于以往能够称为"流派"的文学理论的总和。

历史的发展告诉我们,西方的文学理论,就其能够追溯的历史而言,起码要在两千五六百年以上。从古希腊时期、罗马的希腊化时期,中间经过漫长的中世纪和文艺复兴时期,直到近代、现代和正在运动着的当代,它的理论史"分期"问题本身,就构成了一道难题。面对这个问题,面对流派繁杂而又形态各异的文学理论,我们究竟怎么能清晰地表述一个西方"文学理论谱系"呢?

在组织编写这本教材的过程中,我们反复切磋和讨论,几次更改提纲和思路,最后,还是觉得"人体解剖对于猴体解剖是一把钥匙"[1]的思想和方法,给我们的启发与帮助最大。毫无疑问,社会形态发展得越完备,其早期各种社会结构元素也就发展得越充分。"文学理论"学科的发展亦是如此。在当下发展到最复杂形态的文学理论中,注定也包含着最初的文学"理论要素";而在最初形态的"诗学""修辞学"等古典"人文学科"之中,必然也包含着后来理论形态的基本"因子"和"元素",或者说,反映出历时态的"理论流变"的根源及其问题。在研究和编写该教材过程中,我们确实发现,文学理论——不管在西方还是在东方——作为一种"社会话语",它所关注的基本问题和论述范围,或者说它的"问题性"和"思考域",是有某种稳定性的,换种说法,即是在不停的变动中有不变的成分的。这就提供了文学理论作为一门独立学科的根据。

例如,从公元前431年高尔吉亚开创智者学派传授"修辞术"、苏格拉底在雅典就文学的社会意义进行提问开始,文学理论的"边界"实际上就已经划定了。文学自身的形式规律和文学与社会的关系问题,从那时起就成为了文学理论的基本话题。不难看到,此后的柏拉图、亚里士多德、贺拉斯、朗吉努斯,直到"古典时期"结束时的昆体良,他们的"文学理论"学说之间,实际上潜在地构成了"文学文本研究"和"文学与社会关系研究"之间的矛盾与紧张,而正是这种矛盾与紧张,为"西方文学理论"后世的发展提供了内在的动力。这种动力,即便是在中世纪这个历史上公认的黑暗年代,也未曾被完全遏制和压抑。尽管基督教义使得正统思想从文学的负面社会价值来否定文学的功用,并因而抹煞文学存在的合理性,使文学成为"神学的奴婢",但基督教的"隐喻解经"传统,却对文学文本的符号研究、形式研究和语言研究,起到了客观的促进作用。这一点也是不能漠视的。如果知道这一情况,那在最具有"后现代主义"意味的罗兰·巴特式的文本解读方法——例如他的《罗耀拉、傅立叶、萨德》一书——当中,甚至可以看到中世纪的奥古斯丁的那种"符号结构"理论,也就不令人惊讶了。

再如,文艺复兴时期,"文学的形式研究"和"文学与社会关系研究",有融合的趋势。这应该被视为"文学理论学科"开始形成自己"明确论题"的历史走向的表现。随着西欧早期民族国家的形成,民族语言和民族意识之间的关系问题被提上议事日程,并在"文学理论"当中得到细致的反映。这时在意大利、法国等国家,"诗学"又重新兴起,不过其论题却已经很明确,那就是为自己的民族语言和民族文学辩护。这里,对文学"社会性"的强调是显而易见的。无疑,这种理论融合的趋势表明,任何对文学社会性的研究都是不能与文学的形式研究相脱离的。18世纪初,意大利维柯的《新科学》一书,明确提出"文学研究"具有区别于一般科学研究的特殊方法,自此之后,文学理论的"轮廓"就愈加明了和清晰了。

现代以来的西方文学理论,虽然某种程度上已经将对文学的形式规律研究和对文学与社会关系的研究——或者称对文学的"内部规律"和"外部规律"的研究——两个方面都考虑到了,但不可否认的是,这里面存在的差异和问题还是相当大的。这种差异,主要表现为各种理论强调的侧重点极不相同;这种问题,主要表现为还没有找到文学"自转律"和"公转律"相统一的答案。这种状况,在19世纪的西方文学理论发展过程中,就已经很明显。

当时欧洲各国的浪漫主义文学理论,多是从文学的"形式"着眼,认为文学形式是"自足"和"自律"的,它与社会之间的作用与反作用,仅仅是种"间接"的关系。康德的"审美无利害"说,就是其典型的理论代表。而与之相反的另一潮流,即"社会历史学派",从斯达尔夫人的《从文学与社会制度的关系论文学》直到丹纳的《艺术哲学》,都强调社会历史与文学形式之间的"直接"关系。俄国的别林斯基、车尔尼雪夫斯基、皮萨列夫等人,甚至走得更远,把革命和"文学介入"联系了起来。

到了20世纪,这种争论仍然在激烈地继续着。"新批评"理论和"现象学"文论之间的论争,同样是围绕着文学的内部法则和文学的外部因素影响而展开的。在20世纪,其他自然、社会和人文学科的迅猛发展,也为西方的文学理论引入新方法和新观念提供了条件。人类学、精神分析和索绪尔语言学等,为文学理论的形式研究培植了增长点;"神话-原型批评""俄国形式主义""结构主义"等,在新的知识语境下,把文学形式因素的研究发展到了新的高度;同样,"存在主义哲学""接受理论""文化研究"则在文学的"社会介入"功能、读者及主体价值、历史与阶级政治等方面,给予了特别的强调。

需要指出的是,马克思主义及其文艺学说,在20世纪被西方文学理论不断解构的同时,也被不断曲折地扩散和利用着,它受到持久而特别的重视是十分明显的。因为,要"否定一个不可否定之物",对任何一个学派来说都是难以做到的。而且完全可以这样讲,在许多西方文学理论的学说中,我们都能隐约地感知到各种被改装的马克思主义在其中的幽灵般的徘徊。倘若用德里达的话来说,那就是它们对马克思主义的无情驱逐或热情拥抱,都是对这位幽灵般的"父亲"的一种幽灵般的纠缠。因此,无论是对马克思主义文艺学,还是对西方20世纪文学理论,我们都要在一种"幽灵学"的谱系中进行理解。[2]

马克思主义对人类文学理论发展的巨大作用,正日益地显露出来。

举例来讲,马克思的"意识形态"理论,就为西方文学理论在"结构主义"的文学形式研究与文学及文学理论的"社会批判"功能研究之间,找到了一个无比有力的联结点。在"结构主义的马克思主义"文论家的"解读"之下,"意识形态"理论成了文学批评从"结构主义"向"后结构主义""解构主义"转化的一条"通道"。我们甚至还可以说,马克思主义蕴涵着最终解决文学"内部研究"和文学"外部研究"统一起来的秘密。

据此,我们有理由说,西方文学理论史并没有走到尽头,并没有终结,它还在运动着,演化着,发展着。我们是不怀疑"历史的启示"的。如果我们从前面提出的这两条线索来把握西方文学理论,庶几可以预测它的未来趋向和走势。

二

我们编写这部教材,力求较严格地以历史的眼光看待西方各历史时期出现的文学理论观念,并试图将其叙述途径与过去某些辗转相袭的叙述模式区别开来。简单地说,那就是追求使"西方文学理论史"真正成为西方的"文学理论"的"历史"。

下面主要谈谈本书的编写思路和内容特点:

一、突显文学理论史的"历史性"和"理论性"。

关于西方哲学研究有一句名言:"哲学就是哲学史"。在强调理论的历史性、过程性的意义上,我们同样可以说:"文学理论就是文学理论史"。任何一种文学理论都具有历史性、民族性和地域性,完全超越历史、民族和地域界限的文学理论是不存在的。文学理论总是在历史性的研究中生成和发展,它同其他哲学社会科学一样,本质上是一门"历史科学",绝不可能存在着一种横亘古今的不变的文学理论。同时,文学理论研究者也是历史性的存在,并不能超越历史,他只有置身于历史性之中,并且对于这种历史性有自觉的意识,其理论才不会混沌一片。在这一点上,西方的文学理论当然也不例外。因此,我们研究西方文学理论需要有一种历史感,因为我们是站在前代思想巨人的肩膀上。

毫无疑问,如果一种文学理论学说,不能证明它在历史上有一种演化,有一种内在的联系,不能历史地、在同历史的一定关联中来处理材料,那它就违背了"真理是个过程"的原则,其科学性也就要受到怀疑。

在文学理论学说演进的历史长河中,每个特定的时代或时期,都有代表该时代或时期的特定的文学理论体系和文学理论成果,它们代表了当时文学理论发展的主客观要求,是那个时代文学精神和理论思想的产物。因此,我们可以从时代特征及发展进程上,来认识与了解一个时代的文学理论。也正是在这种意义上,我们面对流派林立、思想繁杂的各种西方文学理论,就有了进入其历史空间的路径,并可以通过对西方特定时代、国度、民族的代表性文学理论的把握,呈现出两千多年西方文学理论史的大致轮廓和基本面貌。

为此,这部《西方文学理论史》就有了自己明确的理论追求。一方面,它十分强调对有代表性的、重要的西方文学理论家及其文学理论著述的深入研讨和分析,注意其历史演变线索及思想内涵的明晰性;另一方面,它又特别强调描述各种西方文学理论的"历史生成性",努力寻找出它们演化过程中于历史深处涌动着的"源"和"流",以此展现出西方文学理论历史的丰富性、复杂性和赓续性,力求真正做到对西方文学理论的"历史"的叙述,而不仅仅是对名家名篇的解读和评析。

我们认为,"西方文学理论史"研究的职责,首先应该表现在对西方文学理论演化变迁的真实过程及其内在演化规则的揭示上。它应该对其研究对象即西方文学理论的演化、变异和发展给出相对真实的、运动的、有机的、一环扣一环的、有完整过程的描述和展开;它应该努力展示西方文学理论演进的实际状貌,并显示出每一阶段文学理论演化的历史与逻辑的必然性和可能性;它还应该揭橥出这种必然性和可能性大都是在前一阶段文学理论的内容和形式范围内被创造出来的。

我们面对的是历史。不可否认,西方的文学理论在其自身的历史生成中,表现为一个"过程"。但是,这个过程是不同于科学技术的发展过程的。科学技术的发展,基本上是一个不断淘汰和否定的过程,旧的学说往往被新的更具有真理性的学说所取代。作为西方文学理论的阐释对象,西方文学本身就从来不是孤立的、静止的现象,也不是这些孤立静止现象的集合体,而是表现为一种不断演化、不断变动的过程。并且,这些作品中的有些作品具有恒久的价值,它可能永远都不会"过时"。也就是说,历史上的有些文学作品,在后世仍有可能产生巨大的审美效应和思想效应。比如,古希腊的史诗与神话,它们的"永久的魅力",即使在今天,仍然给人们以艺术的享受,仍然陶冶和激励着人们的心灵,并给予当代作家以创作的启迪和灵感,具有马克思所言的"就某方面说还是一种规范和高不可及的范本"的意义。因此,西方文学思想和文学理论的进展,不是表现为"真理加真理"的过程,而是呈现出某种"悖论性"的演进状态。

这种状态表现在两个方面:一方面,每种文学理论都必须关注文学事实,与文学无关的文学理论是不可能存在的。尽管西方存在着各种不同的甚至相互冲突的文学理论学说,但人们还是可以对它们进行相互联系、相互比较,这里的根本依据,就在于这些理论对文学事实还有某种适应性。在此意义上,后世的文学理论学说,在汲取前人研究成果的基础上,往往会更适合于变化了的文学现实,具有更为有力、更具现实针对性的趋向,因而,对新的文学事实也更具有解释力。从整体上看,西方文学理论的演化,呈现出的是知识增长和科学性、真理性增强的大走势。譬如,启蒙主义文学理论对中世纪文学理论的颠覆,就具有理论进步的意义;后现代主义文学理论对现代主义文学理论的爆破,同样具有理论纠偏的性质。

另一方面,由于文学的事实具有历史变动性,而文学研究的主要功能又在于对现实中文学事实的认识和阐释,并力求从这些历史事实中进一步生成和发展文学理论,所以,正如前代的文学理论不能解决以后的文学问题一样,后世的文学理论恐怕也并不能涵盖以往的全部文学现象。譬如,单纯运用植根于现代的"学科"之中包含鲜明"现代性"的文学理论,去分析古代史诗、神话等文学样式的时候,虽然可能会获得对这些特定的文学样式的某些层面的认知,但却很难能做到准确与全面的把握,总会显得有些蹩脚和隔膜。谁也不会否认,这些古代文学样式仍具有高度的审美性和价值性,需要我们去认识和了解,在这种意义上讲,与古代史诗、神话同时存在的作为对它们的直接的理论总结的文学理论,就具有了无可替代的价值。同样道理,前代的文学理论无论怎样繁荣、深刻、全面,也不能包治百病、包打天下,变动不居的文学现实会对文学理论提出有力的挑战。乔治·卢卡契是位大理论家,在他与布莱希特关于"现实主义"与"表现主义"的争论中,由于固守"批判现实主义"的理论,结果,在面对"现代主义"文学创作时仍表现出某种程度的捉襟见肘,就很能说明问题。

美国学者拉曼·塞尔登在谈到他编选的《文学批评理论》文选时,说过这样的话:"重要的是把这些理论选段及其关注的问题置于它们的历史语境中,而不是让读者产生错误的信念,以为可以对批评史做一扫描,就会发现解决某些永久性问题的普遍真实性答案。问题和答案是随历史环境的改变而改变的。然而,连续性和对立存在的机遇一样多。某些特别的传统生存下来或者得到了加强,而另一些传统却长久地消失了,但却有可能随着新思潮使它们重新获得功用而在未来的什么时候复活。"[3]这样的意见是很有道理的。

为此,在这部《西方文学理论史》中,我们既突出西方各种文学理论之间具有的历史演化性,同时,又重视挖掘每一种文学理论所具有的某种长久的生命力和不可替代性,以凸显西方文学理论史上的"理论品格"。显然,"西方文学理论史"与各种文学史等一般的历史学科是不同的,它不仅要呈现出西方各种文学理论演化的历史轨迹,揭示它们的变化规律,它还须对西方历史上某些具体文学理论家的具体理论文本及其整体文学思想,对某些具体的文学理论流派的理论主张进行阐述与评价,挖掘存在于各种理论流派或理论家学说之中的有价值的"合理内核",使人们对文学的认识更全面、更准确、更合理。

"西方文学理论史"的研究是"为文学"而存在。在这个意义上讲,"西方文学理论史"研究的目的与文学原理、文学诗学等并无不同,它们都是为了获取关于文学的真理性知识,都应该具有鲜明的理论品质。可以想见,"西方文学理论史"研究中有关文学理论问题和范畴的演化与变迁的历史倘若被严重淹漏,那么就会大大削弱它"为文学"而存在的理论意义。因此,我们主张"西方文学理论史"研究应包括"史"和"论"两部分:"史"的研究是"论"的研究的基础,"论"的研究是"史"的研究的主导。没有"史"的研究,对文学科学的把握往往是空泛的、断裂的、片面的,缺乏动态的历史感;没有"论"的研究,对文学科学的把握往往是表面的、肤浅的、局限的,缺乏体系观念和范畴网结。"史"和"论"的研究应相互促进、相辅相成,而且,应当先有"史",后有"论","史"是"论"的内在链条,"论"是"史"的合理结果,它们两者应当有机地结合在一起。

二、着力书写属于"文学理论"的历史。

从严格的意义上讲,文学理论没有自己独立的历史,它的历史发展,不能完全由自身获得说明和解答,它是在政治、经济、哲学以及社会思潮和心理的历史发展中运动着的。因此,研究"西方文学理论的"历史发展,与研究西方社会的思想、制度、历史和文化变迁是密不可分的。但是,我们在具体的"西方文学理论史"的写作中,又不能孤立地突出这一点,不能把西方文学理论史变成西方的政治经济史、哲学史、文化史或者社会思潮史等等,令其作为相对独立的学科的地位和价值被忽视、被侵占。特别是,由于忽视西方文学理论史的学科对象、学科界限、学科目的和功能,常常将它混同于西方美学史、西方艺术思想史、西方文学批评史等学科,使得"西方文学理论史"的学科特性、功能定位反而不够明确,也就是说,"西方文学理论史"并没有真正作为西方"文学理论"的历史而存在。这种"名"与"实"不符的现象,是并不鲜见的。毫无疑问,由于"西方文学理论史"这种学科边界和内容的混乱,知识"产权"的不清晰,导致了这门学科科学性的薄弱。

"西方文学理论史"作为一门现代学科,有自己特定的对象、范围、目的和功能,应该获得自己相对独立的学科地位,确立必要的学科界限。

首先,"西方文学理论史"不能等同于"西方美学史"。"西方文学理论史"的研究应当与"西方美学史"的研究,在其对象和范围上有准确而严格的区分,尽管它们有一定的联系和交叉,但还是不能混同的。诚然,许多西方文学理论家,如亚里士多德、贺拉斯、布瓦洛、莱辛等,同时也是美学家,这样,他们的许多美学著作同时也是文学理论著作。但尽管如此,"西方文学理论史"与"西方美学史"在对象、内容、侧重点、史料选择的角度、目的与任务等方面,毕竟是不同的,或者说是有差异的,因此,应该加以明确的区分。

这里,我们以凯·埃·吉尔伯特和赫·库恩的《美学史》与雷·韦勒克的《近代文学批评史》(他这里的"批评史"内涵是广义的,虽不是纯粹的"文学理论史",但包含着文学理论史,借助它可以看清"文学理论史"与

"美学史"的区别)为例,看一看它们的不同。在《美学史》的"序言"中,作者开宗明义地指出,他们所研究的是"各个不同时代的思想家所提出的艺术与美之概念的意蕴",是"隐匿在所有形形色色哲学体系和流派的辩证发展过程中"的"对艺术与美之本质的认识"[4]。而雷·韦勒克则强调,他的《近代文学批评史》的对象"主要是指迄今为止有关文学的原理和理论,文学的本质、创作、功能、影响,文学与人类其他活动的关系,文学的种类、手段、技巧,文学的起源和历史这些方面的思想"[5]。从这个例子,我们可以清楚地看出,美学史的对象和任务与文学理论史的对象和任务大不相同,混在一起说的做法是缺少根据的。

实际上,我们对任何一位西方理论家文学思想的介绍和研究,不可能不涉及到他的美学思想或哲学思想,截然地分割开来是困难的。但是,这种"涉及",应该只是为了构成文学理论史论述的话语背景,其核心的内容仍然要落实到研究对象作为理论家的文学理论和文学思想上,或者说,落实到从文学理论基本问题的角度,考察其美学思想或哲学思想对于文学理论所具有的价值。由此看来,雷·韦勒克在《近代文学批评史》中的处理方法,是值得借鉴的。他说:"我们仅打算极其简略地讨论康德一类专搞哲学的美学家;即便是著名作家,如果他们在文学笃好和趣味方面没有拿出某种理论间架,我们也只是浮光掠影地谈一下。"[6]这或许也成为我们这本《西方文学理论史》的一个编写原则。

其次,"文学理论史"不同于"文学批评史"。这个道理很简单,即"文学理论"不同于"文学批评"。所以,我们在谈论"西方文学理论史"的时候,也应不同于谈论"西方文学批评史"。不过,尽管"文学理论"和"文学批评"的区分常为人们论及,但在其历史的撰述中,"西方文学理论史"和"西方文学批评史"并没有获得各自独立的存在。从目前的研究状况看,无论在国外还是在国内,"西方文学理论史"和"西方文学批评史"的内容大多是交织在一起的。雷·韦勒克的《近代文学批评史》,韦姆萨特和布鲁克斯的《西洋文学批评史》,以及国内大量的《西方文论史》,几乎都没有做出清晰的区分和辨析。所以,不少著述也就直接命名为"文学理论批评史"。这样当然也是可以的,但正如雷·韦勒克所指出的:"'文学批评'通常是兼指所有的文学理论的;可是这种用法忽略了一个有效的区别。亚里士多德是一个理论家,而圣伯夫基本上是个批评家。伯克主要是一个文学理论家,而布莱克默则是一个文学批评家。"[7]显然,在研究对象、内容、功能、任务及史料的选择等方面,"文学理论"和"文学批评"两者存在相当的不同。

这也许可以构成未来"西方文学理论史"努力的方向。有许多西方文学理论家同时也是批评家,其批评实践是对其理论思想的具体运用和展开,二者密切相关。但是,在"西方文学理论史"的研究中,应该注意考察的还是其文学批评话语操作背后的文学理论基础。譬如,在卢卡契的《历史小说》一书中,他对作家司各特"历史小说"文本的分析,就明显地属于"文学批评"的范畴,但是,若从"文学理论史"来研究,那要考察和研究的其实就不是卢卡契在这里的具体批评实践,而是其中他关于文学内容、文学与社会基本关系等问题的理论主张了。这也就是他在1960年写成的该书"序言"中为自己所明确提出的理论愿望:"探索经济和社会发展与世界观以及由世界观所产生的艺术形式之间的相互作用。"[8]可见,"文学理论"的诉求和"文学批评"的诉求是不同的。

三、运用综合的"历史书写"方式。

从已有的"西方文学理论史"著述看,比较常用而集中的方法是以西方文学理论家为中心的历史叙述法,即描述所谓的理论名家与理论名著,把西方文学理论的历史看作是西方文学理论家的历史,把西方文学理论的历史写成西方大理论家的传记及其丰富思想的总和。这样做的时候,一座座峻拔的山峰得以突显,而绵延的山脉却难以发现。不能否认,这一传统的叙述方法有其长处,但是,为了体现动态的、完整的文学理论历史的面貌,它需要其他的表述方法予以补充。用个打比方的说法,即我们要把"西方文学理论史"由一串人物观点的"糖葫芦"变成一棵郁郁生长的"家族树"。

这一问题,我们似乎可以从某些"西方美学史"的撰写中得到启示。例如,鲍桑葵在《美学史》的"前言"中就指明了一种新的历史书写方法。他说:"我认为我的任务是写作一部美学的历史,而不是一部美学家的历史。……我首先考虑的是,为了揭示各种思想的来龙去脉及其最完备的形态,必须怎样安排才好,或怎样安排才方便。其次,我才考虑到我所提到的著作家个人的地位和功绩。"[9]这是一种以美学问题和思想观念为主线的历史描述方式。苏联学者洛谢夫和舍斯塔科夫合著的《美学范畴史》,波兰学者沃·塔塔科维奇的《六种观念的历史》,都展示了以美学范畴为中心的历史阐释方法。舍斯塔科夫在《美学范畴论——系统研究和历史研究尝试》一书中,既不满足于零散的、个别的、阐释性的美学范畴研究,又试图超越简单的、客观的对于西方美学范畴历史的叙述,他提出了一个新的历史叙述模式,"那就是试图揭示这些范畴的历史发展逻辑,介绍美学范畴的各种系统在历史过程中是怎样建立和发展的"[10]。正如该书副标题所提示的,该书在"历史研究"中希望有机地结合"系统研究"的方法。这对我们无疑是有启发的。

这种以"问题""逻辑"线索、或者说以"范畴"为核心的历史书写方式,对文学理论史的写作而言,是很有价值的。这是因为"范畴是……认识世界的过程中的梯级,是帮助我们认识和掌握自然现象之网的网上纽结。"[11]文学理论的"范畴",作为人类认识文学现实的"纽结""环节""中介"和"梯级",是理论主体与文学现实之间交互运动的结果,是对活生生的文学现实的精神提炼。文学理论"范畴"不是文学理论家主观杜撰的产物,而是客观事物在他的主观意识中的能动反映,"这些概念(及其关系、过渡、矛盾)是作为客观世界的反映而被表现出来的"[12],是一种科学的抽象,并且是要在实践中不断获得验证、检验、修改或淘汰的。也就是说,当人的思维从具体的东西上升到抽象的东西的时候,它不是要离开——如果它是正确的——真理,而是要接近真理。因此,文学理论"范畴"的历史演化,其实就意味着人们对文学的理性认识的演化,也即意味着不同文学理论问题的形成、发展、演变和对问题的新解答。甚至可以说,这些文学理论问题的形式化表述,就是各种文学理论的"范畴"。因此,文学理论的术语、概念、范畴,既是文学实践的理性总结,对文学实践起着规范指导的作用,同时又是通向理论自身的学术研究之桥梁。这种以文学理论"问题"或文学理论"范畴"为中心的历史阐释方法,将有利于理清并呈现文学学说形成和发展的历史脉络。

美国文论家乔纳森·卡勒在其《文学理论》的"前言"中谈到对各种西方文学理论学派的介绍和研究时,也认为这种以"问题"和"范畴"为中心的历史描述法是恰当的方法。他说:"介绍理论比较好的方法是讨论共同存在的问题和共有的主张;讨论那些重大的辩论,但不要把一个'学派'置于另一个'学派'的对立面;讨论各种流派内的明显不同,这要比概括论述不同理论学派的方法好。……我更倾向于选择几个题目,集中介绍关于它们的重要议题和辩论,并且谈一谈我认为从中已经学到的东西。"[13]

诚然,这种历史描述方法在展示西方文学理论的历史全貌和历史上各个理论家思想的丰富性上是存在一定局限的。但是,关键是"西方文学理论史"不能只是孤立地阐述各位博学的西方文学理论家的庞杂的见解,它需要阐述文学理论各个"范畴"在理论家那里是如何连续不断地获得明确的意识的,并进而阐述这种意识达到"概念"形式的那种真实而有限的发展过程。因此,在"西方文学理论史"中,反复叙述的不仅仅是西方文学理论的一些主要问题,而且还要叙述谋求这些问题解决的主要线路与门径。概念、范畴、术语的变化，以及它们所蕴涵的理论问题的变化，在一定程度上确乎可以反映出西方文学理论的演化规律。因此，通过对西方文学理论概念、术语、范畴的研究，就可以较为系统地考察西方各个时代各具特色的理论流派和理论家们的观点主张及其方法论，触摸到西方文学理论的发展律动。或者说，它有利于认识、把握文学理论历史运演的链环与关节点，并可在大量的历史材料和不同的思想形态中揭示出文学理论变化的内在逻辑。

学习西方文学理论的历史，其目的还是为了我们中华民族自身的文化和理论建设。如果我们站在时代的高度，能对西方历史上各种文学学说有更深入、系统的理解，能从中辨析出相对科学的、有生命力的、符合当今要求的、更切近文学实际的"概念"与"范畴"，充实它，改造它，发展它，那么，就能使这些东西成为新的文学理论的"元素"，就能使它成为中国文学理论系统生成的"细胞"。毫无疑问，淘汰掉那些不够准确的、随着时间流逝和文学认识的深化逐渐丧失其价值的"概念"和"范畴"，蒸发掉那些漂浮在理论表面上的泡沫，滤去翻起的沉渣，西方的文学理论史会透射出耀眼的光辉。

注　释

〔1〕〔德〕马克思：《〈政治经济学批判〉导言》，《马克思恩格斯选集》第二卷，北京：人民出版社1995年版，第23页。马克思这里所做的是一个形象的比喻，马克思意在强调，那些表现资本主义社会各种关系的范畴以及对于其结构的理解，能够使我们透视已经覆亡的社会形式的结构和生产关系，资产阶级社会正是借这些社会形式的残片和因素建立起来的，而其中一些还未克服的遗物，继续在这里存留着，一部分原来只是征兆的东西，发展到具有充分意义。这种观念和研究方法，是值得文学理论研究借鉴的。

〔2〕参见〔法〕德里达：《马克思的幽灵》"译者序"，何一译，北京：中国人民大学出版社1999年版。

〔3〕〔美〕拉曼·塞尔登：《文学批评理论——从柏拉图到现在》，刘象愚、陈永国等译，北京：北京大学出版社2000年版，第6页。

〔4〕〔美〕凯·埃·吉尔伯特、〔德〕赫·库恩：《美学史》，夏乾丰译，上海：上海译文出版社1989年版，"序言"第4、5、2页。

〔5〕〔美〕韦勒克：《近代文学批评史》第一卷"前言"，杨岂深、杨自伍译，上海：上海译文出版社1997年版，第1页。

〔6〕同上书，第2页。

〔7〕〔美〕韦勒克、沃伦：《文学理论》，刘象愚、邢培明等译，北京：生活·读书·新知三联书店1984年版，第31页。

〔8〕〔法〕让-伊夫·塔迪埃：《20世纪的文学批评》，史忠义译，天津：百花文艺出版社

1998年版,第179页。
〔9〕 〔英〕鲍桑葵:《美学史》,张今译,北京:商务印书馆1985年版,前言第2页。
〔10〕 〔苏〕舍斯塔科夫:《美学范畴论——系统研究和历史研究尝试》,理然译,长沙:湖南文艺出版社1990年版,"序言"第1页。
〔11〕 《列宁全集》第55卷,北京:人民出版社1990年版,第78页。
〔12〕 同上书,第166页。
〔13〕 〔美〕乔纳森·卡勒:《当代学术入门:文学理论》,李平译,沈阳:辽宁教育出版社、牛津大学出版社1998年版,第1页。

第一章
古希腊罗马时期的文学理论

任何一部讲述西方文学理论发展史的著作,都必须从由希腊、罗马构成的古典世界开始。这不仅是个惯例问题,而且事实上这是由西方理智生活的开端决定的。凡是接触到今天西方文学理论的人们,都承认这是一个复杂的文化领域,充满了各种思潮、术语和理论。今日西方文学理论的创造者们毫无例外地承认,以古典时期的文学理论为代表的古典主义文化,对当代西方世界的文化构成来说是一个源头。发祥于希腊,后来在古罗马又得到继续发展的古典主义,对"世俗的生活"构成了主要的贡献。[1]

如果要用简单的语言总结希腊遗产特征的话,可以说那就是"理性精神"。这里说的理性精神可以包括以下几点基本的内容:首先,理性精神体现在对理性自足作用的突出。从理智方面说,希腊人最早动用自己的理智去进行非功利的探索。不像在其他文明那里,理智探索的动力来自实际需要,而在古希腊,这种特殊精神活动的动力则来自理智本身。对世界的惊奇成了理智探索的基本动力,以致于"爱智能者"成了古希腊社会中的重要群体。[2]其次,理性精神另一方面也体现在希腊宗教的独特特征上。可以说古代希腊宗教也是一种理性的宗教。这种宗教中的神祇,固然也是一种人的力量的异己形式,但是他们的形象和关系更多地带有活生生的人及其社会的影子。希腊宗教中的主要因素就是阿波罗崇拜,节制、追求平衡匀称、秩序是这种崇拜的核心。[3]再次,理性精神还体现在希腊的社会风俗上。戏剧和诗歌创作是这种社会风俗的重要部分。之所以说是"重要部分",是因为戏剧和诗歌在古希腊社会中不是仅供某些特权者案头欣赏的文本,还是一种"社会中介"。在一些重要的宗教节日,戏剧和诗歌要在公众面前演出和诵读,并要接受公众的评判。公众的理智交流由此可见一斑。

这种重理智的环境也使希腊哲人们特别"敏锐"。就文学理论而言,每个民族都在很早就发明了语言的虚构、叙事以及戏剧创作等使用方式。但其他民族很少形成对这些使用方式的理论探索。可是,希腊人在其早期,就对语言的特殊使用方式,或者我们今天所说的"文学性"使用方式进行探讨了。一方面,语言的特殊使用引起了智者的注意:怎样运用语言可以起到打动听者的效果? 在这一问题之下,他们系统地探索修辞术,从语言规律层面揭示"文学方式"的特殊性。另一方面,苏格拉底(柏拉图)[4]更关注诗歌和戏剧等文艺形态的社会价值,试图在理论上解答它们与社会的关系,以及它们的理想形态和社会功用等问题。可以说这两个方面概括了以后文学理论要探讨的基本范围:一个是文学的自身规律,一个是文学的社会性问题。这两个方面又在亚里士多德那里得到了综合,这就是他的《修辞学》和《诗学》。

公元前4世纪,伯罗奔尼撒战争之后,以雅典为中心的自由城邦联盟连败于力量更集中、更强大的斯巴达和马其顿。自此,希腊哲人们自由思考的黄金时代一去不复返了。随后,希腊世界成为了马其顿帝国的附庸,文化中心也因而从雅典转移到马其顿。由亚历山大开创的雄跨欧亚非三洲的庞大帝国,由于复杂尖锐的政治矛盾、民族矛盾,在公元前323年亚历山大死后就分裂成了亚洲塞琉古王国、埃及托勒密王国和马其顿本邦三个部分。这种"三足鼎立"的局面使希腊文化在北非、近东亚洲的传播起到了重要的作用,历史也由此进入了"希腊化(Hellenism)"时期。但是,由于种种原因,这一时期内"修辞学"得到了突出的发展,而"诗学"却受到了忽视。

罗马共和国经过三百年长期的征战,在公元前1世纪建立起庞大的军事政治国家。罗马的共和时期并没有为社会带来稳定的局面,相反,党争和内战几乎使罗马不复成为一个国家。正如希腊化时期的希腊亲马其顿派和反马其顿派的争论促进了"辩论术"的发展一样,罗马共和时期的党争和政治斗争,也使得"修辞术"在实践和理论上得到了很大的发展,其代表人物就是西塞罗(Cicero)。及至奥古斯都(Augustus)改共和制为君主制才结束了政治上的混乱和文学上的"辩论体散文"时期。在奥古斯都治下,罗马进入了历史上所谓的"黄金时期",诗坛也开始繁荣,因而对诗学理论的重新发现也成为必然的要求,随后相继出现了维吉尔(Virgile)歌颂盛世的诗歌创作,以及贺拉斯(Horace)和朗吉努斯(Longinus)以"崇高"为中心范畴的诗学。

整个古典时期的文学理论构成了两个相关而又不同的主题,也就是我们前面所说的语言应用规律和更为关注文学社会性的理论问题。"理性"与"崇高"则是这一时期古典文论的形态表现。如果说"理性"是古希腊修辞学和诗学的基本精神,那么崇高则是罗马时期修辞学和诗学的核心。在柏拉图、亚里士多德那里,甚至在智者那里,修辞学和诗学的理论探索都以

"逻各斯"(Logos)[5]的严格性为指归,但在贺拉斯、朗吉努斯那里,甚至在西塞罗那里,滔滔雄辩的形式和崇高的内容成为了基本的诉求。

一 修辞批评

我们前面也提到了,在古希腊和整个古典时代,修辞学的研究比"诗学研究"要活跃得多。但这种修辞学研究绝对和文化研究意义上的"修辞"研究不同。其实,古希腊人所说的"rhetoric"是指如何使用语言的技艺。它包括在不同场合,针对不同的对象发表演说和进行辩论的才能,而那时法律和政治竞技场上的劝说性演讲技艺,正是希腊贵族所专有的特权性技艺。对语言的劝说技巧的探索是和智者联系在一起的。到了公元前6到前5世纪,智者完全将自己的思考范围限制在语言运用的领域上了,甚至有的学者认为,这时的"智者不是沿以前哲学家或哲学学派的活动方式,而是继承和发展了荷马以来吟游诗人的活动",他们成了由"创造者"或"作家"以及"言谈举止的规劝者即教师"组成的群体。[6]

1. 修辞学派的语言观

修辞研究对我们今天所理解的一些文学技巧的研究方面是有贡献的,尽管这些贡献并非是其直接研究目的的产物。在古典时代,探讨措辞、韵律、比喻等等问题的人,正是那些智者,就这方面而言,他们已经是修辞学的批评家了。修辞学派的教学里面还包括"虚构故事"训练,如复述某个叙事作品或轶事,或为某个神话人物和历史人物设计独白,描写一个场景或事物等等。在这些修辞教学训练中,会把著名诗人和著名"歌者"的许多名篇当作例子,从理论和实践上丰富了批评的和以语言为中心的"文学理论"的概念。

不难发现,在智者学派那里发展出来的一些基本理论命题和理论范畴,同样可以在当代的西方文学理论中找到。这里概要地谈几个能够反映智者"语言本体论"的文学理论概念。

首先是语法——语言的技艺。

语法一词"grammar"在希腊文里原义是"语言的技艺"[7]。语法研究的奠基人是普罗泰戈拉(Protagras),他不仅最早区分了动词的时态,从经验的角度指出了注意正确使用时态的重要性,也最早从祈使句、疑问句、答复句和命令句等角度划分句式。[8]亚里士多德指出,普罗泰戈拉也是第一个区分了名词的性的人。这种对语言的细致分析,对语言规律的总结,有助于推广语言的规范使用。普罗泰戈拉将这种理论总结运用于对荷马诗作的批评,亚里士多德在《诗学》中曾提到,普罗泰戈拉用这一套理论指出了荷马史诗中的语法错误。

普罗泰戈拉的语法学成就,成为亚里士多德修辞学的起点,亚里士多德在《修辞学》中说,一篇好的文章("正宗的希腊文")必须遵循五条原则:第一,恰当地使用相关的词汇并给予正确的组合;第二,用专门的固定称呼指称某物,而不要泛泛地讲;第三,避免含糊不清的用语;第四,遵守普罗泰戈拉将名词分为阳性、阴性、中性的划分法;第五,用正确的词尾表述单数和复数。[9]

其次是正名——措辞的技艺。

"正名"(orthoepeia)也是普罗泰戈拉所首创的一个概念。在这里,"orthoepeia"一词应该作"正确的措辞"讲。这一概念的提出,旨在提高人们的文化素养、语言能力和认识的水平,从而使人们符合实际地运用语言。这个概念一经提出,立即引发了智者内部的研究兴趣,因为这个概念不仅仅涉及语言自身,而且涉及"真理"问题:理性的工具要适用于理性的对象。随后的智者们也在这个概念上下功夫,比如安提丰(Antiphon)就讲授正名之术,传授怎样创造新词以表达新的意思。但影响最大的则是普罗狄科(Prodikos),他在区分词义上十分精审。普罗狄科最拿手的就是在两个或几个相近的词语中找出它们的共同含义,同时又找出它们的细微差别。这种理性的措辞方式更加凸现了语言的重要性,甚至色诺芬(Xenophon)笔下的苏格拉底对一个军人也提出了正确使用语言的要求。[10]

最后最重要的一点是对"逻各斯"的新理解。

我们前面也提到了,"逻各斯"这个概念在古希腊的理智生活中非常重要,而且涵义极其复杂。但是随着智者对修辞学的探讨,对语言运用技巧的深入了解,这个词语在智者手里得到了重大的发展。智者在两个意义层面上使用"逻各斯"这一概念:一个层面的意义是指使用语言的艺术;另一个层面是指论辩的艺术。具体而言,"逻各斯"包含三层意思:(1)语言在语法意义上的规范使用;(2)思维方法和思维形式;(3)语言所表述的思想内容。

2. 智者修辞批评实例及其一般意义

智者中,在修辞学方面发挥影响最大的人是高尔吉亚(Gorgias)。他的作品大多佚失,现今仅仅留下了他的两篇范文,一篇是《为帕拉墨得辩护》,

另一篇是《海伦颂》。如将古代关于海伦的神话当作文学文本,那么《海伦颂》就可以被视为一篇批评文章,而且是智者学派典型的修辞批评文章。

海伦在远古旧神体系中是弥诺斯地方的植物神和伯罗奔尼撒地区的丰收和阳光之神;在后来的神话体系中,她成为宙斯和斯巴达王族贵胄勒达(又称涅墨西斯)的女儿,是希腊著名的美女。几经辗转,她最后嫁给了斯巴达国王墨涅拉俄。熟悉荷马史诗《伊利亚特》的人都知道这以后的故事是怎样的:她和特洛伊王子帕里斯相恋,被后者诱拐到特洛伊,成为特洛伊战争的导火线。在特洛伊之战中,帕里斯战死,而海伦又嫁给了帕里斯的弟弟德伊福玻。最后特洛伊被希腊联军攻陷,海伦则被德伊福玻出卖给斯巴达王墨涅拉俄,从而与前夫和好,重返斯巴达。希腊人赞颂海伦的美貌,但却谴责其行为。高尔吉亚的《海伦颂》就是运用修辞方法,通过"逻各斯",对传统"神话文本"中的海伦进行重构。

让我们来具体看一看他的理论运用及其"批评策略"[11]。全文二十一段,在逻辑上步步推进。可以按照"逻各斯"的演进步骤把这十二个自然段落重新划分为以下几个部分。

第一部分"引子":首先界定不同方面的善。城邦的光荣在于勇敢,身体的光荣在于美丽,灵魂的光荣在于智能,行动的光荣在于品德,言谈的光荣在于真理。因此,不同的善有不同的判断标准,接下来高尔吉亚宣称他要为了辩论的光荣,为了真理本身而替美丽的海伦辩护。

第二部分"海伦的先天素质":历数海伦出身高贵的理由,从世俗方面说,他的父亲廷达瑞俄是权力者,从神的谱系上说,她真正的父亲宙斯是众神之王。第四段述说出身高贵必然引起的后果。由于出身高贵因而容貌美丽,海伦周围聚集了众多的仰慕者、追求者,这也是势所必然。这些人当中多是分别在财富、世系、功德、才智四个方面有过人之处的人中豪杰。

第三部分"海伦无罪辩":作者要求直接为海伦弃夫远去特洛伊的行为辩护,先"穷尽式"地举出她之所以去特洛伊的几种可能的原因:(1)一是非人因素——神意或命运的安排;(2)外在人力的因素——被暴力劫持;(3)客观因素和主观因素的结合——被花言巧语所迷惑;(4)纯主观因素——被爱情支配。高尔吉亚指出,如果原因是第一种,那么不能谴责她,因为人是无法对抗神意和命运的;如果是第二个原因,那么也没有理由斥责海伦,相反应该同情她;如果是出于第三种情况,那么这也不能怪她,因为语言是一种强大的力量,往往以微小到不可见的方式达到最神奇的效果。语言能"驱散恐惧、消除悲伤、创造欢乐、增进怜悯",现在高尔吉亚就能证明这一点。

第四部分"语言蛊惑说":高尔吉亚在以下的段落里开始讨论"语言"的文学运用所产生的效果。诗歌共有的特征是韵律,韵律能使听众恐惧得发抖,能使他们感动得流泪,也能使他们沉浸在哀思之中。总之,语言的诗性运用可以让人产生幻觉,让他"以为别人生活中遇到的幸与不幸"好像都产生在自己身上。这种语言的运用既然可以给人带来悲伤,当然也可以为人带来欢乐,这是两种妖术,其本质就是让灵魂受骗。用"虚构"方式说服人也是这种语言的诗学运用的基本方式。由此说来,受到"花言巧语"的迷惑,和受到暴力的劫持,在性质上是相同的。海伦在这种情况下一样身不由己,海伦是应当受到同情的。此外,为了说明得更加清楚,高尔吉亚还列举了几个旁证:星象学家的理论构造,因为其对象无法被人们经验证实,因而往往是一种意见,也就是说,他的"言说"的对错完全是由"言说"本身的逻辑性决定的,而不是由对象的实在性决定的;法庭辩论,有时候不论对错,也可以由于"言说"本身的强大力量而说服左右一大群人;哲学论说也是这样,哲学意见杂多,一个人的哲学主张往往也是由他论说自己哲学的敏捷性决定的。由此可证:语言对于心灵的作用,和药物对人身体的作用相似,不同的药物可以在人身上产生不同的作用,不同的语言方式也能让人的心灵处在悲伤、快乐、恐惧,或迷惑麻醉的状态。

第五部分"灵魂受惑说":如果说海伦是被爱情驱使,那也只能说明她是被情欲本性驱使,灵魂的选择并不代表海伦本人的选择。现在就来证明"灵魂"本性怎样左右人,而人又是怎样无法逃避灵魂的支配的。在战争中,人们看见敌军之后常常感受到灵魂的骚动,以致惊慌失措,似乎危险已经降临。由此可见,视觉引起的灵魂状态的改变甚至可以改变士兵追求荣誉的习惯。碰到恐怖景象的人往往吓得魂不附体,无法摆脱外在环境加之于心上的印象,被这种印象所左右。画家的画作、雕塑家的雕塑作品也能给人创造神奇的形式,通过作品让人产生对许多行动和形式的爱好。由此可证:灵魂的被诱惑与身体染上疾病一样是不以人的意志为转移的。因此,海伦的眼睛看到帕里斯的仪表而在灵魂中产生爱情,也是无可指责的。

第六部分"证毕":以上四种原因为由谴责海伦都是不能成立的。"我已经用我的逻各斯抹去了加在这个女人身上的坏名声,完成了我的任务。我尽力驳倒这些不恰当的指责和无知意见,撰写此文赞颂海伦,并聊以自慰。"

这一例子系统地反映了智者学派的"文学理论观"。语言的文学运用形式具有韵律性。单是形式(而不是内容)就能给人以美感,使观众产生从心灵到肉体状态的一系列变化。文学内容的基本特征是虚构性,用虚构的内容进行说服,使观众在心灵上受到"蒙蔽",当然这种蒙蔽并不排除能够产生美感。无论是诗歌还是悲剧都适用于这种理论上的界定,只不过诗歌更加强调形式,而悲剧更加注重内容。可以说,这些命题在某种程度上预示了柏拉图对文学本质的看法。

然而,智者批评实践的缺欠也是显而易见的,这从这则例子本身就可以看得出来。最早的修辞批评家,公元前5世纪和公元前4世纪的智者学派成员特别强调语言的劝诫性,他们的能言善辩使得人们常常称他们为"诡辩派"。对智者们来说,语言的力量是不可抗拒的。高尔吉亚在这里就说:"劝说者通过说话来使听众同意所说的和所做的。说话和劝说的统一按照它的意愿来塑造心灵。"按照高尔吉亚的理论,语言的效果是实实在在的:"语言在心灵构成上的作用和药物对身体的作用相类似。"

玩弄词语只能导致诡辩,过多地强调语言的劝说作用,势必削弱语言在表达真理方面的作用,以至于普罗泰戈拉说:"事物对我来说是一个样子,对你来说又是另外一个样子。"[12] 智者们对世界采取一种相对主义的策略观点,这种对语言的实用主义观点恰恰无法解答语言和真理的实在关系。如果可以作一个"跨越时空"的类比,那么我们会发现智者学派和福柯与利奥塔等当代思想家的观点有些相似之处——把智者学派的逻辑推导下去,那么也会得出以下结论:文学不仅与真理无关,甚至与善也无关,因为,文学只是语言技巧对人的迷惑。

不顾整体,专注细节——这是修辞批评传统的又一负面特征。对修辞批评家们来说,更大的整体不是主要方面,教学的实用性需要才是重要的。他们在讲授技艺的时候往往集中在说话技巧之上,而且叙述性的史诗和戏剧并不是他们用来教学的最好例证。那些文学形式只在语言表达的层面上才进入修辞批评家们的视野。

二 苏格拉底—柏拉图的文学理论

无疑,智者的理智探索大大丰富了古希腊的理智生活。就文学理论而言,智者对文学语言本身的认识,不仅为苏格拉底和柏拉图提供了理论准备,甚至从整个西方文化的角度看,智者对语言"逻各斯"的认识也为后世文学理论重视语言机制开创了先河。但是,同样确定无疑的是,固着于修辞术,使得智者学派的辩论家们错误地将"听起来有理"和真理本身草率地画上了等号,从而为这个学派的"虚无主义""相对主义"打下了根基。到了苏格拉底和柏拉图时代(公元前5、4世纪),"智者学派"在希腊政治风气日下的大环境下,也走向了末路。没有衡量标准的诡辩之风在智者们中间愈演愈烈,他们拿出一个口号为这一情形辩护,这个口号就是"人是万物的尺度"(普罗塔戈拉语)[13]。哲学都变成了"怎么都行"的诡辩,那么文学岂不更为虚假?

"人是万物的尺度",在希腊哲学从求真的"自然哲学"阶段转向求善的知识探求过程中,固然具有进步意义,但是它不能成为"相对主义"的借口。哲学从"宇宙"转向人世的一开始,就遇到了两种使用语言的方式,一种是古希腊的戏剧,一种是智者的"诡辩"。就前者而言,无论是悲剧诗人还是戏剧诗人,都是在"秘索思"(mythos)的层面上使用语言,虽然他们在某种程度上能用语言再现人对"真理"[14]的追求,但是他们并不能真正反思语言之所以能表达真理的原因,也就是说,诗人虽然能在激情的牵引下摸索到通向真理的道路,但是却也同样可能被激情牵引到谬误的深渊。就后者而言,智者根本就不认为真理是存在的,而仅仅将语言看做是一种"说服"的工具,只要言之成"理"就算是达到了目的,他们仅仅是一些在"修辞学"上下功夫的人,但修辞学本身的根据是什么,它能为城邦(即社会)中的人提供什么永恒的价值目标,根本不是他们关心的事情。在这种意义上说,苏格拉底(柏拉图)的思想,就恰恰要和以"迷狂"的方式反映人的永恒价值的"诗"联合起来,反对智者对语言工具性的使用。这也就是说,要用"理性"确立一种根源于"真理"的修辞学,驯服"诗人"。柏拉图在"理想国"里要驱逐的恰恰不是诗人,而是智者。

苏格拉底有关文学的论述都包含在柏拉图写作的苏格拉底对话中。柏拉图和苏格拉底两个人的声音,今天已经很难分清楚了。在这些文本中包含了对文学以及文学活动规律的最早但也十分深刻的认识。可以说,柏拉图—苏格拉底的论述打开了关于文学认识的最初的视域。这一视域由这几个要素构成:诗(文学)的本质;诗(文学)的社会地位;诗(文学)的作用。

1. 诗与真:模仿论

在《理想国》(*Republic*)中,柏拉图记录了苏格拉底与格老孔对话时使用的一则比喻,这就是非常著名的"洞喻"[15]。通过这则比喻我们可以清楚地理解,在苏格拉底—柏拉图那里真理是怎样存在的,而真理的次级存在又是怎样的。苏格拉底让我们设想,有这样一个洞穴式的地下室,它有一条长长甬道通向外面,可让同洞穴一样宽的一束亮光照进来。有一些"囚徒"从小就生活在这个地下室中,他们背对着洞穴的出口,然而手足被缚,头不能动,一直只能保持着面对洞穴后方的姿势。因而,他们目之所见,只能是他们面前的洞穴的后壁。而他们背后,也就是洞穴的出口处,有一堆正在燃烧的火,火焰的光芒将外面行走的人们的影子和这些囚徒的影子,投射在洞穴的后壁上。

这些囚徒由于长期观察的是这些影子,他们势必会以为这些不实的影像就是真实的事物,即便囚徒们相互谈论投射在洞穴后壁上的影子,他们也会以为自己是在谈论事实本身。但是突然有一天,一个囚徒挣脱了束缚着他的枷锁站了起来,向后(也就是向洞穴出口处)看去,他的所有关于真理的理解就会被瓦解掉,因为他看到了影子的本原——火光。而如果他再走出洞穴,他将会看到更接近真理本质的东西——太阳之光,当然,这要冒着眼睛被强烈的(真理之)光刺睛的危险。

实际上,柏拉图通过这则比喻是在表述自己的形而上学真理观。柏拉图认为,一个人如果只是看到事物的影子或者事物本身而看不到那让影子和事物显现的火光,他就只拥有"意见"而没有"知识",而只有"知识"作为"公式、原理、定义、规则"的集合,才是"逻各斯"的真正内容。"知识"涉及共相世界,而"意见"则涉及表象世界。所谓"共相世界"是指抽象成为公式、原理、定义、规则的普遍性存在,所谓"表象世界"就是指服从这些公式、原理、定义、规则的具体物质存在构成的世界。表象世界相对共相世界而言就是"影子",因而是一种次级的存在世界;"共相世界"相对于表象世界而言才是本原的世界。这就是柏拉图的"理念论"的基本思想。

苏格拉底—柏拉图"理念论"是其文艺理论思想的基本核心,这一核心从认识论意义上关涉着"文艺和现实"这个基本问题。"理念论"本身也是针对智者学派的"感觉论"而提出来的。前面我们说过智者学派的集大成者普罗泰戈拉的基本思想,他也是认识论上的"感觉论"的提出者。普罗泰戈拉曾说"人为万物的权衡,存在者则见其存在,无有者则见其为无有"[16],其实就是对真理持一种相对主义的观点。苏格拉底—柏拉图和他是针锋相对的。柏拉图的"洞喻"要说的是:人在认识上的"囚徒"境地使得人的感觉往往是靠不住的,由感觉产生的认识,受到各种条件的限制,因人、因时、因地、因情而异,所以往往真伪不分,美丑莫辨,所以感觉无法提供真实的知识。在柏拉图看来,永恒的"本体结构"才是真正的现实。柏拉图发展了毕达哥拉斯(Pythagoras)的"数学"原理,划分出两个世界,一是绵延无界的经验感观世界,这是个不断变化的世界;一是有限的真实或理念世界。所谓有限,是就这个世界是由有限单元数字与几何线条的比例构成而言的。由于认识条件和物质存在条件而变动不居的经验现实世界是以有限的、不变的"本体结构"世界即"理念"世界为蓝本的。理念是原型,是正本,而经验世界是摹本,它是以理念的范型铸造出来的。

如果说"逻各斯"是理念世界的内核以及把握理念世界的方式的话,那么"秘索思"(mythos)就是诗歌表述经验世界的方式,是通过经验、想象、修辞、技艺再现感官世界的方式。因而,诗歌由于其对象的次级性,相对于哲学处于次级的地位。我们曾提到的种种观点,其实都可以说明在柏拉图的心目中世界是以怎样的方式存在的:现实经验世界是理念世界的摹本,而由于艺术(绘画、雕塑以及包括悲剧和喜剧在内的广义诗歌)的对象是经验世界,所以,艺术世界又是经验世界的摹本。举个例子来说,画家描摹的一张床,是对工匠手工制成的床的实物的模仿,而工匠在制作实物床之前脑中存在的"床的概念"则是他所制作的床的实物的真实原本,所以,如果说工匠制作的床是理念的床的"影子"的话,那么画家所描摹的床则是"影子的影子",它离现实隔着三层。[17]

柏拉图将诗歌定义为一种"模仿"或称"mimesis"。"诗的模仿术模仿行为着——或被迫地或自愿地——的人,以及,作为这些行为的后果,他们交了好运或厄运(设想的),并感受到了苦和乐。"[18]这句话要强调的不是文学如实再现事物,而是文学再现所具有的那种戏剧性特征;柏拉图想说的是,戏剧、史诗激发了强烈的情感,将观众投入他所观看的场景中。

柏拉图还区分了"模仿(mimesis)"和"叙述(diegesis)"。严格地讲,"模仿"是直接模仿一个人物的言行,而"叙述"则是"诗人自己在讲话,没有使我们感到有别人在讲话"[19]。在这种严格的划分之下,戏剧是完全的模仿,而田园诗则是叙述和模仿兼而有之,田园诗人直接再现诗中人物对话的时候就属模仿,而讲述故事的时候就属于叙述。但无论是对"模仿"还是对"叙述",柏拉图的评价都不高。在他看来,戏剧和史诗(以及田园诗)仅仅是对永恒的表象世界的模仿。较之于哲学、科学或其他形式的抽象性理解而言,文学或诗(poiesis)总是感性的,关注的只是具体的东西,这就表明了文学与真理无缘——"模仿者对于自己模仿的东西没有什么值得一提的知识。模仿只是一种游戏,是不能当真的。想当悲剧作家的诗人,不论是用抑扬格还是用史诗格写作的,尤其只能是模仿者。"[20]

2. 灵感说和迷狂说

如果说"模仿说"的基本内容涉及到整个苏格拉底—柏拉图体系的本体论,因而主要关涉文学本体论的话,那么"迷狂说"则更多地涉及文学创作论,尤其是创作心理方面的问题。

从模仿论来说,诗人是模仿者,甚至是拙劣的模仿者,那么作为诗人模仿结果的诗必然是更不真实的,因而也是难以有意义的。但是诗歌又的确让欣赏它的人获得了某种审美愉悦,这是什么原因呢?这仅仅是凭借着创作诗歌的技巧而得来的吗?在《伊安篇》中柏拉图借苏格拉底之口明确地给出了否定的回答。他告诉伊安说,给人以审美愉悦的诗歌绝对不是靠着什么技艺生造出来的,而是借着灵感创造的:"她(指诗神缪斯)首先使一些人产生灵感,然后通过这些有了灵感的人把灵感热情地传递出去,由此形成一条长链。那些创作史诗的诗人都是非常杰出的,他们的才能决不是来自某一门技艺,而是来自灵感,他们在拥有灵感的时候,把那些令人敬佩的诗句全都说了出来"[21]。

柏拉图文本中提出的"灵感说"有其远古的神话根源和实践根源。古希腊神话中有九位缪斯(the Nine Muses)掌管着艺术与科学。她们是宙斯和记忆神莫涅摩续涅(Mnemosyne)的女儿,分管历史、天文、悲剧、喜剧、舞蹈、史诗、爱情诗、神诗和抒情诗;对丰产神之一狄奥尼索斯(Dionysus)的崇拜以狂欢极乐为特征,与尊崇理性与秩序的阿波罗崇拜恰成鲜明的对比,狂欢的狄奥尼索斯崇拜,后来发展成了定期的戏剧节即酒神节,因而狄奥尼索斯也就成为了古希腊宗教中的戏剧之神,但是古希腊戏剧的内容意义又体现了阿波罗原则,以传说中的人物为实例,教育观众服从命运。[22]这些神话和社会传统都离不开古希腊宗教,因而"灵感"就含有"神启""天赋""迷狂"等含义,"灵感"的原词词义就是"神灵附体"的癫狂状态。在古希腊宗教实践之中"灵感"的表现也就是"迷狂"。

在《斐德罗篇》中,柏拉图记叙了四种迷狂:第一种是德尔斐女预言家和多多那圣地的女祭司于降神迷狂的时候,在神灵的感召下正确地预见未来,发布神谕,这种迷狂是上苍的恩赐,远胜于人为的神志清醒;第二种是祛病禳灾仪式中的集体迷狂,进入仪式的人进入迷狂状态,通过神灵的凭附而获得拯救;第三种是诗兴的迷狂,诗神凭附于诗人身上,激励他上升到某种特殊的境界,以便敲开诗歌的大门;第四种是更高境界的爱和美的迷狂,曾经寓居于理念世界的灵魂幸福地直接见到过理念的纯粹形式,这些形式是纯粹的存在,因而也就是善和美的本身,但是灵魂降落和肉体结合之后,也就是被埋葬在了叫做身体的坟墓之中之后,只有被肉体束缚的"高等"[23]的灵魂,才能够更好地通过回忆那个超验的理念世界去真诚地追求智能、善和美,从而为重新回到理念世界做好准备。当尘世中的高尚灵魂在秘仪中,通过回忆看到"真正"美丽的形象时,具有这一灵魂的肉体就被崇敬所攫取,以致肉体出现发热、冒汗等反应,从而进入一种敬美如敬神一般的迷狂状态。这种迷狂是提升灵魂的必不可少的一个环节,它让灵魂瞥见美之纯粹,并因而让灵魂充满对纯粹之美的爱欲,灵魂也由此被推动着去求索作为智能和善的统一的真正的美。[24]

苏格拉底—柏拉图在传统的基础上提出的文学"灵感说"的核心内容明显包含两个层次。

第一个层次"灵感说"的基本内涵是文艺之神凭附在一般诗人身上,使其创造出打动人的诗歌作品。但是就这种"灵感"降临的方式而言,和古希腊习见的阿波罗神凭附在女预言家身上,使其能够说出神谕的那种方式并无不同。二者的共同点在于,他们都是高高在上的神的"传声筒"。这种"灵感"的降临,丝毫也无法改变苏格拉底—柏拉图对一般诗人地位低下的看法。《申辩篇》中,苏格拉底说得很清楚,他访问诗人之后,打消了能从他们那里获得知识的念头,他们写诗完全不是依靠智能,而凭借的是灵感,就好像过往在占卜者那里看到的情形一样。那些占卜者发布着预言或者是神谕,可是他们本身并不知道他们说出来的话是什么意思;而凭借灵感的诗人对自己的行当也是一无所知的[25],在这个意义上说,荷马以来的所有诗人都是"美德或自己制造的其他东西的影像的模仿者,他们完全不知道真实"[26]。归根到底,诗人和工匠是同样的,他们依靠技艺制造出某种可以称得上是"好"或"美"的具体的东西,但他们的产品离纯粹之美还是相隔很远的。这里值得注意的是,诗人生产其产品的技艺是某种特殊的技艺。如果说工匠的技艺是对自身掌握知识能力的肯定的话,诗人的技艺恰恰是对自身拥有的能力的否定——他们只有在神志不清的特殊状态下才能完成他们的工作。

第二个层次"灵感说"涉及的灵魂,要比前一种情况下的灵魂"高贵"得多。一则,"回忆说"中灵魂对美的追求不是出于被动的"神灵凭附",而是出于某种对理念美的怀恋,因而是自觉的灵魂,这种自觉的灵魂按照美的阶梯有次序地逐步上升。领悟那最终的美不是靠肉眼,而是靠自觉追求智能的"内心的视觉";再则,这里的灵魂不是无节制的迷狂,这里对美的欣赏决不是肆无忌惮地对不自然的欢乐的追求,相反,这样的灵魂在看到美本身的同时油然升起一种对善美的敬畏之心;最后,《斐德罗篇》中的苏格拉底说得很清楚:这种汲取不同灵感的灵魂只属于"哲学家",因为只有"哲学家的灵魂经常关注于对这些事情(即真实存在——引者注)的回忆"。

这两个层次的"灵感说"或者"迷狂说",从苏格拉底—柏拉图体系出发来看有两点值得注意。首先,具有两个层次的"灵感说"的内在结构完全符合《理想国》中提出的关于"哲学王"统治的那套学说。虽然就诗人具有通过迷狂而获得灵感的能力而言,"诗人们吟诵的时候也要有神灵的激励才有灵感,凭着神灵的恩典和缪斯们的帮助,他们往往会道出真实的历史事实"[27],但是,这时他所体现出来的美的智能并非纯粹,在苏格拉底—柏拉图体系的观点看来,"迄今为止,最重要的智能是统治社会的智能,也就是所谓的正义和中庸"[28],而只有自觉对与"节制"并立的"美的型"加以回忆的高尚灵魂才能"领悟"正义的真谛[29]。无疑,这种观点认为只有哲学家从"正义、节制"等社会的理念出发的"爱美"的智能才能为"无意识"的诗人之智能提供规范。其次,在苏格拉底—柏拉图体系的特殊语境中,"灵感说"和"迷狂说"也是对"智者学派"的"技巧说"斗争的一个武器。我们前面谈到过智者学派对文学的一般观点,他们认为文学不外是劝说性的修辞,在极端的情况下,他们所谓的文学创作既然谈不上表现真理,也谈不上表现主体的情感,只要靠师徒授受的技巧就能"做出"作品。而"灵感说"虽然包含着对诗人地位的贬低含义,但相对智者学派的"技巧说"无疑是进步的:"灵感说"从一个侧面揭示了作家情感高涨时文思泉涌,如痴如迷,如有神附的创作状态和心理特征,通过具有个性的创造,"使原来不存在的东西产生"[30];"两层次灵感说"不仅在理论上向诗人提出了表现真理(社会的道德价值)的要求,鞭策诗人增强对神的信念,把自身的灵感用于对知识的求索和公民的道德教育,而且这种理论通过为诗人灵感提供"神的担保",从而也对诗歌表现真理的有效性予以了肯定。

如果从"当代视角"来看苏格拉底—柏拉图的这种"两层次灵感说",我们会发现,它与20世纪一些文学理论有许多相似之处。仅在类比的意义上看,社会历史文学批评、西方马克思主义文学批评、精神分析文学理论等等现代理论学说,都承认作家意图对文本美学价值并不享有决定权,在这些理论中诗人总是不自觉地充当着历史、社会意识或无意识的"传声筒";而且这些现代理论也乐于将美的阐释者的角色赋予"批评家"和"文学理论家",就像《斐德罗》中的苏格拉底将更完善的灵魂赋予哲学家一样。

3. 诗剧理论与诗教理论

苏格拉底—柏拉图的诗剧理论和诗教理论只有在其"模仿说"和"灵感说"的前提下,才能更好地为我们所理解。苏格拉底—柏拉图的诗剧理论和诗教理论,构成了柏拉图主义批判性文学理论的统一体。一方面,诗剧理论主要从分析的角度出发,对诗歌戏剧的创作以及诵读演出的技术性规律做出了总结。另一方面,诗教理论从哲学层面向作为特殊工匠的诗人提出更高的要求。如果说,诗剧理论是从"事实"层面的分析总结的话,那么诗教理论就是从"诗剧应该是什么""应该起到什么社会作用"的"应然"层面的理性归纳。

我们先来看柏拉图主义的诗剧理论。

苏格拉底和柏拉图确乎从哲学角度不遗余力地对智者学派的"技巧论"进行了理论批判,然而,他们注重对诗歌中的一般特征的总结也是事实。这种总结,今天看来类似于从"文类学"出发对诗歌和戏剧的规律进行考察的文学理论研究。在《理想国》中,柏拉图笔下的苏格拉底指出,诗歌都包含三个主要组成部分:语言、音调和节奏[31],语言是诗歌的第一要素,音乐和节奏必须配合语言组成诗歌:"运动中的秩序称作节奏,声音中的秩序——锐音和抑音之混合——称作音调,二者的结合就叫做歌舞艺术。"[32]节奏的好坏,在诗歌的形式层面就决定了诗歌的优劣,《理想国》明确指出"美与丑是紧跟着好的节奏与坏的节奏的"[33],在《理想国》中的苏格拉底看来,那种不利于培养城邦青年过"节制、勇敢、正义"的生活的靡靡之音,就是坏节奏的典型——在这里,文学形式因素之外的价值因素成为了判断诗歌好坏的唯一标准。

柏拉图对作为"纯粹模仿"的戏剧评价不高,这是由其文学本体论的"模仿论"决定的。但是即便如此,柏拉图写下的几个文本还是对悲剧和喜剧做出了本质的界定。就戏剧的一般规定性而言,它就是创作者对人性固有的"爱情和愤怒,以及心灵的其他各种欲望和苦乐"[34]的模仿的作品。悲剧的本质,即悲剧性取决于悲剧主人公的悲剧性,而悲剧的主人公往往是"一个宣扬自己美德而又表演出极端痛苦的人"——正是"美德"和命运以及外界环境的不可避免的冲突造成了悲剧性的产生。对这类主人公的戏剧模仿,能激发起观众的"怜悯之情",也就是悲剧的审美感受。尽管柏拉图对悲剧效果极其不信任,认为那只是悲剧作家对观众不合理的欲望即"哀怜癖"迎合的产物,但是我们要说,这种对悲剧性本质的揭示非常深刻,甚至回响在两千多年后黑格尔的美学观之中。[35]柏拉图的理论认为喜剧模仿的对象,也就是喜剧主人公的特征是"弱小"而"自大",正是这一点引起观看者的某种混合情绪,一方面是讥刺性质的厌恶感,一方面是愉快的自豪感和轻松感,这两种感受引发笑感。[36]

不过,从苏格拉底或柏拉图的哲学眼光看,当时存在的模仿和叙述兼而有之的诗也好,模仿的悲剧和喜剧也好,都是在鼓励观众去过一种不属于他自己的生活,从而有败坏心灵的可能。这里就涉及到了诗歌的教育功能问题。

总的来说,柏拉图认为文学的形式应该为内容服务,形式和内容都应该是"健康的",这样的作品才能起到好的教育作用。得体的内容在于对高贵的行为的模仿:"假使我们要坚持我们最初的原则,一切护卫者放弃一切其他业务,专心致志于建立城邦的自由大业,集中精力,不干别的任何事情,那么他们就不应该参与或模仿别的任何事情。如果他们要模仿的话,应该从小起模仿与他们专业有正当关系的人物——模仿那些勇敢、节制、虔诚、自由的一类人物。凡与自由人的标准不符合的事情,就不应该去参与或巧于模仿。至于其他丑恶的事情,当然更不应该模仿,否则模仿丑恶,弄假成真,变为真的丑恶了……"。好的内容必须和好的形式相统一,"庄严""静美""刚柔"相济的节奏,必然是好的内容的表现形式,因为"美与丑是紧跟着好的节奏与坏的节奏的"。有时候形式因素的感性特征甚至会起到更有效的教育作用,在儿童的文艺教育方面尤其如此。一个儿童从小受了好的教育,节奏与和谐浸了他的心灵深处,在那里牢牢地生根,他就会变得温文有礼;如果受了坏的教育,结果就会相反。一个受过适当教育的儿童,会产生一种敏感的倾向,爱美善而恶丑恶,从感性上培养起追求理性之美善的种子。[37]

古希腊当时的诗歌创作情况,对柏拉图来说显然对这种教育是不利的。因为在柏拉图看来,当时的诗人创作之所以能创造出动人的作品,完全是由于偶然的灵感,神灵的暂时凭附,而更多的情况下,他们凭借自己的"天才",用想象力和追求快乐的欲望,打破哀歌与颂歌等敬天事神的诗歌规范,任意变乱诗乐的秩序,扰乱灵魂的秩序,迎合"邪恶"的听众的趣味。[38]因此,只有对诗歌创作进行"双重规范",才能让诗歌作品起到对城邦有益的作用,也就是说,一方面是对诗人进行规范,"驱逐"一般的诗人,代之以一些能够遵循教育原则而进行创作的"艺人巨匠",与一般诗人不同,他们能用美善统一的文艺,带领青年进入"健康之乡"[39];另一方面,就是对诗歌本身进行规范——这是一种十分严苛的规范,柏拉图笔下的苏格拉底告诫说:"实际上我们是只许可歌颂神明的、赞美好人的颂诗进入我们城邦的。如果你越过了这个界限,放进了甜蜜的抒情诗和史诗,那时快乐和痛苦就要代替公认为至善之道的法律和理性原则成为你们的统治者了。"[40]

柏拉图有关诗歌的理论其实是在继续"哲学与诗歌之争",在那里,哲学是最终的胜利者。

三 亚里士多德

在柏拉图学说中,文学艺术由于相对于理念世界的不完善性而受到严厉的批判乃至否定,而亚里士多德则从"事实"出发对文学予以界定,对文学类型予以归类,从一种真正科学的角度总结文学创作的实践规则。亚里士多德一生创作了大量的理论作品,其中,关于诗学理论的作品除了非常著名的《诗学》[41]和《修辞学》之外,还有已佚失的《论修辞》《论诗人》《荷马问题》和《戏剧研究》。

虽然是柏拉图的学生,但亚里士多德却不能称得上是一个纯粹的哲学家。严格地讲,他是一个百科全书式的学者。他在分类学上的兴趣远远大于抽象的思辨,对形而上学终极原则的兴趣也远远比不上乃师。虽然两人的师生关系长达十八年之久,可是二人思想观点的差异非常明显。如果说柏拉图哲学体系,以及该体系中的文学理论观点都具有"理论主义"色彩的话,那么,亚里士多德的思想则是"经验主义"的。这和两个人的脾性可能是有关系的。在对理念世界的描述中,柏拉图的思维是数学式的、超现实的、纯粹抽象的,而亚里士多德,这位医生的儿子[42]恰恰通过生物学模型思考,其理论是自然的、实证的和具体的。在柏拉图的文本中,我们看到,诗歌艺术的身份,不是宗教的工具就是道德的附庸。与此相反,亚里士多德立足于事实材料和新的哲学观念,充分论证了文学艺术的独立性:第一,它不同于道德,道德是关于实践的行为,文学艺术是关于实践的创作;研究道德的学问是伦理学,其目的是探讨行为者的心境、动机、思想、感情;而文学理论或"诗学"的目的在于使作品臻于完美,所以要探讨艺术本身的一般规律和技巧问题;第二,自然的活动与艺术的活动,既有相似之处又各不相同;动植物从种子长成形体,其中包含着创造,但是这种成长死亡过程严格地遵循自然法则,同类个体之间没有本质的区别;但艺术作品由于依赖于作者的思想和情感,因而不可能千篇一律,所以诗学就要立足于对作者与其作品的特殊关系、作品对所模仿的现实的特殊关系进行研究。正因为如此,亚里士多德对文学的探讨远比柏拉图要系统、丰富。

1. 模仿论

从现在保存下来的唯一一部亚里士多德文学理论著作《诗学》中可以看出,他继承了柏拉图从"模仿"角度(尤其是对行动的模仿)对文学(诗)的定义,但是亚里士多德对"模仿"的态度却是肯定性的。他将模仿视作是一种人类本性固有的自然而健康的冲动:

> 一般说来,诗似乎起源于两个原因,二者都出于人的本性。从童年时代起人就具有模仿的秉赋。人是最富有模仿能力的动物,通过模仿,人类可以获得最初的经验,正是在这一点上,人与其他动物区别开来。而且人类还具有一种来自模仿的快感。实际活动中的经验可以证实这一点;尽管有些东西本身对于视觉来说是痛苦的,如令人望而生厌的动物和尸体的外形,但我们却喜欢观看对这些东西模仿得最为精确的图画。原因恰恰在于求知不仅对于哲学家是一种极大的乐趣,而且对于其他一般的人同样也不失为一件快活的事情,只不过后者所分享的快乐较少罢了。[43]

亚里士多德认为柏拉图的理念论是存在缺陷的。他指出,柏拉图假定理念为存在物的根本因素,却又使理念高高地凌驾于存在物之上,使得理念成为一种神秘的存在。在柏拉图那里非常神秘的"理念",在亚里士多德的体系中得到了更为清晰的改造。在亚里士多德看来,"理念"是特殊事物的共相,是特殊的普遍,而普遍不可能脱离开特殊而存在,恰恰存在于特殊之中。理念不是已然存在的纯然抽象的彼岸现实,而是"可能性",也就是寓于万物之中的"因"。它就像所有生物的为种子或胚胎一样,包含着将要成长、实现的可能性。每一种事物都向着它的目的、理念而发展,这最终的发展结果,就是亚里士多德所说的"entelechy"(圆满实现)。

这样一来,自然物的存在就不再是对理念的不完满的模仿,而是对理念的实现,因而也具有了自身的合理性。亚里士多德又明确地指出:"技艺(arts)模仿自然。"[44]这也就是说,艺术和自然一样,促使并帮助事物背后隐藏着的可能性实现出来。事实上,由于有太多的偶然性因素妨害着实际事物的自我实现,因此,亚里士多德甚至暗示,就帮助事物实现而言,"技艺"比"自然"更有利。所以,艺术创作中作家对自然的模仿,已经不再是一种消极被动的模仿,而是一种积极的创造,能够促使他所描写的对象的可能性更好地得以实现。

尽管亚里士多德谈到过"逼真的模仿"的问题[45],但他的"模仿论"并不认为模仿是消极意义上的"拷贝"。他明确指出,艺术模仿具有能动性。悲剧中刻画的人物的艺术模仿方式就应当比现实生活中的人品质高尚,而在喜剧中,人物大多塑造得比现实中的人品质坏:

> 模仿者模仿处于活动中的人,而这些人必然是高尚的或者是鄙劣的。因为唯独这种人才具有品性,正是通过邪恶与德性,一切人的品性才有差别。也就是说,被模仿的人物或优于我们,或劣于我们,或同我们一样。画家正是这样,波吕哥努塔斯所画的人物优于我们,保松所画的人物则劣于我们,而第奥尼修斯所画的人物正同我们一样。显然,上面谈过的每一种模仿艺术都具有这些差异,由于模仿对象的不同,这些艺术在类型上也不尽相同。甚至在舞蹈、笛子演奏术和竖琴演奏术里面,也能发现这些差异;同样,这些差异也存在于散文和无音乐伴奏的韵文之中。例如,荷马笔下的人物优于我们,克勒丰笔下的人物则与我们相同,而第一位模仿滑稽诗诗人塔索斯的海格蒙的《德利亚斯》的作者尼哥卡莱斯笔下的人物却劣于我们。对于酒神颂和努莫斯同样如此……提摩透斯和菲罗克塞努斯模仿了独目巨人。正是根据这一点,悲剧和喜剧区别开来。前者所模仿的人物比我们今天的人好一些,后者所模仿的人物比我们今天的人差一些。

亚里士多德在《诗学》的第二十五节中论诗的模仿时所划分的范畴,也为"模仿"本身的能动性打开了理论上的多样性。他说"(诗人——引者注)必然总是要模仿三种东西的一种。过去存在或现在存在的东西,据说存在或被认为存在的东西,应当存在的东西"。第二种情况,其实就承认了诗学模仿中描述"神话"的合理性,而第三种情况则重申了艺术创作中作家主体意向因素,或更广义的"目的因素"的存在。就其"模仿"理论而言,细节真实性只是次要的。

由此我们可以看出,亚里士多德发展了模仿说。他认为模仿不仅在于再现事物的原貌,而且是对事物的类的属性的反映。他也因此得出结论,指出文学与神话的本质区别:"较之于历史,诗更具有哲学性,也更具有分类上的价值。因为诗关注着普遍的真理,而历史更集中于个别事件。"[46]

就此,亚里士多德提出了一个文学理论史上非常重要的,甚至是"永恒的"问题:如何理解诗歌乃至一般艺术的真实性。

2. 艺术、诗歌的真实性

一切知识都以认识事物的真理为目的,艺术也不例外。艺术的特点就是通过对特殊事物的模仿,对事物进行本质的模仿,揭示其普遍性,显示它的普遍特征,使艺术欣赏者在艺术欣赏过程中获得求知的乐趣。

另外,亚里士多德也没有因此而忽视艺术真实的特殊性,并指出了艺术真实中更为本质的东西。他说,如果我们面对的艺术品所描摹的对象是我们没有见过的,那么我们求知的乐趣就不在于追问事物被模仿得像不像,而在于"创作手法或色彩处理或其他类似的原由"。也就是说,艺术真实必须要考虑到艺术本身通过技巧运用使作品实现形式和谐。因此可以说,在亚里士多德看来,艺术的真实是"内容的真与形式的美"的有机统一。

亚里士多德正是在这种对艺术真实性定义的基础上,提出诗歌艺术的描摹记叙较之历史学写作方式更为"真实"。诗歌偏重于写一般(普遍性的典型事件),而历史则偏重于写个别(特殊事件)。历史必须照实记载,历史学家没有自由创作的余地;诗则照事物的必然性来创作,只要合乎必然性,诗人就可以积极运用自己的自由想象。因此,诗人如果以历史为题材创作,他必须运用心灵的形式去征服混沌、散漫、荒芜的素材材料,从而使作品达到形式与材料的整一、有序、和谐的完美实现。这也就是说,诗人必须精心地从认识角度、审美角度,多层次地对材料进行加工:首先,集中于描写有因果关系的事件,删除彼此间无或然或必然联系的事情;其次,诗人在记录历史真相的同时,还要有自己的创见,通过"妥当的手法"增加艺术效果的同时,更本质地揭示事件的普遍典型性。最后,由于在艺术诗歌"模仿"中,诗人的对象不是实际的事物,而是事物的理念,因此"评定诗与政治及诗与其他艺术正确与否的准则不尽相同",诗人的模仿对象是事物可能实现的最完满状态,因此他艺术模仿中的事物总高于具体实际存在的事物——"因为典型应当高于现实"[47]。

亚里士多德进而提出了判断艺术真实的两个标准:第一是可能性和必然性,第二是可信性。

(1) 可能性和必然性

亚里士多德从柏拉图那里继承了艺术作品是一个有机整体的学说,并把这种"有机统一说"确立在可能性和必然性的基础之上。有机统一的形式不仅是内部的联系,而且是发展的规律。

以悲剧为例,悲剧模仿必须是完整的活动,它必须有"开端、中间和结尾"。在开端之前不必有他物,但是一旦开端,后面必须有继起的他物。结尾"是指某物本身或出于必然,或出于恒常性,继随他物而产生,但无物继随该物本身"。因此,合适的情节绝对不能随意开始和结束,而必须按照"自然发生"的必然性和或然性(即可能性)来安排得秩序井然,必须合情合理地从前一事产生出情节的必然发展线索,前事是因,后事是果。戏剧模仿必须在"开端"的前提下展开其必然的,或可能发生的情节。亚里士多德认为,艺术的目的应该是统一——当创作这样的文学作品的时候,就应该赋予它们一种生物学意义上的自然充分的目的。亚里士多德将诗歌定义为对行为的模仿,因而,他首先要求统一性应该是行为的统一性,在这种统一性中,事件的发生会引发一连串符合必然性的事件,就像动物身上的肢体和器官作为不同但互补的存在共同活动那样,行动的各个环节也应如是。亚里士多德说:"组成情节的事件必须严密布局,以至于如果搬动或删除其中的任一成分,整个整体将会松散和崩溃。如果某一事件的出现或缺失都不会导致显著的变化,那么这个事件就不是整体的一个有机部分。"

不仅悲剧整体要有发展线索上的必然性和可能性,而且悲剧模仿所刻画的人物形象也要遵循这一原则。他指出,"在性格的刻画方面正如在事件的安排方面一样,人们应当寻求那些必然的或可能的东西,以便使某种类型的人物说某种类型的话、做某种类型的事都出于必然或偶然;让某个事件继随另一事件的发生也出自必然或偶然"[48]。人物的塑造必须在他性格的前提下保持前后的一致。

总之,在文学创造中,诗人必须依着诗的内在目的,处理整体布局中诗的诸种要素(人物、事件等)之间,以及要素与整体之间关系合理性构成问题,实质也仍是形式之于材料的充分、完美的实现问题。因为充分、完美实现了的形式,就意味着合于诗创造的目的性,合于诗构成所应具有的前因后果,首尾相接,环环相扣,层层递进,秩序井然的可能性与必然性。

(2)可信性

如前面所说,亚里士多德所谓可能性与必然性构成了诗的艺术逻辑。因此,诗歌的真实性,从创造构成的意义上看,在于诗的形式通过诗人充分完美地实现了自身。那么,从诗的接受角度上着眼,诗歌的真实性在于什么呢?在《诗学》第二十四节,亚里士多德这样写道:"首要的是,荷马教给其他诗人运用恰当的方法编织谎言,即使用悖理的议论。如果一件事存在着或发生了,另一件事也紧随着存在或产生了,人们就会认为,如果后一件事是存在的,那么前一件事必然是存在的或已经发生了。然而这是错误的推论。即使第一件事是假的,但第二件事是设定第一件事存在后而必然存在或产生的东西,因此如果知道第二件事是真的,那么我们的心灵就会进行错误推断,认为第一件事也必定是真的"。因此,"一件尽管不可能,然而使人可以相信的事,总是优于一件尽管可能,然而使人无法相信的事"[49]。

由以上所述可以看出,亚里士多德认为诗的真实性在于可接受性,也就是说,在于诗的接受者的"可信"或"相信"。亚里士多德认为,这种认可的感觉,即"可信"或"相信",来自于"似是而非的推断";而这种推断又是来自于诗自身内在因果关系的合理性上(第一件事与第二件事之间可能性与必然性的联系),这里关键的是关系上的合理化,关系上的自圆其说,而不在于是真事还是假事,是真话还是假话。因此诗的"可信"的可接受性,是它能"运用恰当的方法编织谎言",这就是《脂砚斋重评石头记》批语所言:"事之所无,理之必有。"[50]所谓"事之所无",是无中生有,是不可能的不合情理之事,是"谎话";所谓"理之必有",是指合乎可能性和必然性,有严谨的因果逻辑,秩序井然,整一和谐的形式关系,从而能"把谎话说得圆",使接受者能在主观感觉上得到认可。否则即使是真话,如果说得不"圆",不建立在言之成"理"的秩序中,达不到诗的目的,产生不了诗的效应,就不可能使接受者在诗的主观感觉上认可,从而显得不可信。

文学这种"自足"的真实性来源于现实生活,现实生活为人提供了可能性,使他理解事物之间、事件发生之间的必然联系,诗人把握住这种可能性和必然性,使得情节具有可信性。这也就是说,读者相信作品中的事件是可能的和必然的,因为他们在生活中也会看到这种可能性和必然性。所以说,情节的必然性、可能性与读者接受的可信性相统一,构成了文学"自足"的真实性,因为艺术从本质上反映了生活中具有典型性的人物和事件。

3. 悲剧及其接受理论

亚里士多德几乎一直将"诗"和"悲剧"视为同义词。他的诗学的大部分内容,从第六节到第十九节,都是在讨论悲剧。这也是由于他的某种"目的论"决定的。每一种文类都随着时间展开自我发展,直到发展到其最完满的形式。亚里士多德认为,"伴随着每种新成分的出现,悲剧都不断地得以提高。经过多次变更,直到发现了自己的本质形式,悲剧便中止了发展",文学发展的最终形式就是悲剧,悲剧的发展就是"诗"的发展,而诗也是悲剧的诗,史诗只是悲剧发展过程中的一个环节。所以他基本上将悲剧视为文学的典型,并因此将大部分的笔墨都花在对悲剧和悲剧效果的探讨之上。

悲剧是对某种严肃、完美和宏大行为的模仿,它借助于富有艺术润色功能的各种语言形式,并把这些语言形式分别用于剧中的每个部分,它是以行动而不是以叙述的方式模仿对象,通过引发痛苦和恐惧,以达到让这类情感得以净化的目的。

《诗学》总结了悲剧的六种基本元素:情节、性格、言词、思想、形象与歌曲。其中,情节最重要,因为情节是事件的安排,是行动的模仿。情节贯穿于作品的整体中。情节是作品的发展过程,是作品的血与肉。只有有了情节的安排,才能产生效果。第二位重要的是悲剧人物的性格,性格和思想是行动的起因,性格又是人物品质的决定因素。思想的重要性占第三位。"思想是使人物说出当时当地所可说,所宜说的话的能力。这种活动属于伦理学或修辞学的范围。"语言的表达占第四位,如运用韵文,增加修饰。歌曲是第五位,形象最不重要。他所说的形象,和我们现在的形象是两个不同概念,他说的形象是指"扮相",即剧本演出时演员的服装等,与创作者关系不大。在这一点上,"道具和服装创制者的技艺比诗人的技艺更具有权威性"。

悲剧的形式必须符合它的目的,这样才能达到完满的同一性。这里我们特别要留心,亚里士多德似乎在那个时代已经充分意识到"文学接受"是文学的基本因素之一,甚至是文学实现自身的一个目的所在。统一性首先是观众接受方面的,然后才是文本自身的。正是这个补充条件,使得亚里士多德断定悲剧优于史诗,因为悲剧相对具有更紧凑的统一性,而史诗具有相对松散的统一性。

在论述悲剧时,亚里士多德还阐释了悲剧的特殊效果,解释了不同文类所激发起来的不同情感反应。他说,悲剧应该产生"恐惧或同情"[51]。在这里,恐惧与同情应该被视作互相影响的两个情感因素。悲剧所唤起的同情,与其说是移情性质的同情,不如说是充满恐惧的同情;悲剧所唤起的恐惧,与其说是从观众自我出发的恐怖,还不如说是充满同情的恐惧。充满同情的恐惧被认为是能唤起敬畏感的真正的恐惧。

亚里士多德把关注的焦点放在情感效果上,其实是发展了文学理论的一个重要方面,他在这一点上直接与老师柏拉图针锋相对。亚里士多德并不认为情感有害于人的本能,相反,它是人类生活符合本性的一个组成部分。问题的关键在于保持情感的健康和平衡。悲剧符合必然性和可能性的虚构情节,能激发观众的情感,而且这种情感要比现实生活中的情感强烈得多,但这种情感未必不是有益的。亚里士多德特别看重悲剧在观众那里产生的"怜悯和恐惧"的"净化"(catharsis)效果。"净化"一词含义颇多,一方面它是一个医学术语,意指通过"排泄""发泄"涤除身体内的有害物质或有害的体液,从而保持肌体健康;另一个意思则与古代希腊宗教或毕达哥拉斯学派的秘仪有关。[52]由于亚里士多德在《诗学》中没有进一步说明,所以今天理论界对亚里士多德使用的这个词还有许多不同的解释,但学者们在这一点上达成了共识:catharsis 大致类似于"提升"和"升华"的意思。这种"提升"或"升华"可以是通过理智对情感的净化和控制来实现的。在这里,亚里士多德明显是在反驳柏拉图所提出的看法。柏拉图认为,沉溺于由戏剧虚构激发起来的情感的人,在现实生活中也倾向于让激情统治自己的理性,让不合理的欲望占据上风。亚里士多德的观点刚好相反,他认为,观众在欣赏悲剧的过程中,产生强度非常大的情感之后,如果在现实生活中遇到与悲剧情节相似的引人激动的场面,就能够理智地控制自身的情感了。

亚里士多德指出,由于情节是悲剧的灵魂,因此悲剧创作中情节设计尤为关键。只有拙劣的作家才会在悲剧中使用"善有善报、恶有恶报"的喜剧情节,因为这无法引起观众的怜悯的情感,实现不了悲剧的"净化作用"。悲剧的情节应该通过悲剧人物"由好运转向厄运"的过程而展开。要使这种由"好运转向厄运"的过程符合可能性和必然性,若让观众产生可信的感觉同时,实现感情上的净化,悲剧人物的塑造就是关键。在亚里士多德看来,大善之人由好运转入厄运的情节,不可能在观众那里产生怜悯和恐惧的感情,那样只可能引起同情性质的怜悯(而不是混合着同情的恐惧)。同样,怜悯和恐惧的感情也不可能由大奸大恶之徒由好运转入厄运(受到惩罚)的情节引发,那样只能满足观众的正义感。适于让观众产生带有怜悯性质的恐惧这种情感的悲剧主人公,既不以美德著称,也不以恶行著称,他之所以陷于厄运,也不是由于丧德败行,而是因为某种错误、弱点和"闪失"(hamartia),而且最好取材于那些蒙受惊人大难或做过惊人事迹的传说人物。主人公具有"常人"特征,他才能在观众身上引起"感同身受"的恐惧与怜悯;这样的主人公出于失误的错误,是招致"厄运"可信的起因;这种人物的"传奇"性质决定了他遭受的"厄运"非同一般,这样会产生更强烈的情感效果,增强艺术感染力。悲剧主人公必须具备这三个要件,才能有效地激发观众的带有怜悯的恐惧情感,实现"净化"目的。

可以说,悲剧模仿在观众那里引发的净化效果,具有内在的认识价值和伦理目标。

悲剧通过模仿人的活动引发并净化情感,这不是简单的道德感化或情感清洗,实质上内含了认知活动。亚里士多德认为,优秀的悲剧情节必须经过反转、认辨,最后达到苦难的结局。所谓"反转"是指"剧情向相反的方向变化。像我们所说的那样,这种变化或出于偶然,或出于必然"。或者说,"反转"就是利用阴差阳错的复杂情节,推动悲剧主人公性格弱点可能会引起的失误行为实现出来,以至造成引起恐怖的灾难性后果。情节的"反转"也就是悲剧人物命运的反转(由好运转向厄运),而且悲剧人物对此懵懂无知,在情节发展到某一点时,由于某种契机,悲剧主人公"认辨"出自身处境和由他失误与无知造成的灾难性后果,导致"苦难"。这里的"苦难是指毁灭性的或悲痛的行动,例如暴死在舞台上,极度的痛苦、受伤以及其他类似的行动"[53]。在"反转—认辨—苦难"情节发展的上演过程中,不仅是悲剧主人公最终认出了自己的苦难的结局,观众也在这一过程中实现了对人物命运的透彻认识。悲剧主人公在自己失误造成的大难面前如梦方醒,受到良心谴责而痛不欲生的同时,观众的良知也得到了启迪。观众看到优于常人、又相似于常人的主人公遭受不应有的厄运,体察作者寓意,领悟必然事理,推人及己,想到这是人皆可能遭遇的事件,也有可能落在自己身上,这才发生怜悯与恐惧,促发理性的改善。

悲剧模仿严肃而重大的活动,高尚与鄙劣人物的举止。寄寓其中的普遍性哲理,主要涉及伦理关系和道德品性。希腊悲剧广泛涉及亲朋之间、敌友之间、男女之间、公民与城邦之间、奴隶、自由民与统治者之间,以及城邦之间的伦理关系。[54]而悲剧冲突构成的关节点就在于悲剧人物在上述关系实践中的选择"失误"。正因为"失误"有别于"恶",因而通过悲剧表现"失误"的恶果,而不是渲染"恶",才能激发恐惧的同情。一方面,"失误"源于无知[55],另一方面,亚里士多德看到了"失误"的复杂性:不自制也是"失误"的根源,甚至是更主要的根源。他说:"放纵者不存悔恨,因为他所做的是他要选择的事情。然而不自制者总是悔恨。"[56]"由于受情感的影响而违背了正确的逻各斯并放弃了自己的选择"[57]的不自制行为,会造成伦理选择的错误。因此,我们可以说,"无知"和"不自制"这两个因素,也构成了"失误"这种悲剧的根源。

亚里士多德分析了"无知"和"不自制"的悲剧构成的几种情况:第一种情况是"不自制"产生的"无知",例如,悲剧作家欧里庇德斯笔下亲手杀死自己两个孩子报复负心丈夫伊阿宋的美狄亚就是其典型。当她在激情的支配下一心报复的时候,理性已经无能为力,剩下的只是疯狂的不计后果的行动。第二种情况是,由于"无知"产生的"不自制",例如悲剧作家索福克勒斯笔下的俄狄浦斯王,由于不知道与他发生口舌的老者就是自己的父亲,而动手将其打死,犯下了弑父之罪,又是出于无知随后犯下了娶母之罪。无论是前一种情况还是后一种情况,都会把"不自制"和"无知"的后果在舞台上展现得淋漓尽致。当美狄亚带着自己两个孩子的尸体乘龙车而去,而伊阿宋呆呆地站在血泊之中的时候,当俄狄浦斯得知一切真相而羞愤交加刺瞎双目以赎罪的时候,观众必定被他们面前的一幕惊呆,必定在惊恐于这一切后果的同时,为舞台上悲剧主人公的"不自制"和"无知"而悔恨,这时候,他们就会自然而然地产生对"明智"和"自制"的迫切的追求之情,这样就实现了"净化"的伦理目标。亚里士多德论悲剧,从悲剧要素、悲剧结构开始,止于悲剧的接受理论,亦即悲剧的"目的论"。悲剧的目的不是它自身,也不是观众如痴如醉的接受状态,而应该是传达一种智慧,表现一种教益,教会观众怎样认可并进而践行"节制"的生活。

亚里士多德是一位伟大的哲学家,是那个时代哲学思维的集大成者。他以深刻的哲学思维和缜密的思想体系来考察文学现象,在对文学理论的一些基本而关键的问题的论述上,达到了相当的深度。难能可贵的是,他从文学事实出发,拨正了柏拉图以来对"模仿说"的偏见,肯定了"文学模仿"的合规律性,从理论上阐明了"模仿"的真实性的内在法则。与此同时,他还秉承了柏拉图的"文学价值论"思想,重视文学的"诗教"作用,通过体系化的文学理论思想,通过"净化说"这个带有"文学心理学"意味的"范畴",为"悲剧",以及广义"文学"的功用问题提供了充分的理论阐释。可以说,亚里士多德的系统化的文学理论奠定了以"现实主义"为基础的模仿说在欧洲文学发展中的理论地位,在很大程度上促成了欧洲文学走上具有自身特色的发展道路。

四 贺拉斯与朗吉努斯

希腊文化在希腊城邦之外得到广泛传播,而此时希腊却在政治上日渐沦为强大罗马帝国的政治附庸。然而,罗马却一心模仿和学习他们臣服者的高等文化。贺拉斯就曾经写下过这样的诗句:"希腊,如今的俘虏,却俘获了她狂野的征服者,为罗马带来了文化。"[58]整个罗马帝国时期,所有有教养的罗马人都以希腊语为他们的第二语言,可是却鲜有希腊人学习拉丁语。罗马诗人在吟出他们自己的诗句之前,总要先想想希腊诗歌的典范。当时罗马诗人中的一个主要争论就是,在什么范围内背离希腊典范或者进行创新是可以允许的;但有一点从来不会受到质疑,那就是,创作的灵感必须来自伟大的古代希腊文本。从一开始,罗马的诗歌形式就自甘于对希腊诗歌的亦步亦趋的模仿,他们在文学上所能做的,不外是用拉丁语拼出希腊诗歌。文学创作是这样,罗马的文学理论亦是如此。

1. 贺拉斯与他的《诗艺》

贺拉斯是奥古斯丁时代(公元前30—公元14年)的文坛巨匠。他的《书信》卷二第一篇和第二篇,特别是后来以《诗艺》闻名的那篇书信[59],组成了他的文学理论著作。在书信中,贺拉斯以诗的形式来发表意见,但他的言说身份不是诗人,而是理论家,他用一个经验丰富的创作实践者的口吻,教育想在诗歌创作方面有所发展的比索兄弟,其意图在为后世立下作诗之法。

和其他古罗马的诗人、文人一样,贺拉斯很少有什么创新,他的理论几乎全是从亚里士多德那里搬来的。不过,贺拉斯在谈"诗法"时候的那种语气却是极其专断的:

> 我愿意指示(别人)
> 诗人的职责和功能何在
> 从何处可以汲取丰富的材料
> 从何处吸收养料
> 诗人是怎样形成的,什么适合于他
> 什么不适合于他
> 正途引导他到什么去处
> 歧途又引导他到什么去处[60]

我们可以发现,在亚里士多德论述原则的地方,贺拉斯则斩钉截铁地确立规矩:

> 如果你希望你的戏叫座,
> 观众看了还要求再演。
> 那么你的戏最好分为五幕,不多也不少。
> 剧中万莫要引入"巧合的事和半路杀出的人物",
> 除非剧情中的麻烦发展到非要如此。
> 而且,也不要企图让同一幕中的第四个演员说话。[61]

可以这样说,亚里士多德和贺拉斯之间的区别,就像是哲学家的作品和哲学教科书之间的区别一样。在哲学家的写作中,他要分析、推理、论证,而且这一套程序是极其复杂的,可是在哲学教科书中,除了干巴巴的结论、指导性的公式之外,即便有分析、推理、论证,也是十分简单的。之所以说贺拉斯的东西像教科书,是因为他在《诗艺》中大谈什么是对的,什么是错的,并且时刻会谈及关于"社会责任"的话题。

贺拉斯与亚里士多德论述文学类型的严谨、细密不同,他论述文学类型完全是描述性的。在谈到田园诗、悲剧和喜剧的尺度时,贺拉斯说:"如果我不会遵守、如果我不懂得这些规定得清清楚楚的、形式不同、色调不同的诗格,那么人们为什么还称我为诗人呢?"贺拉斯所认可的文学类型,要比亚里士多德所认可的多得多,其中就包括他所偏爱的讽刺诗。但是,他的论述方式表现出了眼界的狭窄和极其明显的倾向性,他很少论述实际存在的文学类型,更多的是在谈他认为应该存在的文学类型,或毋宁说在谈他对理想的文学类型的"设计"。

这种情形,在他论述"得体"概念的时候充分地显示了出来。"得体"是他整个文学理论的一个中心概念。"得体"是对戏剧是否表现恰当的判断标准。戏剧中的一切要素都能很好地为它所要表现的终极目标服务,就称得上是"表现恰当"。例如,拿人物的可信性来说,戏剧要想很好地塑造人物,把人物塑造得可信,那么剧作家就得注意使人物的言行举止符合他的年龄。"要注意不同年龄的习性,给不同的性格和年龄以恰如其分的修饰……不要把青年写成老人的性格,也不要把儿童写成成年人的性格,我们必须永远坚定不移地把年龄和特点恰当配合起来。"随后,贺拉斯描述了孩子、青少年、壮年以及老人的行动做派,说明了这些行为的特征。尽管这些规定十分有用,但是也往往会让人只知其然而不知其所以然。也就是说,学习这种规范的人往往可能不用心揣摩人物塑造的原理,而落入程式化的窠臼。虽然贺拉斯从亚里士多德的思想中继承了"得体"和"可信性"等概念,可他却忽视了对文学"终极目的"的哲学性思辨。

当然,作诗程式是"手艺人"需要的东西,而贺拉斯正是把写诗当作一门"手艺"来看待的。不过,贺拉斯也意识到,训练虽然必不可少,但是仅仅只强调训练还是不够的。他说:"有人问,写一首好诗,是靠天才呢,还是靠艺术?我的看法是:苦学而没有丰富的天才,有天才而没有训练,都归无用;两者应该互相为用,相互结合。"在贺拉斯的思想中,"天赋"是一种"自然倾向",与其说是天生的灵感,不如说是一种创造能力。他特别反对"独创性",太多的独创性不是一件好事情,追求新奇的"风魔诗人"必定会遭受嘲笑。在对两个一心成为诗人的后学进行说教时,贺拉斯断言:"你们若见到什么诗歌,不是下过许多天功夫写的,没有经过多次涂改,没有(像一座雕像,被雕塑家的)磨光了的指甲修正过十次,那你们就要批评它。"[62]他进一步建议说,诗人应该把他创作的诗歌拿出来给其他人批评,以促进创作水平的提高。在他的所有这些主张中,我们可以看到罗马文学所具有的一种典型的"谦卑"态度。这是因为,它在伟大的古代希腊作品面前甘拜下风。

在古希腊伟大作品面前甘拜下风的这种姿态,也使得贺拉斯形成了对"模仿"的特殊理解。当然,贺拉斯继承了"模仿是对现实的模拟"这一定义。他说:"我劝告已经懂得写什么的作家到生活中、到风俗中去寻找模型,从那里汲取活生生的语言。"他对"模仿"的发展之处在于,他指出有另外一种"模仿",那就是"模仿其他作家",他宣称:"不如把特洛伊的诗篇改编成戏剧。从公共的产业里,你可以得到私人的权益,只要你不沿着众人走俗了的道路前进。"从我们现在的角度看,"模写现实生活的原型"和"模仿某类文学形式或文学创作"是完全不同的两回事。我们今天所以有这样的观念,是因为我们具有现代的思想,具有"现实主义"的理论。而贺拉斯就完全不同了。在他看来,与现实生活一样,希腊作品中也蕴含着关于人类行为的普遍规则,诗人的模仿完全可以从两个方面汲取自己的资源。

《诗艺》另一个值得注意的特点是,它特别强调诗歌的道德价值。在这里,"道德"是一种更为严苛的道德,可以说带有罗马社会的或者说是共和国时代和帝国时代的那种"道学气"。不过,此时的希腊作家已经不那么强调"道德",而更主张文学的"自娱性"了。亚里士多德曾说过,诗一方面能通过净化作用升华欣赏者的情感,一方面能通过它对普遍人类本性的真实描摹而改善欣赏者的理智。但无论是诗的"审美价值"还是"认识价值",都是通过模仿性质的艺术所引发的某种快感来实现的。可是,贺拉斯却强调诗歌这两方面价值的不同之处。他说:"诗人的愿望应该是给人益处和乐趣,他写的东西应该给人以快感,同时对生活有帮助。"[63]虽然是"寓教于乐"说的第一次明确表述,但在做这方面强调的背后仿佛也有一个前提,那就是:诗歌的"美学价值"和"伦理价值"不是一个事物不可分割的两个方面,而是两个不同的事物,诗人的作用就是把它们捏合在一起。这两个方面的完美结合,远不是作品自然而然的结果,而是一种"幸运"。从这种观点自然会引出一种思想:作家要从外部将道德教化"输入"到诗歌这种艺术作品中去。从这种意义上说,后世那种把诗歌当作"包着糖衣的道德训诫"的诗学观念,可以追溯到贺拉斯。

总的来说,贺拉斯在文学理论史上的重要性,并不在于他有怎么样深刻的原创性思想,而在于他对亚里士多德诗学思想的新阐释。当古典批评概念在文艺复兴时期和新古典主义时期重新被拾起来的时候,人们正是通过贺拉斯来看亚里士多德的《诗学》的。那时的人们在贺拉斯对亚里士多德的这种阐释方向上,走得更远。

2. 朗吉努斯:修辞与崇高

当罗马文化回头看古代希腊作品时,希腊文化也开始回头检视自身的源头了。这种情形在亚历山大大帝时期及以后的希腊化时期就已经出现。埃及的托勒密王国斥资在亚历山大利亚建立作为研究机构的王家图书馆,几乎将古希腊文本搜罗净尽,为希腊文本的编辑、语文学研究和历史评注的黄金时代奠定了基础。在研究的基础上,亚历山大学派的学者们以在卷帙浩繁的文本中订立"正典"(canon)为己任,开出了一个最值得保存和研究的书目。后来,即希腊语世界全部并入罗马帝国之后,那种在文化上"以希腊为宗"的观念,更加刺激了"雅典主义"(Atticism)的形成。"雅典主义"要求作家创作必须师法公元前4世纪的古希腊人,使用"最纯粹的"古典希腊修辞语汇,并遵循"最道地"的古典希腊修辞语法。这就是我们要讲的这个颇为"奇特"的原创性人物——朗吉努斯——生活的文化环境。

朗吉努斯晚贺拉斯大约一个世纪。这只是学术界今天的推测,实际上朗吉努斯具体的生卒年月不可考,也许会更晚。他的真名也不可考,"朗吉努斯"是另一位作家的名字,古代学者将二者混淆,故沿用至今。他唯一保留下来的作品是论文"Peri Hupsous",现在通译《论崇高》。在这篇论文中,朗吉努斯主要对高尚和宏大的语言进行了探讨,以期对"ekstasis(激昂慷慨)"这种特殊审美感知的原因做出解释。

这篇论文所反映的一些方面,似乎可以使我们把朗吉努斯直接归入"修辞批评"的传统中去。《论崇高》通篇都在向论辩者传授修辞技巧。在其前言中他说,他的这篇作品会"对作家有些实际的帮助"。这仿佛让我们看到了普罗泰戈拉或高尔吉亚的影子。同样,他也像所有修辞批评家一样,强调重点不是文章的整体结构,而是实际的语言效果。与那些更晚近的修辞批评家(例如西塞罗)一样,他大量运用着倒装、隐喻、迂回、夸张、连词省略等修辞学术语。但是,如果深入到朗吉努斯这篇论文的内部的话,我们会发现,它远不是表面所反映的那么简单。

该论文的主旨在于宣讲崇高。崇高的特征自然与高尚和宏大的风格相关,修辞学传统一直都是这么说的。崇高不是朗吉努斯从众多修辞效果中随手捻来加以解释的一种,对他来说,崇高就是一切伟大诗作和修辞作品的本质所在。《论崇高》全篇都是在论述产生崇高感的特殊的语言使用方法,而没有涉及任何文学类型概念的分析。朗吉努斯对修辞的劝说目的也不感兴趣,这一点使他和修辞批评家有很大的不同,他说:"崇高的语言,不是要劝说听众,而是要进入他们的心灵……使我们感到慷慨激昂的词句比那巧言令色的词句更有说服力。"在说到传统修辞理论中的种种修辞格的时候,他说:"崇高和强烈的情感表达,对只专注于修辞格的令人生疑的文辞不啻是一剂矫正的良药。不要去考虑什么修辞上的雕虫小技。"[64]朗吉努斯很成功地论述了修辞格使用中的"以情为文"的原则。如果说朗吉努斯是修辞学派在罗马的继承人的话,那么我们也可以说,朗吉努斯实现了修辞批评或修辞理论的"自我救赎"。

朗吉努斯的"以情为文"理论,能够让我们想起近代诗人和小说家常常断言的那些主张:只有源于真情实感的写作,才是最真实、最真诚的写作方式。但是,朗吉努斯完全站在他的时代的文学主流的对立面。公元1世纪时代的希腊诗人仍然以卡利马楚斯(Callimachus,约公元前305—前240年)那种纤小精细的创作方式为宗,在卡利马楚斯看来,"大作乃大恶"[65]。相反,朗吉努斯认为:"涓涓细流也许美丽澄澈,当然也有它的用处,可是我们不喜欢,我们喜欢那尼罗河、多瑙河、莱茵河,还有比这些河流大得多的海洋。"当然,他认为"宏大也不可避免会有一些瑕疵",但即使这样,也比那些"庸常的正确"好得多。[66]实际上,朗吉努斯甚至认为,不加润饰、率性而作是一种创作上的好习惯,能使崇高的感情表达得质朴而有力。朗吉努斯认为伟大的希腊作家都是用这种质朴的力量来作用于读者的,荷马、品达、德谟斯提尼(Demosthenes)[67]、索福克勒斯无不是这样。像雅典主义者一样,他希望追溯回希腊的源头。可是,朗吉努斯对希腊源头的理解很少受到同时代人的支持,他曲高和寡。

朗吉努斯的崇高论充分注意到了读者反应问题,在他看来,崇高更重要的是读者一方的感受。他一方面强调作者必须高尚其志,从而使作品具有伟大的理念;另一方面,他也强调,"崇高是高尚灵魂的回音"[68]。他的理论不是以"自我表达"为中心的理论,而是一种关于效果的理论。他从论述修辞实际唤起的情感开始,引发读者的同情性内省,在这里,他以文本为例证,对慷慨激昂和乏味感、激动狂喜和荒谬感做了细致的区分。朗吉努斯与只传授达到某种修辞效果的技巧的那些修辞批评家不同,他特别强调情感的最强烈的反应,有时甚至强调地过了头。

朗吉努斯理论中似乎存在一个悖论:他所定义的崇高是超越语言的,或者说至少是超越一般语言的。所以,他特别关注文本的传达效果,而不是作者封闭的灵魂。之所以说是"传达效果",而不说"表达",是因为他特别强调读者一方"高尚灵魂"的回应。因此,他说最伟大的作品"更多地为读者留下反思的余地和精神的食粮,而不仅仅是词语上的灌输"。从某种程度上说,这种理论指向了读者阅读创造性在以文本为媒介的交流过程中的重要性。在这里,"崇高"不仅仅是一个一般的总体性概念,而是一个富有神学意味的关键性概念。从概念的谱系上说,它是柏拉图和亚里士多德的"理念"的延续,也是从古代哲学的宇宙概念到中世纪神学"神"的概念的通道。因此,我们看到朗吉努斯将"崇高"界定为超越词语的存在,就不必感到奇怪了。这里,语言作用也不仅仅是作家表达自己私人感情的工具。毋宁说,这种语言是一种语言场,它通过文本的崇高效果召唤、提升着阅读者的灵魂。朗吉努斯说,真正伟大的作品要在读者的心灵中留下更多的值得回味的思想,而不是光靠词语就能完成的。高尚的作品不仅来源于高尚的作者,而且也来源于高尚的读者,这是因为他们共同"分有"了高尚的心灵:

> 欣赏真正高尚的作品时,我们感到了我们的灵魂为真正的崇高所提高,因而产生一种激昂慷慨的喜悦,充满了快乐与自豪,好像我们自己开创了我们所读到的思想,这是很自然的。……我们可以认为永远使人喜爱而且使一切读者喜爱的文词就是真正高尚和崇高的。

朗吉努斯说,最理想的接收效果就是我们在阅读过程中觉得"作品的思想犹如己出"。这种观点在古典文学理论中是非常特出的,完全与修辞批评的读者观不同。在传统修辞学派看来,读者的心灵仅仅只是一块可以随意塑型的橡皮泥罢了。

当词语和句子对崇高的场景难以言传的时候,当语言自身表达崇高情感而力不能逮的时候,朗吉努斯发现了崇高与语言的悖论。他从希罗多德描述塞默皮莱(Thermopylae)战役的文字中,抽出一段夸张的修辞来说明他的这一观点:

> "在这个地方,只要他们还有匕首,他们就用匕首还击,同时又用手、用牙来自卫,野蛮人就飞矛、投石来活埋他们。"武装着的人用嘴来战斗,或被飞矛埋葬,这是什么意思呢?然而,这还是真实可信的……正如我前面所说,一切险句的解药和万验良方,在于那些几乎使人心荡神驰的行为和热情。

即使受到了他所使用的语言工具的限制,朗吉努斯还是比较清晰地让我们看到了他的基本观点,那就是,作为艺术的诗,只要它指向的事物具有崇高的"超验性"和"超越性",即使用夸饰、夸张的修辞,但还是能让读者产生"真实"的反应。他的这一论点几乎无法用理论的语言清晰地定义(像亚里士多德那样),也最难以理解——尽管他一直试图定义并清晰地阐释它。

词语文字表达的捉襟见肘,文字表述的张力,这样的命题在 20 世纪文学理论中是非常常见的。但是,朗吉努斯并不关注语言交流中的意义多样性,他只强调文本应该传达高尚、崇高的意义。他一再强调,作品要让读者产生激昂慷慨、赞叹兴奋和敬畏的情感,作者就要避免行文的过分简洁,因为"表达的过分简洁会减弱崇高感,因为精炼的行文安排会过紧地裹缚庄严宏伟的情感的流露"[69]。相反,出于表达崇高的目的,他更偏爱"夸饰"和"迂回"这样铺张扬厉的风格。当然,这也是从修辞批评的传统中挑选出来的两个概念。

朗吉努斯似乎对他同时代的作家和思想家没有产生什么影响。《论崇高》在文艺复兴之前一直被人所遗忘,只是到了 18 世纪,这部著作才充分引起人们的注意,显示出它的全部重要性。

注 释

[1] 参见〔美〕罗德·W. 霍尔顿、文森特·F. 霍普尔:《欧洲文学的背景》,王光宇译,张子清校,重庆:重庆出版社 1991 年版,第 1 页。

[2] 有些学者认为"爱智能者"一词最早出现于公元前 6 世纪到公元前 5 世纪之间的哲学家赫拉克利特的残篇第三十五卷。参见汪子嵩等编著《希腊哲学史》第一卷,北京:人民出版社 1988 年版,第 85 页。

[3] 参见〔美〕罗德·W. 霍尔顿、文森特·F. 霍普尔:《欧洲文学的背景》,王光宇译,张子清校,重庆:重庆出版社 1991 年版,第 43 页。

[4] 苏格拉底并没有留下自己的作品,他的论述全是由他的学生柏拉图转述的。

[5]《希英大辞典》中 Logos 条解释这个词有十种之多,1. 相、尺度;2. 对应关系、比例;3. 说明、解释、论证、公式;4. 灵魂内在的考虑,如思想、理性;5. 陈述、演说;6. 口头的表述、言词;7. 特殊的说法,如神谕、格言、命令;8. 所想的、说的东西,如对象、主题,9. 表述的方式,如理智的、文学艺术的表述;10. 神的智能或言词。

格思里在《希腊哲学史》第一卷中专门就公元前 5 世纪及其以前的哲学、文学、历史著作中有关逻各斯的用法,归纳出十种含义:一、任何讲的以及写的东西,包括虚构的故事和真实的历史;二、所提到的和价值有关的东西;三、进行思考;四、从所讲或所写的发展为原因、理性或论证;五、和"空话""借口"相反,"真正的逻各斯"就是指事物的真理;六、尺度,完全的或正当的尺寸;七、对应关系、比例;八、一般的原则成规律;九、理性的力量;十、定义或公式。

　　详见汪子嵩等编著《希腊哲学史》第一卷,北京:人民出版社1988年版,第456—457页。

[6]　见汪子嵩等编著《希腊哲学史》第二卷,北京:人民出版社1993年版,第115页。

[7]　同上书,第140页。

[8]　Diogenes Laertius, *Lives of Eminent Philosophers*, trans. R. D. Hicks, *The Loeb Classical Library*, 1972, vol. 1, pp. 52-53.

[9]　见汪子嵩等编著《希腊哲学史》第二卷,北京:人民出版社1993年版,第140页。详见苗力田主编《亚里士多德全集》第九卷,北京:中国人民大学出版社1990年版,第505—506页。

[10]　苏格拉底说:"难道你以为,一个骑兵将领必定是一沉默寡言的人吗？难道你没有想过,我们按照惯例所学得的最好的东西,也就是说,我们所借以认识生活的一切事物,都是通过语言学来的;我们所学得的其他一些有用的知识也都是通过语言学得的,最好的教师是最会运用语言的人;懂得最重要道理的人都是最会讲话的人吗？难道你没有想到过,任何时候,由我们这个城邦所组织的歌舞团——就如派往德洛斯的歌舞团那样——都是别的城邦的歌舞团所无法与之竞争的,而且别的城邦也募集不出像我们这样的漂亮的人材来吗？"见〔古希腊〕色诺芬:《回忆苏格拉底》,吴永泉译,北京:商务印书馆1984年版,第92页。

[11]　高尔吉亚《海伦颂》,在汪子嵩等编著的《希腊哲学史》第二卷中据弗里曼的英译本、参照翁特斯泰的意大利文和注释全文译出,我们参照的就是这个本子。参见汪子嵩等编著《希腊哲学史》第二卷,北京:人民出版社1993年版,第124—127页。这里我们根据推理逻辑重新处置了它们的段落划分。

[12]　Polato, Cratylus, 386, in *The Dialogues of Plato*, vol. III, trans. B. Jewett, Oxford: Clarendon Press, 1953, p.43.

[13]　见〔古希腊〕柏拉图《泰阿泰德篇》,《柏拉图全集》第二卷,王晓朝译,北京:人民出版社2003年版,第664页。

[14]　这里的真理是指有别于"真"的"善"。

[15]　见〔古希腊〕柏拉图《理想国》,第七卷。

[16]　见〔古希腊〕柏拉图《泰阿泰德篇》,新译本译作"人是万物的尺度,是存在事物的尺度,也是不存在的事物不存在的尺度",见《柏拉图全集》第二卷,王晓朝译,北京:人民出版社2003年版,第664页。

[17]　〔古希腊〕柏拉图:《理想国》,郭斌和、张竹明译,北京:商务印书馆1986年版,第390—401页。

[18]　同上书,第401页。

[19]　同上书,第95页。

〔20〕 同上书,第 399 页。

〔21〕 〔古希腊〕柏拉图:《伊安篇》,见《柏拉图全集》第一卷,王晓朝译,北京:人民出版社 2002 年版,第 304 页。

〔22〕 参见〔美〕罗德·W. 霍尔顿、文森特·F. 霍普尔:《欧洲文学的背景》,王光宇译,张子清校,重庆:重庆出版社 1991 年版,第 58、56 页。

〔23〕 《斐德罗篇》文本中为降落尘世的灵魂做出了等级划分:"那些看见了大多数真实存在的灵魂会进入婴儿的体内,婴儿长大以后注定会成为智能或美的追求者,或者说成为缪斯的追随者和热爱者。这是第一类灵魂。第二类灵魂看到的要少些,投生为人后会成为守法的国王,或者成为勇士和统治者。第三类灵魂投生为政治家、商人或者生意人。第四类投生为运动员、教练或医生。第五类会过一种预言家或秘仪祭司的生活。第六类成为诗人或其他模仿性的艺术家。第七类将会过一种匠人或农人的生活。第八类成为智者或蛊惑民众的政客。第九类则成为僭主。"见《柏拉图全集》第二卷,王晓朝译,北京:人民出版社 2003 年版,第 162—163 页。这一段关于第四种迷狂(回忆的迷狂)的描述见该书第 162—166 页。

〔24〕 "爱欲"又是《会饮篇》的主题。在会饮篇中,苏格拉底更为详细地通过回忆第俄提玛的教诲,揭示了对纯粹善和智能之爱是推动灵魂接近美本身的动力之源。在这里,善和智能的最高形态是及灵魂"爱欲"的阶梯的最高一层,就是美本身。《斐德罗篇》阐述的回忆说,则是对这个根本的爱欲的根源的解释。

〔25〕 〔古希腊〕柏拉图:《申辩篇》,见《柏拉图全集》第一卷,王晓朝译,北京:人民出版社 2002 年版,第 8 页。

〔26〕 〔古希腊〕柏拉图:《理想国》,郭斌和、张竹明译,北京:商务印书馆 1986 年版,第 396 页。

〔27〕 〔古希腊〕柏拉图:《法篇》,见《柏拉图全集》第三卷,王晓朝译,北京:人民出版社 2003 年版,第 434 页。此句 Benjamin Jowett 译本作:"…poets are a divine race and often in their strains, by the aid of the Muses and the Graces, they attain truth. (诗人是神圣之种,在缪斯和众神的帮助之下,他们把握住真理)", Plato, *Laws*, 682a.

〔28〕 〔古希腊〕柏拉图:《会饮篇》,见《柏拉图全集》第二卷,王晓朝译,北京:人民出版社 2003 年版,第 252 页。

〔29〕 〔古希腊〕柏拉图:《斐德罗篇》,见《柏拉图全集》第二卷,王晓朝译,北京:人民出版社 2003 年版,第 168 页。

〔30〕 〔古希腊〕柏拉图:《会饮篇》,见《柏拉图全集》第二卷,王晓朝译,北京:人民出版社 2003 年版,第 247 页。

〔31〕 〔古希腊〕柏拉图:《理想国》,郭斌和、张竹明译,北京:商务印书馆 1986 年版,第 103 页。

〔32〕 〔古希腊〕柏拉图:《法篇》,见《柏拉图全集》第三卷,王晓朝译,北京:人民出版

[33] 〔古希腊〕柏拉图:《理想国》,郭斌和,张竹明译,北京:商务印书馆1986年版,第107页。

[34] 同上书,第406页。

[35] 黑格尔也认为悲剧主体必须具有追求伦理目标的优良品质。参见黑格尔《美学》第三卷下,朱光潜译,北京:商务印书馆1958年版,第284—285页。

[36] 〔古希腊〕柏拉图:《斐莱布篇》,见《柏拉图全集》第三卷,王晓朝译,北京:人民出版社2003年版,第234—239页。

[37] 详见〔古希腊〕柏拉图:《理想国》第三卷,郭斌和,张竹明译,商务印书馆1986年版。

[38] 〔古希腊〕柏拉图:《法篇》,见《柏拉图全集》第三卷,王晓朝译,北京:人民出版社2003年版,第458页。

[39] 〔古希腊〕柏拉图:《理想国》,郭斌和,张竹明译,商务印书馆1986年版,第107页。

[40] 同上书,第407页。

[41] 亚里士多德在今天我们能见到的《诗学》第六章开始时,以及在《政治家篇》中,曾分别提到,他将会论及"喜剧",和解释"净化"。可是现存《诗学》所论及的内容只包括"悲剧"和"史诗",也找不到相关专门对"净化"的解释的章节,由此可知,现存的《诗学》只是残篇。

[42] 亚里士多德的父亲尼各马科是一个医师,他曾是腓力二世(公元前382—前336)的父亲马其顿(Macedonia)国王阿明塔斯二世(AmyntasII,亚历山大大帝的祖父)的宫廷御医。

[43] 〔古希腊〕亚里士多德:《诗学》,参见《亚里士多德全集》第九卷,苗力田主编,北京:中国人民大学出版社1990年版,第645页。苗力田编《亚里士多德全集》中把"诗学"译作"论诗",我们在这里还采用原有的通用译作"诗学"。

[44] 对"技艺(arts)模仿自然"的哲学探讨见亚里士多德《物理学》(张竹明译,北京:商务印书馆,1982)第二章。在亚里士多德那里"arts"代表技艺,即制造的科学,文学行为也属于制造科学的范畴。在古希腊人看来,任何受人控制的有目的的生产、合成等行为都包含"技艺"的意思,我们今天所说的以美为取向的艺术(fine arts)当然也是一种技艺。

[45] 同上书,第664页。

[46] 这里要说明的是,"神话"在亚里士多德的概念中是用"历史"一词来表达的。在希腊世界普遍认为自古流传的"历史故事"就是历史本身,其实那是神话。见〔古希腊〕亚里士多德:《亚里士多德全集》第九卷,苗力田主编,北京:中国人民大学出版社1990年版,第643—644、682、646、645页。

[47] 同上书,第646、653、660—662、682、686页。

[48] 同上书,第652、654、663页。

[49] 同上书,第 681 页。
[50] 〔法〕陈广浩:《新编石头记脂砚斋评语辑校增订本》,北京:中国友谊出版社 1987 年版,第 40 页。
[51] 〔古希腊〕亚里士多德:《亚里士多德全集》第九卷,苗力田主编,北京:中国人民大学出版社 1990 年版,第 647、649、659 页。
[52] 参看〔法〕让·贝西艾等著《诗学史》,史忠义译,天津:百花文艺出版社 2002 年版,第 25—26 页。
[53] 〔古希腊〕亚里士多德:《亚里士多德全集》第九卷,苗力田主编,北京:中国人民大学出版社 1990 年版,第 660、656、657—658 页。
[54] 亚里士多德认为,亲缘伦理关系上的悲剧性冲突更能激发悲剧审美效果:

> 现在我们讨论一下什么样的事件显得使人恐惧,什么样的事件显得使人同情。这种事件必然发生在亲朋之间、宿敌之间,或既非亲朋又非宿敌之间的行动中。如果是宿敌对宿敌,除了能让人感到受难者所受的惨痛之外,无论是行动还是意图,都不能使人同情。如果双方既非亲朋又非宿敌,效果同样如此。如果这些苦难发生于亲朋之间,如兄弟对兄弟,儿子对父亲,母亲对儿子,儿子对母亲进行戕杀或企图进行戕杀,或做其他类似的事情,这些正是诗人应当追求的东西(〔古希腊〕亚里士多德:《亚里士多德全集》第九卷,苗力田主编,北京:中国人民大学出版社 1990 年版,第 661 页)。

亚里士多德的这一看法十分精辟。从我们的审美经验角度出发,我们一般都会承认,极其成功的悲剧作品一般都是取材于家庭生活的。
[55] 〔古希腊〕柏拉图《普罗泰戈拉篇》,见《柏拉图全集》第一卷,王晓朝译,北京:人民出版社 2002 年版,第 484 页。
[56] 〔古希腊〕亚里士多德《尼各马科伦理学》,廖申白译注,北京:商务印书馆 2003 年版,第 211 页。
[57] 同上书,第 213 页。
[58] Horcace Epostle, 2.1, II, 158-159, in *Ancient Literary Criticism*, ed. D. A. Russell and M. Winterbottom, Oxford: Clarendon Press, 1972, p.276.
[59] 这几卷书信的名字原来叫"致比索贤父子书"(Epistola ad Pisones),一个世纪之后罗马演说家、修辞学家昆体良(Quntilianus)将这卷书信改称"诗艺"(Ars Poetica)。
[60] Horace Ars Poetica, II. 360-368, in *Classical Literary Criticism*, ed. T. S. Dorsch, London: Penguin Books, 1965, pp.89-90. 参考杨周翰译《诗艺》,见《诗学·诗艺》,罗念生和杨周翰译,北京:人民文学出版社 1962 年版,第 153 页。
[61] 《诗学·诗艺》,罗念生和杨周翰译,北京:人民文学出版社 1962 年版,第 147 页。译文参考 Ars Poetica, II. 189-192 (in *Classical Literary Criticism*, p.82.) 有所改动。文中"巧合的事和半路杀出的人物"原文为"deus ex machina",在杨周翰译本中作"神仙搭救"。

〔62〕 同上书,第141、146、158、153页。

〔63〕 同上书,第157、154、144、155页。

〔64〕 "*Longinus*" *on Sublimity*, trans. D. A. Russell, Oxford, Clarendon Press, 1965, 17.2, p.26.

〔65〕 Callimachus, *frag.* 65, cited in *The Cambridge History of Literary Criticism*, vol. 1 ed. Geoge A. Kennedy, Cambridge University Press, 1989, p.202.

〔66〕 《诗学·诗艺》,罗念生和杨周翰译,北京:人民文学出版社1962年版,第39页。

〔67〕 德谟斯提尼:古希腊演说家,约公元前384—322。

〔68〕 《诗学·诗艺》,罗念生和杨周翰译,北京:人民文学出版社1962年版,第9页。

〔69〕 同上书,第8、7、44—45页。

第二章
中世纪的文学理论

  按照通常文学史、文化史的分期方法,所谓"中世纪"就是从公元476年西罗马帝国覆灭开始,到13世纪文艺复兴前之间的八九百年。[1]公元476年,北欧民族在欧洲击溃了西罗马帝国。这样说的时候,变迁复杂的政治形势和历史事实无疑被简化了。欧洲新时代的文化变迁则要比政治变迁远为复杂。文化上的变迁早在公元476年之前就已经发生了。在4世纪末叶之前,有一种新的文化被引入了希腊—罗马世界,它新颖而且具有强烈的排他性,这就是犹太—基督教文化。此外,即便在476年之后,罗马也已不再是一个政治实体,但罗马文化仍然在许多领域里抵抗着基督教文化,不过最终是以后者的胜利而告终。

  如果用公式化的方式来概括地指出中世纪的文化特征的话,我们就得冒"简化"的风险——但这样做是必要的。从总的文化特征上讲,中世纪文化是以基督教文化为主导意识形态因素的综合文化,三种主要文化在基督教前提之下相互融合。这三种文化就是古希腊罗马文化、希伯莱文化和北欧民族文化(哥特文化)。从这八百年文化演进的阶段性特征上看,又可以分作两个时期:一、北欧诸民族进入西罗马造成的"黑暗时代"(the Dark Ages),也就是贯穿公元5、6、7世纪的三种文化的逐渐综合时期;二、从8世纪加洛林王朝的文艺复兴时期开始,直到13世纪的文化综合完成期。西方文学理论在中世纪时期的面貌,与古典时期完全不同了,文学理论的生成中包容进许多不同的因素,而它自身的主导精神,也从古典的"理性主义"转变成为基督教的"信仰主义"。

  在中世纪的第一个时期内,世俗文化被北欧民族破坏殆尽。恩格斯就曾说过,中世纪欧洲"从没落的古代世界承受下来的唯一事物就是基督教和一些残破不全而失掉文明的城市"[2]。公元4世纪初,基督教教会在巨大的社会、政治变革中未被触动。由于蛮族在欧洲大陆建立起的封建国家都以基督教为国教,因而教会在政治上起到了制约这些国家的作用,在文化上又起到了普及基督教、发展基督教教会文化的作用,同时,在客观上也起到了在基督教前提下综合三种文化的作用。

首先,基督教保存并改造了古希腊罗马文化,形成了特殊的拉丁文化。这一改造从很早就已经开始了。如果我们将基督教看做是犹太教的变体[3],那么犹太教作为基督教的前身,很早就接触到了古希腊罗马文化。这可以追溯到公元前333年,其时亚历山大大帝将希腊文化第一次带到东方的巴勒斯坦地区,当地以及周边的犹太人开始接受希腊风俗和丰富的文化。随后不久,亚历山大城就涌现出一批学者,其中最出众的就是受柏拉图哲学影响的新柏拉图主义学者。再往后,埃及国王托勒密延请七十二位巴勒斯坦犹太人学者,在亚历山大城于七十天内将《圣经·旧约》译成希腊文,世称"七十子文本",至今仍是希腊正教的正典。这个七十子文本中已经相当明显地渗入了源于古典文化的"新柏拉图主义"成分。[4]把希腊哲学明确地引入宗教教义的关键性人物,恰恰是耶稣的同代人——亚历山大学派的犹太哲学家斐洛(Philo Judeeus,约公元前30年—公元45年),他把古代希腊哲学的"逻各斯"说成是上帝的本质属性。上述这些事实,一方面为古典文化新柏拉图主义在犹太人中的传播开辟了道路,另一方面又为犹太教在非犹太人地区的传播提供了条件,为基督教的出现奠定了基础。因此,在探讨早期基督教教父哲学家的文艺思想或"诗学"理论的时候,是无法绕开"新柏拉图主义"的。公元3—5世纪,包括普洛丁[5]和普罗克鲁斯[6]在内的一些异教新柏拉图主义者们的思想,直接为基督教教父哲学提供了理论支持,并且对中世纪文学理论关键问题的形成,提供了理论资源。中世纪早期和晚期的两个代表人物,也就是本章随后将详细加以论述的人物,圣奥古斯丁和托马斯·阿奎那,一先一后作为基督教的理论集大成者,都受到了希腊古典哲学的影响。在前者那里,"新柏拉图主义"是极其活跃的思想因素,而后者则试图在吸收"新柏拉图主义"的同时,努力把亚里士多德的体系引入基督宗教。

其次,基督教在这个被冠名为"中世纪"的历史阶段,虽然很大程度上吸收了希腊—罗马的文化因素,使后者得以保存,但是另一方面,这些因素在被基督教文化吸收的同时,也在很大程度上发生了变化,尽管个别的理论乍一看上去还是希腊—罗马的,但是主导着这些理论的基本框架已经是基督教的了。基督教已经完全创造出了一个新的"思想框架",它用严格的一神教替代了"喧闹的"希腊—罗马多神教。在这个意义上说,基督教不仅是一种保守的力量,同时也是一种促生变革的力量,是在历史上改变西方人思维习惯的一种力量。中世纪这个信仰的时代和古典时代是那么不同,一切传统的因素都被重新整合了,人们获得的是一种新的审视事物的眼光。总起来说,这种新的"眼光"具有以下特征:(1)严格地区分开了"世俗"与"神圣"。古典思想经历了从自然转向社会的过程,但都是在寻求世俗的知识,而基督教思想则把世俗(包括自然和社会)中"美、大、圣、神"的那部分,当作超验世界的反映,与柏拉图不同的是,这个超验世界无非反映着"唯一者"上帝的属性。(2)在厌弃世俗的同时,又能敏感地感受到世俗之美。诚如意大利学者艾柯(Umberto Eco)所指出的那样,中世纪的思想家,尤其是中世纪的神秘主义者和禁欲主义者,"都是接受美的",他们"并非意识不到世俗快乐的诱惑性;如果可以这么说的话,他们是最热衷于感受这种诱惑性的。禁欲主义训练的戏剧性,恰恰存在于听到世间快乐的召唤和坚定追随超自然之间形成的紧张之中"[7]。因此,我们在看到奥古斯丁那么敏感于词句,看到阿奎那对音乐的判断那么准确的时候,是不必惊讶的。(3)在仰望上帝时,关注自身的精神与灵魂。由于基督教关于对"偶像崇拜"的禁令,这种眼光对雕塑的审美也许不那么敏锐,可是却善于寻找神圣的词语和上帝进行交流,以至于"有那么多文本描绘挺拔的躯体里那高蹈的灵魂"[8]。如果说古典时代的崇高是以理性为基础的话,那么信仰时代里的崇高则是以信仰为基础的。这是一种神性的崇高,也是中世纪前期文学实践和理论方面的普遍特征。

再次,基督教通过自身的体系涵容了北欧的哥特文化。基督教传教士是北方的"蛮族们""天然的老师"[9],是他们的"较高层次文明的使者"[10]。很多在中世纪才具备了文本形态的北欧各民族史诗,都出自修道士之手。"世俗"基督教文化和不同欧洲封建国家的民族文化相融合,极大地促进了欧洲既统一又有各自民族风格的文化形态的形成,为中世纪晚期民族文化的繁荣奠定了基础。在这一条件下,在"信仰的时代"自11世纪以降的时间里,法兰西、德国、英国和意大利的民族语言的文学已经初具形态。不过就文学理论而言,民族文学的理论成分要少得多——只能说民族文学的实践中,包含着一系列反教会理论的准理论因素。中世纪文学理论发展的黄金时期恰恰是中世纪早期,即希腊—罗马文化的衰落时期,基督教文化对希腊—罗马文化的继承时期。那时的文化中心并不是后来的巴黎,而是罗马化程度非常之高的地中海周边地区。所以,这个时期的许多对西方文学理论有所建树的文学理论家往往身处北非,而不是欧洲大陆。

一 普洛丁"美的阶梯论"

中世纪所以被后世称为"黑暗时代",很大程度上因为它是一个废黜"理性"的时代。在这一时期,宗教成为了人们精神生活的最主要部分:哲学成为神学的婢女,理性只是宗教的点缀。中世纪的主流文艺观,大致也是这一情形。在基督教的思想框架之下,神学神秘主义成了对文学进行阐释的主要理论基础。为基督教哲学和理论体系形成铺平道路的第一个人,就是罗马晚期的普洛丁。他是中世纪宗教神秘主义的始祖。

普洛丁的遗著经波尔菲利整理,以《九章集》(*Enneads*)为名行世。全书六卷,每卷九章,共五十四篇。其中第一卷第六章集中论美,其他各章也对美以及艺术等问题有所涉及。

普洛丁从柏拉图和亚里士多德的古典理论中汲取大量的理论素材,把柏拉图的理念论、亚里士多德的原因论、基督教神学和东方哲学的神秘主义相结合,以柏拉图的理念论作为基础,形成了阐释宗教的体系性思想。在他看来,宇宙的根源是浑然的"太一",是无限的、绝对的、超越一切存在、超越一切思维,是真善美三位一体的统一,也就是神("太一说")。这种最高本体,是像光一样的存在,"本体之光"自在充溢,被万物分有而自身原材料,所以却不因此而有所削弱和减少。离"本体之光"越近者,分有其光越多,故而也越美善,离"本体之光"越远者分有其光则越少,也越缺乏美、善。因此,"丑""恶"不像东方其他宗教学说中所说,是另具本体的与美、善对抗的存在,而是美、善的缺乏。这样,普洛丁的学说自然表达了一种关于"秩序"和"等级"的思想。由于"太一"本体"流溢"的次第性,宇宙也形成了一种阶梯形式,最高处是只有理性才能达到的宇宙精神,亦即永恒不变的理念世界。下来是"宇宙心灵",分裂而成为个别的人所具有的"心灵",再下来是离神最远的,也是最混乱的"物质世界"。

在这种神秘主义的思想体系中,对中世纪影响最大的要算是对"美"的区分了。这就是人们常说的"感观可以察觉的美和丑"与"感观不能察觉的美和丑"的区分,或者说"感性美"和"理念美(神的美)"的区分。

"感性美"就是有形的物质世界的美。在他看来,物体之所以美,是由于它们分有了理念,也就是分有了"太一"之光,正是这种光使得原来无形式的杂乱的物质获得了形式。无形式的物质注定是要受到"太一"之光的照耀的,也是注定要取得一种形式和理念的。在还没有取得一种形式和理

念的时候,它们相对于"神圣的理性"(Divine Thought)就还是丑的,异己的。这就是绝对的丑。但是:

> 当理念—形式(Idea-Form)来到一件东西之中,把那件东西的各部分组织安排,化为一种凝聚的整体,使杂乱成为有序,在这种过程中就创造出统一性,因为理念本身就是一种统一性,而由理念赋予形式的东西,也就必须在由许多部分组成的那一类事物所可允许的范围内,变成为统一的。一件东西既然化为统一体了,那美就安坐在那件东西上面,使那东西各部分和全体都美了。[11]

普洛丁认为,物体美(感性美)是由分享一种来自神明的理念而得到的,物体的美丑要由它分有理念的多少来决定。在物质世界中这种有理念安坐其上的感性美,是可以由感观感知得到的。但他和柏拉图一样,认为被物质掺入的理念并不是纯粹的理念,因而不是绝对美,所以也满足不了追求着真正的美的人的心灵:

> 凡是有力量的人,叫他起来吧,叫他反观自身,放弃眼前所见的一切,解脱曾经给予欢娱的物质美。当他目睹肉体美表现的优美姿态,他不可去追求。他该知道,这些只不过是摹本、遗迹和投影而已,而应该去追求它们的根源所在。莫被水中的美丽影像迷惑了,如若不然,就像神话中所说的那个愚夫,被水中的倩影迷住,竟投身河中,随波葬身于虚无。

最高境界的美是感官所不能感觉到的,必须靠特殊训练过的心灵才能看到。这种心灵,在经过澡雪之后,"涤除玄览"使得人的肉身存在向上超拔,把感觉留在下面。对于感性的事物,如果没有用眼睛看过,那么人就会像天生眼盲的人那样,无从去判定它们的美。在观照事业之美、学问之美、正义和节制等道德之美的时候,也是这样,必须睁开眼睛去看它们,观照它们,才能见到它们。凡是有幸见到它们的人,都会获得更为强烈的喜悦和敬畏。当然,看这些"美"时,所用的不是"肉眼",而是"心灵之眼",只有"心灵之眼"才能接触到最真实的事物。

那么获得这种"大美""道德之美"之时的表现又是怎样的呢?普洛丁充满激情地描述道:

> 这是对自己的心醉神迷,这是要和自己契合成为一体,把自己从肉体中解放出来的欲望。凡是真正钟情的人都有这种感受,由于什么缘

故他们才有这种感受呢？这并不是由于一种形式、一种颜色或一种体积，而是由于心灵，这心灵本无颜色，却放出节制之类的品德的光辉。当你在你本身或在旁人身上见出心灵的伟大、性格的正直、习尚的纯洁，……特别是神明的理性的光辉时，你就会有这种感受。[12]

在这里，"心灵的伟大"是一个暗含的前提。可以说，在他的神秘主义体系中，这一前提是具有进步性的。理念（神）占据着至高的地位，但心灵的位置也极其重要。灵魂或心灵是理念和物质世界之间的中介，它可以流连于物质—肉体的感性之美，但是它同时具有超越的可能。普洛丁在《九章集》六卷第九章中明确指出，"心灵"本身能很自然地感受到对"神之爱"，"以一个女儿对她高贵父亲的那种爱要求与神合为一体"[13]。因此，"心灵"有一种创造的冲动，总是希图将美好的形式加之于自然万有，也就是对获得了"光照"的物质进行再加工。这里就涉及到一个艺术创造和艺术美的问题。我们可以这样来理解，物质接受光照是无意识的，是被动的，不同物质接受"太一"之光照程度不同，因此有美丑之间的差异。在程度上接受"太一"理念少的物质，恰是"心灵"进行创造加工的原材料，所以，经过"心灵"形式整饬之后的物质存在，必然美于未经改造的物质存在，也就是说，艺术美比自然美和现实美更高级。普洛丁用"两块石头"作比较：例如有两块石头，其中一块还不成形，另一块却已经由艺术降伏过，成为了一座雕像。后者之所以比前者美，是因为艺术按照一种理念赋予了材料石头以形式。正是因此，包括文学在内的艺术创作，是美的造型者（molder），它能弥补自然造物的不足之处。"心灵"的想象在通过艺术创造来弥补自然不足的过程中，发挥着重要的作用。这与后来英国浪漫主义诗人华兹华斯和柯勒律治所讲的"想象"应该是一个意义。有的时候，"想象"甚至可以将现实世界中不存在的事物创造出来，而且是以具有可信性的形式创造出来："菲狄亚斯为宙斯铸像，他不以任何感官事物为标准，而是凭想象，想象宙斯必定会以什么样子展现出来。"

尽管"心灵"在对象世界中的创造是美的创造，可是在普洛丁的体系中，这种创造毕竟还是一种低级的创造。因为"心灵"中的形式总要受低级的物质材料的牵绊，"心灵"中相对完美的形式一旦转化为物质存在，就被物质存在的不完美性破坏了。[14]"总之，这种较低级的美，不能在石头上保持艺术家心里原来所构思的那样纯洁，只能美到石头被艺术家降伏的程度"。[15]

在这种意义上，普洛丁把"心灵的创造"，看做是"心灵委身于创造"。心灵追寻善、美的冲动，使她"在委身于创造时，在婚姻中受骗了，于是她把以前(对神的爱)转化为了对尘世的爱,失去了她的父亲,变得放荡起来。一直要等到她重新开始厌恶她的放荡,她才能再次纯洁起来,回到父亲那里,才一切都好。"[16] 也就是说,只有心灵摆脱开物质的纠缠,进入一种神秘的宗教体验之中,才能获得真正的美的感受,那将是对"美善合一"的本体之美的心灵体验。在这里,让我们再一次看到了柏拉图的主题。普洛丁所说的"心灵"的坠落,"心灵"的提升和回归,几乎同柏拉图在《斐德罗篇》中所描述的相差无几。[17]

从整体上看,普洛丁的"美的阶梯"文艺观念,既可以从中发现有价值的因素,也可从中发现有害的因素。从进步性方面来讲,普洛丁的理论,同时也是一般的"新柏拉图主义理论",相对于柏拉图主义而言,非常强调"感性"的作用。无论是体验"感官可以感知的美"的感官感性,还是体验"感官不能感知的美"的心灵感觉,"感官"都是一个非常重要的中介性因素。尤其重要的是,"新柏拉图主义"把"心灵感觉"也看做一种"抽象"的认知活动,从而使得诗歌艺术活动获得了相对于柏拉图定义更多的独立性。因为在"新柏拉图主义"那里,对"抽象"的定义是非常不同的,不惟有哲学抽象、逻辑抽象、数学抽象,甚至艺术感知的"狂喜"也是一种感觉抽象。这无疑是在暗示,艺术家通过对感性表象的洞悉,也能直接进入真理本身。普洛丁说:"艺术家不仅仅模仿被观察到的事物,而且也反诸自然之根本,即理性原则。"[18] 另一位"新柏拉图主义"大师普罗克鲁斯也认为,诗的最高境界恰恰是使得"心灵服从法则,后者是诸般激动人心的事物的原因",这种诗"为心智提供了方便,让它回忆起了在彼岸世界时的灵魂阶段,回忆起了永恒的法则以及它们中所包含的各种力量"[19]。

然而换个角度,可以说,总前提的错误使得普洛丁的理论进步性接近于零。普洛丁的前提就是用"神"代替理性和真理。因此,他的感觉抽象理论,虽然具有为文学艺术争取自身独立性的可能性,可是却导致了中世纪"文学艺术乃是神学的婢女"的现实性。他把"心灵"与"物质"相对立,又在神学神秘主义基础上高扬"心灵",贬抑现实,这种论调必然导致与现实无关的"超现实主义"。[20] 在这个意义上说,普洛丁的乃至整个中世纪的神秘主义神学文艺观,相对于古希腊亚里士多德的文艺思想,是一种退步。亚里士多德一度明确提出的"诗""艺术"与现实和真理的关系,已被排除在新柏拉图主义的神秘主义框架之外。

二 奥古斯丁和托马斯·阿奎那

普洛丁的思想体系在 12 世纪之前的中世纪,一直是非常重要的理论资源。奥古斯丁(Aurelius Augustinus,354—403)发展了普洛丁的神秘主义哲学,使之与基督教思想相结合,形成更为系统的神学学说。奥古斯丁之后八百年间,他的体系一直处于统治地位,很少有人能够超越。这是因为,一方面,他的理论构架"体大虑周",另一方面也是由中世纪"黑暗时代"的社会文化条件决定的。9 世纪初,以巴格达为中心的"阿拉伯亚里士多德学派"兴起。阿拉伯哲学家,如阿维森纳(Avicenna)、阿威罗伊(Averrois)和受他们影响很大的犹太哲学家迈蒙尼德(Maimonides)等人的哲学,逐渐受到中世纪经院哲学家们的重视。"阿拉伯亚里士多德主义"也由此逐渐在西欧传播,为经院哲学的集大成者托马斯·阿奎那(Thomas Aquinas)的出现奠定了基础。托马斯·阿奎那用亚里士多德主义整合普洛丁和奥古斯丁的学说,形成了更为完备的体系。从理论上讲,这种体系仍然是"新柏拉图主义"的,只不过加上了亚里士多德的"形式"原因论。

1. 整体统一论

基督教原则笼罩下的中世纪美的观念的一个重要特征,是基督教教义成为美学的方向。奥古斯丁美学虽然不全是从基督教原则上发展而来的,但在整体上力图与基督教原则相符合。奥古斯丁的"神性美"概念、"神性美"与"世界美"的观点,构成了整个中世纪美学的基础。奥古斯丁认为,事物的美、世界的美,只是一种低级的美,次要的美,还有一种更高级的美,即天主的美,上帝的美。这种"神性美",不是以感觉而是以心灵来观照的,而且只有纯真的灵魂、只有圣徒们才能真正领悟它。"天主是美善的,天主的美善远远超越受造之物。美善的天主创造美善的事物,天主包容、充塞着受造之物。"[21] 上帝的美是一切事物美的根源。事物是杂多的,上帝只有一个,上帝创造世界时,把它的完整性和统一性赋予了万物。事物之所以美,就因为在它的杂多之中包含了上帝的统一和完整,构成了寓一于多的匀称、秩序与和谐。物体的匀称、秩序、和谐之所以是美的,原因就在于,和谐是世俗世界所可能达到的"最像上帝"的那种统一性。作为上帝的不完整形象——纯然的宇宙,通过自己的多样性和复杂性,摹拟了上帝的单纯性和简单的完美性。在他所理解的"美善"合一的天国,美的纯粹形态就是作为整

体的比例和谐:

> 一切具有形体的美都是各部分比例匀称,再加上合适悦目的色彩构成的。如果比例不和谐,那就不会悦目,因为那里没有可欲求的东西,不是太大,就是太小。[在天国]不会有形式上的缺陷,一切都比例和谐,因为一切缺欠都会得到修正,一切不足都会被造物主所弥补,一切过度都会被消除,但是不会有害于实体的统一性。[22]

在奥古斯丁看来,"美实际上是上帝的礼物"[23],如果没有上帝将和谐的统一性赋予这个世界,赋予他的受造物,那么根本不会存在"美",更不会存在艺术。

奥古斯丁和托马斯·阿奎那两人之间相隔近八百年。与他们之间相隔的年代相比,他们的美学观和文艺观相隔却并不远。托马斯·阿奎那同样强调完整统一性的审美基础,他说:"美的条件有三:第一,完整性和全备性,因为破碎残缺的东西就是丑的;第二,适当的匀称与调和;第三,光辉和色彩。"[24]

统一性的审美观不仅有其实际的感性基础,而且更重要的是其中包含的神学目的论。他们从"新柏拉图主义"出发,尤其是从普洛丁的哲学出发,认为美是有等级的,感性美作为"看得见的美",处在"看不见的美"的理性美之下。也就是说,物质美(包括物质性的韵律美、形象美)都处在"美善统一"的理性美之下。因此,奥古斯丁说,世间的美,包括人体的美,"实际上就是上帝的作品,只不过是暂时的作品,肉体(有形的)的作品,是一种低级的善,它不能超越上帝本身,只有上帝是无限的、精神的和不变的善"[25]。而在阿奎那看来,艺术美是作者"观念"和"理性"中的美的反映,"只有通过上帝的艺术,一个艺术家才能知晓那些他自己尚未创造出来的东西。艺术的形式从上帝的形式中流溢到外在物质中,并使该物质成为艺术品"[26]。上帝是终极的艺术美的形式。与上帝所包蕴的美善相比,任何人工的、自然的美都是低级的,"只有上帝的精神才是最高的"[27]。

诚然,奥古斯丁、托马斯·阿奎那的这种"统一性"具有起束缚作用的神学背景,可是这种"统一性"也是一种充满"辩证"精神的统一性。因为,面对实际存在的事物,中世纪神学家不能否认有丑的事物的存在,无论是外形的丑,还是"本质的丑"。如果承认"丑"的存在,那么就会推导出一个结论,即上帝创造丑。这个结论自然和上帝的本质相悖。于是,奥古斯丁和托马斯·阿奎那就在"统一论"中找到了解决这个问题的方法。奥古斯丁明

确指出"上帝的"统一法则纳入了这些恶,是为了与美、善形成对比:

> 罪恶尽管亵渎了它的天赋,可是也逃不脱上帝的法则。上帝出于美善的目的安排了一切事物。譬如一副图画,其中也能包括眼睛看得到的布局得当的阴影效果。与此相同,世界万有尽管有恶丑存在其中,但究竟是美的,那些可悲的瑕疵凸现了世界万有之美。[28]

这种"统一性"保证了"神正论"。同样,美与丑的和谐才构成了宇宙的统一性。奥古斯丁的这种美丑和谐统一论,在文学批评中是有价值的。在文学中,技巧性地安排美丑对比,是文学性的根源之一。他说:"所谓的对比法也用于言说的词令。它们在拉丁文中被称为'对立法',或者更精确地说,叫做'对照法',……一切民族实际上都使用这种言谈方法。在《格林多后书》里面,圣徒保罗精彩地使用了这种对比法,他说:'真实的道理,神的大能。仁义的兵器在左在右。荣耀羞辱,恶名美名。似乎是诱惑人的,却是诚实的。似乎不为人所知,却是人所共知的。似乎要死却是活着的。似乎受责罚,却是不至丧命的。似乎忧愁,却是常常快乐的。似乎贫穷,却是叫许多人富足的。似乎一无所有,却是样样都有的。'这样,他通过对照的方式给言辞赋予了美,而这世上的美也通过文字表现中的事物,而不是文字的厝置和对照而实现了出来,成为一种雄辩的美。《便西拉智训》说得更清楚:'上帝抵抗邪恶,生命对抗死亡;同样,邪恶者对抗神和正直的人。对至高者的所有工程都应作如是观,两两相对,相互对抗。'"[29]

托马斯·阿奎那尽管没有这么彻底地将丑也包括到统一性中,但是在他对美的多样性的承认中,也反映了这种思想。他曾援引圣徒保罗的话,说"在大户人家,不但有金器银器,也有木器瓦器。有作为贵重的,有作为卑贱的"[30]。此时,他所表达的意思不正和奥古斯丁一样吗?

2. "模仿"论或"艺术真实性"

如果说在"统一性"上,奥古斯丁的看法比托马斯·阿奎那的看法要开放的话,那么在"模仿"论或者"艺术真实性"问题上,阿奎那的观点为"文学创造"提供了更多的可能性。

奥古斯丁对文学创造"模仿"本质的理解和古希腊苏格拉底—柏拉图的模仿论相似。他将文学视为对社会生活的虚构性模仿。这种模仿的目的不外是为了满足人们的好奇心和"哀怜癖"。奥古斯丁少年、青年时期,即未皈依基督教之前,曾沉溺于文学和修辞学,因此他对古典文学的审美感受力,使他能够准确地把握艺术模仿的特质。在他后来对世俗文艺的批评中,他对艺术模仿某些方面的归纳也是具有一定理论价值的。

其一,在他看来,从题材上说,文学模仿现实生活。正是对"世俗生活"的模仿,使得文学,尤其是戏剧文学具有了莫大的"迷惑力"。在他神学家的眼睛里,模仿世俗生活中最具有"迷惑力"的,也就是模仿"爱情"的情境。每个人都渴望着"爱与被爱",一种"内心的渴望"使得人不满足于生活的平凡,寻求着用文学形式将世俗生活中的"爱与被爱""爱的痛苦"集中化,于是就有了主要以爱为题材的戏剧,有了描写爱情痛苦的戏剧。[31]

其二,文学模仿的本质是模仿世俗生活中人的激情。古代希腊的诗歌戏剧的艺术感染力,引发人们共鸣的能力,来自于对人的激情的艺术处理和集中反映。文学虚构之所以真实,不在于事件的真实,而在于情感模仿的真实。如果一个作家要对"朱诺女神因不能阻止'特洛伊人的国王进入意大利'愤怒痛心而说话,尽管他知道神话人物朱诺事实上并未说过这类话,但他也得体会角色,用散文敷衍,通过最适当的词句描摹出哀愤的情绪",最真实地把握住情感真实。[32]

一方面奥古斯丁总结出了艺术模仿的这些真实性,另一方面他却出于宗教考虑否定了艺术模仿的真实性。因为在他看来,世俗生活也好,生活中真实的个人情感也好,和上帝的真理相比都是虚假的,都是具有原罪的。因此,在奥古斯丁那里存在一个矛盾,即诉诸情感的艺术模仿越真实,就越能感染观众,但是也越来越偏离上帝的美善。换句话说,艺术越成功,就越"邪恶"。一度沉迷于艺术的奥古斯丁后来为此忏悔说:

> 戏剧并不鼓励观众帮助别人,不过是引逗观众的伤心,观众越感到伤心,编剧者越能受到欣赏。如果看了历史上的或竟是捕风捉影的悲剧而毫不动情,那就败兴出场,批评指摘;假如能感到回肠荡气,便看得津津有味,自觉高兴……当我看到剧中一对恋人无耻地作乐,虽则不过是排演虚构的故事,我却和他们同感愉快;看到他们恋爱失败我亦觉得凄惶欲绝,这种或悲或喜的情味对我都是一种乐趣。而现在我哀怜那些沉湎于欢场欲海的人,过于哀怜因丧失罪恶的快乐或不幸的幸福而惘然自失的人。[33]

奥古斯丁出于宗教目的,比柏拉图更激烈地反对世俗艺术。在他眼中,世俗艺术只能使其爱好者身上非理性的方面膨胀起来,在他们身上引起"发炎、肿胀、化脓和可憎的臭腐"。

相反，托马斯·阿奎那从亚里士多德的"原因论"出发，证明了艺术模仿的正当性。如果说，奥古斯丁从宗教原则出发，在经验上就否定了世俗艺术模仿的话，那么托马斯·阿奎那则对艺术模仿进行了亚里士多德式的理论归纳。

首先，在阿奎那看来，艺术不是直接对生活的模仿，而是对"自然过程"的模仿。他说："亚里士多德教导我们，艺术所以模仿自然，其根据在于万物的起源都是相互关联的，从而它们的活动和结果也是如此的。但是，艺术作品起源于人的心灵，后者（指人的心灵）又是上帝的形象和创造物，而上帝的心灵则是自然万物的源泉，因此，艺术的过程必须模仿自然的过程，艺术的产品必须仿照自然的产品。"阿奎那将"模仿现实"转换成"模仿自然"的这一过程，意味着"模仿自然"并不是对自然现象（社会现象）的模仿，而是对自然活动方式（社会现象的因果性）的模仿，这就更为明确地昭示了艺术创造与上帝创造的相似性，艺术家就是向上帝学习的学生：

> 学生进行学习，必须细心观察老师怎样做成某种事物，自己才能以同样的技巧来工作。与此同时，人的心灵着手创造某种东西之前，也须受到神的心灵的启发，也必须学习自然的过程，以求与之相一致。

其次，阿奎那的模仿论从这个命题出发得出了一个"引申"命题，即艺术模仿是对"主观心灵"的模仿，"艺术作品起源于人的心灵。"〔34〕这就是说，艺术模仿自然，主要在于按照神的启示去学习怎样构造自然，学习神造自然的神工巧技，而不在于模拟自然，因为艺术是人的心灵创造，自然只准备各种素材，提供若干范例，以便艺术家比拟，而艺术的形式却由艺术家的心灵理性产生，从而构成艺术作品。所以他说："艺术乃是制造者心里有关制造事物的思想。"〔35〕艺术模仿自然并不是反映自然和客观现实，而是表现艺术家的心灵。这就把本来具有反映客观现实意义的模仿说，变成了表现主观观念的模仿说。归根到底，这种模仿"主观心灵"的论点，不外是说艺术创造必须符合"理念"，必须符合上帝的"观念"。因此，"模仿主观"的艺术真实性，不在于艺术品是否符合现实存在的真实，而在于"理性"的真实，"理念的真实"。

奥古斯丁和阿奎那两个人虽然继承了古典艺术本质模仿论的两个方面，但是却没有在真正有益的方向上发展它们。中世纪神学传统中的这两位重要人物，构成了在中世纪基督教阐释艺术本质模仿论的两极。

奥古斯丁从实际出发，认为艺术模仿的对象是生活。可是，"新柏拉图主义"和普洛丁的"美的等级"思想,使他将世俗生活看做是不真实的生活,只有宗教生活才能通向"永恒"。因此,这个大前提下,他的小前提"艺术模仿对象是生活"也得到了否定。由此他得出这样一个结论:世俗文学艺术,是不具有真实性的。

阿奎那从"理论"、从"应然"出发,断定艺术的本质是"模仿",但是这种模仿和实际生活没有什么关系。阿奎那的大前提是"艺术模仿上帝的创造过程",小前提是"上帝的创造机理是永恒的,真实的",结论则是"艺术模仿具有真实性"。阿奎那要说的是,艺术"应该"远离不真实的生活,凡是美的艺术、有益的艺术都是对永恒模仿的结果。

如果我们把奥古斯丁和阿奎那的艺术本质模仿论两相比较,那么就可以说,尽管两个人在"模仿"论问题上有许多不同,但是有一点是相同的,那就是都不承认活生生的人的生活乃是真正的艺术源泉。这一点使得他们的模仿论和艺术真实性的理论根本无法达到古典时期亚里士多德的高度。

他们的美的秩序的"统一论"和"模仿论"所起到的作用也是很明显的。奥古斯丁对文学艺术创造中"统一""对比"和"秩序"的探讨,前提是这种艺术不是世俗艺术,而是宗教艺术。无论是在《忏悔录》中还是在《上帝之城》中,他论述有关文学技巧中统一性的秩序美和对比法的艺术性时,所举的例子不是从《圣经》,就是从早期基督教教父的文本中来的。阿奎那之所以要谈艺术创造,则是因为他要用神学来为艺术制定规则,让艺术起到为神学规则服务的职能。神学、道德这些大前提始终规约着文学艺术活动。如果文学艺术的活动超出了规范,那就是"犯罪"。他说:"过失就是与善的目的的背离,当艺术家想要制造一个好作品,而却产生一个坏的作品,或意在制造一个坏东西,而却产生一个好东西的时候,这便是对艺术犯了罪。"[36]很显然,他们这种否定艺术真实和现实生活关系的做法,不外是确立教会哲学的控制,让艺术充当"神学的婢女"。

三 阿贝拉尔的"唯情论"

从表面上看,中世纪的文化被教会思想钳制着,神权支配着世俗的权力,制约着人们的思想。但是,事实上,社会意识作为一种复杂有机的构成,还存在着许多不为正统思想所认可的观念和思潮。从正统神学确立初期,就存在着与之相对抗的"异端"思想,不屈不挠地反对神对人的绝对支配,反对教会哲学中僵化、教条的那些原则。例如,爱尔兰神学家厄里根纳(Johannes-Scotus Erigenna)在9世纪通过"泛神论"思想肯定了现实美,指出人的创造并不比彼岸世界低劣。他特别强调现实生活的重要性,系统地驳斥了教会思想中抹杀人的主体价值的教条;12世纪的法国神学家阿贝拉尔(Petrus Abelardus)的思想中已经具有了唯物主义萌芽,并因而更为大胆、更为有力地向教会正统思想提出挑战,他的"唯情论"文艺思想是中世纪人文主义文艺思想中的一个代表。

倘若说,以奥古斯丁和阿奎那的思想代表的教会正统思想是"神本主义"的话,那么由"异端"文艺思想构成的这股暗流就是人道主义的。倘若说,教会文艺思想否定现实、否定世俗生活、否定艺术对人的自然情欲进行表达的正当性的话,那么,与之相反,中世纪人道主义文艺思想的核心之处,就在于肯定现实生活、坚持讴歌人的情感生活正是艺术的重要职能。

直到现在,我们讲述西方文学理论史的方式一直都是以介绍文学理论家、严格地说来是哲学家的主要理论为主。但是在讲述阿贝拉尔的时候,我们要换一种方式,也就是说,除了呈现他的主要思想之外,还要介绍他的主要生平。这是因为,人文主义的"唯情论"不仅表现在他的思想中,而且也体现在他和爱洛依丝的故事中。

阿贝拉尔出生于法国布列塔尼边境的勒帕莱镇,其父是当地一个地位不高的骑士,涉猎过文学,重视对子女的教育。在接受教育的过程中,阿贝拉尔决定放弃他自己的长子继承权,终生求学,成为一名真正的学者。让阿贝拉尔如此感兴趣的,不是什么经院教条意义上的学问,而是"辩证法"。在后来写就的《我的苦难史》中,他是这么说的:"相对于其他哲学教义,我更偏好于辩证法这个武器,这种武器武装了我。我要的不是战争的战利品,而是去辩难争论。我开始游历各省,像个真正的逍遥学派哲学家那样,只要得知哪里有人在谈论辩证法艺术,我就去和他们辩论。"[37]渐渐地,他在逻辑方面已经没有势均力敌的对手了。此后,他又将兴趣转向了神学,投在拉昂的安瑟伦门下研究《圣经》。在从师学习期间,他不满于安瑟伦的神学教条,遂离开安瑟伦,在巴黎圣母院的主教学校另开教席,讲解圣经,深受听众们欢迎,很多学生慕名而来,因此形成了一个与安瑟伦的学园相抗衡的新学园。

在他进入三十五六岁这个"人生之中点"的时候,他的事业也达到了顶峰。此时,他遇到了十七岁的爱洛依丝。"成功总是让愚人因骄傲而忘乎所以,精神的坚定先是为世俗的安逸而削弱,既而则轻而易举地被肉体的诱惑摧毁。"[38]这是他后来的忏悔,可是当时他真的为爱洛依丝所倾倒。阿贝拉尔使用各种方式让爱洛依丝的叔父福尔贝延请他为爱洛依丝的私人教师。这位才华出众的教师有着一种在学生中激发起热情的罕见天赋,有着出色的外表,长于写诗写歌[39],因此很快征服了爱洛依丝。他们陷入了热恋,秘密结婚。爱洛依丝叔父发现此事,坚决反对,狂怒不能自已,竟命人闯入阿贝拉尔的房间,将其阉之。18个月的甜蜜生活成为过去,情侣被迫分手,双双遁入修道院。尽管两人都已皈依,但从他们就宗教问题互致的书信中,仍然可以看出那份无法断灭的爱情。他在给爱洛依丝的信中说:"上帝的婢女,过去你曾是我尘世的爱人,今天在基督的国度里,在宗教生涯中,你是我的最爱,我的伴侣。"而爱洛依丝在给他的一封信里也说:"我们所做的每一件事,共同度过的每一个时光、去过的每一个地方,连同你的影子都深深铭刻在我的心里,每每重温则仿佛昨日重现"。[40]

阿贝拉尔羞愤交加,忍受着失去爱洛依丝的痛苦,可是巨大的社会压力和心理压力并没有压垮他,相反,他重新焕发了对知识的激情,发愤著书,以前的学生们又都集结在他周围。在此期间他写下了许多非常出色的理论著作,如《是与否》《神学引论》《哲学对话集》等。他安身的巴黎大学,也因为他的学术和教学活动而成为了当时重要的文化中心。可是,他的著述往往与教会宗义相反,从而招致教会的迫害。最后宗教会议宣告其学说为"异端",尽焚其书,并以教皇旨令禁止他著书授徒。

这位信仰时代里的神学家的叛逆的爱情,和他的叛逆的思想是分不开的。

现实主义的"唯名论"[41]是阿贝拉尔文艺思想通向"唯情论"的一个通道。他明确地说:

> 如果我有时间写诗,我总是写恋歌,不写颂扬哲学的圣诗。你知道,这些诗大部分流传到今日,在许多地方还有人歌唱着,尤其是那些生活像我们那样的人们。[42]

诗歌只有源于现实,尤其是源于活生生的人的情感现实才能具有艺术感染力。由于中世纪道德压力的焦点是人的肉体,因此,从反抗的意义上,阿贝拉尔特别强调,人的自然情欲是现实的存在,也是诗歌创作的内在动力。这就构成了他的"唯情论"文艺思想的基本内容。从这种理论内核,我们可以得出这样几个推论。

第一,诗"缘乎情"。这里的情是男女之间的自然感情。相爱的男女的离愁别恨应该是诗歌的主要题材。现实的阻隔带来的肉体分离,能够加强相爱男女心灵结合的力量,爱情的障碍会更有力地推动着他们的爱情。他们所经受的种种压力并不能给真正的恋人带来羞惭与畏惧，他们愈是没有畏惧，就愈想歌颂爱情。无怪乎，荷马要高歌战神和维纳斯的真情恋爱！[43]

第二，因为诗"缘乎情"，因此也与理性思维的哲学不同。诗歌描写感情，诗人必然要投身于生活，要从内心体验的情感出发才能创造出传之久远的作品，而"一个专心于哲学沉思的人"却无法通过生活去思考，因为他的对象不是具体的现实，而是抽象的"共相"。因此，哲学家不能被"小孩子们的啼哭、母亲的催眠歌、家庭的喧扰"所包围，哲学家只有"抛弃尘世的欢乐才能够安睡在哲学的怀抱中"[44]。

这种诗与理的区分，固然是对"柏拉图主义"的老调重弹，可是阿贝拉尔通过对诗缘于情的强调，使得他的这种区分具有了新的内涵，即划清了哲学或神学与文艺的界限。理性生活属于哲学和神学的范畴，感情生活则属于艺术的范畴，各有所属，所以，艺术应该具有其独立地位。

第三，文学的教育意义在于对现实生活的状摹。在《我的苦难史》中，他指出：

> 生活的实例往往比千言万语的说教更有力量，它能够激发或者缓和人类的激情。所以在我当面给了你一些安慰之后，我就决定把自己的苦难经历写给你，来安慰你，希望你拿我的苦难同你的比较一下，你就会觉得你的苦难毕竟是微乎其微，你也就有勇气来面对人生的一切磨难。[45]

在阿贝拉尔看来，生活的事实胜于一切说教，真情的发露能激励人的斗志，因此，文学、文字贵于写实。实际上，他本人的《我的苦难史》，就是这一原则的具体体现。这部自传毫不隐讳心灵中灵与肉的交锋，爱情与事业之间的艰难抉择。无疑，这是让人震撼的，给人带来的思考也是丰富的。相反，如果与同是自传体作品的奥古斯丁的《忏悔录》比较，我们就会发现，《我的苦难史》的真情的独白，远比《忏悔录》在神面前战战兢兢的告白要高明得多。

第四，审美经验是个人经验，因此，具体的感情移入能够影响审美观点。作家的生活环境和审美时的心境，都能影响作家的创作。审美心境是创作中的一个重要因素。他说：

> 因为我们观照自然现象时的心情不同，我们有时把秋夜的星星称作明珠，有时称作眼泪；有时欢呼晚霞的美，有时悲悼落日的斜晖；有时觉得月亮分外光明，有时埋怨它撩起人怀人的愁绪。宇宙间没有永恒

不变的美,事物的美总染上我们自己的感情。[46]

在审美观照中,创作主体能下意识地把主观感情投入对象之中,情与物谐,以情为主;情景交融,以情生景。这种移情现象,在创作经验中是非常普遍的,可是在阿贝拉尔之前的中世纪文艺思想史上却没有人承认过这个事实。

黑暗时代,神学界内部发出这种异端声音所具有的意义,无疑是非常重大的。他的"唯情论"基本内涵及其推论,在教会禁欲主义文艺思想上打开了缺口,为人的自然情感大声辩护,并进而为文学艺术的独立性大声辩护,力主艺术有其特有的目的,与神学的目的是不同的。

由于文化环境和历史时代的局限,阿贝拉尔的文艺思想的偏颇之处也是十分明显的。从艺术整体这个方面来看,将作为诗歌灵魂的情感仅仅局限于男女之间的自然情感,无疑是片面的,因而,无法解释诗歌题材的多样性。歌唱爱情的诗歌固然是美的,可是圣诗所包含的那种崇高神圣之美就不是美的么?难道能说爱情诗是本质的诗歌,而圣诗就不是本质的诗歌么?从审美感受的实质来看,移情审美说固然强调了具体的个体情感在审美创造中的能动方面,但这种理论却忽视了一个重要的问题:难道美只是个人情绪性的主观偏见,而不能代表客观的美吗?阿贝拉尔是矛盾的,这种矛盾来自早期人文主义思想的不成熟性。不管怎么说,这种重视人性、强调人性的理论的价值,不在于体系的完善性,正如恩格斯所说,"阿贝拉尔的主要东西——不是理论本身,而是对教会权威的抵抗"[47]。

四 "隐喻"与"解经"

前面谈到的普洛丁、奥古斯丁、托马斯·阿奎那和阿贝拉尔的主要论点偏重于艺术美学方面,下面要涉及到的一个问题,则关涉着文学最基本的理论,即语言问题,具体地说,是语言的象征作用问题。前面提到的从普洛丁直到阿贝拉尔的主要论点,涉及到文艺和善这个柏拉图的老主题,下面的问题则涉及到语言修辞的象征性这个"智者学派"的老主题。只有考察了这个主题之后,我们才会发现,中世纪的文学理论,并没有放弃推进古典时代开创出来的两个理论趋向,相反,中世纪的文学理论既关注文学的社会作用、文学与美善的关系,又关注语言修辞本身的问题。

整个中世纪,文学理论思考的材料、对象发生了急剧的变化。例如,柏拉图和亚里士多德从中总结出"模仿说"的戏剧,在基督教文化早期,成了完全被禁止的研究对象。这不仅同基督教禁止偶像有关,而且也同认为戏剧不是有益的教育工具、只是愚蠢的世俗激情的发泄渠道这一古代基督教观点有关。因此,直到很晚的时候,戏剧一直在中世纪的文学舞台上是销声匿迹的,"模仿"这个概念也很少有人提起。

由于文学对象的范围受到了宗教的极大限制,所以文学理论无法系统地发展。尽管如此,文学理论研究的另一方面,却又得到了惊人的深化。教会的神学家们出于神学辩论的需要以及其他一些宗教上的需要,拾起了在罗马晚期没有得到足够重视的"修辞学"研究和"语言哲学",把语言本身提到了一个非常的高度。语言被当作一种神秘的象征体系,得到系统的哲学解释,从而发展出了一套宗教性质的"隐喻解经"(Allegorical exegesis)学说。这可以说是该时期一个特有的现象。

这时的世界观视现实世界为造物主的结构反映,因之,中世纪诗学思想也就成了寓意智慧的组成部分。而"语言哲学"的第一手材料首先就是伟大的文本——《圣经》。当希腊—罗马的大多数文学作品被视为宣扬异教神祇而遭剔除之后,"隐喻解经"就成了语言反思的唯一内容。隐喻解经的代表人物是:波尔菲利、圣奥古斯丁、但丁和薄伽丘[48]。

"隐喻"(Allegory)是从希腊词语中借来的,原意是"用其他的方式言说"。自罗马时代以来,"隐喻"的定义基本上就固定了下来。"隐喻解经"法要求文本必须按照它字面之外的意义来理解。这种"解释学"方法最早可以追溯到公元前6世纪雷吉姆的泰阿根尼(Theagenes of Rhegium)对荷马文本的隐喻性解释。[49]但是,真正意义上的"隐喻"解释学,只有在罗马帝国后期和基督教时期才作为宗教神秘解释学得以真正确立。"隐喻解经"的最初实践者就是"新柏拉图主义"者和基督教徒。

在继承和改造柏拉图学说的基础上,"新柏拉图主义"者认为,世界的特殊表象只是代表了一个更为根本的真实世界的表象,或者是"真理"的象征符号。世俗庸常的心智是无法发现这种"真理"的。只有通过哲学的探索,阅读者才能辨别这种符号下掩藏的意义。这种"新柏拉图主义"世界观经过基督教的神学改造之后,为"隐喻解经"提供了丰富的理论土壤。当解经者在接受柏拉图对诗人的评论的时候,他们也在希腊传统文学中发现了"隐藏"在人物和情节里面的更高的"形而上学真理"。

在公元3世纪,波尔菲利就尝试着用这种方法来解释《奥德赛》中的一些情节。例如他就通过这种方法,将这部史诗中"女神山洞"一段[50]的情节合理化了。他说,"女神"代表为了降生而降临世间的灵魂,而"山洞"则代表"宇宙"。通过同样的方法,普罗克鲁斯将宙斯和赫拉之间的婚姻解释为一种象征,象征着造物主的"心灵"和"创造性"之间的结合。"新柏拉图主义"学派的整体哲学后来虽然衰落了,但是基督教将它的"隐喻解经"法继承下来,并且逐步地发展成为一套体系化的"神学符号学"。

基督宗教也将词语看做是象征符号,而世界则被视为上帝的文本,是有待于基督徒去辨读的符号体系。对他们而言,隐喻式的解释已经不再是单纯的目的。耶稣本人往往就是通过譬喻的方式来进行教诲的。这就要求其门徒学会在可见的言词之外去追索其他的意义。"隐喻解经"更深层的动机是去解释经典。此外,从他们的宗教需要看,"隐喻解经"的主要目的也在于怎样将犹太《旧约》解释得和《新约》一致。《圣经》是基督教"隐喻解经"的主要对象,而且在这个对象上,他们的成果也最为丰富。

用隐喻方法解释圣经的最早的例子是圣保罗的解读。他在《新约·加拉太书》里面对《旧约》中的一则记录进行了解释。《旧约》中说,上帝告诉亚伯拉罕,为了他的自由人出身的妻子撒拉的缘故,他必须抛弃他的奴隶出身的妻子夏甲(Hargar)。保罗解释说,Hargar 就是阿拉伯语中的"西奈山"的意思。西奈山是旧约中上帝和犹太先知摩西订立契约的圣山。因此,保罗通过他"词源学"的考辨,从这则记录中推论上帝其实是在向亚伯拉罕暗示,犹太人并不是真正和上帝订立契约的。同样,在保罗看来,亚伯拉罕自由人出身的妻子也是象征,象征着上帝所看顾的基督徒。这种"隐喻解经"法,今天看来是非常具有倾向性的,但是对保罗来说,却很有效地完成了神学上的任务,即让《旧约》自己反对自己。保罗的这种"隐喻解经"法,为解经实践开辟了一个新的领域,为后来将"符号学"和"词源学"相结合的解经方法奠定了基础。

接下来就是一位集大成者的出现,他一方面继承了"隐喻解经"法,另一方面也体系化地提出了神学的"语言符号论"。这就是奥古斯丁。奥古斯丁在这一时期的文学理论方面的建树,并不在特定文学理论范围之内,而是从其他两个方面影响了后世的文学理论创造。一方面,诚如我们前面看到的那样,无论他的体系有益与否,他毕竟较为完整地完成了美学观念体系;另一方面,他在这种美学观念下,特别强调了语言的重要性。

在《论教师》一书中,奥古斯丁充分论证了价值体系的"光照论"。他认为,有关永恒真理(包括善和美的真理)的知识,并不像柏拉图所说的那样存在于人的灵魂中,只要通过回忆去重新发现它就行了。相反,奥古斯丁认为真理不在人的灵魂中,而是独立于人的灵魂而存在。他用反证法来证明了自己的观点:我们世界上几何学家如此之少,足以说明几何真理并非是人心灵固有之物,一般意义上的真理也是如此。他继承了普洛丁的观点,认为独立于人的灵魂存在的真理是光,是由造物主安排的独一无二的无形之光。世俗物质世界本身就是由于不同程度地接受这种光照而得到安排的,也就是说,世上万物都是以上帝之光为本体的。世间万有构成了一个庞大的符号体系,其最终所指就是上帝的存在,他说:"以现实自身的方式发生于我的心灵的事物何止是一两件,而是成千上万件……正是由于太阳,光弥漫笼罩了所有的事物,月亮、星辰、地球海洋以及它们承载的无数事物,岂不都是上帝将他们显示于注视它们的人们?"[51]

语言符号体系只是这个象征体系的一部分。语言所以能够成为交流真理的工具,就是因为它自身内蕴藏着真理。这个说法和希腊修辞学的语言论有很大的区别。我们记得,在上章讲到的希腊修辞学中,语言符号体系就是"逻各斯"。而奥古斯丁则将"逻各斯"变成了上帝的代名词,相对而言,语言只是次级的存在,只是"逻各斯"象征体系中的一种。

这种理论可以有两个推论:第一,语言作为象征符号体系,可以用来指代其他象征体系,归根到底指向的是"上帝真理"。举例来讲,自然、社会整体就是指向上帝的象征体系,而文学中描摹的特殊自然或社会的个别事件,则是对象征的象征,是对"上帝真理"的"二次象征"。第二,由于语言作为"能指"具有从属性,因而它本身也具有不完满性,所以一切有形的文本都是有待于阐释的文本。这就从理论上确立了阐释的必要性。当然,这种阐释必须是掌握了关于善的"真正知识"的人的阐释,也就是基督徒的价值阐释。这在奥古斯丁那里,被表述为依照"慈善原则"的阐释法。[52]

阐释和创作既然需要"真知识"的存在,而知识又不能依赖语言而获得,因为语言是不完满的,那么"真知识"从哪里来呢? 其实,奥古斯丁的这种理论就为"直觉"说打开了一道缝隙。在奥古斯丁的理论中,他其实也是这么认为的,即某种源于天国的"直觉"高于语言本身。在《论三位一体》《忏悔录》和《上帝之城》中都有相关的论述。他认为,语言的缺陷是人类堕落以后的事。在人类堕落以前,语言是可有可无的交际工具,因为在天堂中,人们的思想是彼此澄澈透明的。

在奥古斯丁之后,"语言问题"已经成为了一个非常重要的理论问题。通过文本进行细读阐释,也成为了一种最为传统的批评方法。阿奎那在其《神学大全》中,对"隐喻解经"理论也细加阐述,认为圣经文本中的任何一个词语除了它所展示的字面义之外,还包含着多层意义。其他层面的意义,被阿奎那笼统称为它的精神义。在进一步界定"精神义"时,阿奎那根据奥古斯丁关于圣经中每一词语皆有数种意义之说,具体地将其分划为"隐喻义""道德义"及"神秘义"各有其特定内容的三重意义。[53]阿奎那的这一论题,也能在中世纪最后的伟大文学家和文学理论家但丁与薄伽丘那里找到。

但丁对文学的理论思考,可以说是从"语言论"和"阐释学"的角度入手的。在《飨宴》第二卷第二节中,但丁讨论的就是文本的四个层面的问题。当然,这里的文本依然还是《圣经》。这四个层面是"言词""隐喻""道德"和"密义"。为了说明"隐喻"层面,他还以奥维德关于"俄尔浦斯"的故事来做解释。这个故事是说,俄尔浦斯用竖琴驯服了野兽,并使树木山石听到他的音乐来到他近旁。但丁从"隐喻"的方面解释说,这象征着"智者通过言词的音声,使那些缺乏知识和艺术活力的人都服从他"。在说明"道德义"时,但丁援引基督在临登山祝福之前只选择三个门徒跟随他这则《圣经》故事,阐释说,这里包含着"道德隐喻",即"在最秘密的事情上,我们只能选择很少的人跟随我们"[54]。

薄伽丘在这种阐释学上走得更远,更为世俗化。他的《异教神祇的谱系》就充分体现了在上述"四个层面"上对希腊神话的解释才能。他说:"这些(希腊)神话绝不只包含着单一的含义,它们是多义的。"[55]可以看出,这种"隐喻解经"的细读方法,在薄伽丘那里已经不仅仅局限在圣经文本,而是以整个中世纪视为世俗的希腊神话为主要阅读对象了。而且,薄伽丘在《异教神祇谱系》的后两卷中,更明确地为诗辩护,希望把在中世纪处在低级地位的诗歌提升到更高的位置。

总之,奥古斯丁也好,但丁或薄伽丘也好,他们在"隐喻解经"理论上是有共同点的。也就是说,他们都认为文本不是简单的存在,而是一个具有多层意义的复合体,只有通过特殊的"批评"眼光,通过特殊的语言能指理论,才能去发掘文本的最终意义。从今天的角度看,"隐喻解经"的实践者往往由于自己特殊的目的在解释中穿凿附会,曲解文本,可是这种方法的意义却是重大的。

这种肯定文本复杂性的理论,给后世的文学实践和批评开创了一种"隐喻"模式。在文艺复兴到18世纪之前的文学批评中,"隐喻"模式是常见的。那时,"隐喻"被确定为文本意指的深层意义,这种深层意义可以被理解为故事背后的"信息"。在这时期的创作实践和批评实践中,文本传达的深层信息甚至成为了故事最基本的"存在理由";在这种情况下,故事中具体的行动和人物都可以作为故事的一些基本概念出现。比如,当一部文学作品中的森林叫做"混沌",一个人物叫做"清白"的时候,这里就存在"隐喻"。班扬的《心路历程》就是这种"隐喻"的典型。直到浪漫主义文学理论,"隐喻"才逐渐被视为一种和"象征"相对的不好的概念,认为它的具体含义是由故事的意义事先决定的。浪漫主义批评家们赞同"象征",认为象征是从自身的含义通向故事意义的过程,"隐喻"只能被解释成干巴巴的概念,而"象征"则具有开放性和情感上的启发性。

"隐喻解经"上起于普洛丁,下至于薄伽丘,贯穿中世纪,形成了一个强大的思想传统。这种将文本"本意"和"隐意"对立起来的"隐喻"传统,与后来的"语文学""词源学"融合,为后世"阐释学"的形成奠定了基础。此外,"隐喻解经"传统对语言修辞符号体系的关注,也培养起了对文本语言形式关注的批评习惯,我们甚至能在20世纪西方的"结构主义""解构主义"文本理论中找到这种传统的批评习惯的影子。中世纪文学理论的"隐喻解经"和"语言论",为文艺复兴初期但丁、薄伽丘等人提供了认识条件,使他们能够从"民族语言"着眼,思考创造新的文学形式的问题。

注　释

〔1〕 我们之所以在这里说"按照通常文化史、文学史的分期方法",是因为,对中世纪还存在着不同的分期方法。譬如,从另一种观点看,中世纪应该始于公元476年西罗马帝国覆灭,迄于公元1453年穆罕默德二世的土耳其军队攻克君士坦丁堡,使东罗马帝国覆灭的历史事件。

〔2〕 恩格斯:《德国农民战争》,见《马克思恩格斯全集》第7卷,北京:人民出版社1972年版,第400页。

〔3〕 基督教是犹太教在非犹太人地区传播的产物,因此和希伯莱文化这种相对于西方古典文化而言的"东方文化"有着相似的精神内核。罗德·霍顿和文森特·霍珀指出:"基督教原先只是纯犹太教的变种。"参看〔美〕罗德·霍顿、文森特·霍珀:《欧洲文学的背景》,王光宇译,张子清校,重庆:重庆出版社1991年版,第235页。

〔4〕 陆扬:《中世纪诗学》,上海:上海社会科学院出版社2000年版,第1页。

〔5〕 普洛丁(Plotinus,约公元205—270年),也译作普洛提诺,新柏拉图主义哲学家。著有《九章集》(*Eneads*)。这部著作是由他的弟子波尔菲利(Porphyry,约公元232—305年)编辑的。波尔斐利是一位著名的《圣经》解释家和哲学家。

〔6〕 普罗克鲁斯(Proclus,约公元419—485年),异教的新柏拉图主义哲学家,雅典学园的领袖,是古希腊哲学的最后一位整合者。其学说对中世纪,尤其对文艺复兴的思想影响重大。

〔7〕 Umberto Eco, *Art and Beauty in the Middle Ages*, trans. Hugh Bredin, New York and London, Yale University Press, 1986, p.6.

〔8〕 Ibid., p.10.

〔9〕 〔美〕G. F. 穆尔:《基督教简史》,福建师范大学外语系编译室译,北京:商务印书馆1981年版,第238页。

〔10〕 〔美〕克里斯托弗·道森:《宗教与西方文化的兴起》,长川某译,成都:四川人民出版社1989年版,第18页。

〔11〕 Plotinus, *The Enneads*, trans., Stephen Mackenna, Pantheon Books INC, New York, 1947, p.58.

〔12〕 Ibid., p.63, pp.59-60.

〔13〕 Ibid., p.623.

〔14〕 《九章集》第五卷第八章的这个说法,很容易让我们想起中国传统文学理论经典《文心雕龙·神思》中的"方其搦翰,气倍辞前,暨乎篇成,半折心始"的说法。语言本身是物质性的,在文学创作中,创作主体的构思在物化过程中不完全能够按照自己的逻辑实现,相反有时候必须按照材料(这里是物质性的语言)的逻辑来实现。

〔15〕 Plotinus, *The Enneads*, trans., Stephen Mackenna, Pantheon Books INC, New York, 1947, p.442, p.443.

〔16〕 Ibid., p.623.

〔17〕 参看本书第一章第二节。

〔18〕 Plotinus, *The Enneads*, trans., Stephen Mackenna, Pantheon Books INC, New York, 1947, pp.422-423.

〔19〕 Proclus, *On the Republic*, 转引自 *Literary Theory From Plato to Bathes*, Richard Harland, London: Mcmillan Press Ltd, 1999, p.10.

〔20〕 与20世纪出现的"超现实主义"本质完全不同;20世纪的超现实主义是针对现实的、具有社会批判性的超现实主义。

〔21〕 〔波〕沃拉德斯拉维·塔塔科维兹著:《中世纪美学》,褚朔维等译,北京:中国社会科学出版社1991年版,第76页。

〔22〕 Augustine, *City of God*, Book XXII, 'Chapter 19: That All Bodily Blemishes Which Mar Human Beauty in This Life Shall Be Removed in the Resurrection, the Natural Substance of the Body Remaining, But the Quality and Quantity of It Being Altered So as to Produce Beauty.' 见 *Augustin's City of God and Christian Doctrine*, trans. Philip Schaff, Grand Rapids, MI: Christian Classics Ethereal Library Publisher: New York, The Christian Literature Publishing Co., 1890, p.716.

〔23〕 Augustine, *City of God*, Book XV, 'Chapter 22: Of the Fall of the Sons of God Who Were Captivated by the Daughters of Men, hereby All, with the Exception of Eight Persons, Deservedly Perished in the Deluge.' 见 *Augustin's City of God and Christian Doctrine*, p.438.

〔24〕 Thomas Aquinas, *Summa Theologiae*, Part I, Question 39, Eight Article. 见 *Basic Writings of Thomas Aquinas*, edited and Annotated with an Introduction, by Anton C. Pegis, vol. One, Pandom House, New York, 1945, p. 378.

〔25〕 Augustine, *City of God*, Book XV, 'Chapter 22: Of the Fall of the Sons of God Who Were Captivated by the Daughters of Men, hereby All, with the Exception of Eight Persons, Deservedly Perished in the Deluge.' 见 *Augustin's City of God and Christian Doctrine*, p. 438.

〔26〕 Thomas Aquinas, *Philosophical Texts*, selected and translated by Thomas Gilby, New York: Oxford University Press, 1960, p. 106.

〔27〕 Ibid., p. 112.

〔28〕 Augustine, *City of God*, Book XI, 'Chapter 23. Of the Error in Which the Doctrine of Origen is Involved.' in *Augustin's City of God and Christian Doctrine*, pp. 316-317.

〔29〕 Augustine, *City of God*, Book XI, 'Chapter 23. Of the Error in Which the Doctrine of Origen is Involved.' 见 *Augustin's City of God and Christian Doctrine*, trans. Philip Schaff, Grand Rapids, MI: Christian Classics Ethereal Library, Publisher: New York, The Christian Literature Publishing Co., 1890, p. 312.

文中所引《圣经》依照中文合和本［CUV］,《新约·哥林多后书》6:7—10。

〔30〕 Thomas Aquinas, *Philosophical Texts*, elected and translated by Thomas Gilby, New York: Oxford University Press, 1960, p. 79. 其中圣经引文见《新约·提摩太书》2:20。

〔31〕 ［古罗马］奥古斯丁,《忏悔录》,第三卷,第一章、第二章,周士良译,北京:商务印书馆1982年版,第36—39页。

〔32〕 ［古罗马］奥古斯丁,《忏悔录》,第一卷,第十七章,周士良译,北京:商务印书馆1982年版,第20页。

〔33〕 ［古罗马］奥古斯丁,《忏悔录》,第三卷,第二章,周士良译,北京:商务印书馆1982年版,第37页,译文有所修正。

〔34〕 以上关于"艺术模仿心灵"的观点参看 Thomas Aquinas, *Philosophical Texts*, elected and translated by Thomas Gilby, New York: Oxford University Press, 1960, p. 368.

〔35〕 Thomas Aquinas, *Philosophical Texts*, elected and translated by Thomas Gilby, New York: Oxford University Press, 1960, p. 129.

〔36〕 Ibid., pp. 304-305.

〔37〕 Peter Abelard, *Historia calamitatum: Abelard to a Friend: The Story of His Misfotunes*, in *The Letters of Abelard and Helois*, translated with an introduction by Betty Radice, London, Penguin Books, p. 58.

〔38〕 Ibid., p. 65.

〔39〕 Betty Radice, *Introduction to The Letters of Abelard and Helois*, p. 14.

〔40〕〔法〕蒙克利夫编:《圣殿下的私语:阿伯拉尔与爱洛依丝书信集》,岳丽娟译,桂林:广西师范大学出版社2001年版,第7、8页。

〔41〕马克思把唯名论的哲学思想看做"唯物主义的最初表现"。列宁曾写道:"中世纪唯名论者同唯实论者的斗争,跟唯物主义者同唯心主义者的斗争具有相似之处。"见《列宁全集》第25卷,北京:人民出版社1990年版,第38页。

〔42〕Peter Abelard, *Historia calamitatum: Abelard to a Friend: The Story of His Misfotunes*, in The Letters of Abelard and Helois, p. 65.

〔43〕Ibid., p. 69.

〔44〕Ibid., p. 72.

〔45〕Ibid., p. 57.

〔46〕Peter Abelard, *Sic et non: a Critical Edition*, ed. B. Blanche Boyer and Richard McKeon, Chicago: University of Chicago Press, 1977, pp. 54-56.

〔47〕恩格斯:《德法历史材料》,见《马克思恩格斯论艺术》第2卷,北京:人民文学出版社1963年版,第96页。

〔48〕但丁和薄伽丘是跨时代的人物,处在"黑暗时代"终结和"文艺复兴"开始的特殊时期。从他们的"隐喻"理论看,他们属于"隐喻解经"的传统,从具体的人文主义创作看,他们又属于文艺复兴前期的代表人物。

〔49〕Richard Harland, *Literary Theory From Plato to Bathes*, London: Mcmillan Press Ltd, 1999, p. 24.

〔50〕见〔古希腊〕荷马:《奥德赛》,陈中梅译,北京:北京燕山出版社1999年版,第十三卷。俄底修斯藏入女神的山洞定计杀死了所有在他漫游的日子缠着他妻子求婚的情敌。

〔51〕〔古罗马〕奥古斯丁:《论教师》,第十章,第32节,见陆扬:《欧洲中世纪诗学》,上海:上海社会科学院出版社2000年版,第75页。

〔52〕Richard Harland, *Literary Theory From Plato to Bathes*, London: Mcmillan Press Ltd, 1999, p. 25.

〔53〕Thomas Aquinas, *Summa Theologiae*, Part I, Question 1, Tenht Article. "Whether the Sacred Scripture of this doctrine may be expounded in different senses?"

〔54〕Richard Harland, *Literary Theory From Plato to Bathes*, London: Mcmillan Press Ltd, 1999, p. 27.

〔55〕Boccaccio, *Boccaccio on Poetry: being the preface and the fourteenth and fifteenth books of Boccaccio's Genealogia deorum gentilium*, trans by Charles G. Osgood, Princeton: Princeton University Press, 1930, p. xvii.

第三章
文艺复兴时期的文学理论

　　从14世纪到16世纪,是欧洲从中世纪向近代社会转型的重要历史时期。这一历史时期,被人们称为"文艺复兴"(Renaissance)时期[1]。应该说,笼统地将这一时期称为"文艺复兴",无论是狭义地理解为文学艺术的复兴,还是广义地理解为学术与艺术的复兴,都不准确、全面。首先,这一时期欧洲社会的转型,并不只限于学术与艺术这一精神、文化生活的领域,而是广泛涉及到经济基础、政治制度和社会意识形态的全面的变革。其次,这一时期的变革,并不单纯是古典文化的再生,而是以复兴古典学术为动力和契机,并在此口号下对中世纪专制、愚昧、迷信、落后的思想文化进行一次全面的冲击和变革。这是从中世纪向现代社会进行根本性转变的历史起点,是一个崭新的"现代性"逐步走向历史前台的历史性跨越。不过,这一历史时期呈现在历史表层的最为显著、突出的时代征候,的确是以复兴古希腊罗马古典学术与艺术为标志的一场全面的思想解放运动。所以,"文艺复兴"便被人们作为表征这一历史时期的词语而被广泛使用。

　　恩格斯曾这样热情盛赞文艺复兴这一伟大的时代:"这是一次人类从来没有经历过的最伟大的、进步的变革,是一个需要巨人而且产生了巨人——在思维能力、热情和性格方面,在多才多艺和学识渊博方面的巨人的时代。""意大利出现了前所未见的艺术繁荣,这种艺术繁荣好像是古典古代的反照,以后就再也不曾达到了。"[2]在文艺复兴这一伟大的思想解放运动中,文学和艺术一直走在时代的前沿,成为时代的先锋和代表。其中,文学(诗歌、小说、戏剧)更是扮演了先驱者的角色,仅在欧洲文艺复兴的故乡意大利,便诞生了但丁、薄伽丘、彼特拉克这样三位文学巨人和人文主义先驱。后来,在法国、英国、西班牙等其他欧洲国家,又分别出现了拉伯雷、莎士比亚、塞万提斯等一大批人文主义文学巨匠。在人文主义文学空前繁荣的同时,文学理论与批评也在悄然发生着深刻的转型,与文学创造的伟大实践交相辉映,成为中世纪文学理论向现代文学理论演变的一个关键性的过渡与中介环节。

一 但丁论语言"四重意义"

但丁(Alighie Dante)这位"中世纪的最后一位诗人,同时又是新时代的最初一位诗人"[3],不仅在文学创作方面创作了《神曲》这一不朽的长篇叙事诗,而且在文学理论上成为该时期最重要的代表人物之一。他的主要文论著作有两篇:一篇是《致斯加拉亲王书》(1319);另一篇是《论俗语》。在这里,他提出了两个真正属于文学理论的命题。一是提出了"诗为寓言"说,讨论了诗歌与寓言的关系问题;一是大力倡导文学创作应使用"俗语",探讨了文学应使用什么样的语言的问题。

1. "作品四义"说与"诗为寓言"说

但丁在《致斯加拉亲王书》中,曾就《神曲》的意义结构发表过这样一段名言:

> ……为了清楚阐明我所要说的,就必须明白这部作品的意义不是简单的,而可以说具有多重意义,即是说,具有几种意义。一种意义是衍生于字面的意义,另一种意义是衍生于文字所表示的事物的意义。第一种叫做直义(又译"字面的意义"——引者),而第二种叫做寓言的或神秘的意义。为更清楚地阐述这种解释方法,我们来看一看下面几行诗:"以色列出了埃及,雅各家离开说异言之民。那时犹大为主的圣所,以色列为他所治理的国度。"如果我们只考虑字面意义,这里指的是在摩西的时代以色列的儿女们离开埃及;如果考虑寓言意义,这里指的是基督完成了我们的救赎;如果考虑道德意义,这里指的是灵魂从罪孽的悲苦中转入蒙恩的状态;如果考虑神秘的意义,这里指的是神圣的灵魂摆脱这种堕落的奴役而走向永恒荣光的自由。尽管可以用不同的名称称呼这些神秘的意义,它们一般说来都可说是寓言的,因为它们不同于直义的(又译"字面的"——引者)或历史的……[4]

在这里,但丁谈到自己作品《神曲》的复杂涵义时,先把它区分为两类:一类是直义(字面的意义);一类是字面所指的事物的意义。他又将后者具体分为三种,即寓言的意义、道德的意义和神秘的意义。这样,他便提出了文学作品的"四种意义"的学说。[5]然后,他把由字面所指的事物带来的三种意义都归结为一种意义即"寓言的意义"。这样,他便提出了这样一个命题,即诗歌不能仅仅停留在字面意义上,它还必须具有寓言的意义。

应该看到,但丁的"作品四义"说与"诗为寓言"说,既带有中世纪文论的时代烙印,又具有超越中世纪特定时代的普遍意义,同时还与现代的一些文学理论学说密切相关。在中世纪,由于宗教神学的统治和神秘主义的盛行,文学作品必须具有象征性或寓言性,这成为当时人们对文学作品的一种普遍要求。不仅如此,当时的经院哲学家甚至认为人们所创造的一切事物乃至大自然的事物,都具有象征意义。如人们把三角形视为神的三位一体的象征,圣托马斯把大自然的光辉视为神的象征,等等。可以说,寓言或象征是中世纪文学创作与文学理论的一个基本原则。但丁关于诗歌必须具有寓言的意义的看法,无疑受到这样一种具体的历史语境和文学背景的影响。

但是,但丁所说的诗歌的意义不应是简单的,而应该是复杂的,需在字面意义这一浅表层次下传达出更丰富、深厚的意蕴,具有一定的象征性、寓言性,这便触及到了文学作品意义上的结构层次与含蓄蕴藉的问题。这显然是文学理论中一个具有普遍意义的理论问题。古今中外的文学理论,都不会把那些意味仅仅停留在字面意义上的、浮浅直白、一览无余的作品看做文学中的上品,而是推崇文学作品的含蓄蕴藉之美。就其对现代文学理论的意义而言,他的"作品四义"说,不禁使我们想起了燕卜逊的"含混七型"说,英伽登"艺术作品结构"说,等等。近年英国的拉曼·塞尔登编《文学批评理论——从柏拉图到现在》的第三编第三章"含混与多义性",将但丁的作品四义说与巴赫金的对话理论、燕卜逊的"含混的七种形式"理论、布鲁克斯的诗歌结构理论、罗兰·巴尔特的《S/Z》结构主义文论编在一起,便表明了但丁的上述理论在文学理论史上的重要价值及其对当代文学理论的启示意义。

2. 论"俗语"

在欧洲许多国家,甚至在东方一些国家如中国、日本等,文学领域的"现代性"大都发轫于语言上的反叛与转型,它主要表现在对口语、民族语言的提倡,以抵制长期为少数上层阶级所垄断的文言、书面语言或非本民族语言。这一问题在西方最初是由但丁正式提出来的。而语言问题又是规定着文学之所以为文学的关键一环,因为文学作为一种语言艺术,其传达媒介正是语言。如果说但丁的"作品四义"说更多地带有中世纪文学理论的印迹,其理论史的价值主要在于揭示了文学语言具有多重意义结构这一带有超历史的普遍性规律的话,那么,他对"俗语"的提倡,则是开风气之先的,更多地体现了现代性、时代性的诉求。

但丁所谓"俗语",首先是指一种"自然的"语言,即口语,以区别于那些所谓的"人为的"文言。但丁指出:"所谓俗语就是小孩在刚一开始分辨语辞时就从他们周围的人学到的习用语言,或者更简短地说,我们所说的俗语就是我们模仿自己的保姆不用什么规则就学到的那种言语。"相对于这种自然的口语而言,文言是由它派生出来的:"从这里面更产生了另外一种派生的言语,就是罗马人称作文学语言的。"[6]这种派生的言语,希腊人和其他民族也有,但不是一切民族都有。然而只有少数几个人会用这种言语,因为我们只有费了很多时间,刻苦学习才能学到它。"对于这两种语言形态,但丁明确地指出"俗语"的优越性:"这两种言语之中俗语是较高贵的,因为这是人类最初使用的,也同样因为全世界都使用它,虽然它在发音和词汇上分作许多不同的形式。它是二者之间较高贵的,也因为它对我们是自然的而另一种是人为的"。[7]

其次,但丁所说的"俗语",是相对于拉丁语而言的意大利特有的民族语言。拉丁语在当时的西欧地区,是各个国家普遍使用的官方语言,是一种具有类似于"世界语"的地位和功能的统一语言。意大利人民日常使用的自然语言、口头语言,便具有民族语言的意义。

再次,我们还需注意到,但丁所说的俗语,不是指所有的方言、口语,而是指具备"光辉的、基本的、宫廷的、法庭的"四种标准的"俗语",因而又是针对意大利各地方的方言而言的,它具有作为各地方的方言之权衡标准的统一民族语言的含义:"意大利的光辉的、基本的、宫廷的、法庭的俗语就是那属于意大利一切城市而又不专属于其中任何一个城市的那种语言,意大利一切城市的方言都以此来计量、权衡和比较。"[8]"现在我们宣布这种俗语——我们已经说明它是光辉的、基本的、宫廷的、法庭的——就是被人称作意大利俗语的。因为正像可以找到克得蒙那专用的俗语,也可以找到伦巴底专用的俗语,也可能找到意大利西部专用的俗语。正像可以找到这些种俗语,那么也可以找到属于全意大利的俗语。"[9]由此而言,但丁的"俗语"乃具有某种理想的成分。它尚不是一种现实性存在,而是一种想象性存在,需要在意大利各地现实存在着的各种方言基础上进行选择、过滤、提炼、加工,综合其优点,筛除其糟粕,才能最后形成。尽管但丁作为意大利统一的民族语言来设计的"俗语"方案还带有一定的理想化的色彩,但他毕竟为建立意大利统一的民族语言指出了一条正确的道路。正是在这个意义上,他对现代意大利民族语言的形成做出了不朽的贡献。意大利另一位文学巨匠薄伽丘这样赞扬他:"在诗的方面,特别在方言方面,在我看来,他是使方言升华并使它在我们意大利人中得到尊重的第一个人,就像荷马之于希腊,维吉尔之于拉丁。"[10]这样的评价可说是实至名归。

实际上,在欧洲各地,从11世纪以后,带有地方色彩的近代语言便逐渐兴起,在文学创作领域,大部分民间文学如传奇故事、抒情民歌、叙事民歌等,都纷纷开始用各地方言、口语等进行创作。不过,用地方方言创作严肃宏伟诗篇,却无人尝试。但丁的《神曲》,正是第一部用近代方言俗语写出来的内容严肃、结构宏伟的诗篇,因而具有巨大的开创性意义。他进而写出《论俗语》这样的理论文章,不仅将自己的创作经验上升到理论的高度,为自己的创作实践作了有力的辩护,更重要的是从理论上解决了近代文学创作应使用什么样的语言的问题,从文学创作的媒介——语言本身,找到了反抗中世纪神学大一统意识形态的专制统治的有效的突破口。

但丁对形成统一的现代意大利民族语言的历史贡献,其意义不只体现在单纯的语言领域,甚至也不限于文学范围。可以说,它客观上也满足了当时意大利资产阶级建立近代统一的民族国家以摆脱罗马教会政治与意识形态的控制的历史要求。

二 薄伽丘论诗歌

中世纪与文艺复兴相交替的时期,人们精神生活的一大特点便是新的与旧的混合在一起:旧的思想意识中往往孕育着新时代的观念、意识,而新的思想、观念中则往往仍残留着中世纪思想、观念和思维方式的影响与痕迹。这种精神征候,在文学理论中也有明显的体现。比如,当时关于诗歌与神学关系的新思考,便突出表现了这一特点。

在中世纪,基督教神学为了维护宗教神学至高无上的权威,往往找出各种理由对诗歌及其他艺术样式进行贬斥和攻击。[11]那时的一般理论倾向,是强调神学与世俗文学艺术在价值等级上的严格界限与差异。但是,在文艺复兴的初期,由于人文主义思潮的涌动,关于诗歌与神学关系的思考发生了重大转变,尽管这种转变尚未发展到启蒙时代以后以人的理性否定神学的程度,但它必将对中世纪神学至高无上的意识形态体系给予猛烈的冲击。这种转变,主要表现为将世俗的诗歌及其他艺术抬高到与神学同等重要的位置。

但丁、彼特拉克、薄伽丘是意大利文艺复兴初期最重要的三位文学巨匠。他们都不约而同地站到了争取诗歌与神学同等重要地位的行列。但丁以中世纪隐喻解经的理论模式,探讨诗歌的寓言意义,便已是在与神学相等同的价值层面上对诗歌存在意义的辩护。彼特拉克则从《圣经》和诗歌都使用寓言的方法这一点入手,将诗歌与神学放到了同一个天平上:"福音里基督所说的故事不正是都有言外之意吗?或则用术语来说,不正是寓言吗?寓言是一切诗的经纬。"[12]

对于从理论上削平神学与诗歌之间的价值鸿沟贡献最大的,是小说家薄伽丘(Giovanni Boccaccio)。他是著名小说《十日谈》的作者,在文学理论上,其代表作有《但丁传》和《异教诸神谱系》。

在《但丁传》中,他针对"一些愚蠢的人在反对诗人,说诗人们虚构了一些不符合真理的令人生厌的邪恶的故事,说他们理应不用虚构的故事而用其他方式来显示他们的才能,宣扬他们的教训"的指责,为诗人辩护说:

> 很显然,经过费力才得到的东西要比不费力就得到的东西较能令人喜爱……要使真理须经费力才可以获得,因而产生更大的愉快,记得更牢固,诗人才把真理隐藏到从表面看好像是不真实的东西后面。他们用虚构的故事而不用其他方式,因为这些虚构故事的美能吸引哲学证明和辞令说服所不能吸引的听众。……究竟应该怎样看待诗人呢?能不能说他们都是疯子,像他们的没有见识的敌人所胡说的呢?当然不能。诗人在他们的作品里都运用了最深刻的思想,这种思想就好比果壳里隐藏着的果肉,而他们所用的美妙的语言就好比果皮和树叶。[13]

薄伽丘为诗人所作的"正名",反驳了基督教神学对诗人特别是对诗人的虚构的攻击与贬斥,并用果肉与果皮和树叶的关系作比喻,生动形象地揭示了诗歌内容与其美妙语言之间相得益彰的关系,指出了诗歌与哲学证明和辞令说服相比所具有的优越性。这一番"正名",为将诗歌抬高到与神学同等的地位做了很好的铺垫。

薄伽丘诗学的中心思想是:诗歌就是神学,神学就是诗歌。他这样来展开自己的论证:一方面,诗即神学。因为诗无论从它的起源于上帝还是从它的内容与效果之崇高来看,它都与神学保持一致:"诗是一桩实践的艺术,它发源于上帝的胸怀,由于它的效果而取得它的名称,它还涉及许多高尚的尊贵的事物,然而有些人尽管不断耽溺在这些事物之中却否定了诗的存在。""诗人们会亲口宣称,他们是在谁的帮助和指导下(意即在上帝的帮助和指导下——引者)完成了他们种种创作的"。[14]另一方面,也可以说,神学即诗。因为,从题材上看,"我说神学和诗可以说差不多就是一回事,如果他们用的题材是一样的;我甚至说,神学不是别的,正是上帝的诗。"从运用虚构手法来看,不能因为诗歌运用虚构便指责诗歌,因为《圣经》里就可以找到无数诗的虚构的实例:"《圣经》里基督时而叫作狮,时而叫作羊,时而叫作虫,时而叫作龙,时而叫作岩石,这不是诗的虚构是什么呢?《福音》里救世主的话又是什么,如果不是含有言外之意的布道词呢?用一个大家所熟悉的名词来说,那就是寓言。从此可见,不仅诗是神学,而神学也就是诗。"[15]

总之,薄伽丘多角度、多侧面地论证了诗即神学、神学即诗的命题。尽管在今天看来,他没有论及他那个时代诗歌所体现的世俗精神、人文主义色彩与宗教神学内在的尖锐对立,以及文学与神学之间其他种种区别,然而,在那个时代,如此周详地论证诗与神学的一致,将诗歌在人的精神生活价值天平上抬高到与神学相等的价值层次,无异于石破天惊的理论言说。这一点,对于近代世俗精神、人文主义最终战胜中世纪至高无上的神学意识形态,是一个不可或缺的过渡环节。

三　达·芬奇的诗画比较

文艺复兴时期,不只是文学繁荣的时期,同时也是各种造型艺术高度繁荣的时期。特别是到了16世纪,在意大利,绘画、雕刻方面的成就及影响甚至远大于文学领域,诞生了达·芬奇、米开朗琪罗、拉斐尔"三杰"。在中世纪,像诗歌和音乐,虽然受到宗教神学的攻击与贬低,不能与神学相提并论,但仍得以包括到七种"自由艺术"的体系。但是,像绘画、雕塑、建筑这些造型艺术却享受不到这样的"恩宠",只能被归入地位更为卑下的"机械艺术"的行列,与制鞋、烹饪等放在同一系列。[16]文艺复兴时代,特别是到了15和16世纪,以空间为存在方式、以视觉为感知途径的造型艺术的繁盛,使绘画、雕塑等造型艺术理论也获得了很大的发展。当时的造型艺术理论,主要有三大主题。一是将绘画、雕塑和建筑从以往的"机械艺术"中分离出来,将它提升到"自由艺术"的地位上;二是将绘画等造型艺术视为一种科学。我们知道,为造型艺术争取"自由艺术"的地位,实际上也是为它争取"科学"的地位。因为中世纪的"七种自由艺术",与其说是艺术的分类体系,毋宁说更是科学的分类体系[17];三是对造型艺术与作为语言艺术的诗歌及音乐进行比较,并对绘画与雕塑、建筑进行相互比较。在进行造型艺术与诗歌的比较中,涉及到一些文学理论的基本问题,值得我们关注。当时的造型艺术理论,以绘画理论成就最大。而当时绘画理论的代表人物是达·芬奇。这里,我们介绍一下他的诗画比较理论。

关于诗歌与绘画的关系,公元前500年前后的西摩尼得斯(Simonides,又译西门尼德)就曾说过一句有名的话:"诗是有声的画,画是无声的诗。"[18]古罗马的贺拉斯也说过:"诗歌就像图画。"[19]这些看法注重的是诗歌与绘画相通的一面。达·芬奇(Leonardo da Vinci)则侧重讨论绘画与诗歌相区别的一面。

在达·芬奇看来,绘画诉诸人的视觉,诗歌诉诸人的听觉。视觉比听觉更为重要,眼睛比耳朵更为优越:

> 被称为灵魂之窗的眼睛,乃是心灵的要道,心灵依靠它才得以最广泛最宏伟地考察大自然的无穷作品。耳朵则居次位,它依靠收听肉眼目击的事物才获得自己的身价。[20]

> 绘画替最高贵的感官——眼睛——服务。

> 绘画能将艺术家的意图立刻展示给你,并且一如自然创造的任何事物一样,给予最高贵的感官以同等的快感。诗人利用了较为低级的听觉,传述同一件事,给耳朵的快感并不比听一篇普通介绍更多。[21]

他还认为,从传达手段来看,诗歌的传达手段是语言文字,它只能通过听觉诉诸人的想象,而绘画的手段是逼真的形象,直接展现在人们的眼睛面前:

> 在表现言词上,诗胜画;在表现事实上,画胜诗。事实与言词之间的关系,和画与诗之间的关系相同。由于事实归肉眼管辖,言词归耳朵管辖,因而这两种感官之间的相互关系也同样存在于各自的对象之间,所以我断定画胜过诗。

> 想象与实在之间的关系犹如影子和投射影子的物体之间的关系;同样的关系也存在于诗与绘画之间。诗用语言把事物陈列在想象之前,而绘画确实地把物象陈列在眼前,使眼睛把物象当成真实的物体接

受下来。诗所提供的东西就缺少这种形似,诗和绘画不同,并不依靠视觉产生印象。[22]

达·芬奇认为,诗歌诉诸人的想象,而绘画诉诸人的视觉。靠想象来接受的诗歌,存在着明显的局限:

> 想象的所见及不上肉眼所见的美妙,因为肉眼接收的是物体实在的外观或形象,通过感官而传给知觉。但想象除了依靠记忆,就无法越出知觉的范围,假使被想象的事物无甚价值,那么记忆也会消逝和停止。诗在诗人心中或想象中产生,仅仅因为他和画家都表现同样的事物就想和画家分庭抗礼,但实际上他们是望尘莫及的,……在表现方面,绘画与诗的关系正和物体与物体的影子的关系相似。差别甚至还要大些,因为影子能够通过肉眼为人所见,而想象的形象却不能用眼见到,只在黑暗的心目中产生。在黑暗的心目中想象一盏灯火,与用眼睛在黑暗之外的的确确看到灯火,两者相差多么悬殊![23]

达·芬奇也并非完全没有看到绘画所存在的局限性。那就是,绘画作为空间艺术、视觉艺术、静的艺术,这是个无声的世界。不过,在他看来,绘画的局限远不如诗歌的局限那么严重:

> 如果你称绘画为哑巴诗,那么诗也可以叫做瞎子画。试想,哪一种创伤更重,是瞎眼还是哑巴?[24]

他进而从诗歌与绘画所运用的艺术符号上的差别,论证其绘画优于诗歌的观点。在他看来,绘画已经包罗自然的一切形态在内,而诗人则除了事物的名称以外一无所有,而名称并不及形状普遍。

从艺术与现实的模仿关系上看,达·芬奇认为绘画能够比诗歌模仿得更为真实:

> 由于我们的艺术,我们可被称为上帝的孙儿。如果诗包容伦理哲学,绘画则研究自然哲学。假使诗歌描写精神活动,绘画则研究反映在人体动态上的精神活动。……我们难道没见过一些极其肖似实物的画,使人和动物一齐上当么?[25]

对于艺术的象征作用和诗歌的作用,达·芬奇指出:

> 诗人说,他能用文句美妙的诗描写一件事象征另一件事。画家回答他也能,并且在这一方面他也是一位真正的诗人。

绘画里包括的题材比文词所能包容的题材远为丰富,因为画家能够创造无数由于没有合适的字眼而无法用文字命名的事物。[26]

从形象的整体和谐来看,达·芬奇认为从绘画中产生的协调的比例,由于"同时间射进眼帘"而具有更为巨大的效果。但是,诗歌则不然:

诗就及不上它们美妙。它在表现十全的美时,不得不把构成整个画面协调的各部分分别叙述,其结果就如同听音乐时在不同时刻分听不同声部,毫无和声可言;也正如脸部一次只露出一点,看过的便遮没,由于眼睛不能同时将视野中的各部分一齐摄入,我们的健忘使我们不能形成协调的比例印象。诗人在表现任何美丽的事物时就是这样,不同部分在不同时间分别叙述,以致记忆中感受不到任何协调。[27]

从艺术接受的角度看,达·芬奇认为通过视觉传达给观众比通过听觉再转化为心灵的想象,要明晰得多、迅捷得多:

绘画通过视觉将它的主题立刻传达给你,它所借助的器官也就是将自然物传之于心的同一个器官。在此同时,构成整体的各部分之间的和谐匀称使感官愉快。诗则借助较逊色的感官传达同样的主题,然后将事物的形态传与心灵,较之物和心之间的真正媒介——眼睛的作用模糊得多,迟钝得多。[28]

像这样全面地对诗歌与绘画进行细致入微的比较,在过去还从没有人做过。而且,我们发现,这种比较,真正是把文学作为一种艺术,与同样是一种艺术的绘画所作的比较。尽管他为了全面论证绘画的优越而全面贬低了诗歌,但我们从他的上述全面的比较中,也较为全面地把握到了诗歌(文学)在艺术媒介材料、艺术作品存在方式、艺术形象展示方式、艺术符号形式、艺术接受方式等方面的审美特性,以及它在艺术表现、传达与接受上的局限。

不过,对于一种艺术形式而言,它的某种局限,往往也正是它的优势之所在。比如,文学所塑造的形象不具有绘画形象那样的具体性、直接性,这的确是它的弱点。但这也正是它的一大优点。正因为它的形象朦胧模糊,才能给人以更大的想象空间,而不受具体形象的规范限制。达·芬奇作为一位大画家,他对绘画的优点的辨析,大多富有雄辩力量。然而,我们也能发现,在某些方面,他的论辩显得有点强词夺理,令人难以接受。比如,他认为绘画甚至在表现的题材的丰富性上以及象征作用上都要优于诗歌,这便与事实相违背了。因为,至少在这两方面,诗歌(文学)具有不可超越的优势。此外,我们还需指出的是,达·芬奇的诗画比较论,最终都指向一个目标,这便是要论证绘画对于诗歌、造型艺术对于文学的优越性。这在思维方式上,仍未完全摆脱中世纪人们的社会生活领域等级森严以及在精神生活各领域人为地区分出不同的价值等级的社会惯性、思维惯性所规定的轨道,距离真正将各种艺术在审美价值上看做具有同等价值的存在这种审美现代性思想,尚存在一定距离。然而,他的诗画比较,作为近代第一次真正意义上的自觉和全面的艺术比较、文学比较,在突显了绘画等造型艺术的各方面的审美特征的同时,也把诗歌(文学)方方面面的审美特征显现在我们面前。它的文学理论的价值,甚至远大于当时许多就诗歌论诗歌的所谓"诗学"著作。如果就他的这种比较开了西方近代诗画比较、文学与其他各种艺术的比较的先河并成为17、18世纪莱辛《拉奥孔》更为系统深入的诗画比较的先声而言,达·芬奇对于近代西方文学理论的历史贡献便不言而喻了。

四 意大利的亚里士多德主义

在17、18世纪,法国、英国、德国的文学领域曾出现盛极一时的"新古典主义"。实际上,早在15、16世纪,意大利便在文学理论领域出现了一种可称之为"古典主义"的思潮。这种"古典主义",成为后来兴盛于法国的"新古典主义"的前奏和开端。它的产生源自对亚里士多德《诗学》的翻译和诠释,在16世纪达到高潮。在一个世纪左右的时间内,意大利出版的《诗学》新译本和注释著作,多达十余种;贺拉斯的《诗艺》也被译成意大利文;而由意大利学者仿照《诗学》《诗艺》而写成的论诗著作,则不计其数。总而言之,研究古典,崇尚古典,一时蔚然成风。人们对亚里士多德、贺拉斯的诗学传统怀有一种虔敬乃至盲目遵从的态度。即使是一些具有革新精神的理论家,在许多问题上也往往仍旧行走在古典权威划定的轨迹上。因此,在文学理论上,出现了一种可概括为意大利的亚里士多德主义的倾向。不过,同样是研究古典,诠释古典,其中却出现了两种截然不同的取向:具有保守倾向的一派以明屠尔诺、斯卡里格为代表,具有革新倾向的另一派以卡斯特尔维屈罗为代表。

明屠尔诺(Antonio Sebastian Minturno)著有《论诗人》《诗的艺术》以及喜剧理论著作等。在《诗的艺术》中,他坚信古人创造的史诗的经典性和亚里士多德、贺拉斯的权威性,对当时诗人们在诗的体裁、形式等方面的新的探索则持怀疑和否定态度。在他看来,试图突破古代诗学的古典规范而探索"新的诗艺"的作家们的努力,全是徒劳的,他们永远不可能超出那些古典的权威:"那些设法在这些幻梦中找出一种新型艺术的人就好像要在非洲沙漠里找到绿树青草"。"尽管这批人为着要显示自己才力和学问都很强,也努力向世界介绍一种新的诗艺,他们并不因此就有那么大的权威,使我们宁可相信他们而不相信亚里士多德和贺拉斯。"[29]他坚持主张,所有的诗,一切的艺术,都必须奉古人为圭臬。如果违背了古人的法则,就不能取得成功。他说:"试问:哪一门艺术、哪一门学问、哪一种训练里(不论是建筑、音乐、绘画、雕刻、军事或医学)一个人可以不努力步古人后尘而能够工作吗?不是愈紧密地追随古人就愈能得到称赞吗?"[30]他之所以将古人创造的典范、亚里士多德、贺拉斯制定的诗学规则视为不可移易的法则而不许作家们越雷池一步,与他关于艺术具有一种凝固不变的本质、只能服从一种规律、艺术反映自然的意象只有一个、艺术用来实现它的功能的那种形式也只有一个这样一种僵化静止的形而上学艺术观是分不开的。他说:

> 尽管这门艺术在这个时候,那门艺术在另一个时候经历变化,它的内在本质总是不变的,变的只是某种偶然的性质或是模仿方式和雕饰。[31]

持有这种极端保守的艺术观,必然会固守古典时代留传下来的过去的成法,而怀疑和反对任何创新与探索,将它们视为违背艺术固有本质的狂妄之举。

当然,明屠尔诺对于亚里士多德传统的固守,并非在一切方面都是保守的。如在艺术与自然关系方面,他认为"艺术要尽一切努力去模仿自然,它愈接近自然,也就模仿得愈好"[32],便与亚里士多德的"模仿说"精神相一致,也是有利于艺术健康发展的原理。然而,他并没有将这一精神贯彻到底——他不是以与自然是否接近来评价艺术,却是以与古代遗留下来的传统是否符合作为最根本的评价尺度,成为当时亚里士多德主义者中保守倾向的典型代表。

斯卡里格(Julius Caesar Scaliger)对于古典诗学传统的维护,更多地体现为对贺拉斯"寓教于乐说"的坚守。他在其《诗学》(1561)中认为:"诗的目的在于以娱乐的方式给人以教育,因为诗要教诲,并不像有些人所想的那样只是娱乐。"[33]这无异于对"寓教于乐"说的一种复述。关于悲剧与喜剧,斯卡里格将亚里士多德关于二者的区别的看法,基于当时社会等级森严的现实给予了庸俗化、绝对化的理解,认为悲剧与喜剧的区别在于人物的等级、行动的性质和行动的结果,由此也决定了语言风格上的差异。喜剧以平民百姓为人物,用的是日常口语;悲剧以帝王将相为人物,语言应当庄重凝练,尽量区别于口语。[34]

斯卡里格在文学理论上的一个重要贡献,是在其《诗艺》中对诗人的想象给予了空前的评价,说诗人几乎是"第二神灵""另一个上帝",能够创造出不同于自然的另一种自然,塑造出比真实事物更优美的形象。他说:

> 其他技艺按事物本来面目来描写它们,而诗在某种意义上却像一幅能言的画,诗人描绘的是另一种自然和形形色色的命运。这样做,诗人事实上就几乎将自己化身为第二神灵。在万物的创造者所制造的事物面前,其他学问只是监督者,然而由于诗塑造与事物不同的形象,比事物原来面目更优美的形象,因此它似乎与别的书面形式不同,不像历史限于真实的事件,而是像另一位上帝,创造万物。[35]

斯卡里格在这里赋予了诗人非模仿的想象作用以极高的地位,足以凌驾于其他任何写作活动和技艺之上而成为仅次于"造物主"的"第二神灵"。

意大利的亚里士多德主义者中,带有异端色彩与革新精神的是卡斯特尔维屈罗(Lodovico Castelvetro)。他于1570年用意大利语翻译了亚里士多德的《诗学》,并写下自己的提要与注疏,形成了一部在文艺复兴时期具有重要意义的文学理论著作,即《亚里士多德〈诗学〉的诠释》。

首先,在诗的功能问题上,他抛弃了在文艺复兴时期一直被奉为圭臬的贺拉斯的"寓教于乐"观点,鲜明地主张诗的目的不在教益而只在于娱乐。他说:

> 诗的发明原是专为娱乐和消遣的。[36]

这一观点,与上述斯卡里格等文学理论家的观点形成鲜明对照,在当时无异于一种诗学上的反叛,颇有点近代纯艺术观念的味道。卡斯特尔维屈罗所以认为诗的功能只在娱乐和消遣而不在教益,是由于在他看来诗的娱乐和消遣的对象主要是"一般没有文化教养的人民大众"。他们听不懂哲学家和科学家们的抽象的理论与说教。由于他对诗的功能作了这样新的界定,他便要求诗应该具有与这种功能相适应的题材:

> 诗的发明既然是为着提供娱乐和消遣给一般人民大众,它所用的题材就应该是一般人民大众所能懂的而且懂了就感到快乐的那种事物。[37]

卡斯特尔维屈罗不只在诗的功能问题上向古典时代的贺拉斯提出挑战，而且在探讨诗的自性特征问题上，也比古代的亚里士多德大大向前迈进了一步。前面我们谈过，亚里士多德在他的《诗学》中，曾讨论诗与历史和哲学的联系与区别，认为"两者的差别在于一叙述已发生的事，一描述可能发生的事。因此，写诗这种活动比写历史更富于哲学意味，更受到严肃的对待；因为诗所描述的事带有普遍性，历史则叙述个别的事。"[38]卡斯特尔维屈罗在亚里士多德论述的基础上，将这一问题进一步予以扩展，更为全面系统地讨论了诗与历史和哲学的联系与区别。他指出：

> 诗近似历史。历史分为题材和语言，诗也是分成这两个主要的部分。但是在这两部分，历史和诗都各不相同。就题材来说，历史家并不凭他的才能去创造他的题材，他的题材是由世间发生的事件的经过或是由上帝的意志（显现的或隐藏的）供给他的。至于语言或表现，那倒是历史家所提供的，但是历史家的语言是推理用的那种语言。诗却不然，诗的题材是由诗人凭他的才能去找到或是想象出来的，诗的语言也不是推理用的那种语言，一般地说，没有人用韵文来进行推理；诗的语言是由诗人运用他的才能，按照诗的格律，去创造出来的。[39]

关于诗人与哲学家、科学家的区别，他也从题材、语言、效果等方面进行了具体的分析："各门科学和艺术（指技艺——引者）的题材不能作为诗的题材"，诗人不应使用"哲学家们在研究事物真相时或职业专家们在工作时所用的那种脱离平常人实际经验很远的微妙的推理、分析和论证"。"哲学家和科学家自有一种给人娱乐或教益的方法，这和诗人所用的是迥不相同的。"[40]

在这里，他从诗的题材、语言和效果等方面，凸显出诗的自性特征。这些自性特征，强化了近代人对于文学本性的自觉意识，更加逼近近代人对于文学本体的认识。而特别值得我们注意的是，他通过对诗与历史、哲学、科学的比较，特别突出了诗人的想象力的重要作用。如他所说，诗人应该"具有超过凡人的神明的气质"——诗人所写的题材、故事应是"由他自己想象出来的，是关于本来不曾发生过的事物的"。诗人所使用的语言，也是靠他的才能，想象、创造出来的。卡斯特尔维屈罗的这种诗歌想象理论，继承了亚里士多德、斐罗斯屈拉塔斯等人以"想象"作为诗歌特殊规定性的优秀文论传统，对近代文论产生了十分积极的影响。

卡斯特尔维屈罗在文学理论上的另一个影响深远的工作，是初步制订了戏剧上的"三一律"。他说:"表演的时间和所表演的事件的时间,必须严格地相一致。……事件的地点必须不变,不但只限于一个城市或者一所房屋,而且必须真正限于一个单一的地点,并以一个人就能看见的为范围。""事件的时间应当不超过十二小时"。除此之外,他还强调悲剧的情节(行动)也应成为一个有机的整体。[41]这便是所谓情节、时间、地点"三一律"的雏形。他对戏剧提出的这些要求,最早可追溯到亚里士多德《诗学》中的悲剧理论,但他的这种过分苛刻的规定,明显地存在着对于《诗学》的误读。在文艺复兴时期,这种"三一律"并未被人们付诸实施。像莎士比亚、维加等大戏剧家的创作,更是完全不受所谓的"三一律"的约束。"三一律"真正成为戏剧创作的"金科玉律",是在17世纪新古典主义统治时期。

五 "古今之争"与新的文体

文艺复兴时期,随着社会生活的深刻转型,文学艺术也发生着深刻的变化。这种变化不仅体现在文学的人文主义主题和描写对象上人的世俗生活等内容方面,同时也体现在文学的语言、体裁、技法等形式方面。其中,发生在叙事诗及戏剧体裁上的革新最引人瞩目。文学创作特别是文学体裁上出现的这些新变化,引起了一些固守传统的人的批评,也激发起一些理论家对它们的热情辩护,从而在当时的文学批评活动中,形成了西方文学理论史上最早一次的"古今之争"。在17世纪,法国围绕当时盛极一时的新古典主义,展开了一场著名的"古今之争",古派以布瓦洛为领袖,今派以贝洛勒和圣·艾弗蒙为代表。出现于文艺复兴后期16世纪的"古今之争",成为后来的"古今之争"的一次预演。在这次"古今之争"中,保守派的代表是上一节谈到的明屠尔诺,革新派的代表是钦提奥(Girandi Cinthio)。他们的争论主要围绕着文学创作是应该固守古典时代制定的创作律条,还是应根据时代生活的变迁及文学创作与欣赏趣味的变化在内容及形式上进行新的探索。争论的焦点则是围绕着新文体的出现而展开的。

16世纪初,意大利作家阿里奥斯托(Ludovico Ariosto)发表了一部新型的传奇体叙事诗《罗兰的疯狂》。这部作品遭到一些墨守成规的批评家的猛烈批评,如明屠尔诺便指责该作品"不符合荷马、维吉尔所遵守的、亚里士多德和贺拉斯所认为合适的形式和法度"[42]。他说,古希腊罗马的史诗作者是"希腊人和拉丁人当中最高尚的诗人",是"用希腊和拉丁文写作的最优秀的作家","至于传奇体叙事诗的发明者却是些野蛮人"(指来自民间的诗人——引者)。[43]

针对明屠尔诺等人对新型传奇体叙事诗的责难,革新派批评家钦提奥写作了《论传奇体叙事诗》,对新型传奇体叙事诗突破传统束缚、积极探索文学描写的新内容与新形式的努力给予了热情辩护和肯定。他认为,诗人不应迷信古典权威,"有判断力和有熟练技巧的作家们不应该让前人们所定下来的范围束缚他们的自由,而不敢离开老路走一步。""有一些人往往使我感到可笑,他们想使传奇体叙事诗的作者受亚里士多德和贺拉斯所定的规则约束,毫不考虑到这两位古人既不懂我们的语言,也不懂我们的写作方式。传奇体叙事诗不应受古典规律和义法的约束"。他指出,用意大利本土的塔斯康尼语创作的诗,与希腊拉丁诗人的创作相比,毫不逊色:"我们塔斯康尼诗人们的作品在我们的语言里的价值,比起希腊拉丁诗人们的作品在他们的语言里的价值也并不减色,尽管塔斯康尼诗人们并没有遵照前人的老路走。说句真话,我们的语言也有它所特有的诗,这种诗不是另一语言或另一民族所能有的。"[44]

钦提奥在为这种新诗体进行辩护的过程中,揭示了关于"诗艺"即诗的形式和诗学原理的这样一个道理:"正如希腊拉丁人是从他们的诗人那里学到了他们的诗艺,我们也应从我们的诗那里学到我们的诗艺,谨守我们的最好的传奇体诗人替传奇体诗所定下来的形式。"他告诉我们,所有的"诗艺"均来自诗人们的诗歌创作实践,是对诗歌创作经验的总结,而不是诗歌来源于现成的诗的形式或既有的"诗艺"。既然诗艺源自诗人的诗歌创作,它当然必须随诗歌实践本身的发展而发展。这样一个显然并不算深奥的道理,却被当时那些固守古典传统诗学规范的保守派完全弄颠倒了。钦提奥可以说把颠倒了的道理重新颠倒了过来。

在亚里士多德的《诗学》中,曾规定史诗的动作(情节)必须整一。对此,钦提奥也根据新的文学实践提出了新的看法。他认为,亚里士多德对于动作整一"所规定的一些界限并不适用于写许多英雄的许多事迹的作品",即新型的传奇体叙事诗。他说:

> 在我看来,如果一个诗人要用传奇体写古时材料,他最好不限于一个人物的单一动作,毋宁使用一个人物的许多动作。我认为这种方法比只写一种动作的方法较适宜于传奇体叙事诗。情节的头绪多,会带来多样化,会增加读者的快感,也使作者有机会多加穿插,运用如果放在写单一情节的诗篇里就难免遭到谴责的那些事件。[45]

钦提奥不仅主张传奇体叙事诗应摒弃"单一动作"（情节）这一教条，而且指出了"情节的头绪多"在审美的效果上所具有的优势，因而具有无可辩驳的力量。

文艺复兴时期另一场关于新文体的辩论，是围绕着戏剧领域新体裁"悲喜混杂剧"展开的。意大利剧作家瓜里尼（Battisa Guarini）创作了一部剧作《牧羊人斐多》。该剧是一部既非纯粹悲剧亦非纯粹喜剧的"悲喜混杂剧"，它突破了悲剧只能写上层人物、喜剧只能写普通下层人物这一古典戏剧规范，让这两种类型人物同时出现于一个舞台上，并糅合悲剧与喜剧两种不同类型戏剧的表现手法及其引起的不同快感，创造了一种新型戏剧体裁。它既能调和观众的悲与喜两种审美感受，又能满足他们的不同精神需求和审美兴味，避免了以往悲剧与喜剧严格机械的人为区分所产生的审美上的单调，是艺术体裁上的重大创新与发展。然而，这种新的戏剧体裁却遭到保守的批评家们的反对。为此，瓜里尼写下了《悲喜混杂剧体诗的纲领》，为自己在戏剧体裁上的创新进行辩护。

瓜里尼在他的辩护中，首先姑且承认以往悲剧和喜剧已经形成的传统规范及它们在剧种上的差别："我情愿暂时承认这两个剧种各受各的法律管辖，互不相扰。它们是否因为不同种，就不能结合在一起来产生第三种诗呢？绝对不能说这种结合违反自然的常规，更不能说它违反艺术的常规。"从自然方面看，"马和驴不是不同种吗？可是它们的配合产生第三种动物，骡。"从艺术方面看，"青铜是由黄铜和锡组成的"。"再如绘画，它是诗的堂弟兄，它不就是各种颜色的多种多样的混合？""音乐也是如此，它是诗的同胞弟兄，不也是全音和半音以及半音和半音以下的音的混合，组成哲学家所说的和谐吗？"瓜里尼还从艺术与现实的模仿关系进行论证："亚里士多德不是说过，悲剧是由上层人物组成而喜剧则由普通人物组成的吗？我们就用这两个阶层人物的结合为例。共和政体就是这样一种结合。"亚里士多德认为可以"把寡头政体和大众政体混合在一起，来形成共和政体。"他反问道："如果这两个阶层的人在实践中可以混合在一起，诗艺在戏拟中就不可以也把他们混合在一起吗？"[46]

瓜里尼认为，"悲喜混杂剧"结合了悲剧与喜剧各自的优长却避免了它们各自的缺陷，从而是最好的戏剧体裁：

> 它是悲剧的和喜剧的两种快感糅合在一起，不至于使听众落入过分的悲剧的忧伤和过分的喜剧的放肆。这就产生一种形式和结构都顶

好的诗,……比起单纯的悲剧或喜剧都较优越。[47]

  如果现在人们懂得怎样很好地去编写悲喜混杂剧(这并不是一件易事),其他种类的戏剧就真不必上演,因为悲喜混杂剧可以兼包一切剧体诗的优点而抛弃它们的缺点;它可以投合各种性情,各种年龄,各种兴趣,这不是单纯的悲剧或喜剧所能做到的,它们都有过火的毛病。由于这个缘故,现在许多伟大的有智慧的人都讨厌喜剧,而悲剧则少有人过问。[48]

  瓜里尼对悲喜混杂剧的辩护十分雄辩有力。他对新剧体的优越性充满自信。不过,他由于对新剧体的热爱和自信便将之推崇为最好的戏剧,甚至认为其他体裁的戏剧都不必上演,不免有矫枉过正之嫌。各种文学类别、艺术样式本身,其实并无优劣之分。不过,一代有一代之文学,一定时代有一定时代所需要和流行的文学类别、艺术体裁,这却是文学史上的事实。瓜里尼所说的当时人们冷落传统的悲剧和喜剧而欢迎新剧体,当非夸张之辞,表明这种新剧体适应了文艺复兴时期人们追求平等的进步观念及市民新的审美趣味。

  瓜里尼对新剧体的辩护,也得到了西班牙戏剧家维加(Lope Felix de Vega Caprio)的呼应。维加一生留下四百多部剧本,大多为喜剧。他于1609年写出一部戏剧理论著作《当代编剧的新艺术》,阐发不同于传统"旧喜剧"的新型喜剧的艺术原理,主张"悲剧和喜剧混合,……这又是一个人首牛身的怪物,使得它一部分严肃,一部分滑稽;因为这种多样化能引起大量的愉快。大自然给了我们很好的范例,因为通过多样化,它才成为美丽的。"[49]他的看法与瓜里尼很相似,而且从自然的多样混合产生美来论证艺术的混合产生美的思路,也与瓜里尼一脉相通。

  悲喜混杂剧这一新剧体的诞生以及剧作家、理论家们对它的辩护,在欧洲各国得到广泛传播。到了莎士比亚那里,已经形成为一种十分成熟的戏剧样式;对18世纪启蒙主义倡导的"严肃剧""市民剧"以及后来的所谓"正剧"的产生,也有显著的影响。

六　锡德尼论诗歌的"想象"

  菲利普·锡德尼爵士(Sir Philip Sidney)是文艺复兴晚期英国著名诗人和批评家,是当时公认的"新学花朵"。当时,英国一位清教徒作家斯蒂芬·高森（Stepheen Gosson）写了本名为《骗人学校》（The School of Abuse, 1579）的小册子，以讽刺的口吻大肆攻击诗人、演员、剧作家欺骗公众，败坏道德，并且在未经锡德尼本人同意的情况下，将这本小册子题赠给当时已享有较高声望的锡德尼。这种对诗歌的恶毒攻击和对作为诗人的锡德尼的恶意挑战，激起了锡德尼为诗歌进行辩护的激情。于是，他写出了《为诗辩护》的长文，驳斥对诗歌的攻击。这是一篇在英国文学理论史上，也是在西方文学理论史上的重要文献。

《为诗辩护》的文学理论内容相当丰富，其基调是继承和发展了亚里士多德的创造性"模仿说"及贺拉斯的"寓教于乐"说。如他所说："诗，因此是个模仿的艺术，正如亚里士多德用 mimesis 一词所称它的，这是说，它是一种再现，一种仿造，或者一种用形象的表现；用比喻来说，就是一种说着话的图画，目的在于教育和怡情悦性。"他认为"真正的诗人"，"确是真正为了教育和怡情而从事于模仿的；而模仿却不是搬借过去、现在或将来实际存在的东西，而是在渊博见识的控制之下进入那神明的思考，思考那可然的和当然的事物。"[50]

在阐发文学的创造性模仿理论时，他特别对诗的想象、虚构的特征及诗的创造性想象的巨大意义进行了深入探讨，做出了新的理论贡献。看得出来，锡德尼关于诗的想象作用的论述，明显地受到了上一节谈到的斯卡里格关于想象的理论的启发和影响，但锡德尼的论述无疑更为深入、全面：

> 没有一种传授给人类的技艺不是以大自然的作品为其主要对象的。没有大自然，它们就不存在，……只有诗人，不屑为这种服从所束缚，为自己的创新气魄所鼓舞，在其造出比自然所产生的更好的事物中，或者完全崭新的、自然中所从来没有的形象中，如那些英雄、半神、独眼巨人、怪兽、复仇神等等，实际上，升入了另一种自然，因而他与自然携手并进，不局限于它的赐予所许可的范围，而自由地在自己才智的黄道带中游行。自然从未以如此华丽的挂毯来装饰大地，如种种诗人所曾做过的；也未曾以那种悦人的河流、果实累累的树木、香气四溢的花朵，以及别的足以使这为人爱得够厉害的大地更为可爱的东西；它的世界是铜的，而只有诗人才给予我们金的。

在锡德尼看来，形象的虚构即想象是诗的本质，也是真正诗人的标志。决不是有了节奏、押韵、诗行这些外在的形式，就可称之为诗。这些外在的形式，对于一篇作品是否能够成为诗是无足轻重的——仅具有节奏、诗行这些外在形式而不具备想象和虚构,并不能称为诗;相反,即使以散文形式写作,假如具备了形象的虚构,仍可说是真正的诗篇:"使人成为诗人的并不是押韵和写诗行",只有"卓越形象的虚构,这才是认识诗人的真正标志"。

更为重要的是,由于他对诗人想象力作用的高度重视,在理论上张扬了文学创作过程中的主观能动性,凸显了文学创造主体的地位,从而在理论上达到了艺术高于自然的结论:自然的世界是铜的,诗人创造的诗的世界却是金的。这一结论无疑是对文艺复兴时期普遍流行的艺术是自然的模仿、艺术是自然的儿子乃至孙子、艺术仅只是第二自然之类的艺术观念[51]的一种超越。从艺术精神上说,这种艺术观念与欧洲18、19世纪的浪漫主义遥相呼应。

在诗与其他人文生活领域的关系上,锡德尼同样是极力高扬诗的君临一切之上的价值与地位的。比如,关于诗人与哲学家,他说:"哲学家固然教导,但是他教导得难懂",而"诗人其实是真正的群众哲学家"。关于诗人与历史学家,他说,"就是历史家中最出色的人物也是低于诗人的"。总之,在他看来,在一切学问之上,诗是最早诞生的,它是"一切学问之母"。诗不只在时间序列上,早于所有的学问而诞生,在现实的价值序列上,它在一切学问中,"我们的诗人是君王"。

在锡德尼上述这一系列探讨诗的独特的娱乐功能和抬高诗的价值与地位的论述中,我们不难看到后来作为"现代性"的一个重要方面的艺术自律性和"审美主义"的最初萌芽。

七 塞万提斯和莎士比亚

文艺复兴时期文学理论有一个鲜明特点,就是那些卓有成就的大作家、大艺术家们从自己的切身创作实际经验出发,对文学创作的一些规律性问题发表了许多真知灼见,丰富了当时的文学理论,而那些所谓专门的理论家、批评家对文学理论提出的真正有价值的贡献,却并不多见。像前面介绍的但丁、薄伽丘、达·芬奇、瓜里尼、维加等,都是文艺复兴时期文学、艺术领域诞生的"巨人",其他人像钦钦提奥、锡德尼等,也是当时著名的诗人。他们同时也是文学理论上的真理的发现者、阐发者。像这样既是文学创作中的"巨人"又是文学理论中的真理发现者的人物,在文艺复兴后期,还可以举出几位,如西班牙的塞万提斯,英国的莎士比亚,意大利的塔索等。

塔索(Torquato Tasso)是意大利诗人,著名长篇叙事史诗《解放了的耶路撒冷》(1575)的作者。他对当时批评界的保守派仍在起劲地称赞一百年前流行一时的传奇体叙事诗十分不满,写下了《〈解放了的耶路撒冷〉的辩护》(1585),表达自己的诗学主张。在这里,他谈到艺术真实问题时,主张诗人应当从"逼似真实"中"寻求完美的真实"。诗人在编织故事时,只要能够达到逼似真实,那么,他"既可以根据真实可信的行为","也可以根据虚假的行为"。所谓"逼似",就是"用带有普遍性的事的真实替代个别的事的真实"[52]。除了这篇为自己的诗作进行辩护的文章外,塔索的文学理论著作还有《论诗的艺术》(1567)和《论英雄史诗》(1595)。这些诗学著作,大多是阐发亚里士多德的"模仿说"和贺拉斯的"寓教于乐"说。但是,值得注意的是,他在"着重指出史诗作者的永恒的职责是遵循逼似真实的原则,……描写按照必然律可能发生的事"的同时,也强调指出,诗人还应遵循另一职责,"即遵循惊奇的原则"。并且他认为"优秀的诗人的本领在于把这两者和谐地结合起来"。而"逼真"与"惊奇"的和谐结合,能够产生"史诗的新颖"。[53]应该说,塔索所说的"逼真"原则,是对传统的"模仿说"的复述,他所提倡的"惊奇"原则,也源自亚里士多德的《诗学》[54],发挥了亚里士多德"模仿说"中内含着的重视创造性一面的意涵,是对作家的文学主体性的张扬,要求作家"寻求完美的真实",发挥自己的想象、才能,创造出有惊奇效果的作品,而不只是现实的简单的复制。[55]

西班牙文艺复兴时期的伟大作家、《堂吉诃德》的作者塞万提斯(Miguel de Cerrantes)在该小说的"前言"及第四十七、四十八章,涉及到相当广泛的文学理论问题,凝结着作家的创作甘苦,有不少真知灼见,具有来自创作实际经验的鲜活性与生动性。

在"前言"中,塞万提斯假托一位"高明朋友"之口来评价自己的《堂吉诃德》,表达自己的文学见解:

> 你这部书是攻击骑士小说的;这种小说,亚里士多德没想到,圣巴西琉也没说起,西赛罗也不懂得。你这部奇情异想的故事,不用精确的核实,不用天文学的观测,不用几何学的证明、修辞学的辩护,也不准备向谁说教,把文学和神学搅和在一起——一切虔信基督教的人都不该采用这种杂拌儿文体来表达思想。你只需做到一点:描写的时候模仿真实;模仿得愈亲切,作品就愈好。你这部作品的宗旨不是要消除骑士小说在社会上、在群众之间的声望和影响吗?那么,你不必借用哲学家的格言、《圣经》的教训、诗人捏造的故事、修辞学的演说、圣人的奇迹等等。你干脆只求一句句话说得响亮,说得有趣,文字要生动,要合适,

要连缀得好;尽你的才力,把要讲的话讲出来,把自己的思想表达清楚,不乱不涩。你还须设法叫人家读了你的故事,能解闷开心,快乐的人愈加快乐,愚笨的不觉厌倦,聪明的爱它新奇,正经的不认为无聊,谨小慎微的也不吝称赞。总而言之,你只管抱定宗旨,把骑士小说的那一套扫除干净。[56]

这一段话,可以看做是塞万提斯关于自己创作"宗旨"的宣言。他所"抱定"的"宗旨",主要可以概括为这样几点:第一,小说应"模仿真实",而且模仿得愈真愈好。第二,作家要把作品写得好,必须尽自己的"才力"。第三,作品还必须能给读者带来娱乐。而作者抱定这些宗旨创作出"奇情异想"的《堂吉诃德》,总的目的可以归结为一点,就是为了"攻击骑士小说","把骑士小说的那一套扫除干净"。

作者所谓自己创作的对立面的"骑士小说",是流行于中世纪的一种文学体裁、基督教传奇文学的代表。它宣扬护教、忠君精神,赞美骑士的侠义与爱情,大多情节离奇,荒诞不经,缺少现实生活的气息和对人的个体生命的关怀。而且让人"总看不下去,因为千篇一律,没多大出入"。在《堂吉诃德》第四十七、四十八章,我们还能看到作家借一位主教之口,对作者所反对的"骑士小说"与作者理想中的作品(亦是作家创作中所遵循的宗旨)的鲜明强烈的对比:在小说的功能作用上,作者批评骑士小说"对国家是有害的","都荒诞不经,只供消遣,对身心没有好处,和那种既有趣又有益的故事大不相同。尽管这种书的宗旨是解闷消闲,可是连篇的胡说八道,我不懂能有什么趣味"。"如果文笔生动,思想新鲜,描摹逼真,那部作品一定是完美无瑕的锦绣文章,正像我刚才说的那样,既有益,又有趣,达到了写作的最高目标。"

作者认为,骑士小说的情节凭空捏造,荒诞离奇,完全不讲究故事是否具有或然性、可信性。不过,作者并非一味排斥小说的虚构,只是对于作者所理想的创作来说,"凭空捏造越逼真越好,越有或然性和可能性,就越有趣味。编故事得投合读者的理智,把不可能的写成很可能,非常的写成平常,引人入胜,读来可惊可喜,是奇闻而兼是趣谈"。

作者对小说的整体性有很高的要求:"小说的各部分要能构成一个整体:中段承接开头,结尾是头、中两部一气连续下来的。"但是,"我读过的骑士小说,没一部是这样一气呵成的,都支离拉杂,好像不是想塑造完美的形象,却存心要出个怪物。而且文笔粗野,事迹离奇,写爱情很不雅,写礼貌失体,战事写得啰嗦,议论发得无聊,旅程写得荒谬,总而言之,全不懂该怎么写作。"

总之,在作者看来,骑士小说的弊病,根本在于"不讲求入情合理的想象和艺术法则"。不过,他还是在这些必欲除之而后快的骑士小说中发现了一个优点,这便是它们所具有的想象的自由:"自己虽然列举了这种小说的种种弊病,却发现有一个好处。它的题材众多,有才情的人可以借题发挥,放笔写去,海阔天空,一无拘束……一句话,凡是构成英雄人物的各种品质,无论集中在一人身上,或分散在许多人身上,都可以描写。"可以说,"奇情异想"的自由想象,也正是《堂吉诃德》突出的艺术特征之一,是它在文学史上获得不朽地位的重要原因之一。

在《堂吉诃德》第四十八章,作者还通过主教之口,涉及到戏剧对于人生的模仿及其审美效果:"戏剧应该是人生的镜子,风俗的榜样,真理的造象";"戏剧的原则是模仿真实";"在一出精心结构的戏里,诙谐的部分使观客娱乐,严肃的部分给他教益,剧情的发展使他惊奇,穿插的情节添他的智慧,诡计长他见识,鉴戒促他醒悟,罪恶激动他的义愤,美德引起他的爱慕。"这同文艺复兴时期大部分作家、批评家的立场基本一致,都是对亚里士多德"模仿说"和贺拉斯"寓教于乐"说的复述。

莎士比亚(William Shakespeare),英国文艺复兴时期最伟大的戏剧家和诗人。在他的戏剧及十四行诗中,不少地方涉及到文学理论问题。作为剧作家和诗人,他的文学理论见解,常常是零散的、经验性的,源自他自身的切身创作体验。他所涉及的文学理论问题主要有:

关于艺术与自然的关系。如前所述,将绘画、戏剧等艺术看做是自然的镜子,是文艺复兴时期人们普遍信奉的观点。与之相同,莎士比亚也信奉这种艺术反映自然的"镜子说",只不过他是结合戏剧创作与演出的实际,揭示戏剧艺术"反映自然"的原理的。在其最著名的悲剧作品《哈姆莱特》中,莎士比亚通过主人公哈姆莱特对剧中出现的一位戏剧演员说过的一段话,表达出自己的看法:

> 一切动作都要温文,因为就是在洪水暴风一样的感情激发之中,你也必须取得一种节制,免得流于过火。[57]

可是太平淡了也不对,你应该接受你自己的常识的指导,把动作和言语配合起来;特别要注意到这一点,你不能越过自然的常道;因为任何过分的表现都是和演剧的原意相反的,自有戏剧以来,它的目的始终是反映自然,显示善恶的本来面目,给它的时代看一看它自己的演变发展的模型。要是表演得过分了或者太懈怠了,虽然可以搏外行的观众一笑,明眼之士却要因此而皱眉;你必须看重这样一个卓识者的批评甚于满场观众盲目的毁誉。[58]

在这里,莎士比亚涉及了艺术与自然的多重"反映"关系:一是演员同他扮演的角色之间的反映关系,必须接受自己的常识的指导,遵循自然的常道,即符合角色的自然;二是戏剧作品反映生活的自然、人生的善恶的本来面目;三是戏剧要通过上述两层意义上的反映自然来实现对"时代"这一更广阔的自然的反映,使之成为时代"自己演变发展的模型"。显然,莎士比亚的"反映自然"说,已极大地丰富发展了文艺复兴初期以来流行的"镜子"说。

另外,我们还可以发现,莎士比亚这番戏剧"反映自然"的论说,乍一看,似乎仅只是以艺术与自然之间的逼真即像与不像为原则的,其实,他关于艺术与自然之间的关系还隐含着另一个重要原则,这就是戏剧自身的原则,即艺术的原则:他要求演员的表演,既不要懈怠,也不要过火,而必须节制。即使是表演"洪水暴风一样的感情激发"状态的动作与情绪,也必须取得一种节制。这种节制,显然是属于艺术范畴的变形或升华。他确乎不喜欢他的戏剧变成这样一种"镜子":它对现实的"反映"纤毫毕见,一丝不差,不做任何的艺术加工与变形。这段话的最后,作为与"外行的观众"相对比而提出的"明眼之士""卓识者"的身份,很值得我们玩味。这显然是指精通艺术个中三昧的艺术家或艺术批评家。"必须看重这样一个卓识者的批评甚于满场观众盲目的毁誉",表明这种戏剧行家里手的评价尺度,这种非"盲目"的、自觉的艺术标准,其分量有多么重要。

实际上,莎士比亚通过他的戏剧与诗歌创作本身,也表明了他的"反映自然",决不只是被动的、机械的、镜子式的反映,而是最大限度地发挥了创作主体的能动作用,展示了最丰富多彩的艺术加工与变形的奇异才能。

莎士比亚对艺术反映的主体能动作用的自觉与重视,在理论上主要表现为他对作家想象力的极大重视。在《亨利五世》中,作者借剧中人物之口说:"发挥你们的想象力,来弥补我们的贫乏吧——一个人,把他分身为一千个,组成了一支幻想的大军。我们提到马儿,眼前就仿佛真有万马奔腾,卷起了半天尘土。""凭着想象力,……叫多少年代的事迹都挤塞在一个时辰里。""在这几块破板搭成的戏台上",能够搬演"轰轰烈烈的事迹";"在这团团一圈的墙壁内包围了两个强大的王国"。[59]这里已涉及到艺术想象以小见大、以短写长、以少总多、寓无限于有限的神奇作用。

在《仲夏夜之梦》中,剧作家又借剧中人物之口,对想象在诗的创作中的神奇作用作了生动的描绘:"疯子、情人和诗人,都是幻想的产儿;疯子眼中所见的鬼,多过于广大地狱所能容纳;情人,同样是那么疯狂,能从埃及人的黑脸上看见海伦的美貌;诗人的眼睛在神奇的狂放的一转中,便能从天上看到地下,从地下看到天上。想象会把不知名的事物用一种形式呈现出来,诗人的笔再使它们具有如实的形象,空虚的无物也会有了居处和名字。""他们所理会到的,永远不是冷静的理智所能充分了解。"[60]

莎士比亚关于艺术模仿和艺术反映中的能动作用、艺术想象的论述,有其丰富的戏剧、诗歌创作实践经验为基础,具有重要的理论与实践价值。

总的来说,文艺复兴时期的文学理论,是在尊崇古典与探索创新两种历史张力中发展而来的。与叙事诗、小说、戏剧等文学创作领域取得的辉煌成就、伟大创新相比,文学理论领域显得不免有些保守、教条、沉闷与相形见绌。但是,认为文艺复兴时期的文学理论只是一味地复古,喋喋不休地重复着古代希腊罗马遗留下来的诗学规范与教条而全无生气和活力,并不符合历史的实际。应该说,在对文学本体自性、创作主体的主观能动作用、特别是诗人想象作用的强调与探索以及新的诗歌与戏剧体裁的探索创新等方面,文艺复兴时期的作家、理论家给予了丰富多彩、生动具体的阐发,体现了文艺复兴时代精神生活中开放、创新、生机勃勃的一面,也包含着日益增长的"现代性"诉求。

正因为有上述两种历史色调的并存与彼消此长,才使得文艺复兴时期成为古典时期向近代过渡的一个不可逾越的环节。它的古典主义与现代性因素,也必然会以不同的方式影响到此后西方文学理论的历史进程。

注　释

[1] 文艺复兴,是西方社会文化发展史上的一个新的时代,中世纪与近代的分界。这一新时代的概念主要出自19世纪作家朱尔·米什莱、约翰·西蒙兹(著有多卷本《意大利文艺复兴》,共七册,1875—1886),特别是布克哈特,他的名著《意大利文艺复兴时期的文化》(1860)至今仍产生着巨大影响。1855年,米什莱出版了《文艺复兴》一书(系他的《法国史》第七卷),认为该时代是中世纪的对立物,体现了一种无所不包的近代精神。布克哈特则认为"文艺复兴"完全是14—16世纪意大利的一个特定时代。他强调个人主义,认为"个人的发展"使"世界的发现和人的发现"成为可能。20世纪的学者大都以对他的观点是否赞同为出发点,形成各自的新观点。反对或修正他的观点的人,不赞成他把"文艺复兴"看做是突然出现的、截然不同于中世纪的时代,而认为应是中世纪与近代的过渡时期,主张从中世

纪去追溯经济、社会及文化的历史性转变的根源。20世纪学者对19世纪"文艺复兴"研究家们的观点的修正，更加切合历史发展进程的实际。总之，"过渡时期"更能体现"文艺复兴"从中世纪向近代转变过程中的时代特征。

〔2〕〔德〕恩格斯：《自然辩证法》，〔苏联〕里夫希茨编：《马克思恩格斯论艺术》第二卷，北京：中国社会科学出版社1983年版，第93页。

〔3〕〔德〕恩格斯：《致意大利读者》，《〈共产党宣言〉1893年意大利文版序言》，《马克思恩格斯选集》第1卷，北京：人民出版社1995年版，第269页。

〔4〕〔意〕但丁：《致斯加拉亲王书》，参见〔英〕拉曼·塞尔登编：《文学批评理论——从柏拉图到现在》，刘象愚、陈永国等译，北京：北京大学出版社2003年第2版，第292页。

〔5〕〔英〕拉曼·塞尔登编《文学批评理论——从柏拉图到现在》将但丁的这一理论概括为"但丁著名的四重解释理论"。北京：北京大学出版社2003年第2版，第288页。需要说明的是，但丁在他的诗集《飨宴》第二篇第一章中也曾谈到诗的四种意义。参阅《欧美古典作家论现实主义和浪漫主义》（一），北京：中国社会科学出版社1981年版，第89—91页。

〔6〕"文学语言"，霍维尔斯（Howells）英译本作"grammar"，并注云："但丁这里是指一种文言，——它具有传统的渊源，人为的结构和稳定性……"。——中译者注

〔7〕〔意〕但丁：《论俗语》，柳辉译，见伍蠡甫主编《西方文论选》上卷，上海：上海译文出版社1979年新一版，第162—163页。

〔8〕伍蠡甫主编：《西方文论选》上卷，上海：上海译文出版社1979年新一版，第166页。

〔9〕同上书，第169页。

〔10〕〔意〕薄伽丘：《但丁传》，引自伍蠡甫：《欧洲文论简史——古希腊罗马至十九世纪末》，北京：人民文学出版社1985年版，第66页。

〔11〕参阅本书第二章中有关奥古斯丁和阿奎那文学理论的叙述。

〔12〕引自朱光潜著：《西方美学史》上卷，北京：人民文学出版社1979年第2版，第153页。

〔13〕〔意〕薄伽丘：《但丁传》第十二章，朱光潜译，见伍蠡甫主编《西方文论选》上卷，上海：上海译文出版社1979年新一版，第176页。

〔14〕〔意〕薄伽丘：《异教诸神谱系》，伍蠡甫译，见伍蠡甫主编《西方文论选》上卷，上海：上海译文出版社1979年新一版，第178、179页。

〔15〕〔意〕薄伽丘：《但丁传》，朱光潜译，见伍蠡甫主编《西方文论选》上卷，上海：上海译文出版社1979年新一版，第176页。

〔16〕据美国学者P.克里斯特勒的研究，"中世纪早期从古代晚期继承了自由七艺的序列。它不但用做人类知识的全面分类，而且作为修道院和主教堂学校的课程设置一直延续到12世纪。"中世纪关于七种自由艺术的划分的典型模式，是将它进一步划分为"三艺"（语法、修辞、雄辩术）、"四科学"（算术、几何、天文学和音

乐)。这里并没有诗歌的一席位置。但在语法、修辞、雄辩术中,往往都包括诗歌的内容。因此,"诗歌与音乐包含在许多学校和大学教授的学科之中"。但是,绘画、雕塑和建筑这些造型艺术,在"七种自由艺术"中,却完全找不到自己的位置,"视觉艺术则只局限于工匠的行会"。参阅 P. 克里斯特勒《艺术的近代体系》,邵宏、李本正译,范景中、曹意强主编:《美术史与观念史》第 2 册,南京:南京师范大学出版社 2003 年版,第 446—448 页。

〔17〕 参见戴勉编译:《芬奇论绘画》第一篇第 1 节"绘画是一门科学",北京:人民美术出版社 1986 年版。

〔18〕 西摩尼得斯的这句话由于罗马时期的希腊作家普鲁塔克(Plutarchus,约 46—126)的引述而广为人知。参阅普鲁塔克《雅典人的光荣》及《青年人应该怎样读诗》,杨绛译,见汪流等编:《艺术特征论》,北京:文化艺术出版社 1986 年版,第 29 页。

〔19〕 贺拉斯:《诗艺》,杨周翰译,见《诗学诗艺》,人民文学出版社 1962 年版,第 156 页。

〔20〕《芬奇论绘画》,戴勉编译,北京:人民美术出版社 1986 年版,第 21 页。

〔21〕 同上书,第 23 页。

〔22〕 同上书,第 20 页。

〔23〕 同上书,第 20—21 页。

〔24〕 同上书,第 21 页。

〔25〕 同上书,第 22 页。

〔26〕 同上书,第 23 页。

〔27〕 同上书,第 24 页。

〔28〕 同上书,第 25 页。

〔29〕〔意〕明屠尔诺:《诗的艺术》,朱光潜译,见伍蠡甫主编《西方文论选》上卷,上海:上海译文出版社 1979 年新一版,第 189 页。

〔30〕 马奇主编:《西方美学史资料选编》上卷,上海:上海人民出版社 1987 年版,第 345 页。

〔31〕 伍蠡甫主编:《西方文论选》上卷,上海:上海译文出版社 1979 年新一版,第 189 页。

〔32〕 同上。

〔33〕 引自杨冬著:《西方文学批评史》,长春:吉林教育出版社 1998 年版,第 81 页。

〔34〕 同上书,第 86 页。

〔35〕 同上书,第 84 页。

〔36〕 伍蠡甫主编:《西方文论选》上卷,上海:上海译文出版社 1979 年新一版,第 193 页。

〔37〕 同上书,第 194 页。

〔38〕〔古希腊〕亚里士多德:《诗学》,罗念生译,见伍蠡甫主编:《西方文论选》上卷,上海:上海译文出版社 1979 年新一版,第 65 页。

〔39〕〔意〕卡斯特尔维屈罗:《亚里士多德〈诗学〉的诠释》,朱光潜译,见伍蠡甫主编:《西方文论选》上卷,上海:上海译文出版社1979年新一版,第192页。

〔40〕参见伍蠡甫主编:《西方文论选》上卷,上海:上海译文出版社1979年新一版,第193页。

〔41〕同上书,第191—195页。

〔42〕马奇主编:《西方美学史资料选编》上卷,上海:上海人民出版社1987年版,第333页。

〔43〕〔意〕明屠尔诺:《诗的艺术》,见伍蠡甫主编:《西方文论选》上卷,上海:上海译文出版社1979年新一版,第188页。

〔44〕〔意〕钦提奥:《论传奇体叙事诗》,朱光潜译,见伍蠡甫主编:《西方文论选》上卷,上海:上海译文出版社1979年新一版,第185—186页。

〔45〕同上书,第185页。

〔46〕〔意〕瓜里尼:《悲喜混杂剧体诗的纲领》,朱光潜译,见伍蠡甫主编:《西方文论选》上卷,上海:上海译文出版社1979年新一版,第196—197页。

〔47〕同上书,第198页。

〔48〕同上书,第198页。

〔49〕〔意〕维加:《当代编剧的新艺术》,陈鹄译,见伍蠡甫主编:《西方文论选》上卷,上海:上海译文出版社1979年新一版,第220页。

〔50〕〔英〕锡德尼:《为诗辩护》,钱学熙译,见《锡德尼〈为诗辩护〉杨格〈试论独创性作品〉》,北京:人民文学出版社1998年版,第12、13页。本节所引该文,均引自该书,不一一注明。

〔51〕〔意〕但丁:《神曲》"地狱"第十一篇:"艺术取法乎自然,好比学生之于教师。所以你可以说:艺术是上帝的孙儿。"(《神曲》,王维克译,北京:人民文学出版社1997年第3版,第48页)达·芬奇也说过:"绘画的确是一门科学,并且是自然的合法的女儿,因为它是从自然产生的。为了更确切起见,我们应当称它为自然的孙儿,因为一切可见的事物一概由自然生养,这些自然的儿女又生育了绘画。"(《芬奇论绘画》,戴勉编译,第17页)对于画家来说,"他的作为应当像镜子那样,如实反映安放在镜前的各物体的许多色彩。做到这一点,他仿佛就是第二自然。"(《芬奇论绘画》,戴勉编译,第41页)等。

〔52〕引自吕同六的译文,见《欧美古典作家论现实主义和浪漫主义》(一),第126—128页。

〔53〕同上书,第125—130页。

〔54〕〔古希腊〕亚里士多德《诗学》第24章指出:"惊奇是悲剧所需要的"。与悲剧相比,史诗更需要惊奇,它甚至"比较能容纳不近情理的事"——这是构成惊奇的主要因素。"惊奇给人以快感。"参阅《诗学》,罗念生译,见伍蠡甫主编:《西方文论选》上卷,上海:上海译文出版社1979年新一版,第79页。

[55] 与塔索大约同时的意大利哲学家、语言学家、批评家马佐尼(Giagomo Mazzoni)在其《〈神曲〉的辩护》中,也曾对亚里士多德的"惊奇"原则作了阐发,认为"诗人和诗的目的都在于把话说得能使人充满着惊奇感;惊奇感的产生是在听众相信他们原来不相信会发生的事情的时候。"在突出"惊奇"是诗的重要目的之一的同时,马佐尼还特别强调了"想象"在诗的创作中的重要作用,分析了想象的心理机制。他说:"想象是做梦和达到诗的逼真所公用的心理能力。""适宜于创作的能力,即拉丁人所说的制造形象的能力。""想象真正是驾驭诗的故事情节的能力,只有凭这种能力,我们才能进行虚构,把许多虚构的东西组织在一起。从此就必然生出这样的结论:因为诗依靠想象力,它就要由虚构的和想象的东西来组成。"(《〈神曲〉的辩护》,朱光潜译,见伍蠡甫主编:《西方文论选》上卷,第200—201页。)

[56] 〔西〕塞万提斯:《堂吉诃德》,杨绛译,北京:人民文学出版社1979年版,第9页。

[57] 〔英〕莎士比亚:《哈姆莱特》,朱生豪译,北京:人民文学出版社1978年第2版,第57页。

[58] 同上书,第58页。

[59] 《莎士比亚全集》第五卷,朱生豪译,北京:人民文学出版社1978年版,第241—242页。

[60] 《莎士比亚全集》第二卷,朱生豪译,北京:人民文学出版社1978年版,第352页。

第四章
新古典主义的兴衰

　　文艺复兴时期,欧洲洋溢着青春的活力与激情。对古希腊罗马文化的发现,对科学和地理的发现,导致了对人的发现,这足以驱散中世纪的阴霾。从整体上讲,这是个创造和实践的年代,一大批令人耳目一新的作品相继问世。繁荣的创作实践带来的是更清醒、更深入的理论认识,文艺复兴时期的文学理论,在语言观、真实论上体现出前所未有的创见,在文学的社会功用论上也一反中世纪的陈说。文学获得了它独有的地位与尊严,甚至被认为有"几分神圣的性质"。在方法上,文艺复兴时期的文学理论,一方面关注文学实践和现实生活,另一方面积极通过将文学与其他学科或艺术门类进行区分来认识文学。所有的这一切,都直接或间接地启发了新古典主义和启蒙主义的文学观念。

　　17世纪,随着笛卡尔的唯理主义在法国兴起并迅速传遍欧洲,文艺复兴以来的一切思想和文化现象得到一次冷静的反思与批判。唯理主义的核心是崇尚理性,崇尚普遍性与一致性。它带来了欧洲自然科学的巨大发展,在人文社会科学领域,则通过对"天赋良知""普遍人性"的追寻和探讨辨别是非。这种思潮反映到文学理论上来,便是新古典主义。17、18世纪文学理论的历程就是新古典主义由兴到衰的过程。这是一个承前启后的时期,是一个意义重大的转折期。在这个时期里,古希腊、古罗马、中世纪以及文艺复兴时期的文学理论思想,遭到一次严肃的清算和反思,有的被过滤掉,有的则被继承和发展。在很多次"破"与"立"之后,出现了一批足以影响其后几个世纪的理论家,20世纪文学理论的空前繁荣都可以从他们那里找到精神源头。

　　具体地说,新古典主义的兴衰经历的是这样一个历程:起初,新古典主义作为对文艺复兴时期某些过激思想和创作实践矫正的一种思潮在法国兴起,并与当时的社会政治需要遥相呼应。随后,新古典主义传到英国、德国,并在欧洲各国取得了相应的理论成就,同时根据各国文学的实际呈现出许多形态。接着,便是概念化和教条化使其失去以往的针对性、开放性,走向僵硬,被英国感伤主义、法国和德国的启蒙主义分别从两个不同的角度超越和取代。文学理论从此又开启一个新的境界。

一 布瓦洛与新古典主义

法国新古典主义是当时两股思潮发展出来的综合结果:一个是16世纪的人文主义,它给作家们打开了古希腊罗马文化的宝库,给他们提供了无数杰出的楷模;另一个是17世纪上半期以笛卡尔为代表的唯理主义,它鲜明地表现了时代精神,给法国作家提供了控制情感的力量。两者一经结合,于是便形成了法国古典主义。

在文学理论方面,意大利的亚里士多德主义文学理论大量引进之后,法国遂成为欧洲文学理论的中心,涌现出像布赫、拉辛、布瓦洛这样的大理论家。不过,他们主要不是理论的原创者,而是这些引进理论的总结者和解释者。他们的理想是建立一个具有一般意义的文学理论。在当时科学精神和理性精神盛行的情况下,人们首先追求的是文学理论的普遍性,这个行为本身就决定了新古典主义文学理论的形态。

布瓦洛(N. Boileau)是我们了解法国新古典主义的钥匙。在布瓦洛之前,法国已经有许多新古典主义作家在探索文学创作的规则,甚至在写作中间心甘情愿地为某些规则作出让步。但是,这些探索始终是零散和模糊的,直到布瓦洛《诗的艺术》的出现,才明确提出文学创作要以理性为指导。《诗的艺术》是法国古典主义文学的总结和法典,它分四章,第一章确立理性原则,第二章分析戏剧史诗之外的各种次要文体,第三章分析主要的诗体,即悲剧、史诗和喜剧,第四章是关于理性和品格的一些忠告。在西方文学理论史上,《诗的艺术》占有重要的地位。

布瓦洛的文学理论思想主要包括这样几个方面:

1. 重视理性

布瓦洛指出:"首先须爱理性:愿你的一切文章永远只凭着理性获得价值和光芒。"[1]这里的"理性",与笛卡尔所说的"理性"是一致的。笛卡尔说过:"那种正确地作判断和辨别真伪的能力,实际上也就是我们称之为良知或理性的那种东西,是人人天然的均等的。"[2]布瓦洛运用这种观念,赋予了贺拉斯"合式"的"式"以具体的内容即理性,从而将贺拉斯的"合式"原则发展为"理性"原则。"理性"是他的文学理论的出发点和归宿。

布瓦洛对理性的强调,落实到了文学的最基本的层面——音韵上。他认为理性和音韵要相配合,但是要以理性为主,音韵要有理性的支撑才能显示出其艺术魅力。具体到文体上,布瓦洛也是从"理性"出发将文体归为两大类:主要的和次要的。主要的体裁包括悲剧、史剧和喜剧三种,次要的体裁则包括牧歌、悲歌、颂歌、十四行诗和讽刺剧等。在此,布瓦洛非常强调文体的纯洁性及其各自的规定性格调,例如认为"戏剧性在本质上与哀叹不能相容",而在悲剧中"用俏皮话点缀着它的哀思"也是他所不能容忍的。

布瓦洛的观点有很强的针对性。当时法国文坛上,除了占主流的古典主义文学外,还存在沙龙文学和市民文学,在这两个阵营中,诗人们并不很重视布瓦洛的所谓"理性",有人恃才放纵,有人雕琢辞藻,有人哗众取宠,有人粗制滥造,针对这些不良风气,布瓦洛才有这一如今看来颇为绝对的理论规定。

从理性原则出发,针对法国文坛状况,布瓦洛还做了以下理论工作。首先是反对"无理的偏激"和"累赘无用的细节",反对作家"远离常理去寻找他的文思","在他离奇的句子里专想矫激惊人",认为这类文学在当时造成了很不好的影响。他说:

> 无聊的俳优打诨蔑视着常情常理,曾一度炫人眼目,以新颖讨人欢喜。从此只见诗里满是村俗的调笑;在巴纳斯神山里满是市井嘈嘈;大家都滥咏狂讴,越来越肆无忌惮,把阿波罗反串成为了丑角塔巴兰。这种风气有如疫疠,直传到全国郡县,由市民传到王侯,由书吏传到时贤。[3]

文坛的杂乱无序使文学理论负担起了约束和规定文学创作的任务。

布瓦洛向诗人们提出这样的劝告:"要从工巧中求质朴,要雄壮而不骄矜,要优美而无虚饰。"而这样做的前提是"提高你的笔调"。[4] 既要矫正时弊,又不至于矫枉过正,这形成了布瓦洛文学理论的一个特点。

2. 重视艺术因素

布瓦洛在《诗的艺术》中并未将"理性"与文学对立起来,他的理性是为文学服务的。

首先,布瓦洛肯定了文学语言的多样性,认为写作时就该不断变换文词,并且羡慕那种"具有灵活的歌喉,由沉重转入柔和,由诙谐转入严肃"的诗人。但是在文词上,他认为要注意到语言的法则,写作中再大胆也不能冒犯法则的神圣。文学作为语言的艺术,对文学语言的"度"的把握也就变得相当重要。

其次,布瓦洛很重视技巧。他并没有将文学表现的对象作为评价文学的唯一标准,而是巧妙地引入文学技巧这一维度进行论述。这样,既解除了文学批评中的"唯题材论"的倾向,又充分肯定了文学技巧的作用。

再次,布瓦洛还认识到艺术真实与一般真实的差异。真实并不等于"累赘无用的细节","有时候真实的事演出来可能并不逼真"。布瓦洛在这里讲的"逼真",就是艺术真实产生的效果,它与"真实的事"不一样,它是高于一般的真实的。

布瓦洛关于文学的最高追求就是"典雅"。"要避免鄙俗和卑污,最不典雅的文体也有典雅的要求。"这也是针对当时的某些风气而言的。他还在《郎吉纳斯〈论崇高〉读后感》的第七篇中讲:"实际上只有后代的赞许才可能确定作品真正的价值。"只不过,他以艺术趣味的普遍性来要求风格的"典雅",使典雅的范围大大缩小。

3. "自然"和"类型"

"自然"和"类型"是布瓦洛文学理论中常用的两个概念,通过对这两个概念的辨析,可以进一步认识布瓦洛的文学理论。

遵循理性,最根本的是模仿自然。布瓦洛在《诗的艺术》中多次强调亚里士多德、贺拉斯"艺术模仿自然"的观点。他劝告诗人们"若想以喜剧成名,你们唯一能钻研的就是自然",要"好好地认识都市,好好地研究宫廷,二者都是同样地充满着模型"。他告诫诗人们"切不可乱开玩笑,损害着常情常理,我们永远也不能和自然寸步相离"[5]。但是,布瓦洛的自然,与亚里士多德和贺拉斯的"自然"不一样,亚里士多德和贺拉斯的"自然"是指客观现实的人的生活,而布瓦洛说的"自然",是指合乎常情常理的事物,而且,理性就是普遍永恒的人性,艺术必须模仿普遍永恒的自然,才能体现理性精神,也就是普遍永恒的人性。比如,在悲剧中,普遍的人性表现为写古代英雄都保持其本性,在喜剧中表现为诸如风流浪子、守财奴等类型的人物以及荒唐、糊涂、吃醋等性格类型。

关于"类型",布瓦洛说:"你那人物要处处符合他自己,从开始到中场表现得始终如一。"与此同时,他也承认"人性本光怪陆离,表现为各种容颜,它在每个不同的灵魂里都有不同的特点;一个轻微的动作就泄漏个中消息,虽然人人有眼,却少能识破玄机。"[6]他也看到了这种情况:"你看泰伦斯写的是怎样的一个严父,看见儿子谈恋爱,痛骂着小子糊涂;小情郎听着严训,又怎样恭敬有加,一跑到情妹身边就忘了那些废话。这不仅是一幅图,一个近似的小影,却是真正的情郎、真正的父子真形。"布瓦洛的用意在于强调"演员们说话万不能随随便便,使青年像个老者,使老者像个青年"[7],因为至少"光阴改变着一切,也改变着我们的性情"。从这里我们可以看到,其实类型也是可以写得很生动的,它不是一贯认为的僵死的类型,而是与生活息息相通的类型,它固然有抽象性,但在具体的作品中仍然可以是具体的、鲜活的、有个性的。布瓦洛以及后来英国新古典主义者的"类型说",其实已经相当接近"典型说"。

4. 关于模仿古人作品

布瓦洛极其推崇古希腊、古罗马时期的优秀文艺作品。他说,荷马的作品是"众妙之门,并且取之不尽",又说维吉尔的作品"情意绵绵,都是神到之作"[8],可以成为创作的典范。在布瓦洛看来,古希腊古罗马诗人是从自然和神那里得到启示,代表着模仿自然的最高成就,因此,诗人要模仿自然,就必须模仿古典作品。

这些观点历来是被人们责难和批判的,但是,我们认为这种责难和批判并不尽然。首先,模仿古人作品并非模仿古人的所有作品,而是模仿那些经时间考验而不衰的优秀作品。布瓦洛明确指出:"一个作家的古老对他的价值并不是一个准确的标准,但是人们对他的作品所给的长久不断的赞赏却是一个颠扑不破的证据,证明人们对他的赞赏是应该的。"[9]对这种作品的模仿是在承袭历史积淀下来的文学经验,因而是应该的。其次,模仿古人作品并非简单模仿,它与创造是不矛盾的。布瓦洛要求诗人对荷马、维吉尔等人的作品爱不释手,日夜加以揣摩,然后方可言模仿。他在《1770年给贝罗勒的信》中说:"高乃依从哪里得来他的最美的笔调和最伟大的思想去创造亚里士多德所不知道的新型悲剧,不正是从提特·李维、第欧·卡苏斯、普鲁塔克、留庚等人的作品里得来的吗?"[10]这其实是在强调创造。在一个张扬主体性、随心所欲的时代,人们往往强调自身的感受与思考,这往往与历史割裂,从而使这种感受与思考流于表面。因此,对古代作品的模仿,对人的某些主体性的质疑是有必要的。时代给布瓦洛提供了一个契机,也正是有了这个契机,现实得以承接传统,历史因此而绵延。

二　英国新古典主义

英国新古典主义文学理论在本·琼生(Ben Johnson)那里已经初见端倪,经过约翰·屈莱顿(John Drydon)、亚历山大·蒲伯(Alexander Pope)、撒缪尔·约翰逊(Samuel Johnson)等人的阐发和总结,在文坛确立了权威地位,形成了自己独特的风格。英国的新古典主义与法国新古典主义在精神前提上有很大的相通性,许多理论都是从法国引进的。但是,由于英国有其特定的文学气质,尤其是有莎士比亚留下来的伟大文学传统,所以,英国的新古典主义比法国要灵活得多,宽容得多。法国新古典主义看似神圣的教条在这里出现了松动。

1. 屈莱顿:寻求结合点

屈莱顿是英国新古典主义的创始人,作为复辟时期英国新古典主义文学创作和文学批评的代表人物,影响达百年之久。20世纪又被西方一些理论家予以重估,地位日渐上升,被誉为"英国文学批评之父",他所处的时代也被称为"屈莱顿时代"。

《论诗剧》发表于1668年,此前,法国有人完全套用法国新古典主义的观点抨击英国戏剧,认为英国戏剧不遵守"三一律",在时间地点上缺乏整一,而且俗不可耐。这引起屈莱顿的愤怒,也引起了他的思考。屈莱顿写作《论诗剧》与此有直接联系。

这部论著用对话体写成,还预设了一个对话的情境:四位绅士泛舟湖面,就戏剧问题各执一端,高谈阔论。他们的争论主要围绕三个问题展开:英法问题、古今问题、有韵无韵问题。

在英法问题之争上,持"崇法论"观点的里迪希斯认为,法国戏剧首先遵守"三一律",情节安排井井有条,在词语雕琢、情节刻画等方面显得从容不迫;英国戏剧则受到附属情节之累,使观众感到茫然。法国戏剧还善于处理幕后发生的剧中应有的嘈杂混乱,而英国戏剧则将剧场变成摔跤场。他认为,凡是情节中有变化或矛盾、猝发的激情、激情的转变等,都是行动,而且是重要的行动。但其中某些残酷的行为,如美狄亚杀子等,会引起观众的憎恶,不利于维护舞台的美感,"诗人要躲开这些行动,用叙述方法来传达。"[11]所以,有的动作适宜于上演,有些则适宜于叙述。在很大程度上代表屈莱顿本人观点的尼安德也肯定了里迪希斯的大部分观点,但认为即使把英国戏剧的缺点和法国戏剧的长处相比较,也不足以说明法国的戏剧比英国的更高明,因为,从模仿自然的生动性上讲,法国戏剧的长处只是"一件雕刻所具有的长处",而非真正的人所具有的长处,因为他们的诗剧缺少灵魂,缺少个性与激情。相比之下,在本·琼生的戏剧里可以找到的个性在法国戏剧里是很难找到的。因此,英国人应该感到骄傲,因为发明、补充、健全了舞台这种生动的悲剧的写剧方法的,不是古人,不是其他民族,而是英国人。就情节而言,法国戏剧的情节相对贫乏,而英国戏剧变化多端,规模宏大,虽说节外生枝,却也各得其所,并无可厚非。就这个问题,屈莱顿提出了一个很有意思的见解,认为英法这两国戏剧形态的差异与国民性有关,英国人平时忧郁成性,到剧场是来找开心的,所以喜欢轻松、驳杂一些的戏剧;法国人脾气轻浮,玩耍成性,到剧场去往往愿意接受一些严肃、整齐的东西,以调节身心,于是法国戏剧也就相应地成为那个样子。就叙述而言,法国戏剧对幕后行动进行处理并不仅仅是为了维持舞台的美感,更重要的还在于"三一律"的束缚,这样做的后果往往导致情节贫乏、想象狭隘,许多美妙的情节都因此被埋没了。[12]屈莱顿总结道:"我们不曾从法国借用什么东西,我们的情节是地道的英国货。"[13]

在古今问题之争上,持崇古论的克莱茨认为戏剧上古胜于今,古人的戏剧是建立在古人赖以生存的社会基础上的,从公元前6世纪的塞斯庇到阿里斯托芬这一段时间的社会生活,足以使诗剧迅速地孕育、生长,以至于成熟,因为这个时代人们的"共同才智"都倾注在戏剧上了,而近代人们的共同才智主要在自然科学上。于是,戏剧在今天所能取得的荣誉不大,已经不值得诗人付出呕心沥血的代价;然而他们还舍不得丢掉它,于是强烈地阻止别人占有它。所以,古人是自然的忠实模仿者,戏剧创作的规则也是他们在此基础上确立的。此外,古人的剧作结构完善、文字优美,也是今人难以望其项背的。

屈莱顿借尤吉尼斯之口对此进行了反驳。他认为,古人的戏剧,往往把情节和人物限制在狭小的范围内,而且并不都是遵守"三一律"的,如果奥维德"生在今天,或在当时得到我们现有的条件,我们会认为他的写作会是无敌于天下的",以致"使古人悲剧几乎与现代莎士比亚或弗莱切最优秀的场面相媲美"。同时,他还借尼安德之口赞美莎士比亚,认为他"视野广阔,超过所有现代的,也许超过所有古代的诗人"[14],以此进一步否定崇古论。据此,屈莱顿将诗剧定义为:"诗剧应该是关于人性的正确而生动的反映,它要表现人的激情与个性,以及他的时运的变化,其目的是给人类提供愉快与向导。"[15]

《论诗剧》以独特的形式展开了屈莱顿对戏剧问题的一系列思考,表现出了对法国和古代戏剧艺术成就的清醒认识,也表现出了对本国当代戏剧独特形式的肯定。虽然没有得出什么结论,但是却达到了屈莱顿写作的目的,即将法国古典主义艺术趣味引入英国,但仍不否认英国传统中有意义的东西。他的理智在古典主义的那一边,他的感情却与莎士比亚奠定的英国文学传统息息相通。在屈莱顿这里,英国新古典主义与法国相比,显示了更多的理性分析,减少了武断成分。他并不照搬法国,而是有自己独特而艰难的思考。

屈莱顿文学理论上的基本倾向是新古典主义。他批评的是法国新古典主义的标准,但他是一个相当开明、温和的新古典主义者,他开始摒弃对绝对的普遍性的追求,转而重视民族特色。他认为,作家要取得成功,途径之一就是像莎士比亚和弗莱切那样,使创作符合他们所生活的民族和时代的精神。因为,尽管在所有的地方,自然是一样的,理性也是一样的,然而,一个诗人写作的时代氛围、人民的气质可能极不相同。所以,能够取悦于希腊人的未必能够使英国人满意。但是这并不是他的主导倾向。屈莱顿是属于古典主义时代的,在他后来的《悲剧批评的基础》里,他仔细解释了亚里士多德、贺拉斯、朗吉努斯的悲剧理论,把古希腊、古罗马的悲剧理论作为悲剧批评的基础,强调诗人的判断能力和精通伦理哲学,强调以技术规范天才,强调悲剧的教化功能。

《悲剧批评的基础》是屈莱顿为其剧本《特罗勒斯和克莱西德》写的一篇序言。他根据亚里士多德关于悲剧的定义,结合自己的创作,提出了一些值得注意的观点。他说:"悲剧是一个完整的、伟大的、可能的行为模仿;这种行为被作者表现了出来,而不是叙述了出来;这种行为由于引起了我们的恐怖和怜悯,能够帮助我们消除心中存在的两种激情。更概括地说,悲剧描写或刻画了一种行为,这种行为必须具有上述的一切性质。"

在屈莱顿看来,首先,悲剧中的行为必须是单一的而非双重的;必须是井然有序的,否则就会成为一曲闹剧;必须是伟大人物的伟大行为,否则就不能与戏剧区分开来。这种行为"必须是可敬的、伟大的,它没有必要具有历史的真实性,但是永远有必要酷似真实。"因此,"创造可能的情节而又使它奇异动人就成为诗歌艺术中最艰巨的任务。"以上是悲剧和闹剧、喜剧的区分,此外,"悲剧的行为是被表现出来的,而不是被叙述出来的",这又是悲剧与史诗的区别。

屈莱顿从悲剧的目的切入，进一步探讨了悲剧的本质。他认为，使观众从愉快中获得教益是一切诗歌的总目标。而悲剧的目的则在于"改正或消除我们的激情"[16]。屈莱顿同意拉宾这样的观点：骄傲和缺乏同情是人类最突出的毛病，而悲剧正是为了克服这样的毛病。"它们在我们眼前呈现了可怕的不幸的事例，使我们恐惧起来，而这种事例是发生在有高贵品质的人物身上的，因为这样的行为向我们表明不论什么条件都不能不受命运的拨弄，这必然会引起我们的恐惧，而减少我们的骄傲。"这正好为前文所说的悲剧描写伟大的人物的行为这一规定作了说明，显示了其理论的有机性。接着屈莱顿又说："但我们看到最有德行、最伟大的人物也不能避免这种厄运，我们心中就产生怜悯，无意中就导致我们去帮助和关怀受难者。那正是高贵的、最神圣的美德。"亚里士多德的悲剧理论被解释为一个"恐惧——怜悯——净化"的过程，在这里得到了很好的注解。由此，屈莱顿得出对人物描写的要求，既不能将其写成一个十全十美的人，也不能将其写成一个一无是处的恶棍，戏剧中的人物"必须具有某种程度的美德"，但也"可以含有缺点等杂质，只要他好的一面超过他坏的一面，这样一方面留下惩罚的余地，另一方面留下了怜悯的可能"[17]。

在这个基础上，屈莱顿对性格提出了这样几点具体要求：首先，必须很明显；其次，必须与人物适合、相符；再次，必须是经常的、平衡的。这就符合了新古典主义对性格的要求。但与此同时，屈莱顿将"性格"定义为"一种把一个人和其他所有人区别开来的东西"，这又使性格复杂化、多样化成为可能。因此，一种性格，"不能只认为只包含某一特殊的美德、恶行或激情；他是许多在同一人物身上并不矛盾的综合"[18]。这种性格理论同样适用于喜剧人物，如福斯塔夫。当然，这种综合和共存是有主次的，即每个人身上必须显示出某一种压倒其他的美德、恶性或激情的东西。

屈莱顿将"激情"也放在了"人物性格"这个大标题下面。所谓"激情"，即"表现在戏剧中这个或那个人物身上的愤怒、憎恨、爱情、野心、妒忌、复仇等情绪"。屈莱顿对此有一段精彩的论述：

> 自然地描写他们，巧妙地激起他们，这能够给予一个诗人最大的赞美；朗吉弩斯说，只有崇高的天才能写得动人。一个诗人必须天生有这种才能；但他如果不能自助，不能去获得关于激情的知识，认识他们的本质，激起他们的弹簧，那么他就会在不应该激起他们的地方激起他们，超越了天然的界限，或者看不出他们衰退过程中的突变和曲折，所有的这些缺点，都是由于诗人缺乏判断力，由于他不精通伦理学的原则

而产生的。……一个诗人,他内部的热情和精神力量只会更快地使他们喘息不止,如果他没有得到艺术的支持。[19]

这其实是对文学创造中情感把握的中肯论述。

2. 蒲伯和约翰逊:新古典主义的英国化

屈莱顿以后,英国新古典主义文学理论继续以自己的方式向前发展,大批评家蒲伯(Alexander Pope)重新解释了新古典主义中的一个重要概念:自然。

蒲伯依然是把自然作为艺术的最高范本。他热情地赞道:"自然没有任何偏差,自然是神圣的、永恒的、普遍的光辉。它将生命、力量和美赋予艺术,使艺术获得源泉、鹄的和检验的标准。因此对文艺的批评与判断,首须遵循自然,依照自然的法则。"[20] 在他看来,文学创作和文学批评首先要追随自然,依自然而判断,因为自然的合理准则永远不变。同时,蒲伯认为古典的就是自然的,"自然和荷马原为一体"[21]。于是,作家想要使其作品臻于自然,就必须揣摩古人作品,模仿古人作品。自然、规则和古典,在这里完美地统一起来。

值得注意的是,蒲伯将"巧智"这一英国特有的概念引入对"自然"的解释。"巧智"是英国哲学的一个特殊范畴,可追溯到培根、霍布斯和洛克。它主要是用来解释关于文学艺术的审美创造活动的特点。霍布斯说过:"天赋的巧智,主要包含想象的敏捷(即一个思想接着一个思想)和方向的坚定。"它是判断力和想象力的结合。在巧智思维中,人的思维自由地翱翔于事物之间,事物之间的同异昭然若揭。如洛克认为,巧智主要是"撮合"类似的观念,这种"撮合"靠隐喻和想象的方法,又靠判断力分别那些细微的观念,从而"在想象中形成一些使人感到愉快的图景"。艾奇生则认为,"写出了观念之间的类似,还不能成为巧智,除非给予读者以愉快,并引起他的惊异"[22]。英国文论中的"巧智",主要是指诗人艺术家如何使想象力和判断力结合起来,创造出有特色的、能引起读者审美想象的艺术形象的能力,它不是一般的智慧,而是艺术独有的智慧。这完全是诗人和艺术家的天赋和自由创造。蒲伯认为,"巧智"是自然恩赐之物。自然把时常想到却又从未很好表达的东西,加以整理,使之鲜明突出,这时候才有了真正的巧智。蒲伯之前的许多人强调"巧智"并以此对抗外来原则,向贺拉斯和布瓦洛挑战,蒲伯强调"自然"这一概念的古典主义标准,把"巧智"也纳入自然的标准中,把巧智解释为自然的恩赐,与古典原则在基础上相通。这合理而稳妥地接受了新古典主义中一些有用的原则,又恢复了"巧智"原本的内涵。

蒲伯之后,约翰逊成为英国古典主义后期的代表作家。约翰逊编写过《莎士比亚戏剧集》,他本着新古典主义精神,通过对莎士比亚戏剧的研究,提出了自己对戏剧的真知灼见。其《〈莎士比亚戏剧集〉序言》体现了他的古典主义文学理论观点。

约翰逊认为,莎士比亚戏剧之所以取得巨大的成就,就是因为它忠实于自然的人性,并塑造了许许多多的性格类型。他说:"莎士比亚的思想来自活的世界,他所表现的东西也不外乎他实际看到的事物。"但是,他所见到的这"活的世界"里的人物并非杂乱无章、随意塑造的。他认为莎士比亚戏剧中的人物,言谈举止都受到普遍性的影响,都代表着一定的类型,并能使读者想象自己在相同情况下的言行。莎士比亚忠实于普遍的人性,从来不考虑人之初是性本善还是恶。他所塑造的人物分别代表着天生的性格类型,同时又具有个性特征,这些普通人物以普遍性的感情、语言和原则,吸引形形色色的观众。因为,"除了给出有普遍性的事物以正确表现之外,没有任何东西能够被许多人所喜爱,并且长期受人喜爱"[23]。据此,约翰逊得出了他的"类型"理论:

> 诗人的任务不是考察个别事物,而是考察类型;他注意普遍的特点和注意大体的形貌。他不数郁金香的纹路或描写森林的深浅不同的绿荫。在所画的自然画像中,要能展现出那样一些显著的特色,使人一看就想起原本,某一个人会注意到而另一个人会忽视的那些区别必须略去,要突出那些对有心人和粗心人同样明显的特征。[24]

没有普遍性的个性不能给观众喜悦,人物的性格如此,作品的题材、风格也是如此。针对当时许多作品热衷于描写特殊的风俗习惯,热衷于漫无边际地幻想和虚构,约翰逊指出,特殊的风俗习惯只能是少数人所熟悉的,因此只有少数人才能够判断它们模仿的逼真程度。它不能在更多人中产生审美效果。幻想和虚构所产生的畸形结合可能由于新奇而暂时给人以快感,并可能会在我们大家感到生活的平淡乏味的时候促使我们去追求新奇事物,但是这突然的惊讶所给予我们的快感不久就枯竭了,因此,我们的理智只能把真理的稳固性作为它自己的依靠。所以,诗人必须摆脱他的时代和本国的偏见,必须考虑抽象的和永恒状态中的是与非,必须撇开当时的法规和观点,追求那种普遍的、超越一切、永久不变的真理。正是根据这种"类型"理论,约翰逊进一步对于莎士比亚的戏剧作出很高的评价:"莎士比亚超越所有作家之上,至少超越所有近代作家之上,是独一无二的自然诗人;他是一位向他的读者举起风俗习惯和生活的真实镜子的诗人。他的人物不受特殊地区的——世界上别处没有的风俗习惯的限制;也不受学业或职业的特殊性的限制,这种特殊性只能在少数人身上发生作用;他的人物更不受一时风尚或暂时流行的意见所具有的偶然性所限制,他们是共同人性的真正儿女,是我们的世界永远会供给我们观察的、永远会发现的一些人物。……在其他诗人的作品里,一个人物往往不过是一个人,在莎士比亚的作品里,他通常代表一个类型"。

　　约翰逊的"类型"理论,表面上看似乎也是拒斥个性的理论,但深入下去我们会发现,他这样做是企图以一种超越了时代偏见和民族偏见的普遍性来对抗那种投合某一群体的人的片刻喜好的浅薄作品。艺术虽然与人的感觉密切相关,但由于人的感觉的直接性、平面性和瞬时性,许多浅薄的东西得以流行一时,其中甚至在故意埋没一些相对普遍的东西,而这种普遍的东西,在约翰逊看来,恰是文字的本质所在。正是对"类型"的探寻,使得戏剧中的一个人不仅仅是一个人,而是与社会、生活相通的能代表某种共相的事物,也使得戏剧不仅仅是人们庸常的生活中无聊的附庸,而是某种能穿透历史、能挑战感觉、能超越当下的艺术形式。为了使戏剧达到超越性效果,约翰逊承袭了新古典主义精神,但他并没有把布瓦洛的新古典主义奉为圭臬,这表现为他坚决反对"三一律"的教条。约翰逊认为,戏剧之所以存在,是因为有生活,而不是因为有戏剧;戏剧的创作遵循的是"生活—幻想—戏剧"的规则,而不是某些律条,戏剧自身没有固定的成文的规则。站在英国戏剧传统上,跳出法国新古典主义的束缚,用常识对"三一律"进行分析,从而否定了"三一律"中的两条。他根据"生活"和"幻想"的原则来否定固有的"戏剧原则"。如在反驳"三一律"中的"时间必须控制在一天之内"这一条时,他说:"万事万物中,时间对于幻想是最惟命是从的,幻想几年的度过和几小时的度过同样是不费力气的事。在回想中我们很容易把实际行动所需要的时间压缩,因此当我们看见对实际行动所作的戏剧模仿时,我们也就容许这个时间被压缩了。"所以,戏剧没有必要时间整一。

　　约翰逊是英国新古典主义文学理论的最后一代传人,他所继承的仅仅是新古典主义的精神而已,所提出的理论在当时是有现实针对性的,这种针对性符合他对"普遍性"的追求,所以,对其后的文艺理论有借鉴意义。他的出现,标志着新古典主义在英国已经式微。

三　伯克与英国感伤主义

古典主义在英国虽然取得很大的成就,形成了其既符合本民族文学状况又与当时的社会状况相呼应的理论体系,但是,其中也躁动着许多不安的东西,这就使得英国文学理论不可能长久地在法国人预设的精神轨道上发展,相反,它与后者越走越远。何况,新古典主义教条化、抽象化所产生的理论惰性也使得这一派文学理论不可能与文学实践始终同步。18世纪中叶的英国,正值笛福之后小说"兴起"的年代,一大批有着高雅艺术品位的读者尤其是女读者出现了。这一方面增大了对文学作品(主要是小说,也包括诗歌)的需求量,使作者可以通过版税养家糊口,而不必通过将作品献给某个王公贵族以求得赞助;另一方面,读者的趣味也大大地影响了文学的创作,这带给文学一个转变的奇迹和发展的契机。随着一种与新古典主义大异其趣的文学实践——感伤主义——登上历史的舞台,以感伤主义文学为基础的文学理论也应运而生,新古典主义遭到了严厉的批判并最终被超越。

1. 以"感伤"为起点的理论体系

感伤(sensibility)一词在当时是一个很流行的词,也被人理解为"感觉迅速""认知迅速"和"敏感"的意思[25],不应该望文生义地作字面理解。所以,感伤主义文学理论就是当时英国以伯克为代表的强调经验、感情,并把此二者作为理论出发点的文学理论。就理论形态而言,感伤主义文学理论在理论史上处于一个转折和先导的位置上,它结束了英国文学理论的新古典主义时期,预示着浪漫主义文学理论的到来。感伤主义文学理论的许多观点,其实要到浪漫主义文学理论中才完善、丰满起来,所以,我们在此只以伯克为例简略地加以介绍。

爱蒙德·伯克(Edmund Burke)是英国政治家、散文家、美学家,1756年他出版了《关于崇高和美的观念的起源和哲学探讨》一书,其后不久,又发表了《论鉴赏力》的论文。在这些论著中,伯克一反古典主义论调,另起炉灶,从人的有关生理、心理的经验事实出发建构他的理论体系,并表达出面目一新的文学观念。

为了强调审美活动的生理机制和心理机制,伯克几乎是完全无视理性的作用的。在《关于美与崇高》[26]一书中,他"认为美指的是物体中能够引起爱或类似感情的一种或几种品质"[27]。因此,不能像新古典主义那样,以极其不明确和不肯定的方法来讨论美,而应该从客观出发。伯克的整个出发点是将审美过程归结为情欲,进而将情欲分为两类:"自体保存"和"社会生活","自体保存"的情欲产生崇高感,"社会生活"的情欲产生美感。他认为,凡是能以某种方式适宜于引起苦痛或危险的观念的事物,即凡是以某种方式令人恐怖的、涉及可恐怖的对象的,或是类似恐怖那样发生作用的事物,就是崇高的一个来源。这种情欲只有在个体生命受到威胁的情况下才会被激发起来。它虽然会产生恐怖,但当人与它有一定距离时,就会感到某种程度的愉快,从而对它持欣赏态度。社会生活的情欲是指美的对象能满足社交和群居要求,它产生的是优美感。这种情欲分为三种:"同情""模仿"和"抱负"。伯克认为,人们之所以参与文艺欣赏,主要是基于同情。由于同情,人们才关怀旁人所关怀的事物,才被感动旁人的东西感动。他主要就是根据这种同情原则,认为诗歌、绘画以及其他感人的艺术,才能把感情从一个人心里移注到另一个人心里,而且往往能在烦恼、灾难乃至死亡的根子上接上欢乐的枝苗。因此,他认为有一些在现实生活中令人震惊的事物,放在悲剧或其他类似的艺术表现里,就可以成为高度的快感来源。

"模仿"是人们之间最强的社会联系之一,它虽然出自本能,却是艺术力量的主要基础。伯克认为,同情使我们关切别人的情感,而模仿这种情感使我们去效仿别人的行为,它不受任何推理官能的干扰,只能产生于我们的自然素质,不管我们本人有什么目的,这种自然素质都能根据对象的性质得到快乐或欢喜。同时,文艺产生的美感不仅来自模仿对象本身,而且来自模仿的形式或技巧。伯克写道:"当在诗歌或绘画中表现的对象是我们所不愿看到的东西时,我们可以肯定,诗歌或绘画的力量应归于模仿的力量,而与作用于事物本身的原因无关。"[28] 当然,在对模仿的态度上,伯克还是有偏见的,他始终认为诗歌或绘画的力量应归于事物本身的特性,而不仅仅是模仿或模仿者高超的技巧的效果。这是一种消极的模仿说,最后导致他从理论上贬低文学和艺术的创作。

"抱负"是对模仿的补充。如果说模仿是学习已经有的东西,那么,抱负就是鼓励人们去开拓和创造的动力之源,它既给个人带来自豪感,又推动社会的进步。这种感情驱使人们用各种方法去突出表现自己,激发人们与众不同的思想并以此为乐。伯克说:"这种感情十分强大,可以使处于不幸中的超群的人们得到安慰,使自己是落难的英雄可以得到肯定;当我们不用优点表现自己时,就开始用某种奇异的弱点、愚蠢或缺陷自鸣得意。"[29] 这种"朗吉弩斯所观察到的内心伟大的光荣感"是每个人都有的。这便明确指出了艺术创作的一个重要心理机制。

伯克对于崇高感和美感各要素的分析，都是围绕着快感的产生机制，从人的生存状况及人与社会、自然的关系入手，切入对文学艺术的特征的认识的。在分析"崇高"的过程中，伯克解释了艺术何以能够表现丑，何以能够在表现令人恐惧、不快的事物的同时引起人们美感。"美"与"崇高"在描述对象上不同，在发生机制上不同，但在艺术效果上却殊途同归。此前的美学家意识到了这一问题，但并未作出科学合理的区分。伯克是对其进行区分的第一人，后来康德继承的就是他的这种描述方式。伯克结合人在具体生活中的本能来解释美感的产生，"同情"的本能使文学艺术的接受和传播成为可能，"模仿"的本能解释了作家艺术家为什么要表现客观外物、这种表现何以可能、艺术有何效果等一系列问题，"抱负"说则为文艺创作中的创新寻求到了心理机制。

伯克的文学理论正是以此为基础。在《关于崇高和美的观念的起源和哲学探讨》的最后一部分中，开始具体探讨文学问题。

2. 以"感性"和"词语"为出发点的文学理论

伯克的文学理论，不但植根于他的严密的以感性为中心的美学基础上，而且引入对词语的分析，通过对文学的物质媒介——词语、语言的研究，通过探讨"词语激起崇高和美两种观念"的方法，加以表述。

伯克将"词"分作三类：集合词，如人、马、树等；简单抽象词，如红的、圆的等；复合抽象词，如德行、荣誉、信仰等。复合抽象词，"不管他们对感情产生什么力量，这种力量不会产生于心灵中所代表的事物的表象"，这些词都只是一些"纯粹的声音"，约定俗成地在特定场合下用。词在听众心里会产生三种效果：声音、图像和感情。复合词产生声音和感情，简单词三种效果都能产生，集合词的效果则更明显和强烈。而实际上，"在谈话中迅速的词语序列不可能既有词的声音的观念又有被再现的事物的观念"，也没有必要同时具有。比较有力的一个例子就是盲人比视力完好的人更能生动、正确地描绘视觉对象。既然词语没有必要通过在人的头脑中产生鲜明形象来实现它的表达效果，那么，语言无疑摆脱了事物具体形象的束缚，而获得独立与自由。于是，伯克得出这样的结论：

> 诗和修辞不像绘画那样在精确描绘上获得成功，它的任务是用同情而不是用模仿来感动人们，是显示事物对表达者或别人心灵的效果，

而不是呈现事物本身的清晰概念。[30]

伯克从语言的性质入手,结合自己对"美""崇高"范畴的界定和分析,既为作为语言艺术的文学进行了合理的定位,使形而上地分析文学成为可能,又将文学与绘画等艺术区分开来。伯克的文学理论既承继了欧洲17和18世纪"区分地看文学"的传统,又首开文学理论哲学化风气的先河。前者,人们把文学与哲学、历史相区分,突出文学在表现方式上的差异,彰显了文学的艺术特质;此后又将文学与其他艺术门类如绘画、音乐相区分,以突出文学作为文学的特质,这一做法一直持续到莱辛那里。所以说伯克的文学理论开文学理论哲学化之先,是因为,在伯克之前,无论是亚里士多德的《诗学》、柏拉图的文艺对话录,还是贺拉斯、布瓦洛、屈莱顿等人的著作,他们的文学理论都是从作品出发,或析出一些要素,或总结某种经验,或作出某个定位,或提出一些要求,虽然其间不乏对文学的真知灼见,在思路上、表述上也不乏体系性、逻辑性,但是都还没有脱离经验层面的束缚,没有上升到纯粹的形而上层面。伯克在这方面则是一个创举。他从人的感觉出发,建立了关于美和崇高的一般理论,再从词的一般特性出发,对词与人的感觉的关系进行了合理的辨析和定位,由此得出语言对人的感觉的方方面面的影响,顺理成章地得出了他对文学性质的基本结论,将文学和艺术从另一个更基本的层面上区分开来。这其间显示了强大的逻辑说服力,一直影响到后来康德、黑格尔等人的文学理论观念和言说方式。

正是通过这种强大的逻辑力量,伯克理直气壮地提出了许多一反前人的论点。比如,"诗不是严格的模仿艺术"。他将诗分成"戏剧性的诗"和"描绘性的诗",认为只有在词语能表达人的方式和情感的范围内,在情感冲动用解释性的语言表达时,诗才是模仿,这样的诗是"戏剧性的诗";而"描绘性的诗"主要通过声音起作用,声音通过世俗习惯产生真实效果,这就不是模仿性的。而语言的表达也被伯克分为"清晰的表达"和"强烈的表达",前者与理解力相关,是按原样描述事物,后者属于感情,按感受描述事物。这是对语言的较早的分类,对后人将"文学语言"与"科学语言"相区分的论述有直接的影响。

四 启蒙主义的文学理论

当布瓦洛提出的"理性"原则成为被人诟病的东西后,如果说英国感伤主义是以在文学理论中强调"感性"来批判和超越它,那么,法国和德国的启蒙主义则是以一种新的"理性"来代替它。这种新的理性以人为中心,以自由、平等、博爱为价值旨归,以自然规律为人的行为准则。正如马克思所指出的,它以"一种简易便行的方法"摆脱了宗教[31]。在这种新理性的烛照下,新的方法、新的理论不断诞生。这是一个造就大师的年代。我们在这一节打算介绍狄德罗、莱辛、维柯三位大的思想家对文学理论的贡献,从中管窥这一时期文学理论的走势。

1. 狄德罗:严肃剧主张的来龙去脉

狄德罗(Denis Diderot)是18世纪法国杰出的思想家、文学家和文论家,一生著述甚丰。他历时二十一年主持编写了卷帙浩繁的《科学、艺术与手工业百科全书》。其哲学著作有《哲学沉思录》《盲人书简》《关于物质和运动的哲学原理》《与多华尔对话》,文学作品主要有戏剧《私生子》《一家之主》,小说《拉摩的侄儿》《修女》《宿命论者雅克》。其文学理论思想主要体现在他的《论戏剧艺术》《绘画论》《论天才》等著作中。

到了狄德罗的时代,随着资产阶级的不断发展壮大,随着科学技术对人们生活的影响日益多样化,作为个体的"人"进一步得到解放。笛卡尔"我思故我在"的信条已经不能满足他们的需要,他们力求进一步思考自身在科学所发现的世界上的地位。文学在这样的社会文化背景下也显得躁动不安,要求打破古典主义的条框,多方面拓展自身空间。文学理论也有了相应的变化。

狄德罗比较明确地反对新古典主义的主张,认为新古典主义提倡的美是一种"奴隶的美"。狄德罗虽是一个理性主义者,却很重视感觉,很重视非理性的东西,认为在这些东西中有一些自然的、真实的生命力,而这种生命力恰恰是发自人本身的真诚,是突破僵死理性道德和新古典主义条条框框的最强大的破坏性力量。他甚至说过"我不认为这是善的,但我认为这是美的"。他将"善意"和"诗意"区分开来了。

作为一个作家,狄德罗是诸多文学体裁的创造者。他在"生活变得有小说性了"的18世纪,用自己的创作为现代形态的小说奠定了基础。他认为"小说的胜利伴随着丑恶、非人道和资产阶级庸俗的胜利"。"从18世纪起,'小说性'一方面由于出现了一个新的、否定的、不安的、腐蚀的因素,即出现一个在社会上有一定回旋余地,故在主观上能超脱他出生的环境向上爬而又会堕落的自由的'个人'。另一方面是由于一种新的需求,日益增多的'个人'期待着书籍能在他们每日片刻或数小时的独处一隅思考时,给他们提供有关他个人的经验,以及有越来越复杂的社会经验的记载。"[32]社会生活的复杂性成了激发文学创作的一大诱因,而这时的文学理论也是在致力于支持当时的文学实践的过程中成型的。

在狄德罗看来,小说就是描写日常生活,这也正是他的小说的内容。在他的《宿命论者雅克》中雅克和他的主人一面长途跋涉,接触了许多医生、工匠、领主、商人,一面谈论着一个形而上的主题。这种创作模式正是他的小说观的生动体现,即一方面深入到生活的每一个角落,另一方面又要面对人的生活进行形而上的思索。在文学理论中,他更强调前者,认为在世界上,一切都可观察;在一次喧闹中的交谈里,一句暧昧的话,一举一动,一瞥一视常会泄漏内情,因此要善于观察"物体的真实价值"。只有自然能成为文学艺术的范本,古典主义所要求的那种贵族式的矫情的雍容、平和、静穆,恰恰是与自然相违背的。"当女儿们在垂死的父亲床边扯发哀号;当母亲敞开胸怀,指着哺育过他的双乳恳求她的儿子;……当披头散发的寡妇,因死神夺去她的丈夫,用指甲抓破自己的脸;当人民的领袖在群众遇到灾难时伏地叩头,痛苦地敲开衣襟以手捶胸,当父亲抱起他初生的儿子高高举向上天,指着婴孩起誓,向神灵祈祷……"这些粗犷不羁的、富有强烈的热情的情景和举动才是自然的,这是未经雕琢的、"动荡的自然"。正是有了这样的自然,诗才获得了它应有的"巨大的、野蛮的、粗犷的气魄"[33]。在这样的时刻,自然为文艺提供了范本。

正是基于对"社会的小说性"的认识,狄德罗反对传奇性。他的小说创作为反对传奇性提供了很好的范例。这是他的创举。他因此创造出许多新的体裁。在社会上,事件只是通过细枝末节而存在着,然而,这些能为一部小说提供最大限度"真实"的细枝末节,对于戏剧来说却失去了任何意义。如何使戏剧这一传统的、并仍占主流的文学样式在"小说性社会"中重新焕发生机,成了摆在狄德罗一代人面前的一个问题。为此,狄德罗提出了"严肃剧"的主张。从具体的社会生活出发,狄德罗认为,"我们已经有了两种极端剧种,那就是喜剧和悲剧,但是人们不总是在悲哀里或喜乐里,所以应该有一个介乎喜剧和悲剧之间的剧种"。"只要题材重要,诗人格调严肃认真,剧情发展复杂曲折,那么,即使是使人发笑的笑料,和令人战栗的危险,也一定有引起兴趣的东西。而且,据我看来,由于这些行为是生活中最普遍的行为,以这种行动为对象的剧种也应该是最有益、最有普遍性的剧种。我们把这种戏剧叫做严肃剧。"[34]由于其内容以市民生活为主,所以又叫做市民剧。这是一次意义重大的戏剧改革,它给已经成熟腐烂的古典戏剧注进了时代精神,注进了现实生活,使之作为一种文学题材呼应了时代的脉搏,而不是作为一种文学程式呼应古典主义。

2. 莱辛:新文学理论的酵母

在古典主义时期,德国文学理论也取得很大的成就,出现了像高特雪特、温克尔曼等成就斐然的理论家。但随着启蒙思潮在欧洲的兴起,人们也感到了新古典主义对文学的束缚。与狄德罗一样,莱辛也是通过对新古典主义一些原则的突破来表达其进步文学理论思想的。

莱辛是一个博学多才、崇尚自由的思想者,除了文学理论和美学外,他还在哲学、神学等方面有过深入思考。第一个把文学当作语言文字的艺术来加以探讨,而且由语言文字的性质推论出文学的最重要的风格的,就是他的名著《拉奥孔》。

莱辛的著作,不成什么体系,甚至是前后矛盾的。在《汉堡剧评》中,他提醒读者:"这些篇章并没有包含一个戏剧体系,因此我并没有义务解决我造成的所有难题,……我只是供读者从中寻找自己思考素材的一些方法,就在这里撒下的无非是一些思想之酵母。"他也以同样的态度谈及另一本体现他文学理论思想的著作《拉奥孔》:"它们是偶然产生的,其成文更多的是按照我的阅读顺序,而不是通过从方法论上阐释一般的原则。可见,与其说这是一本书,不如说是一本书之欠条理的素材。"所以,学习莱辛的文学理论,不能满足于学到几条定律,几个教条,而要在其言说中获得启发,体会方法。在此,我们打算从莱辛研究文学的方法入手,对莱辛的文学理论进行把握。

莱辛的论述是从对温克尔曼的《古代艺术史》中关于希腊绘画、雕塑的观点的质疑开始的。温克尔曼认为,在雕塑杰作《拉奥孔》中,拉奥孔面部所表现的痛苦,并不像人们根据这种痛苦强度所期待的表情那么激烈,而是为了显示出一种"高贵的单纯和静穆的伟大",说明希腊人所造的形体在表情上也都显示出在一切激情之下他们仍能表现出一种伟大而沉静的心灵。根据这个标准,温克尔曼对维吉尔的诗里所写的拉奥孔痛苦哀号表示不满。

温克尔曼这样的观点,初看上去是无懈可击的,尤其在新古典主义文艺思想盛行的当时,几乎没有人想到对其进行质疑。然而,莱辛却在这里找到了一个足以突破整个新古典主义的小小缺口。莱辛并没有从一种艺术中总结出某些审美理想,然后将其拿去对另一种艺术妄加评判。在他的视野中,一切门类的艺术都是独立的、无辜的和值得尊重的,如果说它们的关系不和谐或在审美步调上不能达到一致的话,那么这种不和谐或不一致就要成为研究的对象。而且,通过对《荷马史诗》的考察,莱辛认为古代伟大的英雄并不抑制自然感情的流露,诗人描绘强烈的感情冲动或哀号在诗里屡见不鲜,而偏偏只有绘画和雕塑在有意避开这一点。他抓住这一点推论道:"如果身体上苦痛的感觉所产生的哀号,特别是按照古希腊人的思想方式来看,确实是和伟大的心灵可以相容的,那么,要表现出这种伟大的心灵的要求就不能成为艺术家在雕塑中不肯模仿这种哀号的理由;我们就需要另找理由,来说明为什么诗人要有意识地把这种哀号表现出来,而艺术家在这里却不肯走他的敌手——诗人——所走的道路。"[35]

莱辛在提出观点的时候,没有完全否定别人,而是在别人的理论中找出缝隙,打开局面。"另找理由"意味着一个新的理论体系即将建立。

关于区分的方法,我们在这一章接触到的新古典主义、感伤主义、启蒙主义等文学理论虽然各有千秋,有的甚至完全对立,但它们却都很注重区分的方法,即要求把文学同其他学科、其他艺术门类区分开来,在区别的过程中认识文学的特质。在新古典主义时代,欧洲普遍流行着"诗画一致"的说法,温克尔曼的"高贵的单纯和静穆的伟大"之说就是以这一观点为前提的,并以这一前提为自己的理论获得了普遍的适用性。人们对事物的混沌认识往往使一些谬见得以寄生。"区分"在这时往往就成了最有变革性和理论前途的方法。在《拉奥孔》一书中,莱辛首先提出了这样的问题:为什么拉奥孔在雕塑里不哀号,在诗里却哀号?这意味着要把"画"和"诗"区别对待。莱辛将时间、空间的概念引入文艺理论,其最基本的观点是:绘画是空间艺术,而诗歌是时间艺术。为了表现事物,诗和画所用的媒介不同,绘画用空间中的形体和颜色而诗却用在时间中发出的声音。绘画、雕塑等在空间中并列的符号,只宜于表现那些全部或部分本来也只是在空间中并列的事物,而诗歌使用的语言则是在时间中先后承续的符号,它只宜于表现那些全体或部分本来也是在时间中先后承续的事物。由于事物同时具有时间性和空间性,所以,绘画只能"通过物体用暗示的方式"去模仿动作。于是,雕塑和绘画中"最富于包孕性的瞬间"就显得很重要。这个瞬间是既包含过去,又包含未来,它给欣赏者的想象留下了较大的余地。正是因为这个原因而不是其他原因,《拉奥孔》在雕塑中就只能叹息而不能哀号。哀号处于激情的顶点时刻,而激情的顶点顷刻也就是激情的止境。在这里,"眼睛就不能朝更远的地方去看,想象就被捆住了翅膀,因为想象跳不出感官的印象,就只能在这个印象下面设想一些较弱的形象。对于这些形象,表情已经达到了看得见的极限,这就给想象划了界限,使它不能向上超越一步"[36]。

此外，一旦哀号，就会表现出形体上的有目共睹的丑，而且会失去空间艺术应有的表现力。空间艺术为了美的直接呈现，不得不作出相应的牺牲。这就是莱辛"另找"的"理由"。在这个更科学、更明智、与艺术更有亲和力的新理由面前，新古典主义的"高贵的单纯和静穆的伟大"云云就显得单薄、无力甚至空洞。

新古典主义的理论在莱辛犀利思想的烛照下相形见绌，但莱辛并未满足于此。在对诗、画的差异展开充分论述的过程中，莱辛揭示了更多的关于诗的特质。

首先，作为时间艺术，诗通过动作，用暗示的方式去描绘物体。这种暗示又至少表现在两方面：一是写效果。莱辛举荷马为例，荷马这样描写海伦的美：当海伦走过特洛伊元老们的会议场时，这些尊贵的老人们私语道："没有人会责备特洛伊人和希腊人，说他们为了这个女人进行了长久而痛苦的战争。她真像一位不朽的女神啊！"莱辛指出，荷马故意避免对物体美作细节的描绘，凡不能按照组成部分去描绘的对象，荷马就使我们从效果上去感觉它。二是"化美为媚"，即写出动态中的美。如写美人"娴雅地左顾右盼，秋波流转"。在作为空间艺术的绘画里，有动感的"媚"是难于表达的，即使表现出来了，也难免流于装腔作势。但是，作为时间艺术，诗有极大的自由写一系列的动作，写富于韵味与美感的流动意象，于是在诗里，"媚"保持住了它的本色。"媚"是一种稍纵即逝而又令人百看不厌的感觉，它是飘来忽去的，因为我们回忆一种动态，比回忆一种单纯的形状和颜色，一般来说要容易得多，也生动得多，所以，在这一点上，"媚"比起"美"来，所产生的效果更强烈。

其次，诗不是视觉艺术，因此诗人没有必要像视觉艺术家那样有意避开直接表现丑的东西。莱辛认为，诗人所写的主角如果博得了我们的好感，他的高贵品质就会把我们吸引住，使我们简直不去想象他的身体形状；或是纵然想到，也会是好感先入为主，即使不把他的身体形状想象为美的，也会把他想象为不太难看的。再丑的东西，在诗里也只是文字，不是直接的形象。这里，让人想起伯克的观点：词语一般不引起直接的形象，而只是作为一种观念而存在，因而不会给人造成不快感。而且，当一个人的形象已经在文中初步定型以后，他必能给读者留下一个印象，为读者的继续阅读提供一个"前理解"。这个"前理解"使得读者不拘泥于某一个具体描写的美丑好坏，而是让许多细节共同参与对人物形象的再创造，于是，诗有了更大的自由。也正是如此，作为时间艺术的诗不需要拘泥于某一顷刻，他可以按"发展——高潮——结局"的时间顺序一直写下去。"顷刻"的效果在时间和意义的流程中被冲淡了。

再次,拓展了诗的范围。这是针对新古典主义对诗的范围的限定而言的。莱辛认为,"诗的范围较宽广,我们的想象所能驰骋的范围是无限的,诗的意象是精神性的,这些意象可以最大量地、丰富多彩地并存在一起而不至互相掩盖、互相损害,而事物本身或事物的自然符号却因受到空间和时间的局限而不能做到这一点。"[37]所以,诗比画大,每一幅画面都可以入诗,而并非每一句诗都能入画。莱辛极度地彰显了诗歌的想象和诗歌意象的精神性,意在表明绘画和雕塑所受的局限性不应强加于诗,诗应该是最自由的,应该有更大的空间可供驰骋。此外,诗的自由还表现在,同绘画和雕塑相比,它更宜于表现多样性,"对于艺术家来说,神和精灵都是这些人格化的抽象品,必须经常保持这样的性格特点,才能使人们认得出他们。对于诗人来说,神和精灵却是些实在的发出行动的东西,在具有它们一般性格之外,还各有一些其他的特征和情感,可以按具体情境,而显得比一般情境还更突出。"[38]莱辛举了维纳斯的例子,对于艺术家来说,代表着"爱"和"美"等抽象品质的维纳斯就必须表现为贞静羞怯、娴雅动人,而诗人却可以描写愤怒的维纳斯。

我们在这里对《拉奥孔》中的文学理论思想不再一一展开了。《拉奥孔》是一部重要的文学理论和美学著作,要参透其精义,就要去读原著,从中会发现更多的"思想之酵母"。

3. 维柯:以诗性智慧为起点的文学理论

诚如维柯自己所说,由于法国"腐败的文学风气",他所处的意大利那不勒斯成了一个"文化的荒场"。在这种不利的思想文化气候中,维柯虽然孤独但充满自信,他把自己形容为一个"新人",这使得他的思想超越于时代之上。[39]维柯不是文学理论家,也没有一本纯粹的文学理论著作,但他在《新科学》等著作中表达的许多不同凡响的观点却反映出他对文学尤其是诗和神话的独特见解,对后世文学理论和美学有深刻的影响。维柯对文学的思考,一方面向宏观扩展,在人类发展的历史中考察文学,另一方面又向微观挺进,仔细研究了诸如语言、比喻、意象等文学内部的东西,二者统一在对"诗性"的思考中。

通过二十多年的思考和钻研,维柯发现有一种"诗性智慧",这种智慧不同于亚里士多德以来西方分析传统下的理性智慧,而是诗人或人类制度的创造者的特殊智慧,这种智慧是"新科学"的钥匙。在维柯看来,诸异教民族的原始人就是以这种方式根据他们自己的观念,创造了事物。但这种创造与上帝的创造不同,因为他不凭纯粹的智力,不是在认识事物的同时创造该事物,而是凭着强壮而无知的肉体方面的想象,用惊人的崇高气派创造了该事物。因此,这样的创造者被称为"诗人们",即创造者们。

从这种"诗性智慧"中,维柯看出了各门技艺和科学的粗糙起源,即一种"诗性和创造性的玄学"。维柯认为,从这种粗浅的玄学中一方面发展出诗性的逻辑功能、伦理功能、经济功能和政治功能,另一方面发展出物理知识、宇宙知识、天文知识、时历和地理的知识。所有的这些,都是诗性的。从"诗性智慧"出发,维柯企图建立一个关于自然科学和社会科学各学科的起源、原理和方法的系统。

"诗性智慧"并不等于诗,但"诗性智慧"与诗的关系十分密切,而且,从"诗性智慧"出发对诗作出一个区别于前人的研究也是可能的。维柯在这一方面的工作正是我们所要关注的。

关于诗的起源,新古典主义将诗完全置于理性之下,从理性出发对诗作出要求,也从理性出发解释诗的起源。维柯则认为,诗的真正起源和新古典主义者想象的不仅不同而且完全相反。他从诗性智慧的萌芽中去寻找诗的起源。维柯发现,诸异教民族最初创始人"浑身是强烈的感觉力和广阔的想象力,他们对运用人类心智只有一种昏暗而笨拙的潜能"[40]。这种"强烈的感觉力和广阔的想象力"正是诗赖以生存的基础,其中有发展人类"智思"的潜能,这就是"诗性智慧"。他把诗的产生定位于诗性智慧,但这仍然是比较抽象的;诗是语言的艺术,要深入下去,就要关注"诗性语句"的来源和法则。

维柯主动把想象能力和推理能力区分甚至对立起来,他认为推理能力愈弱,想象能力就成比例地愈加旺盛。[41]

> 在推理能力最薄弱的人们那里我们发现真正的诗性的词句。这种词句必须表达最强烈的热情,所以浑身具有崇高的风格,可以引起惊奇感。诗性的语句的来源有两个:一是语言贫乏,另一是要旁人了解自己的需要。

在人类的童年,语言不是特别丰富,有强烈感受力和想象力的人们要表达自己的意思,要与他人进行沟通、交流,他们所说出来的都是诗性语句,这就是诗的来源。维柯继续分析道,人类起初只是"感触"而不是"感觉",接着,人们用一种迷惑而激动的精神去感觉,最后,才以一颗清醒的心灵去反思。他认为,这条公理就是"诗性语句的原则"。这就把"诗性语句"和"哲性语句"区分开来。维柯说:"诗性语句是凭情欲和恩爱的感触来造成的,至于哲学的语句则不同,是凭思索和推理来造成的,哲学语句愈升向共性,就愈接近真理;而诗性语句却愈掌握住殊相(个别具体的事物),就愈确凿可凭。"[42] 从这个意义上讲,诗和哲学在把握事物的过程中,只是方式不同,效果应该是一样的。"诗人们首先凭凡俗的智慧感觉到多少,后来哲学家凭玄奥的智慧来理解也就有多少,所以诗人们可以说是人类的感官,而哲学家们就是人类的理智。"维柯将哲学家"玄奥的智慧"和诗人"凡俗的智慧"(即诗性智慧)加以区别,认为哲学家的智慧是后于诗人的智慧的,并认为诗人凭感觉就可以知道哲学家凭理智才可以知道的一切。

至此,维柯推翻了柏拉图以来关于诗歌起源的理论。从柏拉图到培根,人们都在探讨古人的那种无比的智慧,他们将无数高深哲学的玄秘意义强加于希腊神话故事和埃及象形文字。维柯的理论从根本上否定了古人有什么玄奥的智慧,他发现所谓"真正的荷马",就是作为一个诗人而非作为一个哲学家的荷马,他否认了荷马有任何只有哲学家才有的玄奥智慧。诗的创作,是源于一种与推理无关、与智思无关的人类生来俱有的狂热的、粗糙的激情,是源于感受力、想象力。这些思想曾在伯克那里隐约地闪烁着,狄德罗也提到过,但到维柯这里才发展成为系统、深入和成熟的理论。

此外,维柯从"诗性智慧"的角度去解释诗的语言、形式、技巧等问题。维柯认为,比喻、变形、比较、利用自然特征等诗中特有的语言现象都起源于诗性智慧、诗性逻辑,他们不是刻意的,而是一种自发行为,人类一开始用一些与自然相联系的姿势或事物来表达意思,这是"自然语言"。

在维柯以前,人们一直以为一切比喻都是作家的巧妙发明。维柯的看法恰好相反,他认为,比喻是一切诗性民族所必用的表现方式,但是,随着人类智思的进一步发展,人们创造了一些能表示抽象形式的词,掌握了将事物分类或把事物的各个部分联系到总体的思维方法,所以,原始民族早先具有的这些表现方式,就变成了比喻性的。这便是从诗性语言过渡到散文语言,人们是先有诗性语言后才有散文语言的。

维柯发现,最初的比喻都来自这种诗性逻辑,一切表达物体和抽象心灵之间的类似的隐喻,一定是从各种哲学正在形成的时期开始的,证据就是在每种语言里精妙词句和深奥科学所需用的词都起源于村俗语言。他敏锐地指出:"在一切语里大部分涉及无生命的事物的表达方式都是用人体及其各部分以及用人的感觉和情欲的隐喻来形成的。"[43] 最初的诗人们给事物命名,就必须用最具体的感性意象,这种感性意象就是替换和隐喻的来源。如桌子腿、山脚、针眼等,这类词中就包含着一个比喻,在它们出现的最初,其实是诗性语言。比喻是人们在诗性思维中自然会用的一种手段,它可以弥补思维的不足,达到最佳的表达效果。"意象"也是诗性思维表达自己的一种形式,维柯称其为"诗的奇形怪状和变形"。他认为:

> 诗的奇形怪状和变形起源于这种原始人性中的一种必要,即没有把形式或特性从主体中抽象出来的能力。按照他们的逻辑,他们必须把一些主体摆在一起,才能把这些主体的各种形式摆在一起。或是毁掉一个主体,才能把这个主体的首要形式和强加于它的和它相反的形式离开来。把这种相反的观念摆在一起就造出诗的奇形怪状。[44]

这是对诗的意象的特殊性的一种解释,并从发生学意义上解释了意象的主观性。

维柯说:"人在理解时就展开他的心智,把事物吸收进来,而人在不理解时就凭自己来创造出事物,而且通过把自己变成事物,也就变成了那些事物。"[45]浅白直观地讲,这是就创作而言的。而在接受上,"诗的最崇高的工作就是赋予感觉和情欲于本无感觉的事物"。这大大地启发了近代美学中的"移情"说。但如果我们把思维放开阔些,站在思想史的高度,就会发现,维柯的这一思想的意义其实不仅在此,他发现了"真实",这种"真实"不同于"事实",这是"诗性的真实",它与"物理的真实"不是一回事。它是人"自己创造出来的事物",在后来的结构主义者看来,这种真实是人类为自己创造出来的某种结构,而维柯在"试图消除这种承认结构的过程对人的心灵产生的麻醉作用"。维柯和现代许多思想流派有着内在的联系,"和存在主义者一样,维柯似乎认为没有预先存在的'既定的'人的本质,没有预先确定的'人类本性'。和马克思主义者一样,他似乎说,人性的具体形式是由特定的社会关系和人类制度的体系决定的。"[46]

另外,维柯还提出了"诗性人物性格"说,并将其用于对神话、寓言的解释。在他看来,"诗性人物性格"构成了寓言故事的本质,而它起源于人类心灵对"一致性"的喜爱。所以,当"村俗的人们"想要表达某些"理想的真理"时,就会围绕着一些特定的人物,就像儿童,凡是碰到与他们最早认识到的一批男人、女人或事物有些类似或有关系的男人、女人或事物时,就会以最早的印象来称呼他们;就像埃及人把对人类生活有益或有必要的一切发明,都归于最伟大的霍弥斯。这就使得寓言或神话故事里的人物不仅是一个人,而且具有类的抽象性,这就形成了"诗性人物性格"。这个观点可以用来解释文学作品中的人物形象何以要有普遍性的原因。维柯认为"一切野蛮民族的历史都是从寓言故事开始的",这是"历史神话的起源"[47]。这也可以启示我们从诗性智慧的角度去认识小说。

注 释

[1] 〔法〕布瓦洛:《诗的艺术》,任典译,北京:人民文学出版社1959年版,第4页原文为诗,引文未予分行,下同。

[2] 〔法〕笛卡尔:《谈方法》,见《西方哲学原著选读》(上),北京大学哲学系外国哲学史教研室编,北京:商务印书馆1981年版,第362页。

[3] 〔法〕布瓦洛:《诗的艺术》,任典译,北京:人民文学出版社1959年版,第6页。

[4] 同上书,第7页。

[5] 同上书,第54、55页。

[6] 同上书,第54页。

[7] 同上书,第57页。

[8] 同上书,第51、18页。

[9] 〔法〕布瓦洛:《郎吉纳斯〈论崇高〉读后感》,见伍蠡甫主编《西方文论选》(上册),北京:人民文学出版社1964年版,第305页。

[10] 〔法〕布瓦洛:《1770年给贝罗勒的信》,见伍蠡甫主编《西方文论选》(上册),北京:人民文学出版社1964年版,第305、306页。

[11] 《文艺理论译丛》(2),北京:中国文联出版公司1984年版,第84—85页。

[12] 同上书,第93—94页。

[13] 同上书,第95页。

[14] 同上书,第97页。

[15] 同上书,第60页。

[16] 伍蠡甫主编《西方文论选》(上册),北京:人民文学出版社1964年版,第309页。

[17] 同上书,第310页。

[18] 同上书,第312页。

[19] 同上书,第313页。

[20] 引自伍蠡甫《欧洲文论简史》,北京:人民文学出版社1985年版,第101页。

[21] 引自 Literary Theory from Plato to Barthes, Richard Horland, Macmillan Press, 1999, p.43.

[22] 参见伍蠡甫《欧洲文论简史》,北京:人民文学出版社1985年版,第140页。

[23] 《〈莎士比亚戏剧集〉序言》,李赋宁译,见《文艺理论译丛》,北京:人民文学出版社1985年第4期。

[24] 同上。

〔25〕 见〔英〕安德鲁·桑德斯:《牛津简明英国文学史》,谷启南等译,北京:人民文学出版社 2000 年版,第 464 页。

〔26〕 上文提到的《关于崇高和美的观念的起源和哲学探讨》与《论鉴赏力》合编为《关于美与崇高》。

〔27〕 〔英〕伯克《崇高与美——伯克美学论文选》,李善庆译,北京:生活·读书·新知三联书店 1990 年版,第 36 页。

〔28〕 Edmund Burke: *On the Sublime and Beautiful*, P. F. Collier & Son, New York, 1909, p.45.

〔29〕 Ibid., p.46.

〔30〕 Ibid., p.144.

〔31〕 〔德〕恩格斯:《社会主义从空想到科学的发展》,《马克思恩格斯选集》第三卷,北京:人民出版社 1995 年版,第 720 页。

〔32〕 〔法〕亨利·勒费弗尔:《狄德罗的思想和著作》,张本译,北京:商务印书馆 1985 年版,第 143 页。

〔33〕 《狄德罗美学论文选》,张冠尧等译,北京:人民文学出版社 1984 年版,第 206 页。

〔34〕 同上书,第 90 页。

〔35〕 〔德〕莱辛:《拉奥孔》,朱光潜译,北京:人民文学出版社 1979 年版,第 10—11 页。

〔36〕 同上书,第 19 页。

〔37〕 同上书,第 41 页。

〔38〕 同上书,第 53、54 页。

〔39〕 参见〔法〕利昂·庞帕编《维柯著作选》,陆小禾译,北京:商务印书馆 1997 年版,第 1—2 页。

〔40〕 〔意〕维柯:《新科学》,朱光潜译,北京:商务印书馆 1997 年版,第 8 页。

〔41〕 同上书,第 115 页。

〔42〕 同上书,第 122 页。

〔43〕 同上书,第 200 页。

〔44〕 同上书,第 203 页。

〔45〕 同上书,第 201 页。

〔46〕 〔英〕特伦斯·霍克斯:《结构主义和符号学》,瞿铁鹏译,上海:上海译文出版社 1997 年版,第 6 页。

〔47〕 〔意〕维柯:《新科学》,朱光潜译,北京:商务印书馆 1997 年版,第 119 页。

第五章
浪漫主义文学理论

一 浪漫主义文论概述

18世纪末到19世纪30至40年代,浪漫主义文学运动席卷整个欧洲大陆。这一运动不但涌现出一大批脍炙人口的作品,而且构建起较为系统完整的浪漫主义文学理论。

浪漫主义思潮的全面产生,有其特定的社会历史背景。这一时期,欧洲各国的资本主义经济得到迅猛发展,资产阶级强烈要求打破封建专制的桎梏,彻底从封建主义的束缚中解放出来,并在政治和文化等领域与封建主义展开激烈斗争。一时间,资产阶级民主运动、民族解放运动和民族复兴运动蓬勃兴起,此起彼伏,民主、自由观念深入人心。但是,这场革命带来的动荡与不安、战争与流血,也使整个社会笼罩在一片悲观失落的情绪之中。浪漫主义思潮正是对这一社会心理的响应。具体落实到文学上,就表现出人们对浪漫主义文学的热切追求和对僵化复古的新古典主义文学的无情抛弃。浪漫主义文学理论亦随之应运而生。

浪漫主义文学理论的兴起,与德国古典哲学和空想社会主义思想有着密切的联系。朱光潜先生对此有过这样的评说:"德国古典哲学本身就是哲学领域里的浪漫运动,它成为文艺领域里的浪漫运动的理论基础。"[1]康德、费希特、谢林、黑格尔等人,都是德国古典哲学的代表人物。康德是德国古典唯心主义的创始人,他企图调和经验主义与理性主义两种对立的世界观,在本体论上持有主观唯心主义二元论、不可知论、理性化的有神论等基本观点。他认为世界由"现象界"和"物自体"(本体世界)构成,而超功利、超概念的审美判断,恰是沟通这二者的桥梁和中介。据此,他进一步提出艺术是类似游戏的自由活动,主要由天才艺术家天生的心理能力创造出来,想象力在其中发挥着首要的、深刻的作用和功能。他的这些论说,为浪漫主义文学理论奠定了重要的哲学和美学基础。

　　费希特是康德唯心论哲学的继承者,但他抛弃了康德哲学中的唯物主义因素——"物自体",彻底否认客观现实,认为只有精神性的"自我"才是唯一实在,"自我"决定"非我","自我"创造"非我",从而走向彻底的主观唯心论。正是从这里出发,他将文学看成是主观心灵的产物,是纯然主观的东西。这就为浪漫主义文论强调文学的主观性提供了直接的理论支持。谢林不同意费希特对"自我"与"非我"的区分,认为二者没有谁派生谁的问题。它们在"绝对"这一不自觉的精神力量作用下,形成没有任何差别的"同一"。于是,主体与客体、自然与精神都成为一回事,自然就是可见的精神,精神就是不可见的自然,这样,艺术家就可以按照自己的主观想法描绘客观世界了。谢林的思想为浪漫主义文论准备了新的理论资源。

　　作为德国古典哲学集大成的黑格尔则认为,世界的本原就是"绝对精神",美正是"绝对精神"矛盾运动的产物,"美是理念的感性显现"。浪漫主义文学正是理念对感性的压倒,心灵内容对物质形式的压倒,是作家主观心灵的自由活动。这些论说与分析,极大地促进了浪漫主义文论的发展。同时,空想社会主义思想在欧洲各国得到广泛传播,其主要代表人物有法国的圣西门和傅立叶,英国的葛德文、欧文等。他们一方面抨击资本主义贫富分化、阶级对立的社会罪恶,一方面又反对政治斗争,幻想通过阶级调和、仁爱感化来改造社会和实现人类解放,为浪漫主义文论批判现实和憧憬未来带来较大影响。

　　就文学自身传统而言,"浪漫主义"(Romanticism)一词起源于中世纪用方言写作的"浪漫传奇"(Romance),即盛行于中世纪的英雄史诗、骑士传奇与抒情诗,它们往往想象丰富,情节离奇。到了 18 世纪,法国启蒙思想家提倡思想自由、个性解放,此思想反映到文学理论上,最具代表性的观点便是卢梭提出的文学应"回到自然",抒发真情实感。而英国的感伤主义文学思想和德国的"狂飙突进"运动,也都相当重视个性和情感在文学中的表现。浪漫主义文学理论正是在它们的影响下进一步发展起来的。

　　浪漫主义文学理论是对新古典主义文学理论的直接反拨,并且取得了重大胜利。但毋庸置疑的是,新古典主义文论在 17 世纪,确实发挥过进步的作用。在封建王权——资产阶级与封建贵族之间的调和者——统治的时代里,一切都需要一个中心、一个标准;一切都需要法则、规范;一切都要服从权威、理性。以笛卡尔为代表的"唯理哲学",则把"理性"推举为实现真理的最高原则。在这样的历史条件和环境下,必然产生以拥护王权、崇尚理性、模仿古希腊罗马文学为核心内容的新古典主义文论。它在文学上为维护国家统一、社会稳定贡献过自己独特的力量。但是,随着时代的变迁,进入18世纪的欧洲,整个封建制度迅速崩溃,资本主义"理性王国"也惨遭破灭,新古典主义文学理论那种种因循守旧的清规戒律,相应地就丧失其存在的活力,沦落为封建宫廷的御用工具,严重地阻碍了艺术家的自由创作。在此形势下,新古典主义文论被浪漫主义文论所取代,已成为不可抗拒的趋势。

然而,系统的浪漫主义文学理论的形成,经历了一个较为长期的过程。"浪漫主义"最早由席勒和歌德提出,两人对此均展开了自己的理论阐释;后来经过施莱格尔兄弟的大力传播与推广,浪漫主义文学观念逐渐为人们所知;再经斯达尔夫人对南北方诗歌、古典诗歌、浪漫诗歌的剖析,浪漫主义文学观念便传遍全欧洲;最后柯勒律治、华兹华斯、雨果等人也投身其中,站在不同立场和不同角度,对浪漫主义文学展开激烈的讨论。浪漫主义文学理论因此得以不断深化,走向成熟与繁荣。

作为一种相对独立的文学思潮,浪漫主义文学理论具有以下几个特征:

其一,浪漫主义文学理论普遍采取历史主义的方法研究文学,认为文学的形成与它所处的历史时代密切关联。文学从来就不是绝对静止的存在物,它总是处于不断发展变化的过程之中。浪漫主义文论首次较为细致地阐述了"浪漫诗",并将其与"古典诗"一起进行多层次多视角的比较分析。这就在文论史上确立起新的文学观念,即文学的历史观,从而在根本上粉碎了新古典主义文论的理论基石,即文学的静止观,致使新古典主义文论大肆鼓吹的只有古希腊罗马文学才是文学永恒完美的最高典范、任何时代的文学都应回到古希腊罗马的主张,丧失掉根本的理论支撑,为浪漫主义文学战胜新古典主义文学铺平了最初的道路。

其二,浪漫主义文学理论将文学视为作家主观心灵的产物,文学是作家内心感受、情感体验的自由表现,强调情感、想象是成就文学不可或缺的重要条件。这是对新古典主义文学理论将文学禁锢在抽象理性、束缚在古人书本内的做法的坚决反叛和彻底决裂,为文学的自由表达,为作家真实地抒写自我性情开辟了新的途径。但是,由于它片面地强调主观否定客观,也使得文学走上越来越脱离现实之路。

其三,浪漫主义文学理论极力倡导个性解放,将作家的创作能力归之为某种先天的才能——天才,非常推崇"灵感"这种不为作家所控制的激情洋溢的无意识创作状态。这的确是对文学创作特性的一种把握,但浪漫主义文论力图从主观、先验存在去寻找理由,这就为自己的理论打上了重重的唯心论和神秘论的烙印。

其四,浪漫主义文学理论重视自然,向往人类的自然状态,反对现代文明对人性的戕害与扼杀。但它常常将对自然的理解引向人的主观或者先验存在,最终把自然还原为精神或神秘力量。浪漫主义文论总是和唯心主义、先验哲学存在着不可分割的联系。

由于欧洲各国的历史条件、文化传统、民族气质、文学实践等方面都存在着这样或那样的区别,因此,浪漫主义文学理论在不同的国家也表现出不同样态,并有着不尽相同的主张。下面,我们就较为详细地介绍和考察其在各国的具体情况。

二 德国的浪漫主义文论

浪漫主义文学理论较早地兴起于德国,在理论上直接来源于德国古典哲学。席勒、歌德在对新古典主义文学的反抗中,提出了各自对浪漫主义文学的理论认识和评说;施莱格尔兄弟在继承席勒、歌德思想的基础上,将浪漫主义文学理论引向深入,并加以传播。

1. 席勒

席勒(J. C. F. Schille)是德国杰出的浪漫主义作家、美学家和文学理论家。他在美学和文学理论方面的代表作有《美育书简》《素朴的诗和感伤的诗》。

席勒从来都是以人性为根本出发点来探讨文学和艺术问题的,他将文艺视为重建完整人性的唯一途径。在西方文学理论史上,他首次运用历史主义的方法从理论的高度将文学明确区分为"素朴的诗"和"感伤的诗"。他的这种分类大体相当于我们今天所谈的现实主义文学和浪漫主义文学。当然,在这两种分类之间不能简单地划等号。席勒的这种分类,可以说是他在文学理论方面做出的突出贡献。

席勒在《素朴的诗和感伤的诗》中,对文学的历史分类展开了甚为详尽的论述。他对文学的历史分析,是建立在他对人性的历史分析基础之上的,因为在他看来,文学在本质上就是对人性的反映,"诗的观念,那无非是尽可能完善地表现人性"[2]。由于人性在历史的发展中表现出不同的现实状态,这就导致文学也出现了不同的分类。

席勒认为,在古代希腊罗马社会,人性是统一完整的,也就是说,人与自然是和谐一致的,人即是自然,自然即是人。席勒这里讲的"自然",既指外在自然——客观世界,也指人的内在自然——人的精神活动。古希腊人一方面与外在自然亲密无间,另一方面自身内部也协调同一。"只要当人还处在纯粹的自然(我是说纯粹的自然,而不是说生糙的自然)的状态时,他整个的人活动着,有如一个素朴的感性统一体,有如一个和谐的整体。感性和理性,感受能力和自发的主动能力,都还没有从各自的功能上被分割开来,更不用说,它们之间还没有相互的矛盾。"[3]但是,当人类进入近代社会,随着现代文明的压抑,人性走向分裂。一方面人试图凭借理性的无限扩张奴役自然,支配自然,自然与人处于紧张的矛盾对立之中;另一方面人的内在自然发生感性与理性的分离。人性和谐由此成为过去时代的"神话",在现实中它只能作为人们追求的理想,概念性地存在于人们的心灵之中。而体现人性的文学,亦随之变化。在人性统一的古代,人通过表现自然就能表现自身的人性。因此,文学就是诗人按其天性"尽可能完善地模仿现实",成为"素朴的诗"。但在人性破裂的近代,"在文明的状态中,由于人的天性这种和谐的竞争只不过是一个观念,诗人的任务就必然是把现实提高到理想,或者是表现理想。"[4]也就是说,文学要去表现在现实中已经不存在的完美人性,就只能依赖人们在头脑中对它的追求了。而对失落的东西的向往,则无不充满感伤的情绪,于是成为"感伤的诗"。所以,古代"素朴的诗"往往把活生生的现实带到读者面前,近代"感伤的诗"则常常让人更多地感受到人的主观精神。

席勒紧扣文学与人性的关系,将文学的分类引向了深入。首先,他指出,"素朴的诗"是无类可分的,就仅此一类。因为,和谐人性决定了人感受世界方式的同一性,这种感受方式在程度上可能存在或强或弱的差别,但都是"完全从一个单一的和同样的因素出发,以致我们很难加以区分"。然后,席勒细致分析了"感伤的诗"的分类。他指出,由于近代人性的破裂,诗人必须"沉思客观事物对他所产生的印象","结果是感伤诗人经常都要关心两种相反的力量,有表现客观事物和感受它们的两种方式"。[5]当诗人把现实作为反感或憎恨的对象来处理时,诗人不满现实,追求理想,在对现实的批判中寄托自己的追求,这就表现为"讽刺诗"。当诗人把理想作为向往的对象来处理时,他或怀着哀伤的心情歌唱逝去的完满人性,或怀着希求的感情歌唱理想的人性,这就表现为"哀惋诗"。接着,席勒又对"讽刺诗"和

"哀惋诗"进行了具体的划分。讽刺诗分为"惩罚的"讽刺诗和"嘲笑的"讽刺诗,诗人在前者通过崇高的精神批判现实,在后者通过优美的灵魂显示现实的堕落黑暗。哀惋诗则分为"狭义的哀歌"和"广义的牧歌"。前者是诗人把理想当作悲伤的对象来表现,理想人性无法再次回归;后者是诗人把理想当作欢乐的对象来表现,理想人性最终是可以实现的。席勒认为,牧歌是感伤诗的最高类型,这表现出席勒寻找失落人性的决心与信心。

同时,席勒主张在具体的文学创作中,"素朴的诗"是诗人对现实的冷静的模仿,应尽量避免诗人对所描绘的事物的主观评价;"感伤的诗"则侧重于表现诗人对事物的感受和被激起的感情。

在这里,我们可以发现,席勒对文学的分类与后来的现实主义文学、浪漫主义文学的分类在美学特征、创作方法等方面,存在着很多相通的地方。但必须指出的是,席勒划分文学,主要是着眼于完整人性在现实里存在与否,而这个"现实"又从来都不是独立于人的心灵存在的。所谓"素朴的诗"对现实的模仿,也不过是出于现实统一于人性的原因。席勒谈论的文学,一直局囿于唯心论的圈子里面,这与坚持唯物论的现实主义文学是有着本质的区别。但浪漫主义文学确实在很大程度上是对席勒所言及的"感伤的诗"的内在延续。所以我们说,席勒对后世文学理论的影响主要体现在他对文学的分类上,尤其是他对浪漫主义文学的强调上。

虽然席勒将文学区分为"素朴的诗"和"感伤的诗"两大类,但他并没有片面地抬高一方、贬低一方,他认为二者各有长短。"素朴的诗"在现实性上超过"感伤的诗",但如果"素朴的诗"一味纠缠于感性表面,则可能变成虚假的自然主义;"感伤的诗"在对现实生活的厌恶、对理想的追求中显示出心灵绝对自由的力量,而"所有的现实都要低于理想,所有存在的事物都有种种限制,而思想却是无限的"[6],所以,在这一点上,"感伤的诗"胜过了"素朴的诗"。但"感伤的诗"如果一味沉溺于主观世界则易流于空想和妄诞。因此,未来的真正文学应是二者的统一,尽管它们之间的重大差别是十分明显的。然而,纵使它们极其相反,却有一个较高的观念包蕴了它们二者,那就是与人性观念相一致。人性始终是席勒考察文学问题的出发点和最后目的之所在。

值得注意的是,席勒曾对文学的历史分类做过这样的补充,他说:

> 指出下面一点也许不是多余的:如果把近代诗人拿来和古代诗人比较,我们就不仅应该注意到时间的差别,也应该注意到风格的差别。甚至在近时,而且在最近期间,我们也看到多种多样的素朴的诗,虽然

> 不是完全纯粹的;在古代罗马诗人中,甚至在希腊诗人中,也不是没有感伤的诗的,不仅在同一个诗人身上,而且也在同一部作品中,也往往发现这两类的诗结合在一起,例如,在《少年维特之烦恼》中就是这样,正是这种性质的作品才常常使人最受感动。[7]

可见,"素朴的诗"与"感伤的诗"虽然是席勒对文学的历史分类,但席勒已经意识到,这里面也包含有对文学的风格分类的意味。文学的历史分类不能机械地以物理时间作为绝对的划分标准,时间只能算是某种外在的大体标志。这就与席勒赋予时代以社会文化的内涵发生理论冲突。席勒的这一文学分类思想,不可避免地带有了自我矛盾的成分。

尽管席勒关于文学的历史分类思想在理论上存在着一定的问题,但他的这一文学分类确实为浪漫主义文学获得快捷强劲的发展开拓了更加广阔的道路。

此外,席勒对文艺的本质与起源问题也进行了新的理论探索。他认为,艺术是以一种特殊的"活的形象"为对象的游戏。这里的"游戏",不是通常意义上所讲的玩耍嬉戏之类的活动,而是指那种超功利的、超目的的精神性自由活动。从这里明显可以看出,席勒受到了康德的影响。康德一向主张艺术是一种游戏,此游戏的根本特征就在于它是排除一切强制的自由活动。席勒进而在对人性的考察中,为人可能从事这一游戏活动找到了内在依据。在他看来,对立地存在于人性中的感性冲动和理性冲动,不可避免地造成了对人的感性压迫和理性压制,人只有在游戏冲动中才能有效地解决这二者的冲突,既克服感性冲动从自然的必然性方面强加于人的限制,又克服理性冲动从理性的必然性方面强加于人的限制,从而实现人性的完整与和谐。同时,在席勒眼里,感性冲动的对象是一切感性现实,理性冲动的对象是一切理性法则,只有游戏冲动的对象才既是感性的又是理性的,只有游戏冲动的对象才具有沟通物质与精神、统一客观与主观的特点。而这一特点,正是事物审美品质的集中表现,所以,美的艺术即是这种"活的形象"。黑格尔对席勒的这一观点有较高的评价,他关于艺术和"美是理念的感性显现"的思想,无疑受了席勒的影响。

在此基础上,席勒提出艺术起源的"游戏说"。他在游戏冲动中引进了"剩余"观念来说明艺术的起源问题。他认为,精力过剩是人从事艺术活动的根本动力,因为:

> 不满足安于自然和他所欲求的事物,人要求有所盈余。起初当然

还只是一种物质的盈余,这是为了免使欲望受到限制,保证不仅限于目前需要的享受。但后来就要求在物质的盈余上有审美的补充,以便能同时满足他的形式冲动,以便使他的享受超出各种欲求。[8]

席勒强调,人的这种审美游戏,不同于动物出于物质剩余引发的本能性身体器官的游戏。它是由超出物质需要的精神方面的剩余所引起的,并且这种游戏在想象力和理性的共同作用下,创造出将人的能动力量对象化的艺术作品。人终于在艺术活动中摆脱了一切外在或内在的束缚,获得全面的自由。

在这里,席勒仅仅从人的需要和心理上去寻求艺术的起源,确乎忽视了物质对意识的决定意义,暴露出他讨论艺术问题的唯心论立场。后来,他的这一思想被英国思想家斯宾塞继承并利用,为文艺起源学说的重要派别——"游戏说"奠定了早先的理论基础。

应该说,理解席勒的文艺思想,必须首先意识到席勒对文艺的讨论始终是与解放人性、拯救人性紧密地联系在一起的。文艺在他那里,首先是作为改造人与社会的唯一手段而存在着的。为此,他从抽象人性论出发,最终将文艺归结为一种主观的自由活动,极力强调想象力在文艺创作中的作用。这些思想相当多的成分为后来的浪漫主义文学理论所吸收发展。席勒对浪漫主义文学理论的影响不仅是深刻的,而且是直接的。

2. 歌德

歌德(J. W. Goethe),德国著名诗人、剧作家、文艺批评家。他在政治、科学、思想等领域也取得了出色成就,被誉为百科全书式的人物。歌德没有系统的文艺理论著作,他多是结合自身丰富的创作实践来谈论文艺问题,故其文艺观点多散见于他的各种随笔、格言、讲演、自传之中,比较集中谈文艺的是由爱克曼记录的《歌德谈话录》。

歌德的文艺思想比较复杂,受到唯物主义和唯心主义双重影响,不过,他更多地倾向于唯物主义和现实主义。具体地讲,他的文艺思想大致经历了这样一个过程:早期偏重于张扬个性、抒发情感的浪漫主义;在接触到古希腊文艺和文艺复兴的文艺后,他则一度转向古典主义,不过与僵化造作的新古典主义截然不同的是,歌德是在尊重个性、尊重现实的基础上提倡古典主义的;后来,歌德察觉德国浪漫主义完全脱离了现实,于是,又大力主张必须在浪漫主义文论中增强现实主义的成分,并且在现实主义文学和浪漫主义文学之间更多地褒扬前者,贬斥后者。

关于歌德的文艺思想，人们常常津津乐道于他对艺术与自然关系的剖析，认为从中可以见出歌德的现实主义倾向。这种说法不无道理，但却具有一定的片面性。

歌德曾说过这样的话：艺术家对于自然有着双重关系，他既是自然的主宰，又是自然的奴隶。他是自然的奴隶，因为他必须用人世间的材料来进行工作，才能使人理解；同时他又是自然的主宰，因为他使这种人世间的材料服从他的较高的意旨，并且为这较高的意旨服务。这里的"自然"，歌德指的是感性世界、现实生活。一方面，现实生活为艺术提供了丰富的创作材料和创作动机，一旦离开现实生活，艺术将无以表达也无力表达。艺术应该从现实出发，抓住事物的特征加以描述。另一方面，艺术并不是自然的翻版，自然必须经过艺术家的选择提炼和能动改造，才能上升为艺术。这些观点，确实反映出歌德在文艺方面的现实主义倾向。

但实际上歌德所言的"自然"具有两种涵义：除感性世界、现实生活外，还指纯粹理性。这个理性不是一般意义上所言的事物的本质规律，也不是指由感性认识上升到的理性认识，而是特指一种先于经验、超越经验、纯属主观的认识力。这是歌德对康德相关思想的借鉴。我们知道，康德认为，人凭借自身的感性与知性只能把握"现象界"，至于对"物自体"的认识，人是无力达到的。但人却希望能够有所认识，经常借助纯粹理性去接近它，体验它。受此影响，歌德主张艺术家的心灵与自然的一致，认为艺术家表现了自己的真实心灵，就能捕捉到自然的奥秘，抵达事物的内在。艺术最终成为艺术家"自己的心智的果实，或者说，是一种丰产的神圣的精神灌注生气的结果"[9]。这就使歌德的文艺思想具有了唯心和神秘的意味。后来的浪漫主义文学理论将其无限夸大，宣称文艺就是对主观心灵的表现。歌德对这种完全不顾现实的偏激态度予以了批评，这显示出歌德文艺思想的多元性，它往往是唯物与唯心、现实主义与浪漫主义的错综交织。用歌德自己的话来说就是："如果我企求我的诗在感觉和思维方面有真正的根据，我就不得不向我的心坎探索，如果我要求以诗来表现对事物的直接的观感，我就一步也离不开那能够感动我和引起我的兴趣的小圈子。"[10]

在此基础上，歌德谈艺术创作既突出"预感""天才""精灵"等问题，又非常重视艺术创作必须抓住事物的特征，由特殊来显示出一般。就前者而言，歌德提到自己22岁时就创作了《葛兹·封·伯里欣根》这一历史剧本，虽然当时他自己不曾经验或目睹过那些历史事件或事物，但仍能真实地加以描写，其原因就在于"预感"作用的发挥。那么，"预感"究竟是一种什么力量呢？歌德认为，预感是先于现象世界存在于艺术家内心深处的某种情感或品性。正是它决定了现实生活是否能进入艺术家的视野，成为艺术家的创作对象，即艺术家所描绘的对象只是那些与他的本性相符合、相类似的东西，而不是任意事物。所以，"只有所写对象和作者本人的性格有某些类似，预感才可以起作用"。对此，歌德曾明确表示："我如果不先凭预感把世界放在内心里，我就会视而不见，而一切研究和经验都不过是徒劳无补了。我们周围有光也有颜色，但是我们自己的眼里如果没有光和颜色，也就看不到外面的光和颜色了。"[11]

歌德同样是个"天才"论者，他认为艺术家的创作能力总体上是一种天生的强大的创造力。这种"天才"是超越一切尘世力量的非人力所能达到的能力，它来自神的启示、上界的恩赐。"人应该把它看做来自上界、出乎望外的礼物，看做纯是上帝的婴儿，而且应该抱着欢欣感激的心情去接受它，尊重它。它接近精灵或守护神，能任意操纵人，使人不自觉地听它指使，而同时却自以为在凭自己的动机行事。在这种情况下，人应该经常被看做世界主宰的一种工具，看做配得上接受神力的一种容器。"[12]歌德还指出，虽然这种"天才"不是人力所能决定的，但要把这种神示的能力现实地转化为对艺术的创作，则需要艺术家更多地依靠自己的力量来实施。艺术在歌德眼里，最终成为"天才"在人力中的灌注与转化。

与"天才"密切联系的另一种异常活跃的艺术创造力则是"精灵"（亦可理解为"灵感"）。歌德认为，"精灵"超越了一切概念与想象，常常使艺术家处于无意识的创作状态中。"精灵"只不过是歌德对艺术的无意识创作的神秘主义解释。

歌德虽然承认人生来就能认识世界，但他从未否认过世界为人的认识提供了丰富的对象。为此，他主张艺术创作也应正视现实，表达现实。一方面，艺术的真正生命正在于对个别特殊事物的掌握和描述，另一方面，艺术不能仅仅停留于具体事物的表层，而应通过特殊显出一般，通过个性表现共性。这是对新古典主义文学理论一味复古、埋头于古人书本、置实际生活于不顾的倾向的有力驳斥，也是对新古典主义"类型说"这种创作方法的巨大突破。艺术不再是对抽象概念的图解，而是在对个别事物的生动描绘中展现出事物的一般。这为19世纪现实主义"典型论"的形成奠定了一定的思想基础。

歌德很关注文学与时代的问题。他虽然承认文学是作者心智的产物，但也明确提出文学决不能脱离它所处的社会历史环境。因为在他看来，人的能力固然是天生的,但人的发展应该归功于这广大世界里的万千影响。"一篇有意义的文字就同一段有意义的讲话一样,只能是生活的结果;作家同一般有作为的人一样,很少能制造自己诞生与活动的环境。每一个人,包括最伟大的天才在内,都在某些方面受到时代的束缚,正如在另一些方面得到时代的优惠一样。"[13]歌德还指出,莎士比亚在文学上取得的成就,"多半要归功于他那个伟大而雄强的时代"[14]。

歌德在同爱克曼的对话中,还谈到这样一个观点:"现在我要向你指出一个事实,这是你也许会在经验中证实的。一切倒退和衰亡的时代都是主观的,与此相反,一切前进上升的时代都有一种客观的倾向。我们现在这个时代是一个倒退的时代,因为它是一个主观的时代。这一点你不仅在诗方面可以见出,就连在绘画和其他许多方面也可以见出。与此相反,一切健康的努力都是由内心世界转向外在世界,像你所看到的一切伟大的时代都是努力前进的,都是具有客观性格的。"[15]也就是说,在不同性质的时代里会产生不同性质的文学。时代倒退,文学就会倾向于主观,诗人在创作中完全从个人主观出发消泯了客观的存在;时代进步,文学就会倾向于客观,诗人在创作中往往从客观出发再经主体心灵改造而成。由此可知,歌德对文学的历史考察,主要关注的是基于历史时代性质的不同带给文学的差异,并不是在纯粹物理时间层面上对文学加以先后顺序的简单判断。尽管这两者在文学表现形态上有所交叉,但其本质上是完全不同的。

与此相关,歌德提出"古典诗"和"浪漫诗"的区分:

> 我把"古典的"叫做"健康"的,把"浪漫的"叫做"病态的"。这样看,《尼伯龙根之歌》就和荷马史诗一样是古典的,因为这两部诗都是健康的、有生命力的。最近一些作品之所以是浪漫的,并不是因为新,而是因为病态、软弱;古代作品之所以是古典的,也并不是因为古老,而是因为强壮、新鲜、愉快、健康。如果我们按照这些品质来区分古典的和浪漫的,就会知所适从了。[16]

歌德的这种文学分类,主要着眼于文学风格上的差异。古典诗,不是物理学时间意义上的古代诗,而是指给人带来强壮、新鲜、愉快、健康等感受的诗歌,它往往是诗人在尊重客观基础上的主观创造;浪漫诗,也不是就纯粹物理学时间意义上谈的近代诗,而是指给人带来软弱、哀伤、忧郁、病态等感受的诗歌,它常常是诗人囿于自我狭窄空间脱离客观的主观抒情。从而,这种分类也就同歌德对文学的历史分类——时代进步时的客观文学与时代倒退时的主观文学——联系起来,二者具有内在的相通之处。

歌德这里的分析,采用了历史主义的方法,甚至突破狭隘时空观的限制,同时,也辩证地阐发了自己对"民族文学"和"世界文学"的看法。在歌德看来,"民族文学"是各个民族自身特有的社会生活、文化心理、道德风尚等因素在文学上的反映。它是每个民族珍贵的文学财富,也是每个民族在文学上立足于世界的根本。随着资本主义经济的发展,各国、各民族之间的政治、文化等联系的加强,文学交流也随之变得频繁起来,"世界文学"必然成为文学发展的时代潮流与历史趋势。歌德说:"世界文学的时代已快来临了。现在每个人都应该出力促使它早日来临。"[17]但"世界文学"并不是对"民族文学"的取消,相反,它一方面要求民族文学应保持各自的独特性,以在文学的交流中显示出自身强大的生命力,因为只有越是民族的,才能越是世界的;另一方面,它又要求民族文学之间应打破封闭自守、排斥异己的局面,在相互了解、相互尊重的基础上互通有无,在相互借鉴中促进文学的共同进步。歌德对文学发展这一规律的揭示,不仅在当时,而且在今天也是具有深刻意义的。

歌德就文艺的很多问题都提出了独到而深刻的见解。由于他的思想的复杂性,历史上出现了无论现实主义文学还是浪漫主义文学皆从他那里获取可供自身发展的养分的独特景观,这是很耐人寻味的。

3. 施莱格尔兄弟

施莱格尔兄弟二人,都曾任教于耶拿大学。他们主笔的评论性刊物《雅典娜神殿》大力宣扬浪漫主义理论,拉开了19世纪德国浪漫主义运动的序幕,并被称为"耶拿派"浪漫主义的代表。他们从美学和批评的角度研究文学史,开创了文学史研究的新视野。他们继承了席勒和歌德的诗歌观念,提倡诗歌"有机论"和"整一性",阐发"比喻说"和"象征性",为一种新的诗歌创作奠定了理论基础。他们还通过对"古典的"与"浪漫的"诗歌的争论和批评,使浪漫主义诗歌理论得以广泛传播,为德国乃至欧洲诗歌开辟了一个新的方向。

(1) 弗里德里希·施莱格尔

施莱格尔兄弟的批评活动是浪漫主义理论的先声。与其兄长奥古斯特·威廉·施莱格尔相比,弗·施莱格尔(F. Schlegel)在文学活动中更具首创性和影响力,是欧洲文学史上重要的批评家之一。[18]他早期的批评活动紧随席勒之后,重开"古今之争",并由此发展了浪漫主义,在浪漫主义理论的历史上有着极其重大的意义。他的主要著作有《文学史讲演》《论北方文学》，以及发表在《雅典娜神殿》上的许多《断片》和关于莎士比亚的评论。在他生命的最后二十年，皈依了罗马天主教，这对他的批评活动产生了很大影响。

弗·施莱格尔对其所处时代的许多文学现实问题多有关注，并且对各国古今许多作家的作品都进行过评论。他的《古今文学史》（1812年讲演，1815年出版）产生过世界性的影响，其浪漫主义文学理论中有关文学上滑稽论、神话论以及小说理论，在今天仍不失其应有的价值。总之，他在文学历史、批评和阐释三个方面所作的理论思考，都是富有成果的，甚或可以说是"阐释学"的创始人。[19]

弗·施莱格尔的批评活动以研究希腊诗歌为起点。在他眼里，希腊文学是诗歌的原型，是一种永恒的完美典范。希腊文学始终具有独创性和民族性，是一个自身完好无缺的整体，它单凭其内在的演化而达到顶峰，经过一次周而复始的循环，又回到自身。所以，希腊诗歌包括一整套各种不同体裁的范例，体现出一个自然的演化秩序。希腊文学史是自然的、自发的，并没有受到外界的干扰。无疑，弗·施莱格尔的这种演化秩序的说法，来源于生物演化的类比。因此，希腊使得文学可作为一种体裁理论和一门艺术有机演化的整个循环的图像，又可作为一种理论实验室和"趣味及艺术上永久的自然的历史"。可见，他是将希腊文学与批评结合起来看待的，在对作家作品的批评中，既有文学史的研究和梳理，也有明确的评价和判断。他是从希腊经典作品的理想典范中找到他的批评标准的，进而得出了"最好的艺术理论就是艺术历史"[20]这一不乏真知灼见的结论。

他认为，各门艺术的全部历史构成了一个自然的秩序，一个有机的整体，这个秩序乃是"用于所有积极性批评的客观法则的源泉"。文学就此形成了"一个巨大的完全连贯而又经过有机组织的整体，在统一性方面，可以包孕许许多多的艺术天地，而它本身又构成一部独特的艺术作品"[21]。这一观点对研究文学艺术的历史传统、经典秩序和批评标准而言，是一种合理的解释和有益的参照。

在论述文学史和文学批评的这种密切关系的基础上，他认为批评的目的就是"发现诗意的艺术作品中有价值和无价值的东西"[22]。他还就批评程序和阐释的性质等问题，提出不少深刻的见解。在此，弗·施莱格尔的观点中已暗含了一种极富创意的阐释理论的成分。他在批评实践中一贯注重"语文学"的传统和作用，"语文学"意味着喜爱咬文嚼字，细读原文，阅读、欣赏和阐释,没有一定的语文学能力,就不可能读懂纯哲学或者诗。而批评家就更进一步,不仅要研究细节和局部,对精彩段落和语句反应要灵敏,还应该掌握全篇意旨,具有整体的直观能力。因为这种整体的直观能力是一切理解的首要条件,也是理解一件文学作品的首要条件。而且在他看来,批评家应该去窥探作者默默追求的秘密意图,甚至应当揭示那些潜藏于作品中深不可测的东西,要比作者自身更了解作者。而批评家如果想了解作者的精神,要给予一个公允的评价,就必须了解作者的全部作品。文学史和批评就是这样一种两位一体的关系。

弗·施莱格尔对文学批评有着更深入、精到的理解。他严厉地驳斥了那种流于表面缺乏实际内容的感叹性批评,很多时候,他把批评看做是一个"重建"过程。他认为批评家必须重建、察看和概括一个整体的十分微妙的特色。只要能够"重建"整体的进程和结构,那就可以说理解了一部作品和一颗心灵。这种透彻理解若用明确的文字来表达,就叫做概括特征,这是批评的实际职责和内在实质。他经常将批评目的看成是单纯地抓住作品给予自己的印象,并严格地加以确切说明。

弗·施莱格尔推崇一种"生产性"的批评。这种批评是一种比"创造性批评"——即听由个人主观判断而产生出另一部艺术作品式的"以诗解诗的批评"——更实际、更有益得多的东西,是种鼓动、指导和产生一种新文学的批评。它不是关于一种现存的、已完成的、甚至发掘殆尽的文学的评论,而是一种刚开始成型的文学的工具。批评不能只限于保存和继承传统,它还应该鼓励和开展争论,虽然争论是生产性批评的另一面,但批评上的争论有存在的必要,因为批评的一个功能是否定性的,即排除虚假的东西,为更好的东西腾出地方。

1798年,弗·施莱格尔在《雅典娜神殿》上发表了他的第116篇《断片》,该文中他多次运用"浪漫的"这个术语,并把"浪漫诗"界定为进步的有普遍意义的诗。他认为"浪漫诗"的使命既应当"重新统一诗歌的各种不同体裁,使诗歌跟哲学与修辞发生联系",也应当"把诗歌与散文、天才与批评、艺术诗与自然诗结合起来",而且"浪漫诗仍在变化:确实其真正本质在于它只是不断变化而决不会完成"。"浪漫诗唯一的性质就是不止有一种性质"[23],没有任何文学理论可以详尽阐明浪漫主义的诗。他强调,只有浪漫诗是无限的,正如只有它是自由的一样;因此,浪漫诗的第一条法则就是:诗人的为所欲为,使他们忍受不了任何约束自己的法则。但弗·施莱格尔的观点带有浓厚的宗教色彩,他认为诗歌发展的这种无限性和诗人的自由,使诗歌成为上帝的自我创造、永恒创造的一部分。诗的题材就是通过世俗事物而隐约地暗示较高的、精神世界的光辉,因此诗纯粹地是传达上帝的内在的、永恒的语言,诗的最终目的就是皈依上帝,没入无限。

诗歌中的"浪漫性"是"古典性"无限发展的一种结果,在某种程度上,一切诗歌都是或都应当是"浪漫的"。他在《诗歌漫谈》中认为,席勒是素朴的,莎士比亚则是浪漫的。莎士比亚是想象力的真正中心和核心,并奠定了近代戏剧的浪漫性基础。在他看来,"浪漫的"不是诗的一种体裁,而是一个要素,它可以有直接的或间接的作用,也可以有积极的或消极的影响,但却是诗歌所不可缺少的,因此,一切诗歌都必须是"浪漫的"。可见,弗·施莱格尔没有明确地对"古典的"和"浪漫的"做出本质性界定,可他的这些论述和观点,却包含着对"古典的"和"浪漫的"两者的严格区分。

对"古典的"和"浪漫的"两分法进行系统阐述的是奥古斯特·威廉·施莱格尔。

(2)奥古斯特·威廉·施莱格尔

奥·施莱格尔(A. W. Schlegel)的主要著作有《论美文学和艺术》和《戏剧艺术和文学讲稿》。他的著作主要是对弗·施莱格尔思想的运用和阐发,但是他也有不少自己的创见。奥·施莱格尔的最大贡献在于对"古典的"和"浪漫的"两分法进行了系统的阐述,使"耶拿派"浪漫主义理论得到广泛传播并影响深远。

奥·施莱格尔认为,一件艺术作品具有创造性自然的那种永无穷尽的性质,它是自然的缩印本。伟大的艺术家自身就是宇宙的一面镜子、一个代表。在批评实践中,他经常乞灵于有机体的比喻,认为歌德将一部艺术作品与一棵树进行比较有些不确切。他评论道,如果一部这类的戏剧诗,同更为高级的有机组合体有更多的相似之处,那在这种有机组合体中,有时就连矫正单单一根主干的变形都将危及整体的生命。然而,这种现象是歌德的那种"比附"所解释不了的。奥·施莱格尔将机械的和有机的形式加以鲜明的对比,认为当形式仅仅作为一个脱离其本质的偶然附加物,通过外在影响而被注入一种材料时,这种形式便是机械的。例如,我们赋予一团软性物质一种任意的形状,以便它变硬之后保持原型。而有机的形式则是固有的,它由内向外展开,在萌芽完全发展的同时,它也获得了自身的定性。他说:

> 同样,在美的艺术之中,一切名实相副的形式都是有机的,即由艺术作品的内容所决定。简而言之,形式不外是一个有意义的外表,是事物活灵活现的面貌,只要不为偶然情况的干扰而失去本来面目,它则可

为其隐然的性质作真正的见证。[24]

奥·施莱格尔将艺术作品看成一个有机组织的整体,论述了其个别部分性与整体统一性之间的关系。他强调艺术作品的"统一性和不可分性""整体和部分内在的相互限定性",强调一件真正的艺术作品中一切都与整体相依存这个事实。美的诸部分绝不能拼凑出美的整体;整体必须首先占据绝对的位置,然后个别才能从中衍变而来。

针对有批评家认为十四行诗的形式束缚了诗人的创造,故应该加以反对的观点,奥·施莱格尔反驳道:这些人之所以有这种观点,是因为他们以为写诗是这样一种练习:先以无形式的散文打草稿,然后再将内容硬性地纳入其中。这些人根本不懂得形式是一种工具,是诗人的喉舌,从一首诗的最初构思起,内容与形式就像灵与肉一样是不可分割的。只有理想的文学作品能够做到材料和形式、字面和神理的完全融合,一气贯穿。他认为,荷马诗篇的形式风格和基调色彩,是研究荷马诗篇的关键,因为一首诗的全部内容只能通过形式这个媒介来传播而为人所了解。奥·施莱格尔的这种文学作品完全自足的统一性观点,导致了他对作品独特性的认识,那就是纯正的形式应当作为生气灌注的有机组织的种类来看待,不过,它仍能为个别性提供许多发挥的余地。为此,奥·施莱格尔抛弃了"三一律"原则,而赞成一种深入得多、密切得多、也神秘得多的"统一性",突出的是一种文学的"内形式"。

奥·施莱格尔对文学批评的看法,主要体现在以下四个方面:

一、强调艺术或美的"非功用性"。一首诗从实用的角度来看是一点用处也没有的,如果从效用方面来评判艺术的高低,那是对艺术的贬低;不以有用为目的,才是美的文学和艺术的本质;美在某种意义上是效用性的对立面。

二、无目的的艺术却含有诗性和想象。在一切美的艺术中,除了技巧因素外,在此之上还有一个诗性的部分。也就是说,在这些艺术中可以看出一种想象力的、自由的、创造性的活动。可见,诗性为一切艺术所共有。

三、文学批评必须是一种主动的、内在的心灵活动。美的艺术作用于直接的印象,它必须通过情感来接受和感知,而情感恰恰是评判的对立面。前者表示一种对于对象的被动关系,后者则表示一种主动关系。然而,批评则是一种纯粹的心灵活动,批评或鉴赏意味着:精神自由活动而超越了感官感觉,沉思着它本身对于感觉的失神状态。奥·施莱格尔在探讨艺术、艺术史和艺术理论的关系时,力图把理论从艺术作品中排除出去,以保持所谓批评或鉴赏的绝对自由精神。但是他觉得,艺术史和艺术理论关系十分密切,不可能存在不包括理论的艺术史,没有艺术史,理论便不能存在,因为艺术史只有通过例证来讲授。他还认为,艺术中所有的一切,正由于批评性的思考才变成了艺术史的对象,从而间接地变成了理论的对象。可是,"艺术作品仅仅是客观事物,艺术作品的精神方始构成审美意识的对象和审美意识的表现,这里面纯属精神的自由活动"。[25]在此,他规定了批评和鉴赏的领域。

四、一部艺术作品自成一个整体,而又和其他的艺术作品构成一个艺术系列。在奥·施莱格尔看来,每件艺术作品均应该从其自身角度来考虑,它不必达至登峰造极的境界,只要它在其同类、同范围、其世界内是最高的,它便是完美的。因此,我们可以做这样的解释,即它可以同时是进步的无限环节中的一个环节,而就其本身而言,它又仍然是令人满意的和独立存在的东西。这种有见地的看法,可能影响了艾略特的著名观点即"传统与个人才能"论的形成。奥·施莱格尔还注意到了文学批评的个性化特征。他认为批评家首先是作为一个鉴赏者被一部文学作品所感动和打动的,没有一种纯客观的批评,批评家要通过阅读深入作品之中,要不带成见地去研究这部作品的特点,并尽可能以谈心的方式把这种特点自由地表达出来。如果以"掉书袋"的方式来评论一部作品,那是十分荒谬的。从上可知,虽然奥·施莱格尔的观点带有神秘和唯心的色彩,但难能可贵的是,他赋予了批评以主观创造性,对其后的圣伯夫、法郎士以及王尔德等一批崇尚创造的批评家影响很大。

奥·施莱格尔在《论美文学和艺术》中,完整地阐述和归纳了"古典的"和"浪漫的"的分别,并将这两个对举的概念看成是一个新发现,认为其作用就是允许以不偏不倚的态度同时承认两种对立的文学类型。他认为,"古典的"是强调体裁的纯净性,而"浪漫的"是强调各种诗歌成分的混合;浪漫诗不仅在个别文学作品中而且在整个艺术进程中追求无限,浪漫型艺术就是无限制的前进;古典诗是造型式的和建筑式的,而近代诗(浪漫诗)则是图画式的;浪漫诗无可辩驳地要比古典诗更接近我们的思想感情。

在《戏剧艺术和诗歌讲稿》中,他系统性地阐述了"古典的"和"浪漫的"理论。根据他的观点,全部戏剧史都基于"古典的"与"浪漫的"之对照,后者被视为是渗透一切的,同时又影响着其他各门艺术。他从希腊人的生活和基督教的出现中,发现了浪漫型文学的起源和精神,认为希腊人生活在有限世界的局面之中,他们的宗教就是把自然形式和尘世生活神化,所以希腊人虚构出描绘欢乐的诗歌,希腊人的艺术中形式和内容是统一和谐的。

可是,基督教的出现,使"诗歌变成了表现无限的诗歌","表现占有的诗歌屈从于表现欲望的诗歌","和谐屈从于内在分裂"。因此,"基督教精神所决定的骑士精神、宫廷爱情以及追求荣誉形成了新型文学的内容"。[26]近代人在艺术作品中对形式和内容之间对立的处理,只能接近于无限追求的满足。希腊艺术在其各个独立完美的作品里,显得更朴素、明快和自然,而浪漫型艺术则更接近于宇宙的奥秘。

从上面分析可以发现,奥·施莱格尔对"古典的"和"浪漫的"的论述是从席勒和弗·施莱格尔那里汲取了很多营养成分的。他的理论贡献主要在于,能够将所有的区别联系起来考虑,结合历史和现实情况加以系统地阐发。

三　法国的浪漫主义文论

浪漫主义文学理论在法国得到进一步的发展与推广,其代表人物有斯达尔夫人、司汤达、雨果等人。正是在他们积极的理论研讨与大力倡导之下,浪漫主义文学理论得以在较短的时间内为整个欧洲所了解。

1. 斯达尔夫人

斯达尔夫人(Madame de Staël)[27],法国著名浪漫主义女作家、文学批评家。出身贵族家庭,自幼才思敏捷,15岁开始写作小说、悲剧、散文。1789年法国资产阶级革命爆发时,她曾给予积极的关注,但其后又谴责雅各宾派专政。斯达尔夫人一生虽深受启蒙思想的影响,但始终未摆脱对封建贵族的幻想,且怀有浓厚的宗教情结。

斯达尔夫人的文学理论思想,有力地推动了浪漫主义运动的发展。其代表作有《从文学与社会制度的关系论文学》(简称《论文学》)、《论德国》。

斯达尔夫人在《从文学与社会制度的关系论文学》中,将文学分成南方文学和北方文学两大类。她说:"我觉得存在着两种完全不同的文学,一种来自南方,一种源出北方;前者以荷马为鼻祖,后者以莪相为渊源。希腊人、拉丁人、意大利人、西班牙人和路易十四时代的法兰西人属于我所谓南方文学这一类型。英国作品、德国作品、丹麦和瑞典的某些作品应该列入由苏格兰行吟诗人、冰岛寓言和斯堪的纳维亚诗歌肇始的北方文学。"[28]

在斯达尔夫人看来,南北方文学有着各自不同的特征。南方文学,传达的是停留于生活表层的简单快乐。这种情感因缺乏哲学的沉思和道德的思考显得平常轻松,致使南方文学呈现出浅易欢畅的面貌。北方文学,则是某种具有深邃意味的情感的抒写,此种情感往往伴随着人们对生命、宇宙的思考。

在此基础上,斯达尔夫人进一步揭示出造成南北方文学不同特征的原因。她采用社会学的分析方法,将文学与各种社会因素联系起来加以考察,突出强调了地理环境对文学的影响。她明确提出"气候当然是产生这些差别的主要原因之一"[29]。南方,空气清新,气候宜人,森林茂盛,溪流清澈,人们往往不为环境所苦、为生活所累,在各种轻而易举的满足中享受着自然赋予的种种乐趣,对人世生活不再做深入的思考,逐渐丧失独立的意识而习惯于被奴役。而北方则与之相反,土壤贫瘠,气候阴沉多云,恶劣的生存环境使得人们极易滋生出生命的忧郁感,进而展开对生命的哲学思索,同时也培养出他们坚强的意志和高度的独立性,不能忍受任何奴役。此外,斯达尔夫人还提出,较之南方,基督教更盛行于北方,这就增进了北方民族的道德感,更有益于他们的人性培养。在这些因素的作用下,尤其是在自然地理因素的影响下,南北方民族形成各自不同的民族性格和民族精神,进而使得他们的文学也表现出不同的风貌。

在南北文学之间,斯达尔夫人更倾向于北方文学。她说:"我们不能泛泛地说分别以荷马和我相为最早典范的两种类型诗歌孰优孰劣。我的一切印象、一切见解都使我更偏向北方文学。"[30]斯达尔夫人对文学的这种社会学分析,是对以孟德斯鸠为代表的社会学中的地理学派诸种观点和主张的吸收及运用。科学的文学观并不否认地理环境对文学的形成具有一定的影响力,但认为它绝不是文学类型和风格的主要成因。斯达尔夫人对此的论述,虽具有一定的合理性,但终归缺乏足够的依据。

在《论德国》中,斯达尔夫人谈起了古典诗和浪漫诗,并将二者作为南方文学与北方文学的同义语。她认为古典诗就是古人的诗,浪漫诗就是多少是由骑士传统产生的诗。她将基督教的兴起作为划分两者的分界线,古典诗对应于基督教兴起以前的时代,浪漫诗对应于基督教兴起以后的时代。斯达尔夫人把它们放置于各自的产生年代加以历史地探讨。她发现,在基督教兴起以前的希腊人、罗马人,出于对世界的朴素的意识,认为人与自然是合一的,为此他们很少思考,思维简单而直接。相应地,在文学上就表现出单纯明朗的特征,偏重于通过前后一贯的完整的形象去传达事件本身。而现代人由于在上帝面前的忏悔和自省,内心已经千差万别,各种思想、情感纷繁错综,所以,浪漫诗表现出复杂多变的特征,侧重于表现人物强烈多样的性格。

斯达尔夫人对文学所做的这种历史的考察,是对当时新古典主义文论的有力反拨。她曾一针见血地指出:在现代人中间,古人的文学是一种移植的文学,而浪漫的或者骑士风格的文学则是属于现代人土生土长的文学,是在现代人的宗教和现代人的一切社会情况的基础上产生出来的文学。如果现代人一味模仿古人的创作,只能将文学推向死亡的边缘。如果现代人今天的文学,必须像古人的艺术那样单纯,那么现代人不但不能获得作为古人特色的那种原始的力量,还会失去现代人的心所能感受的亲切而复杂的情感。因此,真正的文学必然立足于现实的历史。那种完全脱离现实,只知道一味拟古的文学,必将走向僵化,为历史所淘汰。与现实密切联系的浪漫主义的文学,才是唯一有可能充实完美的文学,因为它生根于现代人自己的土壤,是唯一可以生长和不断更新的文学。[31]

关于诗歌的本质及其特征问题,斯达尔夫人提出诗是诗人情感的自由表达的见解。她认为这种情感,根源于人的内在灵魂。客观世界只是作为情感表现的象征而存在。她说:

> 只有人心,它的内部活动,是唯一可以引起惊讶的东西,唯一能激起强烈感受的东西。[32]

这充分表明了她的文学观的哲学立场。在斯达尔夫人眼里,这种情感必须是诗人的亲身感受,是诗人对世界的独特体验,具有强烈的个体色彩和独创色彩。但它决不是个人感性冲动的盲目发泄,而是在信仰、思考、道德等因素共同作用下激发出的一种高贵的情感。正是通过它,人们获得情感的净化、思想的进步、品德的提升,并增强了人们追求理想的信念与信心。

斯达尔夫人将诗歌视为"天才"的事业。认为诗的"天才"是一种内在的气质,"须通过强烈的感情才能感觉到,而天才便以这种感情渗入一个被赋予天才的人"[33]。在这里,情感不仅是诗歌表现的内容,也是促进诗歌产生的动力,正是有了情感,诗歌才能活起来。为此,斯达尔夫人对抒情诗推崇备至。认为抒情诗是情感的神化,超越了时空的有限,直抵生命的无限与永恒。

斯达尔夫人对诗的论述,与她对诗歌情感的理解密不可分。但是,最终她还是将这种情感引至宗教的方向,认为诗的情感是人们在内心中感到神的存在的宗教感情。这就使她对文学的认识带有了浓厚的宗教神秘色彩。

斯达尔夫人的文学观,尽管存在着唯心论与宗教神秘论的缺陷,但确实为促进浪漫主义文学的发展做出了重大的贡献。尤其是她在文学的分析中大量使用了比较的方法,如对南方文学和北方文学、古典诗和浪漫诗的辨析,这极大地推动了文学新的比较研究方法的出现。而她对文学与社会诸因素的关系分析,特别是文学与地理环境、与民族精神等关系的讨论,为后来的文学社会学研究提供了较多的启发和理论思路。

2. 司汤达

司汤达(Stendhal)[34]早年是一个古典主义者,其小说创作如《红与黑》和文学主张,都偏重于对主人公性格和心理的刻画。后来,他崇拜拿破仑而成为自由党人,推崇浪漫主义。他在自己的主要文学理论著作《拉辛与莎士比亚》中,抨击和反对"三一律",并对浪漫主义进行了精确的界定,极力提倡浪漫主义的创作原则。司汤达的文学理论有一个很大的特色,即经常结合现实主义来谈论浪漫主义。

司汤达认为,文学艺术作品之所以美,乃是因为它给人以愉快。他从快感方面来鉴别和评价文学艺术作品的高下和艺术家的功绩。他说:"不管我们是谁,是国王或是牧羊人,是在宝座上或是在茅棚里,我们都永远有理由去感受,并从愉快中寻求美。"而且,他从未在作品中放弃理想的表现,一直为作品中理想化手法进行必要的辩护。在作品人物处理方面,他认为必须采用使人物变得更像原型人物的那种理想化,女主角尤其需要这种艺术处理,必须使读者看到一位经过他的理想化之后而愈加显得可爱的女性。可见,在他心目中,理想意味着想象或夸张,因此,他才说"一件艺术品永远是一个美的谎言罢了"[35]。

他认为,浪漫主义艺术就是"给人民提供从他们习俗信仰来看能够给人以最大愉快的文学作品的艺术"。而"相反的,古典主义所提供的则是曾经给予他们的祖辈以最大愉快的文学作品"[36]。在此,"浪漫的"是指称同时代的和近代的。他呼吁文学的近代性,并从时代性的美学要求来论述浪漫主义的合法性。他特别注意作家对现实的主观感受以及把这种感受表达出来的能力。依照他的观点,浪漫主义的首要任务不在于抒发感情、发挥想象,而在于不去背离当前的现实,不违反时代的真实。这种见解源于意大利浪漫主义的影响。

司汤达认为,莎士比亚和拉辛之间的争论,也就是创造新的文学和模仿旧的文学之间的争论与斗争。浪漫主义属于新的创造的文学,而且一切伟大的作家都曾是浪漫主义者,他们的作品反映着时代和民族意识,富于创造性;而古典主义者则不模仿自然,不顾及现实的变化,一味地去抄袭死去了的伟大作家。在司汤达看来,浪漫主义与时代现实是同步的、合拍的,因此,他反对"三一律",并提出改用民族体裁、以散文语体来撰写剧本的主张。在他眼里,莎士比亚是最杰出的伟大作家,但他也指出,作家不应机械地模仿和抄袭莎士比亚,而要效法他的艺术和描绘技法。

浪漫主义者都会论及"天才"和"想象"之间的关系问题。司汤达由于在创作实践上比较侧重客观现实,能站在现实主义的高度来观察一切,因此,他论及"天才"时并不必然联系作家独特的个人与个性,而是认为"天才"永远存在于人民中间,就像火蕴藏在燧石里一样,只要具备了条件,这种死的石头就能发出火花来。他在此强调了现实时代因素和社会条件对"天才"的孕育和塑造功能。

总之,司汤达在文学创作实践和自己的论文中有很多精微的浪漫主义思想。同时,在一定程度上也预示了现实主义文学理论的产生。

3. 雨果

在法国,进一步传播浪漫主义思想并将其推向前进的是维克多·雨果。

维克多·雨果(V. M. Hugo)是法国大作家、浪漫主义运动的领军人物。他的文学理论思想,主要体现在《〈克伦威尔〉序》和《莎士比亚论》之中。雨果的"感情表现"说、"诗的三阶段"说、"美丑对照并存"说以及"类型"说等理论,在西方文学理论史上都产生过较大的影响。

雨果的浪漫主义文学思想,受到斯达尔夫人、司汤达和施莱格尔兄弟的影响。雨果作为浪漫主义者,更多的是强调诗是感情的表现。在回答"真正的诗人是怎样的"这一问题时,他说:"诗人乃是这样一种人,具有强烈的感情,并运用比一般更有表现力的语言,来传达这种感情。""除了感情外,诗几乎就不存在了"。诗人这种强烈的感情,是和进步理想联系在一起的,因为"为艺术而艺术或许美,但为进步而艺术才更美。"[37]从进步性这个角度来考察,浪漫主义的真正定义不过是文学上的自由主义而已。但在雨果看来,浪漫主义使艺术的自由和描写对象都得到大大的扩展。因此,抒发人民的感情,反映人民的进步理想和对自由的向往,乃是浪漫主义诗歌和文学创作的重要目的。

《〈克伦威尔〉序》是雨果早期文学理论见解最为充分的表述,可谓是法国浪漫主义的宣言。他在这篇序言里,提出了近代创作的内容、方法和目的,并且认为一个新的社会已经出现,新的诗学也正在开始成长起来。时代的发展要求文学创作必须拓展视野,扩大表现范围,要全面地反映自然,显示事物中"崇高文雅"与"丑怪粗野"的对比和对照,古典主义者只着力于前者而忽略排斥后者。其实,正是后者有助于丰富想象,推动创作,促使崭新的浪漫主义文学的发展。

他强调,诗歌在人类社会的"三个发展阶段"都有其独具的表现和特征。第一阶段的诗是抒情短诗,它属于原始时期,这时的诗人表现的是上帝、心灵和创造,这种三位一体的思想,孕育万象,其代表作是《圣经·创世记》。第二阶段则是产生于古代的诗,该时期的诗歌,已经由抒发思想过渡到描写事物;战争、人们和城邦国家等,成为主要描写对象;它是史诗性的,荷马是代表。第三阶段是近代诗歌,近代诗人感觉到万事万物并不都是美的,而是一种复合物:"丑就在美的旁边,畸形靠近着优美,粗俗藏在崇高的背后,恶与善并存,黑暗与光明相共。"近代诗的观念发生了惊人的变化,它"着眼于既可笑又可怕的事件上"。近代诗人在其创作中,"把阴影掺入光明,把粗俗结合崇高而又不使它们相混",这就跨出了决定性的一大步,甚至有可能将改变整个精神世界的面貌。雨果因此得出结论说:"基督教把诗引到真理",导致诗产生新的类型,并"在艺术中发展出一种新形式。这种新类型就是'滑稽',这种新形式就是喜剧。"他对这"三个阶段"的诗的特征,做了发人深省的归纳:原始诗歌"靠理想而生活",古代史诗"借雄伟而存在",近代的戏剧"以真实来维持"。[38]这"三个阶段"的诗歌都有自己的源泉,这就是《圣经》、荷马和莎士比亚。而作为近代诗的最高形式——戏剧,应该是以莎士比亚为顶点,融合了滑稽丑怪和崇高优美、可怕和可笑、悲剧和喜剧。

雨果还指出了"古典的"和"浪漫的"区分,"滑稽丑怪"和"崭新惊奇"在艺术中的重要地位。他强调近代和古代的"差别",强调须把近代艺术和古代艺术、现存形式和死亡形式区分开来,或者用比较含糊但流行的话来说,把"浪漫主义的"文学和"古典主义的"文学区分开来。

雨果通过"滑稽丑怪"在近代诗中的运用和发展,描绘和阐释了浪漫主义兴起的缘由和情状:"它诞生之时,贯穿在垂死的拉丁文学之中,……然后,它就散布在那些改造欧洲的新兴民族的想象里。它充满在那些故事作者、历史家和小说家的想象里。"[39]在他看来,在近代文学中,"滑稽丑怪"要比"崇高优美"更占优势,并就此他进一步论辩了美与丑之间的区分和统一。美不过是一种形式,表现在它的最简单的关系、最严整的对称、与人的结构最为亲近的和谐里,因此,它给予人的是一个完全的但却和人一样拘谨的整体。而"丑怪"与它正相反,是一个不为人所了解的庞然巨大、整体的具体部分,与万物协调,但与人却不相和谐,因而,它经常不断呈现出崭新的却不完整的面貌。据此,雨果认为,艺术领域和自然界不同,尤其是在浪漫主义时代里,一切都表现为"滑稽丑怪"和"崇高优美"之间的紧密的创造性结合,故我们应重新审视和重估"丑怪"和"崭新"所表现出来的艺术真实。它们在浪漫主义艺术中理应占有重要的一席之地。

在19世纪中叶,对"怪诞"如此重视是罕见和新颖的观点。这也符合雨果全面地再造现实、统一对立面、调和矛盾事物的文学理念。在此基础上,他对艺术真实及艺术美进行了阐释,"一样东西做得好,一样东西做得坏;这就是艺术上的美与丑"。"一桩丑的、可怖的、骇人听闻的事情,假借真实和诗境之力搬到艺术王国之后,就变成了美的、令人赞叹的、崇高的,而其丑怪性又不失毫厘;相反,世界上最美的东西要是被不真实地井井有条地安排在一个人工的制作之中,就将是荒唐的、滑稽的、四不像的、丑的"。[40]可见,雨果的浪漫主义文学理论,进一步拓宽了诗歌、戏剧和小说的题材和表现领域,并用新鲜的与过时的、现实的与教条的作为标准,来区分浪漫主义和古典主义,具有一定的现代审美品质。

雨果的《莎士比亚论》,主要是他的浪漫主义文学理论在批评实践中的体现和具体运用。他结合莎士比亚的戏剧作品来论证浪漫主义的美丑对照、善恶结合、雅俗并存以及创造性想象等原则;浪漫主义的创新与想象并不回避丑怪、粗俗等因素,进一步建构和深化了浪漫主义文论。他对莎士比亚的剧作具有深刻的洞见,认为莎士比亚作品中那镜照般的场面、对应性情节安排的手法以及人物美丑的对偶、对照,表现了事物永恒的双面像,是其着力于创造的一种突出表现。莎士比亚的作品思想丰富,形象丰满,用具有创造性的想象来虚构种种艺术图景,表现人世万象。莎士比亚是一个三位一体的诗人和艺术家,既是伟大的历史家和哲学家,也是伟大的画家,因此,他的作品具有既观察深入又想象丰富的特征。总之,雨果认为诗和艺术中的想象、创新,决定于全面地考察现实中无限的对偶、对比、对照,相反事物并不互相排斥,作家愈是深入生活,怪诞、惊奇就愈是一种正常现象。在这方面,莎士比亚创作的天才表现得最为杰出。

雨果还认识到,艺术上出现的这些原则都是崭新的,是古代从未有过的。他明确提出了同新古典主义战斗的口号,并描绘了浪漫主义的理想。他认为,那些自称为古典主义的作家,已经偏离了艺术在本质上要求创新而不是对前人亦步亦趋而发展的真与美之路。这些作家把艺术的旧法当作永恒的原则,把车辙当作前进的道路,这实是一个大谬误。他批评了统治法国文学的"三一律"准则,张扬思想解放和艺术自由,认为"文学批评家不应该根据自然和艺术相违反的规则和类型,而应该依据艺术创作的永恒不变的原则和作家个人气质的特殊规律"[41]来评判作品作家。他这种摈弃规则和消除"体裁纯净说"和"风格等级说"的陈旧界限的视点,是使近代文学得以发展的一个积极推动力。

雨果的"神话说"诗歌观念,也有值得注意的地方,它预示着后来的精神分析学家如荣格将文学视为"原型"产物的观念的诞生。雨果将"诸类型"和"众亚当"与单纯的"共相"做了区分,认为"类型"不去再造任何个别的人,它对整个一路人物的性格和思想感情加以概括,而集中体现于一个人的形态上。唐璜和夏洛克是首例,阿巴公、伊阿古、阿喀琉斯、普罗米修斯、哈姆雷特等,都是"类型"人物。所以,"类型"是"一种教训:它是人,是个长着一张善于变形而打量着你的人面的神话人物,是个敲边鼓提醒你的隐射故事;是个大喝一声'当心!'的记号,是个有神经、肌肉、活力的思想。"[42]雨果关于"类型"的理论,对后代文学批评家和理论家有较多启发。

四 英国的浪漫主义文论

浪漫主义文学理论和文学实践在英国得到更充分的展示和发展。华兹华斯、柯勒律治和雪莱,对浪漫主义文学理论及其创作都做出过很大贡献。他们都强调诗歌的想象和幻想、天才和情感,都看重诗歌的象征作用以扩大诗歌的表现领域,都要求开辟诗歌的新意境和新源泉。借此,英国的浪漫主义文学运动在世界范围内产生了重大影响。

1. 华兹华斯

华兹华斯(William Wordsworth)是英国第一个浪漫主义大诗人。他的作品影响极大,他的文学理论也使诗人的情感成为理论批评指向的中心,因此,标志着英国文学理论上的一个转折。但是,因为他早年先后受到过启蒙主义和感伤主义思想的影响,所以,他比当时的任何重要人物都更深地沉浸在 18 世纪思想的某些潮流之中。华兹华斯的诗论中,融会了 18 世纪关于语言的情感起源的研究、关于原始诗歌的本质和价值的流行观点,以及朗吉努斯关于崇高的主张一个世纪以来的发展结果。继而,他又以这一混合物取代了各种新古典主义文学理论。华兹华斯对浪漫主义诗歌的研究,大部分包括在他和柯勒律治共同出版的《抒情歌谣集》的几篇"序言"中。

在华兹华斯的诗论中,情感是最为核心的命题。他反复地说:"诗都是强烈情感的自然流露","情感给予动作和情节以重要性,而不是动作和情节给予情感以重要性"。[43]因此他认为,以情感为区别特征的诗歌,它的对立面不是散文,而是非情感性的事实断想,或称"科学"。这种区别,建立在表现与描写或情感性语言与认知性语言之间的差异上。他认为不但诗歌的本质,而且诗歌最重要的目的也是情感。

华兹华斯根据他对诗歌本质和目的的这一界定,还论述了诗歌的创作者,即诗人。他认为,诗人以一个人的身份向众多的人讲话,生就的诗人与一般人的不同之处,就在于他具有与生俱来的强烈情感,比一般人具有更加敏锐的感受性,更多的热忱和温情,更能了解人的本性,有更开阔的灵魂。诗人喜欢自己的热情和意志,一种内在的活力使他比别人更快乐。诗人还有一种气质,使他能够被不在眼前的事物所感动,仿佛这些事物都在他面前似的。

然而,有一点需要注意的是,华兹华斯对情感有自己特殊的规定。他认为,诗:

> 起源于在平静中回忆起来的情感。诗人沉思这种情感直到一种反应使平静逐渐消逝,就有一种与诗人所沉思的情感相似的情感逐渐发生,确实存在于诗人的心中。[44]

这就是说,创作过程中的情感并不是诗人原始的情感,而是在回忆中生发出来的情感,诗歌中的情感已经经过了理性思考的沉淀。在《抒情歌谣集》1815年版的"序言"中,华兹华斯还论述到诗人应具备的"六种能力",其中的沉思和判断能力,都是自觉理性的。这表明华兹华斯并非绝对的情感主义者。

由"诗是强烈情感的自然流露"这一定义,华兹华斯导出了权衡诗歌价值的重要标准,那就是"自然"。他所说的"自然"有三重含义:自然是人性的最小公分母;它最可信地表现在"按照自然"生活(也就是说,处于原始的文化环境,尤其是乡野环境中)的人身上;它主要包括质朴的思想情感以及用语言表达情感时那种自然的、"不做作的"方式。

在为诗歌词汇确立标准时,华兹华斯充分利用了自然与艺术之间由来已久的对照。一切艺术——指那些故意舞弄文字以适合情感以及滥用修辞手法来装饰文辞的艺术——其功用都只能是败坏它所说的"真正的"诗歌。诗歌的根本就在于它的语言必须是诗人心境的自然真挚的表现,决不允许造作和虚伪。

华兹华斯极力主张要以"人们真正使用的语言",尤其是乡村人的语言来写诗,以取代浮华、雕琢的"诗的辞藻"(poetic dictions)。《抒情歌谣集》在英国文学史上第一次带来了人民的语言和声音,而在此前的古典主义时期,文学上泛滥着模仿古希腊古罗马的风气。由此可见,华兹华斯的诗歌理论不啻为诗歌的一次革命。这里所说的"诗的辞藻",是指那些不常用于平民口语中的词句和修辞方法,诸如拟人化、委婉用语、拉丁语、形容词的重复使用和倒装句式等。当时的人都相信,唯有采用这些"辞藻"与特定的体裁相配合,才能保持文学风格的纯正典雅,同时,他们对日常的普通人的语言大都抱着鄙视的态度。华兹华斯却指出:除了韵律之外,散文的语言与韵文的语言并没有也不可能有任何本质的区别。

所谓"人们真正使用的语言",其"真正"的含义,在华兹华斯那里有些模棱两可,但还是大体可以看出,他主要关心的不是散文语言中的单个语词或语法结构,而是对真实表达人们真情实感的日常用语的追求。"真实"在此成为诗歌语言的规范。"真实"在很大程度上可与"自然"一词换用,它具有以下几个属性:一、自然语言是整个人类的语言。二、现在散文中最好的例子是生活在自然中的人们对于本源情感"纯朴的、毫不文饰的表达"。三、自然的语言是与"艺术"的特征互相对立的。

可见,"真实"和"自然"被华兹华斯视为诗歌语言的规范和原则。他在提出"自然"原则的同时,又给出了一定的限制。他一方面主张以乡村人的口头语直接入诗,另一方面又主张对这些语言要有所筛选,剔除其中可能引起不快或反感的因素,使诗歌避免日常生活的庸俗和鄙陋。这一观点成为"自然"原则的限制条件,亦即要"给人以愉快"。

在华兹华斯看来,诗歌的语言和题材是密不可分的,题材是与语言紧密相关的另一个重要问题。他认为,"只要诗人把题材选得很恰当,在适当的时候他自然就会有热情,而由热情产生的语言,只要选择得很正确和恰当,也必定很高贵而且丰富多彩"。[45]

华兹华斯认为,只有平凡的日常生活,尤其是远离都市文明的田园生活,才是创作的合适题材。因为在这种生活里,人们所受的拘束较少,情感更加质朴真诚,而由这种情感生出来的语言则是单纯不造作的。所以,在华兹华斯的理论中,下等人的"基本热情"和"未经夸张的表现方法",不仅被用作诗歌题材,也被视为诗人在创作过程中自身情感"自然流露"的榜样。

华兹华斯所关注的另外一个问题是"想象"。为了使读者感到愉快这一目的,运用想象,把中下层人们的语言"稍加改动",是诗人必须要做的。

在1815年"序言"中，华兹华斯对威廉·泰勒关于"想象"与"幻想"的界说作了纠正。按照泰勒的意见，"想象"是一种描绘的能力，一种复制感官印象的能力，由观察而得来；"幻想"则是一种唤起和结合的能力，一种按照人的意愿重新组合意象的能力，由心灵的自由活动而来。在华兹华斯看来，泰勒完全把幻想与想象的涵义弄颠倒了。他指出，"想象"不仅仅是一种回忆，也不仅仅是一种描绘不在眼前的事物的能力，它是一个更加重要的字眼，意味着心灵在那些外在事物上的活动，以及被某些特定的规律所制约的创作过程或写作过程。

华兹华斯论述诗人写诗所要具备的"六种能力"，实际上是在探讨文学创造的过程，其中心就是"想象"。他将"想象"的创造性作为浪漫主义诗论的核心，并将它与"幻想"作了辨析。"想象"和"幻想"所取得的在与对象的"相似"这一点上，是不一样的。"想象"在创造诗中的意象时，具有赋予、抽出和修改三种力量。不仅如此，"想象"里还能"造型和创造"，"把众多和为单一"，"把单一化为众多"。至于"幻想"所赋予的"相似"，则限于外形、轮廓以及偶然突出的特性，诗人感到惊奇有趣；"幻想"乃是"激发和诱导我们天性的暂时部分"，而且作用短暂，也不稳定。"想象"所给予的"相似"，应"更多地在于神情和影响"，揭示天生的、内在的特性；"想象"乃是激发和支持我们天性的永久部分，影响极其深远。[46]

2. 柯勒律治

柯勒律治（S. T. Coleridge）是与华兹华斯同时代的浪漫主义诗人与批评家。他青年时代虽然也受到法国大革命的影响，曾有过激进的思想，但在德国学习了康德哲学和大量阅读了施莱格尔兄弟的著作后，思想日趋神秘。他曾经与华兹华斯共同出版《抒情歌谣集》。他主要的批评和理论著作有《文学生涯》《莎士比亚论集》《批评杂文集》《方法论》等。

柯勒律治的哲学理论植根于所谓创造性心灵的构成和活动之中，他的文学批评理论也是如此。诗人的心灵是如何于自然的前提下修饰并改变感知材料的，这个问题在柯勒律治同辈人中，数他关心得最多。为了解决这个问题，他将"想象说"作为自己批评理论的支柱。

柯勒律治和华兹华斯一样，强调必须把"想象"跟"幻想"区分开来，但是，柯勒律治更注意将"幻想""想象"和"联想"加以对比。"幻想活动的对象只限于固定不变的东西。事实上，幻想只不过是从时间与空间世界里解放出来的一种回忆，再加上意志这个经验现象——也就是我们所谓选择的掺杂和修改。但是正同普通的记忆一样,幻想只能通过联想的法则,取得现成的素材。"想象则要"溶化,分散,消耗,为的是要重新创造;如果这个历程走不通,它至少也要努力把对象理想化和统一化。它的本质是活泼泼的,与一切物体(作为物体来说)是固定的、死的,有所不同"。[47]

据此,柯勒律治区分和评价了两种类型的诗:一种来源于感觉细节和记忆中的意象,它的产生只牵涉到低级的"幻想"能力,"知识"和经验的"选择"。因此,它是"才能"的作品,其级别较低。另一类更出色的诗则是有机的。它来源于有生命的"观念",它的产生涉及到更高级的"想象"能力、"理性"和"意志",因此是"天才"的作品。

有一点引人注目,那就是在讨论"想象"问题时,柯勒律治常常采用有生命的、生长的东西作比方。柯勒律治关于想象的隐喻,同他关于心灵的最高活动方式的隐喻相一致。

当柯勒律治在谈到如何建立对"最高意义上的"诗的评估标准时,他的批评使诗人的心灵和力量成为审美参照的焦点。他把一个重要的批评概念引进了英国批评,这就是以诗的容量大小来衡量其优劣——以一首诗中各种相反的或是不协调的品质能否共存作为衡量标准,看它们是否能够被想象的那种综合性力量融合为一个整体。对于不一致的或对立的审美特性加以想象的综合,并以此替代华兹华斯的"自然"而作为诗歌最高价值的批评标准。

众所周知,新古典主义文论家常常以各个极端的对立物之间的一种平均的或比例适当的组合来描述审美规范。这些对立物在柯勒律治的批评著作中也能找到,它们在诗歌中转变成了"主体——对立——综合"这一新的三合一的律动模式。这一模式就是柯勒律治的所谓"想象综合"的实质。最杰出的诗歌调和了许多对立因素,其中也包括自然和艺术之间的各种对立因素,它往往把自然和人工相互渗透、相互融和,却又始终使艺术隶属于自然。

柯勒律治的演讲《论诗或艺术》(1818)是以谢林的身心平行的形而上学理论为其基础的。它认为各种自然实体是具有双重意义的存在方式,即它同时也是心灵中的观念。这种世界观显然传达出浪漫主义的论题,即艺术是客观事物与主观世界结合而成的产物。

柯勒律治对"自然"一词有自己的独到见解,他没有像华兹华斯那样将"自然"与"艺术"截然对立起来。他认为所谓伟大的诗篇是"自然的",是指它包含部分与整体、手段与目的适配,能够有选择地使用诗歌特有的规约,而这些才是一种艺术的决定性特征。

  他把诗歌明确视为一种有意识的创作,而不是情感的自然流露。他也曾引用"情绪"一词,但那是从属于有意识的目标的,"是由每个部分传出最大量的直接的乐趣,并与整体的最大量的乐趣相适合"[48]的。"韵律"也并不像华兹华斯以及众多早期文学理论家所认为的那样,仅仅是诗句本身以外的魅力。这是因为在一个和谐的或有条不紊的整体中,任何一部分的改动势必会牵动其他。柯勒律治的观点与华兹华斯截然相反。他公然宣称"韵律"是诗歌的基本属性。不过这是就具体的"一首诗"而言的,"韵律"是一个中介,想象的综合活动从这种不自然的中介里表现出来,并且这个表现过程既是自发的又是故意的,既是自然的又是人为的。"韵律"成为对立因素之间的冲突和调节的产物,这种冲突和调节就是"想象"。

  柯勒律治认为,除了探究有韵律的具体的诗之外,还必须寻求"总体诗"的意义,它是各种心灵能力的充分调动,即是创造性心灵的最高成就,这些成就只在极少数具体作品的段落中闪现。柯勒律治不赞同华兹华斯的这一观点:即将一般的诗的恰当词汇,完全包含在人们在自然情感影响下进行自然会话的语言之中,尤其是微贱的乡村生活里的语言中。为此,柯勒律治进行了详细而令人信服的辩驳。他认为,乡村生活的特殊条件只会导致粗糙和狭窄,而不会导致优美的情感和语言。自然性的法则是用于日常的、富于情感色彩的语言,却未必能裁夺"总体诗"。因此,柯勒律治避开作品转而检视诗人,抛开以理性目的为根据的定义,转而采用以创作过程中各种心灵能力的结合和发挥作用为基础的定义。

  在寻求"总体诗"的意义的基础上,柯勒律治是继席勒和施莱格尔兄弟之后,扩大了诗的涵义,主张一切艺术以至人类的活动都可以称之为诗的文论家。当然,这种看法可以溯源和联想到古希腊以"一切制作"为"诗"的观点。柯勒律治区分了广义的诗(poesy)与狭义的诗(poetry),前者泛指全部艺术,后者专指以语言为媒介的创作。

  总之,柯勒律治认为,诗歌确实是自然情感的产物,但是这种情感会因为崇尚秩序的冲动而产生一种创造性的张力,因而激发起具有同化作用的想象力,并且自动组织成为一种平常的中介体,其中部分与整体既相互协调,也共同服从于引发快感的目的。柯勒律治所诉求的并不是从质朴的自然到新古典主义空洞理论形式的成规汇编。在诗人的实践中,虽然语法、逻辑和心理学的原则是适用的,但是,对这些原则的了解必须通过习惯而使之本能化。诗人应知晓一切,但不是依附对他人的观察,而应是依靠自身的想象力,因而是"直觉的"。柯勒律治取消了规则来自外部的概念,代之以想象过程的内在法则的概念。

3. 雪莱

诗人雪莱(P. B. Shelley)被恩格斯称为"天才的预言家"[49]。他出身于富裕的家庭,但读他的作品的"几乎全是下层等级的人","没有一个'体面的'人敢把雪莱的著作摆在自己的桌子上,如果他不想声誉扫地的话"[50]。这反映了雪莱的文学和美学倾向。雪莱爱好自然科学和哲学,崇信柏拉图的客观唯心主义和卢梭的"返于自然"说。他先后翻译柏拉图的《会饮篇》和《伊安篇》,并受其很大的影响。

在雪莱生活的时代,英国的社会正处在一个复杂的时期,社会不稳,人心不齐,科学主义开始抬头,科学和诗的矛盾也日渐尖锐起来。不少人认为诗歌的神话时代已经结束,自然和情感在科学的巨大压力下节节败退,当时有人认为诗并不是自然,而是魔术,是一种虚伪的理念。托马斯·皮柯尔就是一个代表。他是英国当时的小说家和诗人,1820年发表《诗的四个时期》,从极端的激进主义出发,批评湖畔派诗人的理论。他对浪漫主义诗人的批评,虽然几乎都是出自个人的偏见,但是表现了科学与诗的关系,确实揭露了浪漫主义诗人思想的局限性。

皮柯尔的言论激怒了雪莱,第二年他发表著名的文学论文《为诗辩护》,这也是他最主要的理论著作。

针对皮柯尔的批评,雪莱首先考察了诗歌的功用问题。对于雪莱来说,诗歌始终是与快感形影不离的。然而快感却有两种:一种是持久的、普遍的、永恒的快感;另一种是暂时的、特殊的快感。在雪莱看来,一切提倡实际功利的人所追求的快感都只是后一种快感,唯有诗歌才具有真正的功用,产生持久而普遍的快感。一个机械师固然能够使劳动减轻,一个经济学家也能够使劳动互相配合,但只有诗人才能丰富人的精神世界,为人类提供最高意义的快乐。而只有"产生和保证这种最高意义的快乐,才是真正的功用"。所以,功用对于科学和诗歌是不一样的,对诗歌来说,"功用这个字也可以有一种较狭的意义,它只限于表示:排除我们兽性的欲望的烦扰,使人处于安全的生活环境中,驱散粗野的迷信之幻想,使人与人之间有某种程度的互相容忍而又适合于个人利益的动机"[51]。

在雪莱看来,诗歌的繁荣总是与该时代的道德上和知识上的巨大成就有密切的联系,而诗歌的衰落也总是同时伴随着社会生活的堕落。然而,社会风俗的腐败却不能归咎于诗歌。

然而,强调诗歌与社会道德的联系,并不意味着诗歌应强加给人们一种道德的训教。雪莱认为,凡是指责诗歌不道德的议论,都是由于误解了诗歌用来改进人类道德的方法。诗歌不应是单纯的道德说教,也不应以表达对一时一地的是非观念为己任。说到底,诗歌的根本目的,在于"唤醒人心并且扩大人心的领域,使它成为能容纳许多未被理解的思想结构的渊薮"[52],从而在促进人类社会和精神生活不断更新方面发挥不可替代的作用。这样,雪莱的文学功用观,就远远超出了文艺复兴时期批评家所指的传统的"寓教于乐"说,而具有了新的时代特征。

雪莱对诗人的使命评价很高,正如他在《为诗辩护》的结尾处写道:

> 在一个伟大民族觉醒起来为实现思想上或制度上的有益改革而奋斗当中,诗人就是一个最可靠的先驱、伙伴和追随者。[53]

雪莱的《为诗辩护》,直接或间接地吸取了柏拉图的美学思想。他将诗歌的概念无限扩大化了。在他的描述中,诗歌几乎无所不包,诗人也变得无所不知、无所不能。诗的概念的无限扩张,乃是诗人作为创作主体的自我扩张的表现形式之一。然而,把诗歌与人类的其他活动混为一谈,显然不可能对诗歌艺术做出深刻的理解,更无助于确立一种有价值的文学理论。但如果说柏拉图的"理念说"时常导致雪莱对诗歌的特性失去把握的话,那么,它也在另一个方面帮助了雪莱,使他免于陷入情感主义的自我表现的泥淖,对诗歌的使命有了更深刻的理解。雪莱说过:诗人是一只夜莺,栖息在黑暗中,用美妙的歌喉唱歌来慰藉自己的寂寞。这似乎认可了诗歌只是一种内心自白、孤芳自赏的说法。雪莱在《为诗辩护》中又反复重申,诗歌的神圣性就在于它撕去这世界的陈腐的面目,而露出赤裸的、酣睡的美——这种美是世间种种形象的精神,诗是生活的惟妙惟肖的表象,表现了生活的永恒真实。因此,诗歌不能仅仅被理解为诗人自我情感的一种流露或宣泄,而应该具有高度的概括性和真理性,帮助人们认识生活的本质。由此可见,雪莱的诗论,在一定意义上是对柏拉图思想所作的"创造性的曲解"。

雪莱对诗歌的创作有自己独到的认识,像许多浪漫主义批评家一样,他强调诗人的感受力、想象力和灵感在创作活动中的重要作用,尽管他对这些问题的论述远不是一个逻辑严密的理论体系。在《为诗辩护》的开篇,雪莱讨论了"想象"与"推理"的区别,他热情推崇"想象"而贬低"推理",并在一般意义上把诗歌界定为"想象的表现"。他认为"想象"是一种综合,注重事物的相同;"推理"则是一种分析,注重事物的相异。雪莱有时也将"想象"作为实现道德进步的伟大工具,认为要做一个至善的人,必须有深刻而周密的想象力。但这样一来,作为审美极致的想象便与道德品质混为一谈了。

雪莱还以埃奥利亚的竖琴作为比喻,描述了诗歌的产生过程:一连串外来和内在的印象掠过人的心灵,宛如阵阵不断变化的风吹动琴弦,同时人又凭借一种内在的协调,使被感发的声音与感发他的印象相适应。换言之,诗歌是感官印象与诗人内在活力交互作用的产物。

在雪莱看来,诗歌的创作过程有一种被动的性质,完全不受诗人的自觉意识或意志的控制。他说:

> 在创作时,人们的心境宛若一团行将熄灭的炭火,有些不可见的势力,像变化无常的风,煽起它一瞬间的光焰;这种势力是内发的,有如花朵的颜色随着花开花谢而逐渐褪落,逐渐变化,并且我们天赋的感觉能力也不能预测它的来去。[54]

这就是说,好诗并不出自刻苦钻研和细心推敲,诗人所要做的只是留心观察灵感袭来的瞬间,把这稍纵即逝的美好幻象捕捉到手。在雪莱的描述中,诗歌不受心灵的主动能力的支配,最美好的诗歌是不可传达的,它仅仅是一种心境,一种灵感袭来的幻象。因为当创作开始时,灵感已在衰退了,因此,流传世间的最灿烂的诗也恐怕不过是诗人原来构想的一个微弱的影子而已。虽然雪莱把诗歌的传达视为创作灵感的一种退化,但他自己却采用一个优美的比喻,描述了灵感转化为诗的过程:诗"捉住了那些飘入人生阴影中的一瞬即逝的幻象,用文字或者用形象把它们装饰起来,然后送它们到人间去,同时把此类快乐的喜讯带给同它们的姊妹们在一起留守的人们"。[55]

雪莱是在一个实用科学日益兴起的时代,针对功利主义的挑战,颂扬当代诗歌的成就和捍卫诗歌的人文价值的人,因此,即使雪莱的诗论有显得夸大其词、有失严谨的一面,但至今仍未失去它一定的理论意义。

注 释

[1] 朱光潜:《西方美学史》(下),北京:人民文学出版社1979年版,第723页。
[2] 伍蠡甫:《西方文论选》(上),上海:上海译文出版社1979年版,第490页。
[3] 同上书,第489页。
[4] 同上书,第490页。
[5] 同上书,第491页。

〔6〕 同上书,第492页。

〔7〕 伍蠡甫、胡经之:《西方文艺理论名著选编》(上),北京:北京大学出版社1985年版,第474—475页。

〔8〕 〔德〕席勒:《美育书简》,徐恒醇译,北京:中国文联出版公司1984年版,第139—140页。

〔9〕 〔德〕爱克曼:《歌德谈话录》,朱光潜译,北京:人民文学出版社1978年版,第137页。

〔10〕 《歌德文集·诗与真》(四),刘思慕译,北京:人民文学出版社1999年版,第287页。

〔11〕 〔德〕爱克曼:《歌德谈话录》,朱光潜译,北京:人民文学出版社1978年版,第34页,第35页。

〔12〕 同上书,第168页。

〔13〕 伍蠡甫:《西方文论选》(上),上海:上海译文出版社1979年版,第459页。

〔14〕 〔德〕爱克曼:《歌德谈话录》,朱光潜译,北京:人民文学出版社1978年版,第16页。

〔15〕 同上书,第97页。

〔16〕 同上书,第188页。

〔17〕 同上书,第113页。

〔18〕 以往文学史在评价施莱格尔兄弟时,几乎都贬其兄褒其弟,雷纳·韦勒克一反传统,对施莱格尔兄弟的历史贡献重新研究,并给予了自己的评价。参看〔美〕雷纳·韦勒克:《近代文学批评史》第二卷,杨自伍译,上海:上海译文出版社1997年版。

〔19〕 这是一种着重理解的阐释理论,后由施莱尔马赫进行概括并发展成为一种重要的方法论理论,影响了一大批理论家。

〔20〕 〔美〕雷纳·韦勒克:《近代文学批评史》第二卷,杨自伍译,上海:上海译文出版社1997年版,第9页。

〔21〕 同上书,第10页。

〔22〕 同上书,第11页。

〔23〕 同上书,第16页。

〔24〕 同上书,第60页。

〔25〕 伍蠡甫:《欧洲文论简史》,北京:人民文学出版社1985年版,第257页。

〔26〕 〔美〕雷纳·韦勒克:《近代文学批评史》第二卷,杨自伍译,上海:上海译文出版社1997年版,第72页。

〔27〕 斯达尔夫人,原名安娜·路易思·日尔曼妮·奈凯尔(A. L. G. Necker)。

〔28〕 〔法〕斯达尔夫人:《论文学》,徐继曾译,北京:人民文学出版社1986年版,第145页。

〔29〕 同上书,第147页。

〔30〕 同上书,第146页。
〔31〕 伍蠡甫:《西方文论选》(下),上海:上海译文出版社1988年版,第124—126页。
〔32〕 〔法〕斯达尔夫人:《论文学》,徐继曾译,北京:人民文学出版社1986年版,第297页。
〔33〕 伍蠡甫:《西方文论选》(下),上海:上海译文出版社1988年版,第122页。
〔34〕 司汤达,原名亨利·贝尔(Henri Beyle)。
〔35〕 伍蠡甫:《欧洲文论简史》,北京:人民文学出版社1985年版,第241页。
〔36〕 〔美〕雷纳·韦勒克:《近代文学批评史》第二卷,杨自伍译,上海:上海译文出版社1997年版,第294页。
〔37〕 伍蠡甫:《欧洲文论简史》,北京:人民文学出版社1985年版,第245页。
〔38〕 伍蠡甫:《西方文论选》(下),上海:上海译文出版社1988年版,第168、174页。
〔39〕 同上书,第172页。
〔40〕 〔美〕雷纳·韦勒克:《近代文学批评史》第二卷,杨自伍译,上海:上海译文出版社1997年版,第307—308页。
〔41〕 罗志野:《西方文学批评史》,桂林:广西师范大学出版社1991年版,第181页。
〔42〕 〔美〕雷纳·韦勒克:《近代文学批评史》第二卷,杨自伍译,上海:上海译文出版社1997年版,第310页。
〔43〕 伍蠡甫:《西方文论选》(下),上海:上海译文出版社1988年版,第5、6页。
〔44〕 同上书,第16页。
〔45〕 同上书,第10页。
〔46〕 同上书,第26—27页。
〔47〕 同上书,第31、30页。
〔48〕 同上书,第36页。
〔49〕 〔德〕恩格斯:《英国工人阶级状况》,见《马克思恩格斯全集》第2卷,北京:人民出版社1957年版,第528页。
〔50〕 〔德〕恩格斯:《伦敦来信》,见《马克思恩格斯全集》第1卷,北京:人民出版社1956年版,第561—562页。
〔51〕 〔英〕雪莱:《为诗辩护》,见《西方文艺理论名著选编》(中),北京:北京大学出版社1986年版,第76、75页。
〔52〕 同上书,第71—72页。
〔53〕 同上书,第80页。
〔54〕 同上书,第78页。
〔55〕 同上书,第79页。

第六章
19世纪的社会历史批评

当浪漫主义文学思潮在欧洲大陆上轰轰烈烈、风起云涌的时候，一场现实主义文学理论运动也悄然地进行着。如果我们把文学理论上的现实主义只理解为艺术"真实地再现"的话，那么从亚里士多德的"模仿说"到文艺复兴时期的"镜子说"，再到17、18世纪新古典主义"自然模拟说"，这一股文学思潮就从来没有断裂过。

然而，那种如今我们名之为"现实主义"的艺术风格与方法的真正诞生，最早却是出现在19世纪中期的绘画领域的。当时现实主义绘画的代表人物库尔贝（Gustave Courbet）从柯罗那里学得了光影的技法创新，但与前辈们不同，他的"目标是要客观、毫无偏见地记录下习俗、观念和法国当代社会的外貌，他的作品要描绘日常生活"[1]。库尔贝更关注的是社会信息的准确传达而非用写实的画面去描绘戏剧的、感伤的或沉思的场面。在1855年个人画展上，库尔贝赫然打出了"现实主义"的旗号，其画展就叫"现实主义：展出和出售四十幅油画和四幅素描"。在当时的艺术评论界"现实主义"尚是个贬义称谓的时候，他却带着些许的自嘲接受了。

与此同时，文学上的现实主义也在全欧洲范围内兴起，这其中有大量我们所熟悉的名字：从早期现实主义作家狄更斯、果戈理、巴尔扎克，到更加写实的一代，如福楼拜、托尔斯泰和陀思妥耶夫斯基，等等。他们每个人的作品都展现了一幅独特的社会全景图。

不像浪漫主义理论时代的到来伴随着一场戏剧性的革命，"现实主义时代的到来显得安静而谦逊"[2]，它不那么引人注目。如果说从浪漫主义到第一代现实主义，最根本的变革是从"主观性"变为一种"社会视角"，那么这种变革也是平缓的、有因果和承接关系的。当浪漫主义作家最初用诗意的主观性去反抗新古典主义的权威和理性的清规戒律的时候，当他们试图去创造一个个血肉丰满的人物性格、独特个体的心灵体验的时候，这一切努力都为现实主义人物和场景创作的"真实性"和"典型性"原则提供了有益的尝试。此外，浪漫主义热衷于历史小说，热衷于在主体的"历史视角"下展开对久远年代和异国情调的想象，而这种"历史视角"也不可避免地会带入一种社会的视角。

当作家艺术家逐渐把目光转向自己生存的社会现实的时候，当他们对现实和历史境遇的观察带上了充满人文情怀的社会视角之后，"现实主义"——作为一种思潮、理论、原则和方法——才开始真正扎根。而在这一切的背后起作用的，则是知识界深切而诚挚的现实关怀，是它试图把文艺活动整合到整个社会的整体性思维方式。

19世纪的欧洲知识分子，带着他们对新兴的自然科学、社会科学、心理学和媒体变革带来的文学批评形式的新鲜和热衷，带着对他们生存的那个世界和时代的爱与恨，开创了一种全新的文学理论范式，那就是"社会历史批评"。这种理论批评形态，在当时通常以报刊登载的文艺评论为主要形式，旨在将文艺现象和文学作品同一定社会、一定历史的生活、文化等现实相联系，用现实的视角去观照文艺，去发现和阐释社会历史现实与文艺之间的关联和影响，去考察文艺作品和社会历史内容以及作家之间的关系，从而判定文艺作品的成败，判定作家的价值。从根本上说，在社会历史批评者看来，文艺是社会现实的再现，于是，衡量文艺作品的价值高下，就有了"真实性""典型性"、社会效果等原则。

最初的"社会历史批评"的雏形，我们似乎可以追溯到前面讲到的18世纪意大利的维柯。在他的《关于各民族的共同性的新科学的一些原则》（简称《新科学》）卷三对荷马史诗的研究中，就考察了古希腊的生活环境、状况以及不同时期的希腊人的兴趣爱好和希腊各地的传说，并从社会历史的视角切入，认为荷马终究只是一个理想中的诗人，而非具体的个人。然而，维柯的此类探索是新颖的，却也是寂寞的。《新科学》问世后少人问津。

社会历史的研究视角在文学中的展露，是在法国浪漫主义文论家斯达尔夫人那里。虽说南北两方文学的划分和评价，主要是受到以孟德斯鸠为代表的社会学中的地理学派诸种观点和主张的影响，但这却是首次明确地把文学和创造这种文学的社会、文化联系起来，把文学放到当时的环境和情景中去理解和研究。斯达尔夫人《论文学》的出版是19世纪开端的那一年。

然而，使"社会历史批评"完全确立起来的，是法国的艺术学者丹纳（H. A. Taine，1828—1893）。根据他1864年开始做的系列讲座笔记汇集而成《艺术哲学》，其内容源于他同年的意大利旅行体验。依他自己的说法,他此行的目的是要以绘画而非文献为史料撰写意大利历史。或者说,该书在他心目中是"图像证史"的实验结果。他的一些结论后来被推翻,但他的理论、他的名字,却已和"种族、环境、时代"这三种决定艺术的要素紧紧地联系在一起。他的理论颇有原创性,他的实证主义的方法也使其理论具有较强的说服力。

如果说,丹纳的"社会历史批评"主要关注的是文艺的社会历史方面成因的话,那么,在英国的文化批评学者马修·阿诺德和19世纪俄罗斯革命民主主义批评家如别林斯基、车尔尼雪夫斯基、杜勃罗留波夫等人那里,关注的则更多的是文艺的社会历史效果及其意义。后者的理论,代表了"社会历史批评"的理论高峰,也代表了一个民族的理论辉煌。

一 俄罗斯的社会历史批评

19世纪的俄罗斯正经历着一场民族的阵痛。封建沙皇专制和农奴制度与国内新兴的资本主义的发展,构成了日益尖锐的矛盾。而这一切,在1812年拿破仑大举入侵后更加激化。腐朽落后的社会现状和国仇家恨,进一步激发了俄罗斯民众深沉真切的民族意识。1825年12月14日的"十二月党人起义",震撼了整个俄国社会,有力地促进了俄国革命思潮的发展,并唤醒了新一代平民知识分子的斗志。

当时沙皇尼古拉一世的统治变本加厉,然而,再专制的手段也无法禁锢思想的自由。19世纪30、40年代的俄罗斯,出现了各种不同的社会思潮,如强调西方资本主义世界弊端、捍卫俄国贵族地主利益的斯拉夫派,崇拜西欧资产阶级文化的西欧派,以赫尔岑、别林斯基为代表的反对农奴制、追求自由解放的民主派,等等。

民主派的思想斗士们,在血雨腥风的现实中,在残酷黑暗的专制统治和日益苛刻的书报审查制度中,文艺和文艺批评成了他们有力的思想武器。他们认为"取消艺术为社会服务的权利,这是贬低艺术,而不是提高它,因为这意味着剥夺了它最活跃的力量,亦即思想,使之成为消闲享乐的东西,成为无所事事的懒人的玩物"[3]。因为"只有单单在文学中,尽管有鞑靼式的检查,还保留有生命和进步……读者公众在这里是正确的,他们把俄国作家看成是他们的唯一的领袖,使他们不受专制政治、正教和国粹主义摆布的保卫者和救星"[4]。拯救、批判和斗争,成了文艺和文艺批评的庄严使命。

事实上,从一开始,俄罗斯的"社会历史批评"理论就没有离开过俄国的历史现实,没有离开过当时俄国的现实主义文学的发展状况。在别林斯基、车尔尼雪夫斯基、杜勃罗留波夫等人的心中,承载着平民知识分子对于国家民族的挚爱和深情,承载着一个忧郁的观察者对于现实苦痛的深切的感受和关怀,承载着一个实践的知识分子的全部良知、高贵和永不妥协的心灵。

1. 别林斯基

别林斯基(В. Г. Белинский),一个年仅 37 岁的俄国社会民主斗士,一位真诚的、热血沸腾的革命民主主义文学批评家、美学家,俄国现实主义理论的奠基人。沙皇政府非常仇视并且害怕他,甚至在他去世后也禁止传播他的著作并不许提及他的名字。然而,历史表明,不论俄罗斯文学的命运怎样,别林斯基将永远是它的骄傲,它的光荣。

在别林斯基短暂的一生中,见过沙皇政府对农奴的残酷镇压,见过十二月党人的起义,见过俄国社会的黑暗、腐朽的现实。同样,他也见识过普希金、拜伦、歌德诗歌中对自由的讴歌、对美好和解放的追求,见识过西欧文明几个世纪以来的丰硕成果,见识过启蒙主义思想和德国古典哲学带来的人类精神的解放和自由飞腾。面对丑恶的现实和美好的理想,他要做的事情,是怎样用自己丰沛的精神资源来改变俄国的现实。

1833 年,别林斯基结识了当时的莫斯科大学教授、思想家纳杰日金,这位精神导师给了他巨大的影响。很快,别林斯基成为纳杰日金所在的杂志《望远镜》及其文学增刊《杂谈报》的撰稿人。1834 年,别林斯基第一篇长篇论文《文学的幻想》在《杂谈报》上发表。到 1840 年为止,别林斯基的主要论著还有《论俄国中篇小说和果戈理君的中篇小说》《论〈莫斯科观察家〉的批评及其文学意见》《智慧的痛苦》等。这个时期,别林斯基有着浓厚的启蒙主义和德国古典哲学的色彩,尤其是受黑格尔美学思想影响比较明显。然而,当他 1840 年移居彼得堡,开始在沙皇政府的政治中心工作的时候,俄国的社会现状让他再也无法"与现实妥协"。这时期的一系列论著有《诗歌的分类和分科》《艺术的概念》《1846 年俄国文学一瞥》《给果戈理的一封信》《1847 年俄国文学一瞥》等。可以说,40 年代别林斯基的思想日趋成熟,现实主义的文学理论已经基本创立,开始进一步强调文艺的革命性和社会功能,这时的别林斯基已经是一个唯物主义者和革命民主主义者了。

事实上,无论是前期还是后期,别林斯基的文学观念始终没有离开过欧洲美学的整个理论资源和思想背景。古典主义对艺术完整性、统一性和精确性的要求,浪漫主义对诗人主体性的讴歌和德国古典哲学对普遍性与特殊性、必然性与偶然性的辩证探索，都成了别林斯基文学思想中的基本理论根基。

在别林斯基看来，文学和"任何艺术作品之所以是艺术的，因为它是依据必然性规律而制作的，因为其中没有任何随意武断的东西：没有一个字、一种声音、一笔线条是可以被另外的字、声音或线条去代替的……因为自由是至高的必然性，凡是不见必然性的地方就没有自由，有的只是任意，其中既没有智慧、意义，也没有生命……因此，在真正艺术的作品中，既然一切都依据必然性规律而出现，就不会有任何偶然的、多余的或不足的东西：一切都是必然的。"[5]在这种必然性中，体现着文学艺术作品思想与形式的完美融合，即"作品中所叙述或表现的一切恰恰应该是如此的，要是换一个方式写出来则是不可能的事情"[6]。

而且，在这些作品中，"思想进入形式，由此渗透到形式的一切枝节，温暖和照明了形式。这种思想是活跃的、创造性的，它不是通过理性，而是直接地，不是独立自在，而是和形式一起出现。这样的作品是美的、艺术的。"[7]在他看来，思想和形式的有机配合，构成了作品感染力的完整与统一，这是一切艺术作品的主要条件之一。

当然，这里的"思想"指的是真正的思想，是那种"永恒的、在自由的必然性中辩证发展着的思想"[8]。这样的思想"发自对现实的深刻感情以及与一切活的事务的真挚的共鸣"[9]。别林斯基认为，哪里有生活，哪里就有诗，"但是，只在有思想的地方才有生活；要想掌握生活的戏剧，那就必得掌握思想底不可见的、芬芳的醇精"[10]。这里可以看出他对于文学作品的"思想"和"现实"之间的辩证态度。

那么，首先的问题是何谓"现实"呢？别林斯基说：

> "现实"这个字眼意味着一切——可见的世界和精神的世界，事实的世界和概念的世界。认识中的理性和现象中的理性——总之，显露在自己面前的精神，是现实性；另一方面，一切局部的、偶然的、非理性的东西，作为现实性的反面，作为它的否定，作为若有，而不是实有，都是幻影性。[11]

显然，这里的"现实"包含了我们所能见到、感受到和思维到的一切。它是历史，是生活，是理性能够把握的一切。它是动态的而非静止的，是具有普遍意义和必然性的，而非个别的或偶然的。而文学就是对这种敞开在主体面前的"现实"的真实把握。他说："诗歌是现实的再现。它不虚构现实所没有的东西;它不过是把现实的现象加以理想化,把这些现象提高到普遍的意义上来","测量诗作优劣的尺度,便是其对现实的忠实性"[12]。"它的显著特点是忠于现实;它不篡改生活,而是复制和再制造它,仿佛是一面凸镜从一个观点上反映了繁复的生活现象,取其对于组成一整幅丰满而生动的图画所必要的东西。"[13]文学的这种"复制和再制造"并不是对"现实"的简单摹写和抄袭,而是一种理性的、灌注了创作者主体的思想和精神的再创造,是一种对现实的提炼和理想化处理。"艺术已经不限于做一个被动的角色——就是像镜子一样,冷漠而忠实地反映自然了;艺术要在自己的反映中传达生动的个人思想,使反映具有目的和意义。"[14]

从这方面讲,别林斯基从来没有远离过浪漫主义,也从来没有陷入过机械现实主义的窠臼。他强调诗人的个人精神和天性,强调每一篇作品都有其自己的生命,强调"诗人创作活动的源泉是从他的个性里表现出来的那种精神"[15]。诗人不要模仿大自然,而是要跟大自然竞赛。诗人总是在作品中灌注进自己的精神理想,即把自己的无形体的典范的内心世界揭示出来,把它实现到文学的外部来。

但是,诗人的这种"精神"和"天性"并不是他个人一己的主观因素。在普通诗人那里,如果内在的(主观的)因素占优势,这就是才能不足的标志。他们的主观性虽然意味着表现个人,而个人如果脱离群体而单独地呈现,那永远是局限的。这样的诗人的作品,充其量不过是"小鸟的歌唱",不过是个人一己的悲欢苦痛。而在伟大的诗人那里,内在的主观因素的丰富,则是诗人情味的标记,"伟大的诗人谈着他自己、谈着他的'我'的时候,也就是谈着大家、谈着全人类,因为他的天性里具备着使人借以生存的一切的东西。所以,人们在他的悲哀里看出了自己的悲哀,在他的心灵里认识到自己的心灵,看到他不仅是一个诗人,而且是一个人,一个在人性上和自己同宗的弟兄。在承认他是无比地高于自己的时候,人们就同时意识到自己和他的类似。"[16]

这也就是说,只有当一个诗人的个性作为人类普遍天性的具体体现时,他才是一个真正的伟大的诗人;同样,只有当一种现实作为普遍"现实"的集中而具体的体现时,它才是值得文艺作品去反映和再现的"现实"。这里涉及到的是别林斯基关于文学"普遍性"和"特殊性"的辩证思考。在他看来,任何特殊和个别的东西,任何个体,实际上只是通过普遍性而存在,普遍性是它的内容,而个别、个体是这内容的表现和形式。个体没有普遍性,或普遍性没有个体的表象,都是空幻的。这一辩证思考,贯穿了别林斯基的文艺论述。而下面我们要讲到的别林斯基文学理论中"民族性""人民性"和"典型性"等概念,也都贯穿着这一重要思想。

"民族",在别林斯基的论著里是包含着无比深情的一个词汇。伟大的文学正是最深沉的民族意识、民族基本世界观的体现和反映。他指出:无论如何,在任何意义上,文学都是民族意识、民族精神生活的花朵和果实[17];"文学是民族的自觉:文学像一面镜子,反映着民族的精神和生活"[18],反映着民族的性格和历史。

在别林斯基看来,"'民族性'是我们时代的美学的基本东西",它是"用来测量一切诗歌作品的价值以及一切诗歌荣誉的巩固性的最高标准、试金石"[19]。而那种脱离生活实际,脱离本民族欣赏习惯,一味模仿外国作品的东西,无论文笔如何高超,充其量是一种独出心裁的游戏笔墨而已。

和"民族性"概念密切相关的是文学的"人民性"概念。既然文学是民族意识的体现,而民族的最深广的基础在于人民,那"每个民族的诗都是人民意识的直接表现"[20]。他承认,"文学是人民的意识,它像镜子一般反映出人民的精神和生活;在文学中,像在事实中一样,可以看到人民的使命,它在人类大家庭中所占的地位,以及从它的存在所表现出来的人类精神历史发展的契机"[21]。在别林斯基眼里,民族的、人民的意识其实是作家、艺术家内心的一种基本的世界观。

当然,在某种程度上,别林斯基也是在"民族性"和"人民性"之间摇摆不定的。在他看来,"'民族的'一词在涵义上其实比'人民的'更为广泛。'人民'总是意味着民众,一个国家最低的、最基本的阶层。'民族'意味着全体人民,从最低直到最高的、构成这个国家总体的一切阶层"[22]。他认为普希金是民族诗人,因为他一方面能够表现以人民群众为其代表的那种基本的、混同的、难以明确说出来的实质,另一方面还能表现在全民族最有教养的阶层生活中所发展着的那种实质的确定意义。所以,事实上,别林斯基仍无法像后来的杜勃罗留波夫那样,割舍掉对于上流社会贵族阶层的依恋。

不过,他也谈到,不论是"民族性"还是"人民性","和任何真实的概念一样,它本身是片面的,只有和它对立的一面调和起来才成为真实的"[23]。"民族性"和"人民性"的反面是"世界性"和"人类性"。没有一个人能够脱离社会而存在,同样,也没有一个民族能够脱离人类而存在。

别林斯基始终没有放弃关于"普遍性"与"特殊性"的辩证认识,在"民族性"问题上自然也是如此。在他看来,"只有那种既是民族性的同时又是一般人类的文学,才是真正民族性的;只有那种既是一般人类的同时又是民族性的文学,才是真正人类的。一个没有了另外一个就不应该、也不可能存在"[24]。而真正"民族性的东西",必然"同时又能为一切时代和一切民族所理解"[25]。

另一项关于"普遍性"与"特殊性"辩证统一的文学理念是"典型性"问题,这是别林斯基的社会历史批评理论中有关文艺创作的一个重要概念。他认为典型性是创作的一个基本法则,没有典型性,也就没有创作。

> 创作的新颖性——或者,勿宁说创造力本身——的最显著的标志之一即在于典型性;假如可以这样说,典型性就是作家的徽章。在真正有才能的作家的笔下,每个人物都是典型;对于读者,每个典型都是一个熟识的陌生人。[26]

杰出的批评家,总可以敏锐地把握到某一类文学现象,并轻而易举地创造出一个形象简明且被后人反复使用的理论和批评术语。别林斯基的"熟识的陌生人"就是这样的术语或概念。什么叫"典型"呢?"典型"就是文学作品中"熟识的陌生人",即"一个人,同时又是许多人;一个人物,同时又是许多人物"[27]。在这样的"典型"身上,汇聚和体现着同一类型、同一范畴的无数的人。

但是,在别林斯基看来,"典型"又不是散在四处而后集中于一个人物身上的概念特征的"集合",因为"集合"是机械性的,是违反创作的动力学原理的。典型应是否定自己的一般性而成为个别现象、变成个别现象之后又回到一般性上来的美学概念。他认为文学"把现实加以理想化",只是意味着在个别的和有限的现象中描写一般的和无限的东西,不是从现实中摹写某些偶然的现象,而是要创造"典型"的形象。作家在创作"典型"时,应当采纳他所描写的人物中最尖锐、最有特色的地方,而放弃一切偶然的、不能帮助衬托他们个性的东西,制造一种艺术性的现实。

说到底,"典型性"是一种剔除了偶然性的"现实"必然性,是一种体现着普遍性同时又血肉丰满的个性。别林斯基的"典型"理论和"典型性"原则,是其再现现实的真实性原则的升华与结晶,是整个19世纪俄罗斯现实主义文论中一个至高的坐标。

别林斯基短暂而辉煌的一生,经历的是以文艺批评为主要手段的、炽热而激情的理论生涯。当他呼唤文学成为"社会的家庭教师"、斥责诗人为一己"小我"悲欢而作"小鸟的歌唱"的时候,当他呼唤文学要与民族和时代深切共鸣的时候,他其实也赋予了文学理论和批评以同样的使命。只不过文学是对于生活的直感的观察,是用形象来思维[28],而理论批评则属于观念的哲学的认识,两者的内容和使命是相同的,不同的只是形式而已。"时代精神在我们今天的批评里,比在任何其他方面都表现得更清晰。"[29]

2. 车尔尼雪夫斯基

19世纪上半叶的俄罗斯理论界和思想界,还被德国古典哲学和浪漫主义精神与原则所左右着。文学理论上现实主义对浪漫主义的反驳,是一场平静但却充满艰辛的斗争,因为这场斗争同时伴随着反对沙皇专制和农奴制的革命,伴随着确立民族自信心和建构民族审美趣味的重任。虽然别林斯基是这场斗争中的先驱者和英勇的第一位斗士,但是,很明显,可以看得出他的思想里依然有着浓重的德国古典美学和浪漫主义的思想成分。别林斯基之后的车尔尼雪夫斯基,则大大前进了,他被普列汉诺夫称为俄国"文学中的普罗米修斯",被列宁称为上升到辩证唯物论之前的俄国最高水平的唯物主义文论家和美学家。

车尔尼雪夫斯基(Н. Г. Черныщевский)出生在伏尔加河畔的萨拉托夫城。如果我们记得列宾《伏尔加河上的纤夫》这幅油画曾经带给我们怎样的震撼,就能明白当时人民那苦难的境遇在车尔尼雪夫斯基童年的心灵上烙下怎样深刻的印象。他从小受到良好的教育,中学时代就开始接触别林斯基、赫尔岑的著作。彼得堡大学的学习,更使他有机会系统地接触当时欧洲先进的哲学美学思想和各种新鲜的空气,并有机会和当时激进的青年知识分子进行交往和讨论。1848年,车尔尼雪夫斯基结识了"彼得拉谢夫斯基小组"成员哈内科夫,这让他读到费尔巴哈的《基督教的本质》,接触到西欧新近的空想社会主义学说。现实的境遇和理论上的思索,促使他从黑格尔的客观唯心主义转向费尔巴哈的人本唯物主义。这一年,欧洲资产阶级爆发革命;这一年,别林斯基在病痛中离开了他深爱的祖国;也正是在这一年,年轻的车尔尼雪夫斯基初步确立了革命民主主义的世界观。

1853年,车尔尼雪夫斯基的著名学位论文《艺术与现实的审美关系》终于完成。论文从批判黑格尔的美学思想开始,以激进的方式提出了"美是生活",从而建构起现实主义、唯物主义的文艺和美学体系。这篇论文极大地触动了俄罗斯经院派教授们的神经,他们决定把它束之高阁。两年后,该论文才得以在《现代人》杂志上发表。

车尔尼雪夫斯基正是以这样一种激越而战斗的姿态,登上了俄罗斯的文坛。《现代人》杂志成了他斗争的主要阵地,他开始越来越直接地介入现实的革命活动。1862年《现代人》杂志被迫停刊,车尔尼雪夫斯基被捕入狱。在此后的21年牢狱、苦役和流放的岁月里,他虽被剥夺了行动和言论自由,但却依然孜孜不倦地写作和翻译,直至去世。他留下的著作,在文学和美学方面,除《艺术与现实的审美关系》外,还有《俄国文学中果戈理时期概观》《现代美学概念批判》《论崇高与滑稽》《莱辛,他的时代、生平和活动》,以及长篇小说《怎么办?》等。此外还有一些经济学和哲学方面的著作。

车尔尼雪夫斯基清醒地意识到,既然俄罗斯当时的美学界为黑格尔唯心论所控制,既然"建立新的没有破坏旧的那么容易,防卫要比攻击困难"[30],那么,他就想"推翻今天美学中许多流行概念,而以新的概念相代替"[31]。他首先做的事情就是批判以黑格尔及其门徒费舍尔为主要代表的德国古典美学。当然,事实上,他的一些"新的概念似乎又是以前的概念的必然的进一步的发展"[32],它们之间有着逻辑上的继承关系。

车尔尼雪夫斯基在转述黑格尔关于"美是什么"的著名命题时,是这样讲的:"世界上一切事物都是神意(观念)的表现、体现;一切事物的普遍观念无法在任何个别事物上完整、全面而且单独地表现(体现)出来;它只有通过宇宙万物的齐整和谐才会得到完全的表现;整个宇宙只有走完了从世界的开创直到它的终结的整个生活过程,才能得到它的充分表现。""观念在可感觉实体中的这种表现就是美;换一句话说,美就是作为观念底充分而纯粹的表现的、个别可感觉的实体,因此,在观念之中,没有一样东西不是通过个别实体而令人可以感觉地表现出来,在这个实体中也不会有一样东西不是观念底纯粹的表现。"[33]应该说,这里的转述基本上是符合黑格尔的原意的。这样一来,车尔尼雪夫斯基实际上就把"美"分解成了三种要素:观念(或译为理念)、作为观念的可感觉表现的个体以及这两者之间的统一。在车尔尼雪夫斯基看来,既然观念是要通过具体可感的个体来表现的,那么,"观念的世界,从而,所谓美的世界",就只能"从生活方面开始"。而在感性世界中,人是最高级的生物,那么人才是最高级的美;而社会又是人与人联结起来的,所以"美的最高境界,就是人类社会"[34]。

车尔尼雪夫斯基还用19世纪盛行的生物学上的种属类别来证明,个别事物是绝对无法把它在某种程度上所体现的观念全部表现出来的,个别事物也从来不会偏偏只是它这一类观念的纯粹表现。所以,美在个别的形象表现观念的时候,总是充满了偶然性的,或者说充满了现实的多样性的。他认为,没有生活的地方,就不会有观念;没有无穷的多样性,也就不会有生活。

既然现实的这些形象如此多样又充满偶然,那又到哪儿去找那些肯定的必然的特征和因素作为美的标准呢？古典学说坚守着"美是理念的感性表现",为了使理念的全部丰富性在同一个事物上得到集中体现,并使一切偶然性溶解在这个个体中,便动用了"想象"这个概念。"想象的影响引起事物的变化,一经变化,事物就不再是观念的不完全的表现,相反,它却变成美的事物,不再像它实际上在外部现实世界中所存在的样子了；美不是一种在现实生活所存在的那样的事物,美是想象的创造……'想象使事物变成纯形式的存在',美是纯形式的存在。"[35]而艺术,就是最高的想象,因而真正的美也只有体现在艺术中。

车尔尼雪夫斯基对这样的见解是不能认同的,于是,他提出了自己的命题：

> 美是生活；任何事物,凡是我们在那里面看得见,依照我们的理解就当如此的生活,那就是美的；任何东西,凡是显示出生活或使我们想起生活的,那就是美的。[36]

这是一个巨大的理论转变。从审美感受的角度来说,为什么自然界会有一些事物、艺术中会有一些作品,能在人的身上唤起一种特殊的情感或者说审美快感呢？车尔尼雪夫斯基认为是生活。"凡是我们可以找到使人想起生活的一切,尤其是我们可以看到生命表现的一切,都使我们感到惊叹,把我们引入一种欢乐的、充满无私享受的精神境界,这种境界我们就叫做审美享受。""对人来说,人与人的生活是比一切都接近、比一切都可爱……我们在人的身上所找到的凡是表现了欢乐、丰满、灿烂的生活的一切,这就是美的。"[37]这里表达的是一种较为彻底的唯物主义美学观。

既然"美是生活",是按照我们的理解"就当如此"的生活,那么"美"的对立面"丑"就是"生活的例外",是"畸形"。

德国古典美学认为美"是观念在个别事物上的完全的显现"和"观念与形象的一致","万物皆美",在车尔尼雪夫斯基看来,就是唯心主义以及片面的唯灵论的结果。他认为"世间万物都是观念的体现"的观点,不过是一种可笑而又孩子气的、对世界的拟人化看法。他宣告"现在这种唯心主义以及片面的唯灵主义为基础的哲学体系已经被摧毁了"[38],而作为这一体系的结果和一部分的美学思想和美的概念也"随那体系一同崩溃"[39]了。

车尔尼雪夫斯基"美是生活"的观念,是对德国古典美学和浪漫主义的一个划时代的挑战,是在别林斯基思想的基础上的一个巨大飞跃,同时也暴露出他的理论朴素和直观的一面,这尤其表现在对待文学和艺术的态度上。

车尔尼雪夫斯基承认,美存在于三种不同的形式中:现实中(或自然中)、想象中和艺术(即由人的创造的想象力所产生的客观存在)中。那么,我们遭遇的第一个问题,就是现实中的美与艺术中的美和想象中的美的关系如何,这也正是他在学位论文《艺术与现实的审美关系》中要着力解决的问题。事实上,"从'美是生活'这个定义却可以推论:真正的最高的美正是人在现实世界中所遇到的美,而不是艺术所创造的美;根据这种对现实中的美的看法,艺术的起源就要得到完全不同的解释了;从而对艺术的重要性也要用完全不同的眼光去看待了"[40]。

车尔尼雪夫斯基的答案显得非常明了:自然和生活远胜过艺术。对于黑格尔美学中对现实美的责难和对艺术的推崇,车尔尼雪夫斯基一一进行了反驳。在他看来,"倘若艺术真是从我们对活的现实中的美的缺陷的不满和想创造更好的东西的企图产生出来的,那么,人的一切美的活动都是毫无用处、毫无结果的,人们既见到艺术不能达到他们原来的意图,也就会很快放弃美的活动了"[41]。这里,文学艺术成了一种虚弱的、一般性的力量,它无法满足人们对美的渴望,也远没有现实的力量震动人心。甚至在面对别林斯基的"典型性"问题时,车尔尼雪夫斯基也毫不含糊地认为,在情节、典型性和性格化的完美上,诗歌作品远远比不上现实,文学形象不过是对现实的一种苍白的、一般的、不甚明确的暗示罢了。

既然如此,那么,文学艺术的存在究竟有什么价值和意义呢?

在车尔尼雪夫斯基的心目中,艺术的第一个目的就是再现现实。为了把自己的"再现现实"同17、18世纪古典主义"艺术是自然的模仿"区别开来,他指出,"自然模仿"说充其量只规定了艺术形式上的原则,而他还要进一步对艺术内容上的原则做出相应的补充和规定。这可以看做是车尔尼雪夫斯基坚持别林斯基的现实主义理论,同时反对伪古典主义原则的一个说明。

关于艺术的内容,古典美学认为是"美",在车尔尼雪夫斯基看来,这是把艺术的范围限制得太狭窄了。即便把"崇高"和"滑稽"都划为美的范畴,艺术的内容也依然不止于此。因而,他提出:"艺术的范围并不限于美和所谓美的因素,而是包括现实(自然和生活)中一切能使人——不是作为科学家,而只是作为一个人——发生兴趣的事物;生活中普遍引人兴趣的事物就是艺术的内容。"[42]当然,这内容包括想象的内容,因为艺术再现的是一切使人感兴趣的东西,自然也包括人的内心生活、幻想和情感。艺术是再现生活中一切使人感兴趣的现象,这无疑是一种严正的现实主义的文艺主张。

除了再现生活,艺术的另一个作用就是说明生活。既然艺术是要再现那引起人的兴趣的现实,既然人对那些生活现象发生兴趣,那么,总免不了要对它做出一些判断和说明,于是,艺术不可避免地成为人的一种道德活动。而一个艺术家因为被那些现实中的问题所激发,也会有意无意地在他的作品中做出生动的判断。一个有思想的人,决不会思考那除了他自己以外谁都不感兴趣的问题,他会在艺术中为同样有思想的人提出或者试图解决现实中的问题。于是艺术家就成了思想家,艺术作品虽然仍旧属于艺术领域,却获得了科学的意义,或者说思想的意义。

在车尔尼雪夫斯基看来,无论是艺术还是科学,它们揭示出来的一切都可以在生活中找到,并且,现实生活包含了一切艺术或者科学常常会忽视的细节,而事物真正的意义通常就在这些细节中。因此,他认为:

> 作为一种教诲、一种科学来看,生活比任何科学家和诗人的作品都更完全、更真实,甚至更艺术。[43]

并且他申明,假如说艺术在其完美性上低于生活,就是贬低艺术的话,那么在他看来,这种说法并不成立。科学并不自以为高于现实,同样,艺术也不应自以为高于生活。

就这样,车尔尼雪夫斯基把现实主义的理论推到了一种极端。他说:"让艺术满足于当现实不在时,在某种程度内来代替现实,并且成为人的生活教科书这个高尚而美丽的使命吧。"[44]这无异于是否认了艺术的相对独立性,否定了艺术的多方面的功能。

从"美是生活"到"现实高于幻想""现实高于艺术",车尔尼雪夫斯基从批判黑格尔体系入手,一步一步沿着别林斯基的道路,建构起朴素的唯物主义和现实主义文艺原则,把俄罗斯19世纪的社会历史批评推向了另一个高峰。

3. 杜勃罗留波夫

在俄国社会历史批评体系中,杜勃罗留波夫(Н. А. Добролюбов)和皮萨列夫(Д. И. Писарев)[45]的名字同样是值得我们牢记的。

杜勃罗留波夫是在别林斯基、赫尔岑、车尔尼雪夫斯基以及费尔巴哈著作的影响下成长起来的。1856年,他的论文《俄罗斯文学爱好者的谈话良伴》在《现代人》杂志上发表,其时,车尔尼雪夫斯基正在《现代人》工作。很快,杜勃罗留波夫就在《现代人》杂志主持批评栏,直到去世。文学批评成了他最主要的战斗工具。其重要的批评文章有:《什么是奥勃洛莫夫性格?》《黑暗的王国》《真正的白天什么时候到来?》《黑暗王国的一线光明》《逆来顺受的人》等。

在这些诚挚而犀利、极富感染力、革命民主主义立场坚定的评论文章中,由别林斯基和车尔尼雪夫斯基建立起来的社会历史批评方法和现实主义美学原则得到了具体的运用和进一步深化。与此同时,皮萨列夫以另外一种激进的姿态,捍卫和继续推进着现实主义文论和美学原则。

杜勃罗留波夫坚信,真正伟大的艺术必然是"俄罗斯生活的产物,时代的征兆"[46]。艺术是对生活现象的表现,但艺术要表现的绝不是偶然的、浮光掠影的匆匆的生活印象,而是要通过个别的、形象的事实来表现生活现象的"完整性""普遍性"和持久永恒的规律。艺术家与思想家同样面临着揭示生活、说明生活的任务,所不同的是,艺术家要比思想家更富于感受力,更能从普遍的生活现象中抽取出典型的形象并表现出来。这样,我们就触及到了杜勃罗留波夫现实主义文论思想中最主要的几个概念:真实性、典型性和形象性。

首先是"真实性"问题。关于这一点,杜勃罗留波夫是毫不含糊的,无论是衡量艺术作品的价值还是衡量一个艺术家的价值,"真实性"原则都是首要的。他说,"我们认为艺术作品的主要价值是它的生活的真实",而"作为艺术家的作家,他的主要的价值就在于他的描写的真实"[47]。他还说:

> 承认文学主要意义是解释生活现象之后,我们还要求文学具有一个因素,缺乏了这种因素,文学就没有什么价值,这就是真实。应当使得作者所从而出发的、他把它们表现给我们看的事实,传达得十分忠实。只要失去这一点,文学作品就丧失任何意义,它甚至会变成有害的,因为它不能启迪人类的认识,相反,把你弄得更糊涂。[48]

当然,"真实"并不意味着像镜子一样忠于表面的事实、现象的事实。如果说历史性作品是要再现一种"事实的真实"的话,那么"在艺术文学中,其中的事件是想象出来的,事实的真实就为逻辑的真实所取代,也就是用合理的可能以及事件主要进程的一致来代替"[49]。在这里,杜勃罗留波夫给予了文学表现生活相当宽广自由的空间,比起车尔尼雪夫斯基的艺术再现生活论来,杜勃罗留波夫显得更为宽容,也更接近别林斯基的观点。事实上,他强调的是生活现象背后的普遍规律和必然性,用"逻辑的真实"来代替"事实的真实",不禁让我们想起亚里士多德所要求的诗人的使命。

然而,在杜勃罗留波夫看来,"一个作家是永远不会虚构出一种绝对的虚假来的"[50],因为即便是最拙劣的小说或者戏剧,都不能否认它们所描写的细碎事件,或多或少也会包含一些现象的真实。因此,"真实"只是作品的必要条件,但还不是作品的价值。为此,"我们就得指出那种可以让我们决定每一种文学现象的价值等级和意义的尺度",这衡量的"等级"和"尺度",可以说是真实性的程度,具体说来,就是要"判断作者的眼光在现象的本质里究竟深入到何种程度,他在他的描写中对于生活各方面现象的把握,究竟广阔到何种程度"[51]。这也就是作家对于生活现实的"逻辑的真实"把握的深度和广度问题。深度,意味着能把握现象背后的普遍的逻辑规律和必然性;广度,意味着能把握生活现象的完整性与永久性。现实生活中偶然而虚伪的现象并不是现实生活的本质,因而并不是它的典型特点。

那文学究竟应该怎样来把握现实的普遍性和必然性、把握现实的典型特征呢?杜勃罗留波夫非常反感经院哲学不允许文学作品放纵出一点偶然性的苛刻要求。他称赞冈察洛夫说:"他有一种令人震惊的能力——他能够在随便一个特定的瞬间,摄住那正在飞驰过去的生活现象,把握它的全部完整性与新鲜性,把它保持在自己面前,一直保持到它整个都属于艺术家所有"。或者说,他是"努力把一种在他面前闪过去的偶然的形象提高到典型的地位,赋予它普遍而又持久的意义"[52]。

这些论断令人想起了别林斯基关于"典型性"的论述。是的,从"真实性"原则,我们很容易在杜勃罗留波夫的文论里过渡到"典型性"原则。他说过,文学典型就是表现着作家以前观察到的、关于某类事物所有个别现象的一切根本特征的形象,是包含着普遍性和必然性的具体而个别的形象。这跟别林斯基的"典型"观基本上是一致的。

与"典型性"原则密切相关的是"形象性"原则。从生活现象中抽取出具有普遍意义的典型人物性格和环境,在艺术中都需要"形象"来表现。为此,"把最高的思维自由地转化为生动的形象,同时,在人生的一切最特殊、最偶然的事件中,充分认识它的崇高而普遍的意义"[53],便成了杜勃罗留波夫对文学的最高理想。

当然,他也看到,作家所处理的不是抽象的观念和一般的原则,而是活的形象,是思想能在其中显现的形象。正是在这些"活的形象"中,作家表现着生活、解释着生活,它们提出问题,引人深思,启发那些有推理能力的人对现实生活的若干现象构成正确的观念。这样,文学的意义和价值就通过艺术形象而完成了。同时,这些生动的"活的形象",也彰显着作家的世界观和个性。在他看来,一个有才能的作家的作品,不管如何多样,总可以在其中看出一种与其他作家的作品有所不同的共通的地方,这就是作家的世界观。

可以说,"真实性""典型性"和"形象性"原则,在杜勃罗留波夫的文学理论中,本身就具有逻辑上的内在统一性,它们补充和丰满了别林斯基的现实主义文论。但如果以为这种补充和丰满只是在别林斯基的基础上小修小补,那显然低估了杜勃罗留波夫的历史意义。应该说,他的补充和丰满是相当细腻、辩证、有推进作用的。例如,在一个概念上,杜勃罗留波夫就比别林斯基往前迈进了一大步,那就是"人民性"概念。如果我们与前面介绍的别林斯基在"民族性"和"人民性"问题上的犹疑与倾向相比较,就有理由在这里为杜勃罗留波夫坚定的"人民"立场而感动。

在杜勃罗留波夫那里,"人民性"已不仅仅是一种描写当地自然的美丽,运用从民众那里听到的鞭辟入里的语汇,忠实地表现其仪式、风习等等的本领。他说:

> 要真正成为人民的诗人,还需要更多的东西:必须渗透着人民的精神,体验他们的生活,跟他们站在同一水平,丢弃阶级的一切偏见,丢弃脱离实际的学识等等,去感受人民所拥有的一切质朴的感情。[54]

也就是说,要去接近人民,表现人民的生活、意识和愿望。

显然,与别林斯基不同的是,"民族"已变成了"人民"。别林斯基所依赖的"有教养的阶层""上流社会"被杜勃罗留波夫毫不留情地剔除出去了。这种差异,与他们所面临的时代任务密切相关。别林斯基当时面临的主要任务是使俄国文学形成自己的民族独创性,因此他比较重视一个民族中"有教养的阶层";杜勃罗留波夫面临的主要任务则是使俄国文学与俄国人民的解放运动更加紧密地联系起来,因此他更加重视一个民族中的劳动群众。"人民"这两个字,像"民族"这两个字镌刻在别林斯基心中一样,镌刻在杜勃罗留波夫的心里。"人民性"在杜勃罗留波夫的文论中具有崇高的地位。

杜勃罗留波夫短暂的一生,是与文学批评为伍的。他是一位对自身的批评活动有着高度自觉的批评家。他把自己的批评原则称为"现实的批评",以区别和对抗当时的"审美的批评"。所谓"现实的批评",即不是用批评家"预先编撰好的观念和课题强加在作者身上",让作家接受别人的思想,不是要企图束缚作家、"消灭"作家,而是要注重事实、注重作品本身,从作品出发,认为"重要的还不是作者要想说什么,而是他说了什么"[55]。

他认为文学批评之所以存在，就是为了揭示和说明隐藏在作家创作内部的意义。正是在这样的论断中，作品的形象是否真实，作家观察生活的范围是否广阔、是否有深度，就自然而然地显现了出来，作品的价值与意义、作家的世界观也从中显示出来。而衡量作品价值和意义的等级和尺度，也便是我们上文中概括的杜勃罗留波夫文学思想中的重要概念：真实性、典型性、形象性和人民性。

正因为杜勃罗留波夫的"现实的批评"是从作品本身出发的，所以这种批评是"活的批评"。他说："批评应当是永久的艺术法则对个别作品的应用，应当像镜子一般，使作者的优点和缺点呈现出来，指示他正确的道路，又向读者指出应当赞美和不应当赞美的地方。"[56]可见，"永久的艺术法则"、抽象的文学理论，一旦脱离"对个别作品的应用"，就削弱了生命力。这一意见，对于文学理论和文学批评学科建设，都有启发的意义。

就在杜勃罗留波夫宣称自己的批评为"现实的批评"的时候，皮萨列夫选择了"现实主义"作为自己的文论准则，称自己为"现实主义者"。在理论上，皮萨列夫坚决反对为艺术而艺术的"纯艺术"观，提倡一种为人生、为社会、为革命的功利的艺术观。在批评上，他不赞成唯美主义的批评，倡导现实主义的批评。

事实上，皮萨列夫和杜勃罗留波夫的文学观点相当接近，只是在理论姿态上显得更为激进。他在《美学的毁灭》论文中，甚至从车尔尼雪夫斯基《艺术与现实的审美关系》论文推衍和阐释出"美学理论的毁灭"的结论。

可以这样说，无论是杜勃罗留波夫还是皮萨列夫，也无论是细腻的姿态还是激进的姿态，在他们的努力下，由别林斯基和车尔尼雪夫斯基建构起来的俄国社会历史批评与现实主义文论，得到了进一步的完善和深化。然而，他们的观点也有内部矛盾以及易于导致机械、偏执的一面，这也是后来俄国形式主义文学理论诞生的一个重要原因。

4. 俄国作家的文论拓展

俄罗斯19世纪的现实主义社会历史批评，是在论战中一步一步确立和巩固起来的，同样，它也在论战中接受着挑战。其中，比较中肯的挑战来自于一些著名作家。他们有着丰富的创作经验和敏感的艺术感受力，文学实践的切身体验和自觉的理论反思，使得他们的意见比起纯粹的文论家和批评家的言论来，有很大的不同。这里让我们观察两位俄国作家的文学理论思想。

首先,陀思妥耶夫斯基(Ф. М. Достоевский),他是19世纪俄国伟大的批判现实主义作家。早在别林斯基时代,陀思妥耶夫斯基就同别林斯基的所谓"文学的倾向性"进行过论战。他说:"我被迫参与了这次文学论争,从我这方面来说,争论的中心思想是艺术不需要倾向性,艺术本身便是目的,作家只应该为艺术而操心,思想是自然而然会产生的。因为思想是艺术性的必不可少的条件。"[57]所以,当杜勃罗留波夫和皮萨列夫进一步要把社会历史批评推向极端的时候,在陀思妥耶夫斯基看来,他们都是文学的"功利主义者"。他在《俄罗斯文学组论·波夫先生和艺术问题》[58]一文中写道:"功利主义者既不公开攻击艺术性,同时又完全不承认它的必要性。只要主题明确,'只要看清写这部作品的目的,就已经足够了;而艺术性是空的,次而其次的,几乎是多余的东西'。功利主义者就是这样想的。而没有艺术性的作品无论借助什么形式,永远达不到自己的目的,况且这种作品弊多利少,因此,功利主义者由于自己不承认艺术性比别人带来更多的弊端,结果他们直接违背了自己的本意,因为他们追求的不是弊而是利。"[59]

陀思妥耶夫斯基在反对"功利主义"的同时,也反对"为艺术而艺术"。事实上,他一直都是个理论上坚定的现实主义者,始终坚持文艺忠于现实的观点。他说:"艺术永远是现实的,能动的,历来都是这样,更重要的是非这样不可。"[60]在这一点上,他和别、车、杜的"社会历史批评"保持着一致。但是,他无法容忍杜勃罗留波夫走得太远。上面那段话中虽然多少有些偏颇,却给予了我们这样一个思考:俄国现实主义的社会历史批评是否真的已经走到了极端?是否还有拓展的纬度?作家的意见为我们开辟了新思路。

其次,列夫·托尔斯泰(Л. Н. Толстой)是19世纪俄国最伟大的天才的批判现实主义作家。他创造了无与伦比的俄国生活的图画。光是他的长篇小说代表作《战争与和平》《安娜·卡列尼娜》《复活》等,就足以使他名列世界文学第一流大作家的位置。"作为俄国千百万农民在俄国资产阶级革命快要到来的时候的思想和情绪的表现者",他的作品的确是一面反映农民在俄国"革命中的历史活动所处的矛盾条件的镜子"[61]。他的深重的苦难意识和强烈的道德感,一直贯穿在他的作品里,面对现实的腐朽与丑恶,他要用宗教的坚忍与泛爱来对抗和化解。他的这种真挚、坚韧和面对苦难的自我完善的道德意识,深深地打动着读者的心。在长期的思想和精神的苦痛挣扎与折磨中,82岁高龄的托尔斯泰悄然离家出走,在一个冬天的深夜,因肺炎而安静地离开了他深爱的世界。客观地说,托尔斯泰的作品、观点、学说中的矛盾是显著的,"但是在他的遗产里,还有着没有成为过去而是属于未来的东西"[62]。

托尔斯泰大量的文艺思想散见于他的日记、书信、笔记和序跋,同时,他也为后人留下了不少系统的理论著述,主要有《谈艺术》《论所谓的艺术》和《什么是艺术?》等。这些论著,让人们更加深入地走进他的艺术世界。当然,托尔斯泰从来没有离开过别林斯基所开创的现实主义文学传统,正是在现实主义理论的结构与框架中,他以一个作家的身份和丰富的文学实践为资本,把"现实"推进到了人的情感的纬度。这主要包括如下几个方面:

首先,"什么是艺术"?

这是他首先要解决的问题。在《什么是艺术?》一文中,托尔斯泰不厌其烦地罗列了自美学之父鲍姆加登以来各家对于美和艺术的定义与见解。而所有这些定义,归结起来不外乎两种基本观点:第一,美是一种独立存在的东西,是绝对完满——观念、精神、意志、上帝——的表现之一;第二,美是我们所得到的某种并不以个人利益为目的的快感。这两种基本看法,无论是客观的还是主观的,都可以"归结为我们所获得的某种享乐。换言之,凡是使我们喜欢而并不引起我们的欲望的东西,我们认为就是美"[63]。但是,在托尔斯泰看来,要了解人类的某种活动的意义和作用,就必须根据这一活动的因果来研究它本身,而不是根据它所给予我们的快感这一方面来加以研究,因而,上述的所有关于美的见解都不是正确的。他认为,按照惯常的理解,"艺术是对美的表现"或者认为"艺术的目的是享乐",也是不正确的。

他指出,"实际上艺术活动的意义却在于它跟生活中其他现象的关系"。这表明了托尔斯泰文学思想的现实主义立场。从这一立场出发,他把艺术看做是一种人类的活动,是"人与人相互交际的手段之一"。一种深切的人本主义情怀,使他看到了艺术的交流价值,看到了艺术在促使人与人之间联系、感动和彼此间结合与慰藉的作用。他说:"任何一部艺术作品都能使接受的人跟已经创造了艺术或正在创造艺术的人之间发生某种联系,而且也跟所有那些与他同时在接受、在以前接受过或在他以后将要接受同一艺术印象的人们之间发生某种联系。"[64]这样,艺术就把处于不同时空中的全人类联系到了一起。

他认为,任何一种交流得以实现,必须具备至少三项条件:信息发送者、信息接受者和信息本身。文艺这种交流活动,其发送者是作家、艺术家,接受者是读者和受众,那么艺术传达的是什么呢?如果说语言传达的是思想,科学传达的是知识,那么艺术传达的就是感情。他说:

>观众或听众一旦感染到创作者体验过的感情,这就是艺术。
>
>在自己心里唤起曾经一度体验过的感情,在唤起这种感情之后,用动作、线条、色彩、音响和语言所表达的形象来传达出这种感情,使别人也体验到这同样的感情,这就是艺术活动。艺术是这样一项人类的活动:一个人用某些外在的符号有意识地把自己体验过的感情传达给别人,而别人为这些感情所感染,也体验到这些感情。[65]

在他看来,艺术既不是形而上学的某种神秘观念、理念或美的体现,也不是所谓"剩余精力"的游戏,更不是一种享乐。艺术是一种人与人之间的交流活动,艺术本身在于传达感情。他认为,对于艺术家来讲,"如果他真是艺术家,除了在艺术中传达自己的感情之外,不能做任何别的事";而且,"艺术只有当它能使观众和听众为其情感所感染时,才成其为艺术"[66]。艺术的意义就在于,"它把人们在同样的感情中结成一体"[67]。

这样来定义艺术,艺术的活动就变得相当重要而且普遍。为此,托尔斯泰承认广义的艺术渗透人们的整个生活,而人们只把这一艺术的某些表现称为艺术,即狭义的艺术。

其次,既然艺术是一种感情的交流和传达,那么如何来判断艺术价值的高下呢?或者说如何来判断艺术作品所传达的那种感情的价值呢?托尔斯泰说:

>艺术,或者说,艺术所传达的感情的价值是根据人们对生活意义的理解而加以评定的,是根据人们从中看到的是生活中的善抑或恶而加以评定的;而生活中的善与恶是由所谓宗教来决定的。[68]

在托尔斯泰看来,宗教代表着某一时代、某一社会中的优秀先进人物所能达到的对生活最高深的理解,因此,只有宗教才在过去和现在任何时候总是评定人的感情的根据,而艺术所表达的感情的好坏,都是根据这种宗教意识来加以评定的。也就是说,宗教意识,具体说来就是基督教的意识,是判定当代艺术活动所传达的感情好坏价值的标准。托尔斯泰把传达基督教意识和感情的艺术看成了最崇高最优秀的艺术。显然,这里又表现了他作为"发明救世新术的先知"的一面。

从这一价值标准出发,托尔斯泰非常反感所谓上层阶级的"贵族艺术"和当时的颓废派艺术。托尔斯泰指出,上层阶级的艺术从全民的艺术中分离出来就产生了一种信念:艺术可以是艺术而又不为大众所理解。而事实上,他们追求享乐,艺术在他们自己的小圈子里传达出来的无非是"骄傲的感情""淫荡的色情"和"对生活的厌倦情绪"这三种微不足道又并不复杂的感情。而这些,也正是当时那些新派艺术家所最热衷的东西。

正是从这一以基督教为指归的价值标准出发,托尔斯泰在"人民性"的问题上与别林斯基等人开创的"社会历史批评"巧妙地交汇了。无疑,既然托尔斯泰心目中的艺术是要传达全人类的感情,并要联合全人类,既然他倡导的是一种"全民的艺术",那么,在他那里,"艺术,就自己的性质来说,必须跟人民接近"[69]。而只有当人民中间的某一个人在体验到一种强烈的感情而且要求把这种感情传达给别人时,才会产生全民的艺术。托尔斯泰曾质问到:"为什么艺术界人士不为人民服务呢?……这些人士以用精神食粮为那些赡养他们、给他们吃、给他们穿、免除他们体力劳动的人们服务的名义进行活动,而结果却忘却了自己的责任,忘记制作人民所需要的精神食粮,并且把放弃职责作为自己的美德,这难道不是不可救药的疾病吗?"[70]托尔斯泰的学说,正像许多空想学说体系一样,是具有批判的成分的。

如果说,以上是托尔斯泰就艺术的内容,来判定艺术的价值和意义的话,那么他还从另一个角度来区别艺术的真伪价值,那就是艺术传达的效果,即艺术的感染力。他说:"区分真艺术与伪艺术,有一个肯定无疑的标志,即艺术的感染力。"[71]这是一种"内在的标志"。他认为,真正的艺术品能做到在感受者的意识中消除他跟艺术家之间的界限,也能消除他跟所有领会同一艺术作品的人之间的界限。艺术的主要吸引力和性能,就在于能把个人从离群和孤单的境况中解脱出来,就在于能使个人跟其他的人融合在一起。或者说,"不但感染力是艺术的一个肯定无疑的标志,而且感染的程度也是衡量艺术价值的唯一标准"[72]。

在托尔斯泰看来,感染力的深浅取决于三个条件:一是传达的感情有多大独特性;二是这种感情的传达有多清晰;三是艺术家的真挚程度如何。而这三项中间,他认为"真挚"是最重要的。真挚,也就是感情的真实和强烈,被托尔斯泰视为艺术感染力的最高标志。于是,在19世纪的俄罗斯,由别林斯基开创的现实主义"真实性"原则,第一次被拓展到了人的感情和心灵的纬度。

陀思妥耶夫斯基就是从这个角度,赞赏托尔斯泰的《安娜·卡列尼娜》是"十全十美的","一切都是通过对人的心灵的大量心理研究,十分深刻而有力地,以我们前所未有的艺术描写的现实主义手法表现出来的"[73]。而就这一点而言,可以说陀思妥耶夫斯基比托尔斯泰走得更远。如果说托尔斯泰的文学作品让我们感动和沉思的话,那么,陀思妥耶夫斯基的作品,无疑是一种灵魂的挣扎与拷问。尽管陀思妥耶夫斯基不遗余力地同文学上的"功利主义"进行论战,但我们前面说过,他从来都是一个坚定的现实主义者,他认为"艺术的力量就在于真实及其鲜明的体现"[74]。

从车尔尼雪夫斯基的"生活真实",到杜勃罗留波夫的"逻辑真实",再到托尔斯泰的"感情真实",俄罗斯19世纪的文学理论已经把"真实性"问题推演到了峰巅。这个时候,陀思妥耶夫斯基依然不满足。他说:"有什么比现实更荒诞和更意外的呢?有什么能比现实更难以置信的呢?小说家永远也想象不出现实每天向我们提供的成千件具有最平凡形式的那些不可能的事。"[75]这让我们想起了车尔尼雪夫斯基的论断:"现实比起想象来不但更生动,而且更完美。想象的形象只是现实的一种苍白的、而且几乎总是不成功的改作。"[76]为此,车尔尼雪夫斯基索性让艺术屈从于现实。然而,陀思妥耶夫斯基则不是,他要探求人的心理和灵魂深处的真实,探求人类的天性中一切掩藏着的恐惧、罪恶和病态,探求人在面对突如其来的荒诞现实时所有的心理真实,并把它们揭示出来。所以,他说:"人们称我为心理学家,不对,我只是最高意义上的现实主义者,即刻画人的心灵深处的全部奥秘。"[77]陀思妥耶夫斯基把"真实性"再次推到一个新的高度。

然而,19世纪"社会历史批评"发展到顶点,同时也就意味着衰弱的开始,无论谁都无法改变这一历史走向。文学理论和文学实践有其自身的矛盾运动规律,当文学的内容因素过分饱和时,文学的形式因素就必然会在理论上逐渐地突显出来。20世纪初俄国形式主义文学理论的产生,就是一个证明。

二 马修·阿诺德的文学理论

从辉煌的俄国"社会历史批评"学派一下子把目光转向英国的马修·阿诺德,或许会让人有点不适应。前者是如此的激进,后者却显得相当保守。然而,"同样的总体结构规定了他的视角"[78],出于同样的对于社会功用的诉求,阿诺德在文学理论上赋予了文学和批评以社会的使命。

马修·阿诺德(Matthew Arnold)是英国著名的诗人和批评家。他自幼受到良好的教育,从牛津大学贝利奥尔学院毕业后,曾在拉格比公学短期任教,后来,还当过辉格党领袖的私人秘书,出任过教育督学,去欧洲大陆考察过教育制度。35岁时,被聘为牛津大学英国诗歌讲座教授,为期十年。他的一生著作甚丰,涉及文学理论方面的有《评论一集》(1865)、《文化与无政府状态》(1869)、《评论二集》(1888)等。

1. 文学的文化意义

阿诺德可以说是英国第一位自觉地对"文化"进行理论思考的重要作家。他一生致力于抨击"野蛮人、非利士人和群氓"的种种恶俗情趣,宣扬以追求真善美的文化来对抗当时英国缺乏准则和方向感的"无政府状态"。

阿诺德把当时的英国社会分成三个阶层。第一种是"野蛮人",即贵族阶级,他们固然是精力充沛的"正人君子",可是他们闭目塞听,墨守陈规,没有一点创新意识。第二种是"非利士人",即中产阶级市侩,他们虽然富有事业心,但一味沉溺在物质文明里边,唯利是图,不去追求精神上的光明,于是,他们的生活也就惨淡无光。第三种叫"群氓",即工人群众,他们要么追随资产者,要么自甘沉沦,粗俗而愚昧,只能在贫困和肮脏的生活之中挣扎。阿诺德认为,工人阶级因为贫困、愚昧和无奈,只能导致他们的文化权威扫地,社会和文化秩序趋于瓦解,"无政府状态"也由此发生。所以,"无政府状态"就是工人阶级文化的同义词。显而易见,这三个阶层都与文化无缘。

在阿诺德眼里,"文化"是极其神圣的东西,它"让天道与神的意旨通行天下",它也意味着完美。

> 人类精神的理想在不断地扩充自身、扩展能力、增长智慧,使自己变得更美好。要实现这一理想,文化是不可缺少的帮手,这就是文化的真正价值。[79]

而文学,则同宗教一样,是每个民族都不可缺少的东西,是文化的重要载体。它们使人类的灵魂得到救赎,使文化的光明和完美得到充分的彰显,并能渗透到人类的灵魂中去。阿诺德说:"文化以美好与光明为完美之品格,在这一点上,文化与诗歌是气质相同,遵守同一律令。""希腊最优秀的艺术和诗歌是诗教合一的,关于美、关于人性全面达到完美的思想,结合着宗教的虔诚,成为其充满活力的运作的动因。唯其如此,希腊优秀诗歌艺术对我们至关重要,能给我们以重大的启示"[80]。

显然,这种看法既不同于注重作品艺术分析的文学理论,也不同于注重文学产生的社会原因分析的理论。它是将文学整合到了文化的概念中,将文学看做文化的一个有机组成部分,看做是能够体现文化精神的载体。

在阿诺德看来,正因如此,文学才能够对人和社会产生巨大的作用。

首先,文学具有拯救人类灵魂的作用。他认为,物质或制度方面的措施是无法对人类的精神有彻底的影响的,精神方面的问题只能从精神方面入手进行解决,而这种解决效果最好的就是宗教。并且还认为,宗教与诗歌相比,宗教所体现的人性更为重要,因为它所要达到的完美更为宽泛,受宗教影响的人数也更多。不过,从长远来看,文学对人类精神的作用更大,因为它以真诚和美为核心,更关注人世,关注此岸一切,这是宗教所不能企及的。阿诺德指出:诗歌主张美,主张人性在一切方面都应臻于完善,这是诗歌的主旨。而宗教的主旨是克服人身上种种显而易见的动物性的缺陷,使人性达到道德的完善。尽管诗歌的主张尚不如宗教那么有成效,但它是真切而宝贵的思想。诗歌的主张倘若能同宗教观念中有虔敬之心的干劲与活力结合起来,那就注定会改造并统制宗教的主张。看来,文学对人类精神的潜移默化功能,是甚于宗教的。所以,他主张文化批评必须与诗歌联姻,方能显示出真正的魅力和效果。当人类顽愚不化时,"只有文化批评的声音他们才听得进去,而且只有当文化像诗歌一样,用平实而不矫揉造作的语言,意态坚决地以全面完美之人性的理想来衡量这些宗教组织时,批评的声音方能闻达于世人"[81]。显然,他是重视文学的文化意义的。

2. 文学的必备素质

经验告诉我们,文学一旦跟文化联系起来,并在文化的大框架中谈论其价值,就很容易走入一个与文学理论相悖的歧途,那就是一味地强调文学的社会、思想、历史和人类学功能,从而忽视文学本身的艺术价值。但是,阿诺德却没有这样做。

阿诺德从文学产生的效果出发,考察了历史上几个成功的作家,通过指出他们的艺术成就,阐明了真正的文学应该具备的素质。他指出,荷马之所以能成功,是因为其观念的朴素和直接,也是因为其写作风格的简洁明快、直截了当、光滑流畅,在整体上体现着"风格的崇高",这些都是"依赖艺术家的人格的"[82]。华兹华斯的诗之所以伟大,是因为"它非常强烈地感到自然给我们的愉快,和简单的基本的感情与责任给我们的愉快;是因为他非常有力地把这种愉快一次又一次地展示给我们,使我们能分享这种愉快"。这是"一种完全朴素的,全凭忠实的表现力以发挥效果的风格"[83]。而莎士比亚之所以成为伟大的诗人,是由于他善于"寻找与概括一种最好的行动",而且"富有体会情节的感觉和同情人物的力量"[84]。这些见解都是有独到之处的。作为一个诗人,阿诺德对文学的认识是感性的、形象的,能一语道破文学的真谛,并点出文学的妙处。

作为一位批评家和人文主义者,阿诺德又始终坚信文学的信念和文学理想是文学创作的一个重要成分。他提出,"在诗里,观念是一切,其余的世界都是幻觉,神秘的幻觉。诗把它的感情寄托在观念上;而观念却是事实"。但是,他对文学理想或文学观念并不抱一种形而上学的态度,而是指出文学观念或文学理想是随着时代的变化而变化的,每个民族的诗人都会"随着时间的前进,在不负自己的崇高使命的诗里,找到愈益可靠的支持。没有哪一种信念不发生动摇的,没有哪一种信奉已久的教义不被怀疑的,没有哪一种大家接受的传统不要解体的"[85]。因为诗正好代表着这种信念和理想,所以它成了一种很特殊的东西:没有诗,科学便会显得不完备;没有诗,宗教、哲学不过是"知识的幻影、迷梦和假象"。

在阿诺德看来,"诗有很高的使命。诗是在诗的真与美的规律所规定的条件下的一种生活批判",人们可以"在这种生活批判的诗里找到慰藉与支持。但这种慰藉与支持的力量是和生活批判的力量成比例的"。"以生活的最高批判为任务的诗,由于它广阔地、自由地、健全地反映事物,才有内容的真实"[86]。好诗能够改造人,支持人,给人以慰藉,好的诗作不仅会有对生活的批判,这种批判还应当保持一种崇高的严肃,真正的诗的品质应当具有"广阔、自由、洞见与温和"。

因为有这个使命,所以阿诺德认为,文学在内容上首先要表现"那些最能感动人的最根本的情感:那些人类永恒的、不随时间而转移的基本情感。这些情感是永恒不变的,而引起这些情感的兴趣的东西,也是永恒不变的"。描写的事件是现代的还是古代的都在其次,关键是描写对象的"内在的兴趣"。因此,阿诺德要求作家描写具有重大社会意义的事件,认为凡是伟大而激烈的行动,对我们性情的基本因素,对我们的激情,都是永远有趣的;而这种趣味是完全与行动的伟大、激烈成正比的。一千年前的一个伟大行动,对我们来说,要比今日的一个微末的行动有趣得多了。阿诺德指出,具有重大社会意义的人类行为与一般人类活动在文学表现的效果与意义方面具有质的不同,如果一个作家"以为他的艺术手法能使一个本质低劣的行动同一个本质最好的行动同样地成为优美的作品,便是错误的了"[87]。

其次,文学作品的内容要表现道德思想。阿诺德深刻地指出,"道德时常被人们看得狭隘而错误"。道德往往或被人们联系到一时得势的思想和信仰体系上,或落在腐朽文人和职业贩子手里,或变成我们许多人所讨厌的东西,于是我们不愿提及道德,只爱读与道德无关的作品,喜欢不管内容是什么只要形式巧妙而精致就好的作品。这是不对的,是对真正道德的逃避,也就是不道德的。总之,文学不能违反道德。

> 违犯道德观念的诗,就是违犯生活的诗;对于道德漠不关心的诗,就是对生活漠不关心的诗。[88]

在阿诺德看来,文学正是在以上这些素质里,其文化的意义才得以充分实现。

然而,在阿诺德的文学思想中,有一点是被他严重忽略甚至否定了,那就是无产阶级及其文化。作为一个生活在维多利亚时代的学者,他无法认清在广大的无产阶级和人民大众中所蕴涵着的创造文化的潜力。他把无产阶级看做"群氓",认为他们不可能有自己的文化,所谓"文化"需由中产阶级去创造。这一观念,比起俄罗斯"社会历史批评"中无法绕开的"人民性"原则,显然有它历史和理论局限的一面。

三 丹纳的"艺术哲学"

我们再来看19世纪文学"社会历史批评"理论在法国的情形。

丹纳(H. A. Taine)是法国的史学家和文学批评家。他出生于一个律师家庭,自幼聪颖,长于思维,中学时代就被老师誉为"为思想而生活"的人。1848年,丹纳考入国立高等师范,攻读过商学、医学和哲学。1864年起,应巴黎美术学校之聘,担任美术史讲座教师,著名的《艺术哲学》一书,就是在这时按讲课进程陆续印行的。丹纳一生著作甚丰,文学历史哲学都有涉及。在文艺方面的论著除《艺术哲学》外,还有《拉封丹及其寓言》(1854)、《英国文学史》(1864—1869)、《评论集》(1858)、《评论续集》(1865)、《评论后集》(1894)、《意大利游记》(1864—1866)等。

如果我们注意到俄国的"社会历史批评"和阿诺德的文学思想都只是以文艺批评的形态出现的话,那么,丹纳的野心勃勃似乎是在于要用"社会历史批评"的方法去建构一种文学艺术发展的历史大叙述。这一类的历史叙述,早在黑格尔那里就开始建构过,但是,黑格尔把艺术史的进程整合进了"理念"的辩证运动过程中。当历史进入19世纪中后期,当知识分子开始把目光转向自身生存的社会历史现实,当自然科学的发现、孔德的实证论和达尔文的进化论在欧美渐渐发挥其影响力的时候,关于文学艺术的历史叙述就拥有了一个全新的视角。而丹纳学说所采取的,正是这个视角,他实际上开启了一种新的理论模式。

丹纳认为,世界上一切事物,无论物质方面的还是精神方面的都可以解释;一切事物的产生、发展、演变、消亡,都有其规律。他的理论方法,用他自己的话说,是"从历史出发而不从主义出发,不提出一套法则叫人接受,只是证明一些规律。"[89]他对文学艺术的研究,完全是抱着解释的态度。下面我们从几个方面加以考察。

1. 种族、环境和时代

丹纳在《艺术哲学》中反复强调,对文学艺术的研究就像对植物的研究一样,是可以科学化的。这种纯客观的科学态度,使他试图从"种族、环境、时代"三大因素出发来解释文艺形成的原因。

在《〈英国文学史〉序言》一文中,丹纳集中地阐释了这一理论。他是这样界定"种族"的:"我们所谓的种族,是指天生的和遗传的那些倾向,人带着它们来到这个世界上,而且它们通常更和身体的气质与结构所含的明显差别相结合。"[90]在丹纳看来,"种族"这一因素属于"内部主源",是一个民族先天固有的东西。而"环境"则属于"外部压力",主要包括地理条件、气候条件和政治条件等。他认为这是在勾画出了种族的内部结构之后,必须考察的。因为人不是孤立的,不能脱离环境而存在。物质环境和社会环境在影响事物的本质时,一直起着干扰或凝固的作用。

除了"种族"和"环境"这两者外,还有一个"后天的动量"在影响着文学艺术,这就是"时代"的因素。"时代"因素对人有着更直接的塑造功能,它使作家艺术家在某些方面初步成型,以便使民族性格和周围环境的影响能落实到创作中。丹纳指出:"当民族性格和周围环境发生影响的时候,它们不是影响于一张白纸,而是影响于一个已经印有标记的底子。人们在不同的空间里运用这个底子,因而印记也不相同;这就使得整个效果也不相同。"[91]

在《英国文学史》一书中,丹纳尽力阐明这三种力量或元素对文学创作和发展的决定作用。这种理论方法,在其《艺术哲学》中仍然沿用。在该书中,丹纳用这种方法精辟地分析了意大利文艺复兴时期的绘画、尼德兰绘画和古希腊雕塑。这里值得注意的是,丹纳的分析不是机械的,他的超凡的鉴赏力和表达能力,往往使他的流畅行文既有严谨的分析理路,又十分贴近文艺本身。并且,在《艺术哲学》中,他不再局限于对"种族、环境、时代"三种元素逐一列举,而是采取了一种相当圆融的方式。

《艺术哲学》的第一编是对艺术本质和产生的论述,谈得比较多的是风俗习惯和时代精神对艺术家的影响。丹纳指出，要了解艺术家的趣味与才能，要了解他为什么选择某种艺术门类，为什么特别喜爱某种色彩，表现某种感情，就应当到群众的思想感情和风俗习惯中去探求。进一步讲，

> 要了解一件艺术品，一个艺术家，一群艺术家，必须正确地设想他们所属的时代的精神和风俗概况。这是艺术品最后的解释，也是决定一切的基本原因。[92]

因为，风俗习惯与时代精神无论是对群众还是对艺术家，影响都是相同的。艺术家不是孤立的人，他不会孤独地创作和表现，他有很多陪衬、很多铺垫，而这些陪衬和铺垫都是时代提供的，参与到这种陪衬和铺垫中的是更多的人。所以，只有有了一片和声，艺术家才会成其为伟大。时代风气之于文学艺术，就像气候之于植物一样密切相关。

《艺术哲学》其后的几编，则是对具体民族的艺术的分析，因此，在"种族"和"环境"两方面讲得比较多，阐释得也比较详尽透彻。

丹纳的理论，对人们透过文学艺术认识社会和历史有极大的帮助，而且，这种认识往往是根本性的，直达本质的。我们知道，在解释一部内容丰富的文学作品时，我们所找到的往往"会是一种人的心理"。但是，在丹纳看来，这种"人的心理"，"时常也就是一个时代的心理，有时更是一个种族的心理。从这方面看，一首伟大的诗、一部优美的小说、一个高尚人物的忏悔录，要比许多历史家和历史著作对我们更有教益"[93]。这不禁让我们想起了恩格斯名言：我从巴尔扎克作品中所学到的东西，"要比从当时所有职业的史学家、经济学家和统计学家那里学到的全部东西还要多"[94]。

2. 文学的产生和作家的创作

丹纳综合以上三项要素，分析了文学的产生。他指出，文学作品的产生，取决于时代精神、周围风俗、群众思想和社会风气的压力，这些压力给作家定下一条发展的路，使他自然而然地沿着这条路进行创作。

"环境"和"时代"因素可以通过任何一种形式影响作家的创作，教堂中的一个仪式，屋子里的家具，听到的谈话，都可能对他尚未找到的形体、色彩、字句、人物有所暗示。经过千万个无名的人暗中合作，作家的作品必然更美，因为除了他个人的苦功和天才之外，还包括周围的和前几代群众的苦功和天才。而无论是作家本人还是他周围的群众，都受到"种族"因素的影响，这一点丹纳没有具体说明，但已隐含在论述当中了。

丹纳分析文学的产生,遵循的是一种从"环境"入手的整体性思路。他指出:环境,即风俗习惯和时代精神决定着作品的种类;环境只接受同它一致的品种而淘汰其余的品种,环境用重重障碍和不断的攻击,阻止别的品种发展。不仅如此,环境的影响还构成一个总的形势,这个形势引起人的相应的"需要"、特殊的"才能"和特殊的"感情"。这种"需要""感情""才能",倘若全部表现在一个人身上而且表现得很有光彩的话,那就会成为一个文学形象,构成一个中心人物,成为同时代的人钦佩和同情的典型。于是,作家的全部工作就可用两句话来概括:或者"表现中心人物",或者"诉之于中心人物"。于是,作家将其创作出来,文学便产生了。用丹纳自己的话来说,这个过程可以概括为:

> 首先是总的形势;再次是总的形势产生特殊倾向与特殊才能;其次是这些倾向与才能占了优势以后造成一个中心人物;最后是声音、形式、色彩或语言,把中心人物变成形象,或者肯定中心人物的倾向与才能:这是一个体系的四个阶段。[95]

文学虽然决定于"种族""时代"和"环境",作家虽然无法独立于他所处的环境,但是,丹纳并不主张作家可以随波逐流,更不主张人人都能成为作家。在丹纳看来,作家要想在心中形成反映时代"中心人物"的典型形象,"必须是个生性孤独、好深思、爱正义的人,是个慷慨豪放、容易激动的人"[96]。他的伟大的心灵和悲痛的情绪,必须在艺术上尽情地倾诉。

3. 艺术的本质与目的

丹纳的理论,不只在于分析艺术的形成,还从作品的角度分析了艺术的本质及其产生效果与价值的原因,并试图将这些问题放到精致的理论框架中加以解释。

在丹纳看来,艺术和科学一样,是人类用来把握和控制万物的工具。科学能找出事物的基本原因和基本规律,用正确的公式和抽象的字句表达出来,艺术则要形象地把握和控制事物的主要特征。

> 人在艺术上表现基本原因与基本规律的时候,不用大众无法了解而只有专家才懂得的枯燥的定义,而是用易于感受的方式,不但诉之于理智,而且诉之于最普通的人的感官与感情。艺术就有这一个特点,艺术是"又高级又通俗"的东西,把最高级的内容传达给大众。[97]

所以,对文学来说,首先是要正确地记录对象的某些特征:倘若人物所表现的是野心,描写就得以野心为主;倘若是吝啬,就以吝啬为主;倘若是激烈,就以激烈为主。其次,要注意这些特征的相互关系,也就是要表现出一句话是另外一句引起的,一种感情、一种思想、一种决定,是另一种感情、另一种思想、另一种决定促发的,同时,也是人物当时的处境、人物所具备的总的性格促发的。总之,文学作品像绘画一样,不是要写人物和事故的外部表象,而是要写人物与事故的整个关系和主客的性质,或者说是所谓的逻辑。

但仅仅如此还不够,因为艺术是诉诸感情的,须用"易于感受的方式"来表现,才能达到最佳的效果。所以,丹纳认为,最大的艺术流派正是那些把真实的关系改造或变形得最多的一伙人。艺术家有意改变各个部分的关系,进行适当的夸张或强化,其目的就在于突出对象的某一"主要特征",以此显示艺术家对该对象所抱的主要观念。"主要特征"成为了丹纳论述文学艺术本质的一个关键词。"艺术的目的是表现事物的本质"这一命题,在丹纳这里就成了"艺术的目的是表现事物的主要特征"[98],这两者的意义可说是相当的,只是丹纳的说法更为具体和直接。他认为,在现实世界中,事物的特征只不过是居于主要地位而已,但在艺术中,这个"主要特征"却要支配一切。特征在现实生活中固然能把事物加以改变,但是不充分,它受着别的因素的牵制和阻碍,不能深入事物之内留下一个深刻显明的印记。由于这些缺陷,现实才求助于艺术。现实不能充分表现特征,必须由艺术家来补足。所以,艺术以把握事物的特征为目的。

不难看出,丹纳的这种文学观,与西方传统的"模仿说"不尽相同,甚至可以说在某种程度上修正了"模仿说"。丹纳分析道:

> 一切艺术都要有一个总体,其中的各个部分都是由艺术家为了表现特征而改变过的;但这个总体并非在一切艺术中都需要与实物相符;只要有这个总体就行。所以,倘若有各部分互相联系而并不模仿实物的总体,就证明有不以模仿为出发点的艺术。[99]

可见,丹纳虽然受到实证主义观点的影响,但他的文学理论依然富有张力,富有创建性和开拓性。他所热衷的实证主义科学精神,恰恰使他努力地接触实际,接近作品,解释作品,并不断地为自己对作品的解释提供理论根据。

4. 文学的理想与等级

丹纳根据文学对事物"特征"的表现,从不同角度提出了文学的"理想",

并根据这些"理想"对文学提出一些"等级",以此作为文学批评的依据。

其主要论述内容有三点:一是表现"特征"的重要程度;一是表现"特征"的有益程度;一是表现效果的集中程度。

先说第一点。既然文学艺术的使命是表现事物的"特征",那么,它所表现的"特征"的集中程度和重要程度,就成了衡量文学的一个重要标准。

按照丹纳的思路,作家根据他的观念把事物加以改变而再现出来,这样,事物就从现实的变为理想的。他体会到,有系统地变动各个部分原有的关系,使事物的特征更显著、更居于主导地位,这样就能创作出优秀的作品。对于作家来说,他面临的空间是广阔无垠的,面临的事物是丰富多彩的。"快乐与悲哀,健全的理性与神秘的幻想,活跃的精力或细腻的感觉,心情骚动时的高瞻远瞩,肉体畅快时的尽情流露,一切对待人生的重要观点都有价值。几千年来,多少民族都努力表现这些观点。凡是历史所暴露的,都由艺术加以概括。自然界中千千万万的生物,不管结构如何,本能如何,在世界上都有地位,在科学上都可以解释;同样,幻想的作品不管受什么原则鼓动,表现什么倾向,在带着批评意味的同情心中都有存在的根据,在艺术中都有地位。"[100]不过,在这多姿多彩的事物中,在这些事物的各种性质中,总是存在主次之分的。于是,

> (文学的)目的是使一个显著的特征居于支配一切的地位。因此,一件作品越接近这个目的越完善;换句话说,作品把我们提出的条件完成得越正确越完全,占的地位就越高。[101]

紧接着,丹纳又指出:文学的价值不仅取决于它所表现的事物的主要特征,还取决于特征的重要程度。因为在任何事物所有的特征中,最不易变动的特征就是最重要的特征。文学要"着眼于万物的本质",就要表现事物最重要、最恒定的特征。丹纳的分析很有意思,他是以生物学作类比得出这个结论的。根据生物学上的"特征从属原理",在一株植物或一个动物身上,某些特征被认为比另外一些特征重要,那是"不易变化"的一些特征,这些特征具有比别的特征更大的力量,更能抵抗一切外在因素与内在因素的侵袭,而不至于改变形体或变化性质。"特征的不变性的大小,决定特征等级的高低;而越是构成生物的深刻的部分,属于生物的元素而非属于配合的特征,不变性越大。"[102]他把这一原理,直接应用到了文学艺术上。

同时,丹纳还运用地质学上的事实来比喻人类精神上的"地质形态"。他说,在地质学上,越是在地表的东西越脆弱,越容易被毁,而越是在地层深

处的东西就越坚硬,越能经受考验。在人类精神领域,也存在类似的情况:浮在最为表面一层的是"时尚",即只能"持续三四年的一些生活习惯与思想感情",这是流行的风气,暂时的东西;稍微深一层的是"整整一代人的思想感情",要等那一代过去以后,那些思想感情才会消灭;第三层是一个特定的历史时期,这是非常广阔又非常深厚的一层。这一层的特点可以存在于一个完全的历史时期,如中世纪、文艺复兴、古典时代等。同一精神状态会统治一百年或几百年,虽然不断受到暗中的摩擦,剧烈的破坏,还是屹然不动;第四层是每个民族的"民族本质",只要把历史上某个时代和现代的情形比较一下,就可以发现,尽管它有些次要的变化,但更多的还是某种不变的东西,可见,"民族本质"是不容易变化的。所有这些,构成了人类心灵的感情、思想、才具、本能,一层一层地叠起来的次序。而其中最稳定的特征,在历史上和生物学上一样,就是那些最基本、普遍、与本体关系最密切的特征。

涉及到文学,丹纳指出:

> 文学价值的等级每一级都相当于精神生活的等级。别的方面都相等的话,一部书的精彩的程度取决于它所表现的特征的重要程度,就是说取决于那个特征的稳固的程度与接近本质的程度。以后你们会看到,文学作品的力量与寿命就是精神地层的力量与寿命。[103]

这确是很精彩、很有深度的见解。

据此,丹纳将文学分作以下几层:首先,是表现当下特征的"时行文学",比较短促,有时甚至和当年的树叶同长同落,这些东西包括流行的歌曲、闹剧、小册子和个别小说。其次,是能够表现略为经久特征,因此常被认为是一代杰作的作品,这些作品几十年内都会有人看,但它最终还是经不起时间的考验。再次,是"表现一个深刻而经久的特征",植根于一个民族甚至整个人类精神最深处的伟大文学,它是最有生命力的。《堂吉诃德》《鲁滨逊飘流记》等,就是这类作品。丹纳认为,这类作品要比产生作品的时代和民族寿命更长久。它们超出时间与空间的界限。无论在什么地方,只要有一个会思想的头脑,就会了解这一类作品的通俗性是不可摧毁的,其存在时间也是无限的。它进一步证明,"精神生活的价值与文学的价值完全一致,艺术品等级的高低取决于它表现的历史特征或心理特征的重要、稳定与深刻的程度"[104]。

丹纳指出,文学作品以非常清楚和明确的方式表现事物最重要的特征,表现一个民族最恒常的思想感情,是有其不同寻常的文化意义的。它能给人们指明各个时代的思想特点,各个种族的本能与资质,以及一切隐蔽的社会力量。比如古代的印度,几乎完全没有可靠的历史和纪年表,但却留下了它的文学——英雄的和宗教的诗歌,正是这些东西,使我们看到印度人的心灵,看到他们幻想的种类与境界,看到他们梦境的范围与关系,以及他们参悟哲理的深度和由此引起的迷惑,等等。

总之,越是伟大的作家,越能深入地表现本民族最根本的气质,就越能使史学家从中辨别出一个民族的肉体结构与本能,辨别出民族文化的结构与精神倾向。这正是丹纳所主张的文学社会历史批评的一个入口。

再说第二点。丹纳的论述,除从上往下分析了构成事物元素的基本力量外,还从下往上对文学表现事物特征的有益程度以及走向构成事物目标的高级形式进行了考察,试图以此证明文学与道德有关。说前一个考察是着眼于"万物的本质",那么,这个考察是"着眼于万物的方向"。丹纳给文学提供了另一种价值判断标准。他说:

> (如果)别的方面都相等的话,表现有益的特征的作品必然高于表现有害的特征的作品。倘使两部作品以同等的写作手腕介绍两种同样规模的自然力量,表现一个英雄的一部就比表现一个懦夫的一部价值更高。[105]

根据这个标准,文学形象就可以这样分出等级:在最低的等级上,是写实派文学和喜剧特别爱好的典型,一般是狭隘、平凡、愚蠢、自私、懦弱、庸俗的人物。这样的人物形象固然有其重要特征,甚至可能是人类最根本的特征,但从价值角度看,它们不是最为上乘的形象,因为它们容易把读者的目光引向人的阴暗的一面,不适合表现作家的理想,也不适合彰显文学的价值。即是说,一部仅仅表现这种典型形象的文学作品,不会是非常优秀的。但鉴于这类人物形象在生活中屡见不鲜,那文学作品又该如何处理它们呢?丹纳认为,伟大的作家一方面因为热爱真实而不能不刻画这一类角色,一方面也要尽力掩盖这类人物的庸俗与丑恶,其通常的做法就是将这些人物作为配角或陪衬,以烘托出主要人物。在丹纳眼里,塞万提斯的《堂吉诃德》、巴尔扎克的《欧也妮·葛朗台》、福楼拜的《包法利夫人》中,就有这种人物形象可供研究。

处于第二个等级上的,是"坚强而不健全,精神不平衡的人物"形象。某一种情欲,某一种机能,某一种精神素质或某一种性格,在这类人物形象身上发展得无比突出,有如一个畸形的器官,妨碍了其余的部分,造成种种损伤和痛苦。戏剧或哲理文学,通常就采取这样的题材和形象。丹纳认为,能表现这些的都是较为深刻的文学作品,"它们把人性的重要特征、原始力量、深藏的底蕴,表现得比别的作品更透彻。我们读了为之惊心动魄,好比参透事物的秘密,窥见了控制心灵、社会与历史的规律。然而留在心中的印象很不舒服:苦难与罪恶看得太多了;情欲过分发展与过分冲突之下,造成太多的祸害"。[106]这类人物形象在西方文学中出现得实在太多了,也很容易能被人们认为是极其成功的艺术形象。但是,丹纳从价值的角度认为,这类形象还不是最完美的。

处在第三个等级,丹纳认为真正完美的人物形象,是英雄的形象。不管真正的英雄在现实中是否确实存在,但至少在文学中,英雄的形象代表着人们最高的理想,意味着某种完美。文学中英雄形象的创造,表明一个民族对某种理想的追求,对某种价值的向往。所以,丹纳认为:"已经衰老的文化不适宜于理想人物;他是在别的地方出现的,在史诗和通俗文学中出现,在少不更事与愚昧无知而幻想能够自由飞跃的时代出现。"[107]

丹纳指出,以上三类人物形象和表现侧重点不同的三类文学,各有各的时代。平凡、庸俗的人物形象出现在文化的衰老期;"坚强而不健全,精神不平衡的人物"形象诞生在文化的成熟期、人类的壮年时代和一方面成熟而另一方面衰落的过渡时代;完美的英雄形象和表现这种完美英雄的文学则诞生在文化的少年期,因为真正理想的人物只能产生在人类童年的梦境中,产生在一个民族初兴的时候。这些观点,对思考民族文学史的演化与变迁特征是很有启发意义的。

再说第三点。丹纳对文学作品效果的集中程度也提出了要求。

丹纳认为,如果文学作品在其他别的方面都相等的话,作品的精彩程度就取决于效果集中的程度。根据这个原则,人们可以把文学作品再列一个等级。一切文学时期必有一个草创阶段,那是技术薄弱和幼稚的阶段。作家比较无知,也缺乏经验。或者,他不缺少灵感,相反,他有的是灵感,但不知道方法,不会写作,不会分配一个题材的各个部分,不会运用文学的手段。在这一时期,文学的效果是很不够集中的。

此外,一切文学时期必有一个衰微的阶段:艺术受着陈规惯例的束缚,毫无生气,终于枯萎和衰朽。丹纳认为,出现这种情况,问题不在于作家缺乏经验,相反,他的手段达到了前所未有的熟练,他的所有方法都已十全十美,精炼之极,甚至尽人皆知,谁都能够运用。文学的语言已经发展完备,最平庸的作家也知道如何造句,如何换韵,如何处理一个结局。这时,使文学低落的乃是思想感情的薄弱。以前培养和支配作品的伟大的观念消失了,作家只凭回忆和传统才能保存那个观念,且不再贯彻到底,而是引进另外一种精神,使伟大的观念变质。作家向作品里加入了性质不相称的东西,还自以为是改进。这是处于消退期的文学的特征,所以,效果的集中程度依然很差。

丹纳认为,处在上述二者之间的文学,是效果集中程度恰到好处的文学。这时才是艺术开花的时节:"在此以前,艺术只有萌芽;在此以后,艺术凋谢了。但在中间一段,效果完全集中:人物、风格、情节,三者保持平衡,非常和谐。"[108]在这个开花的季节里,作家既不乏经验,又不乏灵感,他们所表现的事物的特征,其效果都是集中的。

丹纳的文学思想,为其后的自然主义理论奠定了初步的基础。

注　释

[1] Dennis J. Sporre, *The Creative Impulse, An Introduction to the Arts*, 4th edition, Prentice Hall, Upper Saddle River, NJ 07458, p. 522.

[2] Richard Harland, *Literary Theory from Plato to Barthes, An Introductory History*, Macmillan Press Ltd, 1999, p. 81.

[3] 〔俄〕别林斯基:《1847年俄国文学一瞥·第一篇》,见《别林斯基论文学》,梁真译,上海:新文艺出版社1958年版,第39页。

[4] 〔俄〕别林斯基:《给果戈理的一封信》,《别林斯基文学论文选》,满涛、辛未艾译,上海:上海译文出版社2000年版,第588页。

[5] 〔俄〕别林斯基:《乌戈林诺·H.波列沃依的作品》,《别林斯基论文学》,梁真译,上海:新文艺出版社1958年版,第3页。

[6] 〔俄〕别林斯基:《玛尔林斯基作品全集》,同上书,第4页。

[7] 〔俄〕别林斯基:《符·菲里莫诺夫的"不可解说"》,同上书,梁真译,上海:新文艺出版社1958年版,第4,9页。

[8] 〔俄〕别林斯基:《杰尔查文的作品·第一篇》,同上书,第27页。

[9] 〔俄〕别林斯基:《巴娜莎的诗体小说》,《别林斯基论文学》,第12页。

[10] 〔俄〕别林斯基:《论人民的诗·第一篇》,《别林斯基论文学》,第75页。

[11] 〔俄〕别林斯基:《智慧的痛苦》,《别林斯基选集》第二卷,满涛译,上海:上海译文出版社1979年版,第103页。

[12] 〔俄〕别林斯基:《在书店里偷听到的文学谈话》,《别林斯基选集》第三卷,满涛译,上海:上海译文出版社1979年版,第456页。

[13] 〔俄〕别林斯基:《论俄国中篇小说和果戈理君的中篇小说》,《别林斯基论文学》,第104页。

〔14〕〔俄〕别林斯基:《尼古拉·马尔克维奇的〈小俄罗斯史〉》,《别林斯基论文学》,第 51 页。

〔15〕〔俄〕别林斯基:《亚历山大·普希金的作品》,《别林斯基论文学》,第 138 页。

〔16〕〔俄〕别林斯基:《莱蒙托夫的诗》,同上书,第 41 页。

〔17〕〔俄〕别林斯基:《玛尔林斯基作品全集》,同上书,第 73 页。

〔18〕〔俄〕别林斯基:《1840 年的俄国文学》,《别林斯基选集》第二卷,第 396 页。

〔19〕〔俄〕别林斯基:《对民间诗歌及其意义的总的看法》,《别林斯基选集》第三卷,第 161 页。

〔20〕〔俄〕别林斯基:《论人民的诗·第二篇》,《别林斯基论文学》,第 76 页。

〔21〕〔俄〕别林斯基:《1840 年的俄国文学》,同上书,第 74 页。

〔22〕〔俄〕别林斯基:《亚历山大·普希金的作品》,同上书,第 82 页。

〔23〕〔俄〕别林斯基:《论人民的诗》,同上书,第 75 页。

〔24〕〔俄〕别林斯基:《对民间诗歌及其意义的总的看法》,《别林斯基选集》第三卷,第 187 页。

〔25〕〔俄〕别林斯基:《当代英雄》,《别林斯基选集》第二卷,第 247 页。

〔26〕〔俄〕别林斯基:《论俄国中篇小说和果戈理君的中篇小说》,《别林斯基论文学》,第 120 页。

〔27〕〔俄〕别林斯基:《〈现代人〉(断片)》,《别林斯基选集》第二卷,第 24 页。

〔28〕别林斯基为艺术的思维方式创造了一个新的概念,即"形象思维"。他说:"艺术是对于真理的直感的观察,或者说是用形象来思维。在这一艺术定义的阐述中包含着全部艺术理论:艺术的本质,它的分类,以及每一类的条件和本质。"见〔俄〕别林斯基:《艺术的概念》,《别林斯基选集》第三卷,上海译文出版社 1980 年版,第 93 页。

〔29〕〔俄〕别林斯基:《关于批评的话》,《别林斯基论文学》,第 259 页。

〔30〕〔俄〕车尔尼雪夫斯基:《艺术与现实的审美关系》,周扬译,北京:人民文学出版社 1979 年版,第 5 页。

〔31〕〔俄〕车尔尼雪夫斯基:《现代美学概念批判》,《车尔尼雪夫斯基论文学》中卷,辛未艾译,上海:上海译文出版社 1979 年版,第 1 页。

〔32〕〔俄〕车尔尼雪夫斯基:《艺术与现实的审美关系》,周扬译,北京:人民文学出版社 1979 年版,第 12 页。

〔33〕〔俄〕车尔尼雪夫斯基:《现代美学概念批判》,《车尔尼雪夫斯基论文学》中卷,第 3—4 页,第 6 页。

〔34〕同上书,第 7、9 页。

〔35〕同上书,第 20 页。

〔36〕〔俄〕车尔尼雪夫斯基:《艺术与现实的审美关系》,周扬译,北京:人民文学出版社 1979 年版,第 6 页。

［37］〔俄〕车尔尼雪夫斯基:《现代美学概念批判》,《车尔尼雪夫斯基论文学》中卷,第23页。

［38］同上书,第37页。

［39］〔俄〕车尔尼雪夫斯基:《艺术与现实的审美关系》,周扬译,北京:人民文学出版社1979年版,第3页。

［40］同上书,第11页。

［41］同上书,第61页。

［42］同上书,第96页。

［43］同上书,第103页。

［44］同上书,第106页。

［45］皮萨列夫是俄罗斯19世纪现实主义批评和文论的重要人物,坚定的现实主义者,同时也是激进的革命民主主义者。其代表作品有《现实主义者》《有思想的无产者》《恼人的虚弱》《美学的毁灭》等。

［46］〔俄〕杜勃罗留波夫:《什么是奥勃洛莫夫性格?》,《杜勃罗留波夫文学论文选》,辛未艾译,上海:上海译文出版社1984年版,第11页。

［47］〔俄〕杜勃罗留波夫:《黑暗的王国》,《杜勃罗留波夫文学论文选》,第92、85页。

［48］〔俄〕杜勃罗留波夫:《黑暗王国的一线光明》,《杜勃罗留波夫文学论文选》,第346—347页。

［49］同上书,第347页。

［50］〔俄〕杜勃罗留波夫:《黑暗的王国》,《杜勃罗留波夫文学论文选》,第85页。

［51］同上书,第92页。

［52］〔俄〕杜勃罗留波夫:《什么是奥勃洛莫夫性格?》,《杜勃罗留波夫文学论文选》,第5、7页。

［53］〔俄〕杜勃罗留波夫:《黑暗的王国》,《杜勃罗留波夫文学论文选》,第86页。

［54］《杜勃罗留波夫选集》第2卷,辛未艾译,上海:上海文艺出版社1959年,第184页。

［55］〔俄〕杜勃罗留波夫:《真正的白天什么时候到来》,《杜勃罗留波夫文学论文选》,第258、256页。

［56］〔俄〕杜勃罗留波夫:《逆来顺受的人》,《杜勃罗留波夫文学论文选》,第419页。

［57］〔俄〕陀思妥耶夫斯基:《陀思妥耶夫斯基的解释》,见《陀思妥耶夫斯基论艺术》,冯增义、徐振亚译,桂林:漓江出版社1988年版,第452页。

［58］波夫先生是杜勃罗留波夫的笔名。

［59］〔俄〕陀思妥耶夫斯基:《俄罗斯文学组论》,《陀思妥耶夫斯基论艺术》,第18页。

［60］同上书,第35页。

［61］〔俄〕列宁:《列夫·托尔斯泰是俄国革命的镜子》,见《列宁全集》第17卷,北京:人民出版社1988年版,第185页。

[62]〔俄〕列宁:《列·尼·托尔斯泰》,见《列宁全集》第20卷,北京:人民出版社1989年版,第25页。

[63]〔俄〕托尔斯泰:《什么是艺术?》,见《列夫·托尔斯泰文集》第14卷,陈燊、丰陈宝等译,北京:人民文学出版社2000年版,第164、166页。

[64]同上书,第169、172页。

[65]同上书,第174页。着重号为原书作者所加。

[66]〔俄〕托尔斯泰:《论所谓的艺术》,见《列夫·托尔斯泰文集》第14卷,分别见第106页,第121、128页。

[67]〔俄〕托尔斯泰:《什么是艺术?》,《列夫·托尔斯泰文集》第14卷,第174页。

[68]同上书,第177页。

[69]〔俄〕托尔斯泰:《那么我们该怎么办?》,《列夫·托尔斯泰论创作》,戴启篁译,桂林:漓江出版社1982年版,第34页。

[70]同上书,第34—35页。

[71]〔俄〕托尔斯泰:《什么是艺术?》,《列夫·托尔斯泰文集》第14卷,第272页。

[72]同上书,第273页。

[73]〔俄〕陀思妥耶夫斯基:《作家日记·〈安娜·卡列尼娜〉是具有特殊意义的事实》,见《陀思妥耶夫斯基论艺术》,第244页。

[74]〔俄〕陀思妥耶夫斯基:《尼·瓦·乌斯宾斯基的短篇小说》,见《陀思妥耶夫斯基论艺术》,第92页。

[75]〔俄〕陀思妥耶夫斯基:《堂·卡洛斯和维特金先生》,《陀思妥耶夫斯基论艺术》,第190页。

[76]〔俄〕车尔尼雪夫斯基:《艺术与现实的审美关系》,第108页。

[77]〔俄〕陀思妥耶夫斯基:《陀思妥耶夫斯基论艺术》,第390页。

[78] Richard Harland, *Literary Theory From Plato to Barthes, an Introductory History*, p.87.

[79]〔英〕阿诺德:《文化与无政府状态》,韩敏中译,北京:生活·读书·新知三联书店2002年版,第10页。

[80]同上书,第17页。

[81]同上书,第19页。

[82]〔英〕阿诺德:《评荷马史诗的译本》,《安诺德文学评论选集》,北京:人民文学出版社1958年版,第67页。

[83]〔英〕阿诺德:《评华兹华斯》,《安诺德文学评论选集》,第146、148页。

[84]〔英〕阿诺德:《诗与主题》,《安诺德文学评论选集》,第124、125页。

[85]〔英〕阿诺德:《论诗》,同上书,第82页。

[86]同上书,第84、96页。

[87]〔英〕阿诺德:《诗与主题》,《安诺德文学评论选集》,第117—118页。

〔88〕〔英〕阿诺德:《评华兹华斯》,同上书,第 141 页。

〔89〕〔法〕丹纳:《艺术哲学》,傅雷译,合肥:安徽文艺出版社 1998 年版,第 49 页。

〔90〕〔法〕丹纳:《〈英国文学史〉序言》,《西方文论选》下卷,伍蠡甫主编,上海:上海译文出版社 1979 年版,第 236 页。

〔91〕同上书,第 239 页。

〔92〕〔法〕丹纳:《艺术哲学》,傅雷译,合肥:安徽文艺出版社 1998 年版,第 46 页。

〔93〕〔法〕丹纳:《〈英国文学史〉序言》,《西方文论选》下卷,伍蠡甫主编,上海:上海译文出版社 1979 年版,第 241 页。

〔94〕〔德〕恩格斯:《致玛·哈克奈斯》,《马克思恩格斯选集》第 4 卷,北京:人民出版社 1995 年版,第 684 页。

〔95〕〔法〕丹纳:《艺术哲学》,傅雷译,合肥:安徽文艺出版社 1998 年版,第 101 页。

〔96〕同上书,第 59 页。

〔97〕同上书,第 69 页。

〔98〕同上书,第 61 页。

〔99〕同上书,第 67 页。

〔100〕同上书,第 376 页。

〔101〕同上书,第 378 页。

〔102〕同上书,第 383 页。

〔103〕同上书,第 390 页。

〔104〕同上书,第 396—397 页。

〔105〕同上书,第 409 页。

〔106〕同上书,第 411—412 页。

〔107〕同上书,第 413 页。

〔108〕同上书,第 433 页。

第七章
现代形态文学理论前奏

　　西方19世纪最重要的文学理论思潮是"浪漫主义"和"现实主义"。在这个世纪的后半期,文学理论的发展沿着这两种理论开出的道路继续前进,"现实主义"的演进导致了"自然主义"的诞生,而"浪漫主义"则导致了"唯美主义"与"象征主义"的诞生。

　　这一时期重要的文学理论,常常是由致力于实践的作家们提出的,理论与创作间的互动关系也较以前更为明显。"自然主义"的代表人物左拉,就是法国19世纪后期最重要的小说家之一。他将自己的"实验小说"理论和方法,充分运用在小说的创作实践中,为后人留下了《卢贡·马加尔家族》这样的长篇系列,表达了他的自然主义倾向。而作为"唯美主义"集大成者的王尔德,则是英国文学的重要代表人物,被认为是"唯美主义"文学理论宣言的,正是他的中篇小说《道林·格雷的画像》的"序言"。对"象征主义"来说,这种身兼理论家和作家的情况则更为普遍,魏尔兰、兰波、马拉美、瓦莱利、叶芝等,可以说是他们所处时代的杰出的诗人和批评家。这种趋势,逐渐为下一个世纪文学理论的繁荣,埋下了伏笔。

　　上述这几种理论,既可以说是19世纪文学理论发展的高峰,也可以说是这个时期文学理论的终结。由这些理论所透露出的种种气象,引出了其后的"现代主义"文学理论的登场。"现代主义"文学理论出现在19世纪末,但它却是20世纪西方文学理论的精魂所在,几乎涵盖和影响了20世纪所有的文学理论思潮,其复杂性和丰富性也是以往任何理论思潮所难以企及的。正是通过它,西方文学理论从19世纪迈入20世纪,进入到一个完全不同于昔日的时代。

一　作为描述方法的"自然主义"

"现实主义"在19世纪的兴盛,使文学理论热衷于讨论文学与社会生活的关系。随着探讨的不断深入,如何准确地描绘人类的生活,愈来愈引起人们的兴趣。追求"真实",渐渐成为这条道路上的一个比较明确的目标,"自然主义"就是当时为追求这种目标而选择的一种方法。在早期哲学中,"自然主义"被用来表示唯物主义、享乐主义或其他世俗主义,其主要的影响在哲学和思想领域。到19世纪早期,由于创作手法上对"自然"的重视,推动了对"自然"的研究,从而把这一名词带入了艺术领域,特别是美术领域。而法国作家左拉的小说《黛莱丝·拉甘》第二版的"前言",则成为"自然主义"文学理论诞生的标志。

文学理论中的"自然主义"究竟是指什么?这一点很难说清。但相对于它的渊源"现实主义"来讲,确实有着不同的特点,这就是将19世纪的科学发现和科学方法用于文学,自然主义者明确地强调了这种与科学的亲缘关系。"自然主义"的文学家,就是用这种科学似的、直接的观察和精确的解剖来对世界上存在的事物进行接受与描写。

1. "科学"与"实证"的时代

19世纪是自然科学飞速发展的时期,能量守恒及转化定律、细胞学说、达尔文进化论三大发现,以及许多新的发现和发明,使人们开始对自然过程的相互联系有了新的认识,在科学的视野里,自然成为一个有机联系的整体世界。在这些伟大的科学发现中,生物科学的发现对思想和文学产生了直接的影响。达尔文的理论促成了自然主义者习惯地将人描述成与动物同一水准的方式,而此后的遗传学理论,也成为自然主义者用以解释人类行为的依据。自然科学的发展状况,逐渐改变了作家们看待世界的方法,也促使他们采用科学的方法来准确地进行文学写作。

在自然科学方法的影响下,19世纪30年代产生了新的哲学流派——实证哲学,它强调哲学的本质在于"实证",并在19世纪后半期的知识分子中广为传播。该流派代表人物奥古斯都·孔德认为,哲学应当以实证的自然科学为其基础,以可以观察和实验的事实及知识为内容,摈弃神学和思辨形而上学所研究的那些所谓绝对的、终极的、然而却无法证明的抽象本质。也就是说,哲学只研究现象的确实存在,对其进行精确描述,至于造成这种现象的原因、现象后面的本质以及事物的因果关系、规律等,都不属于实证的范围,而是神学的猜测。这种哲学,适应当时追求理性、科学、进步的时代需要,产生过巨大影响。前一章我们还讲到,法国的丹纳,在实证论和进化论的基础上,用自然规律来解释文艺现象,提出了"种族、环境、时代"决定文学创作的理论。这些见解,直接触发了其后"自然主义"者的创作方式和创作原则。按丹纳的说法:

> 有助于产生这个基本的道德状态的,是三个不同的根源——"种族""环境"和"时代"。……如果我们现在企图对我们的一般命运提出某种看法的话,我们的预言的基础仍必须建筑在对这些力量的考察上。因为,我们在列举它们时,已接触到这些动因的整个范围;我们在考察那作为内部主源、外部压力和后天动量的"种族""环境"和"时代"时,我们不仅彻底研究了实际原因的全部,也彻底研究了可能的动因的全部。[1]

另外,这里还应提到的是,伴随"科学"与"实证"的年代,出现了"工业革命"。工业革命在19世纪20年代和50年代之间造成了巨大的影响,它所构造的生活,成为了自然主义者主要的观察对象。更为重要的是,它对人们的精神生活产生了巨大影响。正是在这一影响下,"自然主义"在某种程度上成了"物质主义"的代名词。这种对物质过于看重的观念,也使这一流派后来多为人所诟病。[2]

在这种背景下,从1865到1880年前后,由法国的龚古尔兄弟(E. de. Goncourt, J. de. Goncourt)、阿尔封斯·都德(Alfonce Daude)、尤其是埃米尔·左拉(Emile Zola)等作家发动的一场文学运动,被称为"自然主义"运动。这场运动的较早的成果,就是1877年左拉发表的《小酒店》。直到1880年,"自然主义"仍然是一个单纯的法国现象。在此之后,受法国文学的影响,大量欧洲国家发生了一场新的文学运动,这些运动叫法不一,如意大利称之为"真实主义",波兰称之为"实证主义",但大体上都可以划归到"自然主义"的范畴。一般说来,法国和德国的"自然主义",被学界公认为是比较正统的流派。不过,这两个国家对"自然主义"的看法也并不相同,法国传统认为"自然主义"是"现实主义"的一种自然而然的后继者,而德国传统则认为两者是对立的,"自然主义"是现代文学的先驱和现代性的开端。中和这两种看法,可以看出,对自然主义的判断,是认为它处在一个理论时代的结束和另一个理论时代的开端之间。

由于"自然主义"运动的主要作家和理论家及重要理论成果都集中在法国,所以,我们这里主要考察这一条脉络的发展。

2. 从巴尔扎克到福楼拜的发展线索

左拉曾经把自己的一些文章,编成名为《自然主义小说家》的一本小册子。在这本书里,他按照巴尔扎克、司汤达、福楼拜、龚古尔兄弟、都德这个顺序来排列。这说明,这些作家的作品和理论观点,是他引以为同道的。这也说明,法国的自然主义文学理论观处于一个继承者的位置。

从巴尔扎克这位现实主义伟大代表的有关言论那里,人们已经可以看到自然主义理论观的萌芽。巴尔扎克认为,自己是利用司各特小说的写法来揭示当时法国风俗现象的社会史家。在《人间喜剧·导言》里,他设想自己的任务是探索一门社会类型学。他借鉴动物学的成果,把眼中的社会看成同动物界类似。他的作品有其谱系和家族,也有其地理成分。但是,对于这位伟大的作家来说,艺术家的天才的想象仍然是十分重要的,他在许多文字里都赞成作家起到天启的先知的作用。这些浪漫的想法,和他对科学性的理想杂糅在一起,使他不可能成为一位有系统的文论家。对比他的伟大的创作,巴尔扎克关于文学的理论,充其量不过是为后人指出了一个可能的发展方向而已。

福楼拜(Gustave Flaubert)在理论和实践上继承了巴尔扎克。他的父亲是外科医生,这可能对他的创作和理论观点起了一定的影响。他的文学理论学说,主要是在《致乔治·桑书信集》和《福楼拜通信集》中得以体现。而他的长篇小说《包法利夫人》,则是他的文学理论最好的诠释。当时的人认为,《包法利夫人》这部作品冷酷而无生气,很像是数学论证而非长篇小说。福楼拜追求艺术上的客观性,即一要无我,二要冷漠、超然、中立。认为艺术家在作品中的位置,应该像在自然界中的上帝一样,人不存在,作品就是一切。这种观点,其实介于当时两种理论趋向之间,客观要求是与自然主义有关,作品至上则与唯美主义有关。福楼拜的这种立场,使他成为当时文学理论发展的一个中枢,显现了"自然主义"在当时环境中逐渐成熟的历程。

3. 自然主义先驱:龚古尔兄弟

龚古尔兄弟是法国19世纪下半叶两位精于文笔的兄弟作家。他们强调观察,力求真实,其创作的《杰米尼·拉塞朵》等小说,为"自然主义"起了开路的作用,被视为自然主义的先驱。

龚古尔兄弟曾说:"我们的文学道路相当奇怪,是由治历史转入写小说的。这颇不符合惯例。然而于我们,却是顺理成章的。历史是根据什么写的?根据资料。而小说的资料,就是人生。"(1860年日记)[3]他们毕生的事业,可以说主要是在文献方面下功夫。他们从历史文献入手,研究18世纪的社会风俗,然后又开始写作反映第二帝国时期的社会风俗小说。这种经历,使他们从事写作小说之时,就力图摒弃小说的"想象"成分,以当代的人文文献为基本材料,根据口述材料或实地调查,写成具有科学根据的文学作品。

他们留下的22本《龚古尔日记》,同《福楼拜通信集》一样,是认识19世纪下半叶法国文坛情况和社会状况的重要资料。这部日记的书名上附有"文学生活回忆"这一副题,以显示它并非是纯私生活日记的性质。日记的时间跨越了近半个世纪,其中的主线是以文艺为终身事业的人在特定历史条件下的遭遇,特别是记录了当时"自然主义"作家之间的交往。这为我们充分了解"自然主义"文学理论提供了重要的原始线索。

龚古尔兄弟不仅在文学实绩上为文学的发展做出了贡献,而且根据他们的遗嘱,将其全部产业和版权收入作为基金,创立了龚古尔学院,以此同当时保守的、敌视新兴文艺的法兰西学院相对抗。自1903年始,该学院每年定期对当年出版的青年作家的小说进行评选,授予龚古尔文学奖,一百年来,至今不衰。

4. 左拉的"实验小说论"

埃米尔·左拉是自然主义文学理论中最为重要的理论家和创作实践者。他的《实验小说论》和《戏剧中的自然主义》等理论著作,构成了自然主义创作的理论基础。

除了社会历史和前代作家的因素外,对左拉文学理论的形成有直接影响的是丹纳和克洛德·贝尔纳。丹纳的文学思想,我们在前一章已经做了介绍。克洛德·贝尔纳则是著名的生理学家、解剖学家,他的《实验医学研究导论》就是左拉写作《实验小说论》的缘由。贝尔纳说:

> 科学的医学和其他科学一样,只有通过实验的道路,也就是说,将推理直接而严格地应用于观察和实验为我们提供的事实上才能建立。实验方法从本身看,只是"推理",没有别的。借助推理,我们的观念才会有条理地服从于"事实"的检验。[4]

左拉认识到,对生理学和医学的学习,可以导致对物质生活的认识,同样也应当可以导致对情感生活和知识生活的认识,因此,若将"医学"改为"小说",便可成为一种新的文学创作方法的理论基础。

"自然主义"作为一理论名词,并不是左拉首创,它来自于哲学领域。但是,左拉有意识地借用这个词,并为这个概念确立了一整套与自然科学息息相关的文学思想,从而创建了真正在文学理论与思潮发展史上具有代表意义的"自然主义"学说。他以数量庞大的小说作品来实践自己的文学理论主张,规模巨大的《卢贡·马加尔家族》就是其杰出的代表。通过这些努力,他终于在严格意义上创建了"自然主义"文学理论。

左拉是在现实主义文学理论的基础上创建自然主义文学理论体系的,所以,他的理论和现实主义有着千丝万缕的联系。他把"真实性"作为文学创作的目的来要求。他认为,小说家的最高品格就是真实感,而真实感就是如实地感受自然、如实地表现自然。为了树立"真实性"在文学中的绝对地位,他排斥并否定浪漫主义的"想象"。当然,他仍然主张作家的个性表现,但是在他的理论中,"独创性"和"个性"是从属于"真实性"的。正因为如此,左拉对前代现实主义作家备加推崇,称巴尔扎克为"自然主义小说之父",称福楼拜的《包法利夫人》是"自然主义小说的典型代表"。从这里可以看出,左拉的自然主义文学理论是直接承接先辈的现实主义文学理论原则的。

尽管自然主义同现实主义有着不可分割的联系,但它亦有自己独特的方面,这使得它在文学理论发展史上占据了不可忽视的地位。其中,最重要的方面就是它把科学的方法介绍到文学中来,并且把文学和自然科学结合的重要性提高到一个从未有过的高度,甚至表现出文学从属于自然科学的倾向。

左拉正是从实验医学的新成就出发提出他的理论构想的。他认为,既然以往作为技艺的医学已经构成了一门科学,文学也可以借助实验方法成为一门科学。他为文学家指出方向,认为生理学家和医生继续物理学和化学家的事业,文学家则继续生理学家和医生的事业。这样,生理学和医学的原则也就完全适用于文学了。于是,在《实验小说论》里,左拉宣布,他所得出的论点,都来自于克洛德·贝尔纳,只不过是把"医生"一词换成了"小说家"。文学最终乃是要靠科学来确定。实验医学的任务在于找出人体器官的毛病,而自然主义文学同样也能够医治社会机体的病症。这样,文学与科学无论在性质还是目的上,都取得了一致性。

那么,这种借助"实验"方法的小说创作,应该是怎样的呢?左拉指出,自然主义小说,就是小说家借助观察而对人进行的一种真正的实验。在这里,他所强调的就是"观察"与"实验",而"实验"又包括精确的解剖和分析,所以,自然主义小说就是观察与分析的小说。自然科学所要求的只承认客观事实的实证精神、详尽占有资料的方法以及对客观事实加以实录的严格态度,都被置换成了文学创作的首要指导原则。文学创作的艺术加工在这里不再具有重要地位,想象几乎完全被排斥,甚至情感也全被限制到最低的程度。这就是左拉"自然主义"文学创作论的主要内容。这些主张,在一定程度上使文学成为纯自然科学的机械活动。

在这些实验方法中,最重要的一点就是对医学遗传学的借用。左拉用遗传学的观点来描写人,认为自然主义小说家的任务,就是要研究人的大脑和情感现象是健康的还是病态的,掌握形成这种情感的原因,以便有一天可以对它进行治疗和约束。他还认为,人的生理条件是人的内部环境,人的一切发展、变化都由生理器官控制,而生理条件都和遗传有关。在此同时,他也对社会环境给予了相当的重视。

在进行种种分析、介绍和讨论之后,左拉对自己的"实验小说"理论下了这样一个判断:

> 我打算得出这样的结论:如果让我来给实验小说下个定义的话,我就不会同克洛德·贝尔纳一样,说一部文学作品彻头彻尾是浸泡在个人感情之中的,因为在我看来,个人情感不过是最初的冲动而已。其次,自然是自在之物,我们今天至少已经揭示了自然之一部分的秘密,对于这一部分自然,我们就不再有撒谎的权利了。所以实验论小说家是接受已被证明的事实的作家,他指出人和社会中已为科学所掌握的诸现象和机理,他只让他个人的感情产生于决定论尚未被确定下来的那些现象,并尽量用观察和实验来检验这个人的感情,这既存的观念。[5]

左拉不仅在理论上提出自己的见解,更以《卢贡·马加尔家族》这部包括20部长篇的大型家族史小说,描绘出"第二帝国时代一个家族的自然史和社会史",其中《小酒店》《娜娜》《萌芽》等,已成为不朽的名作。尽管左拉主张"自然主义"对待社会应该客观冷静,但是,在实际生活和写作中,他却很鲜明地表达了自己的民主主义政治立场,并且在作品中大大超出了"自然主义"的局囿。这为我们考察他的理论又提供了多元的视角。

左拉的同时代或其后,法国还有一些著名的自然主义派作家,如都德、莫泊桑等,他们也用自己的创作实践,为左拉的自然主义文学理论作了很好的注解。

5. 德国的自然主义运动

德国的自然主义运动在法国的自然主义运动之后,受法国自然主义理论影响极大。但是,它同时也是越来越强烈的德国工人运动在文学艺术上的反照,是近代德国的一场现代革命。德国的自然主义运动对德国原有的传统加以否定,并与同时代或稍后出现的各种现代派思潮有着密切的关系。它对后来在德国兴起的纪实文学、大众戏剧等都有深远的影响。不过,这场运动历时不久,最兴盛的时期也不过是从1880年到1890年的十年时间。

"自然主义"在德国有两个中心:一个是慕尼黑,以康拉德为代表,他团结了一批观点相同的作家,在1885年创立了第一份自然主义文学杂志《社会》,号召表述一种坚定的现实主义的世界观。另一个是柏林,哈尔特兄弟在此创办了《柏林文学、艺术与戏剧月刊》,由于柏林的工业无产阶级和民主力量的强大,为自然主义运动提供了有利的条件,所以,运动的中心渐渐由慕尼黑转向柏林。1886年,柏林成立了自然主义文学团体的重要协会"突破",主张彻底的自然主义观点。

因为德国的自然主义文学理论是在对社会的极端不满的情绪中产生和发展的,所以,它强烈地要求新文学建立在经验现实和科学基础之上,应反映生活的真实,包括生活中的丑恶和黑暗面。康拉德就呼吁人们要习惯于看到一个只有垃圾、污秽、臭汗、灰尘、粪便和其他味道的世界。但是,这种要求走向了极端,就使他们迷信于自然科学的精确观察。如"突破"的成员伯尔申,就写了《诗的自然科学基础》,在书中,他把用生理学唯物论观点看待生活作为文学现实主义理论的前提。

"突破"的另外成员阿尔诺·霍尔茨和约翰内斯·史拉夫,在实证主义思想的指导下,提出了自然主义的"摹写"理论,把自然主义的方法发展到了极端,因而被称之为"彻底的自然主义"。为了贯彻这一理论,霍尔茨在诗歌、小说和戏剧创作中致力于形式的革新,创造了"分秒不漏的描写"和"照相录音手法"的"彻底的自然主义"表现方式。在这种理论的指引下,自然主义把全部的精力集中在为形式革新的努力上,渐渐与现实主义分道扬镳。

德国的文学理论家和批评家把自然主义运动推到了极致,这就使这种主张的种种弊端暴露出来,使它逐渐地走上了衰落的道路。

综上所述,我们可以说,自然主义文学理论是现实主义文学理论的演化和赓续,它沿用了现实主义的许多原则,同时又融入了当时社会科学发展的一些新观念,形成了自己独特的品格。

自然主义文学理论把现实主义的"真实"推到了极致,认为是现实生活中的任何事物,无论如何卑污、肮脏、尴尬……都应如实地进入文学领域,这就彻底地打破了文学表现的禁区,为文学的拓展开辟了广泛的天地。实际上,自然主义的写作,对"真实"提出了疑问。如何才是"真实"?"表面的真实""非典型的真实"是不是可以在"真实"的舞台上获得自己的位置?这些都冲破了人们以往对"真实"问题认识的局限。

自然主义文学理论将自然科学引入文学创作,最重要的是用生理学、遗传学的观点来描写人,这在当时和其后受到了严厉的批评,认为它把人降低到了动物的水准,忽视了人的社会性和阶级性。如果换一个角度来看,也可以说自然主义文学理论补充了文学对人描写的另一个方面,开拓与充实了对人和人性的全面而深入的描写。当然,自然主义在理论上放弃文学的人文性、审美性和社会意识性的缺欠和局限,我们也是不能回避的。

自然主义文学理论的重镇是在法国,尽管它的流行期只有几十年的时间,但其影响还是很广泛的。在欧洲的德国、意大利,在亚洲的日本,在拉丁美洲的一些国家,都在一定时期内出现过自然主义文学运动,它的一些文学观念,至今还在某些文学创作者中沿用。

二 唯美主义的艺术主张

19世纪是文学思潮迭起的世纪:浪漫主义反对新古典主义,诉诸于情感,倾向于非理性;批判现实主义又超越浪漫主义,以注重表现社会问题为特征,对现实进行反思;在唯美主义者看来,现实主义和浪漫主义又都是踩着现实社会和理想情感这两种不同的步点共同走在为"人生而艺术"的道路上的,只有他们才是"为艺术而艺术"的骑士。

1. "为艺术而艺术"的历程

"为艺术而艺术"的倾向古已有之,而真正把它作为一种确切的文艺理论宗旨并形成一定流派,则是19世纪的唯美主义运动。1818年,法国哲学家库切将当时流行于文艺界的种种概念提炼为"为艺术而艺术"的唯美主义口号,这标志着唯美主义运动的开始。

戈蒂埃(Théophile Gautier)是最早主张并把"为艺术而艺术"的观点付诸于创作实践的法国作家。1835年,他出版了长篇小说《莫班小姐》,在这部小说的"序"中,他系统地阐释了"艺术至上""为艺术而艺术"的唯美主义文学思想,集中地提出了艺术和社会生活无关、艺术的目的在于美和艺术形式的唯美主义主张,并十分明确地反对艺术为虚伪的资产阶级道德服务。这被视为"唯美主义"文学理论的宣言书,其小说本身则成为这一理论的最好诠释。19世纪40年代初,唯美主义开始在法国流行。40年代中期,唯美主义传遍法国,很快跨越国界,传入其他欧美国家。

1848年"前拉斐尔派兄弟会"成立,标志英国唯美主义运动的掀起。他们崇尚拉斐尔离开佛罗伦萨前的真挚的画风和文艺复兴前期以及中世纪的艺术精神,用以谴责资产阶级"反诗意"的叛逆者身份,开展自己的艺术创作活动。19世纪50年代初,大洋彼岸的美国也出现了一位重要的唯美主义理论家爱德加·爱伦·坡(Edgar Allan Poe),他在《诗歌原理》一书中提出"纯艺术""为诗而诗""诗与真理道德无关"等一系列唯美主义的概念和理论。不过,由于种种原因,他的唯美主义理论在美国只是一枝独秀,未能形成气候。但是,当他的理论和作品被介绍到欧洲后,却推动了欧洲唯美主义文学运动的进一步发展。

1857年,波德莱尔(Charles Baudelaire)出版《恶之花》,成为继戈蒂埃之后法国文坛上最重要的唯美主义代表人物。发掘"恶中之美",是波德莱尔唯美主义文学思想的结晶。他也在唯美主义的文学理论中加入了象征主义的因素,认为作家应该避开外部的物质世界,利用想象去分析、综合各种素材,利用象征和暗示来表现内心生活。随着《恶之花》的问世,法国唯美主义文学运动开始走向高潮,出现了一批以此为目标和宗旨的诗人,出版的《当代帕尔纳斯》诗集,成为了19世纪60年代法国唯美主义运动高潮的代表。

从19世纪70年代起,唯美主义文学运动的重心逐渐向英国转移,英国出现了重要的理论家瓦尔特·佩特(Walter Pater)。1873年,他出版《文艺复兴史研究》,为英国唯美主义思想增添了新的内容。在该书中他认为,艺术作品和它表现出来的全部思想无关,艺术品之所以有价值,在于它制作形式的完美。美的追求在英国不仅影响了文艺界和学术界,而且对英国社会的风尚也产生了巨大的作用。这一特点,决定了英国和法国的唯美主义理论发展的不同之处。

19世纪80年代初,王尔德(Oscar Wilde)脱颖而出,成为英国文坛新的主将。他于1882年赴美国、加拿大等地做了《英国的文艺复兴》等一系列演讲,引起轰动,成为欧美各国公认的唯美主义的代言人和领导者。他博取众家之长,形成了自己的文艺理论。同时,在他周围聚集了当时一批才华横溢的作家、艺术家,并且创办了《黄面志》和《萨伏依》两份杂志,以此为阵地,传播唯美主义文学思想,使唯美主义真正成为一个有组织的文艺流派。

到了90年代,唯美主义文学理论在英国达到高潮。但是,由于它理想主义的、个性化的、不受羁绊的特点,使它和当时社会的统治者、管理者发生了重大冲突。王尔德跟昆斯伯里侯爵诉讼案的失败,法庭对他的作品"不道德"性质的认定,大大破坏了唯美主义理论发展的社会动力。在以保守著称的英国社会,"不道德"就意味着对这种运动宣判了死刑。唯美主义文学运动于是在世纪交替之年便销声匿迹了。但是,20世纪初,唯美主义思潮先后传入日本、中国,对这两个国家的文学发展起了不小的推动作用。

2. 作为背景的康德和叔本华

康德、叔本华两人,可以说是"唯美主义"的理论之源,他们为"唯美主义"这一文学理论的发展提供了美学和哲学的支持。

我们在第四章里谈到"浪漫主义文学理论"的时候,已经论及到了康德与叔本华。

康德确立了审美不涉及对象的存在,只涉及对象的形式,因而审美不涉及利害的命题。他的哲学和美学观极大地影响了法国作家兼文艺理论家斯达尔夫人,后来她出版了《论德国》一书,重点介绍康德的哲学和美学思想,康德的观点从此在法国文艺界传播开来。康德的这些观点,也影响了法国哲学家库切和作家戈蒂埃,并被他们在各自的著作中加以宣传,对"唯美主义"的形成起到了推动和促进的作用。但是,不难发现的是,康德在论崇高时认为崇高涉及心灵方面的内容,显现出他在形式和内容上的矛盾,唯美主义者却将这一点直接抛弃,只以他对形式的强调为理论依据,而把美和艺术等同起来,建立了艺术是纯粹美、艺术在于形式的唯美主义理论。可以看出,唯美主义者对康德的解读,是一种有目的的误读。

叔本华思想对唯美主义运动的影响,主要集中在他对美及其本质的解释、对艺术与现实的关系以及对艺术的目的和功用的认识上。叔本华强调直觉而贬低理性,认为绝对的艺术把人的思想从可鄙的日常生活上转移开去,并使它摆脱意志的束缚。这深深影响了英国唯美主义理论先驱佩特。佩特曾说,艺术的生命开始于感觉和印象的丰富,而终结于无关现实的纯美。叔本华所谓的"超然于对象""超然于意志"的观念,可以说是对康德审美不涉及利害的命题的极端发展,这使得他深受喜欢走极端的唯美主义者的青睐。而他的悲观主义的气息,也深深影响了唯美主义,构成了其理论气质中最为重要的成分。

3. 戈蒂埃的"唯美主义"宣言

泰奥菲尔·戈蒂埃在1836年发表了小说《莫班小姐》,在书中,他公开向资产阶级道德挑战,反对艺术为道德和功利服务。该书的"序言"被认为是唯美主义的理论宣言,标志着唯美主义运动的开始。从此,他一直投身于这一运动,直到1872年在巴黎去世。法国是唯美主义思潮的发祥地和主要活动中心。从斯达尔夫人对康德的哲学和美学思想的引入,到哲学家库切的概念提炼,再到戈蒂埃《莫班小姐》的"序言",终于构建出了唯美主义文学理论的基本框架。

戈蒂埃本身并不是文艺理论家,是"序言"的重要性和他的文学实践,使他成为了唯美主义理论的奠基者。在"序言"里,他认为美是不为任何目的的,是只限于人的感觉范围的,是种妙不可言的东西。他认为每个有用的东西都是丑的,因此,美和功利是无缘的。这种无功利的美的概念来自于康德,也是唯美主义最重要的原则。由于对功利主义的鄙视,戈蒂埃等唯美主义者反对艺术为虚伪的资产阶级道德服务。对资产阶级虚伪的道德模式,他们进行了无情的嘲笑与调侃,也采取了相应的对抗方式,比如认为艺术意味着自由、享乐与放荡。从这种观点出发,他们的生活具有了浓郁的颓废色彩,在人们看来,这是悲观、消极的表现。

上面这些观点和主张,落实到艺术创作上,就形成了唯美主义理论对艺术形式重要性的强调。戈蒂埃认为,艺术的全部价值就在于完美的形式,他特别注重语言的雕琢和修饰,强调诗歌的节奏和韵律。他的诗歌作品《珐琅与雕玉》,成了他所主张的唯美主义文学主张的生动注解。他把形式主义理论发展到极端,要求文学避免抒发情感,主张诗歌不关心社会内容:

> 一般来说,一件东西一旦变得有用,就不再是美的了;一旦进入实际生活,诗歌就变成了散文,自由就变成了奴役。所有的艺术都是如此。艺术是自由,是奢侈,是繁荣,是灵魂在欢乐中的充分发展。绘画、雕塑、音乐,都决不为任何目的服务。[6]

在法国的唯美主义者里边,波德莱尔也是很重要的代表人物。他宣扬爱伦·坡的"纯艺术"思想,与戈蒂埃一起推动唯美主义的发展,但他的文艺思想较为复杂,很多时候被认为是象征主义的先驱。帕尔纳斯诗人一伙,则尊崇戈蒂埃为导师,反对浪漫主义理论的主观主义倾向,主张创作的冷静、客观和形式的完美,把"为艺术而艺术"看做是艺术的最高目的,直接以作品实践了唯美主义理论的原则追求,其中的成员马拉美、魏尔兰等,后来成为象征主义的代表人物。

4. 学院型理论家:佩特

英国是唯美主义文学理论成熟期和高峰期的中心。一般认为,英国的唯美主义有两个源头:一个是文艺理论家罗斯金,他主张回到前资本主义时代,推崇文艺复兴前期和中世纪的艺术,反对工业资本主义社会的反人道、反诗意、反艺术美的倾向,其美学观中有着鲜明的反功利思想;另一个就是"前拉斐尔派兄弟会",其代表人物是罗塞蒂兄妹、斯温伯恩,他们都否认艺术的道德内容,力图清除这种内容。这两个源头推动了英国唯美主义文学理论的发展。

瓦尔特·佩特是一个典型的学院型文学理论家,他一生身处学府牛津,从事文学艺术研究,与当时唯美主义者相交往,探讨学术问题,并将心得写成理论文章。其中的一部分在1873年汇编成唯美主义的重要理论著作《文艺复兴》。他的唯美主义文学思想影响了王尔德等一批年轻作家,成为英国唯美主义文学的一块理论基石。正因为如此,有的学者认为,他的《文艺复兴》的结论部分,可以看做是唯美主义的真正宣言。[7]

由于学院生活的影响,佩特的唯美主义理论,比罗斯金、"前拉斐尔派兄弟会"的观点更加脱离社会现实。在《文艺复兴》一书的结论中,他写到:

> 至少可以说我们的生命是像火焰那样的;它只是多种力的组合,这种力在中途或迟或早地离去,其组合则是常常更新的。……活着的我们从思想和感情的内心世界开始谈。那漩涡转得更快,那火焰更加炽烈,更善于吸收。……能使得这种强烈的、宝石般的火焰一直燃烧着,能保持着这种心醉神迷的状态,这是人生的成功。[8]

在佩特看来,人生正是对那刹那的美丽火焰的持续关注。这可以视为思考他的唯美主义理论的一个坐标,或者可以说是一种享乐的唯美主义。因此,他主张尽量摆脱日常世俗世界的纷扰,充分利用人生有限的时间,去获取更多的感官享受。罗斯金的理论思想中有反对功利主义的要素,但仍然重视艺术中的道德。佩特则完全抛弃和否定了这种道德伦理,认为艺术与道德无关,艺术作品与它所表现出的全部思想无关。佩特认为,艺术美是一种脱离社会现实的独特现象,是不应受到社会和道德观念制约的。所以,艺术和美都是主观的,是个人的感觉之事。由此出发,佩特认为艺术的目的、功用仅仅是为了丰富刹那间的美感,人生唯一的道路就是借助艺术来充实刹那的审美享受。

作为一个学院型理论家,佩特有很强的理论自觉性,对文艺批评本身的发展也给予了应有的关注。在他看来,文学批评不应是重复或建立某种抽象的理论,而应是对文学艺术表达方式的探讨。文艺批评是一种只凭个人经验而不重理性心理的活动,理论家和批评家应该永远好奇地试验新的意见,而不应默然同意康德的或黑格尔的或我们自己的一种轻易得来的正统观念。总之,感性永远是文艺批评最重要的东西。这一点,我们在今天依然能够看到其思想痕迹。

5. 王尔德的"唯美"生活

奥斯卡·王尔德可以说是唯美主义的代名词,人们提到唯美主义必然会提到这个名字,因为唯美主义在他手里达到了高峰。除了文学理论著作、文学作品之外,他的生活可以说也是"唯美主义"的,并且引领了当时的时代风气。王尔德早先求学于牛津大学,后移居伦敦步入社会,这使他广泛地结识了当时的名流和文学艺术家,其中的惠勒斯对他影响巨大。他放弃了罗斯金"艺术忠实于自然"的观点,转而接受惠勒斯的"艺术高于自然"的主张,开始了自己的唯美主义生涯。他在美国、加拿大的旅行演讲和之后在英国各地进行的演讲,为唯美主义理论的广泛传播开辟了道路。

王尔德对英国维多利亚时代的社会道德采取了敌视的态度,认为真正的艺术是和资产阶级生活制度相抵触的。他不仅在自己的作品里,而且在生活中实行"超道德"的原则,刻意追求充满感官享乐的"纯美",以此来向资产阶级的传统道德挑战。但是,他的这种挑战方式,却成为后来唯美主义失败的一个缘由。王尔德是个多产的作家,他的中篇小说《道林·格雷的画像》被认为是英国唯美主义的代表作,而小说的"序言"则被认为是王尔德唯美主义的宣言。王尔德的理论思想主要集中在他的演讲和论文之中,主要有《英国的文艺复兴》《作为艺术家的批评家》《谎言的衰朽》等,这些论文后来编成《意向》一书出版。

"纯艺术"观念是王尔德唯美主义理论的基本信条。他坚信艺术的独立生命和自身价值,主张艺术的本身就是目的。在《谎言的衰朽》中,他以两个人的对话来探讨艺术问题,在文章的最后,借"维维安"之口提出了自己的"新美学原理":

> ……艺术除了表现它自身之外,不表现任何东西。它和思想一样,有独立的生命,而且纯粹按自己的路线发展。……第二个原理是这样的:一切坏的艺术都是返归生活和自然造成的,并且是将生活和自然上升为理想的结果。……第三个原理是:生活模仿艺术远甚于艺术模仿生活。……最后的启示是:撒谎——讲述美而不真实的故事,乃是艺术的真正目的。……[9]

这种艺术至上的观点使他认为艺术是高于自然的,自然是艺术的原料,艺术赋予自然以美的形式。他鼓吹"为艺术而艺术""艺术高于一切",将美和真对立起来,以美否定真,主张艺术脱离生活而独立。在他看来,现实生活是不完美的,甚至是丑陋的,艺术才是真正的完美,生活应该模仿艺术。

他把关心生活和道德的艺术称为"谎言的衰朽",所以要求艺术家全神贯注在形式上,远离道德生活。他认为英国的唯美主义运动应专注于对纯粹美、对形式的追求。在王尔德看来,艺术的形式拯救了生活形式的贫乏。当然,他的形式追求也是"美而不真"的,在他看来,艺术的最高形式是没有任何具体内容的抽象的装饰。他把这种追求推到了极致,认为形式就是一切。

王尔德反对生活道德的另一方面,则是追求感官享受的美,以颓废和狂放的享乐主义向社会道德挑战。他认为一切艺术都是不道德的,反对任何艺术的功利目的,宣扬艺术是不受道德约束的,试图用艺术的"美"来和生活中的"丑"对抗。他的这种观点,其实就是要说明艺术是不依赖于道德而存在的,也不仅仅是为道德服务的。

王尔德对唯美主义的追求遍布戏剧、小说、诗歌、童话、文艺批评的诸多领域。他刻意用法文创作的话剧《萨乐美》,成为唯美主义的经典形象,充分体现了艺术形式上的唯美主义特征。而小说《道林·格雷的画像》所表现出来的生活现实中的最终失败,艺术图画中的最终永恒,也恰恰是王尔德"唯美"生活的真实写照。但作为一个杰出的作家,他在很多地方已远远超出了他理论的束缚,而把视野投向了现实生活的道德领域,如人们熟知的《快乐王子》就是如此。

6. 唯美主义的理论方位

唯美主义理论诞生于 19 世纪上半叶,可以看做是对现实主义理论的反动,和浪漫主义理论有着密切的关系,它的许多代表人物在早期都是浪漫主义者。但是,唯美主义理论和浪漫主义理论又有很大的不同,比如,两者虽然都侧重于主观,但浪漫主义理论更倾向于创作的主观情思,以此来处理理想与现实的关系。而唯美主义理论则主要是靠主观来回避客观现实,以便集中精力在艺术形式上展示美的存在。在对待现实的问题上,"积极"浪漫主义仍然表露着按自己理想改造社会的意图,而唯美主义则和人们常说的"消极"浪漫主义联系更为密切,它远离现实,寻求自由。可以说,消极的浪漫主义是唯美主义的近亲。

唯美主义和颓废主义的关系也是十分复杂的。唯美主义在19世纪末兴盛,具有独特的"世纪末"情结,苦闷、绝望、厌世,带有浓厚的颓废色彩。而颓废主义又常被用来形容当时包括唯美主义、象征主义在内的一系列文学理论思潮。这使得这两个概念常常发生混淆,但颓废主义并不像唯美主义、象征主义这样的实在、具体,有自己明确的艺术纲领、代表作家、代表作品,所以,可以把"颓废主义"看做是对这一时期文学理论发展特点的一个概括,而确切的理论发展线索则需要对唯美主义、象征主义等进行单独论述。

对于后来的现代主义来说,唯美主义是一座桥梁,它已经展示了许多现代主义的因素。如对人内心世界的关注,对理性精神的蔑视,对潜意识的刻画,对形式的注重,等等,都对现代主义有着极大的启发。特别是它与前现代主义——象征主义的密切联系,说明了它承前启后的重要理论位置。

唯美主义的阵地虽然主要是法国和英国,但这一理论已开始展示出20世纪文学理论的全球化特点。如美国爱德加·爱伦·坡在《诗歌原理》中提出"纯艺术",并以诗歌创作实践自己的理论,便启示了大洋彼岸的唯美主义运动。而意大利的桑克梯斯,则把艺术搞成纯粹的形式,即作为纯粹的知觉,反对一切功利、道德和概念,同法英两国的唯美主义运动相呼应。而在欧洲的唯美主义思潮衰落之后,在东方,日本和中国在20世纪初又掀起了唯美主义高潮,因此可以说,它的生命力是很强的。

三　具有通感色彩的象征主义

理论上的象征主义以1890年为起点,可以说它是划分西方古典文学和现代文学的分界线。象征主义理论的出现,是对自然主义理论的一种反拨。与自然主义机械地论述自然世界中实际事物间的因果关系不同,象征主义理论更多地强调隐匿在自然世界之后的"超验"的理念世界;与自然主义侧重遗传和环境对个人具有决定性影响的理念不同,象征主义理论更多地要求凭个人的想象力来创造超自然的世界。象征主义理论和唯美主义理论的关系则很近,可以说它是唯美主义的继续探寻和曲折发展。在对自然主义和唯美主义的双重关注中,象征主义逐渐确立了自己的道路,为现代主义的到来铺平了道路。因此,象征主义也被称为"前现代主义"。

1. 流派概况

"象征",在希腊文中指一个物件分成对半,主客双方各执其一,再次见面的时候拼成一块,用来表示这是友善的信物。后来,它被引申为某个观念或事物的代表,比如,用十字架来代表基督教。但"象征"与一般的比喻不同,比喻只做间接修饰用,喻体与本体并无实质上的联系,如以鲜花比美人;而"象征"则是形象大于字面的意义,它要求体现本体的实质,比如,诗人艾略特以"荒原"象征没落的世界。欧洲中古文学所用的"象征"多是约定俗成的系统,而带有现代气息的象征主义,则往往采用具有鲜明个体想象的象征系统。[10]

1886年,希腊诗人让·莫雷亚斯发表《象征主义宣言》,正式提出了"象征主义"这个概念。在此之前的爱伦·坡、波德莱尔,可看做"象征主义"的思想先驱。爱伦·坡早已对文学的形式美、暗示性和音乐性作过强调,其创作的梦幻色彩,也与后来象征诗人别无二致。波德莱尔则更是被奉为象征主义这一流派的鼻祖。

"象征主义"理论产生影响,主要是法国的魏尔兰(P. Verlaine)、兰波(A. Rimbaud)和马拉美(S. Mallarme)的功劳。他们被称为"前期象征主义",其中的马拉美,更是在理论和实践两个方面做出了贡献。1898年马拉美逝世,标志着"前期象征主义"的结束。20世纪初,象征主义再度崛起,并从法国扩及到欧美各国,其代表人物有英国的叶芝(W. B. Yeats)、法国的瓦莱里(P. Valery)等,他们集诗人与批评家于一身,大大推动了象征主义文学理论的发展。与该派的发展密切相关的还有"意象派"的诗歌和文学理论,其代表人物是庞德(E. Pound)和休姆(T. E. Hulme)。

2. 波德莱尔

夏尔·波德莱尔在文学创作和理论的两个方面都做出了杰出的贡献。他的主要理论著作有《美学探奇》和《浪漫派艺术》。他的文艺思想反映了当时时代的变化,显得纷繁复杂,充满矛盾。因此,他也被19世纪末、20世纪初的种种先锋流派奉为先行者。可以说,在他的文学思想中,象征主义的成分和唯美主义的成分都占有较大的比重,这也让我们看出这两种文学思潮具有的紧密联系。

尽管波德莱尔具有理论家与诗人的双重身份,但是,对他来说更为重要的还是诗的创作。他的诗歌在某种意义上可看做是他的理论的宣言,是他理论的最好的表述和展示。1857年,他的诗集《恶之花》发表,是象征主义发展中的一件大事。他那首著名的十四行诗《感应》,亦可说是一份纲领性的文件,被认为是"象征主义的宪章":

> 自然是一座神殿,那里有活的柱子,
> 不时发出一些含糊不清的语音;
> 行人经过该处,穿过象征的森林,
> 森林露出亲切的眼光对人注视。
>
> 仿佛远远传来一些悠长的回音,
> 互相混成幽昧而深邃的统一体,
> 像黑夜又像光明一样茫无边际,
> 芳香、色彩、音响全在互相感应。
>
> 有些芳香新鲜得像儿童肌肤一样,
> 柔和得像双簧管,绿油油像牧场,
> ——另外一些,腐朽、丰富、得意扬扬,
>
> 具有一种无限物的扩展力量,
> 仿佛琥珀、麝香、安息香和乳香,
> 在歌唱着精神和感官的热狂。[11]

在诗中,他把大自然看做是向人们传递信息的"象征的森林",肯定物质世界与精神世界的相通,以及色香味各种官能的"交感",认为感觉不仅仅是感觉,它们也能够表达情感,而客观事物也不仅仅是客观事物,而是隐藏在它们后面的理想形式的象征。

波德莱尔诗歌理论的核心就是"通感",他借助现代巴黎的种种丑恶现象,表现出了现代人那种与社会不协调而产生出的无端又无限的厌烦情绪,应该说是当时时代感受的艺术体现。他的"以丑为美"的原则,处处运用的象征手法,以及那种颓废的情调和情绪,都成为后代诗人效仿的方面,也使得象征主义文学理论的发展有了一个复杂而丰富的底蕴。

3. 马拉美与前期象征主义

继波德莱尔之后，在19世纪70年代和80年代,法国的保尔·魏尔兰展示了象征主义理论强调"音乐性"的一方面。由于象征主义要表达的情思复杂而朦胧,所以它需要用音乐的"不确定性"作为表现的手段。这里的"音乐性"与浪漫主义用它的意味不同,浪漫主义侧重音响本身的美,而象征主义强调音乐的暗示性。他的这些见解,主要体现在他的一首由9节4行诗构成的《诗的艺术》中。除了"音乐性"的节奏、旋律、和音响外,他还强调诗的"色调",这指的是千变万化的诗情。魏尔兰的这些提法,成为了象征主义文学创作的重要原则。

与魏尔兰过从甚密的另一位诗人阿尔图尔·兰波,则为象征主义理论带来了超现实主义的因素。一般的象征主义文学理论,只是要求揭示隐藏在日常事物后面的真实,而阿尔图尔·兰波则进一步要求用直觉和想象来创造事物之外的真实。这推进了象征主义文学理论的发展,也为后来超现实主义文学理论的出现作了准备。兰波强调诗歌创作中的直觉和梦幻的因素,他把自己称为"通灵者",认为诗人应该运用各种官能来表达自己的情感世界。比如,他的著名的诗篇《醉舟》,动用了各种奇幻的色彩和画面来表达少年摆脱外在约束的梦想;另一首《母音》,则把形状、色彩、气味、音响和运动结合起来,体现了"通感"的意味。兰波为象征主义理论带来了梦幻性、神秘性和晦涩性,这也是象征主义文学理论的重要特点。

在前期象征主义文学理论的代表中,马拉美具有特别重要的地位,这是因为他把象征主义理论的种种因素,都进行了条理化和系统化。所以,他又被称为是"象征主义的象征"。马拉美的诗学理论也具有神秘性。他认为私人应该是世界的解释者,只有具有特殊感受的人才能进入诗歌世界。他认为诗歌应该通过平凡的事物的外表,抓住隐藏在它后面的、难以理喻、难以把握的"绝对"。在马拉美看来,诗是从无到有的魔术,可以创造不同于现实世界的绝对世界,这是他的一个基本的观念。

以这种观念为指导,在创作方法上,他十分注重"暗示"的重要性,认为"暗示"是诗的乐趣产生的重要源泉。诗歌绝不是要"说出"一种事物,而是要暗示和唤起人们对他们的想象,诗歌应当永远是个谜。他说:

> 直陈其事,这就等于取消了诗歌四分之三的趣味,这种趣味原是要一点点地去领会它的。暗示,才是我们的理想。一点一滴地去复活一件东西,从而展示出一种精神状态,或者选择一件东西,通过一连串疑

难的解答去揭示其中的精神状态：必须充分发挥构成象征的这种作用。[12]

作为"暗示"的重要手段，诗的"音乐性"成为他关注的话题。不过与前人不同的是，在音乐和诗歌的关系上，他把诗歌视为最高的和支配的艺术。为了取得暗示的、象征的最佳效果，马拉美对诗歌的形式十分重视。他对诗歌语言进行了深入的思考，系统地论述了从普通语言中提取诗歌语言的方法，并尝试把日常生活用语转换成特殊的诗歌用语。他甚至在诗歌创作中增添图表画面，还运用了空白、间距和停顿，采用了特殊的版式。

马拉美的诗歌观念和创作观念深深地影响了当时的诗坛。他的著名诗歌《牧神的午后》，创造了梦一般的世界，后来被音乐家德彪西取材谱写成同名交响乐，产生了巨大影响。马拉美在巴黎会所举办的"星期二茶话会"，成为象征主义文学运动的中心。这些都推动了象征主义文学理论的发展，使它开始向欧美其他国家扩散，并成为一个国际性的文学思潮。

4. 象征主义的复兴

在马拉美之后，象征主义理论和创作一度沉寂，但20世纪初，又出现了新的迹象，这时的象征主义被称为"后期象征主义"。"后期象征主义"本应划入现代主义理论的范畴，但由于它与"前期象征主义"理论的关系密切，所以，仍可以把它放到这里来论述。这一派别自20世纪初兴起后，从法国播及到英、德、俄、美、意、西、拉美等国，在20年代达到高潮。由于当时的社会变化，如第一次世界大战的影响等，后期象征主义更注重重大的社会题材，更能表现现代意识，技巧上也更具有试验性。

法国的保尔·瓦莱里是马拉美的崇拜者和继承者，其写作的《海滨墓园》把象征主义推进到一个新的阶段。他还撰写了大量的文学理论和诗歌评论文章，使他成为了法国后期象征主义理论的主要代表。瓦莱里看出了象征主义主张在内部观点上的分歧，因此写了《象征主义的存在》一文来界定和分析象征主义的特点。他认为，象征主义作为一种创作活动确实存在，这种活动追求高于现实世界的丰富的内心世界，强调人的独特性的重要，力图重建个体的精神史。他为象征主义这个文学群体寻找到了一个共同的精神支点，并且自信地宣称：

"象征主义"从此成为与今天起支配乃至控制作用的思想观念完全对立的精神状态及精神产物的文字象征。[13]

瓦莱里继承了前人对诗歌"音乐性"的关注,并把这确定为他的诗歌理论的核心。在他看来,象征主义的本质就在于使诗歌这种语言艺术"音乐化"。这种"音乐化"不仅指诗的语言的音乐化,更为重要的是指诗的语词关系与人的感觉情绪之间的应和。他强调的这种读者从诗的阅读中所体会到的和谐与合拍的感觉,是对波德莱尔在《感应》一文中提出的"通感"理论的确切定位。

与前人不同的是,瓦莱里已经开始注意理性和抽象思维的重要性,这与前期象征派的神秘色彩多少有些区别。理性因素的介入,使得后期象征主义理论有了自己的特点。英国的叶芝就力图在象征主义中去统一理性和感性。叶芝对象征主义的了解,得自于英国诗歌评论家西蒙斯对法国象征主义的介绍。叶芝结合自己的诗歌创作实践,提出了较为系统的象征主义理论,从而成为"后期象征主义"的又一面旗帜。

叶芝于1900年发表《诗歌的象征主义》一文,对自己的观点进行了较全面的论述。在文中,他区分了"象征"和"隐喻",认为象征高于隐喻,象征是整体的、体系化的隐喻。在他看来,形式与感情之间存在着对应的象征关系,这正是象征主义诗歌能够打动人的关键所在。他把诗歌感人的根源追述到了象征主义,从而提高了象征主义文学理论的地位。他还对象征主义诗歌创作提出了要求,认为诗歌应排除外在世界和日常意志的干扰,用各种形式和想象力来充分体现微妙的内心世界。为了求得理性与感性的统一,他把"象征"分为感情的象征和理性的象征,认为两者的结合才是"象征"的最高境界。这是对象征主义文学理论的完善和发展。申论具有感情象征的理性象征,可以说是"后期象征主义"的理论特点。叶芝说:

> 除了感情的象征,即只唤起感情的那些象征之外——在这种意义上一切引人向往的或令人憎恨的事物都是象征,虽然它们彼此之间的关系,除了韵律和格式之外,都太难捉摸,并不令人十分感兴趣——还有理性的象征,这种象征只唤起观念,或混杂着感情的观念;除了神秘主义得非常固定的传统以及某些现代诗人不太固定的评论之外,只有这两种叫象征。[14]

"后期象征主义"对理性的关注和追求,使象征主义的文学创作在某种程度上渐渐向现实靠近,从而与当时的社会发展变化紧密地结合了起来,产生了较广泛的影响。"后期象征主义"文学理论开启了20世纪现代主义文学理论的大门。

5. 象征主义的余韵

意象主义创作和理论的兴起,主要是由于接受了法国象征主义的影响,并出于对20世纪初维多利亚后期诗风的不满而生成的。意象主义不同于象征主义象征符号的广泛运用,它只把自己的注意力集中在诗歌的意象和节奏上,其代表人物是美国的庞德和英国的休姆。

庞德在他的《回顾》一文中对"意象"的观念进行了解释,认为意象是在瞬间呈现出的一个理性和感情的复合体。我们可以把这看做是对叶芝感性与理性相结合理论的一种总结。休姆则更对"意象"提出了要求,认为诗人应该不断创造新的意象,而且要精确地描绘意象。

意象主义的运动时间较短,但在诗歌创作理论上的贡献却不算小。意象主义理论是象征主义诗歌实践的具体体现,它在现代主义文学理论的发生和发展中延续了象征主义的精神内质。

从波德莱尔到意象主义,象征主义文学理论横亘在19世纪末和20世纪初,它与之前的浪漫主义有着亲密的关系,与19世纪末的各种文学理论之间有着各种交流,其后期又成为初期现代主义文学理论的一部分。所以,我们有理由它说是通向现代主义文学理论的一座桥梁。象征主义文学理论对诗歌形式、诗歌音乐性、诗歌暗示的论述,都促进了西方现代主义诗歌的繁荣。象征主义文学理论摒弃了传统诗歌对客观世界"模仿"的逼真原则,寻求更高的隐藏在这个世界之后的真实,从而创造了一种具有启发意义的新理论。这对现代主义文学理论的诞生和发展起到了推动作用。

四 现代主义的出现

现代主义是文学理论上新的价值和审美取向,是西方20世纪最重要的文学思潮,其发展期主要是从19世纪末直到20世纪的五六十年代。它以"先锋""前卫"的姿态登上理论的历史舞台,是和传统观念的剧烈的脱节。在现代主义理论的内涵中,包括了纷繁复杂的种种"主义"。这些"主义"有着各自的主张,这些主张之间又有着很大的差异,但它们都深深地感到自己处在一个和过去完全不同的时代。

1. "现代"分析

对西方文学理论的发展来说,"现代"首先意味着灾难和破坏,它是一种历史性的震荡。形形色色的文学主张和流派,都表达着自己同历史传统的决裂,都以反叛作为自己独特的理论姿态。这一时期是"主义"开始泛滥的时期,如后期象征主义、意象主义、未来主义、表现主义、达达主义、超现实主义等等。人们难以用确切的方式为这些"主义"之间划分出界线,但渐渐看出了它们之间的共通性,于是,便把它们共同称之为"现代主义"。人们用"现代"一词来突出这些现象所具有的现代感受,用以指示这些迥然不同于过去的理论观点和思维方式。

"现代主义""现代""现代性"并不是理想的理论术语,因为它只是一种时间的概念,而不符合人们以往对概念术语要求的"质"的规定。这种以时间来定位的方式,可能会由于时间的推移而显得为难,比如,后来出现的"后现代"概念就是一种无奈的选择。此外,现代主义这种被迫的选择,也说明了这个时期文学艺术异常活跃,难以归入一个单一的公式。美国理论家马尔科姆·布雷德伯里(Malcolm Bradbury)在对现代主义的名称和性质作详尽探讨之后,也只能说"现代主义可能是一种风格的抽象,一种极难用公式表达的抽象"[15]。但尽管如此,人们仍然意识到自己生活在一个与过去迥然不同的时代,一个与过去缺乏连续性的时代,于是以一种新的方式来看待世界,这就是所谓的"现代"感受。

要确定现代主义运动开始于何时何地是相当困难的。因为,现代主义虽然正式出现于19世纪末,但它是在众多国家里同时出现的一种文学思潮和理论运动,很难把其中某个思潮或运动视为现代主义的直接源头。大致看来,19世纪末、20世纪初是现代主义理论的开端,而1910至1930年间是这一运动的高峰期,其下线大概是50年代和60年代。

现代主义文学理论不同于以往文学理论的更替,它是人类文学思想和精神发展的一种剧烈的偏移和脱轨。它全方位地颠覆了传统文学观念的基础,是对整个传统文论和文化的反抗与质疑。

2. "非理性"的时代与哲学

现代主义文学理论的出现,不仅是西方文学理论内部自身发展的需要,同时也是整个西方社会巨大变化的结果,或者说,是极端的年代造就的一种令人惊讶的理论。它的充分发展时期,正是人类历史上两次世界大战的间隙。

在第一次世界大战爆发之前,西方社会尽管危机重重,但总的来说,社会的发展还是处于上升时期,时代思想的主流仍然是理性主义的。战争的来临,使整个社会意识发生了转折。战争不仅带来了普遍的思想混乱,而且赋予了新的现实内容。接着,人类又面临了30年代的经济大萧条。经济大萧条直接导致法西斯的上台,把整个欧洲推向了更为疯狂的状态。全局性的世界冲突把数亿人投入战争的火海,大规模杀伤性武器使冲突格外残酷。人类潜在的"非理性",在这种非理性的时代背景下,在血腥战争的"非人化"的氛围中,被激发出来。这种历史语境促使社会思想和文化发生了剧烈的震荡。

西方的理性主义是西方思想长河中长期占优势地位的文化潮流。理性主义思想认为,依靠人类理性的力量,人们是可以把握全部事实的原因和根据的。这是在西方社会上升时期人们对自身认识能力充满信心的表现,所以,黑格尔的哲学成为以往时代的流行思潮。尽管叔本华对以往的"非理性"思想加以了系统化,但在那个时代,体会到资本主义内部矛盾和危机的人毕竟是少数,因此,叔本华的思想是孤独的。叔本华认为,世界是受"意志"这个盲目的、非理性的力量支配的,在这种情况下,人生意味着痛苦。这就构成了他的悲观主义思想。这种思想当然不会被当时主流的乐观的理性主义接受。

但是,战争来临了,情况改变了。人们发现,传统的理性已经无法解释这种新的世界状况。人类在极端困惑的处境中步入了现代世界,叔本华的思想沉寂多年之后,终于赢得了人们的关注,成为西方文化新的起点的源泉。此外,尼采、柏格森、弗洛伊德也成了西方现代主义思想的奠基人。

尼采提倡"权力意志"和"超人"哲学,提倡狂放不羁、不受任何道德观念约束的"狄奥尼索斯精神"。他喊出"上帝死了"的口号,把对欧洲传统价值观念的批判与对基督教的批判结合起来,指出在社会巨变的时代,欧洲社会产生了深刻的信仰危机,由此他便成为非理性主义的最佳代表。柏格森则以他对"直觉"的思考,成为非理性主义的又一代表。柏格森认为,直觉是一种不可知的认识能力,是与经验无关的神秘的内心活动,凭借这种神秘的能力,人们可以突然看出处于对象里的生命整体,看到对象的整体。弗洛伊德则创立了精神分析学,分析人的深层心理,指出了人"本我""无意识"的"非理性"本性。在这种氛围中,存在主义思潮也出现了。这种产生于"一战"后的思潮,在人类绝望的困境中,企图在人生意义、人如何认识自己的处境上做出新的解答。在存在主义者的眼中,世界是荒诞的,人的处境是不可以把握的。

形态千变万化的现代主义,就是在认为世界的本质是"非理性"这一点上统一了起来。这是特殊年代的产物,是大灾难时期人类对自己重新认识的一种结果。

3. 现代主义列举

为了更好地对现代主义有所认识,我们需要对构成它的种种"主义"和学说有一个较为全面的了解。在这些"主义"和学说的多样形态中,现代主义慢慢凸现出自己的特质。

前面我们谈到,"后期象征主义"是现代主义的开始,也是现代主义和以前思潮的联系所在。较之"前期象征主义","后期象征主义"有着更为鲜明的现代属性,它的以丑为美,对"怪诞"的表现,对内心世界的重视,独特的表现手法等,都构成了现代主义一些基本特点和要求。而且,它不局限于个别国家,而是在众多的欧美国家开始了自己的发展,这就为现代主义的流行和传播打下了良好的基础。

未来主义产生于意大利,以后扩展到俄国、法国等欧洲国家。马里内蒂(F. T. Marinetti)是未来主义的创始人,1909年2月,他在法国《费加罗报》上发表了《未来主义的创立和宣言》,认为科学技术的发展使人们产生了新的感受,而新的感受又必然要求新的表现形式,这种新的形式就是未来主义。他认为:

> 迫切需要解放语言,把他们从拉丁句式的牢笼中拯救出来!
> ……
> 必须在文学中引入至今被忽视的三要素:
> 1. 声响(物体运动的表现)
> 2. 重量(物体飞动的能力)
> 3. 气味(物体分裂的能力)[16]

在社会需要变革的呼声中,马里内蒂抨击现实的姿态和所表达出的民族主义情绪,受到了意大利各个阶层的欢迎。未来主义本着"反学院、反文化、反逻辑"的观念,否定过去的文化,反对病态的、纤弱的、矫情的唯美主义倾向。未来主义要摧毁一切博物馆、图书馆和科学院,成为现代主义反传统的先声。未来主义理论产生于文学,后来又扩展到绘画、雕塑、音乐等诸多艺术领域。未来主义理论对西方现代文学和艺术的影响是广泛的。

表现主义与未来主义不同,表现主义最初是德国的一个美术运动,后来扩展到文学和其他艺术部门。在文学上,表现主义在德国和奥地利取得了较大的成绩。美术界最初的表现主义团体是"桥社"和"青骑士",他们在现实中找不到出路,于是在精神领域中寻找自己的答案,企图在朴实无华的原始社会和东方文明中寻求寄托,强调画家要表现自己强烈的内心感受。他们对当代生活的缺乏兴趣也促使他们热衷于艺术形式上的探索。艺术上的表现主义,影响了一些诗人、戏剧家和小说家。这些表现主义作家是当时社会结构和社会秩序的反抗者,他们厌恶资本主义城市生活的喧嚣、空虚和混乱,反对社会对人的个性的压抑和对人的"异化",热衷追求普遍的人性。他们共同标举着表现主义的原则,因此形成了文学上的表现主义运动。

在西方文学理论和批评史上,表现主义则以意大利的克罗齐(B. Croce)和英国的柯林武德(R. G. Collingwood)为代表。克罗齐的"艺术即直觉",柯林武德的"表现理论",都成为表现主义运动的理论基础。他们从"直觉—表现"这个总的前提出发,对作家艺术家创作过程中存在的情感、想象等心理活动进行了细致的分析,并将作家艺术家思维结构中的"直觉—表现"作为艺术的特性,认为艺术只存在于作家艺术家的想象里,有意忽视了艺术技巧对于艺术创作的重要作用。

超现实主义是一群不满现实的小资产阶级作家、诗人、艺术家提出的理论主张。它最初出现于法国,在两次世界大战时期风行。而奉行"破坏就是创造"的达达主义,则可说是超现实主义理论运动的先声。1924 年,法国的布勒东(André Breton)起草的《超现实主义宣言》发表,《超现实主义革命》杂志创刊,"超现实主义研究所"成立。布勒东给超现实主义下了一个"一劳永逸"的定义:

> 超现实主义,阳性名词:纯粹的精神学自发现象,主张通过这种方法,口头地、书面地或以任何其他形式表达思想的实实在在的活动。思想的照实记录,不得由理智进行任何监核,亦无任何美学或伦理学的考虑渗入。[17]

超现实主义者以极大的敏感看待社会的变革,对改造世界、改造生活投入了巨大的热情,他们向往人类精神的彻底解放,反对各种社会的、文化的、道德的偏见和桎梏。在文艺上,他们甚至明确宣称文学艺术应该为社会革命服务。但同时,他们又认为文学艺术不应该受任何思想、理论、道德观念的制约,而只能听命于个人的灵感和潜意识,文学艺术的目标不是客观存在的外部世界,而是他们认为可能存在的或将要存在的"世界",即超现实世界。梦幻和潜意识是超现实主义文学艺术的沃土,是与他们所憎恶的现实不同的理想世界。

存在主义属于现代主义还是属于后现代主义,学界仍有争议,但它的

"非理性"特质,对世界和人类处境的荒诞看法,却是现代主义的内涵所在。从存在主义开始,现代西方文学理论的思考开始更多地从西方哲学思想中汲取营养,渐渐走上了自觉建设、自给自足的道路。

4. 现代主义与城市经验[18]

现代主义有一个比较明显的特点,那就是它的分布范围很广,具有多民族性。但是,其中也有一个共同之处,即现代主义把城市选为它的自然发源地。现代主义文学,可以说是城市的文学。人们对现代主义的认识,其实是和各个著名的城市联系在一起的,如柏林、维也纳、莫斯科、圣彼得堡、伦敦、纽约、芝加哥、巴黎,等等。它们是新文学新艺术产生的环境,是知识界活动的中心,是思想理论冲突的主要地点。

现代城市,体现着现代技术社会的发展,这是现代作家和艺术家所迷恋的。大城市里有着文学发展所必需的条件,有着激烈的思想与文化冲突,它既是新的经验的领域、一般社会秩序的中心,也是其发展变化的摇篮。经过19世纪西方城市化的发展,各个阶级、各个种族融合在一起,使城市成为产生社会变革和新意识的场所,成为"文明的风暴中心"。为此,现代城市必然出现对新文化的渴望,和对以往艺术价值和表现方式的危机感。这种状态以多样的方式表现在现代主义的创作中。

现代主义作品倾向于浓缩城市经验,并开始超越现实主义和自然主义对于城市的描写,倾向于多元化和超现实化,把现代城市作为个人意识表现的舞台,将城市看做一种全新的生活系统。现代主义的文论家和作家们,依靠城市来反抗传统文化、道德,反抗既有的家乡背景、阶级背景、文化背景等等,追求新奇事物,使自己成为一个全新的集团。

毫无疑问,现代主义理论产生的时代,是人类面临巨大的现实困境的年代。文化传统与现代的矛盾,以及这种矛盾给人带来的精神苦闷,加上资产阶级开始从整体上走向没落,反映到文学和艺术上来,便催生一种新的观念和方式。先前的自然主义、唯美主义、象征主义对新时代的解释已经做出了种种努力,现代主义继承了这些理论主张的某些特质,并以更为激烈、更为直接和极端的方式表现出来,以期达到冲击传统思维的效果。

但是,不难看到,现代主义文学理论的许多见解往往是由作家提出来的,所以,在总体上它并没有一个完整的理论体系,因此无法进行理论的持续建构和发展。这种混乱的局面,使得一些专业的语言学家、美学家和哲学理论家开始涉足文学理论构建的行列,并逐渐取代传统文学理论家和作家在文学理论界的位置,出现了西方文学理论史上所谓的"理论的世纪"。

注　释

〔1〕　〔法〕丹纳:《〈英国文学史〉序言》,伍蠡甫等编《西方文艺理论名著选编》(中),北京:北京大学出版社1986年版,第149、153页。

〔2〕　参见〔英〕利连·R. 弗斯特、彼德·斯克林:《自然主义》,王林译,石家庄:花山文艺出版社1989年版,第14—18页。

〔3〕　柳鸣九主编:《自然主义》,北京:中国社会科学出版社1988年版,第8页。

〔4〕　〔法〕克洛德·贝尔纳:《实验医学研究导论》,夏康农、管光东译,北京:商务印书馆1991年版,第2页。

〔5〕　〔法〕左拉:《实验小说论》,伍蠡甫等编《西方文艺理论名著选编》(中),北京:北京大学出版社1986年版,第258页。

〔6〕　〔法〕戈蒂耶:《〈阿贝杜斯〉序言》,赵澧、徐京安主编《唯美主义》,北京:中国人民大学出版社1988年版,第15页。

〔7〕　伍蠡甫、翁义钦:《欧洲文论简史》,北京:人民文学出版社1985年版,第444页。

〔8〕　〔英〕佩特著:《文艺复兴》,赵澧、徐京安主编《唯美主义》,北京:中国人民大学出版社1988年版,第75、76页。

〔9〕　〔英〕王尔德:《谎言的衰朽》,赵澧、徐京安主编《唯美主义》,北京:中国人民大学出版社1988年版,第142—144页。

〔10〕　袁可嘉:《欧美现代派文学概论》,上海:上海文艺出版社1993年版,第108页。

〔11〕　〔法〕波德莱尔:《感应》,见波德莱尔:《恶之花》,钱春绮译,北京:人民文学出版社1986年版。

〔12〕　〔法〕马拉美:《谈文学运动》,见《象征主义·意象派》,黄晋凯等编,北京:中国人民大学出版社1989年版,第41页。

〔13〕　〔法〕瓦莱里:《象征主义的存在》,见《西方二十世纪文论选》第一卷,胡经之、张首映主编,北京:中国社会科学出版社1989年版,第86页。

〔14〕　〔英〕叶芝:《诗歌的象征主义》,见《象征主义·意象派》,黄晋凯等编,北京:中国人民大学出版社1989年版,第89、90页。

〔15〕　〔美〕马尔科姆·布雷德伯里等编《现代主义》,胡家峦译,上海:上海教育出版社1992年版,第38页。

〔16〕　〔意〕马里内蒂:《未来主义文学技巧宣言》,见《未来主义 超现实主义 魔幻现实主义》,柳鸣九主编,北京:中国社会科学出版社1987年版,第51—55页。

〔17〕　〔法〕布勒东:《第一次超现实主义宣言》(1924),见《未来主义 超现实主义 魔幻现实主义》,柳鸣九主编,北京:中国社会科学出版社1987年版,第259页。

〔18〕　〔美〕马尔科姆·布雷德伯里等编《现代主义》,胡家峦译,上海:上海教育出版社1992年版,第78—83页。

第八章
20 世纪初的方法论转换

对于整个西方文化来说,19 世纪末 20 世纪初无疑是个巨大的转折期。这不仅体现在政治、经济等社会现实的急剧动荡上,而且也表现在包括思维方式在内的所有文化历史事实中。广义上的"革命"在所有可能的方面颠覆着现存的秩序,由此促生了在"问题性"视野下的"知识型"[1]转换。传统西方哲学的理性精神面对有史以来的又一次巨大质疑,莱布尼茨、笛卡尔的微观世界模式,已经不能满足人们认识世界的愿望,一种"宏观"的、"共时"的、"结构性"的构建对象的冲动,作为一种思维方式的表征,被越来越清晰地展示出来。

经济学领域的李嘉图学派和哲学领域的黑格尔主义,作为一个绝对象征,曾经在很长一段时期内主导着 19 世纪中期以前的西方资产阶级意识形态。但是,"1848 年革命的结束决定了资产阶级意识形态衰落时期的到来"[2]。此时的资产阶级意识形态成为了在其高涨时期所反对的对象的帮凶,它转而把斗争的矛头指向无产阶级世界观:历史唯物论和唯物辩证法。我们在先前仅仅发现这种发展的最初阶段,但是此时,我们已经可以确定某些重要的变化了。在这样一种背景下讨论本章所要涉及的几位理论家,也许会在其自身理论之外收获更多方面的意义。

本章所要论及的理论家主要是尼采、弗洛伊德和索绪尔,虽然尼采的主要理论活动时期在 19 世纪末以前,但是,直到下个世纪初之后,他的思想才开始广为人知。个人的因素使其超越了他的时代,因此就影响力而言,尼采仍然可以说是属于 20 世纪初以后的思想家之列。

尼采的哲学著作写于 19 世纪 70 年代和 80 年代,当时的德国正处在铁血宰相俾斯麦的统治下,已经实现了自上而下的统一,并且取得了普法战争的胜利,开始向军事帝国主义演变,走上侵略扩张的道路。此时就整个欧洲而言,随着资本主义向垄断阶段的过渡,资本主义文明已显示出腐朽、没落的征候。尼采的学说,正是这一时代的产物。但是,尼采在帝国主义的前期就结束了生命,这就使得他有机会以神秘的形式对未来社会问题提出种种解决的方案。正是这种神秘的形式加深了他的影响,"不仅是由于这种神秘形式成了帝国主义时代日益占统治地位的哲学表达方式,而且是由于这种神秘形式使他能够以如此普遍的方式提出帝国主义的文化、伦理和其他问题"[3]。

与尼采不同,弗洛伊德不信奉任何激进的走向非理性的新观点,而试图在其研究过程中坚持一种客观的、普遍科学的方法。虽然如此,他对"无意识"的研究给了非理性一个新的场所,赋予它新的重要性以及一些新的特征。弗洛伊德的精神分析理论之所以在19世纪末20世纪初产生,并不是偶然的,它不仅仅是作为一种治疗精神病的方法而出现的,而且也是对当时社会病症的一种疗救。当时弗洛伊德生活在奥匈帝国的首都维也纳,那里一方面是资本主义的堡垒之一,另一方面又是一个高度专制和束缚人们精神的监牢。弗洛伊德的精神分析学,实际上正是这种人格分裂社会的反映。弗洛伊德式的心理分析使人不安,不是由于其认知到一种我们无法控制的、盲目的身体本能,而是由于它假定了一种思考,一种我们从来都不知道的思考。弗洛伊德的"无意识"不仅存在于意识后面,而且是作为意识的一种替换物而存在的,并带着它自己的意志和目标。这种"无意识",反抗并企图超越我们意识的意志目标的控制。

与尼采和弗洛伊德相比,索绪尔的一生可以说是风平浪静。就现有的资料显示,他没有经历过大的思想危机或者决定性的思想突变。但是,19世纪70年代和80年代他先后在德国和法国学习工作,这必然会对其思想产生或多或少的影响。索绪尔坚持把"关系"和"关系系统"放在首位,这种观念和方法极其清楚地体现了一种形式策略,正是这种形式策略,使得一系列学科都在19世纪末20世纪初发生巨大的转变,从传统转向了现代。

尽管尼采、弗洛伊德和索绪尔三者的理论兴趣有很大的区别,甚至放在一起讨论显得有些混乱,但是,有一点他们却是相通的,即方法论意义上的转变。他们都对根深蒂固的传统进行了毫不留情的颠覆,为自身领域的发展寻找新的可能性。尼采"重估一切价值"的提出,给理性精神和基督教神学以沉重的打击;弗洛伊德在意识的背后寻找"潜意识",这不仅进一步瓦解了理性精神的传统,而且在探究人类自身奥秘的进程中也具有决定性的意义;索绪尔则在人与语言的关系上做了一个颠倒,不是人运用语言来认识世界,而是语言通过人为世界立法。此外,"任意性"原则的提出,也是他对理性精神的又一重创。

20世纪上半叶,文学理论一直忙于宣布独立自治,并试图从重重障碍中冲出来,走向不同学科间的互相交流。虽然如此,文学理论的新发展仍然与哲学、语言学、心理学以及政治社会学之间存在着许多潜在的、千丝万缕的联系。后者中出现的理论,频频延伸到文学的讨论中。这种现象在尼采、弗洛伊德和索绪尔的理论及文艺思想中,都体现得十分鲜明。

一 尼采的"悲剧"与救赎论

尼采(Friedrich Wilhelm Nietzsche)是19世纪后半期一位重要的思想家,他虽然被同时代的人所冷落,然而却对20世纪的西方文化产生了巨大影响。尼采早年深受叔本华哲学思想的影响和瓦格纳音乐精神的熏陶,但作为一位转折期的思想家,他主要是以西方文化"叛徒"的身份出现的。尼采的思想具有绝对的颠覆性,他提出"重估一切价值"的重要命题,对西方传统的价值体系提出了全面的质疑。传统的西方文化有两大价值系统:在对真理的追求中形成的理性精神;在对上帝的信仰中产生的基督教神学。尼采正是从这两个方面对西方文化传统进行毁灭性打击的,即否定西方理性主义的价值传统,并对上帝存在的合法性及基督教的道德观念提出挑战。

但是,尼采的思想也并非是空穴来风。他早年追随叔本华和瓦格纳,虽然最终摆脱了两者的阴影,但其思想受此二人影响的痕迹是非常明显的。逻辑与历史向来是统一的,若从这一角度出发勾勒尼采思想的发展脉络的话,也许更能令人信服。黑格尔曾经指出:一个晚出的思想范畴,乃是"把前此一切思维范畴都曾加以扬弃并包含在自身之内了"[4]。当然,尼采也不例外。为了更好地理解尼采的哲学思想与文学观念,这里有必要首先对其思想发展过程进行一个简单的描述。

大致说来,尼采的思想发展可以分为以下三个阶段:

第一阶段的起止时间大致为1870—1876年。这一时期的尼采深受叔本华哲学思想和瓦格纳音乐精神的双重影响,带有浓厚的非理性色彩。"生命意志"和"酒神精神"是这一时期的两个核心概念。"生命意志"本来是叔本华的重要哲学范畴,是构成叔本华哲学的重要基石,这里尼采只是想借用它来说明艺术尤其是悲剧艺术的本质,其含义已经与叔本华的概念大相径庭了。而"酒神精神"的提出,则更加清楚地预示着"强力意志"学说的诞生。"酒神精神"作为生命意志的最高表现方式,其本质意义在于对生命价值的肯定，这一思想在尼采整个思想体系中是以一贯之的，只是"酒神精神"在尼采后期思想中被"强力意志"所统摄而已。在这一时期，《悲剧的诞生》一书居于尼采思想的核心地位。尼采后来曾在《偶像的黄昏》一书中称《悲剧的诞生》是他的"第一个一切价值的重估"，可见，尼采思想的根本意旨——重估一切价值——已经在《悲剧的诞生》中产生了。

第二阶段的起止时间大致为1876—1881年。这一时期的尼采，逐渐摆脱叔本华的哲学思想和瓦格纳的音乐精神的束缚，开始创建自己独特的学说体系。尼采对自己早期的非理性思想进行了反思，开是重视对艺术现象进行经验性描述，其早期非理性笼罩下的"艺术形而上学"渐渐被"艺术生理学"所取代。艺术家的地位也受到重新的审视，并被看做是应当被超越的。相反，科学家的地位却得到了提高，尼采甚至认为科学家乃是艺术家的进一步发展。在这一时期，《人性，太人性了》和《曙光》这两部著作，居于尼采思想的核心位置。从这两部著作的思想观点来看，虽然尼采这一时期的思想在其整个思想体系中仿佛是一个倒退，但这个所谓的倒退，在尼采思想发展进程中却是不可缺少的，它为尼采思想的最终成熟打下了基础，其意义也许只有从整体的角度来看，才能得以证明。

第三阶段的起止时间大致为1882—1889年。这一时期的尼采又重新回到早年的"艺术形而上学"的立场之上，但这决不是简单的回归，而是对前两个阶段的整合与重建。这一时期，尼采提出了标志其思想进入成熟期的重要范畴"强力意志"，并以此为核心对前期思想进行规整，从而建构起了完整而统一的思想体系。"强力意志"具有三个显明的特征：强烈地趋向自身，即"自我肯定"的意志；坚定地向着他者，即"自我超越"的意志；通过完善自身而获得超越，即"自我创造"的意志。这一概念在前两个阶段已有所酝酿，到《快乐的科学》和《查拉图斯特拉如是说》中，开始有了明确的定名。"强力意志"是尼采进行价值重估的有力武器，他的全部思想也是以这个估价原则为依据来加以阐明的。在这一时期，尼采写了大量的思想著作，其中尤以《快乐的科学》《查拉图斯特拉如是说》《超善恶》《道德谱系》《偶像的黄昏》以及《权力意志》最为重要。

尼采的思想是复杂的，他与后来风靡西方的生命哲学、弗洛伊德精神分析学以及存在主义哲学，都有着直接而重大的关联。同时，在其复杂的思想体系中，也包含着大量的美学、文艺学思想。这些思想对20世纪以来的西方文学理论具有重要的方法论意义，对其后许多作家和艺术家的人生观、文艺观甚或具体的创作方法、作品思想内容等，也都产生了明显的影响。

1. 悲剧理论

《悲剧的诞生》是尼采第一部系统讨论美学和文艺问题的著作,也是他全部美学和文艺思想的基点。在这部书中,尼采创造性地发挥了叔本华的哲学思想,以古希腊文学为研究对象,探讨并阐释了艺术的起源、功能及其对个体生命的意义,提出了其美学和文艺思想中两个重要的范畴——"日神精神"和"酒神精神",并在此基础上论述了悲剧的诞生与衰落。

尼采认为,古希腊艺术并非产生于希腊人精神上的和谐与静穆,而是植根于他们所意识到的人生苦难和冲突。但古希腊人并没有因为生命的悲剧性而厌世,而是以艺术为媒介来对抗存在的荒诞,为苦难的、悲剧性的生命寻找意义和存在的理由。这是因为"希腊人知道并且感觉到生存的恐怖和可怕,为了能够活下去,他们必须在它面前安排奥林匹斯众神的光辉梦境之诞生","在这些神灵的明丽阳光下,人感到生存是值得努力追求的"[5]。可以说,肯定生命,肯定生命追求强力的本能,是贯穿《悲剧的诞生》全书的基本思想。

由此出发,尼采对艺术的起源提出了自己的见解,认为作为古希腊艺术典范的悲剧,既是"酒神"的艺术又是"日神"的艺术:

> 悲剧的本质只能被解释为酒神状态的显露和形象化,为音乐的象征表现,为酒神陶醉的梦境。[6]

这是尼采关于悲剧的基本观点,他所指出的希腊悲剧产生的深层心理根源,也是艺术产生的深层心理根源。因此,为了更好地理解和把握尼采的文艺思想,必须首先弄清什么是"日神精神"和"酒神精神"。

日神阿波罗(Apollo)是光明之神,他支配着内心幻想世界的美丽外观,同时也使大自然呈现出美的外观。阿波罗神在古希腊神话中占有非常重要的地位,被赋予了多种职能和文化意义,既是一切造型力量之神,又是预言之神。除了是日神之外,他还是音乐之神、诗神、男性美之神,同时也是医神、牧神、谷物与畜群之神。由此可见,他既具有艺术的魅力,又预示着生命和希望。因此,尼采用日神来象征人追求世界和人生的美丽外观的精神本能。

"日神精神"是一种"梦"的精神,它把人带入幻想的世界,使人沉浸于世界万物的美的外观之中,忘却人生的苦难与悲剧性实质,放弃对世界和人生本来面目的探求,而只是在梦幻般的感觉中去体验审美的愉悦,并依此来品味人生。可以说,"日神精神"就是要创造一个光明灿烂的梦幻世界的冲动,它的目的是要给人们带来安宁、平衡、和谐的精神状态,并达到对个体生命的肯定。尼采是这样说的:人为了能够生存"就需要一种壮丽的幻觉,以美的面纱遮住它自己的本来面目。这就是日神的真正艺术目的。我们用日神的名字统称美的外观的无数幻觉,它们在每一瞬间使人生一般来说值得一过,推动人去经历这每一瞬间"[7]。在"日神"所营造的梦境中,人们可以暂时忘却现实世界的苦难,随心所欲地编织美丽的幻景,为自身创造远离现实苦难的美妙世界。因此,"日神精神"的核心就表现为:使人沉浸于梦幻般的审美状态之中,从而忘却人生的悲剧性本质。尼采认为:"日神本身理应被看做个体化原理的壮丽的神圣形象,他的表情和目光向我们表明了'外观'的全部喜悦、智慧及其美丽。"[8]在"日神精神"的笼罩下,每个人都获得了自己和谐安宁的天地,于是梦境世界便成了躲避现实痛苦的庇护所。

如果说日神就是"个体化原理的壮丽的神圣形象",那么充满智慧的静穆就不仅仅是日神的特征了,必然也包含了个体的特征,正是靠了这种"个体化原理",艺术家才创造出了丰富多彩、绚丽无比的艺术世界。神话、史诗、造型艺术以及一切叙事文体,在尼采看来都是"日神艺术"的表现形式,其共同特点是注重外观形象,其深层基础是人生的痛苦和冲突,以及由此产生的通过幻觉来求得解脱的艺术冲动。因此,日神艺术呈现出的只是幻想世界的美丽外观,它要求艺术遵循适度的法则,"适度的克制,免受强烈的刺激"是日神艺术的最高境界。

与充满痛苦与冲突的现实相反,"日神精神"表现出了更美丽、更和谐、更完善的世界。但是,"日神"的梦境也并非完美无缺,它也有自身的局限,主要体现于"日神精神"对于无节制的激情的遏制,由此,尼采紧接着提出了他的另一个重要概念,作为"日神精神"对立者而存在的艺术力量——"酒神精神"。

我们知道,尼采所关注的核心问题在于生命的意义,虽然"日神精神"将世界和人生审美化,并由此赋予生命以存在的理由,但梦境毕竟是幻象,是虚假的、想象的产物,它并不能回答生命终极意义的问题。因此,人们不会满足于仅仅沉湎于这种虚假的梦境之中,而是渴望摆脱这种幻象,把握世界的本质。于是,人们便从虚幻的梦境中苏醒过来,进入到另一种状态,即迷狂状态,尼采称其为"酒神精神"。

酒神狄奥尼索斯(Dionysus)是葡萄酒与狂欢之神,也是古希腊的艺术之神。他在诸神中以酒和狂欢著称,是丰收享乐和尽情放纵的象征,是生命丰盈的化身。酒神代表的是一个醉狂的世界,他使人们沉迷于酩酊大醉后的狂歌漫舞,并在这种狂欢与放纵中与世界融为一体,感受生命的欢悦,忘却人生的痛苦,其实质是使个体完全消失在自我忘却的迷狂状态中。尼采认为,这正是艺术力量之所在,这些力量无须人间艺术家的中介,从自然界本身迸发出来。某种意义上可以说,"任何伟大的戏剧无不建立在这种沉醉的基础上,以致许多哲学家都指出过,希腊戏剧诞生于狄奥尼索斯崇拜"[9]。

"酒神精神"是一种"醉"的精神,它在人们酣醉狂放的状态下体现出来。它是一种文化力量,是面对人生苦难时所采取的超越姿态。在"酒神精神"的笼罩下,人们压抑着的原始激情得以展现,个体生命和个体意识逐渐进入一种浑然忘我之境,在沉醉与迷狂中,个体生命被束缚的状态得以解除,从而在心灵深处领略到与世界本体相融合的满足。在这种状态中,人与人之间的界限瓦解了,个体化原则下的自我主体消失了,主观与神秘的大自然融为一体,从而感受到自然永恒的生命力,得到一种不可言状的快感。尼采说:

> 在酒神的魔力之下,不但人与人重新团结了,而且疏远、敌对、被奴役的大自然也重新庆祝她同她的浪子人类和解的节日……人轻歌曼舞,俨然是一更高共同体的成员,他陶然忘步忘言,飘飘然乘风飞……此刻他觉得自己就是神。[10]

在这狂醉的状态中,生命的意志得到了最完整的体现。

"酒神精神"是尼采美学和文艺思想最核心的范畴,它破除外观的幻觉,使个体生命与世界生命本体相融合,在悲剧性的陶醉中直视人生的痛苦,并把这种痛苦转化为审美的快乐,因此,尼采称之为"永恒的本原的艺术力量"。

"酒神精神"有以下几个特征:(1)它是一种情绪系统高度亢奋的精神状态。在这种状态中,人超越个体化原则和现象领域,达到个体与世界总体生命的交融,从而使本能的生命力焕发出勃勃生机,人从这原始生命力的充盈状态中获得无限的幸福与快乐。(2)它是一种特殊的肯定人生的态度。现实生活中个体的生命是易逝的,其中充满了不幸和痛苦,但世界总体的生命却是永恒的,在世界总体生命的永恒轮回中,易逝的个体生命获得了战胜不幸和痛苦的力量。(3)它是与苏格拉底的理性主义精神相对立的。苏格拉底主义是一种科学乐观主义,他崇尚知识、科学,主张用科学指导人生,认为人凭借理性可以认识世界,改造世界,实现自己的幸福,而"酒神精神"则凭借对世界总体生命的信仰来肯定个体生命的意义与价值。

尼采说过,酒神冲动及其在痛苦中所感觉的原始快乐,乃是生育音乐和悲剧神话的共同母腹。可见,"酒神精神"笼罩下的"酒神艺术"的感知方式不是以美见长的日神式雕塑或史诗,而是以抒情见长的音乐和戏剧。"酒神艺术"是表现世界和生命本原的艺术,它使人们穿越现象,达到和生命本原的融合,通过对现实人生的形而上的慰藉,感悟生存的永恒乐趣。如果说象征着人的原始生命本能的"酒神精神"是悲剧的本源,那么舞台、悲剧人物、对白、情节、动作等戏剧要素,则都不过是"酒神精神"迸发出来的幻象。可以说,悲剧就是由音乐精神产生的酒神智慧的象征性表现,"倘若戏剧不是孕育于音乐的怀抱,诞生于酒神的扑朔迷离之中,它此外还有什么形式?只有戏剧化的史诗罢了"[11]。可见,音乐作为酒神智慧的直接写照,在其高度形象化之后,就为酒神智慧找到了悲剧这一表现形式。

上面说过,"日神精神"的本质是用外观的美和梦幻来克服世界和人生的痛苦,那"酒神精神"的本质则可看做是对生命的肯定。尼采认为,每个艺术家都是"模仿者",而且,不是日神的梦艺术家,就是酒神的醉艺术家,或者兼是这二者。日神的梦境世界创造个体,通过颂扬现象的永恒来克服个体的苦难,是对人生痛苦的解脱;而酒神的迷醉现实则消灭个体,在万象变幻中,永远创造、永远生气勃勃、永远热爱现象的变化,是对大自然神秘统一性的感知。他认为,这两种力量从大自然中生发出来,是艺术发展的深层动力。

尼采是如何阐述悲剧的诞生与衰落的呢?

我们知道,日神阿波罗和酒神狄奥尼索斯是尼采建造自己悲剧理论的两大基石,他把日神和酒神作为艺术的主神,视为生命力表现的两种基本形式,认为日神和酒神是两种不同的艺术冲动和艺术力量,它们所代表的是两种彼此对立的生理现象和两种基本的心理经验。尼采正是在此基础上来探讨悲剧的起源问题的。

在尼采看来,艺术是不断演进的,其原因与日神和酒神的二元性密切相关,并认为这种二元性的重要程度酷似生育有赖于性的二元性一样,其中有着连续不断的斗争和只是间发性的和解。这种相互之间的二元性关系是由两种不同的艺术境界所决定的:阿波罗的梦幻世界和狄奥尼索斯的醉狂世界。这两种艺术力量既彼此对立斗争,同时又互相制约、协调一致。

> 两种如此不同的本能彼此共生并存,多半又彼此公开分离,相互不断地激发更有力的新生,以求在这新生中永远保持着对立面的斗争,

"艺术"这一通用术语仅仅在表面上调和这种斗争罢了。直到最后,由于希腊"意志"的一个形而上的奇迹行为,它们才彼此结合起来。而通过这种结合,终于产生了阿提卡悲剧这种既是酒神的又是日神的艺术作品。[12]

可见,当两者达到相结合的境界时,也即意味着希腊悲剧的诞生。

尼采认为,悲剧从悲剧歌队中产生,一开始仅仅是歌队,除了歌队什么也不是,悲剧是从祭祀酒神的颂歌中产生的,酒神颂歌中的萨提儿歌队是悲剧的雏形。尼采称萨提儿是人的本真形象,人的最高最强冲动的表达,是因为靠近神灵而兴高采烈的醉心者,是与神灵共患难的难友,是宣告自然至深胸怀中的智慧的先知,是自然界中性的万能力量的象征。他把萨提儿歌队看成是酒神精神的充分体现,他所唤起的是人最深层、最本真的生命冲动。人们在这种酒神式的迷狂状态中涌出一种创造性想象,从而在对现实世界的超越中创造出一种可感的形象,这便构成了悲剧产生的基础。由此,尼采断言:"希腊人替歌队制造了一座虚构的自然状态的空中楼阁,又在其中安置了虚构的自然生灵。悲剧是在这一基础上成长起来的,因而,当然一开始就使痛苦的写照免去了现实性。"[13]

尼采通过对悲剧起源的描述,宣扬了自己非理性的悲剧观与艺术观:

艺术不只是自然现实的模仿,而且是对自然现实的一种形而上补充,是作为对自然现实的征服而置于其旁的。[14]

在尼采看来,悲剧是在酒神的陶醉下产生的一种日神式幻象,这种幻象是酒神状态的日神式完成,是酒神认识和酒神作用的日神式的感性化,戏剧就是随着这一幻象而产生的。在此基础上,尼采考察了希腊文化发展的整体过程,认为希腊文化发展自始至终贯穿着日神和酒神两种力量的斗争:当"日神精神"占上风时,便产生了以荷马史诗为代表的叙述文学;当"酒神精神"占上风时,则产生了以音乐为特征的无形艺术;而当二者在更高层次上获得统一时,悲剧就诞生了。

灿烂辉煌的希腊艺术的发展过程,成了尼采悲剧理论具体演绎的根据,"日神精神"和"酒神精神"相互激荡、交互作用,逐渐内化为人的精神结构,成为人的两种最本质的生命冲动。但是,随着理性哲学和科学的发展,古希腊悲剧便衰落了。

在尼采眼里,希腊悲剧的衰落归咎于其对现实的模仿,而其中苏格拉底的理性主义则是罪魁祸首。尼采认为这里面有两个人物值得审判:其一是欧里庇得斯,他把现实的惨淡一面带上了舞台,以现实人物代替酒神幻象,以乐观主义代替悲剧精神,以理性语言代替神谕,以冷静和热情代替梦境和醉境,以非艺术的自然主义代替非理性的艺术创作,于是,日神和酒神随之而去,悲剧也随之消亡;其二是苏格拉底,他把人生的意义归结为追求知识,用知觉的认识来纠正直觉认识,把是否能说明真理作为判定艺术价值的唯一标准,把艺术的梦境与醉境看做是不合理的东西,反对艺术表现无限的情感领域,要求艺术去认识有限的现象领域,这样,活生生的悲剧精神便被理性求知欲所扼杀,从而也使艺术迷失了自己的本源。

尼采强烈反对这种理性主义的哲学体系,认为以上两者都是生命意志衰退的表现,它使人心甘情愿地屈服于异己的权威,由于不去把握存在的核心,而把模仿生活中的现象作为追求的目的,这就使理性得以泛化,一切现象都被归结为理性,理性化成了思想的主流,从而使人性的发展受到压抑,人沦为理性的工具,失去了其完整性和丰富性。毫无疑问,这种"理性主义"和充盈自足的"悲剧精神"是截然相反的两种精神状态,因此,在理性主义权威的绝对统治之下,悲剧的衰落和灭亡就像悲剧自身一样,成为一种不可抗拒的命运。

在古希腊时代,戏剧是文化、社会生活与社会意识的中心。希腊人以戏剧艺术为媒介,表达了人类童年时期对人类命运真谛的了悟。尼采的悲剧理论不再把艺术看做是外在于生命的东西,而把它作为是对人的灵魂和生命状态的观察与反思,是人类生命存在自觉自为状态的体现。尼采反对悲剧模仿现象的现实主义文艺观,提出了悲剧的非现实性,认为悲剧要表现意志本体和先于事物的普遍性。他的这一悲剧理念,从本体论的意义上突出了无限,使无限成了悲剧理论的逻辑起点,在探索悲剧本体性方面有着重大的变化。总之,尼采的悲剧理论第一次以非理性主义的方式来考察艺术,为文学艺术的研究开拓了一个新的领域,从而启示人们在研究中突破理性的藩篱,深入人类非理性状态这一沸腾喧嚣的世界,去探索文学艺术的深层奥秘。

2. 艺术与人生

首先,尼采的思想是以人为中心的,他把艺术与人生紧密联系在一起并赋予艺术以形而上学的意义。在《悲剧的诞生》一书里,尼采指出:"艺术是生命的最高使命和生命本来的形而上活动","是对自然现实的一种形而上补充"[15]。尼采强调艺术对人们的精神世界所具有的形而上功效,把艺术的本质规定为对苦难人生的慰藉和拯救。

我们认为,尼采的全部理论可以归结为这样两条:一是艺术反映人生,即具体形象表现内心不可捉摸的感情和情绪;二是艺术是对人生的逃避,即对形象的观照使我们忘记伴随着我们的感情和情绪的痛苦。[16]在尼采美学中,艺术对人生的这种审美价值是由日神和酒神这两种互相联系和补充着的艺术精神来表现的:从日神方面看,它用梦境把非纯粹思想的薄纱罩在生活上,力图以"日神"的光辉和梦幻来对抗真理的压迫,日神精神要求人们,就算人生是一场梦,也要有滋有味地做下去,不要失掉了梦的情致和乐趣。尼采说:"我们有艺术,这是为了我们不因真理而招致毁灭。"[17]又说:"没有带来欢笑的一切真理都是虚伪!"[18]可见,在他看来是艺术给生命带来了真实的意义。

从酒神方面看,它用醉的状态破除现实世界外观的幻觉,使其与生命本体直接相对,从而力图超越生活的悲剧性,追求人生的本质和永恒。

> 酒神艺术也要使我们相信生存的永恒乐趣,不过我们不应在现象之中,而应在现象背后,寻找这种乐趣。我们应当认识到,存在的一切必须准备着异常痛苦的衰亡,我们被迫正视个体生存的恐怖——但是终究用不着吓瘫,一种形而上的慰藉使我们暂时逃脱世态变迁的纷扰。我们在短促的瞬间真的成为原始生灵本身,感觉到它的不可遏止的生存欲望和生存快乐。[19]

可见,尼采的"酒神精神"不回避痛苦和毁灭,它在肯定生命的同时,也肯定了生命的悲剧性,其目的是在人生悲剧中超越悲剧本身,体会人生的意义和价值,达到对人生及世界本体的体验。

可以说,无论是"日神精神"还是"酒神精神",都体现了这样一个基本含义:尼采的人生是一种审美的人生。它通过审美让人回到最原始的生命本能中,用可感的艺术形象使生命本能中受压抑的各种艺术因素复活,从而实现对人生的拯救,只有通过审美化,人生和尘世才显得有意义,才值得留恋和憧憬。尼采说道:"假使人不是诗人,不是谜之解释者,不是偶然品之救济者,我何能忍受做一个人!"[20]

> 艺术在此是作为反对一切否定生命的意志的唯一具有优势的力量而登场的,特别需要指出的是:它反对基督教,反对佛教,反对虚无主义……艺术是生活的有效兴奋剂,它永远催迫人们投入生活,投入永恒的生活之中……[21]

可见,在尼采看来,艺术与生命是等同的,生命通过艺术得以拯救。尼采认为艺术的这种拯救性活动表现为以下几点,即"艺术是拯救认识者的良药""是拯救行动者的良药""是拯救受难者的良药"[22],艺术拯救他们,生命则通过艺术拯救他们而自救。

那么,艺术又是如何实现其对人生的拯救的呢?为了解答这个问题,尼采首先对悲剧、悲剧性产生的快感作了界定。他称这种快感为形而上的快感,并对此进行了区分,认为它包含两个层面:一是悲剧所表现的是从梦境的静观中所获得的审美快感;二是悲剧通过现象的毁灭从而让我们领略到了源于艺术之根源的最高快感。在第一个层面上,悲剧观众可以欣赏到现象界中悲剧英雄的史诗般的确定性和美;在第二个层面上,悲剧观众通过悲剧英雄的毁灭而获得超越性快慰。因为当人们用理智和知识直视日常现实的真相时,往往会洞察到现实的荒谬可怕,但悲剧艺术在表现毁灭的过程中却揭示了永恒的生命,使人们感觉到了世界的生命本体是永存生机的。这样,现实中的一切裂痕都会在一种强烈的统一感下,复归大自然的怀抱中,人也在这种状态下超越日常现实和生命个体,进入酒神陶醉的梦境中,悲观厌世、弃志禁欲的心情,就在悲剧形而上的快感中荡然无存了,人生从而也得到拯救。

其次,在尼采看来,艺术是一种非现实的存在,而现实是需要克服和超越的,人只有在否定现实的基础上建立起梦幻般的理想,才能借此生存下去。悲剧中的形象不代表个人,而是酒神的各种姿态和化装。尼采说:

> 只有作为一种审美现象,人生和世界才显得是有充足理由的。在这个意义上,悲剧神话恰好要使我们相信,甚至丑与不和谐也是意志在其永远洋溢的快乐中借以自娱的一种审美游戏。[23]

这样,我们就不难理解丑恶和不和谐作为审美对象,为何也能唤起我们的审美快感的缘由了。不难理解,悲剧形象不是现实生活的直接描写,而是一种超越生活现实的审美形象。这种审美形象能将审美观众带入忘我的境界中,从而超越苦难的现实并给人生以形而上的慰藉。

3. 影响与评价

尼采是一个悲剧性人物。他曾经这样评价自己:"我的时代还没有到来。有的人死后方生","总有一天我会如愿以偿。这将是很远的一天,我不能亲眼看到了。那时候人们会打开我的书,我会有读者。"[24]事实证实了他的预言,就在他溘然长逝之时,"他的时代"已开始出现。哲学史家杜兰特评说道:"他的思想穿过当代人的头脑,犹如闪电劈开阴云,恰似劲风撕破蛛网。"[25]斯宾格勒认为,在尼采首先提出"重估一切价值"这句话以后,整个世纪的精神运动才最后找到自己的公式。雅斯贝尔斯则强调,他"带给西方哲学以颤栗,而此项颤栗的最后意义现在还未估定出来"[26]。尼采的影响如此之大,以至于他身后的整整一个世纪都无法摆脱他的阴影。尼采的影响主要有以下几个方面:

首先,尼采可以说是生命哲学的创始人之一。尼采思想的核心是人的生存状态问题,他继承了叔本华的"生命意志"学说,把"生命意志"改造为"强力意志",强调生命的本能和人的精神力量,张扬个体的欲望和创造力,重视无意识和非理性,这些实际上都是生命哲学的早期表述。在尼采之后,德国的狄尔泰、席美尔、克拉盖斯和法国的柏格森等所倡导的生命哲学,基本上都是沿着叔本华、尼采这一思想脉络而来的。

其次,尼采思想与存在主义之间有着密切的关系。可以说,在存在主义的演进过程中,尼采占着中心的席位:没有尼采的话,雅斯贝尔斯、海德格尔和萨特是不可思议的,并且,加缪《西西弗斯的神话》的结论听来也像是尼采遥远的回音。[27]事实上,在雅斯贝尔斯、海德格尔和萨特的著作中,尼采思想的痕迹是非常明显的,有的甚至是尼采思想的复述。不仅如此,这些存在主义的代表人物还往往是享有盛名的尼采研究专家,雅斯贝尔斯、海德格尔和加缪都有论述尼采的专著。这种现象表明,存在主义所关注的核心问题正是由尼采首先感受到并提出来的。

再次,尼采在心理学领域的影响也非常巨大。尼采可以说是最早揭开深层心理奥秘的心理学家。在此之前,心理学研究都局限于心理活动的意识层面,而尼采却开始关注意识与无意识的关系以及无意识的特征等问题。通过深入研究,他提出很多富有启发性的观点,从而为现代心理学的研究确立了方向。尼采认为,人的精神活动的绝大部分是无意识的,进入意识的只是很小一部分,意识并不适合属于一个人单独生存的环境,而是由于其社交与群居的天性,才得以巧妙地发展。这一思想直接开启了柏格森的心理学理路。而尼采关于"梦"的作用和心理机制的分析,更是直接被弗洛伊德所继承。弗洛伊德自己也认为,尼采的学说触及到了精神分析学的基本思想。此外,尼采关于无意识的研究对荣格的"集体无意识"和"原始意象"等问题,也有一定的影响。

最后,尼采的方法论意义也是非常深远的。尼采思想最富启发性的地方就在于它的创新精神。尼采所关注的是在传统价值全面崩溃的时代应该如何重新确立价值的问题,基于此,他提出了"重估一切价值"的口号,对理性主义精神和基督教文化进行了彻底批判,从根本上否定了哲学形而上学的知识论传统和宗教神学宇宙观,对如何促使人类健全发展的问题进行了深入的探索。在此基础上,尼采提出"超人"哲学,主张把哲学从纯粹思辨中解放出来,使之贴近人生,进而建立一个以"人"为中心的世界。

从以上简单的勾勒中可以看到,尼采的思想是非常复杂的。现代西方各种思潮都可以在尼采这里找到渊源,从某种意义上说,不了解尼采便不能真正了解现代西方。但是,真正读懂尼采并不是一件容易的事,其著作多为随感式的格言,缺乏严密的逻辑体系,且使用了大量的象征和隐喻,这些都使其思想晦涩难懂,充满歧义。由于思想的驳杂,对尼采的整体思想进行价值界定是相当困难的,这里只对其文艺思想做一简单评价。

首先,在尼采的文艺思想中贯穿着"重估一切价值"的重要命题。在尼采看来,西方历史上曾经发生过很多次估价活动——从柏拉图主义到基督教神学及至德国唯心主义哲学,但都存在着一个共同的迷误:贬低和否定生命自身的价值。尼采认为,生命才是价值的根源和归宿,传统的估价活动根本上说是在建立一种头足颠倒的价值关系,因此应该重新进行价值定位。尼采"重估一切价值"并不是以一种抽象的概念为起点,而是以重估艺术的价值为开端的,因为没有什么比艺术创造活动更能体现生命的强力意志,因此艺术理应成为衡量新价值的标准,对艺术价值的阐释也就是对新价值原则的具体阐发。在尼采看来,重估艺术的价值并非只是简单地把艺术的价值抬高一点,而是涉及到人的价值活动的整体性转换。他将艺术阐释为"强力意志"最直接和最高级的表现形式,从艺术的这一本质规定出发,揭示生命活动的基本特征,为肯定生命的意义提供必要的价值依据。简言之,尼采的逻辑可以表述为:重估艺术的价值,从而重估生命的价值。

其次,尼采文艺思想中始终贯穿着审美与理性的冲突。尼采认为,希腊悲剧艺术的永久魅力,就在于洋溢于其间的原始生命冲动以及灵与肉的和谐发展,而理性主义的出现则导致了人性的分裂,至少是生命病入膏肓、疲惫不堪、情绪恶劣、枯竭贫乏的征兆。尼采直言不讳地指出:"由于现代才能的一个特有的弱点,我们喜欢把审美的原始现象想象得太复杂太抽象。对于真正的诗人来说,借喻不是修辞手段,而是取代某一观念真实浮现在他面前的形象。"[28]在《希腊悲剧时代的哲学》一文中,他用"'超人'的智慧"来讽刺理性哲学家及其哲学,用"冰冷的理性""苍白的真理""空洞的'存在'"来概括理性哲学的对象。可见,尼采倡导的是一种"诗"的思维,即一种艺术地理解世界的方法。虽然尼采的悲剧理论带有十分浓厚的非理性主义色彩,但他从一开始便将戏剧的产生作为一种审美创造过程来看待,力图使人们相信,正是在人们对直观现实的审美超越中产生了悲剧,产生了艺术作品。由此看来,通过人生的审美化高扬一种乐观主义的超迈精神正是尼采文艺思想的旨归。

总之,尼采的价值在于彻底打破了人们对终极话语权力的迷信,为历史提供了一种有生命感的理论境界,使西方文化从长期僵化的知识体系和理性状态中解脱出来,再次获得生命活力。但是,尼采的文艺思想中也存在着严重的缺陷。尼采的悲剧理论套用的是黑格尔的历史目的论,把悲剧的诞生看做是"日神精神"与"酒神精神"的正——反——合演进,其理论前提是唯心主义的先验假设;尼采把艺术创作中主观心灵的表现与客观世界的再现对立起来,认为模仿客观世界是拙劣的,这样就使艺术丧失了生活源泉,沦为艺术家虚幻的呓语;尼采以艺术入手"重估一切价值",过分地夸大了艺术的功能,其极端化的发展将会使艺术严重偏离审美的轨道,甚至成为抽象的、缺乏现实性的说教;尼采的文艺思想带有浓重的贵族主义倾向,他把疗救资本主义文明弊病的希望寄托于少数的"超人"身上,这种排斥社会和群体作用的"天才"观,带有明显的局限性。

二 弗洛伊德与精神分析文学理论

西格蒙德·弗洛伊德(Sigmund Freud)以其精神分析理论步入19世纪末20世纪初的思想界,进而使其后的整个思想界产生了巨大的变革。精神分析理论对后世的影响,在各个领域都广泛地存在着,从根本上冲击着传统关于人性、道德、宗教等的观点,因此,弗洛伊德备受褒贬,毁多誉少。但是,这并不妨碍他成为20世纪少数最具影响的思想家之一。弗洛伊德对人类社会、尤其是在推进人类对自身的认识上产生了不可低估的作用。几十年来,他的思想影响已渗透到了现代文化的各个领域,"竟致使它失去了令人震惊的能力,失去了具有疗效的冲击或陌生化的能力"[29]。

弗洛伊德在历史上是一个颇有争议的人物,褒扬他的人将他的"无意识说"与哥白尼的"日心说"、达尔文的"进化论"并称为西方文艺复兴以来的三次科学革命,视他为与马克思、爱因斯坦相媲美的犹太伟人。美国精神分析学家、哲学家和社会学家埃里希·弗洛姆曾说过:"马克思、弗洛伊德和爱因斯坦都是现时代的设计师。"[30]马克思所揭示的人类社会发展的规律改变了人们的历史观,爱因斯坦的相对论改变了人们的宇宙观,弗洛伊德的无意识理论改变了人们对人自身的认识。贬损他的人,将他斥之为冲进人类文明花园的"一头野猪",性泛滥的鼓动者,认为他的精神分析学完全忽视了人性中高级的和道德的方面。"西格蒙德·弗洛伊德的第一次正式亮相——这一幕真的发生了——在大学同行中造成的影响犹如教堂里响起了枪声"[31]。他的学说被视为蛊惑人心的"异端邪说",他本人则被作为"一个固执己见、一丝不苟、十分怪癖的人而受到敌视"[32]。

弗洛伊德的精神分析学说虽然本身具有明显的局限和不足,但他成功地揭开了千百年来困惑人类的许多精神奥秘,在20世纪人类文化的版图上,弗洛伊德毫无疑问占据着一个重要的位置。今天虽然有许多与其理论迥异的观点,但他们无一不将之与弗洛伊德的理论相比较。弗洛伊德的精神分析学说,无论是作为知识的一个起点或理论的一种方法,还是作为新的理论假说否定或扬弃的对象,都是难以避开的,因为它的影响是如此之深远,以至于其后的几乎所有批评话语的提出,均从精神分析批评话语中获得灵感与启发。

早年由于受布吕克的影响,弗洛伊德进入生理学的研究领域,同时在思想上也倾向于其师的机械唯物主义。随后由于受法国学者沙柯的影响而转入对精神分析的研究,并因《歇斯底里研究》和《梦的解析》两部著作使其学说最终得以确立。弗洛伊德的精神分析学说,一般以1913年为界分为前后两个时期。前期主要是用"无意识"的本能和欲望来解释人的心理活动,后期则提出"三重人格结构"说,使精神分析学作为一种理解人类动机和人格的理论体系确立起来。

弗洛伊德不仅在心理学领域具有重要意义,而且因其理论的革命性和独特视角,对艺术、美学等许多领域也具有巨大而广泛的影响。虽然弗洛伊德不是职业文学理论家和批评家,但在他的全部著作中,讨论了大量的文学艺术问题,并利用文学作品作为精神分析的素材,把精神分析理论用于分析文学艺术作品及创作者的心理机制,形成了他精神分析的文学艺术观,从而对20世纪的西方文学理论产生重大影响。

弗洛伊德的文艺观及其文学批评是建筑在他的精神分析学说的基础之上的,因此为了研究弗洛伊德的文艺观,必须先对精神分析学的内容有所了解。

1. "精神分析"学说

"精神分析"也译作"心理分析",是现代西方心理学重要的流派之一,它产生于19世纪末叶,由于其对潜意识的重视,不仅给心理学界带来了巨大的影响,而且到20世纪20年代,这一理论已扩展到了社会科学的各个领域。

弗洛伊德的精神分析学说主要包括以下四个部分:

(1) "无意识"理论

"无意识"一词是英国神学家柯德俄斯(Ralph Cudworth)在1678年出版的《宇宙之真的推理系统》一书中最早明确提到的。笛卡尔、斯宾诺莎、莱布尼茨、卢梭、歌德、黑格尔及谢林等人的著作中,也曾洞察到它的存在,叔本华、尼采的论述和其后所说的"无意识"则更为接近。正是在前人的基础上,弗洛伊德创建了作为精神分析学说核心的"无意识"理论。

弗洛伊德讨论"无意识"的第一篇重要论文是发表于1912年的《关于精神分析中的无意识》,在该文中他把人类精神分为三个层次:最下层为"无意识",它是心理结构的深层领域,是人的生命活力被诸多外部压力遏制住而不能实现的部分,是心理系统最原始的基础和最根本的动力,是人们受到压抑而没有被意识到的充满本能和欲望的心理活动;中间层为"前意识",也就是经验系统,是介于意识和无意识之间并能从意识中召回的心理部分;最上层为"意识",也就是理性的认识部分,是自我能够感知和察觉的心理活动,清醒地承受着外界事物和环境对人的影响和刺激。

弗洛伊德认为,"意识""前意识"和"无意识"三者之间的划分并不是绝对的,它们混合存在于人的心理活动之中,但是相对于潜在意识而言,"意识"仅仅是"无意识"茫茫大海中的几座孤岛,"无意识"才是人的心理更为原始、更为广泛的领域。他的《精神分析引论》一书开宗明义地写道:"精神分析的第一个令人不快的命题是:心理过程主要是潜意识的,至于意识的心理过程则仅仅是整个心灵的分离的部分和动作。"[33]

弗洛伊德的"无意识"理论是精神分析学说的核心和灵魂,是精神分析学不可动摇的基石,无论后来的精神分析学家如何修正和背弃弗洛伊德,但都没有弃离"无意识"概念。

(2) "人格结构"说

弗洛伊德撰写的重要论文《自我与本我》发表于1923年,在文中弗洛伊德在"无意识"理论的基础上对他早期的深层心理结构进行了修正和补充,提出"人格结构"理论,将人的心理结构分为"本我""自我"和"超我"三个组成部分。

所谓"本我"(id),是指最原始的、与生俱来的、为人的整个心理过程提供充足能量的无意识部分,其中蕴藏着人性中最接近兽性的一些本能性冲动。它按照快乐的原则来满足人的本能欲望,一味追求满足而不受伦理道德原则的约束,因此,它不为正常的意志所允许,常常被压抑在人的心灵深处。

所谓"自我"(ego),是指"本我"经外部世界影响而形成的知觉系统,它处于"人格结构"的表层,是意识的部分。"自我"按照现实的原则来调节和控制"本我"的运动,其心理能量大部分消耗于压抑和制约"本我"的非理性的欲望和冲动上。弗洛伊德认为,"自我"和"本我"的关系犹如骑手与他的马的关系,"自我"代表理智和审慎,"本我"则象征未被驯服的激情。

所谓"超我"(superego),是指道德化了的"自我",它从"自我"中分化和发展而来,是接受文化传统、道德观念、社会理想的影响而逐渐形成的,代表着道德理想的标准与伦理行为的规范。"超我"处于"人格结构"的最高层,按照至善原则监督、指导"自我"去管制、约束"本我"的非理性冲动,以便达到理想"自我"的实现。

弗洛伊德认为,人的个体人格各个部分并不是彼此独立的,而是相互关联、相互作用的,三者并无明显的分界,就像现代艺术家所展现的各种颜色彼此混合交融的图画,在这个系统中,"本我"是"人格结构"中的基础性部分和动力源,它依次派生出"自我"和"超我",把能量通过特定的途径输入"自我"和"超我"。

可以说"人格结构"理论的提出是精神分析理论成熟的一个标志,它发展完善了早期的"无意识"理论,为人类认识自身的深层结构提出了新观点,提供了新视角,开拓了新领域,从而奠定了精神分析学的重要基础,揭示了精神分析学研究人的本质的独特模式。

(3)"本能"论

弗洛伊德认为"本能"是一种源自体内而表现在精神上的内在刺激,是一种内在的需要。他曾经指出,精神分析研究表明,人性的本质是由基本的本能组成,这些本能在所有人身上都是相同的,它们旨在满足某些原始需要。这是弗洛伊德本能论的基本观点。

早期的弗洛伊德按生物学的方法将本能分为"自卫本能"和"性本能"。在《超越唯乐原则》一书中,弗洛伊德把这两种本能合称为"生的本能",进而提出了他的"两类本能"说,即"生的本能"和"死的本能"。认为"生的本能"是生活生长的原则,是爱和建设的力量;"死的本能"是衰退死亡的原则,是恨和破坏的力量,它们的矛盾运动构成了生命的整个历程。

在弗洛伊德的"本能论"中最强调的是"性本能",认为"性本能"是"无意识"的基础和核心,是人的一切活动的最终基因。他接受了19世纪德国物理学家赫尔姆霍茨提出的能量守恒定律并将之引入他的心理分析,提出"心理能"的概念,称这种在心理过程中起作用的性欲能量为"里比多"(Libido)。"里比多"给人的本能和欲望提供能量,是人的全部行为和心理活动的内在动力。无疑,对"性"的突出强调和独特解释,是弗洛伊德精神分析学说的一个重要特点。

弗洛伊德的"本能"学说,片面强调非理性因素对人的行为的决定性作用,否认人的本质的社会性,带有"泛本能主义"的倾向。认为"性"的冲动对人类精神和社会发展具有不可低估的价值,把"性本能"看做是文化发展的动力,也显然夸大了"性本能"的作用。

(4)"梦"的理论

关于什么是梦,自古以来就是备受关注的问题。[34]弗洛伊德在借鉴前人探讨成果的基础上,提出梦是一个充满含义的心理行为,它的动力始终是一种渴望满足的愿望:

> 梦,并不是空穴来风,不是毫无意义的,不是荒谬的,也不是一部分意识昏睡、而只有少部分乍睡乍醒的产物。它完全是有意义的精神现象。实际上,是一种愿望的达成。它可以算作是一种清醒状态的精神活动的延续。[35]

具体来说,梦的发生包括以下一些要素:首先,梦的发生有一个心理内驱力,即愿望的达成。其次,梦的发生运用了独特的形式与手段,即改装。最后,弗洛伊德认为梦的材料的来源大致可分为三类:一般性来源;孩提时期的经验;肉体上的刺激。弗洛伊德认为梦是压抑的结果,其真正源泉在于"无意识"的冲动,但对于"无意识"的欲望的展现途径,既不能直接观察,也无法进行内省,这就只有通过借助于自由联想来解释。

弗洛伊德通过对大量的梦的分析,提出了"梦的改装"理论,认为梦采用了原始的表现方式来表达人的思想。梦的运作有四个基本过程:第一,"凝缩作用"(con-densation),即以简缩的形式表达复杂的隐意;第二,"移置作用"(displacement),即以隐意元素取代或置换另一隐意元素;第三,"特殊表现力"(representability),即将思想变为现象,用幻觉的形式表达某种心理意识和观念;第四,"二度校正"(secondary elabo-ration),即梦的润饰作用,通过对梦的产品进行重新排列,使其原有的构成秩序变得交错杂乱,以此表现其伪装的隐匿思想。梦通过这四种手段对自身进行改装,实现其愿望的达成。

"梦"的理论在弗洛伊德精神分析理论中占有重要的地位,它建立在"无意识"和"性本能"学说的基础之上,与理解弗洛伊德的文艺思想有着直接的关系。

2. "精神分析"文论

弗洛伊德一直对文学艺术抱有浓厚的兴趣并有很深的造诣,他的文学艺术观是他整个精神分析理论体系无法分割的一个组成部分。弗洛伊德论及文学艺术与文化问题的著作主要有《作家与白日梦》(1908)、《列奥纳多·达·芬奇和他童年的一个记忆》(1910)、《图腾与禁忌》(1913)、《三个匣子的主题》(1913)、《米开朗琪罗的摩西》(1914)、《歌德在其〈诗与真〉里对童年的回忆》(1917)、《精神分析引论》(1917)、《论幽默》(1927)、《陀思妥耶夫斯基及弑父》(1928)、《文明及其不满》(1930)等。在这些论著中,弗洛伊德针对文学创作、文学批评、审美等问题,提出了很多颇具个性和启发性的见解。

(1) 文学是性欲的升华

弗洛伊德认为,一般而言,人类的文明可以说是建基在本能的压抑上面的。在他看来,潜意识中的各种本能冲动一直都在积极活动着,但因这些冲动不被社会道德、宗教法律所容许,所以在意识中常常处于被压抑状态,这些被压抑的本能便形成了一种强烈要求满足的欲望,需要通过一种被社会所认可的方式得以实现。弗洛伊德把这种被压抑的欲望的实现方式称之为"升华"。所谓"升华"就是"改变本能的目标,使其不至于被外部世界所挫败"[36],在此过程之中,

> 性的精力被升华了,就是说,它舍却性的目标,而转向他种较高尚的社会的目标。[37]

弗洛伊德认为,"升华"是一条出路,这条出路能够满足"自我"的欲望,而不使"自我"感到压抑,可以用一种更远大、更有社会价值的目标来代替其原有的"性"目的。人们现在所拥有的最高级的文艺,或许都产生于对这种"升华"作用的能力的利用。

弗洛伊德认为,艺术家和常人一样,由于本能的欲望长期受到压抑而得不到满足,他们便由与外在世界的关联转向内在世界,试图通过自由的主观幻想来解除压抑、宣泄情感、获得快乐。艺术家优于常人之处在于,他能够寻找到一条与客观现实相妥协的道路,通过艺术创造的形式使受压抑的欲望获得替代性的满足,并同时获得社会的认可。因此可以说,艺术创作的动机就是本能欲望压抑与升华的产物,压抑的功能是把主体的各种欲望和冲动保存和隐藏起来,而升华则使这些欲望和冲动通过化妆的形式得以实现。艺术产生的目的在于发泄被全面或局部压抑在无意识深处的欲望,文学艺术作品是性本能升华的体现,是创作家的本能欲望求得满足的一种方式。正如弗洛伊德所说:"艺术的产生并不是为了艺术,它们的主要目的是发泄那些在今日大部分已被压抑了的冲动。"[38]

弗洛伊德把艺术作品看做是性欲的升华,把人的本能欲望看做是艺术的源泉,只看到了本能的作用而抹杀了社会和政治经济的因素,从而否定了艺术与社会生活的密切关系,其不合理性是显而易见的。

(2) 俄狄浦斯情结

弗洛伊德认为"情结"(complexes)来源于一切被压抑了的性本能冲动,它是个体在成长过程中被压抑的"力比多"在无意识领域所形成的创伤性记忆。最著名的"情结"即是所谓的"恋母情结"(Oedipuscomplexes,又译"俄狄浦斯情结")和"恋父情结"(Electracomplexes,又译"厄勒克特拉情结")。

"俄狄浦斯情结"一词源于古希腊悲剧艺术家索福克勒斯的悲剧《俄狄浦斯王》,是弗洛伊德从"性本能"说出发,以这一悲剧为背景所创立的。他认为《俄狄浦斯王》所以能打动我们,并非因为它表现了"至高无上的神的意志和人类逃避即将来临的不幸时毫无结果的努力之间的冲突"的悲剧命运,而是"也许我们所有的人都命中注定要把我们的第一个性冲动指向母亲,而把我们第一个仇恨和屠杀的愿望指向父亲",弑父娶母的俄狄浦斯"向我们显示出我们自己童年时代的愿望实现了"[39]。俄狄浦斯的命运有可能是我们的命运,我们潜意识欲望中具有已被压抑了的弑父娶母的本能倾向。

弗洛伊德认为"情结"与艺术的创造力之间有着密切的联系,艺术家的创作动机大多缘起于他们自身的"情结"。在分析《俄狄浦斯王》一剧时,弗洛伊德以莎士比亚的悲剧《哈姆雷特》作对比,认为《哈姆雷特》与《俄狄浦斯王》出自同一根源。哈姆雷特曾一度延宕杀死他叔父克劳狄斯替父报仇的任务,是因为他本人就有恋母杀父的"俄狄浦斯情结":

> 哈姆雷特可以做任何事情,就是不能对杀死他父亲、篡夺王位并娶

了他母亲的人进行报复,这个人向他展示了他自己童年时代被压抑的愿望的实现。这样,在他心里驱使他复仇的敌意,就被自我谴责和良心的顾虑所代替了,它们告诉他,他实在并不比他要惩罚的罪犯好多少。[40]

所以,哈姆雷特惩罚起克劳狄斯来就显得手软,显得犹豫寡断。在《陀思妥耶夫斯基与弑父》一文中,弗洛伊德同样极为重视"俄狄浦斯情结"的作用,认为陀思妥耶夫斯基在《卡拉马佐夫兄弟》中蕴涵着同样的母题,"文学史上的三大杰作——索福克勒斯的《俄狄浦斯王》、莎士比亚的《哈姆雷特》和陀思妥耶夫斯基的《卡拉玛佐夫兄弟》都表现了同一主题——弑父。而且,在这三部作品中,弑父的动机都是为了争夺女人,这一点也十分清楚。"[41]从《俄狄浦斯王》到《哈姆雷特》再到《卡拉马佐夫兄弟》,三部作品相隔两千年,竟涉及同一个主题,即"为一个女人进行情杀"。在弗洛伊德看来这绝非偶然,乱伦的主题正意味着在人的"无意识"领域里蛰伏着带有这种动机的本能冲动。

弗洛伊德的文艺观与"俄狄浦斯情结"有着紧密的关联,通过对大量艺术作品的分析,弗洛伊德指出,决定艺术家创作冲动的是人类"无意识"领域中普遍存在的"俄狄浦斯情结",艺术创造所渴望表现的内容也正是这种情结,艺术作品以此情结为动力而产生。弗洛伊德曾经写到:"我可以肯定地说,宗教、道德、社会和艺术之起源都系于俄狄浦斯情结上。"[42]在弗洛伊德看来,"俄狄浦斯情结"说明了整个人类童年时代的普遍精神倾向,也阐释了作家的童年记忆和创伤经验对催生作品不可或缺的意义。

(3) 作家与"白日梦"

弗洛伊德认为,文学创作是作家以幻想的形式满足其本能欲望的一种手段,在本质上正如梦一样是潜意识愿望获得的一种假想的满足,每部作品都是一场超现实的幻想。幻想的实质就是人在实践中被压抑的欲望的感性显现,对于作家来说,其创作过程就类似于白日做梦。在谈到"白日梦"时,弗洛伊德认为:

> 一篇创造性作品像一场白日梦一样,是童年时代曾做过的游戏的继续和代替物。

> 夜间的梦完全与白日梦——我们全都十分了解的幻想——一样是愿望的实现。[43]

"白日梦"说与艺术是性欲的"升华"说之间有着内在联系,即文艺创作是作家对现实生活缺失的一种想象性、替代性补偿,作家借此获得情感宣泄和心理平衡。

文学艺术作为潜意识的升华,与梦有着许多极其相似的特点:梦的形成经历了凝聚、移替、象征和修饰加工这样几个过程,艺术作品的形成基本上也是经历这样几个过程,而且两者在本质上也是一样的,即艺术创作和梦都是一种愿望的满足。人往往借助于梦来实现自己在现实中无法满足的愿望以释放被压抑的感情,从某种意义上说,文学创作是化妆了的梦,作者以委婉隐秘的方式表达自己的幻想。弗洛伊德认为,进行文艺创作的人大多是现实中感到不幸而产生表述愿望的人,创作是以幻想来满足其愿望的一种形式,因为"幸福的人从来不会幻想,幻想只发生在愿望得不到满足的人身上。幻想的动力是未被满足的愿望,每一个幻想都是一个愿望的满足,都是一次对令人不能满足的现实的校正"[44]。

梦与文学创作虽然在表现愿望上是一致的,但其区别也是显而易见的。首先,创作是作家的有意识创造,它受作家意识控制,而梦纯属无意识,对特定的主题选择也是无意识的。其次,艺术作品具有可传达性,可与其他人共同分享情感体验;梦则不然,它纯属个人的、自私的、内部的心理过程,不具有传达性。再次,就形式而言,梦和艺术创作都具有意向性,但相比而言,艺术创造了更美好的世界。

弗洛伊德在《创作家与白日梦》一文中论述了文艺作品与创作家欲望满足的关系,他认为一篇作品就像一个"白日梦"一样,艺术是成年人的"游戏",是童年游戏的继续和替代。儿童通过游戏获取快乐,达到满足;成年后游戏被迫停止,便以幻想的形式来达到同样的目的,幻想的虚无缥缈性便是"白日梦"了。文学艺术作品就是创作家未满足的潜意识欲望的投射,直接构成艺术创作心理的是"幻想":

> 作为动力的愿望根据幻想者的性别、性格和环境不同而各异;但是它们天然地分成两大类。它们,或者是野心的欲望,用来抬高幻想者的个人地位;或者是性的愿望。[45]

这即是说"幻想"是由本能冲动造成的,它可以在无损于社会的情况下使深受压抑的精神情绪得到恰当的补偿和正常的宣泄,象征性地满足人们没有满足的欲望。当作家将其作品呈现出来时,尽管它不过是作者的一场"白日梦"而已,但读者读之却能获得极大的兴趣和快乐。读者从作家的作品中读出了自己的"白日梦",却又不必自责和羞愧。

弗洛伊德把"白日梦"作为文学的本质,以为文学是"白日梦"的升华,这与其"性本能"理论是一脉相承的。

3. 影响及评价

可以这样说,在西方文学理论两千五百多年历史上,弗洛伊德是少数产生了极大影响的思想家之一。他的泛性说、生的本能和死的本能说,影响了好几代作家的创作思想;他的无意识、梦幻和自由联想说,则开阔了作家的视野,丰富了艺术创作技巧;他的精神分析法、人格说和俄狄浦斯情结成了精神分析学派批评家的批评武器。美国评论家莱·特里林在《弗洛伊德与文学》一文中曾写道:"弗洛伊德对文学的影响仍是十分巨大的,其中大部分内容影响之广甚难估计,它往往以反常的或歪曲的简化形式在不知不觉中渗入我们的生活,成了我们文化的一部分。"[46]托马斯·曼也曾说过,在这个地球上,一个人不需要直接接触弗洛伊德的任何著作,也会受到他的影响。因为,长期以来,空气中已经充满了精神分析的思想和它所引起的效果。可以说,弗洛伊德开启了20世纪西方人文研究领域的心理学时代,他的思想学说彻底解构和颠覆了自文艺复兴以来西方古典的批评模式,导致了一次创作理念和批评指向的世纪性和全球性大革命,在扩大文学的表现范围、深入人的内心世界方面,也起过一定的推动作用,对西方现代主义文学的创作产生了巨大而持久的影响。20世纪许多重要的作家在创作中直接或间接地吸收了精神分析学的研究成果,形成了各种文学思潮,超现实主义、意识流、后期象征主义、表现主义、存在主义等文学思潮和派别,都直接受益于弗洛伊德的理论。

《20世纪世界文学百科全书》中就精神分析学与文学批评理论的关系这样指出,精神分析学从作品内部研究心理学因素,并揭示作品中可能存在的神话和原型;使对作品创造力的解释从作者生平转向了对更有系统的想象过程的研究;有助于传记作家深入开掘传记人物的无意识世界,从而抓住内在于主体之中的矛盾和含混态。[47]对于这一点,弗洛伊德本人也有着深刻的认识,在《精神分析学在美学上的运用》一文中,他曾概述过"精神分析学"批评的基本特点:一方面是对艺术家童年时期与后来生活历史所得的印象,另一方面是他的作品——这些印象的创作,这两者之间的关系对精神分析的审查来说是一个最有吸引力的问题。显然,"精神分析"在本质上注重的是作品内涵与作家个人经历的潜在对应关系。因此,他清醒地认识到一部文学作品除了内含着心理学的取向外,还应该兼备社会取向,而精神分析学方法所能做到的只有两件事:"一是解释艺术作品的'内在意义',二是解释艺术家作为人的气质",并认为精神分析学"关于美简直是最最没有发言权的"[48]。可见,弗洛伊德对其理论自身的有效性范围,还是有非常明确的界定的,他本人的批评范式也正是在这个层面上展开的。弗洛伊德在文学理论领域的功绩与影响表现在:创建了精神分析学派,推动了阿德勒"个体心理学"和荣格"分析心理学"的产生;为结构主义、后结构主义批评提供了理论土壤、"阅读"范本和"解析"范本;为赖希、弗洛姆、马尔库塞、伊格尔顿"修正"和"改造"马克思主义提供理论参照;法国精神分析学的主要代表拉康,将现代语言学、哲学与诗学中的语言研究引入精神分析理论,提出了"无意识结构有如语言";美国批评家哈罗德·布鲁姆的"影响的焦虑",则是弗洛伊德的"俄狄浦斯情结"理论与接受批评理论的结合。

弗洛伊德的文艺思想,对整个现代西方文艺产生了巨大影响,一时间曾作为西方现代非理性主义文艺思潮的理论基础。可以说,"现代艺术对传统的表现人的崇高的诘难,对理性的反拨,对井然有序的结构的冲击,都与弗洛伊德的这种文艺见解有关"[49]。弗洛伊德文艺观的最大贡献是帮助艺术家们拓展了艺术描写的心理世界,提高了理论家对心理文艺作品的认识水平,促进了他们对人性的反思,从而扩展了人物内心活动的空间,丰富了文学艺术的表现手法;但是,弗洛伊德的文艺观也存在着严重的缺陷和错误,从总体上说,它具有突出的反历史倾向和极强的主观随意性。他从生物本能出发,用无意识和泛性论解释一切人类精神活动和社会现象,解释一切文艺问题,这就把文艺科学生物化和鄙俗化了。弗洛伊德在文艺观上除了荒谬地把无意识强调到不适当的程度外,其最大的错误,就是过分夸大了性欲对文艺创作和评论的作用。他把性欲作为文艺创作的动力,把性本能作为文艺表现的永恒的主题,把对性欲的分析作为文艺评论的首要任务,从而驱使现代派作家在创作时一味地追求纯粹的自发和无拘束的自由,以此来表现赤裸裸的潜意识,因而使众多现代派作品缺乏理性的光辉,带有严重的梦魇氛围和荒诞色彩。

虽然弗洛伊德的有些观点带有很大的片面性和主观性,他将理论建立在无意识的性本能的基础上,强调人的生物性,忽视人的社会性,夸大了无意识心理的作用,贬低了人有意识活动的主导意义,但是,他也的确做了一些开创性的工作。长期以来,西方的哲学家、文学批评家和心理学家,都试图在现代心理学成果的基础上研究文学的创作和欣赏,而只有弗洛伊德成功地沟通了文学与心理学之间的联系。弗洛伊德的确是一个人类生活极其细致的观察者和极富创造性的思想家,他的理论是西方文化对潜在意识进行的第一次系统性研究,为认识人类的无意识领域奠定了基础;他的心理分析把伦理学、心理学、社会学等学科的研究带进了人的深层精神领域,叩响了通向无意识的闸门,对于人类心灵的深入探究具有开拓性意义,对现代西方乃至整个人类文化都产生了广泛而深远的影响。

三 索绪尔论"结构"与"任意性"

费尔迪南·德·索绪尔(Ferdinand de Saussure)是20世纪初最重要的一位语言学家。他的《普通语言学教程》为现代语言学三大结构主义学派——布拉格学派、哥本哈根学派和美国描写语言学派——奠定了基础。他向历史比较语言学提出的挑战被称为现代语言学中的"哥白尼式革命"。乔纳森·卡勒(Jonathan Culler)曾经指出:"费尔迪南·德·索绪尔是现代语言学的创始人。他重新调整了对语言进行系统研究的方向和方法,从而为20世纪语言学的迅速发展铺平了道路。仅此成就已足以使他无愧于'现代大师'的称号,因为正是这位语言学大师将语言学这门学科推进到现代科学之列"[50]。索绪尔把毕生精力投入于现代语言学的研究,为语言学的发展以及语言学所辐射的所有学科的发展,都做出了巨大的贡献。索绪尔理论影响力远远超出了语言学的范围,在包括符号学、结构主义、现代思维方式、人类行为研究等在内的整个现代社会科学领域,都产生着广泛而持久的影响。这种影响主要包括以下几点:

其一,索绪尔提供了方法论上的范例,从而促成了符号学和结构主义的诞生。索绪尔把语言作为一个符号系统,区分了"能指"和"所指",并把"任意性"作为第一原则贯彻其中,从而提出了许多富有创见的思想,为符号学的发展提供了思想资源和理论灵感。同时,索绪尔把对语言的研究进行了区别和分类,语言和言语、共时和历时、纵向和横向等对立因素的提出,为结构主义方法论建构了基本的研究模式。

其二,索绪尔关于方法论的论述以及他研究语言的总思路,清晰地体现了现代主义的思维方式。对于如何把握复杂混乱的世界的问题,索绪尔做出了独特的解答:对于研究的事物,不能指望达到一种绝对的、全知全能式的把握;我们只能选择一种观察的角度,在这种角度中,客体由彼此的相互关系得以确定,而不是由某种抽象本质确定的。可见,索绪尔极其清楚地把握住了现代主义的思维方式。

其三，索绪尔为开辟人类行为研究的新思路做出了贡献。在索绪尔看来，当研究人类行为时，不能把行为具有的社会意义归为主观印象而忽略不计，因为实际上，人类行为分析所关注的恰恰是事件所具有的意义，而不是事件本身。研究人类行为的最佳角度不是去一味追寻单个事件的历史起因，而是重点研究该事件在总的社会框架中的功能，因此，必须把社会事实看做惯例体系和价值体系的一部分。这样，索绪尔就奠定了"共时"研究的地位，以研究决定社会事实的潜在系统代替寻求孤立事件的历史起因，这个新的研究思路使得人类行为研究更加全面、更加精确。

总之，索绪尔对上述广泛领域的贡献，使他成为现代思想史上一位影响深远的学者。其在20世纪以来的西方文学理论方面所具有的价值，主要体现在他的语言学思想和方法论转换所产生的重大意义上。因此，要想全面而深刻地了解索绪尔对于20世纪以来西方文学理论的贡献，首先必须对索绪尔的语言学思想及其在方法论上的革命有一个大致清晰的了解。在此基础上，我们才可能对其重大价值做出客观的评价。

1. "语言"和"言语"的区分

在《普通语言学教程》中，索绪尔首先面对的是如何确立语言学的研究对象的问题。他开宗明义地指出，语言学"从来没有费功夫去探讨清楚它的研究对象的性质。可是没有这一手，任何科学都是无法制订出自己的方法的"[51]。然而，在阐释"语言是什么"的时候，首先遇到的就是"语言"和"言语"的对立。索绪尔认为必须将二者区分开来。

传统语言学以言语作为研究对象，索绪尔对此表示质疑，他把人类的言语活动(langage)分为语言(langue)和言语(parole)两个部分，并对两者的区别作了严格的界定。索绪尔认为，"语言"是一种符号系统，它本身并不表现出来，它作为一套符号和规则、作为词汇和语法体系存在于人们头脑中，是语言活动的社会性部分，是社会成员共有的一种表达观念的媒介；"言语"则是对语言的具体运用，是个体在具体日常情境中进行的话语活动，是一种个人行为，在言语活动中受个人意志的支配。前者是一套对言语活动的社会性的普遍规约，"是通过言语实践存放在某一社会集团全体成员中的宝库，一个潜存在每一个人的脑子里，或者说得更确切些，潜存在一群人的脑子里的语法体系"；后者则是个人对这套规约的具体运用，"同时跨着物理、生物和心理几个领域"[52]，不构成单一学科的对象，因此，语言学的研究对象只能是前者，相对而言，言语的研究则是次要的。索绪尔在教程中多处强调并反复论述了这一观点,从而最终将自己的研究对象确定为"研究语言的语言学"。

索绪尔认为,"对人类天赋的不是口头的言语活动,而是构成语言——即一套和不同的观念相当的不同的符号——的机能"[53]。两者之间的关系,就像他所描述的被人们称作"象棋"的那套抽象规则和惯例之于现实中人们实际所下的一盘盘象棋之间的关系。这一点引发了现代语言学研究的方法论的转向,即它所关注的不再是个别的"语言实体",而是由诸多关系构成的语言体系。

在索绪尔看来,虽然"语言"是隐藏在"言语"之下的规则系统,它制约并决定着人们的"言语",但是在日常的"言语"活动中,两者之间又相互关联、互为前提,存在着密切的关系:

> 毫无疑问,这两个对象是紧密相联而且互为前提的:要言语为人所理解,并产生它的一切效果,必须有语言;但是要使语言能够建立,也必须有言语……语言和言语是互相依存的;语言即是言语的工具,又是言语的产物。[54]

可以这样说:"为了使语言成为我们的研究对象,我们必须在具体言语的基础上建构该语言及其模式。"[55]

在明确了语言学的研究对象、厘清了"语言"与"言语"之间的关系之后,索绪尔进一步强调指出,语言和思想是不可分割的,他把语言比作一张纸:思想是正面,声音是反面。并认为我们不能切开正面而不同时切开反面,同样,在语言里,我们不能使声音离开思想,也不能使思想离开声音。由此出发,他进一步认为,人们的思维要受到语言的制约,语言的模式决定着思维的模式。

索绪尔对"言语"和"语言"的区分,突出了语言系统的结构性质。其研究思路也由对外部的、实证的、历时的、个别的考察转向对语言内部的、结构的、共时的、整体的考察。现代语言学的这一方法论转向,为结构主义文学理论提供了理论基础和总体思路。

2. "能指"与"所指"及"任意性"原则

在明确了语言学的研究对象之后,索绪尔进一步论述了语言的本质问题。他认为,语言是一种表达观念的符号系统,它不是简单的名称集合,因此不能把这个符号系统看成是一份跟同样多的事物相当的名词术语表。在索绪尔看来,语言的问题主要是符号学的问题,符号是形式和意义的结合,由能指(signifiant)和所指(signifier)两方面构成,能指是表示意义的形式,所指是被表示的意义。索绪尔认为,语言单位有两重性,一方面是概念,一方面是声音形象:

> 语言符号连结的不是事物和名称,而是概念和音响形象,……我们把概念和音响形象的结合叫做符号,……用所指和能指分别代替概念和音响形象。[56]

索绪尔认为一个语言符号就是把概念和音响形象结合起来,这不仅揭示了语言符号系统的特点,而且为研究符号系统的基本原则奠定了理论基础。

德里达曾说:"所指与能指的区分深深隐含在形而上学历史所涵盖的整个漫长时代。"[57]索绪尔的符号学理论对于"能指"和"所指"的区分,对语言学的进一步研究具有深远意义,正是在这种区分的基础上,索绪尔提出并充分阐述了语言符号的第一原则问题。

语言符号的第一原则即"任意性"原则,"任意性"是符号的本质属性。索绪尔认为,符号"任意性"原则支配着整个的语言学分析,并反复强调这条原则的重要作用:"从重要性上讲,这条真理处在金字塔的顶端。人们会一点一点地发现,有多少纷杂的语言现象不过是这条原则的不同表现,是源头下面的若干分支。"[58]索绪尔把"任意性"作为符号的第一原则,一方面划定了符号的范围,另一方面将对符号的认识引入更加深刻的逻辑空间。"事实上,整个语言系统都是以符号任意性的不合理原则为基础的"[59]。

关于"任意性",存在着两个层面的含义。一方面,能指和所指作为语言符号系统里的两个基本要素,它们之间的关联是任意的:"能指和所指的联系是任意的,或者,因为我们所说的符号是指能指和所指相联结所产生的整体,我们可以更简单地说:语言符号是任意的。"[60]这里所谓的"任意",指两者的联系不是特定的,它们之间不存在天然的或必然的联系,同一概念在不同语言里有不同的音响能指便是证明。另一方面,能指与所指的生成也是任意的,它们都是对连续体进行任意划分的结果,能指是对声音连续体进行的任意切分,"所指"是对概念连续体进行的任意切分。语言不仅可以任意选择能指,在所指的领域同样可以进行任意的划分,每种语言都是在用不同的方式表达看法、组织概念,语言不是简单地给现存的各个范畴命名,而是通过语言重新归纳世界。但是,与此同时,索绪尔又对"任意性"进行了补充说明,认为"任意性"这个词还要加上一个注解,它不应该使人想起能指完全取决于说话者的自由选择,因为它是不可论证的,即对现实中跟它没有任何自然联系的所指来说是任意的。这样,关于"任意性"的解释就更加全面、深刻,由此,"任意性"作为语言符号的第一原则的意义才得以全面展现。

语言符号的"任意性"决定了语言符号的社会性以及对使用者个人的强制性。这种"任意性"说明语言不是在给独立存在的概念赋予任意的名称,而是在所指和能指之间创设自己的关系。

3. "组合"与"聚合""历时"与"共时"

索绪尔认为,符号不是通过它们内在的价值而是通过其相对位置起作用的,在语言状态中,一切都是以关系为基础的。在语言符号系统中,最重要的关系体现为"句段关系"和"联想关系"。

> 语言各项要素间的关系和差别都是在两个不同的范围内展开的,每个范围都会产生出一类价值,……一方面,在话语中,各个词,由于它们是连接在一起的,彼此结成了以语言的线条特性为基础的关系,排除了同时发出两个要素的可能性。……另一方面,在话语之外,各个有某种共同点的词会在人们的记忆里联合起来,构成具有各种关系的集合。[61]

这就是"句段关系"和"联想关系"。索绪尔认为,这两种关系相当于我们的心理活动的两种形式,二者都是语言的生命所不可缺少的。句段关系和联想关系构成了纵横两条轴线,每一个语言要素的价值就体现在这个纵横两个轴线所构成的坐标上。

句段关系,即语言的组合关系。它是话语中各个要素一个接着一个所形成的线性关系。索绪尔认为语言中以长度为支柱的结合可以称为句段,一个要素在句段中只是由于它跟前一个或后一个,或前后两个要素相对立才取得它的价值。[62]语言的存在和表达方式总是时间性的,人们不可能在同一个瞬间完成多个符号的语言传达。这意味着在一个句段中,一个词的意义总是部分地由它在句子中的位置以及它同别的词构成的语法关系所决定。一个词在一个句段中"现在"的意义,一定程度上取决于该词与它前后的词的不同。

联想关系,亦即所谓的聚合关系。它是话语之外各个有某种共同点的词在人们的记忆里联合起来构成的集合关系。它不是以长度为支柱的;它们的所在地是在人们的脑子里。它们是属于每个人的语言内部宝藏的一部分。[63]与句段关系不同,联想关系是不在现场的,它只是人们头脑中潜在的记忆系列,是一种垂直的共时关系。依据索绪尔的理论,说话者仅选择一个词是不能够全面表达其观念的,"实际上,观念唤起的不是一个形式,而是整个潜在的系统,有了这个系统,人们才能获得构成符号所必需的对立"[64]。所以,联想关系可以说是词语在垂直方向上与一些尚未出现的词语的关系。

"句段关系"与"联想关系"是明显不同的。句段关系是在现场的:它以两个或几个在现实的系统中出现的要素为基础。相反,联想关系却把不在现场的要素联合成潜在的记忆系列。句段关系具有线性特征,因而它在话语链中表现出一定的顺序,相比之下,联想关系并不表现出明确的顺序性,它虽然没有在现时话语中出现,但它存在着并决定着现时话语中出现的词的意义。

索绪尔的这一理论表明,语言符号的意义并不是由它们本身的内容所规定的,而是在一个纵横交织的关系网中被语言的结构所规定的。在语言中,任何一个要素的意义都取决于它与前后上下各要素的差异与对立,用索绪尔的话说,"在语言里,每项要素都由于它同其它各项要素对立才能有它的价值","它们的最确切的特征是:它们不是别的东西"[65]。

索绪尔关于组合关系与聚合关系的理论,无疑标明了语言学研究在思维模式上的转变,而其关于"历时"与"共时"的理论,同样具有这种方法论转向的意义。

索绪尔认为,语言是一个系统,它的任何部分都可以而且应该从它们共时的连带关系方面去加以考察。[66]或者说,"摆在面前的是整体,然后分解开来,分解成各个要素,是由整体产生部分"[67]。他的这种整体论语言观揭示了语言的系统本质,其语言系统论就是以这种整体论语言观为基础的。

索绪尔把语言学分为"共时语言学"和"历时语言学",认为:"共时语言学研究同一个集体意识感觉到的各项同时存在并构成系统的要素间的逻辑关系和心理关系……历时语言学,相反地,研究各项不是同一个集体意识所感觉到的相连续要素间的关系,这些要素一个代替一个,彼此间不构成系统。"[68]

与此相应,语言学研究也就分为共时性研究和历时性研究:前者是在一定时间内的静态的、横断面的研究;后者则是随时间变化的研究即演化性的研究。

索绪尔创造了"共时"和"历时"这两个术语,来说明两种不同的语言研究方法。他指出语言事实有"共时态"(synchronie)与"历时态"(diachronie)之分,"共时态"是指语言的一个相对稳定状态,在该状态中,各语言要素相关联,构成了一个封闭自足的系统,支配和规约着那个时期的言语活动。而"历时态"则是指语言要素在时间上的演化。他指出,语言演化是一系列状态的更替,是从一个平衡过渡到另一个平衡,从一个共时态过渡到另一个共时态。

索绪尔认为语言是一个系统,因此共时性研究更重要。他主张首先要研究同一个系统中各个要素之间的功能关系,其次才能研究系统与系统的更替问题。因为语言除它的各项要素的暂时状态以外,并不决定于任何东西:

> 言语从来就是只依靠一种语言状态进行工作的,介于各状态间的变化,在有关的状态中没有任何地位……对说话的大众来说,它是真正的、唯一的现实性。[69]

因此,索绪尔认为语言学家必须排除历史,才能把语言系统描写清楚。

索绪尔"共时性语言学"理论引起了西方批评理论自身的"范式"革命。从思维方式上看,它实际上消除了传统的深度模式,以结构上的水平关系取代了传统中认识事物的垂直关系,而这种横向结构的无限开放性又为"过度阐释"提供了新的可能。所指最初是两个能指相区别的产物,但同时更是一系列能指相区别的产物,由此看来,意义只能无限趋近却无法最终达到。这样,意义便成为无始无终的符号游戏的副产品,而不是牢牢拴在一个特定的能指的尾巴上的概念。

通过"组合"与"聚合""历时"与"共时"的区分,索绪尔把语言构建成了一套结构森严的系统,并认为,在系统中单个符号并无意义,语言是一个纯粹的价值系统,意义的生成只能决定于它在系统中的位置,只能决定于语言要素之间的关系。在语言系统中,重要的不是言语、书写符号、音响形象及词义本身,而是它们之间在语言体系中的相互关系。任何一个符号的意义,从本质上看,都是由它所归属的那个系统所决定的:

> 语言中只有差别。……语言不可能有先于语言系统而存在的观念或声音,而只有由这系统发出的概念差别和声音差别。[70]

正是由这系统发出的概念差别和声音差别,决定了语言符号的意义。根据这一思想,索绪尔必然又得出这样的结论:意义并不先于语言符号而产生;意义的产生与外在事物无关。结构主义和符号学把上述思想用于看待世界,就认为不是现实世界使语言符号产生意义,而是相反,是语言符号赋予现实世界以意义,世界是语言符号的产物,即雅克·拉康所谓的"是字词的世界产生了物的世界"[71]。

正如德里达所说:"语言问题也许从来就不是一个普普通通的问题。但与今天不同的是,它过去从未像现在这样渗透到形形色色的全球性研究领域以及在意向、方法和思想体系方面千差万别的话语之中。"[72]霍克斯也认为,"语言的本质超出并支配着言语的每一种表现的本质"[73],言语活动由于与语言组织系统无关,因而应该被排除出去。应该说,一旦索绪尔所揭示的语言的意义是由语言符号之间的差异所决定的论断得以认同,传统语言学所借以生存的语言表达意义的唯一性就不复存在了。

4. 影响及评价

索绪尔是20世纪影响最大的语言学家,其语言学理论在整个社会科学的广泛领域中都具有着重要的意义,但是,诚如乔纳森·卡勒所说,索绪尔本人"首先是一位语言学家,甚至仅仅是一位语言学家"[74]。因此,要探讨索绪尔的影响及评价问题,也应该首先从语言学方面入手。

布龙菲尔德认为,索绪尔为我们奠定了人类言语科学的理论基础;叶尔姆斯列夫认为,索绪尔在语言研究方面开辟了一条崭新的道路,引起了真正的革命;英国语言学家莱昂斯则认为,如果有谁堪称现代语言学开创者的话,那一定是伟大的瑞士学者索绪尔,当代所有的语言学流派都直接或间接地受到了他的影响。索绪尔提出的符号"任意性"原则,以及关于"语言"与"言语""能指"与"所指""句段"关系与"联想"关系、"共时性"研究与"历时性"研究等的区分,对20世纪语言学研究具有重大的方法论意义。其理论影响主要表现在以下几个方面:(1)使语言摆脱了传统"反映论"语言观的桎梏,成为一个与物质体无关的独立自足的分析对象。(2)冲破了历史比较语言学的基本观点和方法,把语言从错综复杂的社会历史关联中剥离出来,并将其作为一种结构关系中的符号系统来进行研究。(3)使人们意识到:人并不能通过语言实现对客观对象世界的感知,语言符号不仅表征了世界,更在构建着世界本身。(4)为语言形式和意义理论的研究开启了巨大的空间。毫无疑问,索绪尔语言学理论是一项具有深远意义的开创性研究,它深刻地影响和观照着20世纪语言问题研究的走向。其意义不仅在于它批判和动摇了传统的语言理念,更重要的是它在更深的思想层面上引发了许许多多的问题和质疑,从而孕育和催生了一些新的语言学理论流派。

索绪尔阐述的理论方法不仅为现代语言学的发展奠定了理论基础,而且也对 20 世纪以来的心理学、人类学、社会学等学科有巨大的影响,这自然也影响到了文学理论的发展。

哲学家卡西尔(Ernst Cassirer)曾经写到:"在整个科学发展史上,大概最激动人心的篇章就是语言学这门新学科的兴起。其重要性可与 17 世纪改变了人类物质世界观的伽利略的新科学相比。"[75]戴维·罗比在提到语言学对文学理论的影响时则认为,在促进现代文学理论发展的为数众多的学科中,几乎可以断言语言学是最重要的。索绪尔的语言学思想在文学理论方面的意义主要体现在其对结构主义文论的影响。这主要体现在三个方面:(1)索绪尔对于"言语"和"语言"的划分,启发了列维-施特劳斯的神话模式研究,可以说,"列维-施特劳斯的全部理论都以从索绪尔以来的结构主义语言学为基础"[76];(2)索绪尔关于能指和所指的理论,影响了罗兰·巴特的文学符号学研究,巴特曾坦言:"符号学,就其目前意义讲,至少对我们这些欧洲人来说,它来自索绪尔"[77];(3)索绪尔关于语言符号的"组合关系"和"聚合关系"的研究,对罗曼·雅克布森关于文学语言"诗性功能"的研究有重大的指导意义。

除了对结构主义文学理论的产生、发展具有巨大意义之外,索绪尔的思想在整个社会科学思潮变革中的作用也是非常关键的。乔纳森·卡勒在总结索绪尔理论的历史地位时,说道:"索绪尔、弗洛伊德和杜尔凯姆[78]改变了研究社会的角度。社会不再被看做个人行为的结果;相反,是个人有意或无意地吸收了集体社会的规范才产生了行为","索绪尔、杜尔凯姆和弗洛伊德在人文科学的发展中迈出了关键的一步。他们离开历史的角度,转而从事物的内部寻找根源,从而创造了一个新的解释范畴,即潜意识"。"由索绪尔、杜尔凯姆和弗洛伊德开创的这些学科,侵蚀着先前属于主体的地盘,直到主体彻底失去了以前作为中心和意义来源的地位。主体地位解构之后,被分解成了各个贯穿主体的系统"[79]。

可见,索绪尔的语言理论对于文学理论的影响,并不局限于俄国形式主义、英美新批评和法国结构主义,它在现代和当代各种社会科学理论中都留下了深深的烙印。但是,在索绪尔的理论中也存有历史的局限性,其逻各斯中心主义以及绝对的二元对立模式已经越来越成为当代社会学学者诟病的主要方面。虽说索绪尔的影响是广泛而深远的,但也不能将其作为绝对的真理,尤其是在作为研究文学问题的方法时,更应该充分注意。韦勒克说得好,"没有任何的普遍法则可以用来达到文学研究的目的,越是普遍就越抽象,也就越显得大而无当、空空如也;那不为我们所理解的具体艺术作品也就越多"[80]。

总之,尼采、弗洛伊德和索绪尔作为20世纪初西方思想界转折期的重要思想家,以他们独特的思维方式和理论旨趣,改变了其后整个西方的理论走向。他们的影响力一刻也未曾中断过,可以说,整个20世纪的西方思想始终生存于他们所制造的系统之中。其身后的思想、学说、理论、方法,都只是在他们已经设定的理论框架中拼凑或整合,都只是对他们思想的利用或发挥。这在20世纪西方文学理论的发展演变中,表现得尤为明显。

19世纪晚期成熟起来的现代主义思潮、柏格森的直觉主义、后期象征主义,甚至20世纪整个西方文化否定传统、怀疑一切、追新求异的思维方式等,都不能不说是深受尼采"重估一切价值"思想的影响;而20世纪初的俄国形式主义、30年代和40年代的"英美新批评"、50年代的法国结构主义,包括60年代以来的后结构主义、解构主义等,则直接受惠于索绪尔的"语言学转变";超现实主义、意识流、表现主义、存在主义等,则又与弗洛伊德的精神分析理论密切相关,并且,精神分析和结构主义、接受批评理论、后现代思潮之间又存在着广泛的渗透和延伸,形成了涵盖西方马克思主义、文化研究、女权批评等在内的复杂的理论网络。

应该说,由尼采、弗洛伊德和索绪尔所提供的理论框架和话语资源,已经形成了20世纪整个西方理论界的"话语场域",为20世纪的西方思想界、理论界、文学艺术界,提供了生存的土壤、理论的参照、思考的方式和阅读的范本,影响着西方理论发展的所有可能性。作为这一思想体系之中的文学理论,更是无法摆脱尼采、弗洛伊德和索绪尔的阴影,甚或可以说,要想理解20世纪以来的西方文学理论,就必须首先理解尼采、弗洛伊德和索绪尔。这既是我们把他们三者放在一章中进行讨论的初衷,也是文学理论存在事实的必然要求。关于这一点,我们会在接下来的章节中越发清晰地体会到。

注　释

〔1〕 "知识型"是由法国思想家米歇尔·福柯提出来的概念,请参阅本书第14章第3节。

〔2〕 〔匈〕卢卡奇:《理性的毁灭》,王玖兴等译,济南:山东人民出版社1997年版,第268页。

〔3〕 同上书,第273页。

﹝4﹞ 〔德〕黑格尔:《小逻辑》,贺麟译,北京:商务印书馆1980年版,第327—328页。

﹝5﹞ 《悲剧的诞生——尼采美学文选》,周国平译,北京:生活·读书·新知三联书店1986年版,第11—12页。

﹝6﹞ 同上书,第61页。

﹝7﹞ 同上书,第108页。

﹝8﹞ 同上书,第5页。

﹝9﹞ 朱狄:《原始文化研究》,北京:生活·读书·新知三联书店1988年版,第516页。

﹝10﹞ 《悲剧的诞生——尼采美学文选》,周国平译,北京:生活·读书·新知三联书店1986年版,第6页。

﹝11﹞ 同上书,第51页。

﹝12﹞ 同上书,第2页。

﹝13﹞ 同上书,第27页。

﹝14﹞ 同上书,第105页。

﹝15﹞ 同上书,第2、105页。

﹝16﹞ 参见朱光潜:《悲剧心理学》,北京:人民文学出版社1983年版,第151页。

﹝17﹞ 〔德〕尼采:《权力意志》,张念东等译,北京:商务印书馆1991年版,第599页。

﹝18﹞ 〔德〕尼采:《查拉斯图拉如是说》,楚图南译,长沙:湖南人民出版社1987年版,第264页。

﹝19﹞ 《悲剧的诞生——尼采美学文选》,周国平译,北京:生活·读书·新知三联书店1986年版,第71页。

﹝20﹞ 〔德〕尼采:《查拉斯图拉如是说》,楚图南译,长沙:湖南人民出版社1987年版,第172页。

﹝21﹞ 〔德〕尼采:《权力意志》,贺骥译,桂林:漓江出版社2000年版,第253—257页。

﹝22﹞ 同上书,第254页。

﹝23﹞ 《悲剧的诞生——尼采美学文选》,周国平译,北京:生活·读书·新知三联书店1986年版,第105页。

﹝24﹞ 引自周国平:《尼采:在世纪的转折点上》,上海:上海人民出版社1986年版,第2页。

﹝25﹞ 〔美〕威尔·杜兰特:《探索的思想》,朱安等译,北京:文化艺术出版社1991年版,第449页。

﹝26﹞ 〔美〕W.考夫曼编著,《存在主义》,陈鼓应等译,北京:商务印书馆1987年版,第167页。

﹝27﹞ 同上书,第13页。

﹝28﹞ 《悲剧的诞生——尼采美学文选》,周国平译,北京:生活·读书·新知三联书店1986年版,第31页。

﹝29﹞ 〔美〕弗雷德里克·詹姆逊:《时间的种子》,王逢振译,桂林:漓江出版社1997年版,第118页。

[30] 〔美〕埃里希·弗洛姆:《在幻想锁链的彼岸》,张燕译,长沙:湖南人民出版社1986年版,第10页。

[31] 〔奥〕斯蒂芬·茨威格:《精神疗法》,沈锡良译,合肥:安徽文艺出版社2000年版,第226页。

[32] 〔奥〕斯蒂芬·茨威格:《昨日的世界》,舒昌善等译,北京:生活·读书·新知三联书店1991年版,第462页。

[33] 〔奥〕弗洛伊德:《精神分析引论》,高觉敷译,北京:商务印书馆1984年版,第8页。

[34] 古希腊哲学家柏拉图认为"梦是一种感情的产物";亚里士多德认为"梦是一种持续到睡眠状态中的思想";哈特曼在他的《潜意识的哲学》中认为:人可借助梦而追溯到自我的另一领域即潜意识;尼采在他的《黎明》中说"梦是白天失却的快乐与美感的补偿";格利欣格认为:梦的状态其实就相当于疯狂的状态,因为两者均呈现智力的混乱,并且均以内在主观的反应投射于外在世界;艾利斯认为:梦使人脱离道德上的自我约束,而看到自我感情生活的原形;等等。

[35] 〔奥〕弗洛伊德:《梦的解析》,丹宁译,北京:国际文化出版公司1998年版,第35页。

[36] 〔奥〕弗洛伊德:《弗洛伊德论美文选》,张唤民等译,上海:知识出版社1987年版,第170页。

[37] 〔奥〕弗洛伊德:《精神分析引论》,高觉敷译,北京:商务印书馆1984年版,第9页。

[38] 〔奥〕弗洛伊德:《图腾与禁忌》,杨庸一译,台北:台湾志文出版社1985年版,第116页。

[39] 〔奥〕弗洛伊德:《弗洛伊德论美文选》,张唤民等译,上海:知识出版社1987年版,第15页。

[40] 同上书,第18页。

[41] 同上书,第160页。

[42] 〔奥〕弗洛伊德:《图腾与禁忌》,杨庸一译,台北:台湾志文出版社1985年版,第192页。

[43] 〔奥〕弗洛伊德:《弗洛伊德论美文选》,张唤民等译,上海:知识出版社1987年版,第36、34页。

[44] 同上书,第32页。

[45] 同上书,第32页。

[46] 〔美〕莱昂内尔·特里林:《弗洛伊德与文学》,收入〔美〕卡尔文·斯·霍尔等著:《弗洛伊德心理学与西方文学》,包富华等译,长沙:湖南文艺出版社1986年版,第151—152页。

[47] 参见陆扬:《精神分析文论》,济南:山东教育出版社1998年版,第25—26页。

〔48〕〔美〕莱昂内尔·特里林:《弗洛伊德与文学》,收入〔美〕卡尔文·斯·霍尔等著:《弗洛伊德心理学与西方文学》,包富华等译,长沙:湖南文艺出版社1986年版,第159页。

〔49〕董学文:《弗洛伊德文艺观述评》,见《文艺学的沉思》,北京:人民文学出版社1992年版,第303页。

〔50〕〔美〕乔纳森·卡勒:《索绪尔》(导言),宋珉译,北京:昆仑出版社1999年版。

〔51〕〔瑞〕费尔迪南·德·索绪尔:《普通语言学教程》,高名凯译,北京:商务印书馆1980年版,第21页。

〔52〕同上书,第35、30页。

〔53〕同上书,第31页。

〔54〕同上书,第41页。

〔55〕〔美〕罗伯特·休斯:《文学结构主义》,刘豫译,北京:生活·读书·新知三联书店1988年版,第21页。

〔56〕〔瑞〕费尔迪南·德·索绪尔:《普通语言学教程》,高名凯译,北京:商务印书馆1980年版,第101、102页。

〔57〕〔法〕雅克·德里达:《论文字学》,汪堂家译,上海:上海译文出版社1999年版,第16页。

〔58〕〔美〕乔纳森·卡勒:《索绪尔》,宋珉译,北京:昆仑出版社1999年版,第10页。

〔59〕〔瑞〕费尔迪南·德·索绪尔:《普通语言学教程》,高名凯译,北京:商务印书馆1980年版,第184页。

〔60〕同上书,第102页。

〔61〕同上书,第170—171页。

〔62〕同上书,第170—171页。

〔63〕同上书,第171页。

〔64〕同上书,第180页。

〔65〕同上书,第128、163页。

〔66〕同上书,第127页。

〔67〕方光焘:《方光焘语言学论文集》,北京:商务印书馆1997年版,第463页。

〔68〕〔瑞〕费尔迪南·德·索绪尔:《普通语言学教程》,高名凯译,北京:商务印书馆1980年版,第143页。

〔69〕同上书,第129、130页。

〔70〕同上书,第167页。

〔71〕引自〔英〕凯瑟琳·贝尔西:《批评的实践》,胡亚敏译,北京:中国社会科学出版社1993年版,第168页。

〔72〕〔法〕雅克·德里达:《论文字学》,汪堂家译,上海:上海译文出版社1999年版,第7页。

[73] 〔英〕特伦斯·霍克斯:《结构主义和符号学》,瞿铁鹏译,上海:上海译文出版社1987年版,第12页。

[74] 〔美〕乔纳森·卡勒:《索绪尔》(导言),宋珉译,北京:昆仑出版社1999年版。

[75] 参见卡西尔:《现代语言学中的结构主义》(Structuralism in Modern Linguistics),《语词》(Word)第一辑,1945年版,第99页,引自乔纳森·卡勒:《索绪尔》,宋珉译,北京:昆仑出版社1999年版,第120页。

[76] 郑杭生主编:《现代西方哲学主要流派》,北京:中国人民大学出版社1988年版,第328页。

[77] 〔法〕罗兰·巴尔特:《符号学原理》,王东亮等译,北京:生活·读书·新知三联书店1999年版,第1页。

[78] 杜尔凯姆(E. Durkheim),法国社会学家,今通译为涂尔干。

[79] 〔美〕乔纳森·卡勒:《索绪尔》,宋珉译,北京:昆仑出版社1999年版,第65、68、70页。

[80] 〔美〕韦勒克、沃伦:《文学原理》,刘象愚等译,北京:生活·读书·新知三联书店1984年版,第5页。

第九章
俄国形式主义文学理论

文学研究在19世纪之前还构不成独立的理论活动。进入20世纪,专业文学研究和文学批评的繁荣,以及文学理论内部传统知识的积累,使文学理论研究能够吸收丰富的理论和批评资源,文学理论的学科意识也开始觉醒。这一切使人们开始关注"文学"的特殊性问题,同时,也为文学理论成为一门独立系统的学科提供了大量实践和理论的基础。作为被研究的对象,"文学"是什么?成为文学理论研究的本体性问题;系统地探索文学的"内部规律",成为文学理论明确的科学性追求。而文学作为一种语言的艺术,对其"内部规律"的探索,必然和语言学发生联系,此时,现代语言学的发展确乎也为文学理论学科的发展提供了具体、科学、实用的方法。俄国形式主义文学理论,正是在这样的时代背景和学术条件下产生的。

一 俄国形式主义文学理论概述

俄国形式主义(Russian Formalism)文学理论,是指1914至1930年在俄苏出现的文学理论流派。可以毫不夸张地说,俄国形式主义文学理论是20世纪最重要、最有影响的文学理论流派之一。20世纪欧洲各种文学理论流派,在不同程度上都受到了它的影响。正如有学者所言:"欧洲各种新流派的文学理论中,几乎每一流派都从这一'形式主义'传统中得到启示,都在强调俄国形式主义传统中的不同趋向,并竭力把自己对它的解释,说成是唯一正确的看法。"[1]

俄国形式主义文学理论的诞生,以两个学术活动团体的产生为标志,这两个学术团体也构成了俄国形式主义的理论中心。俄国的"形式主义运动最重要的特点之一是它本身的特殊组织形式"[2]。1914年冬天到1915年,以罗曼·雅各布森、鲍·托马舍夫斯基为代表的一批大学生,建立了"莫斯科语言学学会",该学会以促进语言学和诗学研究为宗旨。随后的1917年初,彼得堡成立"诗歌语言研究会",即所谓的"彼得堡学派"产生,其代表人物包括维·什克洛夫斯基、鲍·艾亨鲍姆和伯恩斯坦等。[3]由于"诗歌语言研究会"的俄文名称每一个词的第一个字母合在一起,缩写为 Опояз(英文则为 OPOYAZ),所以,"奥波亚兹"成了对俄国形式主义的统称。这里需要注意的是,"莫斯科语言学学会"和"诗歌语言研究会",虽然它们共同构成了俄国形式主义文学理论流派,但在一些具体的理论问题上,在一些基本的理论倾向上,二者之间还是有着一定的区别的。

俄国形式主义文学理论的诞生,是俄国现代派文学以及诗学发展的必然结果。一般认为俄国形式主义文学理论的发展,经历了两个阶段。从1914年"莫斯科语言学学会"的成立到1920年,为形式主义"早期阶段"。在这一时期,俄国形式主义文学理论同"未来派"诗人,包括著名的马雅可夫斯基等人都过从甚密。"未来派"诗人以新颖为时尚,在创作上蔑视传统,摈弃习俗,追求的是诗歌创作的标新立异。俄国形式主义者则在理论上为"未来派"的创作奠定合法化的依据。作为俄国形式主义文学理论开端的标志性宣言——什克洛夫斯基的《词的复活》一文,就是对"未来派"的辩护词。与此同时,对于俄国形式主义文学理论而言,他们的理论研究的中心,并不是要建立某种独特的文学理论研究方法论,而只是认为文学是一门独立的学科,应当按照科学的方法和观点来研究文学的特殊性,因此,俄国形式主义文学理论反对根据作家的生平、社会环境、时代背景以及哲学或心理学去研究文学。而在这种理论出现的当时,文学研究并不具备自己的独立性,文学在实际的理论研究中并没有成为真正的研究对象。一方面,是"宗教哲学派"的文艺批评当时还很流行,象征主义理论蔚为风尚,以舍斯托夫、别尔嘉耶夫等人为代表,他们以形而上学的宗教和哲学观念作为方法论基础,通过对文学作品的批评,阐述自己的哲学和宗教思想。在俄国形式主义文学理论看来,这种研究依然使文学作品外在于文学研究,只是批评家在借文学作品陈述自己的思想,说到底,还是一种主观式的批评,而非真正科学的文学研究。另一方面,学院式的文学研究则以实证主义作为自己的方法论基础,将文学发展的原因归结为文学以外的社会的、心理的因素,没有摆脱机械决定论的影响。"学院式的科学对理论问题一无所知,仍然在有气无力地运用美学、心理学和历史学的古老原则,对研究对象感觉迟钝,甚至这种对象是否存在也成了虚幻。"[4]

所以,对俄国形式主义文学理论而言,摆脱那种由主观的哲学和美学主导的诗学,摆脱传统的学院派的文学研究,转而建立一门独立的、科学的、有着自己的明确的研究对象、研究方法、研究目的,真正面对文学事实的学科,就成了理论中亟需解决的问题。而在这种情况下,研究对象势必成为文学理论研究的中心问题。

> 所谓"形式方法",并不是形成某种特殊"方法论的"系统的结果,而是为建立独立和具体的科学而努力的结果。……对于"形式主义者"来说,在文学研究中,主要的不是方法问题,而是作为研究对象的文学问题。[5]

文学语言的独特性,文学语言得以发生作用的技巧,以及这些技巧同日常用语的区别,就理所当然地成为了俄国形式主义者关注的重点。对于俄国形式主义文学理论产生的历史背景和理论构想,巴赫金的分析是准确的。他说:"毫无疑问,形式主义本身一方面是针对旧俄国艺术理论中占统治地位的内容美学的强烈反应,另一方面又是实验精神、对语言学问题的浓厚兴趣、改造旧的艺术心理和艺术程式等的极端表现;而这几种倾向对我们这个关键的转折时代是很有代表性的。"[6]

从1921年到1930年,可以说是俄国形式主义文学理论的"后期阶段"。在这一时期,形式主义文学理论的地位大大提高,成为当时苏联文学理论的主流。雅各布森、什克洛夫斯基、艾亨鲍姆等俄国形式主义文学理论的标志性人物,都出版了自己的理论著作,由早期阶段的理论构想,开始进入建构系统的文学科学阶段。同时,他们的研究领域也开始扩大,由诗歌研究扩大到语义、小说和文学史的研究,提出了一系列独具特色的概念、范畴,为科学化的文学理论研究提供了理论基础和具体的操作方法。但也就是在这一时期,俄国形式主义文学理论开始受到官方的注意和反对,而在其学派内部,也出现了对自身进行批判和反思的声音。"形式主义"作为一个贬义词,就是在这一时期被加在他们的头上的。1923年,托洛茨基出版的《文学与革命》一书,专门辟出一章对俄国形式主义文学理论进行政治批判,认为文学不可能脱离历史和社会环境而独立存在,文学在任何时候都只能是一种具有实用性的存在。随后,苏联最重要的文学理论批评家之一卢那察尔斯基,也对俄国形式主义文学理论提出批评,这使得俄国形式主义文论进一步陷入理论困境。而在此前的1920年,雅各布森已移居布拉格,他的理论重心也开始发生转移,并成为"布拉格学派"的实际领导者。1928年,雅各布森和迪尼亚诺夫联合发表的《文学与语言研究诸问题》一文,是俄国形式主义派对自身理论的最重要的反省和推进。该派其他代表人物,如托马舍夫斯基、什克洛夫斯基等,也逐步放弃自己的理论,开始自觉地转向"社会主义现实主义"文学理论。1930年2月,什克洛夫斯基在《文学报》上发表《学术错误志》一文,认为自己想使文学艺术中立化,并最终使之独立于社会是不可容忍的错误。他说:"对我来说,形式主义是一条已经走过的路。"[7]学术界一般将这篇文章视为俄国形式主义文学理论的终结。

作为一个文学理论流派,俄国形式主义活动尽管已经解体,但是,它的理论影响却没有结束,甚至其后焕发了更大的生命力。在国内,俄国形式主义的理论方法,他们所创造的大量理论术语、概念、范畴被沿用下来;后来在苏联兴起的巴赫金学派和塔尔图符号学派,正是在它的影响下产生的。而什克洛夫斯基、艾亨鲍姆、托马舍夫斯基等人,虽然受到压制,但仍笔耕不辍,还是取得了很大的学术成就。在国外,俄国形式主义的影响更大,尤其是雅各布森,他对20世纪世界文学理论的发展起到了重要作用。移居布拉格之后,他直接促成了"布拉格学派"的诞生,这不仅延续了俄国形式主义的理论研究,而且使之进一步发展成为结构主义文学理论。20世纪60年代,俄国形式主义文学理论在苏联国内的地位被重新认识。法国学者茨维坦·托多洛夫编选的《文学理论:俄国形式主义文论选》[8]一书的出版,更使当时西方世界的人们开始真正地认识俄国形式主义文学理论的价值。俄国形式主义的理论原则,对结构主义文学理论尤其是叙述学研究产生了重要而深远的影响。法国结构主义文学理论的代表,除了列维-施特劳斯之外,罗兰·巴特、托多洛夫、格雷马斯等,都在不同程度上受到了俄国形式主义文学理论的影响。

俄国形式主义文学理论,概括起来,其特点有以下几方面:

第一,它非常明确地表示对具有科学性的文学理论的追求。俄国形式主义文学理论的主要目标之一,就是促使文学研究的科学化。对于这一信念,其中的一些理论家即使未加以进一步的讨论,实际上也已成为他们的一个内在的理论前提。正如有学者所说,"每当这一学派成员讨论文学的科学化研究的可能性时,他们多只表示深信其研究结果将提高读者以适当的方式阅读文学文本的能力,也就是说,使读者能领略作品的'文学性'或'艺术性'"[9]。

在西方文学理论史上,俄国形式主义是第一个明确地提出建立科学的文学理论的理论流派。对该派而言,"普通诗学或称理论诗学的任务,是对诗歌的程序(прием,也有的译为'手段''手法''技巧'等——引者注)进行系统的研究,对它们进行比较性的描写和分类:理论诗学应当依赖具体的史料,建立科学的概念体系,这个体系是诗歌艺术史家在解决他们面临的问题时所必需的"[10]。这种对科学性的追求,对20世纪西方文学理论产生了重大影响。从俄国形式主义文学理论开始,后来的布拉格学派、英美新批评、结构主义文学理论等,尽管其理论内容并不一致,但建构科学的文学理论已经成为它们共同的追求。这些文学理论流派,构成了20世纪西方文学理论的重要组成部分,为文学理论学科的专业化、科学化、独立化做出了特殊的贡献。

科学的文学理论,必然需要以特有的概念范畴为基础来建构自己的体系。"文学性""反常化""程序""主导""日常用语"和"诗歌用语"等,便是俄国形式主义文学理论提出的独具特色的一些理论术语。这些概念和术语的提出,为20世纪文学理论的深入推进提供了一定的依据。需要指出的是,由于受到所谓"人文科学""自然科学"的理论划分的影响,同时,也由于"唯科学主义"的负面作用,人们对文学理论的这种科学性追求,存在着诸多的误解。托多洛夫在研究雅各布森的文学理论的时候,曾经对文学理论的科学性追求做出过较为正确的解读和分析。他说:

> 科学的对象不是、也从未曾是一个真实的自在之物。因此,涉及文学研究时,它的对象就不是文学作品本身(就像"物体"不是物理、化学或几何的研究对象一样)。这个对象只可能是构思出来的:组成这组对象的是按这种或那种观点在一个真实事物的内部可以辨认出来的抽象范畴,以及它们间的相互作用规律。科学话语应该说明观察到的现象,但它的目的并不在于描写事实本身。雅各布森后来把对文学的研究称为诗学,它的对象不是文学作品,而是文学"手段"。[11]

在托多洛夫看来,正是因为有了这种基本的理论选择,才使得以雅各布森为代表的俄国形式主义文学理论研究被纳入了科学的轨道。同时,托多洛夫还比较客观地指出,应该排除掉对于文学理论科学性追求的两种常见的、互相补充的误解。第一种是那些"技术人员"的误解,在他们看来,只有数学符号、量的检验和平铺直叙才是科学。可是,"他们不理解这些最多也只是科学的手段;科学话语的形成并不需要它们;它要的是对事实采取的某种态度。"[12]第二种误解是来自于所谓的"唯美派"。在他们看来,一谈到抽象就好像犯了对艺术的亵渎之罪,认为这会取消艺术作品珍贵的、独特的风格。可是问题在于,"他们忘了个体是无法表达的:只要我们一说话,就会进入抽象领域。我们无法选择是否运用抽象范畴,而只能选择有意或无意地运用它们"。[13]当然,这种分析是建立在托多洛夫的结构主义思想基础之上的。但不可否认的是,这种分析相当深刻、相当准确,对于我们认识俄国形式主义文学理论的科学性诉求,乃至文学理论学科的科学性特质,具有重要的启示意义。

俄国形式主义代表之一艾亨鲍姆说过的一番话,可以让我们更清楚地认识和理解他们的这种文学理论科学性追求。他说:"我们确定具体原则,遵守这些原则,只要材料能证明其站得住脚。如果材料要求进一步加工这些原则或修改之,我们就这样做。在这种意义上我们相对地脱离了自己的理论,科学确实就应该如此,因为我们认识到理论和信念之间应该有所不同。没有什么现成的科学。衡量一门科学是否有生命力,其方法不在于看它确立了多少真理,而是看它克服了什么谬误。"[14]这应该说是对所谓理论"科学性"的一种比较合理的解释。

第二,它将艺术形式作为理论的主要探讨对象。既然文学理论研究的对象不是文学作品,也不是作家的生平、社会环境或作品中的哲学、宗教内容,那么,"形式"问题就自然而然地成为俄国形式主义文学理论的中心。这也就是说,不是文学作品的内容,而是文学的"程序"、艺术手法才是其理论研究的对象。

在俄国形式主义文学理论看来,艺术中的"什么"(即内容)与"怎么"(即形式)的划分,只是一种人为的抽象,它们二者融为一体后才成为审美对象。所以,形式是一定内容的表达程序,而空洞的形式则是不可思议的。在文学内部,所谓的内容事实,是不会脱离艺术创造的普遍规律而独立存在的。所谓的"内容"和"形式"的划分,使文学中有了审美的成分和非审美的成分的区别,但这并不符合艺术作品的本质。因而,应当以艺术作品的本质特征为基础,划分出"材料"与"程序"的区别,用来代替"内容"和"形式"的区分。一切艺术包括文学都是技巧介入的结果,而不是表现的结果。文学运用艺术手法对材料进行特殊加工,才使其作品成为审美对象。所以,"艺术研究的任务就在于从历史的角度,或者以比较和系统的方式,来对某部作品、某个诗人或整个时代的各种艺术程序进行比较"[15]。那么,诗(即文学)的材料是什么呢?该派认为,"诗的材料不是形象,不是激情,而是词"[16]。既然诗的材料是语言,"那就应当把语言学作为我们所作的语言事实的分类,作为诗学系统建构的基础"[17]。这样一来,俄国形式主义文学理论就同语言学理论发生了密切联系。

这也就是它的第三个特点,即同语言学理论的关系极其紧密。俄国形式主义文学理论诞生之初,它是作为"未来派"文学辩护者的身份出现的。"未来派"诗歌将语词视为最高实体,诗歌中的语词以自身为目的和手段,并非要成为象征手段和传递思想情感的工具。在艺术上,"未来派"抛弃了传统的现实主义手法,追求新异,强调的是诗歌中语词的音响、色彩和运动的效果,力求解放语言,使诗歌中的语言从象征主义的哲学和宗教氛围中走出来,成为了他们的创作目标。因此,在"未来派"诗人那里,诗人有创造语言的特权。这种对语词的关注,自然需要语言学理论的支持,这就使俄国形式主义的理论同语言学有了亲密的关系。同时,俄国形式主义文学理论的代表,如什克洛夫斯基、雅各布森等人,本身就是语言学家,创造出为诗歌所特有的语言,是他们的理论追求。因而,诗歌中的语言技巧(包括韵律、节奏)、语音、语义等,成为早期俄国形式主义文学理论的主要研究对象。

此外,随着20世纪初现代语言学理论的发展和文学理论研究的"语言学转向",俄国形式主义文学理论从语言学中借鉴了许多有意义的方法,使文学理论研究在对文学自身的认识上进入了一个新的时代。它对"内容"和"形式"关系的否定和对"材料"与"程序"的新界定,对文学史研究的新的认识理念,使俄国形式主义文学理论为后来的结构主义文学理论奠定了基础。雅各布森和迪尼亚诺夫联合发表的《文学与语言研究诸问题》一文,虽然短小,却是将文学研究与语言学研究相结合的典范。当然,这种将语言学理论引入文学理论研究的方法,势必会带来使文学研究语言学化的倾向。而后来受俄国形式主义文学理论影响的布拉格学派和结构主义文学理论的发展,恰恰证明了这一点。

二 什克洛夫斯基的"反常化"理论

如我们在前一部分所言,正是什克洛夫斯基的两篇文章,分别宣告了俄国形式主义文学理论的开始和结束。这充分说明了什克洛夫斯基在俄国形式主义者中的理论地位及其影响。

维克托·鲍·什克洛夫斯基(В. Б. Шкловский)是俄国形式主义文学理论的核心人物。在俄国形式主义文学理论受到批判之后,他开始转入小说创作,写出了一些比较有影响的历史小说。20世纪50年代之后,又重新开始文学理论的研究,成就颇丰。什克洛夫斯基最重要的理论贡献,是他所提出的"反常化"(Остранение,也译为"陌生化""奇特化""尖锐化"等)理论。

"反常化"理论的提出,是俄国形式主义崇尚言语创造在理论上的一种体现。在"反常化"理论提出之前,当时人们深受象征主义"艺术即形象思维"理论的影响。这一理论认为,诗歌是一种特殊的思维方式,没有形象也就没有了艺术,借助形象,人们可以将各种不同的事物和行动组合起来,通过已知的事物来解释未知的事物。所以,艺术首先就成为象征的创造者。而在什克洛夫斯基看来,这种观念的错误之处在于,它没有认识到存在着两种意义上的"形象"。一个是作为思维的方法的形象,它能够组合各种不同的事物。另一个是诗歌的形象,它起到加强印象的作用。而作为一种加强印象方法的诗歌形象,它和诗歌语言中的其他手法,如比较、重复、对称、夸张等所起到的作用是一样的。因此,诗歌形象只是诗歌语言的方式之一。而第一种形象,组合不同事物的形象,只是一种思维方法,同诗歌没有任何关系。因此,什克洛夫斯基指出:"形象思维无论如何也不能概括艺术的所有种类,甚至不能概括语言艺术的所有种类。形象也并非凭借其改变便构成诗歌发展的本质的那种东西。"[18]

那么艺术的本质是什么呢？什克洛夫斯基的回答是"反常化"。对于"反常化",简单的理解,也就是把人们本来熟悉的、司空见惯的东西置入一个新的、陌生的环境中来考察,进而使人们得到一种不同寻常的、新的感受。这样,人们就会从新的角度,用新的方式来思考。什克洛夫斯基为此解释道：

> 那种被称为艺术的东西的存在,正是为了唤回人对生活的感受,使人感受到事物,使石头更成其为石头。艺术的目的是使你对事物的感觉如同你所见的视象那样,而不是如同你所知的那样；艺术的手法是事物的"反常化"手法,是复杂化形式的手法,它增加了感受的难度和时延,既然艺术中的领悟过程是以自身为目的的,它就理应延长；艺术是一种体验事物之创造的方式,而被创造物在艺术中已无足轻重。[19]

也就是说,审美过程就是人的知觉过程,事物本身对艺术来说并不重要,重要的是这个过程中的体验方式。人的知觉具有机械性,对于多次感受过的事物,人们在开始的时候会用认知的态度来接受它,渐渐地对它习以为常,最后成为一种习惯的、自动的动作。我们所有的习惯最后都变得机械、僵硬,退回到无意识的和自动的环境之中,也就是我们常说的习惯成自然,当事物摆在我们面前的时候,我们对它往往视而不见,感受不到它的独特性。这一过程被什克洛夫斯基称之为"自动化"。"自动化"使人的感觉迟钝,对生活和事物失去了诗性的感受,人失去了对世界的审美感受能力,生活消失了,变得什么也不是了,人在这个世界中麻木了。所以,"反常化"能够使人打破"自动化"的束缚,摆脱日常感受的惯常化。它会刺激人们已经麻木的神经,重新唤起人对事物、对世界的新奇感觉,进而获得审美感受和审美愉悦。换言之,所谓"反常化",恢复的就是人对世界的诗意性和创造性。

什克洛夫斯基认为,只要有形象的地方就有"反常化"。对他而言,"形象的目的不是使其意义接近于我们的理解,而是造成一种对客体的特殊感受,创造对客体的视象,而不是对它的认知"[20]。根据"反常化"理论,诗歌就不是对现实的模仿或者仅仅是塑造某种形象,而是一种对语言进行加工过的话语,是变形的、扭曲的话语,是在制造语言的新奇效果的话语。所以,"研究诗歌语言,在语音和词汇构成、在措词和由词组组成的表义结构的特性方面考察诗歌言语,无论在哪个方面,我们都可发现艺术的特征,即它是专为使感受摆脱机械性而创造的,艺术中的视象是创造者有意为之的,它的'艺术的'创造,目的就是为了使感受在其身上延长,以尽可能地达到高度的力量和长度,同时一部作品不是在其空间性上,而是在其连续性上被感受的"[21]。

什克洛夫斯基的"反常化"理论,注意到了诗歌语言创造的重要性,而文学作为一门语言艺术,这一理论使文学从其自身来认识自身,这对文学研究的独立性而言,是有明显意义的。"反常化"理论也可以作为一个新的角度应用到文学史的考察中,文学史的演变可以因此而得到一种新的解释。此外,"反常化"理论还使人们开始注意到另外一个问题,即"诗歌语言"和"日常用语"的区别问题。因为诗歌语言是对日常语言的"反常化",是对日常语言的变形和扭曲。所以,研究这种差异性,就成为俄国形式主义者们关注的一个具体的理论问题。"反常化"理论的提出,对后来的文学理论影响甚大。例如布莱希特的"间离化"(Verfremdung)效果理论,就是直接受这一理论影响而提出的。后来的"接受美学"理论重视从读者的接受角度来研究文学的作用和影响,也与"反常化"理论产生了共鸣。

当然,任何理论都不能绝对化,对待"反常化"理论亦是如此。将其绝对化,片面强调文学创作的新奇性,就会从标新立异走向哗众取宠。但如果将其作为文学语言创造的一个特征来认识,那这一理论是有意义的。此外,对于这一理论的认识,还要将其置入历史语境中加以考察。所谓"反常化"理论,是针对人们已经形成的阅读、欣赏的习惯和规范而言的,所以,它是一个相对性概念,要历史地加以理解。

三 雅各布森的"文学性"理论

罗曼·雅各布森(Роман Якобсон)是20世纪文学理论史上最为重要的理论家之一。他的语言学、符号学和文学理论研究,贯穿了俄国形式主义和结构主义文学理论,影响了一大批文学理论家思想的形成。布拉格学派、法国结构主义和英美新批评这些不同流派的文学理论家,诸如穆卡洛夫斯基、列维-施特劳斯、韦勒克等人,分别得到过雅各布森的亲身教诲。这更加说明了雅各布森理论的重要性、原创性和影响力。如果说什克洛夫斯基的"反常化"理论还仅仅停留在知觉层面对文学艺术进行分析的话,那么,雅各布森的"文学性"理论则更富有深刻性、系统性和创造性。对什克洛夫斯基而言,文学还是作为被感知的对象而存在的;雅各布森则将这一理论推进了,他从语言功能入手,进一步论证了"反常化"理论的合法性。"文学性"(Литературносто)概念的提出和语言的诗性功能的研究,是雅各布森对文学理论的突出贡献。

1. "文学性"理论及其意义

"文学性"问题是俄国形式主义文学理论的中心问题。俄国形式主义文学理论力图建立科学的文学理论研究体系,而一门学科科学性的重要标志就是研究对象的确立。文学研究要成为一门科学这一观念,迫使俄国形式主义者努力寻找文学的普遍特点。确定文学的研究对象是文学科学的主要任务之一。如我们在前面一再谈到的那样,在俄国形式主义文论看来,文学研究的对象既不是文学作品,也不是文学作品中的哲学和宗教内容,而是文学作品中的材料,以及将这些材料组织成为审美客体的艺术程序。因而,文学科学的对象,就应当是文学作品区别于其他一切材料的特性之所在。雅各布森明确申论,文学科学的对象是"文学性"而不是整体的文学或个别的文学文本,是使文本成为艺术品的技巧或构造原则,只有使一部既定作品成为文学作品的特性,才是文学研究的真正对象。他说:

> 文学科学的对象不是文学,而是"文学性",也就是说使一部作品成为文学作品的东西。[22]

在雅各布森看来,一般的文学史家往往无所不用,在文学研究过程中,诸如个人生活、心理学、政治学和哲学的东西,都能凑到一起,看似内容宽泛,知识广博,其实这些只是雕虫小技而已,并不是真正的研究文学事实的文学科学。这里说的这些,其实每一种对象都分别属于某一学科,如政治史、哲学史、文化史、心理学等等,而这些科学理所当然地也可以将文学作为自己不完善的、第二手的研究材料。所以,只有"文学性"才是真正地面对文学事实,才是文学科学应当研究的课题。

"文学性"概念的提出,在文学理论史上具有重大意义。在文学理论研究中,"文学性"概念具有本体论和方法论价值,它决定了文学理论的研究对象、研究范围和研究方法。同时,它的提出,为文学理论学科的建立也提供了重要的思想资源。换言之,"文学性"概念所揭示的问题域,其本身所蕴含的功能及其意义,已经预设了文学理论研究的思考方式和研究途径。自俄国形式主义开始,"文学性"就成为其后任何一个文学理论流派都无法回避的问题。"什么是文学?"已经成为文学理论研究不得不去面对并需要给予解答的本体性问题。

对于"文学性"问题的重要意义,美国学者乔纳森·卡勒曾专门有所论述。他说:"文学性的定义之所以重要,不在于作为鉴定是否属于文学的标准,而是作为理论导向和方法论导向的工具,利用这些工具,阐明文学最基本的风貌,并最终指导文学研究。"[23]

根据卡勒的考察,真正关于文学的现代思考,只可以上溯两个世纪。直到19世纪,在欧洲语境中,"文学"还仅仅意味着"文章"或者书本知识。在莱辛1759年发表的《关于当代文学的通讯》一书中,"文学"一词才刚刚包含有现代意义的萌芽,即指现代的文学生产。1800年,法国斯达尔夫人《从文学与社会制度的关系论文学》,则真正标志着"文学"的现代意义的确立。"然而,直到文学批评和专业文学研究的兴起,文学特殊性和文学性的问题才真正提出来了。19世纪末以前,文学研究还不是一项独立的社会活动,人们同时研究古代的诗人和哲学家、演说家——即各类作家,文学作品作为更广阔意义上的文化整体的不可分割的组成部分而成为研究对象。因此,直到专门的文学研究建立后,文学区别于其他文字的特征问题才提出来了。提出问题的目的,并非一味追求'区分'本身,而是通过分离出文学的'特质',推广有效的研究方法,加深对文学本体的理解,从而摒弃不利于理解文学本质的方法。"[24]卡勒的这种分析,无疑是比较公允的。因此,从历史的角度来看,雅各布森"文学性"理论的提出,可以说是文学理论自身发展的内在的必然的结果,是文学理论走向现代、走向成熟的一个重要标志。

那么,究竟是什么构成了文学的"文学性"呢?通过分析可以知道,对于俄国形式主义文学理论而言,"材料"和"程序"构成了其"文学性"的核心范畴。文学作品的材料就是语言。语言的特点和结构形成了文学作品的结构基础。这样,对"文学性"问题的关注,也就成了对语言尤其是诗歌语言的关注。在这个问题的研究上,作为语言学家的雅各布森,其贡献是卓著的。

2. 语言学与诗学问题

究竟是什么使得一段语言的表达和陈述成为艺术性的文学作品呢?显然,仅仅依靠"文学性"这一概念是无法解释清楚的。这里,更为重要的是对于"文学性"问题的具体的理解。对此,雅各布森曾经说过:

> 文学性,换言之,从言语到诗学作品的转换以及实现这个转换的系统手段,这就是语言学家在分析诗歌时要发挥的主题。[25]

这说明,雅各布森强调的是"从言语到诗学作品的转变"及其实现这一转变的"手段",应当成为理论研究的重点。这些"手段"是什么呢?就是诗人用来使读者感知言语本身,而不是把言语作为事物或者概念的简单替身来对待的所有方法。这些方法包括:辞格、时空游戏、独特的词汇、句子构造、修饰语、谐音、同义和同音以及押韵等等。这种观点,确立的是文学的独立性和自足性。在这里,内在涉及到的是两个重要命题,一个就是俄国形式主义者们一再强调的"日常语言"和"诗歌语言"的区别;另一个就是对"诗歌语言"的研究。如果说,什克洛夫斯基的"反常化"理论,已经为第一个命题提供了理论依据的话,那么,对第二个问题的解答就成为了雅各布森理论研究的中心。

移居布拉格之后,雅各布森的理论逐渐同以索绪尔为代表的现代语言学理论结合起来,并逐步走向了结构主义理论。在他看来,"诗学研究语言结构的问题,正如对画的分析要涉及画的结构一样。既然语言学是一门关于语言结构的普遍性的科学,诗学就应当被视为语言学的不可分割的组成部分"[26]。

对于将语言学同文学理论研究结合起来,人们存在着不同程度上的误解。对此,雅各布森进行了分析并予以反驳。人们常说语言学是科学,而文学研究最重要的是评价。谈到评价,又自然涉及到价值判断。为此,雅各布森提醒道,任何的语言行为都是指向某一个目标的,尽管这些目标并不一致,而对于如何使各种用来达到所期望的结果的手段达成一致,才是研究各种不同语言传达形式的研究者们所关心的问题。作为文学批评,它是对文学作品内在价值的描述和对文学创作的个人宣言,其中往往塞满了批评家个人的趣味和看法,这些并不能代替对语言艺术的客观的学术性的分析,所以,用文学批评家的标准来衡量文学理论家是错误的、荒谬的。文学批评家追求的是个人的主观性的自由展现,而文学理论家追求的则是认识其对象的科学性。

雅各布森认为,对语言的研究必须涉及它的多种功能。诗学研究的是语言的诗性功能,它只是语言的多种功能中的一种。

在讨论语言的诗性功能之前,他认为有必要了解诗性功能同语言的其他功能的关系,以及它在语言的整体功能之中所处的位置。雅各布森将某个"言语"事件或者某一种语言传达行为的构成要素划分为六种,这六种要素可以以图表的形式表示:[27]

$$
\begin{array}{c}
语境(context) \\
信息(message) \\
发送者(addresser)\cdots\cdots\cdots\cdots接收者(addressee) \\
接触(contact) \\
信码(code)
\end{array}
$$

任何信息的交流都是从发送者开始的,其终点是信息的接收者。但是,这一过程并不能想象得那样简单。因为信息需要的是发送者和接收者之间的接触,接触的方式可以是视觉的、口头的、电子的或其他的某种形式;而接触又必须以信码作为自己的形式,如语言、文字、图像等;与此同时,信息要想生效,就必须要有某个语境,因为只有语境才能使信息具有发送者和接收者都能理解的意义。雅各布森的理论,将语言的功能问题充分揭示出来。在这一理论中,信息不可能提供交流的全部意义,语境、接触手段和信码都能决定意义的生成,每一个要素的变化,都可能引起意义的变化,从而影响交流。因此,这一理论表明,意义并非稳定的实体,而是在交流过程中具有可变性。因为在交流的过程中,这六种要素并不是处于平衡状态。为此,雅各布森强调:

> 这就是说,虽然我们可以区分出语言的六个基本方面,但每一种语言信息都很难说仅具有一种功能。这种多样性并不取决于这许多功能中的某一种而是取决于有关功能的另一种完全不同的等级序列,某种

信息使用何种语言结构,首先要看占支配地位的功能是什么。[28]

这也就告诉我们,交流活动在某一情境中可能倾向于语境,在另一个情境中又可能是信码占据支配的地位。与语言的六个要素相对应的是语言的六种功能,它也可以以图表的形式表示出来:[29]

指称的(referential)
诗的(poetic)
情绪的(emotive)……………意动的(conative)
交际的(phatic)
元语言的(metalingual)

这其中,诗的功能应当是狭义的诗学研究的主要内容。但需要注意的是:

> 诗的功能并不是语言艺术的唯一功能,而是它的主要的和关键性的功能。而在其他的语言行为中,它只能作为一种附加性的和次要的成分而存在。这样一种功能,通过提高符号的具体性和可触知性(形象性)而加深了符号同客观物体之间基本的分裂。因此,在研究诗的功能时,语言学家不能把自己仅限于诗歌的领域。[30]

这里,体现出了雅各布森最基本的理论研究取向:强调语言学对诗学研究的重要性;强调诗的功能是增强符号的具体性和形象性;同时表明,在他看来,文学语言不是指称性的,所以它的功能不是让读者借以寻找作品的主题,而是指向其自身;而对于"文学是什么"的问题,他的答案也是一以贯之。在他看来,"诗"的唯一要素就是语言的表达功能。他说:"我把语言物质的这种表达企图称为诗的唯一的、基本的要素……诗不是别的,而是一种旨在表达的话语"。"诗这概念的内容是不固定的,它随着时间而变化,但是诗学功能,诗性,却像形式主义批评家所指出的那样,是一个独特的成分……但诗性是怎样表现出来的呢?这就是只把语词作为语词,而不是把它作为被指称的事物的替身或感情的爆发来对待"。[31]

不过,随之而来的一个问题就是:那些被我们所感受到的具有诗的功能的语言,其衡量标准又是什么呢?对此,雅各布森的答案是从语言行为的两个最基本的结构模式入手的。雅各布森指出,任何语言符号都包括选择和组合这两种基本结构排列模式。这两个结构模式分别属于共时性和历时性两个维度,用数轴的形式表示,即:

```
选择的/共时性（隐喻）
        ↓
        └──→ 组合的/历时性（换喻）
```

对于语言的这两种结构模式的理解，雅各布森举了一个例子：比方说，将要发生的语言行为是关于儿童的，那么说话者就必须从现有的同"儿童"多少有些类似的名词（如小孩、娃娃等）中选取一个，而这些类似的词之间必然有某方面的联系，这就是选择性结构。此外，为了谈论这一题目，还要选取一些在语义上相类似的动词，使之与选择好的名词相结合，组合成为一个句子，选择的标准是名词间的同义或者反义以及相似性，而组合根据的则是邻近性原则。正是借助于语言的这两种结构功能，语言的诗性功能才突显出来。他说，"诗的功能则进一步把'相当'性选择从那种以选择为轴心的构造活动，投射（或扩大）到以组合为轴心的构造活动中"[32]。在共时性的层面上，是联想式的隐喻，比如"汽车甲壳虫般地行驶"，这就是一种相似性和类比性原则；在历时性的层面上，是横向的邻近性原则的组合关系，比如"白宫在考虑一项新政策"，用"白宫"来比喻总统。不难看出，隐喻和换喻的二元对立模式，正是索绪尔语言学中提出的语言的共时性模式和历时性模式的二元对立的一种表现。这其中，相似性原则也就是隐喻，构成了诗歌语言的基础；而转喻，则和现实主义文学关系密切。雅各布森明确地说过："诗性比喻的研究大体被引向了隐喻，而所谓的现实主义文学，它与转喻原则紧密相连。"[33]

雅各布森从语言学入手，分析了诗的功能形成的结构模式，这是他的理论成果。但是，运用这一理论分析某些艺术作品是有问题的。比如说，在广告和宣传品中，大量出现的语言的隐喻和换喻使用，这又应当如何理解呢？对此，雅各布森的回答是："广义上的诗学，不仅研究诗歌中诗的功能（在这里，这种功能高于语言的其他功能），而且研究诗以外的诗的功能（在那里，语言的其他功能高于诗的功能）。"[34]这就把诗学泛化了。

除此以外，雅各布森还提出了"主导"这一概念，用来完善他所提出的语言的功能理论。雅各布森指出，"主导"是"一件艺术品的核心成分，它支配、决定和变更其余成分。正是主导保证了结构的完整性"[35]。"主导"概念的提出，是对语言的多种功能理论的进一步补充，同时，它使人们认识到，"一部诗作不单限于美学功能，另外还有许多其他的功能"[36]。"主导"这一概念的提出，是雅各布森对什克洛夫斯基"反常化"理论的完善。一部文学作品的"主导"要素是什么？毫无疑问,按照俄国形式主义文学理论的解释,应当就是"反常化"。此外,雅各布森还将"主导"的概念放大到对诗歌和文学演变的历时角度来认识。他将文学作品视为一个结构系统,而"诗的形式的演变,与其说是某些因素消长的问题,不如说是系统内种种成分之间相互关系的转换问题,换句话说,是个主导成分转换的问题。"[37]这里,我们已经可以初步看到后来结构主义文学理论的影子。"主导"概念的提出,确实有助于人们从理论上理解文学艺术在文化领域中的变化问题,比如,在某个时期,有些文类处于文学之外,而在另外一些时期,它们却有可能成为文学的重要组成部分。后来的布拉格学派和结构主义文学理论,也都是将文学视为由符号所组成的整个文化系统的一部分。如果联系到这一点,那就不难理解雅各布森的关于语言的诗性功能理论和他的文学思想所产生的深远影响了。

四　其他俄国形式主义者的理论

除了什克洛夫斯基和雅各布森,俄国形式主义文学理论的其他代表人物,在理论研究上也有自己的个性。这里,我们要介绍的理论家有:

1. 托马舍夫斯基

鲍里斯·托马舍夫斯基(Борис Томашевский)是俄国形式主义文学理论家中的重要成员,也是苏联时期的著名语言学家。托马舍夫斯基的文学理论同什克洛夫斯基较为接近,但又有所不同。他对"文学"的定义较为开放和灵活,对文学理论和语言学之间的关系也做了必要的区分。

(1) 诗学的任务及实用语言和艺术语言的区分

俄国形式主义的突出特点就是借鉴语言学理论进行文学理论研究。对此,托马舍夫斯基认为:"在一系列科学学科中,文学理论更为接近于研究语言的学科,即语言学。有一系列边缘科学问题,既可算作语言学问题,又可算作文学理论问题。但还存在着一类只属于诗学的专门问题。"[38]这种观点的提出,是建立在他对语言分析的基础之上的。在托马舍夫斯基看来,使用语言和言语通常是出于人类交际的目的,使用语言的实际范围构成了日常会话。在日常会话中,语言是交际手段,而通常人们注意的却是交流的内容,词语达到交谈双方的目的后就被遗忘了。所以,实用语言存在于它所产生的条件之中,由会话时刻的状况,交谈双方的目的、相互关系、相互理解的程度以及交谈过程中的可变因素等决定,因此,实用语言是不可重复的。但与此同时,还存在着一些同实用语言不同的文字结构,这些文字结构的意义不仅不取决于产生时的状况,而且它还成为一种模式,模式产生后就不会再消失,它能够被反复使用,在不断的反复中再现,从而得以保存下来而不消失原意。托马舍夫斯基将这种被固定化了的、被保留下来的语文结构称为文学。他说:

> 所有成功地找到最简单形式的、能被牢记和不断重复的表达就是文学作品。如格言、谚语、俗语等等都是这类表达。但通常说来,文学作品是指较大规模的结构。[39]

这里不难看出,托马舍夫斯基对文学的定义是比较宽泛的,在他的论述中,包含了对文学的狭义和广义的两种不同认识。在他看来,文学作品能够用不同的方法固定下来,比如说书面文学和口头文学。这也表明他对这一问题的论述,还没有我们在前面提到的雅各布森所提出的"主导"概念概括得更为准确。

(2) 主题

除了一些实验性的文学创作,一般地讲,任何一部作品都有自己的主题,文学创作常常是围绕着主题进行的。俄国形式主义文学理论似乎对文学的主题并不关注。但对于这一问题,托马舍夫斯基有着自己的看法,并提出了一些重要的概念。

什么是主题?托马舍夫斯基认为,在创作过程中,各个单独的语句根据各自的意义彼此组合起来,形成一定的结构,在这个结构中,有某种因素将语句联系到一起,这个因素就是主题。所以他说,"一部作品中各个具体要素的含义构成一个统一体,这便是主题(就是所说的内容)"[40]。在托马舍夫斯基看来,整个作品有自己的主题,而作品的每一部分也都有自己的主题。当一部作品根据其要揭示的主题写成的时候,它就具有了统一性。

我们知道,在俄国形式主义理论中,是形式、艺术手法和手段,而不是作品的内容构成了艺术的中心问题。如此看来,托马舍夫斯基在此所强调的"主题"是否与此理论主旨相违背呢?这是问题之所在。

选择主题和设计主题,是文学创作过程的两个重要阶段。作者对主题的选择取决于主题在读者中得到的反应。但"读者"这一概念是抽象的,它只是出现在作者意识中的一个形象。对读者的关注是通过"兴趣"的概念来表达的。"兴趣"可以有各种不同的形式。在托马舍夫斯基看来,对技巧、艺术手法的关注,是作家和读者最习以为常的兴趣,这也是文学发展最强有力的动力。当然,对现实、生活的关注确实也是一种主题,但是这种现实性的主题可能只是出于一时的兴趣,过后就不再重要了,因为它的重要性是有限的,它不能够满足读者不断变化的兴趣。但是,这并不等于否定作品现实性的重要,而是要对它进行正确的理解。托马舍夫斯基强调,产生文学作品的时代对于主题的兴趣来说具有决定性意义。但是,现实性不等于对当代生活的再现,虚构的乌托邦小说,遥远时代的历史题材,都能构成现实性的主题。

"主题"在文学作品中的统一性,是通过对一些小的主题要素的顺序安排来实现的。托马舍夫斯基提出了"本事"和"情节"的概念。所谓"本事",就是在整个文学作品中,读者所知道的彼此互相联系的全部事件;而"情节"虽然是事件的展开,但它遵循的是事件在作品中出现的顺序。简单地说,"本事"就是实际发生过的事情,而"情节"则是读者了解这些发生过的事情的方式。"本事"在作品中的安排,可以按照因果关系的顺序展开,也可以按照自然顺序、时间顺序等展开,它自身并不受作品写作方式的制约。

我们可以发现,托马舍夫斯基在对"主题"的研究中,最终还是回到了俄国形式主义理论的中心问题上。另外,托马舍夫斯基还提出了"动机""理由""文学类别"等概念,对"主题"问题进行了细致深入的探讨。这在某种程度上弥补了俄国形式主义文学理论对文学作品内容方面研究的不足。

2. 迪尼亚诺夫

尤里·迪尼亚诺夫(Юрий Тынянов),是又一位俄国形式主义的重要理论家。如果说,托马舍夫斯基的理论观点是什克洛夫斯基的同调的话,那么,迪尼亚诺夫则是雅各布森文学理论的热情拥护者。迪尼亚诺夫的文学理论注意到了俄国形式主义同社会生活相割裂的弊病,同时,他的思想也是俄国形式主义文学理论走向结构主义的前奏和重要推动力量。

在迪尼亚诺夫的眼里,文学研究面临着两个困难:一个是材料的困难,即通常人们用词和语言来表示;另一个困难是文学作品的结构原则。

对于第一点,迪尼亚诺夫提出了一种看法,他认为"艺术和生活的联系"这种提法并不确切。在他看来,艺术也是一种"生活",比如友人之间的书信往来,一些日常言语中的插科打诨等。但这些并不是文学事实,它们只是艺术生活。艺术生活也是生活的一部分,但与文学并没有直接的联系。

他说:"凡是生活进入文学之处,它就成为了文学,并且要像文学那样进行评价。"[41]但这种观点并不代表要割断文学同生活的关系。迪尼亚诺夫曾经特意强调:"如果我们局限在预先隔绝起来的文学系列中研究演变,我们就会随时遇到广义上的文化、社会、存在等临近系列的问题,因此我们的研究必然是不全面的。"[42]

关于文学作品的结构原则,迪尼亚诺夫认为,所谓的材料,毕竟还是属于形式的东西。如我们在第一部分所言的,对俄国形式主义者来说,"内容"和"形式"的划分是不准确的,是"程序"将材料组织起来,并进而融合为一个审美结构系统。对作品结构系统性的理论主张,是俄国形式主义的重要观点之一。但需要注意的是,这一结构并不是静态的,而是动态的。"作品的统一不是对称的、封闭的整体,而是展开的动态的完整;它的各个要素不是由等号或加号联系起来的,而是用动态的类比和整体化符号联系起来的。"[43]这种动态的形式并不是各个组成部分的简单相加或者融合,而是它们之间的相互作用。艺术就是靠这种相互作用和冲突而存在的。如果脱离开这种各个要素服从于结构的原则,以及由这些结构要素的变形所产生的那种"反常化"感觉,艺术事实上也就不存在了。

对于文学作品的结构原则,必然需要在文学的演变中来认识,因为仅仅对一部作品进行孤立的研究是无法正确判断和谈论它的结构的。"研究具体事物及其结构的规律而不考虑历史的方面,这就等于取消了文学史。"[44]所以,迪尼亚诺夫对文学的演变也提出了自己的见解。他认为有两种类型的文学史研究:一种是关于文学现象起源的研究;一种是关于文学变化性的研究,也就是关于文学系列演变的研究。迪尼亚诺夫从事的是第二种类型的文学史研究。

在迪尼亚诺夫看来,文学史研究中所谓的"传统",不过是某一种体系中的有一定用途、起一定作用的一个或者几个文学要素的不合理的抽象,是对在其他体系里的具有另外用途的同样的要素的缩减,缩减之后,突出了那些有一定用途、起一定作用的文学要素,根据这种要素组成了文学演变系列。所以,这种研究结果得到的只是一个虚假的统一系列。因此,对于文学的演变和传统问题,都应该重新考虑。那么,重新思考的理论前提是什么呢?迪尼亚诺夫强调:"要分析这个根本问题,就应先承认文学作品是一个体系,文学也是一个体系。只有在这种约定的认识基础上,才能建立起文学科学。"[45]值得注意的是,迪尼亚诺夫将文学视为一种体系,是现实中存在的诸多体系中的一种。同样的,在文学体系内部,文学事实的体系也并不是唯一的。在同一体系内部,某个要素和其他要素的相互类比、相互联系、相互作用的可能性,构成了它的积极功能,这类似于雅各布森所说的"主导"要素。同样,不同体系之间也存在着类比关系,因为一个要素、一种文学事实的存在,往往取决于它同其他要素之间的差异性,这种差异性也就是它的积极功能。功能是变化的,但不会消失。在某些时刻,积极功能会转化成为辅助功能,而辅助功能则有可能转化为积极功能,因此,对文学的理解也就会发生变化。一种类型或体系同其他类型或体系的类比,常常会导致这种类型的变化。对此,迪尼亚诺夫以诗和散文的类比关系,作为文学演变的例证。

根据"主导"概念,迪尼亚诺夫认为,既然体系不是在各种组成要素平等的基础上建立的,而是凭借主导因素获得文学功能的,那么,所谓的演变就是功能和形式要素的变化,是各个体系的替代,而这种替代的前提就是创造新的形式要素的新的功能,这种新的创造就是"反常化"效果。根据这种观念,迪尼亚诺夫在《文学现象》中这样指出:"文学现象是不合常规的,在这个意义上讲,文学是非线性发展的系列。"[46]也就是说,文学并没有一成不变的定义。从前不是文学现象的,在某一时代可能会成为文学现象;反过来,从前是文学现象的,在某一时代可能就不是文学现象了。"类似文学这种现象的存在决定于它的不同性质(即与文学类型或超文学类型的关系),换句话说,决定于它的功能。在某一时代是文学现象的到了另一时代则成为公众语言的日常现象,相反,这一现象却与总的文学系统相适应,在总的文学系统中得到发展。"[47]

迪尼亚诺夫的理论观点,代表了俄国形式主义所提出的一种新的文学史观。在这种文学史观看来,文学史上新的形式或文体在最初出现的时候,常常要反抗旧的形式或文体,但这种反抗并不是作为旧的文体或形式的对立面而出现的,而是对文学性要素的重新组合。这一过程,也可以用什克洛夫斯基的"反常化"理论加以解释。

此外,雅各布森和迪尼亚诺夫合作的《文学与语言研究诸问题》,是一篇重要的文献。这篇文章明确地肯定了索绪尔语言学中的某些观点对文学理论研究的重要性,是俄国形式主义文学理论最重要的自我反省和理论推进。这篇文章篇幅短小,蕴含的内容却很丰富。其主要观点包括:

一、强调俄国文学和语言科学面临的迫切问题,是使其理论基础精确而可靠。

二、对于文学中所使用的种种文学性和非文学性的材料,只有从功能的角度考虑,才能纳入科学的轨道。

三、共时性与历时性的对立观念,成为文学研究的重要理论假设,"系统"和"结构"的概念取代了传统的对材料机械堆积的概念。历时性的概念取代了共时性的虚幻认识。

四、"语言"和"言语"的概念具有重要意义。它使得文学理论研究可以将其标准从个体话语表述的关系中清理出来。

五、要揭示文学或语言历史的内在规律,使得确定文学系统中每一种特殊的变动特征成为可能。

不难看出,这篇文章确实体现了雅各布森和迪尼亚诺夫两人的一贯思想,同时也体现了一种将形式主义理论同现代语言学最新成果结合起来的趋势。该文中所提到的理论基础问题、功能问题、共时性与历时性关系问题、系统和结构问题,以及"语言"和"言语"的关系问题等,几乎包括了后来的结构主义文学理论的各个方面。

五　普罗普的叙述学研究

就其理论活动而言,弗拉基米尔·普罗普(В. Я. Пропп)并不是俄国形式主义的代表,但是,他的理论研究却对俄国形式主义文学理论乃至后来的结构主义文学理论产生了重要影响。所以,在某种程度上,普罗普的理论可以视为俄国形式主义在具体理论研究中的应用。

普罗普在对俄罗斯的100多个民间故事进行分析以后,于1928年发表了《民间故事形态学》[48]一书。这是20世纪20年代俄国文学理论中最有影响的著作之一。该书应用形态学的分析方法,对俄国民间故事的构成因素、构成因素之间的相互关系以及这些构成因素同整体的关系问题进行了研究,进而,找到了这些民间故事的叙事结构。学界一般认为,该书是结构主义叙述学的先驱。在20世纪60年代兴起的结构主义叙述学,其代表人物布雷蒙、格雷马斯等人的研究,正是沿着普罗普的方向前进的。而法国"结构主义之父"列维-施特劳斯的神话学研究以及结构主义理论,更是建立在普罗普的民间故事研究的基础之上。

普罗普对以往的根据人物的特征划分民间故事类型的研究方法不满意。在他看来,民间故事纷繁复杂、形态各异,故事中的人物千变万化,很难找出可以作为分类用的可参照的不变因素。传统的研究常常以故事的内容,即描写的对象或者"母题"作为分类标准。以描写的对象为标准,民间故事包括日常生活故事、动物故事、幻想故事等等;以"母题"为分类标准,民间故事则包括毒龙战斗、三兄弟、诱拐等不同的"母题"。普罗普认为,这些分类方法,将描写对象作为分类标准并不精确,常常存在着互相交叉的故事;而"母题"的描写又是随意的,并不是基于实际的民间故事的分析,只是基于研究者的直觉或者理论想象。因为,没有一个"母题"是不可分解的,如果继续划分的话,还有比"母题"更小的单位。同时,各种"母题"又有可能互相交织在一起。这就说明,需要在理论上对民间故事的构成因素进行更为科学、准确的划分。

普罗普指出他的研究方法是:"我们将对那些故事的主题进行比较。为了比较起见,我们将采取特殊方法分离童话故事的组成部分;然后我们将根据它们的组成部分对这些故事进行比较。其结果将是一种形态学(即根据故事的组成部分和这些方法之间及它们与整体的关系对故事的一种描述)。"[49]用什么方法才能取得对故事的精确描述呢?普罗普认为,分类的前提是对不同的民间故事进行比较,在比较中能够发现故事的基本要素。为此,普罗普比较了不同故事中的几组事件:

1. 沙皇给了英雄一只鹰,鹰便把英雄带到了另一个王国。
2. 老人给了苏桑寇一匹马,马则把苏桑寇带到了另一个王国。
3. 魔法师给了伊万一只小船,船则把伊万带到了另一个王国。

在这几组事件中,既有恒定不变的因素,也有许多可变的因素。在这些事件中,人物的名字和特征都有可能发生变化,但是他们的行动和功能却是不变的。所谓的功能,就是根据人物在情节过程中的意义而规定的人物的行为。所以,一个故事常常把相同的行动赋予不同的人物,这就使得根据故事中人物的功能来研究故事成为可能。为此,普罗普得出结论:

1. 人物的功能可在一个故事中充当恒定、不变的成分,它们并不因为由谁来实现而改变。它们构成了一个故事的最基本的组成成分。
2. 童话故事中已知功能的数量是有限的。[50]

在普罗普的方法中,是功能构成了所有民间故事的组成因素。由此,他认为,构成民间故事基本单位的不是"描写对象",不是"母题",而是故事中人物的"行为功能"。通过对功能的研究他发现,这些故事在表面上,看似没有任何关系,但究其实质,却总是可以相互吻合的。既然功能构成了故事的基本要素,为了对功能进行更为科学和细致的分析,首先就要在研究中排除掉角色,因为角色存在的作用只是用来支撑功能的存在而已。要分析功能,还应重视它在整体叙述中的位置。因为在普罗普看来,作为一个整体,故事是一个稳定的叙述体系。根据普罗普的研究,民间故事中的人物的行动功能有31种。对于每一种功能,普罗普都用一个字母或者符号来代替,这31种功能,按照严格的、不可变易的顺序,形成了一个结构。不过,需要注意的是,"并不是所有的故事都具有全部的功能,但是缺少其中某几项功能并不影响其他功能的延续顺序。全部功能构成一个体系,一个组合。这个体系恰好是极其稳定和广泛的。"[51]

那么,在哪些故事的分类和不同叙述的序列中可以碰到这些功能呢?普罗普指出,事物的序列有其自身的法则,功能的序列总是相同的、一致的。就故事而言,它有其自身一整套特殊而又具体的法则。成分的序列也是严格一致的,虽然在具体的故事中,功能的展开次序可能省略或者重复,但最终这个序列中的每个要素的自由,还是要受其确切的、极其狭窄的限定所约束。换言之,每一个故事都有它自己的公式,每一个叙述都可以简约为一个公式,这些公式就好像化学公式一样,按照连续的自然序列,将代表各种功能编号的字母或者符号排列起来。这样,故事只是一种以恒定的、连续的序列,将有限的功能转化为语言的叙述。

显然,这里存在的问题是,既然整个故事被分解成为功能的序列,那么总要有一些不是功能的剩余部分,应当如何处理这些部分呢?普罗普认为,可以将它们分为两类:一类是"连接成分",另一类是"动因"。"连接成分"确立了故事中两个角色之间或者一个角色同另外一个物体之间的某种关系;"动因"则引发出某个行为的全部理由和目的。在具体的故事中,一个角色常常会承担好几种功能,所以,对于角色也可以从功能的角度来划分。这种划分,根据的不是单一的功能,而是功能的序列。每一个功能序列就是每个角色的行为范围。在这个基础上,普罗普把故事中的角色又概括为七种。这七种角色包括:反面人物、捐助者、有魔力的行为者、被寻求者、差遣者、主人公和假主人公。比如,"主人公转移"—"消除缺乏"—"营救"—"解决困难任务"—"主人公改变面貌",这一功能序列就规定了有魔力的行为者的行为范围。当然,在一个故事中还有其他角色,这些角色没有什么功能,这些就是前面所说的属于"连接成分"的部分。

普罗普在其研究过程中,找到了几种类型故事的功能模式,然后又将这些类型故事的功能模式综合成为一个最基本的叙述结构模式。在他看来,理论上讲,所有的民间故事最终都是一个最基本的叙述结构模式的不同变化形式。显然,这是一种具有鲜明的结构主义倾向的理论。普罗普的这种强调结构和功能的理论观点,成了后来结构主义文学理论所探讨的重要内容。

普罗普的民间故事研究方法,具有很强的实践操作性。但同时也要看到,他的这种理论研究毕竟是十分粗陋的。在分析比较简单的民间故事时,还算实用,但要分析复杂的故事时,就难免捉襟见肘了。不过,正是他的这种方法,给后来的研究者开辟了道路。到结构主义叙述学阶段,其研究范围就已经扩大到整个的叙述领域了。从这一点来看,普罗普在叙述学领域和神话学研究中的开创性,是有着筚路蓝缕之功的。

六　对俄国形式主义文学理论的评价

俄国形式主义是俄国20、30年代最有原创意义的文学理论,在西方现代文学理论史上占有重要地位。俄国形式主义旨在创立独立的文学研究学科,基于这一目标,它的基础工作就是确立文学研究的对象和方法。所以,它提出了一系列的原创性概念,诸如"文学性""反常化""诗歌语言""日常语言""材料"和"程序"等,对后来的文学理论产生了极其广泛的影响。

可以说,俄国形式主义是西方文学理论走向现代形态的开始。同时,由于这一流派自觉地借鉴现代语言科学的研究方法,也是20世纪文学理论"语言学转向"的开始。加拿大文学理论家诺思罗普·弗莱曾经说过:"文学是人文科学的中央分水岭,它的一侧是历史,另一侧是哲学。鉴于文学自身不是一个有组织的知识结构,批评家必须在史实上求助于历史学家的概念框架,而在观点上则求助于哲学家的概念框架。"[52]将文学研究置于历史和哲学的语境中,这代表了对文学理论和文学研究的传统认识。但是,俄国形式主义文学理论则打破了这种认识,它既不求诸哲学,也不转向历史,而是让文学面对自身——语言问题。这一转向是深刻的、意味深长的。它的首要的影响就是,自此之后,确立自己研究的中心对象、明确理论的科学性追求,成为文学理论研究的自觉意识。这对文学理论的学科化进程,作用是很大的。对于这一点,前面已有所论及,这里不再赘述。另外的重要影响就是,人们开始重新审视文学与哲学、文学与历史、文学与语言的关系,尤其是到了后来的解构主义和新历史主义,不再是哲学和历史决定了文学,而是历史和哲学变成了文学写作,这些都可看做是俄国形式主义理论研究的转化或变异。如果没有俄国形式主义文学理论"语言学转向"的开始,这些理论的提出也许将会是另一番图景。

长期以来,对于俄国形式主义文学理论的贡献存在着一些不正确的认识,甚至是一些比较尖锐的片面的指责。比如说,"形式主义"这一名称,就是被强加在这一流派头上的。雅各布森曾经为此辩解说:"'形式主义'这种说法造成一种不变的、完美的教条的错觉,这个含糊不清和令人不解的标签,是那些对分析语言的诗歌功能进行诋毁的人提出来的。可是,对于任何文学或科学运动来说,首先应依据创作的作品来评判,而不是根据运动的宣言的华丽词藻来判断,而且鲍·艾亨鲍姆也曾多次重复这一点。然而遗憾的是,人们在讨论'形式主义派'的总结时,总是把这一流派的开拓者们自负而天真的口号与其科学工作者创新的分析和方法混为一谈。"[53]这种看法是比较符合俄国形式主义文学理论的实际,也是值得对它持尖锐批评态度的人深思的。

这一点,在俄国形式主义文学理论的发展中也可以得见。比如,什克洛夫斯基曾经宣布:"艺术永远是独立于生活的,它的颜色从不反映飘扬在城堡上空的旗帜的颜色"。[54]这一观点,后来一再为人所诟病。但事实上,俄国形式主义者如雅各布森、迪尼亚诺夫、艾亨鲍姆等人,从来就没有否定过文学与社会的关系,强调文学研究的独立性并不意味着切断这种联系。这也正是下一个需要谈到的问题。

对俄国形式主义文学理论的第二个批评就是指责它是"为艺术而艺术"的唯美派。雅各布森对此也进行过辩驳。他说:"据说,这一流派(形式主义)……主张为艺术而艺术并且在步康德美学的后尘……实际上,不论是迪尼亚诺夫、穆卡洛夫斯基、什克洛夫斯基还是我本人,都没有主张过艺术只为它自己。"[55]事实上,以雅各布森为代表的俄国形式主义者的观点,只是认为艺术本身是自足的系统,是不同于社会生活的另一系统,他们并没有否定文学所产生的外部条件。所以,简单地说他们"为艺术而艺术"是不确切、不恰当的。对这一问题,还是托多洛夫的分析比较客观,他认为"形式主义诗学涉及的是文学中语言的功能(或者音乐中声音的功能等)问题;为艺术而艺术涉及的却是文学或艺术在社会生活里的功能问题"[56]。

当然,俄国形式主义自身的理论趋向,难免使之陷入"形式主义"的危险之中。正如巴赫金后来对俄国形式主义理论所作的评论那样,他说:"文学作品的形式不可归结为修辞手段的总和。文学创作中的形式,不是几何的机械的概念,而是有目的的、有目标的概念。形式不仅是实有物,更是预设物;而手法只是形式目的性的物质体现之一。每一修辞手法或所有修辞手法的总和,都是一部作品、一个学派、一种风格实现完整而统一的创作任务中的功能表现。"[57]他还认为,"真正科学的艺术理论,在文学创作领域则是理论诗学和历史诗学"。[58]同样的,俄国形式主义者所提出的"程序",其产生的"效果",归根到底还是由它在这部艺术作品中的功能决定的,而这个功能也超出了形式主义的边界,远不是声音、韵律等语言的"反常化"运用所能实现的。"技巧"的使用在文学创作中固然重要,但文学创作毕竟不只是语言的技术运用问题。此外,"程序"这一概念也过于抽象,虽然后来的结构主义文学理论走向了比俄国形式主义更为抽象化的理论道路,但其代表列维-施特劳斯对俄国形式主义的批评还是比较中肯的。他说:"在形式主义出现之前,我们当然曾对于这些故事共有的东西是什么一无所知,而自从形式主义出现后,我们又被剥夺了理解它们为何不同的任何手段。人们从具体走到了抽象,但却不再能够从抽象回到具体。"[59]

俄国形式主义理论缺乏对文学作品的系统分析,由于过于迷信纯粹的"程序",所以使它不能完全揭示文学的意义。不能否认,只有通过对文学作品的系统分析,才能揭示文学内容的意义、形式的功能和材料的作用,从而为真正科学的文学理论提供科学的概念基础。有些俄国形式主义理论家如雅各布森等人,正是认识到了自身理论的缺陷,才开始了新的理论追求。当"形式""程序"等概念被"结构"概念所取代时,结构主义文学理论也就出现了。

注 释

[1] 〔荷兰〕佛克马、易布思:《20 世纪文学理论》,林书武、陈圣生、施燕、王筱芸译,北京:生活·读书·新知三联书店 1988 年版,第 13—14 页。

[2] 〔比〕J. M. 布罗克曼:《结构主义:莫斯科—布拉格—巴黎》,李幼蒸译,北京:中国人民大学出版社 2003 年版,第 23 页。

[3] 事实上,对这两个学会成立的时间一直存在着争议。对"莫斯科语言学学会"成立的时间,大都认为是 1915 年;而对"诗歌语言研究会",有的认为是 1915 年,而当事人什克洛夫斯基则回忆是 1914 年。这里的 1917 年,采纳的是雅各布森的观点。参见雅各布森:《诗学科学的探索》,〔法〕茨维坦·托多洛夫编选《俄苏形式主义文论选》,蔡鸿滨译,北京:中国社会科学出版社 1989 年版,第 1 页。

[4] 〔俄〕鲍·艾亨鲍姆:《"形式方法"的理论》,见〔法〕茨维坦·托多洛夫编选《俄苏形式主义文论选》,蔡鸿滨译,北京:中国社会科学出版社 1989 年版,第 22 页。

[5] 同上书,第 2 页。

[6] 〔苏〕巴赫金:《学术上的萨里耶利主义——评形式(形态)方法》,见《周边集》,李辉凡、张捷、张杰等译,石家庄:河北教育出版社 1998 年版,第 16—17 页。

〔7〕〔俄〕什克洛夫斯基:《学术错误志》,见《世界艺术与美学》第七辑,中国艺术研究院外国文艺研究所《世界艺术与美学》编辑委员会编,北京:文化艺术出版社1986年版,第25页。

〔8〕该书的中译本名为《俄苏形式主义文论选》,蔡鸿滨译,北京:中国社会科学出版社1989年版。

〔9〕〔荷兰〕佛克马、易布思:《20世纪文学理论》,林书武、陈圣生、施燕、王筱芸译,北京:生活·读书·新知三联书店1988年版,第14页。

〔10〕〔俄〕维克托·日尔蒙斯基:《诗学的任务》,见《俄国形式主义文论选》,方珊等译,北京:生活·读书·新知三联书店1989年版,第225页。这里需要特别指出的是,关于прием一词,有许多不同的翻译,本章中出现多次,译法也不一致,这是因为,不同学者对这一问题进行论述时,采用的译名不一致,这对我们理解这一问题容易造成混乱。所以,该词出现在本章的引述部分时,为尊重原文,一仍其旧,而在我们的具体论述中,则一律采用"程序"一词。这样做的根据是俄国形式主义文学理论的代表雅各布森的建议,可参见〔比〕J. M. 布罗克曼:《结构主义:莫斯科—布拉格—巴黎》,李幼蒸译,北京:中国人民大学出版社2003年版,第33页。

〔11〕〔法〕茨维坦·托多洛夫:《象征理论》,王国卿译,北京:商务印书馆2004年版,第377—378页。

〔12〕同上书,第378页。

〔13〕同上。

〔14〕〔荷兰〕佛克马、易布思:《20世纪文学理论》,林书武、陈圣生、施燕、王筱芸译,北京:生活·读书·新知三联书店1988年版,第15页。

〔15〕〔俄〕维克托·日尔蒙斯基:《诗学的任务》,见《俄国形式主义文论选》,方珊等译,北京:生活·读书·新知三联书店1989年版,第213页。

〔16〕同上书,第217页。

〔17〕同上书,第226页。

〔18〕〔俄〕维·什克洛夫斯基:《作为手法的艺术》,见《俄国形式主义文论选》,方珊等译,北京:生活·读书·新知三联书店1989年版,第3页。

〔19〕同上书,第6页。

〔20〕同上书,第8页。

〔21〕同上。

〔22〕〔法〕茨维坦·托多洛夫编选:《俄苏形式主义文论选》,蔡鸿滨译,北京:中国社会科学出版社1989年版,第24页。

〔23〕〔美〕乔纳森·卡勒:《文学性》,见《问题与观点——20世纪文学理论综论》,〔加〕马克·昂热诺等主编,史忠义、田庆生译,天津:百花文艺出版社2000年版,第29页。

〔24〕同上书,第30页。

〔25〕〔法〕茨维坦·托多洛夫:《象征理论》,王国卿译,北京:商务艺术馆 2004 年版,第 377 页。

〔26〕〔俄〕罗曼·雅各布森:《语言学与诗学》,见赵毅衡编选《符号学文学论文集》,天津:百花文艺出版社 2004 年版,第 171 页。

〔27〕同上书,第 175 页。

〔28〕同上。

〔29〕同上书,第 182 页。

〔30〕同上书,第 180 页。

〔31〕〔法〕茨维坦·托多洛夫:《象征理论》,王国卿译,北京:商务艺术馆 2004 年版,第 372 页。

〔32〕〔俄〕罗曼·雅各布森:《语言学与诗学》,见赵毅衡编选《符号学文学论文集》,天津:百花文艺出版社 2004 年版,第 182 页。

〔33〕〔美〕海登·怀特:《元史学:19 世纪欧洲的历史想象》,陈新译,南京:译林出版社 2004 年版,第 41 页。

〔34〕〔俄〕罗曼·雅各布森:《语言学与诗学》,见赵毅衡编选《符号学文学论文集》,天津:百花文艺出版社 2004 年版,第 184 页。

〔35〕〔俄〕罗曼·雅各布森:《主导》,见赵毅衡编选《符号学文学论文集》,天津:百花文艺出版社 2004 年版,第 8 页。

〔36〕同上书,第 10 页。

〔37〕同上书,第 11 页。

〔38〕〔俄〕鲍里斯·托马舍夫斯基:《诗学的定义》,见《俄国形式主义文论选》,方珊等译,北京:生活·读书·新知三联书店 1989 年版,第 76 页。

〔39〕同上书,第 77 页。

〔40〕〔俄〕鲍·托马舍夫斯基:《主题》,见〔法〕茨维坦·托多洛夫编选《俄苏形式主义文论选》,蔡鸿滨译,北京:中国社会科学出版社 1989 年版,第 234 页。

〔41〕〔俄〕尤·迪尼亚诺夫:《结构的概念》,见〔法〕茨维坦·托多洛夫编选《俄苏形式主义文论选》,蔡鸿滨译,北京:中国社会科学出版社 1989 年版,第 95 页。

〔42〕〔俄〕尤·迪尼亚诺夫:《论文学的演变》,见〔法〕茨维坦·托多洛夫编选《俄苏形式主义文论选》,蔡鸿滨译,北京:中国社会科学出版社 1989 年版,第 100 页。

〔43〕〔俄〕尤·迪尼亚诺夫:《结构的概念》,见〔法〕茨维坦·托多洛夫编选《俄苏形式主义文论选》,蔡鸿滨译,北京:中国社会科学出版社 1989 年版,第 98 页。

〔44〕〔俄〕尤·迪尼亚诺夫:《论文学的演变》,见〔法〕茨维坦·托多洛夫编选《俄苏形式主义文论选》,蔡鸿滨译,北京:中国社会科学出版社 1989 年版,第 100—101 页。

〔45〕同上书,第 102 页。

〔46〕〔法〕茨维坦·托多洛夫:《批评的批评——教育小说》,王东亮、王晨阳译,北京:三联书店 2002 年版,第 22 页。

〔47〕 同上书,第 23 页。

〔48〕 Vladimir Propp, *Morphology of the Folktale*, trans. Laurence Scott, rev. Louis A. Wagner, Austin: University of Texas Press, 1968. 该书目前没有中译本,对普罗普该书的介绍,较为详细的中文著作可参看罗钢著《叙事学导论》,昆明:云南人民出版社 1994 年版。

〔49〕 〔苏〕弗·普洛普:《民间故事形态学》,参见〔英〕拉曼·塞尔登编:《文学批评理论——从柏拉图到现代》,刘象愚、陈永国等译,北京:北京大学出版社 2003 年版,第 356—357 页。

〔50〕 同上书,第 357 页。

〔51〕 〔苏〕弗·普罗普:《神奇故事的转化》,见〔法〕茨维坦·托多洛夫编选《俄苏形式主义文论选》,蔡鸿滨译,北京:中国社会科学出版社 1989 年版,第 209 页。

〔52〕 〔加〕诺思罗普·弗莱:《批评的剖析》,陈慧、袁宪军、吴伟仁译,天津:百花文艺出版社 1998 年版,第 15 页。

〔53〕 〔俄〕罗曼·雅各布森:《诗学科学的探索》,见〔法〕茨维坦·托多洛夫编选《俄苏形式主义文论选》,蔡鸿滨译,北京:中国社会科学出版社 1989 年版,第 2 页。

〔54〕 〔比〕J. M. 布罗克曼:《结构主义:莫斯科—布拉格—巴黎》,李幼蒸译,北京:中国人民大学出版社 2003 年版,第 42 页。

〔55〕 〔法〕茨维坦·托多洛夫:《批评的批评——教育小说》,王东亮、王晨阳译,北京:三联书店 2002 年版,第 12 页。

〔56〕 〔法〕茨维坦·托多洛夫:《象征理论》,王国卿译,北京:商务艺术馆 2004 年版,第 375 页。

〔57〕 〔苏〕巴赫金:《周边集》,李辉凡、张捷、张杰、华昶等译,石家庄:河北教育出版社 1998 年版,第 9 页。

〔58〕 同上书,第 4 页。

〔59〕 〔法〕列维-施特劳斯:《结构人类学》第二卷,俞宣孟、谢维扬、白信才译,上海:上海译文出版社 1999 年版,第 147 页。

第十章
新批评和原型批评

英美文学理论在20世纪上半叶走出古典的理论形态,呈现出与以往不同的面貌,成为走向现代形态的文学理论。文学研究在英美大学的学科建制中开始拥有独立的地位,从哈佛大学开始,文学系的成立为文学理论的学科化、专业化提供了体制上的保证。[1]许多文学理论流派都是在这一理论背景下产生和发展起来的。其中最具代表性、最有影响的就是新批评派。而在对新批评的形式主义的批判中,在对文学内部问题的深入研究中,又产生了以加拿大人诺思罗普·弗莱为代表的原型批评。更为重要的是,文学理论研究已经具有了一种自觉的学科意识,建立一门科学的、独立的文学理论学科成为这些理论家的普遍性追求。

一 新批评派概述

谈到现代形态的西方文学理论的发生,一般地,人们常常会自然而然地想到英美新批评。新批评(The New Criticism)是20世纪西方文学理论的一个重要流派,20年代发端于英国,30年代形成于美国,40至50年代在美国文坛占据了统治地位,60年代以后虽然渐趋衰落,但是在今天的欧美理论界依然有一定的影响。其影响时间之长、范围之大,在20世纪英美现代文学理论中无出其右者。

新批评的崛起有历史的因素,也是文学理论内部自身发展的必然结果。在新批评派崛起之时,英美比较流行的文学理论研究推崇的是实证主义批评、印象主义批评和实用主义批评,流行的是新亚里士多德学派、新人文主义,等等。研究的重点或者放在创作主体的生平以及社会、历史、哲学等因素对文学的影响上,或者基于个人的感受经验,或者从道德伦理的角度对文学进行研究,它们的共同点是忽视了对文学尤其是文本自身的研究。新批评派对此深为不满,于是在对这些理论研究方法的批判过程中逐步形成了自己的观点。与此同时,大学教育学院化、体制化的确立也使文学研究出现了一些新的景象。文学研究开始成为大学里的一门知识和课程。从事文学理论研究的学者,既要像传统的研究者那样同文学创作保持密切的关系,同时还要能够将有关文学理论、文学批评的知识和方法传授给学生。新批评派的文本中心论和一整套操作性极强的批评方法适应了这种需求。

"新批评"得名于新批评主将兰色姆的《新批评》一书。此书的本意是评论艾略特、瑞恰兹等人的理论,并将他们称为"新批评家",同时表示了理论上的不满。但是有意思的是,这个名称反而被人们用来指向兰色姆等人自身,兰色姆和他的几个学生竟被称为"新批评派"。新批评的文学理论家们并不喜欢也不承认"新批评"这个名字。韦勒克就曾经表示:"'新批评派'是一个综合性术语,它极大地模糊了近代美国批评的巨大差异,模糊了主要批评家之间存在的深刻矛盾和分歧。"[2]但是就其理论来讲,各个理论家之间的基本观点倾向一致,已经形成了一个流派,却是不争的事实。尽管兰色姆等人试图给自己找到一个更加正确的名字,如"本体论批评"(ontological criticism)、"张力诗学"(tensional poetics)、和"现代批评"(modern criticism),等等,但是由于"新批评"这个名字影响太大,所以最后也只好接受了。

新批评派涌现了许多天才的文学理论家,为文学理论学科的科学化、促进现代文学理论学科的建立、文学理论学科的独立做出了重要贡献。虽然其内部观点各异,但是在一些基本问题上却是一致的。大体上可以归纳如下:

首先,在文学的本质问题上,坚持文本中心论的观点。从新批评派的理论奠基者艾略特、瑞恰兹到后来的兰色姆、布鲁克斯以及韦勒克等人都一再强调这一点。新批评派强调文学的自足性和美学的自律性。同时新批评派认为,文学是一个独立的世界,是一个完整的、自给自足而又有机的客观实体,文学受这个世界内部的特殊规律所支配。

其次,在文学的功能问题上,强调文学的认知功能。但是这种认知功能决不是所谓的对客观世界的认识,而是认为文学是一个自足的独立结构,而这个整体是由语言的反讽、悖论、象征等构成的张力结构。这就在理论上突出了语言的重要性,体现了文学的语言魅力和结构的复杂性所带来的意义的丰富性。因而这种对世界的认识只要具有理论上的合理性就可以了。

再次,因为强调文本中心和语言的反讽、悖论、象征等功能以及由这些功能所构成的文本张力结构,所以新批评派在批评实践的方法上推崇的是"细读法",即对具体文本的细致分析,从结构上来阅读和理解诗歌语言,进而找出由悖论、隐喻、反讽、象征等形成的诗歌语言的张力结构。

新批评派强调文学的自足性、文本的独立性和美学的自律性,对以诗为代表的文学的特殊关注有其内在的人文关怀和人文主义追求。在20世纪初期,科学的飞速发展和商业文明的进一步扩张使人类文明得到巨大的发展,但是也带来了许许多多的问题。许多思想家从不同的角度入手试图找到救世的良方,新批评派也不例外。兰色姆在《世界的形体》一书中表达的观点代表了他们的这种观念:"由于科学使世界越来越彻底地沦为类型和形式,因此,艺术就必须做出回应,重新恢复世界的整体性。"[3] 因为这个原因,我们看到,新批评的理论中很重要的一部分就是对科学与诗进行细致的区别,试图通过对语言的诗性功能的剖析来恢复世界的完整的本真状态,重新肯定世界的特性来对抗科学的抽象化、概念化,这是我们不可忽视的。但是需要注意的是,新批评派的文本中心论又并不是与科学相对抗,而是意在揭示文学世界与科学的世界是两个不同的世界,它们各有自身的规律。[4]

新批评理论先在英国提出,后来兴起于美国。一般地,将新批评的发展历史分为三个时期。第一,理论的萌生时期,称为前驱时期(1915—1930)。主要活动在英国,这一时期的代表人物是艾略特和瑞恰兹。第二,理论的形成时期(1930—1945)。这一时期主要发生在美国,主要代表人物为兰色姆和他的几个学生艾伦·退特、布鲁克斯和沃伦。由于他们的活动范围在美国南方,所以这一时期也被称作新批评的"南方时期",此时虽然还没有明确的流派意识,但是他们的观点已经形成了一种新的文学理论。第三,繁荣时期(1945—1957)。这一时期,新批评派几乎占据了所有大学文学系文学理论教学的统治地位,也涌现了许多文学理论家。其中最有影响的是威廉·K.维姆萨特、雷纳·韦勒克和沃伦。由于三人长期在耶鲁大学共事,形成了新批评派的后期重镇,故而也被称作"耶鲁集团"(Yale Group)。这一时期新批评的观点已经发生了变化,尤其是韦勒克的文学理论已经意识到了新批评的一些缺陷,并在理论面貌上也有所改观,但是总的倾向还是没有改变。以上所述为新批评派的主流,此外还有其他一些有影响的文学理论家,也对现代西方文学理论产生了很大的影响。

二 艾略特和瑞恰兹:新批评的奠基者

1. 艾略特的"无个性理论"

作为重要的现代主义诗人,艾略特在文学理论上也有自己的贡献。这里只就他的早期思想同新批评的关系做简单的描述。这其中最主要的就是他的诗人"无个性理论"。

人们往往认为诗歌是诗人情感和个性的表达。但艾略特在其早期代表作《传统与个人才能》中却说:"诗不是放纵感情,而是逃避感情,不是表现个性,而是逃避个性。"[5]这一观点同传统相悖,听起来振聋发聩。作为现代主义诗歌大师,为什么要这样讲呢?

在艾略特看来,"诚实的批评和敏感的鉴赏,并不注意诗人,而注意诗"[6]。这就将作者的地位大大降低,而强调了"诗"在批评中的本体论地位,使文学文本在理论研究中占据了中心地位。与此同时,诗人的创作不仅仅是个人行为,还要在和前人的比较过程中、在文学传统的历史长河中获得对诗人的客观评价。所以艾略特认为,诗是一切诗的有机整体,是自荷马以来欧洲整个的文学组成的一个共时存在的局面,这一文学史作为外在权威规范着作家创作和文学批评。此外,作者也不能随便把诗当作表现自己的个性或者抒发自己情感的工具,因为诗歌和作者的关系在于,"诗人没有什么个性可以表现,只有一个特殊的工具,只是工具,不是个性,使种种印象和经验就在这个工具里用种种特别的意想不到的方式来相互结合。许多对于诗人本身是很重要的印象和经验,而在他的诗里尽可以不发生作用,而在他的诗里是很重要的呢,对于他本身和他的个性也尽可以没有多大关系。"在这种情况下,诗人应当做何选择?在这种情况下,诗人就得随时不断地放弃当前的自己。"一个艺术家的前进是不断地牺牲自己,不断地消灭自己的个性。"[7]艾略特这里强调的是诗人应当避免把作品当作个人情感的表现形式,而是要用客观的事物或者意象来暗示自身的情感和心境。而这客观的事物或者意境就是所谓的"客观对应物"(objective correlative),也就是他所说的"工具"。而这种客观对应物只能在文本中才能找到。因而是文本本身而非作者才是文学批评研究的对象。所以,与文学文本相比较而言,作者本身的地位和作用就相当的低了。

艾略特的"无个性理论"将文学理论研究的中心从作者转向作品,将文本置于理论的研究中心地位。只有文本才是读者批评和鉴赏的中心,也只有通过文本才能找到作者意义参照的基点。这虽然割裂了作者和作品的联系,但是这种从文学文本出发的对文学的内在研究方法,对新批评派产生了重大影响。

2. 瑞恰兹的语义学批评和语境理论

尽管备受新批评派理论家的指责,而且新批评和艾略特本人互相都不承认二者之间的关系。但是就理论本身来看,艾略特的理论确实对新批评的产生功不可没。瑞恰兹同新批评的关系也是如此。如果说艾略特为新批评派的产生提供了思想基础的话,那么,瑞恰兹则为新批评派提供了具体的方法论。相比较而言,瑞恰兹和新批评派的关系更为密切。瑞恰兹的文学理论对新批评派的产生起到了根本性的影响,但是新批评派却由于他过于注重心理学方法和实证主义方法而拒绝了他。

作为现代西方文学批评的创立者之一,瑞恰兹对中国哲学十分倾心,中国的传统哲学思想对他影响甚深。他在中国讲学居住前后达七年之久,甚至在即将去世的1981年,还抱着病体来中国讲学,为促进中西文化交流做出了重要贡献,成为现代中西文化交流过程中的一段佳话。

瑞恰兹的学术生涯始于哲学和心理学。由于这个原因,在文学理论研究之路上他常常会回到那里去寻找思想资源;也正因为这个原因,瑞恰兹一直都力图建构作为科学的文学理论。但是需要注意的是,建构科学的文学理论不等于走向自然主义或实证科学。作为现代英美文学理论的奠基人之一,瑞恰兹已经具备了这样的理论自觉意识。

(1)科学语言和诗歌语言

在文学理论研究过程中,一个无法回避的问题就是:文学是什么?文学经验为什么是可以普遍传达的?作为一位很有抱负的理论家,瑞恰兹对这个问题没有采取回避的态度。他是通过对科学语言与诗歌语言的本质的区分来确定文学的本质的。

在《科学与诗》一书中,瑞恰兹集中讨论了这个问题。

科学的迅速发展使人们在现实中和心灵上受到了巨大的冲击,这种冲击使人们不得不去面对日益科学化的世界。但是在瑞恰兹看来,科学能够告诉我们人类在宇宙中的地位和各种机会,能够使人们正确地认识到自己在宇宙中的位置,但是科学只能告诉我们某某"是怎样"的,却不能告诉我们为什么"是这样"的,或者说对于事物的根本性质,科学无法做出回答,因此,科学也就不能回答"我们是什么?世界是什么?"的问题。[8]瑞恰兹认为,在现代社会,科学解释不了,宗教和哲学也解释不了这个问题,信仰的缺失使人类和社会处于一种紧张之中,这也是现代文明遭遇到的最大危机。那么我们应该怎么办呢?瑞恰兹说:"也许我们自己能够解决,一半藉着思考,一半用别种方法重新组织我们的心灵。"[9]瑞恰兹赞赏雪莱所提出的"诗人是未经公认的世界立法者",也就是说,在他看来,诗歌勉为其难,承担了重新组织人们心灵的重任。

瑞恰兹将科学的陈述称为"真陈述",而诗歌陈述,由于它是一种感情的陈述,涉及到的是人的情感和态度,没有具体的指称客体,因而无法得到经验事实的证伪,所以称为"伪陈述"(Pseudo-statement)。伪陈述是一种情感语言,虽然称其为"伪",但是它却具有"诗的真实"。虽然从现实的角度讲,"真陈述"对我们更加有益,但是它只能增加我们实际统治自然的力量,却无法使我们去面对人性、面对心灵与心灵的碰撞。所以,"伪陈述"——也就是诗的语言,拓宽了人们的感受力,使得我们能够重新去面对这个世界,进而恢复它的诗性。

这里应当注意的是,瑞恰兹的"伪陈述"是不夹杂任何的信仰的,也就是说,只有不具有任何信仰的诗歌语言才不会与科学的语言发生冲突,任何将信仰导入诗歌的企图都是对诗歌的亵渎。此外,瑞恰兹的这种区分并不代表科学与诗是对立的世界,而是意在说明二者是完全不同的、各有其自身特性的两种活动。这里体现了瑞恰兹维护文学本身审美独立性的思想。事实上,诗歌语言与科学语言的区别也正是文学与科学的区别。那么,如何在不受任何信仰影响的前提下去分析诗歌语言呢?这要靠语境理论来完成。

(2)语境理论

当我们面对一首诗的时候,总要做出某种评价。那么我们凭什么说一首诗是"美"的或者"不美"?这就需要对其做出具体的批评分析。如何分析?瑞恰兹的语境理论为这个问题的解决提供了答案。

瑞恰兹在剑桥大学任教时,曾经选择了许多不同的隐去作者姓名的诗篇让学生分析评论,结果让人大吃一惊,有的不出名的诗人的作品获得了极高的评价,而一些著名诗人的作品则被批得体无完肤。这种误读现象就引起了瑞恰兹的思考。如何使用正确的解读方法来把握诗歌的意义而不至于引起各种误读成为瑞恰兹理论关注的焦点之一。[10]语境理论就是在这种背景下提出来的。

瑞恰兹的文学理论从语言入手,非常注重对诗歌语言的分析,通过语义学分析找到诗歌语言的特征、功能和价值。因此在他的理论中,首先关注的就是语言的意义问题。为此他还专门和奥格登(C. K. Ogden)合作写了《意义的意义》(*The meaning of meaning*)一书。此书也奠定了瑞恰兹的理论方向。

在第一章伊始,瑞恰兹引用了老子的一句话:"知者不言,言者不知。"(He who knows does not speak, he who speaks does not know.)[11]瑞恰兹认为,老子的这个思想揭示了语言同思想的关系。语言本身并不必然具有意义,只有思想者在利用它的时候,才具有意义。在语词和事实之间,并不具有必然的联系。能指和所指之间并不必然具有对应关系。这里也体现了索绪尔对瑞恰兹的影响,但是与索绪尔不同的是,索绪尔认为词的意义与事物没有直接关系,是任意的;而瑞恰兹认为词是用来指代事物的,词的意义总是要由所指代的事物来决定。因为不可否认的是,在诗歌中具有鲜活生命的语词本身与我们的意识和经验确实密切相关,这就需要对语词的意义问题进行深入研究。所以,需要建立一种意义的理论,这种理论能够清楚的分析语词和事实之间的关系。在对意义进行分析之前,瑞恰兹将诗歌的意义分为四个层次,或者说四个方面:意义(sense)、情感(feeling)、语调(tone)和意图(intention)。要想对诗歌进行正确的解读和阐释,就必须将这几个方面综合考虑进来,这样才不至于歪曲诗歌的本来面貌。

在瑞恰兹看来,对于意义的分析应当从思想、语词符号以及事物三者之间的关系入手。语言符号要经过传输、组织,复制然后传达的过程。而在这个过程中,我们要将自己的思想和事物本身区分开来,是我们的思想而不是符号在传输、组织,复制然后传达。所以,就语词本身来讲,它并不代表任何意思。"只有一个思想者在应用它们的时候,它们才代表某种事物,或者,在某种意义上讲具有了'意义'。"[12]语词符号与所代表的事物之间没有必然联系;思想和所指的客体之间的关系可能是直接的,也可能是间接的。而思想和语词符号的关系则较为复杂,因为这其中涉及到社会的和心理的因素的影响,因此要看不同的具体的"语境"。在后来的《修辞哲学》一书中,瑞恰兹进一步解决了这个问题。

就任何语言符号而言,对其意义的理解都要将其置入某种语境(context)。因而,语境问题在瑞恰兹理论中占据了重要位置。"语境"理论与语言尤其是诗歌语言的功能密切相关。一般地,人们对"语境"的认识停留在四个层面:第一个层面就是我们通常所理解的上下文,也就是说某篇文章中的一个词的前后其他词确定了该词的意义;由此进一步扩大进入到第二个层面,可以包括任何写作或者说话时所处的环境;然后是第三个层面,"语境"还可以扩大到用这个词来描述那个时期的为人所知的其他用法;最

后甚至可以扩大到与这个词相关的一切事。但是瑞恰兹对此提出了不同的看法。在他看来,

> 最一般地说,"语境"是用来表示一组同时再现的事件的名称,这组事件包括我们可以选择作为原因和结果的任何事件以及那些所需要的条件。

这些事件构成了一个语境,那么应怎样具体理解"语境"的含义呢? 瑞恰兹解释说:

> 在这些语境中,一个项目——典型情况是一个词——承担了几个角色的职责,因此这些角色就可以不必再现。于是,就有了一种语境的节略形式……当发生节略时,这个符号或者这个词——具有表示特性功能的项目——就表示了语境中没有出现的那些部分。[13]

在诗歌作品中,往往要求语言的精炼,而一个词总要承担多种角色,具有丰富的表达能力,这时候,语境的作用就更为明显,单个词与语境的关系也更为微妙。也就是说,"一个单词表示了语境中没有出现的那部分;正是从这些没有出现的部分这个单词得到了表示特性的功效。"[14]应该说,语境理论对于人们理解诗歌等文学语言具有重要的意义。但是仅仅发现文本中"那些没有出现的部分"并不是瑞恰兹的目的,因为人们对文学文本的分析往往带有主观色彩而不顾具体的语境,所以语境理论的目的在于,它可以防止人们通常对意义所做的那些毫无根据和难以服人的设想,因为这些对意义的设想过于简单化,造成了许多人为的问题,妨碍人们对意义的深入理解和认识。与此同时这里还表明,瑞恰兹反对一个语言符号只有一种意义的观点,认为应当强调语言具有意义的多重复杂性和丰富性,而这种多重性的复义现象只能通过语境理论进行分析。语境理论应用到文学批评实践中,就是要通过"细读法"(close reading)来完成对文学作品的分析。瑞恰兹对自己的"细读法"很自信,他说过:"所有高雅的诗歌都欢迎细读法"。[15]尽管瑞恰兹对细读法没有进行充分的论述,但是这已经为后来的文学理论提供了重要的思想资源。

基于这样的原因,瑞恰兹提出要建立一门新的修辞学来取代旧的修辞学。在本书第一章我们讲到了修辞批评。在瑞恰兹看来,旧的修辞学是辩论的产物,因而只是作为辩护和说服的基本原理而被发展起来的,"说服"是它的目的。而这恰恰妨碍了论述本身的其他目的,尤其是说明性论述。其实这也就是语言的功能问题。语言的功能在他看来应当是修辞学研究的

任务。瑞恰兹认为:"一门新兴的修辞学,或者说一门研究词语理解正误的学科,必须承担起探索意义的任务。"[16]这种对语言的意义的探索只有通过语境理论和"细读法"才能得以实现。

这里提到的语言的复义现象和语境理论以及"细读法"对新批评派影响重大,成为新批评派语义分析的基础性理论。他的学生燕卜荪也将其很好地应用到了批评实践中。后来的新批评派提出的语言的张力、反讽、悖论等等都由此而来。瑞恰兹的理论对诗歌与科学语言的区分意在证明文学的世界和现实是两个不同的世界,因而它的真实性与现实无关。与此同时,瑞恰兹还把心理反应的有效性作为评价的标准,这就引起了后来的新批评理论家的极大不满。

三 南方时期的新批评派

1. 燕卜荪的"朦胧"(Ambiguity)[17]理论

瑞恰兹虽然提出了"细读法",但是将其具体应用到文学研究实践中却是靠他的学生燕卜荪来完成的。本节要谈的是南方时期的新批评派。燕卜荪并不属于这一范畴,但是由于燕卜荪的理论活动时间大体与此同时,因而将其放在本节讲述。作为瑞恰兹的得意门生,威廉·燕卜荪(William Empson,1906—1984)同他的老师一样,也曾经在中国长期居住,燕卜荪就是赵元任先生为他起的中文名字。应用"细读法",燕卜荪写出了他的成名作《朦胧的七种类型》(Seven Types of Ambiguity),树立了自己独具特色的、被誉为"榨柠檬汁似的分析风格"[18]。韦勒克也称赞燕卜荪说:"他(引者注:指瑞恰兹)的得意门生燕卜荪做得比任何人都出色。在《朦胧的七种类型》中,他开创了一种极为细腻、甚至有时是天才的对诗歌的语词以及意蕴的分析方法。"[19]

诗歌语词具有丰富的多义性,正是这种语词的多义性使诗歌语言具有巨大的表现力和内在的张力,燕卜荪把这种情况称之为"朦胧"。一般来讲,所谓的朦胧在普通语言中指的是一种非常明显的、机智的或骗人的语言现象,但是燕卜荪则是在引申意义上使用这个词。他说:"任何导致对同一文字的不同解释及文字歧义,不管多么细微,都与我的论题有关。"[20]那么,什么是"朦胧"呢?

"朦胧"一词本身可以指称你自己的未曾确定的意思,可以是一个词表示几种事物的意图,可以是一种这种东西或那种东西或两者同时被意指的可能性,或是一个陈述有几重含义。[21]

在此基础上,燕卜荪将朦胧划分为七种类型。

第一种类型是暗喻。这也就是人们常常说的一物与另一种事物相似,而这两种事物之所以具有这种相似性,是因为它们之间具有彼此相似的性质。燕卜荪认为这是诗歌的根基之一。与此同时,燕卜荪强调,对这第一种朦胧的界定其实包含了"具有重大文学意义的一切"[22]。之所以这样讲是因为,这种朦胧所包含的意义是很难被传递的。人们对于语词的意义的理解有其先在的习惯,所以这影响到了对于诗歌的理解,这时就需要对其解释。但是,在某种意义上讲,诗歌又是不可能用某种具体的语言来解释的,因为对于任何不理解的人来说,任何的解释都会和诗歌的原句一样难以理解,而对于已经理解了诗歌意义的读者来讲,又没有必要进行解释了。在这种情况下,诗人就凸现了自身的重要作用,"暗喻"这种朦胧类型使诗歌语言通过独立于读者的思维习惯获得了自身更为有力的表现力。

在词或句法之中,当两种或这两种以上的意义融而为一的时候,就出现了朦胧的第二种类型。也就是说,由一个词或者句法结构的几种可供选择的意义形成了一个诗句的多重意义时,就是第二种朦胧类型。

第三种朦胧类型同词的派生意义相关。它指的是在诗句中一个词具有两重含义时的情况,其实也就是我们常说的双关语。

第四种类型指的是诗歌中的一个陈述具有多重不同意义,而正是这些不同的意义汇集到一起,结合起来形成了作者的复杂的思想状态。

作家或诗人在写作过程中常常会遇到这种情况:自己的思想并不明朗,处于冲突之中,但是有一种表达的欲望,或者在写作过程中才忽然发现自己的真正思想。这就使得诗歌中的语词介于两种不同的要表达的思想之间。这种情况就是朦胧的第五种类型。

第六种类型比较有意思,诗人虽然在诗歌中使用了各种手段,或者同义反复,或者文不对题,或者其他手段,这种累赘的表述不但没有明确意思,反而逼迫读者自己去寻找意义。读者在自己的阅读中发现意义,强调了读者的作用。

第七种类型被燕卜荪称为"它是所能设想的意义最含混的一类"[23],这里燕卜荪自称受到弗洛伊德的心理学的影响。它是指一个词具有两种截然对立的意义,而这个意义又是由上下文所明确规定了的。由于这一点比较难于理解,所以不妨看看燕卜荪是如何分析的。他以屈莱顿的诗歌《圣·

西西利亚纪念日之歌》为例：

> 军号响四方，催我上战场，怒吼震天地，惊恐胆欲丧。鼓声如雷鸣，咚咚激胸膛，敌军近咫尺，冲！后退已晚，拼杀一场！

在这首诗中，诗人既写出了战士狂热鲁莽的冲动，又写出了战争的无可逃避，战士们对死亡的恐惧。[24]这种矛盾的出现其实并不是诗人的本意，但是它却构成了朦胧的最后一种类型。

通过以上的介绍不难看出，燕卜荪对于朦胧类型的划分并不清晰，确实让人感到很"朦胧"。但是对诗歌语言的"朦胧性"进行如此深入细致的研究，在西方文学理论史上，燕卜荪却是第一人，而且也对新批评理论的产生起到了重要的作用。燕卜荪对诗歌语言"朦胧性"的分析揭示了文学语言的基本特性，即多义性。朦胧打破了语言意义的一元性，赋予其丰富的多义性，在意义的多元展开中，不仅恢复了语言的生命力，也增强了文学作品的表现力。燕卜荪对诗歌语言朦胧特性的分析有其自身的目的。在他看来，英语语言的发展速度令人吃惊，如他所言："英语过去一直就以丰富而混乱著称，现在正变得更丰富更混乱了。它本来就缺少遣词造句的恰当手段，现在还正在迅速抛弃仅有的少得可怜的语言手段。它变得越来越含义丰富，越来越勇于把一切可能的意思一揽子包括进去。"[25]在这种情况下，如何使英语语言恢复自身的活力和丰富性，燕卜荪的理论就是及时而必要的解答。

2. 兰色姆的本体论批评

兰色姆（John Crowe Ransom）是新批评派理论承上启下的关键人物，也是新批评的真正创始人。兰色姆初步建立起了以文本为中心的批评理论。从他开始，新批评继承了瑞恰兹强调诗与文学的独立性的理论，但是与瑞恰兹不同的是，他们不再关注读者的阅读经验和阅读感受。对于"新批评"这个名字，兰色姆一直都不满意，他更喜欢的是"本体论批评"这个名字。在西方文学理论史上，明确地把"本体论"引入文学理论的，兰色姆可以说是第一人。那么什么是"本体论批评"呢？他的理论对此做出了回答。

(1) 倡导科学的文学批评

在20世纪初期，文学理论的发展促使许多理论家开始具有自觉的学科意识。虽然兰色姆等人反对瑞恰兹的具有科学主义倾向的方法，但是倡导文学批评的科学化却是他们的理论追求之一。面对新人文主义、新亚里士多德主义、科学实证主义等在文学研究领域的泛滥，兰色姆明确指出："说来奇怪,似乎没有人确切地告诉过我批评的本质工作是什么。"[26]在文学研究中由于研究对象的特殊性,文学批评往往容易变成随感式的文字,而且概念术语的混乱、批评标准的相对性和批评规范的随意性,经常使文学批评难以为继,理论研究成果也无法达到普遍的共识进而展开充分的理论上的对话。在这种情况下,兰色姆认为,批评不仅仅是欣赏,更是一种研究活动,因此就不仅仅是个人的感受,还应当是一门学科,具有自己的规范性。也就是说:"批评必须更科学化,或者说更精确和系统化"。[27]在他看来,要想使文学批评更加科学化,除了要排除历史研究和新人文主义之外,还应排除个人感受的记录、对文本的梗概和释义、历史研究、语言研究、道德研究和任何其他只涉及从作品中提取出来的抽象或空洞的内容的研究。[28]这些因素对于文学研究来说确实是必不可少的,但是它们只是研究的辅助手段,而不是研究的根本目的,更不是文学研究本身。客观来看,兰色姆的努力在维护文学理论学科的独立性的同时,也促进了学科的科学化、规范化。

（2）"诗歌本体论"

兰色姆的"诗歌本体论"首先体现在他对科学与诗的关系问题的认识上。在他看来,

> 诗歌的特点是一种本体的格的问题。它所处理的是存在的条理,是客观事物的层次,这些东西是无法用科学论文来处理的。……我们生活在这样一种世界,它必须与我们在科学论文中所处理的那一世界或种种世界(因为确有许多这样的世界)区别开来。……诗歌旨在恢复我们通过自己的感觉和记忆淡淡地了解的那个复杂难制的世界。就此而言,这种知识从根本上或本体上是特殊的知识。[29]

这段话包含几层含义。首先,文学文本所把握的世界与科学论文研究的世界是两个不同的世界,也就是说,文学和科学是两种不同的把握世界的方式;其次,文学的目的是为了恢复我们所感知的复杂世界的完整性。这样讲并不代表兰色姆反对科学,而是有着另外的意义。在他看来,艺术真实不等于客观世界的真实,尽管可能遭到科学的歧视,但是只要艺术上的虚构与读者的要求一致,就实现了艺术真实,就是"忠实于生活的"[30]。

将这种思想应用到具体的批评上,在《诗歌:本体论札记》一文中,兰色姆提出了自己对于诗歌的看法。

兰色姆认为,诗歌有事物诗、概念诗和玄学诗几种。事物诗也就是意象派诗歌,它企图用意象抵御概念,用想象力反抗物质性,将自己沉浸在意象

世界中而拒绝科学的抽象化。在兰色姆看来,虽然科学剥夺了世界的原始的鲜活性,概念的渗透使世界越来越系统抽象化,但是事物诗依然存在问题,因为它缺少纯粹绝对的实体,只是空洞的意象,因而也就不是"纯粹的诗"。

兰色姆批评的第二类诗歌是概念诗,概念诗又被他称为"柏拉图式的诗歌"。在他看来,柏拉图式的诗歌就是"一种透明的布道术"[31],因为概念诗常常打着摹写现实和客观性的旗号将自己所要传达的概念包装起来,其中的每一种事物都是一些抽象概念的表意符号,如爱国、道德、宗教等等,是一种具有意识形态性质的诗歌。批评家只是想讨论这些诗歌的内容和主题,而不是诗歌本身。所以柏拉图式的诗歌只是概念的图解,是物质性的仿制品,和事物诗一样也不是纯粹的诗歌。

那么究竟什么样的诗歌才是真正纯粹的诗歌呢?和其他的新批评理论家观点一致,玄学派诗歌被他奉为经典。需要注意的是,无论是艾略特还是兰色姆,他们都是虔诚的宗教徒,因而,玄学派诗歌在他们那里获得了最高评价。

在兰色姆看来,玄学诗是最符合他的理论的,因为"玄学诗的目的是补充科学以及改进论述"[32]。它把事物诗中过于物质性、写实性的内容和"柏拉图式的诗歌"中过于理想主义的内容剔除了,诗人运用韵律、虚构和比喻,赋予柏拉图式的最枯燥的概念以鲜活的生命,在不伤害文学本身的审美自足性的前提下,实现了理性与感性的统一。

兰色姆将诗歌的构成分为"肌质"和"构架"两个部分。所谓的构架就是诗歌的逻辑部分,是诗歌表面的逻辑陈述。而肌质则是诗中的各个细节部分,虽然附着于构架,但是在逻辑上与构架无关。科学论文也有构架,但是没有肌质,肌质是诗之所以为诗的因素。他认为一个批评家如果不能对肌质进行分析和认识的话,就把诗歌与散文同质化了。兰色姆的这种观点是一种典型的形式主义,而且与新批评派认为诗歌是一个有机的整体的观念也相背离,以至于后来连他的学生布鲁克斯都认为这造成了诗歌的分裂。

3. 布鲁克斯的"细读法"

二战以后,欧美的教育尤其是高等教育得到迅速发展。在这样的形势下,文学研究也随之繁荣起来,但是随之而来的问题就是由于在文学批评、文学鉴赏中存在着巨大的歧异性和相对性,文学研究者常常会有这样的问题:文学批评的功能和作用何在?怎样才能在实践中得到应用?在这种情况下,新批评派对瑞恰兹提出的"细读法"(Close Reading)作了进一步的发展和完善,使学生和研究者们能够对文学文本进行更为精微细致的阅读、分析和鉴赏,这就迅速扩大了新批评的影响。而这其中贡献最大的就是布鲁克斯。

"细读法"的使用和发展有其理论的现实性和针对性,在谈到这个问题时,布鲁克斯解释说:"虽然学生中许多人智力颇佳,有相当的想象力,生活经历也很丰富,但是他们不懂得怎样去读短篇小说和戏剧,尤其不懂读诗。"[33]正是抱着这样的目的,布鲁克斯有针对性的在文学批评及教学中使用了"细读法"。

正如燕卜荪是瑞恰兹的得意门生一样,克林斯·布鲁克斯(Cleanth Brooks,1906—1994)是兰色姆最出色的学生。布鲁克斯为新批评理论的传播和普及做出了重要贡献,是新批评最活跃、最杰出的代表。燕卜荪的《朦胧的七种类型》对文学语言的复义现象进行了细致的分析,可以说是新批评最早的批评实验。而布鲁克斯的"细读法"则在此基础之上进一步深化,因而也就更具有代表性。

布鲁克斯的文学批评原则是:"共相和普遍性不能用抽象概念而只能通过具体和殊相来把握。"[34]也就是说,抽象的概念和理念是无法用抽象的概念来表示的,而具体的意象、具体的诗歌文本则是认识普遍抽象性的最佳途径。所以,同新批评的其他理论家一致,他的理论所关注的也是具体的诗歌文本。

在布鲁克斯看来,诗歌并不像一些诗人或者理论家所认为的那样,具有无法认识的神秘性。他认为:"诗是一种'自然'行为,是人类最基本的行为之一,它并不神秘。"[35]这就在理论上消解了诗歌的神秘性。诗歌是人类的行为之一,它是可读、可分析的。但是这种对诗的分析又是不同于流行的心理学、社会—历史或者新人文主义的方法的,而是强调一种有机的文学观,即强调诗歌的本文研究,从诗歌的内在结构入手对诗歌进行分析和研究。抱着这样的看法,布鲁克斯认为:"我们最好还是以此作为开始,即运用最细致的方式去考察诗如何像诗一样言说。"[36]当然,这种文本中心论必然会招致各种不同的意见。面对种种对其理论的反驳和质疑,布鲁克斯也不是没有意识到作者的心理和思想状况、社会和历史乃至文学本身发展历史等因素的重要性。布鲁克斯在《精致的瓮》这本书的序言中就为自己的理论观点进行了辩解。他说:

> 对于本书的目的会招来一些不可避免的反对意见,那就是我在讨论诗歌的时候很少把历史背景因素考虑进去。尽管对于这种"指控"

最完满的答案只能由这本书自己来回答,但是现在我还是想抢在一些误解之前来解释一下。如果文学史在行文中没有被强调的话,那并不是因为我忽视了它的重要性或者没有把它考虑进去,而是因为我的某种担心,如果我们过于将诗歌归附于它的母体的话,那还能剩下些什么呢?[37]

在布鲁克斯看来,文学批评就是对文学作品文本本身的研究,那些从作者的角度来研究文学作品产生的根源,或者从读者的角度研究作品的影响的都不是真正的文学批评。这种文本中心论也是新批评的一贯主张。对此,沃伦也曾经辩解说,新批评的观点是:"文学的意思,尤其是诗歌,绝非仅仅是一个陈述,而是寓于它的各种技巧因素之中(例如,格律——作为作品意义的一部分)。这并不是说在评价一部作品时,应该完全以这种方式思考问题。毫无疑问,任何理智的人不可避免地会关注生平和历史问题。"[38]虽然他们一再强调他们更注重的是对技巧因素的研究,并不代表就一定忽视历史和社会研究,但是就新批评派的基本理论来讲,关注具体的文本而忽视更为宏阔的社会历史因素,最终走向形式主义,却是不争的事实。布鲁克斯提出的"细读法"就是典型代表。

那么,什么是"细读法"呢? 细读法可以说是新批评的阅读方式,它的目的不是要找出诗歌的意义。发现文本内部的意义是新批评所明确反对的,因为"诗歌所共有的精髓必须被阐明,但是这不是从我们通常所说的'内容'或者'主旨'而是从结构上来阐明"[39]。也就是说,对于诗歌的意义不应从内容上来认识,而要从诗歌的整体内在结构上来阅读和理解诗歌语言,通过这种阅读,发现文学作品的语言是否成功地形成了一个富有张力的、和谐的整体,组成这个整体的各个部分之间又具有怎样的相互关系。

布鲁克斯的"细读法"源于他的文学观念,他认为:

> 文学批评是对于批评对象的描述和评价。文学批评主要关注的是整体,即文学作品是否成功地形成了一个和谐的整体,组成这个整体的各个部分又具有怎样的相互关系。[40]

"细读法"首先预设文本本身是独立的、非历史的,是一个封闭自主的空间;其次,文学是隐喻的、象征的,所以文本是由语言的冲突(反讽和悖论)构成的张力结构;内在的意义只是文本结构的因素之一;阅读不是寻找主题意义,而是分析诗歌的语言结构,这就是细读法。而要实现这种"细读",就要找出由悖论、隐喻、反讽、象征等形成的诗歌语言的张力结构。不难看出,这是一种典型的形式主义文学理论。事实上,布鲁克斯也并不讳言自己就是"形式主义文论家",而且他还以自己是这样的批评家而自豪。

悖论(paradox)和反讽(irony)是布鲁克斯常用的术语,同时他还将反讽视为诗歌语言的根本特性和基本原则。由于反讽与悖论这两个名词并不具有本质上的区别,所以在批评实践中常常混用,因此在阅读新批评的理论时就要注意这一点。

在布鲁克斯之前,艾略特、瑞恰兹等人都已经谈及反讽,只是没有展开。而布鲁克斯对之作了最为详细的解释。所谓反讽就是实际意义和语言的字面意义相对立。反讽和语境密切相关。"语境对于一个陈述语的明显的歪曲,我们称之为'反讽'"。"反讽作为对于语境压力的承认,存在于任何时期的诗、甚至简单的抒情诗里。但在我们时代的诗里,这种压力显得特别突出"。[41]之所以这样讲是因为,同语言的日常意义相比,诗歌语言本身就有某种变形,在诗歌中的语言往往受整体语境的影响而与日常意义发生疏离,所以反讽在诗歌中随处可见,是语言新颖而又富有活力的一种表现。而布鲁克斯所强调的"反讽"不仅如此,他还侧重揭示为读者所忽略的那些相对较为隐蔽的反讽。除此之外,布鲁克斯还扩大了反讽在文学批评中的应用范围,在他看来,反讽的原则不仅构成了诗歌的语言技巧,还是诗歌的一种结构原则,因此也就成为诗歌与其他文体相区别的重要标志。

那么,何为悖论?在这一点上,布鲁克斯继承了早期新批评理论家尤其是瑞恰兹对于诗歌语言和科学语言区别的理论,他解释说:

> 为保持术语概念的稳定性,科学的倾向是必需的,这可以使它有明确的外延;诗性语言则恰恰相反,它具有破坏性。这些语词之间互相不断地修饰,进而违背了它们在字典中的意义。[42]

这里所说的"违背了它们在字典中的意义"指的就是悖论。也就是说,诗歌语言的重要特征就是悖论。悖论就是表面上荒谬而实则是一种真实的陈述。"某种意义上,悖论是最适合诗歌并且必然属于诗歌的语言。科学家的语言要求清除悖论留下的任何痕迹;很明显,只有运用悖论,诗人才能表达真理。"[43]诗人在进行诗歌创作时,把语言的日常意义疏离和变形,把在日常意义上互相对立乃至发生冲突的语言放在一起,从而在语言的碰撞和意义的对立交织中生发出诗性。由此可见,如果说反讽就是实际意义和语言的字面意义相对立的话,那么悖论就是互相矛盾的意义同时出现。不难看出,这两个概念具有歧义性。实际上,悖论似乎应当是反讽的一部分。

而在实际的批评实践中,这两个概念又常常被混用,因此也造成了概念的混乱。

4. 艾伦·退特的"张力论"

在前文我们一再谈到,新批评派的理论认为诗歌文本是由悖论、隐喻、反讽、象征等形成的语言的张力结构。事实上,"张力论"是新批评最重要也最难以捉摸的观点之一。对于"张力"问题,论述得最细致的当属艾伦·退特(Allen Tate)。

在退特看来,所谓张力,"用抽象的话来说,一首诗突出的性质就是诗的整体效果,而这整体就是意义构造的产物,考察和评价这个整体构造正是批评家的任务"[44]。也就是说,张力是诗歌的内涵和外延有机结合所能达到的最完整的整体,它包含了各种可能的意义。所以诗歌应当是"所有意义的统一体,从最极端的外延意义,到最极端的内涵意义"[45]。其目的还是要在诗歌的外延与内涵之间找到一个平衡点,从而实现诗歌的感性和理性的有机统一。到了后来,所谓的"张力"成为诗歌内部各种矛盾因素对立统一的现象的总称。同退特提出时的意义相比,到了今天,"张力"已经被引申成为文学批评的一个重要术语。

同所有其他新批评的理论家一样,退特也对文学与科学的关系做出了回答。但是他的回答不能令人满意,甚至是语焉不详。在他看来,同科学家相比,诗人拥有双重优势。因为诗人不仅能够提供关于外部世界的精确观察与描述,还能够提供关于人的内心生活的精确的观察与描述。而"内心生活是实证主义者们绝对没有勇气涉足的领域"[46]。他对马修·阿诺德、莫里斯等人的观点进行了逐一批驳,认为诗歌价值不是感情性的,而是认知性的。但是文学究竟如何传达知识,退特的理论没有具体展开,我们也就无法深入理解他的这一观点。

四 耶鲁集团

在兰色姆、布鲁克斯等人的不断努力下,到了20世纪40年代,新批评派几乎占据了所有大学文学系文学理论教学的统治地位。这个时候最有影响的理论家是威廉·K. 维姆萨特、雷纳·韦勒克和沃伦。由于三人长期在耶鲁大学共事,形成了新批评派的后期重镇,故而也被称作"耶鲁集团"(Yale Group)。

1. "意图谬见"和"情感谬见"

"新批评"所提出的文本中心论,在西方文学理论史上是第一次。但是把这种理论绝对化的,是维姆萨特(William K. Wimsatt)和比尔兹利(Monroe C. Beardsles)提出来的"意图谬见"(intentional fallacy)和"情感谬见"(affective fallacy)理论。

在他们看来,文学理论只要研究文学文本本身就可以了,至于读者和作者根本就不必考虑了。因为作者的意图根本就不可能成为衡量一部作品成功与否的标准。而如果像瑞恰兹那样,将研究重点放在读者的接受心理上,也不是正确的方法,因为作品的意义是不以作者的感受为转移的。这两种研究方法分别被他们称为"意图谬见"和"情感谬见"。也就是说,

> 意图谬见在于将诗和诗的产生过程相混淆……其始是从写诗的心理原因中推衍批评标准,其终则是传记式批评和相对主义。感受谬见则在于将诗和诗的结果相混淆,也就是诗是什么和它所产生的效果。其始是从诗的心理效果推衍出批评标准,其终则是印象主义和相对主义。[47]

在维姆萨特看来,意图谬见和感受谬见这两种研究方法,看上去仿佛解决了问题,实际上都是似是而非的理论,最后的结果是离开了诗来讨论诗。而一首诗只能通过它的文本而存在,所以,必须回到文本本身才是真正的对文学的研究。

不难看出,这种观点将批判矛头指向了传记式批评、社会学批评等外在研究,强调文学研究应当立足于作品本身,对文学内在结构的认识进一步深入,同时对文学理论的发展起到了重要作用。但是它将文本中心论推向极端,反而忽视了创作主体——作家和接受主体——读者的作用,最后只能导致"文本神圣论",其片面性、狭隘性是不言而喻的。到了韦勒克那里,新批评的这种狭隘性有了很大的改变。

2. 韦勒克的文学理论

雷纳·韦勒克(René Wellek)是后期新批评的杰出代表。在文论迭变、思想丛生的20世纪西方文学理论界,雷纳·韦勒克也许算不上是一位大思想家,他不会像罗兰·巴特那样在零度写作中尽情地享受文本的欢欣,更不会像雅克·德里达那样摆出一种积极的介入姿态,在对权威的质疑中实现

对文本的解构,但可以肯定的是,韦勒克绝对可以称得上是一位卓有成绩的学术大师。在其漫长的学术生涯中,精通十种语言的韦勒克著述等身,从《英国文学史的兴起》(The rise of English Literary History)、《文学理论》(Theory of Literature)、《批评的概念》(Concepts of Criticism)、《辨析:再论批评的概念》(Discriminations: Further Concepts of Criticism)一直到卷帙浩繁的《近代文学批评史》(A History of Criticism),在对文学研究的坚守中,韦勒克充分显示了自己恢宏的理论视野和透辟的理论穿透力,为现代文学理论学科的建立与发展做出了杰出的贡献。

事实上,韦勒克的理论观点已经同新批评有了很大的不同,他甚至还批评过新批评的历史眼光很短[48],而且他也不承认自己是新批评派。韦勒克的文学研究,在文学史、文学批评和文学理论的各个领域均有建树,虽然学术视野广阔,但是贯穿其中的却是他对文学研究、文学理论的坚定而又独到的信念:关注文学自身(Literature itself)[49]。

(1)研究对象:坚持以文学文本为中心的理论观。

韦勒克的文学理论观念继承了康德以来的美学传统。在他看来:"起源于从康德到黑格尔的这一德国美学伟大传统,并经过法国象征主义、德桑克提斯和克罗齐的重新阐释和解读的形式主义、机体主义和象征主义美学,牢牢地把握住了诗歌和艺术的本质。"[50]正因为如此,韦勒克坚持以文学艺术作品为研究中心对象的理论观,把"文学性"视为理论研究的中心问题。凡是偏离文学研究中心对象、脱离文学理论研究中心问题的研究都是他明确反对的。也正因为这个原因,他将文学研究分为外部研究和内部研究。传记式研究、心理学研究、社会学研究等被他称为外部研究,而文体、文学作品的存在方式、意象、叙述等是文学的内部研究,在他看来,文学研究的合情合理的出发点应当是对文学作品本身的研究。这也是新批评一以贯之的观点。

那么韦勒克是如何认识文学作品的呢?在韦勒克看来,

> 艺术作品不仅仅是来源和影响的总和,它是一个整体,里面从它处获得的素材不再是塞进去的材料,而是融入到一个新的整体结构中。[51]

影响文学作品的种种外在因素,是文学作品的素材,它们经过处理,相互融合,成为一个新的结构。这个结构是什么呢?

> 在我看来,唯一正确的观念就是彻底的"整体论",它把艺术作品

视为多样化的统一整体,一个符号结构,但是同时又蕴含并且需要意义和价值的结构。[52]

也就是说,文学文本是一个多样化、多层面的符号结构,它蕴含的是潜在的、需要被人挖掘、阐释和解读的意义和价值。

如前文所述,在韦勒克提出这种观点的时代,比较流行的文学理论研究推崇的是实证主义批评、印象主义批评和实用主义批评,流行的是新亚里士多德学派、新人文主义等等。在韦勒克看来,在对文学文本的潜在意义和价值进行解读的时候,从其他学科借鉴理论资源是必需的,但是理论领域的扩张则是学科的不幸,因为这放弃了学科研究的中心任务,即对文学艺术的研究。所以,韦勒克强调:"知识的每一个分支都必须有自己的学科问题。只有明确自己的独立的研究对象——这并不等于彻底的孤立主义——才能在理解和洞察力上取得进展。"[53]

(2)研究方法:强调文学理论研究的穿透性。

文学理论研究如果没有明确的方法作为指导,很难取得实质性的进展,或者就会陷入理论误区。韦勒克对此保持着清醒的态度:

> 理论问题的澄清,只能在哲学的(即概念的)基础上得到解决。对方法论的明确认识将直接影响到研究工作的未来。[54]

面对复杂的文学现象、纷乱的文学理论论争,理论研究如何能够使自己不致过于陷入表面的问题之中而忘记了问题的实质?如何能充分地展现自己的超越性和穿透性?韦勒克提出了"透视主义"(perspectivism)的方法。

> "透视主义"的意思就是:把诗和其他类型的文学,看做一个整体,这个整体在不同时代都在发展着,变化着,可以互相比较,而且充满着各种可能性。[55]

韦勒克在这里强调的是对文学研究做透视主义的处理,从而能够在历史与现实的结构中,把握住文学的发展。但是,韦勒克的这种"透视主义"不仅适用于他所强调的文学研究,而且也可以应用到文学理论研究上来。而且,在理论研究领域,这种"透视主义"的穿透力同样十分重要。理论有其自身发展脉络。对于理论自身发展脉络的认识将决定理论研究的现实性意义与历史性价值。每一个时期的文学理论都有其热点问题,如何保持清醒,学会保持距离,拒绝并反思乃至批判,对于理论研究来说是至关重要的。

韦勒克自己在批评史的研究中就贯穿了这种"透视主义"观念,他提出:"全然中允、纯粹解说性质的史书的想法在我看来是不伦不类的产物。没有一种方向意识、对未来的预感、某种理想、某种标准,以及由此而来的后见之明,就不可能撰述任何史书。"[56]与此同时,韦勒克也避免使批评史成为对一堆古籍资料的挖掘和清理,避免使理论研究成为脱离现实的高头讲章,而是应当具有现实针对性。他说:"批评史不应当成为一项纯粹古籍研究性的课题。我以为,它应当阐明和解释我们的文学现状。"[57]也就是说,文学理论研究不仅要尊重理论历史的本来样貌,同时也要充分展现自己的理论个性,有现实针对性地做出价值判断。这里体现的是一种深厚的历史感和紧迫的时代感,在历史与现实之间,找到了理论研究的意义。

(3)自觉的学科意识:坚持文学理论研究的科学性。

虽然明确反对文学理论研究中的科学实证主义倾向,但是韦勒克还是本着学理的态度,坚持强调文学理论研究的科学性。在他看来,科学研究的基石是知道何为真理,是对真理的追求,文学理论研究也具备这样的理论特性。而人文科学研究则常常对此持犹疑态度,不敢承认自身研究所具有的科学性:"'人文科学'的不幸是在它论及艺术和文学的时候,由于怯懦而羞于对法则或真理做出同样的断言。"[58]所以,韦勒克这样定位文学理论:

> 文学是创造性的,是一种艺术;而文学研究,如果称为科学不太确切的话,也应该说是一门知识或学问。……研究者必须将他的文学经验转化成理智的形式,并且只有将它同化成首尾一贯的合理的体系,它才能成为知识。[59]

这里,韦勒克在强调文学经验对理论研究重要性的同时,认为文学理论是一种理性活动,应当具有自己的知识体系。

韦勒克对文学理论科学性的认识体现在以下几个方面。

首先,自主的、独立的学科意识。韦勒克坚持以"文学性"为理论研究中心,体现了明确的文学理论学科意识和理论的学术追求。他还强调:"要想获得一种条理连贯的文学理论,我们的做法必须和所有其他学科一样,把我们的对象分离开来,确立我们的论题内容,把文学研究和其他相关的探求区别开来。"[60]在《文学理论》一书中,韦勒克在对外部研究的分析中,就质疑了科学主义和实证主义的研究方法以及他们对文学理论所造成的影响。

其次,概念术语的明晰性。文学理论研究中存在着太多的论争。但是很多都是因为理论术语的混乱造成的,其中大部分是伪命题,并不值得也没有必要进行理论上的争辩与清理。韦勒克对此有着深刻的认识:"大部分争论都是纯文字性的争论,这是又一个由于语言的混乱而造成真正的巴比伦塔停建的实例。在我看来,这是当代文明中最为危险的特质之一。如果它们没有使人看到问题的真正所在,那么就没有必要去费力清理这些混乱。"[61] 面对复杂的论争,透视主义的态度尤为重要,这样才不致使自己迷失在问题的表面,而忽视了对更深层次的本质性问题的认识。

最后,在理论与文学实践之间保持必要的弹性空间。理论虽然有其自身的发展规律,但是理论研究不能成为大而无当、内容空泛、缺乏实践性基础的高头讲章。与此同时,过于注重作品本身又会忽视对其内在蕴含的价值和意义的研究。所以韦勒克不断地对这两种倾向提出警告。而且,韦勒克更加注重的是文学理论的"理论性"。在韦勒克看来,阅读是重要的,也是进行理论研究的前提,但是仅仅把理论研究作为阅读的附庸,就误解了文学理论的宗旨,"因为'文学研究'这一观念已被认为是超乎个人意义的传统,是一个不断发展的知识、识见和判断的体系"[62]。与此同时,"如果只限于阅读名著,不仅要失去对社会的、语言的和意识形态的背景以及其他左右文学的环境因素的明晰认识,而且也无法了解文学传统的连续性、文学类型的演化和文学创作过程的本质"[63]。

不难看出,韦勒克的文学思想在今天依然具有很强的理论现实性。而且很多问题似乎又都有着共通之处。这也正是理论本身所具有的穿透性和超越性的表现。也许时代在变,但是一些问题却是永恒的,只有在不断的追问与坚守、反思与批判中,或者延续,或者解构,或者重建。正如韦勒克在自我反思的时候所说:

> 就我自己而言,在《近代文学批评史》中没能对(批评史的)进步做出令人信服的解释。根据我的经验,在文学批评观点的争论上不存在"进化"的概念,因为批评史是一系列反复再现的概念的争论,是一些实质上互相矛盾的概念的争论,在某种意义上,在今天依然是困扰我们的永恒的难题。[64]

韦勒克的学术生涯几乎贯穿整个20世纪,而20世纪又被他称为"批评的世纪",所以,20世纪在西方风行的各种文学理论不可能没有进入到他的学术视野,而他能够得出这样的结论,应该说具有深刻的洞察力。

新批评的理论在今天看来,当然是狭隘的、片面的。但是新批评的理论贡献也是很明显的。在各种外部研究方法盛行的时候,新批评将文学研究的重点放在文学作品本身,系统全面地分析了文本的内在结构,这进一步推动了文学理论的研究。与此同时,新批评最主要的理论原则是把文学"文本""本体化",这也是它称自己为"本体论批评"的根本原因。但这无论如何是对"本体"概念的误用。诚然,文学起因的研究不能解决文学本质的一切方面,但把"文本"当作"本体",也不能准确地揭示文学本质的一切方面。换一种说法,单纯的文学的"外部研究"不能说透文学的奥秘,单纯的"内部研究"也不能完全讲透文学的任务。正确的做法仍然是"内部研究"和"外部研究"的有机结合,或者说,只有在"公转律"中揭示"自转律",在"自转律"中体现"公转律",对文学的说明才能真正达到目的。因为,"本体"是看不见的,在文学领域,它是精神性的存在。所以,将"文本"本体化必然走向形式主义的形而上学。毫无疑问,剔除了作品的内容、背景、阅读感受、道德和价值评判因素,剩下的"文本"就很难同其他非文学的"文本"区分开来。新批评热衷于探究作品的"内在构成",但是,倘若把上述因素都排斥在外,缺乏对文学总体性的认识,那么文学的"本体"也就被残酷地消解掉了。既然新批评承认形式的重要性,承认没有形式便没有文学,形式是美的,承认科学语言在于"参证",文学语言在于"情感",具有多义性和复杂性,那也就暴露了它理论自身的矛盾性,暴露了它对于"本体"认识的不彻底性。难怪艾略特最后还是尊重并强调了文学创作中的"历史的意识",认为它"含有一种领悟,不但要理解过去的过去性,而且还要理解过去的现存性,……这个历史意识是对于永久的意识,也是对于永久和暂时的合起来的意识。就是这个意识使作家成为传统性的,同时也就是这个意识使一个作家最敏锐地意识到自己在时间中的地位,自己与当代的关系"[65]。新批评派自己突破自己的局限,是势所必然的事情。我们从其后韦勒克和沃伦的理论观点中,便能判明这一点。在《文学理论》一书中,当谈到文学演变动因的时候,他们说:"这种变化,部分是由于内在原因,由文学既定规范的枯萎和对变化的渴望所引起的,但也部分是由于外在的原因,由社会的、理智的和其他文化变化所引起的。"[66]无疑,这种既注意内部研究又注意外部研究的说法,更符合文学的实际。可惜的是,他们还只是从"内""外"两个方面加以说明,还没有把这两者之间的关系揭示出来,没有得到"自律"和"他律"统一的认识。"自律"和"他律"不是一个简单的逻辑上的循环,虽然人们可以从各自的角度切入对文学的认识,但只有当将两者视为辩证运动着的统一体的时候,才能达到对对象的真实把握。

在20世纪的文论中,英美新批评是纠正和补充社会历史研究的最重要的一个分支,也是历史唯物论文学理论可以学到许多东西的一个分支。这种愿望,在其后的原型批评和结构主义文论的某些层面已经看到端倪,在努力揭示文学与历史发展关系的同时,又坚守对文学文本深入分析的尝试,这对文学理论的未来建设是有启示意义的。

五 原型批评和诺思罗普·弗莱

新批评派将文本视为理论关注的中心,虽然抓住了传统文学理论所忽视的文学文本的自律性特征,但是它的狭隘性、片面性和保守性使文学内容的丰富性和形式的多样化特征隐而不显。正如伊格尔顿所分析的那样:"新批评起了很好的作用,但在某种意义上说它过于谦虚和单一化,不能称作是一种精明而讲究实际的学派。在它一心致力于研究孤立的文学原文时,在它对感性的偏爱当中,表现出忽略文学更广阔、更富结构性方面的倾向。"[67]正因为如此,即使是在它的全盛时期,新批评派也不是没有听到反对的声音。这其中最具代表性也最有颠覆性的就是以加拿大人诺思罗普·弗莱(Northrop Frye,1912—1991)为代表的"原型批评"(Archetype criticism)。

原型批评有时也被称作神话批评(Myth criticism),但是二者又有所区别。"原型"和"神话"的区别何在?弗莱解释说:

> 神话是主要的激励力量,它赋予仪式以原型意义,又赋予神谕以叙事的原型。因而神话就是原型,不过为方便起见,当涉及叙事时我们叫它神话,而在谈及含义时便改称为原型。[68]

从词源学上讲,神话(Myth)本身就有虚构、叙事等意义。原型批评同新批评一样,也是要找到文学背后隐藏的更深层次的东西。但是与新批评不同的是,原型批评的研究对象不是单个的名词或句群,也不是某一篇具体的诗歌或小说,而是更大的具有共时意义的作为一个整体的文学的意象结构和叙述结构,是从整体上来把握文学类型的共性和演变规律。

1. 思想来源

一般认为,原型批评有两个思想来源:一是英国人类学家弗雷泽(J. G. Frazer)的人类学理论,一是瑞士心理学家荣格(Jung)的"集体无意识理论"(collective unconsciousness)。

作为一位人类学家,弗雷泽在考察了原始的祭祀仪式之后,完成了人类学理论巨著《金枝》。在对居住在内米河畔的古代意大利人进行部落首领交接仪式的考察中[69]，弗雷泽发现在很多原始部落都存在着相似的仪式。他认为从这一习俗发展出了多种宗教，中心人物就是与部落首领地位相近的神。神的祭祀代表了原始人类对死亡与再生的认识。而这又与自然界的四季循环变化有着内在类似的关系。这是对自然界生生不息繁衍、进化本身的模仿。弗莱是从文学而不是从人类学的角度借鉴了弗雷泽的理论。他说："我是一个文学批评家，所以我没有能力把《金枝》作为人类学著作来进行探讨。我想说的是，与其把《金枝》看做是为人类学学者而写的书，还不如说是为文学批评家写的更合适。"[70]弗莱从弗雷泽的研究中看到了不同的社会表现出来的相同或者相近的社会集体无意识，看到了不同的文化背景中存在着相同或相近的心理意象结构，但是如何对其进行解释却构成了另外一个重要的问题。

在荣格的"原型"理论那里弗莱找到了问题之解。荣格的"集体无意识理论"是对老师弗洛伊德的精神分析学的发展。也正是因为"集体无意识理论"的提出，荣格成为师门叛逆，但是却修正、丰富和发展了精神分析学说。弗洛伊德的理论在前面章节已有论述，此不赘述。荣格发现，在人的无意识中，除了个体自身的无意识之外，还有许多心理经验并不仅仅来自自身，这种心理经验有着一种超个性的共同心理基础，在每个人的身上是相同的。荣格认为，这种心理经验是一种"集体无意识"，是人类世世代代普遍性的心理经验的积淀，是人类所由来的精神之根。在文学史中反复出现的寻根意识正是这种"集体无意识"作用的体现。荣格把这种"集体无意识"的内容称为"原型"（archetype）或"原始意象"（primordial image）。[71]根据荣格的解释，所谓"原型"，是一种种族的记忆，是自从远古时代就已存在的普遍意象，这种普遍的意象，在每一个时代都会以不同的方式重新发生。

将"原型"理论应用到文学领域，荣格认为这种潜在的原始意象会不断地作为一种集体无意识进入到作家的创作中，"一旦原型的情境发生，我们会突然获得一种不寻常的轻松感，仿佛被一种强大的力量运载或超度。在这一瞬间，我们不再是个人，而是整个族类，全人类的声音一齐在我们心中回响"[72]。在这里，"原型"可以是叙述结构和人物形象，也可以是象征等艺术手法。文学理论研究的任务就是要分析在文学作品中反复出现的这些原型。

在荣格和弗雷泽理论的影响下，很多理论家为此付出了努力，原型批评也取得了很大进展。但是直到弗莱的《批评的剖析》（*Anatomy of Criticism*）

的发表,原型批评才真正作为一种强大的理论取代了新批评在欧美文学理论界的领军地位。与此同时,弗莱的崛起也改变了理论界对文学批评的本质和任务的认识。

2. "原型"理论

在弗莱之前,人们对文学批评并未予以更高的重视,认为它不过是文学的附庸,是对文学的解释,自身不具有主体性地位。在弗莱这里,文学批评终于获得了独立自主的地位。他认为:"批评是文学的理论,而不是文学实践中的一个次要的和非基本的因素。"与此同时,他着重指出:"我需要的批评之路是一种批评理论,他首先要说明文学经验的主要现象,其次要导致对文学在整个文明中的地位的某种看法。"[73]这种理想和目标体现了弗莱在他的文学批评之路上,试图重构文学批评的雄心。

抱着这种宏阔的开放意识,弗莱进入了他的"原型"批评理论。弗莱的原型批评首先就将新批评作为自己的主要批判对象。在肯定新批评的理论贡献的同时,弗莱直指新批评的缺陷,认为新批评理论"使自己失去了文献批评的巨大力量:语境的意义。它只是一个接一个地解释文学作品,而对文类或对将所分析的不同文学作品联系起来的任何更大的结构原则却不加注意"[74]。在弗莱看来,新批评虽然通过对文学文本的解释恢复了文学的自足性,但是他们无法解释究竟是什么使这些单个的、独立的文本构成"文学"这个整体。所以,应当在更为宏大的语境内找到构成文学的本质要素和结构原则,进而建立真正的文学批评,从而不仅能够在共时的层面上解释不同文学属性之间的内在联系,还能在历时的层面上发现文学的内在演变规律。那么,怎样在不脱离文学自身语境的前提下,按照历史的观点通向真正的"批评之路"呢?弗莱认为:

> 我需要一种历史的方法来研究文学,但这种研究方法应该是一部真正的文学史,而不只是把文学史比作某种其他的历史。正是在这一点上,我强烈地感到文学传统中的某些结构因素极为重要,例如常规、文类以及反复使用的某些意象或意象群,也就是我最终称之为原型的东西。[75]

由此,弗莱正式引进了"原型"这个概念。但是,弗莱将"原型"概念由心理学术语转换成了文学理论术语。在弗莱看来,"原型便是那些反复出现的或传统的神话及隐喻"[76]。原型是"一种典型的或重复出现的意象",

"指一种象征,它把一首诗和别的诗联系起来从而有助于统一和整合我们的文学经验。而且鉴于原型是可交流的象征,原型批评主要关注作为社会事实和交流模式的文学。通过研究程式和文类,这种批评试图把个别的诗篇纳入作为整体的诗歌体"。[77]与此同时,弗莱也在文学批评的语境内,从词源学的角度对"神话"作了进一步的解释:"神话(myth)总是首先而且主要指其词源 mythos 所表示的故事、情节、叙述。"[78]也就是说,对于原型应当从两个层面来认识:第一,它是所有文学的母题,也就是神话;第二,是文学的叙述程式,也就是文学的结构组织原则,这是文学的形式成因。在他看来,整个西方文学史上的各种结构和叙事模式都是最古老的神话模式的置换和变形。基于这样的认识,弗莱认为运用原型批评不仅能够找到隐藏在文学作品中的叙述结构、人物情节等原型结构,而且还能够在这一部作品与其他作品之间发现某种共同的原型模式。因为在弗莱看来:"诗歌,作为整体不再只是模仿自然的人工制品的总集,而是作为整体的人类技巧活动之一。"[79]正因为如此,弗莱认为,某些自然界中的普遍意象的重复出现就不能仅仅视为一种技术上的"巧合",而是应当将其看做是某种"原型"的反复再现。

从历史演变的角度出发,弗莱将西方文学作品分为两大类:虚构型和主题型。虚构型主要是叙述人物及其故事,主题型则是以传达某种意义为根本目的。对于虚构型作品,弗莱又将其分为五种模式:第一种为神话。主人公是神,既在性质上比他人优越,也在环境上比他人优越,能够超越自然规律的限制。第二种是浪漫故事。尽管它的主人公出类拔萃,但是仍然是人类的一员。他可以将日常的规律抛在一边,却又要受自然规律的束缚。例如传说、民间故事和童话等。第三种是"高模仿"。它的主人公比普通人要优越,但是要受日常规律的限制。其代表就是一些领袖故事。第四种因为模仿的是现实生活中的普通人,所以称作"低模仿"。第五种是反讽。在这里,主人公同普通人相比在智力和能力上都要低劣。弗莱认为,欧洲文学史一直是在沿着这五个顺序下移。而且由神话下移到反讽之后,它们又要循环往复。他认为西方现代文学恰好印证了他的理论,因为它正在显示出由反讽向神话回归的趋势。比如说乔伊斯的《尤利西斯》以及卡夫卡的小说等等。

从原型的意义出发,弗莱又将西方文学分为三个类型或者三种隐喻结构,也就是在文学中神话和原型象征的三种组织形式。第一种类型为"神启意象"(apocalyptic imagery),这里表现的是人们所向往的世界,如天堂景象。第二种类型是"魔怪意象"(demonic imagery),这是人的愿望被彻底否定的世界的表现,它"是梦魇和替罪羊的世界"[80],是地狱的世界。神启意象和魔怪意象是完全对立的两个世界的表现。这两种意象属于永恒不变的原始意象,弗莱称之为"非移用"意象。第三种意象表现的是介于天堂和地狱两个极端世界之间的世界。在前文提到的五种类型中,弗莱认为,神启意象适用于神话模式,魔怪意象适用于反讽模式,其他三种可以总称为"类比意象"(analogy imagery),也就是现实主义叙述结构。这其中,浪漫故事再现的是神启世界在人类世界的对应物,是"天真的类比";高模仿把作为神的世界和精神世界的代表者的人理想化,所以是"天真的模仿";而都是普通经验意象的低模仿则是"经验的类比"。

弗莱认为,一部作品、一首诗的意象结构只是一个静态的定式,既然神话是一种叙述和情节,而叙述是从一个结构到一个结构的运动,同时"过程之基本形式是循环运动、兴衰的嬗变、努力与休息、生命与死亡,这是过程的节奏"[81]。所以,基于这样的认识,弗莱认为,文学的叙述结构也是这样的一种循环,与自然界循环运动有着内在的一致性。国内有研究者认为这是对自然界循环运动的模仿,实则误解了弗莱的理论。对此他曾经很明确地强调说:

> 原型批评这种方法在研究一部诗作时,不是将其视为对自然的模仿,而是对其他作品的模仿。这种批评研究传统创作手法、体裁以及将一首诗与另一首诗联系起来的反复出现的形象。[82]

也就是说,这里体现的是弗莱的整体文学观,他所说的循环主要是指文学内部叙述结构的循环运动,即"批评家不是使文学适应事先制定好的历史结构,而是应该视文学为一个连贯的结构,它被历史限定但却形成自己的历史,它以自己的形式对外部的历史过程作出反应但又不为其所决定"[83]。而自然循环只是文学循环运动的象征形式,并不代表就是文学循环对自然循环的模仿,这是应当注意的。

在弗莱的"文学循环论"看来,同春天的叙述结构相对应的是喜剧;同夏天的叙事结构相对应的是浪漫故事;而同秋天的叙述结构相对应的是悲剧;同冬天的叙述结构相对应的则是反讽和讽刺。神话作为最原始的原型是文学的总的叙述原则,在其中孕育了各种叙述结构形态,每一种叙述结构都发展了其中的某一部分。既然过程的基本形式是循环运动,那么这几种叙述结构也是循环往复、生生不息的。

不难看出,弗莱的原型理论体现了一种宏阔的文学观念,将文学视为一

个有机的发展整体,在这里:

1. 神话→浪漫故事→高模仿→低模仿→反讽→神话的循环过程构成了文学原型的结构循环。

2. 非移用神话(神启式和魔怪式)叙述结构→浪漫主义结构→现实主义叙述结构→非移用神话(神启式和魔怪式)叙述结构的循环过程构成了文学原型的意义循环。

3. 喜剧→浪漫故事→悲剧→反讽和讽刺→喜剧的循环过程构成了文学原型的叙述结构循环。

弗莱的原型理论是一种整体性的文化批评研究,使文学理论的研究从新批评派的文本中心论的狭隘世界中走出来,进入一个更为宏阔的天地,对文学的整体把握也更为精到。但是,同新批评的观点一致,在弗莱的理论中,文学是一个封闭的系统,一切外在的东西都不能渗透进去。伊格尔顿评价得非常准确:"弗莱的理论的长处是:它以新批评的方式保持文学不受历史的污染,把文学看做是一种封闭的、类似生态学的原文的再循环,但它又不同于新批评,它以历史本身的全球性广度和集合结构,在文学中找到一种历史的替代。"[84]如果我们将"全球性"转换成"欧美",我们会发现弗莱的理论在一定程度上反映了欧美文学原型生成与转换的规律以及发展全貌。

但是,首先,弗莱的理论一个最大的缺陷就是抛弃了文学的价值判断。我们可以看到,弗莱的原型理论具有结构主义的特点。他所关注的是作为一个整体的文学和它的各个组成成分之间的关系,作者只是这个系统的一个功能,因而这其中的价值问题就变得无足轻重了。尽管弗莱是以批评新批评派的面目出现的,但就这一点来讲,他们却是一致的。与此同时,如果说新批评派过于重视单个的、具体的文本而忽视了文学产生的更为宏阔的语境的话,弗莱的理论又恰恰走向了新批评的反面,过于重视文学产生的更为宏阔的语境而忽视了每一个具有独特个性的文学文本。如果将二者结合起来,从微观和宏观两个层面来看待这个问题的话,我们会发现二者恰好构成了对于文学的整体性研究。

其次,弗莱的原型理论过于注重寻找文学中的原型,一切文学最终都被还原成为不同类型的神话,成为原始神话的一部分。这种将文学简单化的处理方式忽视了文学本身形态的多样性和意义的丰富性。

第三,弗莱的原型理论将原型视为文学产生的源泉,又将文学视为一个封闭的结构,同时还认为文学有其自身的叙述程式。这种看法实际上也是一种形式主义、唯美主义文学理论的变形。虽然从学术渊源的角度看,弗莱与结构主义并无实质性的联系,但是,在这一点上,弗莱的理论却与结构主义有着异曲同工之妙,成为具有鲜明的结构主义倾向的文学理论。

注 释

〔1〕 参见〔美〕朱丽·汤普森·克莱恩:《跨越边界——知识、学科、学科互涉》,姜智芹译,南京:南京大学出版社 2005 年版,第 175—180 页。

〔2〕 René Wellek, *Concepts of Criticism*, New Haven and London: Yale University Press, 1963, p. 61.

〔3〕 引自 René Wellek, *Concepts of Criticism*, New Haven and London: Yale University Press, 1963, p. 359.

〔4〕 这里需要注意的是对"科学"的理解问题。韦勒克认为,"新批评派"是科学的对头。以艾伦·退特的观点为例,在他看来,科学是历史的罪人,"它已经摧毁了人类的相通之处,搅乱了古老的有机的生活方式,为工业化铺平道路,把人类变成了在本世纪里蜕变成的那种异化、飘零无根、不信神明的生物。科学鼓励乌托邦思维、人类可以变得完美的虚妄思想、取得无止境的进步的整个幻想。"同时,新批评派也不赞同俄国形式主义文学理论同语言学的结合。(参见〔美〕雷纳·韦勒克:《近代文学批评史》第六卷,杨自伍译,上海:上海译文出版社 2005 年版,第 255 页。)

但是事实上,我们这里所说的"科学性"是指一种学科的系统性、专业性,有其自身的研究对象、研究范围、研究方法和研究的基础概念。这是不同于那种对科学的"唯科学"和自然科学化的主张的,对于这一问题,也可参看本书第九章第一节的相关内容。

〔5〕 T. S. 艾略特:《传统与个人才能》,见赵毅衡《"新批评"文集》,天津:百花文艺出版社 2001 年 9 月,第 35 页。

〔6〕 同上。

〔7〕 同上书,第 31 页。

〔8〕 〔英〕瑞恰兹:《科学与诗》,曹葆华译,见徐葆耕编:《瑞恰兹:科学与诗》,北京:清华大学出版社 2003 年版,第 32 页。

〔9〕 同上书,第 33 页。

〔10〕 I. A. Richards, *Practical Criticism*, A Harvest/HBJ Book, Harcourt Brace Jovanovich, Publishers, p. 3.

〔11〕 I. A. Richards & C. K. Ogden, *The Meaning of Meaning*, Printed in Great Britain by Cox and Wyman Ltd of Reading, p. 1, 语见《老子·五十六章》。

〔12〕 Ibid., p. 10.

〔13〕 〔英〕瑞恰兹:《论述的目的和语境的种类》,赵毅衡《"新批评"文集》,天津:百花文艺出版社 2001 年 9 月,第 334、334—335 页。

〔14〕 同上书,第 335 页。

〔15〕 I. A. Richards, *Practical Criticism*, A Harvest/HBJ Book, Harcourt Brace Jovanovich, Publishers, p. 195.

〔16〕 〔英〕瑞恰兹:《论述的目的和语境的种类》,赵毅衡《"新批评"文集》,天津:百花文艺出版社2001年9月,第325页。

〔17〕 关于ambiguity一词有不同的译法,有的译成"复义",有的译成"歧义",有的译成"朦胧",今从中译本的译名。

〔18〕 〔英〕特里·伊格尔顿:《当代西方文学理论》,王逢振译,北京:中国社会科学出版社1988年版,第82页。

〔19〕 René Wellek, *Concepts of Criticism*, New Haven and London: Yale University Press, 1963, p. 265.

〔20〕 〔英〕威廉·燕卜荪:《朦胧的七种类型》,周邦宪等译,杭州:中国美术学院出版社1996年版,第1页。

〔21〕 同上书,第7页。

〔22〕 同上书,第4页。

〔23〕 同上书,第302页。

〔24〕 同上书,第309—310页。

〔25〕 同上书,第368页。

〔26〕 〔美〕兰色姆:《批评公司》,见史亮编《新批评》,成都:四川文艺出版社1989年版,第1页。

〔27〕 同上书,第2页。

〔28〕 同上书,第16—18页。

〔29〕 〔美〕兰色姆:《征求本体论批评家》,见赵毅衡编《"新批评"文集》,天津:百花文艺出版社2001年9月,第82页。

〔30〕 〔美〕兰色姆:《诗歌:本体论札记》,见赵毅衡编《"新批评"文集》,天津:百花文艺出版社2001年9月,第70页。

〔31〕 同上书,第61页。

〔32〕 同上书,第79页。

〔33〕 〔美〕兰色姆:《新批评》,见赵毅衡编《"新批评"文集》,天津:百花文艺出版社2001年9月,第596页。

〔34〕 Cleanth Brooks, 'The Formalist Critic', in K. M. Newton, *Twentieth-Century Literary Theory*, Basingstoke: Macmillan Education, 1988, p. 45.

〔35〕 Cleanth Brooks, *Preface of the Well Wrought Urn*, San Diego, New York London, A Harvest Book, Harcourt Brace Jovanovich, Publishers, 1975, p. 1.

〔36〕 Ibid..

〔37〕 Ibid., p. 2.

〔38〕 《什么是新批评》,见史亮编《新批评》,成都:四川文艺出版社1989年版,第

322—323 页。

〔39〕 Cleanth Brooks,'The Heresy of Paraphrase', *The Well Wrought Urn*, San Diego, New York London, A Harvest Book, Harcourt Brace Jovanovich, Publishers,1975, p. 193.

〔40〕 〔美〕布鲁克斯:《形式主义批评家》,见赵毅衡编选《新批评文集》,北京:中国社会科学出版社 1988 年版,486 页。

〔41〕 〔美〕布鲁克斯:《反讽——一种结构原则》,见赵毅衡编《"新批评"文集》,天津:百花文艺出版社 2001 年 9 月,第 379 页和第 390 页。

〔42〕 'The Language of Paradox', *The Well Wrought Urn*, p. 3.

〔43〕 Ibid., p. 9.

〔44〕 〔美〕艾伦·退特:《论诗的张力》,见赵毅衡编《"新批评"文集》,天津:百花文艺出版社 2001 年 9 月,第 121 页。

〔45〕 同上书,第 120 页。

〔46〕 〔美〕艾伦·退特:《作为知识的文学》,见赵毅衡编《"新批评"文集》,天津:百花文艺出版社 2001 年 9 月,第 142 页。

〔47〕 〔美〕维姆萨特、比尔兹利:《感受谬见》,参见赵毅衡编《"新批评"文集》,天津:百花文艺出版社 2001 年 9 月,第 257 页。

〔48〕 René Wellek, *Concepts of Criticism*, New Haven and London:Yale University Press, 1963, p.359.

〔49〕 Sarah Lawall, *René Wellek and Modern Literary Criticism*, Comparative Literature; Winter 1988; Volume 40, number 1; p. 3.

〔50〕 René Wellek, *Concepts of Criticism*, New Haven and London:Yale University Press, 1963, pp. 363-364.

〔51〕 Ibid., p. 285.

〔52〕 Ibid., p. 294.

〔53〕 René Wellek, *Discriminations: Further Concepts of Criticism*, New Haven and London:Yale University Press, 1970, pp. 50-51.

〔54〕 René Wellek, *Introduction of Concepts Of Criticism*, New Haven and London:Yale University Press, 1963.

〔55〕 〔美〕雷·韦勒克、奥·沃伦:《文学理论》,刘象愚等译,北京:生活·读书·新知三联书店 1984 年版,第 36 页。

〔56〕 〔美〕雷纳·韦勒克:《近代文学批评史》第五卷,杨自伍译,上海:上海译文出版社 2002 年版,第 9 页。

〔57〕 〔美〕雷纳·韦勒克:《近代文学批评史》第一卷,杨岂身、杨自伍译,上海:上海译文出版社 1997 年版,第 1 页。

〔58〕 René Wellek, *Concepts of Criticism*, New Haven and London:Yale University Press, 1963, p. 18.

[59] 〔美〕雷·韦勒克、奥·沃伦:《文学理论》,刘象愚等译,北京:生活·读书·新知三联书店1984年版,第1页。

[60] 〔美〕雷纳·韦勒克:《近代文学批评史》第一卷,杨自伍译,上海:上海译文出版社1997年版,第547页。

[61] René Wellek, *Concepts of Criticism*, New Haven and London: Yale University Press, 1963, p.2.

[62] 〔美〕雷·韦勒克、奥·沃伦:《文学理论》,刘象愚等译,北京:生活·读书·新知三联书店1984年版,第6页。

[63] 同上书,第9页。

[64] 韦勒克语,引自Sarah Lawall, "René Wellek and Modern Literary Criticism", *Comparative Literature*, Winter 1988, Volume 40, No.1, p.20.

[65] 《艾略特诗学文集》,王恩衷编译,北京:国际文化出版公司1989年版,第2页。

[66] 〔美〕韦勒克、沃伦:《文学理论》,刘象愚等译,北京:生活·读书·新知三联书店1984年版,第309页。

[67] 〔英〕特里·伊格尔顿:《当代西方文学理论》,王逢振译,北京:中国社会科学出版社1988年版,第135页。

[68] 〔加〕诺思罗普·弗莱:《文学的原型》,见《诺思罗普·弗莱文论选集》,吴持哲编,北京:中国社会科学出版社1997年版,第89页。

[69] 根据这一仪式,部落首领继承人首先要能够从圣树上折下一根树枝取得竞争资格,然后再与老首领进行对决,只有杀死老首领才能获得继权。具体可参见〔英〕詹·乔·弗雷泽:《金枝:巫术与宗教之研究》,徐育新等译,中国民间文艺出版社,1987年版。

[70] Robert D. Denham, *Northrop Frye on Culture and Literature: A Collection of Review Essays*, Chicago: University of Chicago Press, 1978.

[71] 实际上"原型"和"原始意象"还是有着微妙的差别的。原型是一种与生俱来的心理模式,而原始意象则是原型和意象相结合的产物。

[72] 〔瑞士〕荣格:《心理学与文学》,冯川、苏克译,北京:生活·读书·新知三联书店1987年版,第121页。

[73] 〔加〕弗莱:《批评之路》,王逢振、秦明利译,北京:北京大学出版社1998年版,第1页。

[74] 同上书,第6页。

[75] 同上书,第8页。

[76] 〔加〕诺思罗普·弗莱《心明眼亮,茅塞顿开》,见《诺思罗普·弗莱文论选集》,吴持哲编,北京:中国社会科学出版社1997年版,第166页。

[77] 〔加〕诺思罗普·弗莱:《批评的剖析》,陈慧等译,天津:百花文艺出版社1998年版,第99页。

〔78〕〔加〕诺思罗普·弗莱:《神话是共同语言,可为人们普遍理解》,见《诺思罗普·弗莱文论选集》,吴持哲编,北京:中国社会科学出版社1997年版,第189页。

〔79〕同上书,第99页。

〔80〕同上书,第155页。

〔81〕〔加〕诺思罗普·弗莱:《批评的剖析》,陈慧等译,天津:百花文艺出版社1998年版,第185页。

〔82〕〔加〕诺思罗普·弗莱《四重象征的由来》,见《诺思罗普·弗莱文论选集》,吴持哲编,北京:中国社会科学出版社1997年版,第104页。

〔83〕〔加〕弗莱:《批评之路》,王逢振、秦明利译,北京:北京大学出版社1998年版,第9页。

〔84〕〔英〕特里·伊格尔顿:《当代西方文学理论》,王逢振译,北京:中国社会科学出版社1988年版,第137页。

第十一章
现象学文学理论

在俄国形式主义和英美新批评等带有实证科学特点的文学理论引领着现代主义文学理论阔步前进的时候,一种在现象学和存在主义哲学影响下的浸染着浓厚的人文色彩的文学理论思潮在 20 世纪中期逐渐兴起。这一文学理论和美学思潮中存在诸多的理论学派,主要包括文学理论史上所指称的日内瓦学派、狭义的现象学文学理论[1]、解释学(阐释学)文学理论、接受理论、读者反应理论等。它们有着各自不同的理论旨趣,也存在着某些"家族相似性"。譬如,它们在很多时候都被置于"主题批评"的框架下来观照,或者说它们是一些注重读者的文学理论学派。这里将其并置,主要是为了在比较和对比中考察其内在的联系、差异以及历史演化的逻辑关系。

一 胡塞尔现象学与文学理论

现象学(Phänomenologie)是德国哲学家胡塞尔(Edmund Husserl)在 20 世纪初创立的哲学学派。胡塞尔的现象学试图建立一种全新的哲学,提供新的"科学的"方法论,为自然科学和一切人类知识奠定可靠而坚实的基础。一方面,他反对实证主义和经验主义,认为自然科学只是对自然界中经验事物的说明,并不等同于事物本身。既然在实证主义看来,自然客体独立于人的意识而存在,它与意识是二元的,那么,在实证主义和经验主义的自然态度中所产生的认识能否切中并符合客体,获得二者的一致性,这就是无法证明的。另一方面,胡塞尔也反对 19 世纪末盛行的主观唯心主义的心理哲学,认为心理主义从自我经验出发来认识客体,而每个人的心理体验各不相同,根本无法获得统一的真理性认识。因此,胡塞尔要克服传统唯心主义和唯物论的片面性,将二者统一起来,走第三条道路,建立"科学的哲学"。现象学不是一种统一的学说,而是一场哲学革新运动。这里,我们只能简略勾勒出与文学理论密切相关的现象学的一些基本思想。

1. 意识及其意向性

胡塞尔像前辈哲学家一样,保留着传统哲学对形而上学基本问题即存在与意识关系问题的关注,其现象学的一个核心,就是对确定性的本质的追求。关于认识和真理的本质问题,胡塞尔之前的哲学家得到的答案概括起来就是客观论和主观论两种。前者以柏拉图为代表,认为决定事物本质的是世界之外的"理念",而对事物的认识就是"理念"的显现、回归。后者以提出"我思故我在"论断的笛卡尔为代表,把认识的可能完全归结为"自我",认为"我思"构成了世界的存在。胡塞尔认为,柏拉图的"理念"建立在不可证明的假设之上,而假设是不能作为哲学的出发点的。笛卡尔的"我思"中的"我"则纯粹是具有个人经验的自我,这种自我无法获得普遍性的真理。胡塞尔对这两种对立的观点分别加以改造,将其统一起来,把柏拉图的"理念"植入笛卡尔的"我思","我思"的内容就不再是个体的自我经验,而是具有普遍性的"理念",从而把笛卡尔的个体的"经验的自我"改造为"先验的自我",或者称作纯粹意识,即具有理念的自我。这种先验的自我意识构成了整个现象世界的本质和本源,并且它客观地存在于每个人的主观意识之中。

胡塞尔对于确定性的追求开始于他对"自然态度"的暂时拒绝。所谓"自然态度"是指一种普通人的常识性的信念,即认为客体并不依赖于我们而存在,是独立于我们之外的外部世界,并且我们关于它们的知识是普遍的、可靠的。胡塞尔认为,这一信念想当然地承认知识的可能性,而这一点恰恰是应该受到质疑的。在现象学看来,世界既不像唯物论所认为的那样,外在于、独立于人们的主观意识,也不像唯心主义所强调的那样,存在于主体的意识之中。它认为,意识与意识的对象是不可分割地联系在一起的。胡塞尔认为,意识的本质体现在它具有一种基本结构,即"意向性"(intentionality)。他说:"意向性是一般体验领域的一个基本特性……是在严格意义上说明意识特性的东西。"[2] 何谓"意向性"?胡塞尔解释说:"我们把意向性理解作一体验的特征,即'作为对某物的意识'。"[3] 所谓"对某物的意识"是指给予某物以意义和秩序,从而将其建构为意向对象。"意向性",也就是"指向性"或"相关性",指的是意识活动的客体关联性。胡塞尔认为,现象学就是关于纯粹意识的学说,意识不是一个孤立的实体,也不是被动接受材料的容器,而是体现为一种激活对象、构造对象的功能。意识活动总是

"指向"某种外在事物或与某种事物相关;一切意识都是关于某种事物的意识,没有一种独立于意识而存在的自在的客体,也没有一种脱离客体而存在的意识,换句话说,没有主体便没有客体,没有客体也就没有主体,主体和客体相互依存、密不可分,是一个问题的两个方面。意识活动与意识客体有着内在联系,互相依赖。在他看来,外部世界在被意识把握以前,或者说,被意识的意向性的光芒照射之前,它是黑暗、混沌的,没有意义也没有秩序,不是一个统一体,只有当外部世界被意识活动把握,成为意识活动的对象的时候,事物才会有意义有秩序。因为"一切实在的统一体都是'意义统一体'"。但意义统一体不会自然呈现,"意义统一体须先设定"[4]。那么,由什么来设定呢?是由现象学的先验的自我意识或者叫做纯粹意识来完成。胡塞尔说:"一个给予意义的意识,此意识是绝对自存的,而且不再是通过其他意义给予程序得到的。"[5]我们的意识不是对世界的被动记录、消极接受,而具有"意义给予"功能,积极地对世界进行"构造"或"设想",能动地将对外部世界的印象综合改造为一个统一的经验系统。这并不是说,意识活动本身实际地产生出客观事物或对这些事物的印象,而是说,意识活动是把对这些客观事物的经验加以统一,使之具有意义和秩序的必要条件。这一点非常类似于亚里士多德的形式所具有的功能,意识的"构造"是意识的一种赋形的能力和规范的能力。就对象而言,一个完整的对象整体的形成,需要我们主体意识对直接呈现在意识中的材料从时间和空间上予以填补。就是说,对象并不完全是被我们感觉到的,它是被我们的意识构造而成的,"对象在认识中构造自身"[6],对象具有在意识中的被给予性、统一性、自明性。

这里,胡塞尔试图超越物质与意识的界限,他提出"回到事物本身"的著名口号,主张哲学研究应该以"现象"作为研究的出发点。现象学所谓"现象"既不是用经验可以证实或证伪的外在事实、客观事物的表象,也不是纯粹的主观心理体验、感觉材料,或者说,它既非自然客体,也非主观感觉,而是呈现在我们意识中的一切东西,是按照特定方式可以把握到的、包容着主观与客观双重性质的"中性意识"。

胡塞尔的意向性理论,特别是关于意识活动"意义给予"的构造功能的思想,为现象学文学理论奠定了基础。从根本上说,无论是胡塞尔的狭义现象学文学理论,还是受其影响的现代解释学文论和接受理论等主要有关读者的理论,都是研究读者对文本的"意义给予"的,在它们那里,或者称之为读者的"再创造""重构",或者称作读者的"理解""接受"等。并且,胡塞尔现象学关于"现象"的界定,也为人们思考美学与艺术中审美对象如何存在和审美对象意义如何呈现,即艺术本体问题提供了崭新的思考路径。这可以从胡塞尔关于艺术图像问题的讨论中见出。他提出,艺术的图像客体,"对我们来说既不是存在的又不是非存在的,也不是在任何其他的设定样态中"[7]。这里,作为审美对象的艺术图像"不是存在的",这意味着它不是一个实体对象,不像一个自然存在物那样天然地存在着,它要借助于主体,通过人的意识活动才能显现。这是对把审美对象等同于客观存在物思想的反动;审美对象"又不是非存在的",意味着它不是单纯观念的或心理的精神实体,需要一定的物理实体作为基础,这又是对把审美对象作为单纯精神存在物思想的反动。并且,审美对象"也不是在任何其他的设定样态中",意味着审美对象并不是某种理论、思想的直接图画,它与外在的物理世界或观念世界没有直接的对应关系,是在"中止判断"情形下的意向对象,是具有内在逻辑、完整而统一的、自明的、自在的、自律的世界。这里关于艺术图像特性的认识体现的恰恰是胡塞尔关于"现象"的思想。

2. 现象学还原和本质直观

怎样才能把握到作为"中性意识"的"现象"呢?胡塞尔提出对文学理论研究颇有方法论启示意义的"现象学的还原"。他说:

> 现象学的还原就是说:所有超越之物(没有内在地给予我的东西)都必须给以无效的标志,即:它们的存在,它们的有效性不能作为存在和有效性本身,至多只能作为有效性现象。[8]

胡塞尔还用"悬置"(Epoché)和"加括号"(Einklammerung)来形象地表达"现象学的还原"的内涵,意思是把所有意识之外的超越之物都"悬置"起来,把它们放入"括号"之中。具体地说,一方面,对存在"加括号",即把世界是否客观存在的问题放在一边,存而不论。胡塞尔强调,他无意于否定世界的客观存在性,只是说,我们的研究不应当以世界是独立于意识的客观存在为出发点,并由此得出认识就是对这种存在的反映的偏见。如果一个命题包含了对外部世界存在与否的判断,那么该命题就超出了自身的自明性范围,这种超越的东西就应该被置于考虑之外。胡塞尔并不否定意识之外的一切外在世界的存在性,他从认识论层次上将外在世界存诸不议,将意识以外的一切都排除在现象学研究范围之外,搁置起来。另一方面,对历史"加括号",即是把我们从历史上继承和接受下来的各种理论和观念,不论它们是属于科学的、宗教的,还是日常生活方面的对世界上事物的认识与看法,统统放入括号,悬置起来。就是说,放弃一切关于存在的判断,把过去对世界的种种概念、解释、猜想、结论等都放在一边,割断与传统的先入之见的联系,不再将其作为思考的出发点,从而专注于绝对自明的开端。他说:

> 在认识批判的开端,整个世界,物理的和心理的自然,最后还有人自身的自我以及与上述这些对象有关的科学都必须被打上可疑的标记,它们的存在,它们的有效性始终是被搁置的。[9]

这里,胡塞尔所追求的研究出发点就是无成见、无预设、无理论污染的中性观察和描述,所谓"知性要尽可能少,但直观要尽可能纯",达到一种绝无偏见的思考,在没有任何先决前提的条件下研究"事物本身"。通过这种"悬置"和"加括号"的方法,一方面,我们所得到的东西就是那些通过自身显现出来的纯粹现象,所谓"回到事物本身";另一方面,我们也就排除了我们对意识及其行为所采取的自然态度,排除了自我的经验因素,我们就不再把自我作为经验的自我,也不再把自我行为作为心理的表现;由此,自我成为纯粹的自我或先验的自我,自我的行为也就成为纯粹的行为或先验的行为。回到先验自我及其行为的过程就是胡塞尔所说的现象学的先验还原过程。先验还原要求主体在观察世界时须先成为一个站在世界之外的地位上的现象学观察者。经过这个还原过程,主体成为纯粹主体,对象成为纯粹对象,直观事物本质的可能性就产生了。

现象学还原的最终目的是要找到知识的"本源",达到对事物本质性的认识。正如有学者所概括的,"现象学是一种描写物自体的方法,是一种描写呈现在摆脱了一切概念的先天结构的旁观者的纯朴眼光下的物自体与世界的方法,事实上,它就是用直接的直觉去掌握事物的结构或本质"[10]。这段话概括起来就是现象学方法论的实质:"本质直观"。

在胡塞尔看来,这里的本质不是现象背后的东西,通过现象学还原,通过"悬置",捐弃了成见,停止判断后的还原创设了纯粹的主体和纯粹的客体,事物就在我们的直观中把其本来面目给予我们,事物就回到了自身,回到其原初性的状态,这时现象即本质。所谓本质就是意识对象诸多变化不定的性质中的"同一性"或"共相",亦即普遍的、必然的东西。本质与个体事物的关系是一与多、普遍与个别的关系,"在个体对象与本质之间存在着联系,根据这种联系,任何个体对象都包含着作为其本质的一个本质存在,正如任何本质相反也都符合于作为它事实的个别化的可能个体一样"[11]。胡塞尔说:

> 这个普遍本质就是艾多斯(Eidos),就是在柏拉图意义上的'理念'(idea),但它得到了纯粹的理解并且摆脱了所有形而上学的解释;也就是说,它在通过这样一种途径而产生的理念直观中本身是如何直接直观地被给予我们,我们也就如何来理解它。[12]

这里现象学强调,本质必须在直观中来理解,按照它原初性地呈现在我们的直观中的样子来理解。正如现象学美学家杜夫海纳(Mikel Dufrenne)所言:"艺术作品的本质只是随艺术作品的感性呈现而呈现"[13]。审美对象的真实性恰恰只能出现在感性之中。可见,通过现象学静观,把握了现象就把握了本质。因此,在审美活动中,"审美对象需要的是一个不相信什么或只相信自己眼睛的纯旁观者"[14]。

胡塞尔的现象学方法论与美学和艺术有着天然的内在联系和相似性,也为文学理论研究提供了方法论的指导。胡塞尔明确提出:

> 对一个纯粹美学的艺术作品的直观是排除任何智慧的存在性表态和任何感情、意愿的表态的情况下进行的……艺术作品将我们置身于一种纯粹美学的、排除了任何表态的直观之中。……
>
> 艺术家……对待世界的态度与现象学家对待世界的态度是相似的。……世界的存在对他来说无关紧要,正如哲学家(在理性批判中)所做的那样。艺术家与哲学家不同的地方只是在于:前者的目的不是为了论证和在概念中把握这个世界现象的"意义",而是在于直觉地占有这个现象,以便从中为美学的创造性刻画收集丰富的形象和材料。[15]

这里,胡塞尔认为现象学家和艺术家都对世界的存在进行"悬置",都不关心和追问对象在外部世界的存在与否,只对显现在意识中的对象感兴趣,只关注对象本身,并且,都对对象采取非设定的态度,都必须采用直观的方法来获得本质或意义,"现象学的直观与纯粹的艺术中的美学直观是相近的"[16],不同只在于前者要从直观中"看"本质,还原先验意识,后者要从直观中"见"意义,领会审美对象的价值。就具体的艺术审美活动来看,在观照艺术作品时,首先要把艺术作品的世界视为一个与外面世界无关的、独立自足的世界,艺术作品是一个纯粹对象,具有自明性、自律性,因为它有自己的内在情感逻辑和形象世界,艺术本身的优劣与否不能以作品之外的世界为衡量标准,只能以作品自身为依据;其次,审美主体必须是排除了所有经验、心理体验、理论预设等一切先入之见的纯粹主体,类似于老子所主张的要"心斋""坐忘",要"绝圣""绝学""弃智",要"涤除玄览",从而实现审美静观。这里我们可以清晰地看到,现象学"是一种方法论的理想主义形式,寻求探索一种称作'人类意识'的抽象观念和一个纯可能的世界"[17]。也正是在如何对待"成见"这一点上,其后的海德格尔(Martin Heidegger)、伽达默尔(Hans-Georg Gadamer)与他分道扬镳,创立了新的解释学理论。

胡塞尔的现象学哲学产生了广泛而深远的影响,被后人广泛运用于美学和艺术领域,形成了独特的美学批评流派。然而,不可否认的是,胡塞尔力图以一种"先验的"自我意识统摄和吞并一切客观之物,因此,如何跳出唯我论是我们在理解其思想时不能不加以小心的问题。就其在文学理论中的影响而言,美国学者韦勒克对神话学和存在主义一类文学理论所作的批评也是适用于胡塞尔现象学的——现象学无疑"又把我们带回到那种把艺术与哲学或者艺术与真理等同起来的立场"[18]。

二 乔治·布莱和日内瓦学派

胡塞尔现象学在20世纪30年代开始流行,很快便在文学理论领域产生了实质性的影响。"日内瓦学派"就是成功地将现象学的观念和方法运用于文学批评的典范。

1. 日内瓦学派概说

该学派肇始于1933年马塞尔·莱蒙(Marcel Raymond)发表的《从波德莱尔到超现实主义》,但真正形成具有自己坚实的哲学方向的学派的标志却是1949年乔治·布莱(Georges Poulet)出版的《人类时间研究》。布莱在1971年出版的《批评意识》一书被誉为日内瓦学派的宣言式的杰作。日内瓦学派的批评家们没有统一的纲领和明确的口号,也没有严密的理论体系,他们也并不都是瑞士人,只是一些同声相应、同气相求的学者组成的各自独立却又相互理解、相互支持的批评家群体。其代表人物还有阿尔贝·贝甘(Albert Béguin)、让·卢塞(Jean Rousset)、让·斯塔罗宾斯基(Jean Starobinski)和让—皮埃尔·里夏尔(Jean-Pierre Richard)以及希利斯·米勒(J. Hillis Miller)等人。日内瓦学派大致的共同倾向主要体现在以下两个基本方面:

首先,关于文学基本性质问题。日内瓦学派继承并发展了浪漫主义和现象学文学观,认为文学作品不是现实事物的模仿或复制,而是人的创造意识的结晶,是人类意识的一种集中表现形式——这里的意识是作家经过"悬置"和"中止判断"等现象学还原之后的纯粹意识。也就是说,一部文学作品的世界不是客观的世界,而是经过作者意识重新组织、建构而成的有机系统。作品是作家的精神历险,是作家的纯粹意识的体现,是其意识意向性建构的结果,而不是其实际生活的内容和经验的再现,作品与历史、政治、宗教、传记和心理症候之间没有什么关系。因此,批评家要对潜藏在作品中的意识给予特别关注,而不应该把注意力集中于作家的生平、作品产生的历史环境等外在情况。

其次,批评何为?在日内瓦学派看来,意识活动不是被动的反映,意识总是意向性的,意识与意识对象紧密相关,二者须臾不可分离,人面对对象时,也就是面对他自身的纯粹意识即自我意识来建构对象;人在面对他人或他人的世界时,也就是面对他人的意识。批评家面对文学作品,就是面对着另外一个主体,或者说面对着另一个主体的意识,所以,批评乃是一种主体间行为。批评作为一种意识活动,批评的主体与批评的对象也是合而为一的。文学作品是作者精神意识的还原和表现,批评就是要批评家也通过现象学还原,怀着深刻的同情,消除自己的偏爱,泯灭自我,澄怀静虑,以一种纯粹中立的态度毫无成见地参与和投入到作品的世界中,介入作者的内在意识,主客相融,通过文学媒介去把握深藏于反复出现的主题和意象网络之中的作者意识模式,掌握作家作为主体与世界作为客体之间的现象关系,即把握作家的意识的意向性活动过程,从而再次体验和思考作者已经体验的经验和思考过的观念,达到批评者与作者的精神和意识的遇合,然后在批评家的批评写作中再度投射这种意识模式。可见,批评的整个过程就是要从一个主体经由作品客体达至另一个主体,其目的就在于探寻作者"我思"。因此,在他们那里,批评是一种与作为批评对象的"原生文学"平等的"次生文学",是关于文学的文学,是关于意识的意识。批评家借助别人的文学作品来探索自己对世界的感受和思考。这种批评模式也就是布莱所描述的"意识批评"。

下面,我们主要以乔治·布莱为代表来考察日内瓦学派的文学批评思想。

2. 乔治·布莱及其"批评意识"

乔治·布莱是比利时人,生于1902年,代表作除了前面提到的《人类时间研究》《批评意识》,还有《圆的变形》《普鲁斯特的空间》《爆炸的诗》等。其一生主要是对批评主体与创作主体之间的关系加以研究,对法国新批评派影响甚巨。

首先，布莱在《批评意识》中提出了文学作品的精神性特质。他反复强调，文学作品在被阅读之前，只不过是一个纸做的东西，"只不过是以它在某处的无生命的在场表明它作为物的存在"[19]。但是，书不是与一种别的东西一样的东西，譬如，书与雕像和花瓶不同，书具有一种不同寻常的开放性，它并不封闭于自己的堡垒之内，它会打开自己，请求人们阅读，并通过人们的阅读获得另一种存在方式。在阅读中，书就不再只是一个物质性存在，我们会在文字符号、纸张油墨之外，看见大量的语词、形象和观念涌出，书中充盈着丰富的精神和思想，或者说，在物质现实之外还存在着一个主体的心灵、意识，书是作家主题意识的结晶，书就是另外一个主体。在阅读中书与读者的物质隔阂被消除了，成为两个主体的交流。布莱进一步描述阅读过程中书的特殊主体性特征：

> 我意识到我抓在手里的不再是一个简单的物了，甚至不是一个单纯地活着的人，而是一个有理智有意识的人；他人的意识，与我自动地设想也存在于我们遇见的一切人中的那个意识并无区别；但是，在这一特别的情况下，他人的意识对我是开放的，并使我能将目光直射入它的内部，甚至使我（这真是闻所未闻的特权）能够想它之所想，感它之所感。

书中的意识与正常的人的主体意识是一致的，因为它就是作家意识的凝结，但他又不同于一般的人的意识，它是开放的，具有一种召唤力量，读者是可以深入其中并加以分享的。

也正是由于这种开放性和分享性的特点，书中的主体意识，或者说书中的词语、形象和观念等等，这些精神实体需要读者向它们提供存在寓所，它们依赖于读者的意识。就是说，借助于读者意识的中介，书中凝结的作家思想情感等精神性的东西才会复活，文本才会成为一个活生生的世界，成为作家鲜活的生命与读者二度体验的场所。布莱进一步提出，在文学作品作为精神实体对人起作用的时候，它就不再是作为物质实体对人产生作用，人们看到的就不是书本的物质性现实而是其内在的精神世界。一旦如此，书本"为了能够作为精神的物而存在，它们必须放弃任何具有真实存在的希望"。在文学作品的精神性存在中，不存在物质世界的真实性问题，作品中的精神世界是自由、自足、自律的，遵循的是艺术原则，不受客观现实原则的制约。读者必须中止现实世界的经验，"悬置"现实世界的存在，完全与作品、作品中的作家意识融为一体，完全生活在作品的世界中，"告别存在的东西"而"相信不存在的东西",用布莱的话说就是,"语言用它虚构的东西包围着我",我"听凭谎言的摆布"。人成为语言的猎物,语言编织的幻境包围着我,身处这个精神世界之中,是"不理会任何客观的现实、任何确实的事物以及任何被证实的事实的"[20]。

与这种阅读现象相关,布莱进而提出"批评意识"问题。在布莱看来,批评意识就是"读者意识,这样一个人的意识,即他必须把发生在另一个人的意识中的某种东西当作自己的来加以体会"。读者面对一部作品,作品所显示的存在显然不是读者的,可读者却把它当作自己的存在一样加以经历和体验,把自己的自我变成另一个人的自我。他说:

> 阅读是这样一种行为,通过它,我称之为我的那个主体本源在并不中止其活动的情况下发生了变化,变成严格地说我无权再将其视为我的我了。我被借给另一个人,这另一个人在我心中思想、感觉、痛苦、骚动。[21]

阅读是一种出让位置,让作品中的作家的意识借助于我的意识而复活,是作者思想通过作品对读者思想的入侵,换句话说,让作品在我身上体验着自己。这里,我思考着别人的思想。所以,他说:"阅读行为(这是一切真正的批评思维的归宿)意味着两个意识的重合,即读者的意识与作者的意识的重合"[22]。但是,对读者来说,这些作品中的作家思想又并不是被当作他人的思想来思考,而是将其作为读者自己的思想来思考的,是读者按照作者的思路来思考,从而成为作者思想的主体。

为什么能够这样呢?布莱认为"任何观念都不是任何哪一个人的",无论作者的这些观念是什么,无论它们与作者个人之间的联系多么紧密,无论它们在我的思想中停留多么短暂,"只要我接受了它们,我就表现为它们的主体,我就是主观本源","我所想的一切都成了我的精神世界的一部分",成为我的所有物。思想在精神世界的这种流通就像钱币的流通一样。

并且,"我的意识被他人(作品形成的他人)占据并不意味着我的意识的某种全部丧失。相反,一切都仿佛是,从我被阅读'控制'那个时刻起,我就和我努力加以界定的那个人共用我的意识,那个人是隐藏在作品深处的有意识的主体。它和我,我们开始有一个相毗连的意识"。阅读主体在与创作主体的认同中,并没有完全丧失自我,仍在继续其自身的意识活动。

那么,读者如何经历和体验作者的思想,体验的内容又是什么呢?他说:

> 批评是一种思想行为的模仿性重复。它不依赖于一种心血来潮的冲动。在自我的内心深处重新开始一位作家或一位哲学家的"我思"（Cogito），就是重新发现他的感觉和思维的方式，看一看这种方式如何产生、如何形成、碰到何种障碍；就是重新发现一个从自我意识开始而组织起来的生命所具有的意义。

这就是说，批评主要不是对作品中形象世界的描述和评论，也不是对作品语言、结构、技巧等形式问题的研究，批评所要寻求的是作家的"我思"。笛卡尔"我思故我在"表明了人的自我意识的觉醒，这个"我思"是一种"原初的思维方式，这种思维方式使我能够理解此后所发生的一切"。"我思"是思维的起点，也是自我意识活动的"最初时刻"，同时也是一种可以"不断重复的行为"，可以无数次地重新开始。任何有组织的话语、任何文学文本都产生于这种初始的意识，任何文学作品都是写它的人所做出的一种自我意识行为，"作家以形成他自己的'我思'为开端，批评家则在另一个人（即作家——引者注）的'我思'中找到他的出发点"，一切都有赖于原初的"我思"。因此，"发现一位作家的'我思'，批评的任务就完成了大半"。

"我思"为什么如此重要呢？布莱反复强调：自我意识不止于自我本身，而是投向世界的，没有对自我的意识就没有对世界的意识，就无法认识世界。

> 自我意识，它同时就是通过自我意识对世界的意识。这就等于说，它进行的方式本身，它认识其对象的特殊角度，都影响着它立刻或最后拥抱宇宙的方式。因为，谁以一种独特的方式感知到自己，就同时感知到一个独特的宇宙。

> 简言之，每一个人在思考自己的时候，就不仅给予他的存在以一种形式，也给予他想象所有的存在的方式以一种形式。这样对自我的认识就决定了对宇宙的认识，而自我认识正是宇宙的镜子。

因而，重新发现作家的"我思"，是批评家的首要任务，那么，如何发现作家的这个"自我"呢？布莱认为，这里的"重新发现"不是通常意义上的发现，即寻找某物而最终找到。这时，某物是处于思想之外的。而"重新发现"作家的"我思"却不同，"谁想'重新发现'他人的'我思'，谁就只能碰到一个思想着的主体，它在它借以思考着自己的那种行为中被把握着"，即它只能在这个主体的自我意识中被把握。因为"我思"不是一个思想之外的可以探索的目标，意识行为具有这样一种特性，"即它不能容忍从外部被当作思想的简单补充"。因此,"'我思'乃是一种只能从内部感知的行为"。布莱进一步解释说,"既然批评家的任务是在所研究的作品中抓住这个自我认知力的作用,那么他要做到,就必须把显露给他的那种行为当作自己的行为来加以完成。……同一个我应该既在作者那里起作用,又在批评者那里起作用"。就是说,批评者要重新进行作者曾经进行过的意识活动,并将其体现为自我的意识活动,具有与作家等同的主体地位。可见,"发现作家们的'我思',就等于在同样的条件下,几乎使用同样的词语再造每一位作家经验过的'我思'",就是将作家在作品中建立的精神秩序变为批评家观察到的精神秩序,并重新回溯到源头。这里,批评者的思想和作者的思想就出现了某种认同,这就是批评的认同。可见,日内瓦学派的批评是一种诗意的批评,一种再创作,批评家也因此成为诗人。

　　从根本上说,在这一批评活动过程中批评首先应该"回忆"起的,正是作为批评对象的作家的"最初的我",是他对"存在的最初的感知",是"存在与其自身的最初接触"。这里,我们看到了胡塞尔现象学关于意识本质的认识。这"最初的感知"是作家的,但不是仅仅属于他个人的经验自我,而是先验"理念"在作家身上的体现,是作家的先验自我,也即作家的纯粹意识。它同时也就是属于人类的,属于你我的纯粹意识,因此,对作品的批评,就是对作家纯粹意识的直观,对作品的阅读就是"重新发现"作家的"我思",即发现作家的纯粹意识,同时就是对自我的检阅,就是通过现象学还原来"回忆"起原初的自我的过程。因为本质上,我与作者与人类的纯粹意识是一致的,都是来自于先验的"理念"。这也就回答了批评家如何能够"重新发现"作家的"我思"。"一言以蔽之,在他(批评者——引者注)达到自我认识的同一时候认识他人"。因此,布莱明确地说,"一切批评都首先是,从根本上也是一种对意识的批评"[23],只有通过现象学还原,才能通过自我揭示他人、他者以及整个世界。

　　布莱还通过考察历史上批评家与作品之间的不同的认同(差异中的认同)关系来寻找恰当的批评方式。一种是"处处与它为之做出反响的文学争雄","通过语词的斡旋"把潜藏在他人思想深处的感觉的深层生命真正转移到批评家的思想中。在这种批评中,"批评家的语言担负了一种使命,要再次体现已由作者的语言加以体现的那个感性世界"。就是说,批评家"可以最紧密地逼近所谈的作品,他依仗的是一种风格的模仿,这可以将被批评的作品的感性主题转移到批评家的语言中去"。这样,"批评的表达变成诗的表达,即与诗人的表达一样",并且,这种"语言模仿并无任何奴性,绝不会变成仿作",文学批评也成为一种文学创作,批评文本也成为一种文学形式。但是,这种批评有一种混同或取代批评对象的危险,"从客体方面说,认同完成得几乎过于全面了"。并且,透过这种批评文本,"人们看不到有一种存在的至高原则、一种渐渐清醒的意识、一种终于摆脱了对象的主体显现出来",就是说,这种批评并没有明确向人们揭示出深藏于文学作品中的主体意识,因此,"从主体方面来说,认同才略具雏形"。

另一种批评则是"将文学所反映的实存世界的形象化为几乎无用的抽象概念"。这样"被转移到此种批评中的世界看起来就不是感性世界的或者它的文学表现的等值物,而是通过严格理智化的过程使之结晶的它的形象"。这样,"批评已不是模仿,而是使一切文学形式化为同一种无意义,以至于这些形式在被归结为同一的无效的同时,也泯灭了彼此之间的区别"。这种批评把"一切都归结为一种脱离了任何客体的意识,一种在某个真空中独自运行的超批评的意识",实际上就是以一种脱离具体文学作品感性存在的独立意识来解读任何作品。可见,这种批评其实是对文学的废除,它也许可以实现批评的理性思维与文学作品所显露的精神世界之间的统一,但它是在损害文学的情况下实现的。

布莱提出,批评就是"摇摆于两种可能性之间,一种是未经理智化的联合,一种是未经联合的理智化"。我与作品之间"极端的接近和极端的疏远有着同一种令人遗憾的结果"。这里,两种批评方式的选择关键就在于批评语言的使用,"批评家所使用的语言可以使他无限地接近或远离他所考察的语言"[24]。

布莱则试图寻找一种兼顾主体与客体、精神与结构的恰当的批评方式。他考察了人们在批评实践中经常采用的两种批评形态,一种是从客体到主体,即"通过研究结构而努力从客体回溯到对这客体施行管辖权的主体原则";另一种是从主体到客体,这种方式"首先是对处于作品深处的思想的直觉,然后才确认形式,而思想正是借助于这些形式才在发展中确定自身的"。这两种表面上不同的方法,有一个根本的共性,"都承认形式和客体中有一个主体存在,并且先于它们而存在"。因此,这两种方法其实"可以归结为一种方法,实际上是'从主体经由客体到主体':这是对任何阐释行为的三个阶段的准确描述"。这里,更准确地说,"批评家的任务是使自己从一个与其客体有关系的主体转移到在其自身上被把握、摆脱了任何客观现实的同一个主体"。

在布莱看来,这样一个批评过程中,批评家所要把握的主体与客体的关系或者说应该追寻的主体意识主要包括三个层面:其一是主体与客体完全交织的层面。这是作品的一个基本的层面,"有一种十足的精神的因素,深深地介入到客观的形式之中,这种形式既显露了它,同时又掩盖着它";其二是一个更高的层面,这里,"意识抛弃了它的形式,通过它对反映在它身上的那一切所具有的超验性而向它自己、向我们显露出来"。就是说,这里的意识具有超验性,并不局限于形式内部,而是超越了形式客体显露出来,是所谓"言外之意"。其三是纯粹意识层面或者说"理念"层面。意识"不再反映什么,只满足于存在,总是在作品之中,却又在作品之上。这时,人们关于它所能说的,就是那里有意识。在这个层面上,没有任何客体能够表现它,没有任何结构能够确定它,它在其不可言喻的、根本的不可决定性之中呈露自己"。这种不可言说、没有形式、自为而自在的意识,就是"理念",是作品中作家的纯粹意识。批评家要获得这种纯粹意识必须依靠我们前面反复论说的现象学还原,泯灭自我、中止判断,实现本质直观,这里,"批评需要最终忘掉作品的客观面,将自己提高,以便直接把握一种没有对象的主体性"。布莱关于批评活动中意识的三个层面的分析,让我们看到了它与胡塞尔影响下的另一位理论家英伽登文艺思想的相似性。

布莱和日内瓦学派的批评"是一种诗意的批评,卓然特立于一个科学主义甚嚣尘上的时代"[25],这种评价准确地确定了布莱批评理论的价值和作为批评学派的意义。但是,在这种"主题批评"或者叫"意识批评"中,正如布莱本人所强调的,"文学文本和哲学文本之间没有任何根本的区别。一切文学都是哲学,一切哲学都是文学"[26]。既然如此,文学和文学批评的存在的意义、可能性与合法性就很值得怀疑了。所以,理查德·哈兰德(Richard Harland)批评说:"布莱和日内瓦学派的批评家们努力追寻着作家的我思,在很大程度上忽视了文本的语言媒介。形式和物质材料的特性,对他们来说,仅仅是他们这种特殊追寻的障碍"。"以当代的眼光来看,日内瓦学派似乎是过时的","他们对语言媒介的漠然,在20世纪的各种批评中是一种例外"[27]。这种批评确乎击中了"意识批评"的要害。而这一缺陷在英伽登那里却得到了很好的解决。

三 从英伽登到伊瑟尔

现象学在胡塞尔那里主要探讨的是哲学本体论和认识论问题,在美学和文学理论方面的工作则主要由波兰哲学家、美学家罗曼·英伽登(Roman

Ingarden)和法国美学家杜夫海纳来完成。这里,我们主要讨论英伽登以及受英伽登影响的伊瑟尔(Wolfgang Iser)的阅读现象学理论。

1. 英伽登的艺术本体论和艺术认识论

英伽登作为现象学美学和艺术理论的代表人物,建立了较为完整的现象学美学和文艺理论体系。主要美学和文艺理论著作有:《文学艺术品》《对文学艺术品的认识》《艺术本体论研究》《现象学美学》和《体验、艺术作品与价值》等。

作为胡塞尔的学生,英伽登的美学和文艺理论是在现象学方法论的基础上建立起来的,带有鲜明的现象学特征。他接受了胡塞尔的意向性理论以及"悬置"等现象学还原方法和"本质直观"等思想。他关于美学和艺术问题的分析论证,基本是按照胡塞尔的方法论来进行的。但是,英伽登更倾向于客观实在论,对胡塞尔用"悬置"的方法变相否认客观存在的倾向不满,反对胡塞尔的先验唯心思想,反对将认识的基础建立在纯粹意识之上,认为在意识之外存在着实在世界,认识对象有独立于意识的存在方式和形式结构。

在《文学艺术品》中英伽登坚持并贯彻了胡塞尔"回到事物本身"的原则,认为文学理论应该关注文学作品本身,考察文学作品是如何存在的。在讨论"文学作品究竟是什么"这一个本体性问题时,他首先就对实证主义和心理主义进行批判,由前文可知,这种批判是与胡塞尔一脉相承的。英伽登否定了三种看法:认为文学作品是一种物质性的实在的客体的观点,认为文学作品是一种观念性客体的观点,以及把文学作品等同于作家创作时的内心体验或者读者在阅读作品时的心理感受的观点。英伽登认为这些看法都是非常表面的和片面的。如果文学作品就是物质性客体,就无法说明它是由语句构成的这一事实;而把文学作品视为观念性客体,就不能解释它为什么产生于某一特定时刻,并在存在过程中发生变化;而心理主义把作品等同于作家的心理体验,就意味着如果无法知道作家的这些体验就无法欣赏和认识作品,实际上,"从作品被创造出来那一刻起,作家的体验便不复存在"[28]。而若把作品等同于读者的心理感受,那么读者不同,心理感受就会不同,即使面对的是同一部作品。因此,由于读者的不同会将同一部作品变成许多部不同的作品,这将导致否认文学作品客观存在的倾向。

英伽登运用胡塞尔的意向性理论来分析文学艺术品的独特存在方式和基本结构。他通过对意向客体(intentional object)的分析,认为存在着两种意向客体:一种是一般物质性意向客体,这是认知行为的意向性对象,包括物质对象和数学中的观念性对象,这类对象不依赖于认识主体而独立存在,具有"自足性"。这里,英伽登与胡塞尔的意向性理论出现了差异,他反对将意识的意向性看做真实世界呈现的条件,反对将真实世界看成是意识活动的结果,承认有独立于主体意识的客观存在。另一种是纯意向性客体,譬如艺术品,这类对象除了一部分属性可以借助作品本身加以呈现外,其余属性都必须依赖于读者的想象力加以补充,因此它们不是自足的。这就是说,文学作品作为纯意向性客体,不像其他客体可以完全独立于人的意识而存在,它必须依赖于人的意识的意向性活动才能产生、存在并展现自身。具体地看,文学作品的创作过程就是一种意向性行为。创作活动中,作家的主体意识"指向"外部世界,对材料进行选择、组织、加工、改造,赋予这些材料以形式、秩序和意义,使之成为内在统一的系统,并用语言将其固定下来,最后付诸印刷而获得物质形态的存在。但文学作品并未就此而成为物质性客体,它必须通过读者的阅读即读者的意向性再构造活动最终实现其存在,展现自己作为观念实体的特性。

这里关于艺术本体论的研究,英伽登接受了胡塞尔现象学方法,将艺术作品是不是对外在世界的反映的问题"悬置"起来,直接从作品本身出发,强调文学作品的本体论地位,并通过悬置和还原,对文学作品的存在进行"本质直观",得出文学作品是建筑在物质基础之上的观念性客体的认识,为进一步分析文学作品的存在方式提供了可靠的出发点。在英伽登看来,文学作品是一种独特的存在,它既不是物质客体,也不是纯粹的观念客体。它与物质客体有一定的内在联系,是通过物理性复制手段而获得其物质存在的基础的,并且,物质世界也作为一种背景参与到文学作品中来,作为文学作品本体论基础形式展现自身。就是说,物质存在是并且只是构成文学作品存在的物理基础,物质属性并不是文学作品的根本属性,不能构成作品整体结构的一部分。英伽登坚决反对将物质材料等同于艺术作品的看法。一本书并不是一部文学作品,只是文学作品存在的物质载体,是读者接近文学作品的物质手段。这里,他显示出思想的辩证性:看到了文学作品的物质性,将物理基础上升到艺术作品本体论的基础的高度来认识,既是对克罗齐(Benedetto Croce)表现主义认为的"艺术即直觉、即表现"、艺术仅存在于心灵的观点的反动,也突破了胡塞尔否定有独立于意识的物质存在的思想,同时又避免了自然主义美学将物质性视为文学艺术本体性质的偏颇。

解释了文学作品的独特存在方式,英伽登进一步分析其基本结构层次,认为文学作品是一种多层次构造,是一个由四个不同性质的层次构成的有机系统。具体地看四个层次,依次是:一是语音层(phonetic stratum),是指文字的字音和建立在字音基础上的更高级的语音构造,包括韵律、语速、语调等;它不是文字的具体发音,不是指物理性的声音现象,而是一种典型化的字音(typical word sound),即字句中各种字音相互作用而产生的一种和谐音韵。这是作品的最基本的层次,为其他层次提供了物质基础,其作用是显现其他层次,特别是意义层,因为字音负载意义。二是意义单位层(the meaning unites),包括词、句、段等各级语言单位的意义。意义以语音为基础,每一个词都有意义,它们又进一步构成句、段等更大的语言单位。这里,意义是由整体所决定的,字、句、段都会因自己所处的上下文不同而发生意义的变化。由语音进入意义单位,这是一切著作的共同特征,而在文学欣赏中,还可以透过意义单位而进入它所蕴涵的客体形象。三是被再现的客体(represented object)层。被再现的客体是作者在作品中虚构的人、事、物等,这些虚构的对象组成作品中的想象世界,它们具有现实事物的模拟特征,并不是现实时空中真正的存在。因此,被再现的客体层必须依赖于读者的阅读行为,通过阅读的具体化作用才能实现其存在。四是图式化方面(schematized aspects)层。文学作品中有限的词句不能再现真实客体的一切方面和性质,作品中的客体只是被再现了有限的一些方面,因此也就是图式化或者说轮廓化地呈现的,那些未能呈现出来的方面就构成了被再现客体的"未确定点"(spots of indeterminacy),它们有赖于读者在阅读中不断地充实。一旦被读者充实、现实化,这些图像就会以这样或那样的方式变得具体、生动,直观性大大增强。一方面,各个层次有相对独立性:"(1)每一层次由于其特有的材料不同而具有特殊的性质;(2)每个层次对于其他层次以及整个作品的结构所起的作用也各不相同"[29]。另一方面,它们具有统一性,作品的各个层次的材料又不是随意的组合拼凑,不同层次是紧密联系,凝结为一个有机统一整体。这里也透露出英伽登对于传统有机整体思想的坚持。

英伽登对文学作品基本结构中的四个层次及其相互关系具体分析之后,提出文学作品的"形而上的性质"(metaphysische Qualität; metaphysical qualities)问题。他虽然没有把它作为文学作品基本结构的一个层次来看待,但非常重视它的作用。所谓"形而上的性质",是指读者可以从文学作品中感受到的一种氛围、情调、性质等,诸如崇高、悲壮、神圣、恐惧、震惊、伤感、哀惋、凄凉、妩媚、平和、荒诞、丑恶等性质。它们既不是被再现的客体本身的属性,也不是主体的心理状态特征,而是"常常从复杂而又各不相同的情境或事件中显露出来的某种东西,仿佛是一种氛围笼罩着这一情境中的人和物,以其光芒穿透并照亮每一个对象"[30]。他认为,文学作品中的"形而上的性质",揭示了生命和存在的深层意义,揭示出生存本身所包含的隐蔽价值,这种意义和价值往往被日常生活的平凡和琐细所掩盖,很难显现,只有文学语言的描写才能将其呈现。一经呈现,不管其性质是好是坏,都会给人以强烈的审美享受和感情冲击。这些"形而上的性质"不能以纯理智的方式来把握,必须用情感的方式来体验,大多数情况下,只有在特定的生活情境中才能直接体验和感受到它们或者与亲身体验过它们的人同化而间接感悟到它们。人们不能把握它们的全部内涵,而只能部分地领会,但是,一旦体验、感受到它们,便会获得很高的审美享受,从而进入"本真存在",获得对作品的真正认识。

英伽登讨论文学作品的独特存在方式和基本层次结构时,反复涉及到了读者及其阅读活动的问题,这也就是他的"艺术认识论"。

在英伽登看来,文学作品虽然与其他实体一样是人的意识的意向性对象,但它必须经过、依赖于读者的意向性行为才能实现其存在。未经阅读的作品只是一种"潜在"的可能性存在,只有经过阅读,它才能变成现实的存在。他说:

> 一个故事以这样的句子开头:"一位老人坐在桌前",很明确,这里描写和再现的是"桌子",而不是"椅子"或其他什么东西;但是,这桌子是木质的还是钢质的,是四条腿还是三条腿等等,都没有说,因此它作为一个纯意向性客体(purely intentional object)是没有被确定下来的。[31]

英伽登将阅读中读者角色所起的进一步的创造性活动称之为"具体化"(concretization)。他指出:"必须将文学作品与作品的具体化区分开来,这种具体化是对作品进行个别阅读的结果",相对于具体化而言,"文学作品自身就是一种图式化的构造"[32]。就是说,文学作品的图式化结构决定了具体化的必要性。正如前面所述,作为"纯意向性客体",文学作品在其基本结构中的被再现的客体层和图式化方面层都包含了大量的"未确定点"和"空白",它们有待于读者在阅读过程中予以填补和充实。为什么会有这些"未确定点"和"空白"?具体地说,语词就其性质而言,是一般化的、图式化的,描写中的事物不可能具有现实的完满性。一部作品有限的语句也无法再现某个对象的所有性质和所有方面,必定有许多细节是不确定的,作品本文所确定的东西只是客体的那些稳定的和必需的属性和方面。另外,将再现的客体各方面尽可能多地展现出来,也是不可取的,所谓"太实则死"。

英伽登认为,从读者的具体化活动来看,读者填补"未确定点"的具体化活动是必要的也是自由的,是受到鼓励的并且是不可控的。就是说,读者会不自觉地去充实阅读中的各种"未确定点",甚至,读者可以在不同程度上超出原文。对读者来说,这种具体化活动,既受到原文提示的影响,也是主体意向性的构造能力的作用使然,是一种近乎本能的行为。可见,具体化活动的主观基础就是英伽登所强调的这种意识意向性的构成作用。英伽登还进一步指出,"在具体化中,读者的独特的共同创造活动开始起作用"[33]。特别推重读者在具体化活动中的再创造性质,这是英伽登阅读现象学的一个特征。

> 读者主动地运用自己的想象,从作品的许多可能的或可容许的成分中选出一些成分来填补各种未确定点。这种选择的做出通常并没有自觉的、明确的意图。他只是任凭其想象力纵横驰骋,以一系列新成分来补充客体,从而使客体显得好像是充分确定的。[34]

既然具体化是各个读者具体阅读中的想象活动的自由驰骋,那么,不同的读者即使面对同一部作品,也会出现意义认识上的差别,会把各种新的审美价值属性带入作品,在原有审美价值属性的"复调"中加入新的"音调",形成新的组合关系;它们可能是和谐的,也可能是不和谐的。具体化的多种可能性会影响对文学作品的正确、忠实的理解。为此,英伽登提出"恰当的具体化"(adequate concretization)。他认为,读者对作品中的未确定点和空白的填补必须严格在文本的基础上依照文本的暗示进行,不能随心所欲地进行,否则,便会背离作者的原意,粗劣地歪曲作品。"恰当的具体化"虽然需要"忠实理解",但仍然允许而且需要各种变化和差异,只要不妨碍正确、忠实地理解作品,不与文本相冲突,这种变化和差异在一定意义上对于作品潜在价值的实现甚至是有益的和必需的,"文学作品可以以非常多样的方式接受"[35]。因为作品本身蕴涵着丰富的意义和审美潜能,需要在丰富多样的具体化方式中才能充分显现出来,单个的读者或单一的具体化方式无法完成这一使命。在文本允许的范围内,各种理解和具体化的方式都是合理的。

英伽登的现象学文学理论体系的严密、方法论的独特以及研究的深度和广度都给后世以深远的影响。我们可以通过美国当代著名文学理论家韦勒克对他的评论来看他的理论的影响和意义:"我认为英格尔登(即英伽登)对文学理论的主要贡献是关于艺术作品层次的独特性理论体系"[36],

"在其对文学作品明智的、专业性很强的分析中采用了胡塞尔的'现象学'方法明确地区分了这些层面……他对这些层面的总的区分是稳妥的,有用的"[37]。"他阐述的这样一些问题,如文学艺术作品存在的模式,它的多层结构,我们体验它的方式,等等。在这方面,我所知道的美学家中,谁也比不上他阐述得清楚而且精确"[38]。

2. 伊瑟尔的文本阅读理论

现象学思想在德国南部的康士坦茨大学获得了不同的应用,这里所形成的康士坦茨学派把理论关注重新从作家转移到了读者的意识行为(acts of consciousness)方面,正如乔纳森·卡勒(Jonathan Culler)所说:"现象学另一种面向读者的说法叫'感受的美学'(aesthetics of reception,即接受美学——引者注)。"[39]该学派的两位理论设计者姚斯(Hans Robert Jauss)和伊瑟尔沿着不同的路向和维度分别研究接受理论的两大中心课题:接受和反应问题。采用了不同的研究方法,体现着不同的研究方向,尽管这二者存在着紧密的联系。其中,姚斯关注的是"接受研究",即对文学接受现象的历史演变的考察,侧重于社会学—历史学研究方法;而伊瑟尔则把文学的文本视作一种"召唤结构""启示结构",研究读者对这种结构的反应,侧重于现象学的文本分析方法。因此,从理论渊源上来说,"伊瑟尔的理论资源来自于罗曼·英伽登"[40]。这也是我们将他与英伽登并置加以介绍、阐释的原因。

伊瑟尔的主要文学理论和美学著作有:《文本的召唤结构》《隐含的读者》《阅读活动的现象学研究》《阅读行为》等。其中《文本的召唤结构》与姚斯的《文学史作为文学科学的挑战》是接受理论的两部宣言式著作。

伊瑟尔是从研究"新批评"和叙事理论走向接受理论的,理论旨趣主要在具体文本与读者的关系,注重对文本接受过程中读者反应的微观考察。

英伽登认为文学艺术作品只是在它通过一种具体化而表现出来时才构成审美客体,具体化过程也就是作品的最后完成过程。伊瑟尔接受了英伽登的这一思想并加以阐发,认为文学研究应该充分重视文本、读者以及二者的互动关系。因此,他在批判形式主义文本中心论的同时,改造了文本的内涵,提出"文学作品"概念,将其作为自己阅读理论的基石。他说:

> ……文学作品有两极,我们不妨称作艺术极和审美极:艺术极指的是作家创作的文本,审美极指的是读者对前者的实现。依据这种两极观,文学作品本身明显地既不可等同于文本,也不可等同于它的实现,而是居于两者之间。它必定以虚在为特征,因为它既不能化约为文本

现实,也不能等同于读者的主观活动,正是它的这种虚在性使得文本具备了能动性。[41]

因而,文本并不就是文学作品,它是作家创作的审美话语系统;文学作品也不是文本在读者那里的实现,即在读者脑海中所生成的艺术世界。因此,批评的注意力不能集中在艺术极或审美极,这两极都只是阅读活动的一个环节,孤立地来看它们,无法说明文学阅读的持续性、能动性,也无法说明文本的开放性和读者参与的不可或缺性。在伊瑟尔看来,文本与读者的结合才产生文学作品。这里的"文学作品"指的是读者——文本交流过程本身,强调的是这种交流的不可避免性,是读者、文本以及双方的交流这三个方面构成文学阅读的有机整体。"文学作品"带有鲜明的现象学文本的意向性特征。文学文本是在读者阅读过程中才现实地转化为文学作品的,文本的潜在意义也是由于读者的参与才得以实现。他说:"文本内包含各种视角,读者介入后把种种观点与形式相互连接,因此激活了作品,同时也激活了读者本人。"[42]

文本与读者之间的交流为什么发生,又如何发生呢? 伊瑟尔提出了文学文本的结构问题。受英伽登影响,伊瑟尔认为,文学作品的文本所使用的语言是一种具有审美价值的表现性语言,它包含了许多"不确定点"与"空白"。这些"不确定点"和"空白"在文本中的存在是不可避免的也是有益的,它们是沟通创作意识与接受意识的桥梁,正是它们形成了文学文本的基本结构,即文本的"召唤结构"(appeal structure)。这种"召唤结构"留下的大量空白和缝隙需要读者去填充,即英伽登的具体化,伊瑟尔还使用了一个涵义更为宽泛的词"连结"(connection)。他说:"空白……表明,文本的不同部分需要被连结,尽管文本本身并没有这样说。"[43]"空白"就是文本自身未作说明,需要读者加以填充的"未言部分",正是这些需要依靠读者"以揣度去填补的地方",把读者"牵涉到事件中,以提供未言部分的意义。所言部分只是作为未言部分的参考而有意义,是意指而非陈述才使意义成形、有力。而由于未言部分在读者想象中激活,所言部分也就'扩大',比原先具有较多的含义:甚至琐碎小事也深刻得惊人。"[44]文本的空白和未确定点产生了一种"动力性"吸引读者参与到文本所叙述的事件中,并为他们提供理解和阐释的自由空间。

阅读过程中,读者的具体化和连结是自由的,但又不是随心所欲的,而是带着镣铐跳舞,是有原则的。在伊瑟尔看来,不确定点和空白并非文本中根本不存在的、可以由读者根据自己个人的需要任意填补的东西,而是文本的内在结构中通过某些描写方式省略掉的东西,是作家有意为之的结果。虽然它们必须由读者运用自己的经验和想象去填补,但填补的方式为文本自身的规定性所制约。就是说,文本的空白与文本的规定性形成一种协调机制,前者吸引并激发读者的想象,后者又引导和规约着想象力,使其不至于脱离文本的意向,因为"要指望文本与读者的成功交流,文本必须通过某种方式控制读者的行为"[45]。因此,阅读中,读者的具体化和连结活动是一种在文学文本基础上的"再创造"。阅读是一种被引导的创造。

这里,阅读活动对文本和读者都提出了要求。从文本创作的角度看,文学文本中的空白和不确定点是产生作用的基本条件,其中蕴涵着丰富的意义和审美潜能,作者切不可将意向表达得过于直露、明晰、彻底,要给读者留下想象的空间和余地,否则会窒息想象。在这种意义上,在提供充分的理解信息的情况下,文本的空白和不确定点的多少决定了文本召唤结构动力的大小,空白和不确定点愈多,愈能吸引读者,读者也愈能深入参与文本意义的生成。反之,读者就会由于想象空间的缺乏而失去阅读的积极性。同时,这也意味着阅读文本,不能仅仅只看它说了什么,更重要的是看它没有说什么,寻找它的意味深长的沉默处,让沉默处说话。

从读者的角度看,伊瑟尔引入了"隐含的读者"(implied reader)的概念。"隐含的读者",意味着文本结构中存在一种预先设计的交流模式,同时也意味着读者在实际阅读中对这种潜在模式的实现。伊瑟尔说:

> 隐含的读者作为一种概念,深深地根植于文本的结构中;隐含的读者是一种结构,而绝不与任何真实的读者相同。[46]

可见,"隐含的读者"是文本结构中设定的可能读者,既不是现实的读者,甚至也不是理想读者,而是一种与文本结构的暗示方向相吻合的读者。但文本结构无法单向地决定"暗含的读者"的现实化,其最终转化为现实又必须依赖于读者阅读活动能动性地对作品意义的参与,需要在读者的具体阅读活动中才能实现,因此,"暗含的读者",意味着一种允许读者用不同方式实现各种不同解释的可能性。每一次阅读都是以不同的方式对"隐含的读者"的角色一次获得实现,读者的阅读过程也就是在"暗含的读者"引导下积极发挥能动作用的过程。所以,这一概念根本上是想强调文本对读者的引导和制约作用,并不是对读者"再创造"活动的取消。

阅读过程中读者的创造性参与和读者的主体地位是伊瑟尔一直非常强调的。同时,他也非常强调阅读这种文本——读者交流过程所具有的主体解放意义,看重文本对读者习以为常的想当然观念的颠覆,这也就是他的审美经验理论所主要关注的内容。伊瑟尔那里,那种基于阅读交流基础之上的包含读者的现象学文本,是有本体论地位的。这一点他接近于英伽登。他不允许读者用自己个人的偏好、成见来随意补充文本从而使其产生新的意义。对他来说,各种"成见",要么是作为一种从传统或惯例因袭来的假设而在阅读过程中加以推翻,要么是在阅读开始之前就应该丢弃的东西。用现象学的话来说读者首先要进行"悬置",把自我存在和历史放在括号里,空诸自身,只有这样才能接受新的事物,从而改造自身。伊瑟尔甚至借用俄国形式主义的"陌生化"理论来强调,阅读活动的参与过程其实就是人们学习调整自我、改正缺点、校正思想的过程或者说重新思考、框定自己的过程。特里·伊格尔顿曾描述说:"在伊瑟(即伊瑟尔)看来,最能打动人的文学作品,是那种迫使读者以一种新的批评态度来认识自己的习惯准则和期望的作品。这种作品质询并改变我们介入其中的并未言明的信念,'不承认'我们日常的观念习惯,并因此迫使我们承认它们(指作品——引者注)本来的面目。有价值的文学作品并非只是加强我们的既定观念,而是要破坏或违反这些标准的观察方式,并因此教给我们新的理解准则。"[47]也正是因为这一点,伊瑟尔看重的是20世纪的现代作品,而轻视他认为会强化我们既有的传统思想观念的流行文学、通俗文学。伊瑟尔认为,这种对自己的重新思考、认识和框定,根本上说,还是诉诸于读者的自我意识。他说:"作品的意味(significance)","并不是存在于那些被密封在文本的意思(meaning)之中,但实际上,文本的这些意思却能使那些先前被封闭在我们自身内部的东西显现出来"。[48]就是说,文本中意思可以唤起我们内在的东西,是二者共同形成了作品的意味。可见,对伊瑟尔来说,我们阅读作品其实"阅读"的就是我们自己。整个阅读最重要的是它使我们进入更深的自我意识,促进形成一种对我们自身特点更加富有批评性的看法。

这里很明显,除了英伽登现象学和形式主义理论,伊瑟尔接受理论还与法兰克福社会批判理论等多种思潮暗合。譬如,一方面,它接受了伽达默尔解释学思想的影响,确信从对陌生事物的接触中可以丰富自我认识,所谓"视野融合";另一个理论基础是自由人文主义思想,相信在阅读中应该开放思想,准备随时对我们的信念提出怀疑并准备随时改变它们,渗透着对伊瑟尔自己时代的社会和文化制度的深层怀疑。但面对这诸多的理论思潮,伊瑟尔又有自己的选择,譬如,"伊瑟尔的方法指向的是读者的反应,而英伽登在这方面却不是如此";并且伊瑟尔方法与后来美国的读者反应批评方法也不同,"他关心的是文本能对读者做什么,而不是读者能对文本做什么"[49]。可以说,伊瑟尔是一位承前启后的重要的理论家,特别是在美国有着深远的影响,在西方文学理论史上占据着非常重要的独特地位。

四 从伽达默尔到姚斯

伊瑟尔阅读现象学关注的是读者具体的阅读活动,侧重于阅读的"美学"方面,尽管伊瑟尔了解阅读的社会性,但很少谈及社会性和历史性方面,忽视了读者在历史中的地位。一切读者都有其社会和历史地位,他们怎样解释文学作品必然受到这个简单事实的影响。康士坦茨学派中更具有历史意识的成员是汉斯·罗伯特·姚斯。姚斯寻求以伽达默尔的方式使文学作品处于它的历史"视域"内,处于它所由产生的那种文化意义的背景中,从而对文学作品这个历史"视域"与它的读者不断变化的历史"视域"之间的关系进行探索。

1. 伽达默尔:理解的历史性

解释学(Hermeneutik,Hermeneutics)是一种探究对于"意义"的理解和解释的理论。它本来只是一种由如何理解《圣经》而发展起来的阅读和解释文本的方法。到了近代,德国宗教哲学家施莱尔马赫(F. D. E. Schleiermacher)把古代解释学从经典注释与文献学方法变成了一种普遍的方法论,强调对文本的理解要与作者的写作意图和心理个性联系起来,要求解释者通过移情进入作者以及作者历史时代的视域之中,努力达到理解作者原意的目的。19世纪,德国哲学家狄尔泰(W. C. L. Dilthey)在施莱尔马赫理论的基础上,把解释学融入到哲学之中,将解释学建立在生命哲学基础之上,把心理个性进一步发展为生命概念,认为一切文化产品都是主体生命的"表达"(Ausdruck),是生命体验客观化、外化的结果,解释学的任务就是从历史、文献、作品本身出发,复原它们所表征的原初体验和所象征的生活世界,使解释者像理解自己一样去理解他人,实现这一目的的手段就是"体验"(Erlebnis)和"理解"(Verstehen)。狄尔泰把解释问题扩大到整个生活之中,把解释学扩大为一种历史的方法,使之成为精神科学的认识论,也为解释学从方法论走向本体论做了重要铺垫。当代哲学解释学的开创者是海德格尔(Martin Heidegger),他使解释学从方法论、认识论转变为本体论哲学。他强调理解的前结构(Vorstruktur)的重要性,认为理解、解释在本质上必须通过"先行具有"(Vorhabe)、"先行见到"(Vorsicht)、"先行掌握"(Vorgriff)来实现。他说:"把某某东西作为某某东西加以解释,这在本质上通过先行具有、先行见到与先行掌握来起作用的,解释从来不是对先行给定的东西所作的无前提的把握。"[50]"先行具有",即人们必须存在于一个已经存在的历史和文化之中;"先行见到",即指我们思考问题时所具有的语言、概念以及语言的方式;"先行掌握",即我们在解释之前所具有的观念、前提和假定等等。他指出,对象所以能对理解者呈现某种意义,重要的是由于主体带着理解的前结构。就是说,文本所呈现的意义,不仅来自文本自身,还来自解释者在理解之前对意义的预期。因此,意义并不像施莱尔马赫和狄尔泰所认为的那么客观,理解对象的意义不是也不必是把握所谓的本来的、唯一的、客观的意义,实际上,理解也是对意义的再创造。

伽达默尔的哲学解释学受到了前人思想特别是海德格尔和胡塞尔思想的直接影响。他在《真理与方法》的导言中就指出自己所受的影响主要有,"胡塞尔向我们所提供的严谨的现象学的描述;狄尔泰使所有哲学思考所获得的广阔的历史眼界以及海德格尔几十年前所作的胡塞尔现象学描述和狄尔泰历史眼界的结合"。

意义的理解问题是当代解释学的核心内容。伽达默尔解释学并不研究解释的具体方法,而是探寻解释和理解得以发生的条件。施莱尔马赫和狄尔泰共同的思想基础都是客观主义,他们都力求使解释者摆脱自己的"偏见"而达到与被解释对象一致的立场。伽达默尔认为这根本是不可能的。他认为,由于作为个体的人的生命具有时间的有限性,人对世界、事物及自身的理解必然受到时间的限制,人类此在的时间性,决定了人是一种历史的存在物,历史性是人类存在的基本事实,这也就决定人的理解必然具有历史性和有限性,理解者必定是站在自身和他所处的时代及环境的立场来看待和理解一切。具体地说,这些理解的历史性主要包含三个要素:第一要素是在理解之前已存在的社会历史因素,它必然影响着理解者;第二要素是理解对象的构成是历史的;第三要素由理解主体的实践所形成的社会价值观。因此,无论是理解者还是文本都内在地嵌于历史性之中。真正的理解不是简单地克服历史的局限性,而是要承认并正确对待、处理这一历史性。人存在于世界总有其特殊的环境和条件,有一个先于他而存在的历史,有先于他的语言,这构成了理解的无法摆脱的制约。

不是历史隶属于我们,而是我们隶属于历史。早在我们通过反思理解自己之前,我们显然已经在我们生活的家庭、社会和国家中理解着自己了……因此人的成见远比他的判断更是他的存在的历史现实。[51]

既然理解的历史性决定了"成见"(Vorerteil)不可摆脱,要么否定理解的可能性,要么承认理解的合理作用。伽达默尔充分肯定了成见的作用。在他看来,理解活动就是理解者将自己并入传统的过程。一方面,传统保留在文本之中,另一方面,我们又始终处于传统之中,我们是传统的一部分,传统也是我们的一部分。传统和成见构成了当下理解的基础,形成了当下理解的视野,为其预先规定了方向,而今天的理解又会成为明天的传统和成见。传统的这种继承性决定了理解的条件性。伽达默尔指出:

> 一种解释学的境遇是被我们自己具有的各种成见所规定的。这样,这些成见构成了一特定的现在之地平线(视域),因为它表明,没有它们,也就不可能有所视见。[52]

> 我们理解留传给我们的本文乃是以对意义的预期为基础的,这种预期是从我们自己与这题材的先行联系中获得的。[53]

在伽达默尔看来,成见构成了理解的出发点,使理解成为可能。那么,是不是所有的成见在理解中都有合法性呢?为此,伽达默尔区分了两种不同的成见:一种是合法的成见,他称之为"生产性的偏见";另一种是非法的成见,他称之为"阻碍理解并导致误解的成见"。他认为,这两种成见在理解的形成过程中必须加以区别。前者是历史给予的,具有正面价值,赋予理解以可能;后者不是来自于人与历史的必然联系,是后天的错误认识所致,不具有正面价值,是能够导致误解的偏见。人们之所以试图在理解中排除一切成见,是因为他们简单地把历史性的成见等同于这种偏见。而要真正对它们加以区分不可能在理解之前完成,"这种区别不如说必须在理解本身中产生"[54],即必须在理解活动中,在与文本意义的不断交流中,才能区分,才能消除误解。具体地说,在理解中到底是怎样实现区分的呢?

理解是在历史的规约下进行的,理解者必然身处某种独特的境遇之中,伽达默尔将其称之为"解释境况"。"解释境况"决定了理解的范围是有限的,即存在一定的"视域"。在伽达默尔看来,"视域"(Horizont)标志着人从他已有的经验和知识出发所能达到的理解范围。所谓视域"就是看视的区域,这个区域囊括和包含了从某个立足点出发所能看到的一切"[55]。每一种视域中都包含了从传统和成见中接受的知识和经验,这些知识和经验就形成了一种理解的预先结构。视域不同,这种理解的预先结构也不同。伽达默尔进一步指出,尽管每个人的"视域"不同,但是"视域"不是封闭的而是开放的,随着认识的丰富,"视域"就会发生变化。"视域"是不断形成、不断发展、不断扩大、永不固定的。同样道理,文本作为"准主体",一种凝结了主体意识的存在,它也包含了一种"视域",文本总是显示作者原初的"视域"。由于时间和历史条件造成的距离,理解者的"视域"与文本"视域"之间是不同的,存在着不可消除的差距。因此,理解不可能是理解者抛弃自己的"视域"而完全融入文本的"视域",去发现和重建所谓文本的客观意义或本来意义。同样,理解也不可能是将文本的"视域"完全纳入理解者有限的"视域"。理解过程中,我们将自己的"视域"向对象开放,努力进入所要理解的文本的"视域",两种"视域"不断交流、碰撞,随着理解的深入,理解者不断丰富和扩大自己。伽达默尔说:"事实上,现在的地平线(视域)是在不断地形成着的,因为我们不断地检验着我们的所有成见。"[56]这样,我们的"视域"将同文本的"视域"相互结合、交融。理解就是两种"视域"融合的过程,是认知心理学所说的"同化"过程。伽达默尔称之为"视域融合"(Horizont verschmelzung/fusion of horizons)。每一次"视域融合"后都会产生新的"视域",一种既包含着理解者的视域又包含文本的视域同时又超越了这二者的视域所形成的全新的视域,而文本"视域"也在这每次融合过程中呈现新面貌,于是又会形成一次新的融合过程,周而复始。就是说,在理解中我们处于与文本的不断交流之中,从而不断地形成"视域融合",形成新的成见,而新的"视域"又构成下一次理解的起点。这就是所谓"解释的循环"。在伽达默尔看来,理解是人的存在的本体活动,理解过程始终不会停止或最终完成,它始终是开放的、有所创新的。正是在这种意义上说,"对一个文本或一部艺术作品里的真正意义的汲舀是永无止境的,它实际上是一个无限的过程"[57]。正是读者的不同理解的总和接近和构成了艺术文本的全部意蕴。

理解是主体与文本之间的持续循环的交流过程,每一次理解都是相对的、暂时的,都存在历史的局限性,那么,面对同一对象,不同的理解之间有无可比性,有没有更合理的理解?换句话说,判断理解合理性的标准是什么?伽达默尔提出,判断的唯一标准就是"效果历史"(Wirkungsgeschichte / effective-history)。

> 真正的历史对象根本就不是对象,而是自己和他者的统一体,或一种关系,在这种关系中同时存在着历史的实在以及历史理解的实在。一种名副其实的诠释学必须在理解本身中显示历史的实在性。因此,

> 我们把所需要的这样一种东西称之为"效果历史"。理解按其本性乃是一种效果历史事件。[58]

所谓"效果历史"就是指一种理解在它自身的那个时代所起的正面或负面的作用以及作为传统的一部分对后人的理解所产生的影响。一种理解的历史效果和意义绝不是固定不变的,而是随着时代的变迁而不断地变化的。艺术文本一旦产生就成为历史的存在物,每一个时代的人们都用不同的方式去理解艺术文本,并从中看到不同的东西,就是说,文本的真正意义和理解者一起处于不断生成的运动过程中,或者说其意义在理解中生成与存在。作者的意图和见解对于理解作品并不重要,理解不是复制,而是生产性的,是要通过"解释循环"[59]与文本之间展开历史性对话。因此,艺术文本也是包含着其效果历史的,它存在于效果历史当中,这就要求我们对艺术文本的理解必须具有明确的效果历史意识,换句话说,对艺术文本的考察,不能不考虑不同时代的读者及其所作的不同理解。伽达默尔"效果历史"原则及其对读者地位的强调,直接开启了接受美学的接受文学史观念。

伽达默尔的解释学深刻阐释了艺术文本意义的生成与理解主体的关系问题,并将历史看做是过去、现在和未来之间的对话,为后来的文学理论带来了一种崭新的历史观念和方法论。

2. 姚斯:接受美学的文学史观

我们从前面对伽达默尔思想的介绍中可以见出,"解释学倾向于集中在过去的作品上面:它所提出的理论问题主要产生于对过去作品的看法"。解释学的最新发展"被认为是'接受美学'或'接受理论'。接受理论不同于伽达默尔的理论,它不是完全集中在过去的作品上面。接受理论考察读者在文学中的作用,因此是一个全新的发展"。

接受理论中非常明显地继承伽达默尔解释学思想并加以运用、引申、发展的就是姚斯。姚斯自己说,伽达默尔"那在历史的碰撞、效果中审视通向一切历史理解的途径的原则",以及对"视域融合"过程的清晰阐述,都是自己"方法论上的无可争辩的前提,失去这些前提,要完成自己的任务就会是难以想象的"[60]。姚斯关于文学史问题的研究就是建立在伽达默尔解释学的"成见""效果历史""视域融合"等命题之上的。这里,我们主要讨论姚斯的文学史理论。

姚斯在作为接受理论奠基之作的《文学史作为文学科学的挑战》中系统阐述了他的"接受美学的文学史观"。

姚斯的文学史观是在颠覆传统文学史研究的基础上建立起来的。他认为,实证论的历史客观主义和形式主义等传统文学史观都是在生产和表现美学的封闭的圈子里理解文学事实,因而,都使文学丧失了一种无疑属于其审美本质和社会功能的因素:文学的接受与作用的因素。就是说,传统文学史研究总是把文学史缩减为文学的创作史和美学表现史,即作家和作品的历史。在他们的历史研究中,读者、听众、观众,统言之,欣赏者的因素,仅仅起到一种极其有限的作用。他们即使关注读者也是从读者的社会地位、社会阶层来识别他们,与对待作者并没有什么区别。在姚斯看来,传统文学史观忽略了一个简单的事实:文学作品是为了读者的阅读而创作的,其功能和作用也只有在接受活动中才能实现,它才有存在的必要和可能。这里的读者是一个宽泛的概念,除了普通的读者,文学批评家、面对过去文学传统进行创作的作家、文学史家等首先也都必须是读者。因此,文学作品只有被接受并产生影响才能流传下来,才能被文学史家研究并获得文学史地位,未被接受的作品无法进入文学的历史进程。姚斯强调,实证主义的历史观认为历史是对已逝去时代的事件序列的"客观"描述,这不仅是无视文学的艺术特性,而且忽略了文学的特殊历史性。"文学的历史性并非建筑在一种事后的、人为编造出来的'文学事实'的联系之上,而存在于读者对作品的接受过程之中"[61]。就是说,离开各时代接受者的参与,文学作品的生命以及它在文学史上的地位都就无从谈起了。姚斯断言:

> 文学的历史是一种审美接受与生产的过程,这一过程发生在接受的读者、反思的批评家、甚至进行再生产的作家将文学作品加以现实化的活动之中。被记录在常规文学史中的、无限增长的文学"事实"仅仅是这一过程的沉淀物,只是被收集、整理、分类的过去。它并不是历史本身,而是伪历史。

为什么传统文学史对过去所发生的系列事件做"客观的"描述,把大量的文学现象按照先后次序做编年史式的排列得出的历史只是伪历史,无法获得文学的真正历史?姚斯认为:"谁要是把文学事实的序列看成文学的历史,谁便把艺术作品中的文学事件同历史中的真实事件混为一谈了"。这里,姚斯作出了一个非常有价值的区分:文学事件不同于历史事件。他认为,与历史事件不同,文学事件"并不是一个'事实',不能从环境的前提和起因的序列中,从可以追复的历史行动的动机中,从这一行动所引起的必然与偶然的后果中用因果关系的推论去解释。与一部作品的出现有关的历史联系并非某种事实性的、自在的独立于观察者而存在的事件的链条"[62]。具体地看,二者的区别有:文学事件不具有不可改变的后果性;而历史事件处于一定历史因果关系的客观系列中,譬如社会政治事件,它会带来后人无法摆脱的必然后果;文学事件只有当作品被置于参照性阅读过程中,它才成其为文学事件;文学事件不会自动延续,只有在阅读和再阅读过程中,必须通过接受活动才会继续发挥作用,才构成了历史的连续性。

就是说,一方面,文学作品体现了作家创造的特性和意图;另一方面作品对读者的影响和效果也是这一"事实"不可分割的一部分。文学的历史发展是由各个时代的作家和接受者共同创造的。所以,姚斯得出结论:必须走出传统文学史研究方法论窠臼,"用一种接受和作用的美学去取代传统的生产与表现的美学"。在他看来:

> 接受美学所展示的前景不仅恢复了被动的接受与积极的理解、形成规范的经验与新的文学生产之间的联系,而且,倘若从作品和读者不断进行对话的角度,用这样的观点去看待文学的历史,那么,文学中审美因素与历史因素的对立也将得到消除。[63]

文学作品与读者的关系既有审美的、也有历史的内涵。其审美内涵表现在,读者对一部作品最初的接受过程包括了对该作品审美价值的检验,这种检验是在该作品与以前阅读过的作品的对比中进行的;其历史内涵则体现在,一部作品的第一批读者的理解在接受链条中将时代延续下去并不断得到丰富。在阅读、接受过程中,一部作品的历史意义与审美价值都将显示出来。这里,姚斯通过阅读活动进一步把文学的审美本质和社会功能、效果统一起来,文学事件的"文学性"得到凸显。把文学的历史理解为作家及其文学作品与不同时代的读者进行对话的过程,那么,文学史的写作任务就是描述这种对话的历史,这就是姚斯所谓"建筑在接受美学基础上的文学史"。这里,姚斯对"历史客观主义"的反驳,可以清晰地看到伽达默尔"效果历史"的影响。

姚斯认为,这种接受文学史必须从三个方面照顾到文学的历史性。其一是在文学作品接受的联系中用历时性(diachronisch)方法去观察。历时的研究要求人们不仅在"对一部文学作品的理解的历史发展中去解释该作品的含义和形式,为了认识一部作品在文学经验的关联中的地位和意义,还要求将该作品放到它所从属的'文学序列'中去"[64]。既要考察一部作品的接受历史,还要考察文学的进程史,也即考察该作品在文学系统内部对后来文学生产的影响。其二是从同时代文学的关联系统以及着重系统的顺序更迭中用共时(synchronisch)方法去分析。共时研究要求"将一个时期千差万别的作品区分为类似的、对立的、承上启下的结构,从而揭示某一历史时期覆盖一切的文学关联体系"[65]。即通过将一个时期历史意义重大的作品与被历史淹没的某一种类的常规作品进行比较,将重要作品与其时代的文学环境联系起来,来分析由这种不同文学现象构成的综合体以及由它所形成的某一时代的读者共同的文学期待、记忆与展望的视野。其三是注意将文学的内在发展与一般历史进程统一起来。姚斯强调,除了对文学进行历时性和共时性描述外,文学史的任务还必须将自身看做是与一般历史的固有联系中的特殊历史。所谓"特殊历史"也就是文学作为社会存在,其特殊社会作用发生的历史,也即文学的特殊作用史。这种文学作用史不是一个孤立的领域,是与一般历史存在地联系着的。既然"文学的社会功能只有当读者的文学经验进入他生活实践的期待视野,改变他对世界的理解并反过来作用于他的社会行为时,才能体现其全部的可能性"[66],那么,"只有着眼于这种视野的变化,关于文学作用的分析才能深入到一种读者文学史的领域"。这样,也就把文学阅读、接受的历史与文学的效果和作用的历史统一起来,共同纳入文学史视野,弥合了文学史与社会学研究之间的鸿沟。

由于文学作品的历史生命并不是由作者或作品本身单方面来决定的,需要读者的积极能动才能实现,那么,读者的变迁必然带来审美标准的变迁。为此姚斯借助解释学的"视域"(视野)的概念,提出"期待视野"的概念来解决审美标准问题。"期待视野"是姚斯理论中一个非常核心的概念,它主要是指在文学接受活动中,读者过去阅读中的艺术经验、读者所处的历史社会环境以及由此形成的价值观、教育素质、道德理想等综合形成的一种对文学作品的欣赏要求和审美心理定势。这种文学期待视野是由诸多主观和客观因素共同作用而形成的,它是有客观性的,不是单纯的主观理解和心理反应。"一部作品,即使是首次发表的作品,也不是信息真空里出现的绝对的新事物,而要通过预告、公开和隐蔽的信号、熟悉的特点或含蓄的暗示把它的读者引向一种特定的接受方式。它将唤起读者对已阅读过的作品的记忆,把读者带到一种特定的情绪状态中,并且一开始便引起读者对'经过和结局'的期待。"

姚斯进一步分析了文学作用史与文学审美标准和期待视野的关系。他认为,"文学事件的连续性首先必须体现在当代的和后代的读者、批评家和作家的文学经验的期待视野之中"。就是说,各种文学现象和文学作品之间根本上是通过各个时代的各种读者的期待视野而建立起联系的,这也就意味着,文学的历史性存在于每个读者的变化以及读者之间期待视野的关联之中。

  一部作品在其发表的历史时刻以何种方式引起、超过它的第一批读者的期待,或驳斥这种期望并使它失望,显然为确定该作品的审美价值提供了一种衡量尺度。期待视野与作品、已有的审美经验中熟悉的东西与由于一部新作的接受而引起的"视野变化"之间的距离决定了一部作品的艺术性质:假如这种距离迅速缩小,接受意识毋需把尚不熟悉的经验运用到它的视野中去,那么该作品便接近了"享受"或消遣艺术的领域。[67]

  就是说,用一部作品作用于读者的期待视野所引起的审美距离的大小可以衡量一部作品的艺术价值的高低。那种不会引起期待视野变化,只是适应或复制了已成为普遍欣赏趣味期待的作品,艺术价值就比较低;反之,若一部作品突破了人们的期待视野,从而提供了一种新的审美经验方式,即使它可能在一段时间内不被多数人认可,但当普遍的文学期待视野提高到特定水平时,作品的价值就会显示出来。这里姚斯显然受到心理距离说的影响,而对心理距离加以社会学改造。同时,这里也流露出姚斯的精英主义文学立场,与伊瑟尔颇有相似之处。

  姚斯还特别指出,文学期待视野不是固定不变的,这必然带来人们审美兴趣和审美要求的变化,并由此进一步引起文学审美标准和原则的移动。他这里是从艺术的历史效果的角度,从不断变化的期待视野中来考量和审视文学标准问题,强调审美标准是动态的而不是凝定的。虽然受伽达默尔解释学"效果历史"的影响很深,但姚斯与伽达默尔关于艺术标准问题的看法并不相同。用他自己的话来说,在谈到表征一个时代审美原则和标准的"经典"的概念时,"我们要建立的接受美学的文学史的基础便与他的作用史的原则产生了分歧"。因为在伽达默尔看来,经典之所以为经典就在于说出了过去的时代本身要说明的问题。而这就意味着没有必要再去思考经典已经作出回答的问题了。姚斯认为,经典的这种情况只能说明它在与文学期待视野的张力关系中曾经是作为"杰作"而存在,但"事实上,当某种传统被当作榜样仿效时,代表这种传统的杰作在人们的回顾视野中就包含了它们本来的消极性,他们迫使我们去怀疑它们那不言而喻的经典性并重新寻找'真正的问题的视野'"。就是说,经典是在过去与现在、文本与读者之间的对话和张力关系中动态地存在的,它需要重新被提出问题并从中寻找答案。无论过去还是现在,其经典性都不是永恒的,而是与在新的时代审美需要及其期待视野的满足与拒斥中获得经典性的。并且,阅读、理解不是复制性的,而是创造性的,"假如试图把过去的艺术与今天时代的沟通置于'经典'的概念下,作用史便将剥夺文学在经验形成过程中的华彩作用和创造功能"。就是说,在这种情况下,文学阅读无法再促使人们形成不同于习以为常的新的思维方式、感受方式和经验态度。姚斯的这种见解符合文学实际,对于我们理解文学生命的永恒性颇有启发。[68]

姚斯对传统文学史观的批判和新的接受文学史观的阐述,给人们带来了许多有价值的思考,产生了重要的影响。但是,把文学史仅仅看做是接受史,社会历史存在和作家的创造性劳动以及作品的作用似乎都没有得到应有的重视,有些过分夸大了读者接受活动的能动性。并且,读者群体是异常庞大而复杂的,文学接受情况及其历史变迁因此是非常难以把握的,恐怕历史上也少有此类记载,种种情况让人们怀疑这种接受文学史写作的现实可能性甚到目前为止,除了有个别作家和作品的接受史而且是不完整的接受史问世,还没有一部真正符合姚斯意义上的接受文学史出现,更加让人们觉得这仿佛只是一种理论的设计和美好的愿望。

注 释

[1] 西方学术界关于现象学有广义、狭义的区分,广义现象学是指胡塞尔思想影响下的思想运动及其代表人物,包括狭义现象学、存在主义、阐释学等;狭义现象学是指严格遵照胡塞尔思想体系的理论家,例如波兰美学家罗曼·英伽登、法国美学家米盖尔·杜夫海纳等。这里,我们主要是从广义上来理解现象学的。

[2] 〔德〕埃德蒙德·胡塞尔:《纯粹现象学通论》,李幼蒸译,北京:商务印书馆1992年版,第210页。

[3] 同上。

[4] 同上书,第148页。

[5] 同上。

[6] 〔德〕埃德蒙德·胡塞尔:《现象学的观念》,倪梁康译,上海:上海译文出版社1986年版,第63页。

[7] 〔德〕埃德蒙德·胡塞尔:《纯粹现象学通论》,李幼蒸译,北京:商务印书馆1992年版,第271页。

[8] 〔德〕埃德蒙德·胡塞尔:《现象学的观念》,倪梁康译,上海:上海译文出版社1986年版,第11页。

〔9〕 同上书,第28页。

〔10〕 〔法〕约瑟夫·祁雅理:《50世纪法国思潮》,吴永泉等译,北京:商务印书馆1987年版,第56页。

〔11〕 《胡塞尔选集》(上),倪梁康选编,上海:上海三联书店1997年版,第460页。

〔12〕 同上书,第479页。

〔13〕 〔法〕杜夫海纳:《审美经验现象学》(上),韩树站译,北京:文化艺术出版社1996年版,第71页。

〔14〕 〔法〕杜夫海纳:《审美经验现象学》(下),韩树站译,北京:文化艺术出版社1996年版,第400页。

〔15〕 《胡塞尔选集》(下),倪梁康选编,上海:上海三联书店1997年版,第1202—1204页。

〔16〕 同上书,第1203页。

〔17〕 〔英〕特里·伊格尔顿:《当代西方文学理论》,王逢振译,北京:中国社会科学出版社1988年版,第89页。

〔18〕 〔美〕雷内·韦勒克:《批评的概念》,张金言译,杭州:中国美术学院出版社1999年版,第344页。

〔19〕 〔比利时〕乔治·布莱:《批评意识》,郭宏安译,天津:百花洲文艺出版社1993年版,第253页。

〔20〕 同上书,第256页。

〔21〕 同上书,第259—260、263页。

〔22〕 同上书,第3页。

〔23〕 同上书,第258、262、280、282、283、284、285、287页。

〔24〕 同上书,第264—267页。

〔25〕 《20世纪西方文论研究》,郭宏安、章国锋、王逢振等编,北京:中国社会科学出版社1997年版,第131页。

〔26〕 〔比利时〕乔治·布莱:《批评意识》,郭宏安译,天津:百花洲文艺出版社1993年版,第272—274、280页。

〔27〕 Richard Harland, *Literary Theory From Plato to Bathes*, London: Mcmillan Press Ltd. 1999. p.203.

〔28〕 Roman Ingarden, *The Literary Work of Art*, trans. George G. Grabowicz, vanston: Northwestern University, 1973, p.14.

〔29〕 Ibid., p.29.

〔30〕 Ibid., p.291.

〔31〕 Ibid., p.249.

〔32〕 Roman Ingarden, *The Cognition of the Literary Work of Art*, trans. Ruth Ann Crowley and Kenneth R. Olson, Evanston: Northwestern University, 1973, p.13.

〔33〕Ibid., p.14.

〔34〕Ibid., p.53.

〔35〕Ibid., p.63.

〔36〕〔美〕雷内·韦勒克:《西方四大批评家》,林骧华译,上海:复旦大学出版社1983年版,第125页。

〔37〕〔美〕雷·韦勒克和沃伦:《文学理论》,刘象愚等译,北京:三联书店1984年版,第158—159页。

〔38〕〔美〕雷内·韦勒克:《西方四大批评家》,林骧华译,上海:复旦大学出版社1983年版,第97页。

〔39〕〔美〕乔纳森·卡勒:《当代学术入门 文学理论》,李平译,沈阳:辽宁教育出版社1998年版,第128页。

〔40〕Richard Harland, *Literary Theory From Plato to Bathes*, London：Mcmillan Press Ltd. 1999, p.204.

〔41〕Wolfgang Iser *The Act of Reading*, *A Theory of Aesthetic Response*. Baltimore and London：The Johns Hopkins UP, 1987, p.21.

〔42〕Ibid., p.34.

〔43〕Wolfgang Iser, *Prospecting*, Baltimore：Johns Hopkins University Press, 1989, p.34.

〔44〕〔德〕沃尔夫冈·伊瑟尔:《本文中的读者》,蒋孔阳编《20世纪西方美学名著选》(下),复旦大学出版社1988年版,第511页。

〔45〕同上书,第501页,译文略有改动。

〔46〕〔德〕沃尔夫冈·伊瑟尔:《阅读活动——审美反应理论》,中国社会科学出版社1991年版,第43页,译文略有改动。

〔47〕〔英〕特里·伊格尔顿:《当代西方文学理论》,王逢振译,北京:中国社会科学出版社1988年版,第119—120页。

〔48〕Wolfgang Iser *The Act of Reading*, *A Theory of Aesthetic Response*. Baltimore and London：The Johns Hopkins UP, 1987, p.157.

〔49〕Richard Harland, *Literary Theory From Plato to Bathes*, London：Mcmillan Press Ltd. 1999, p.207.

〔50〕〔德〕马丁·海德格尔:《存在与时间》,陈嘉映、王庆节译,北京:三联书店1987年版,第184页。

〔51〕〔德〕汉斯·伽达默尔:《真理与方法》(上卷),洪汉鼎译,上海:上海译文出版社1992年版,第355页。

〔52〕〔德〕汉斯·伽达默尔:《效果历史原则》,《哲学译丛》1986年第3期。

〔53〕〔德〕汉斯·伽达默尔:《时间距离的解释学意蕴》,《哲学译丛》1986年第3期。

〔54〕同上。

〔55〕〔德〕汉斯·伽达默尔:《真理与方法》(上卷),洪汉鼎译,上海:上海译文出版社

1992年版,第388页。
〔56〕〔德〕汉斯·伽达默尔:《效果历史原则》,《哲学译丛》1986年第3期。
〔57〕〔德〕汉斯·伽达默尔:《真理与方法》(上卷),洪汉鼎译,上海:上海译文出版社1992年版,第383页。
〔58〕同上书,第384—385页。
〔59〕〔英〕特里·伊格尔顿:《当代西方文学理论》,王逢振译,北京:中国社会科学出版社1988年版,第112—113页。
〔60〕〔德〕汉斯·姚斯:《审美经验论》,朱立元译,北京:作家出版社1992年版,第15页。
〔61〕〔德〕汉斯·姚斯:《文学史作为文学科学的挑战》,《世界艺术与美学》(第九辑),文化艺术出版社1988年版,第4页。
〔62〕同上书,第5页。
〔63〕同上书,第2—4页。
〔64〕同上书,第18页。
〔65〕同上书,第22页。
〔66〕同上书,第26页。
〔67〕同上书,第7、9页。
〔68〕同上书,第15—17页。

第十二章
西方马克思主义文学理论

马克思本人没有对文学理论作过系统而完整的阐述。尽管如此,他的基本立场却是清楚的:文学分析应以唯物观为出发点,也就是说,文学是社会活动的一个组成部分,而社会反过来通过经济基础作用于文学艺术的生产。19世纪末和20世纪的马克思主义文学研究者,曾致力于精心阐述一个完全成熟的马克思主义文学理论。他们证明了文学同社会经济背景及政治文化背景之间存在着必然的联系,以此暴露了那种认为文学艺术独立于社会之外的传统观点的错误之处。19世纪末到20世纪初,马克思主义传统的理论家们都为这种独立的文艺学说系统的形成贡献过自己的智慧和力量。

经典的马克思主义文艺学说,尽管是现代文学理论发展史上改变整个"理论版图"布局的一个体系,但其命题史和学说史必然需要一部独立的著作来进行探讨。因此,我们在本章的重点是介绍紧随这个体系的发展而在20世纪20年代发展起来的西方马克思主义文学、文化理论。

顾名思义,西方马克思主义是一种有别于经典马克思主义的思想体系,而西方马克思主义文学理论,也是一种有别于经典马克思主义文艺学说的理论体系,尽管这个"流派"的各个代表人物在承认社会历史、经济基础决定文学创造这个命题上都持肯定态度。正因为如此,西方马克思主义的特征也可以通过它与经典马克思主义的区别来进行限定。

从最"肤浅"的层面上看,西方马克思主义者大都来自发达的"西欧",这就和来自不发达的"中东欧"的经典马克思主义者之间存在着"地理差异"。西方马克思主义者们最为显著的共通性是,他们所有人都是在西欧大陆或英国出生或进入理智之年的。这一点使他们不同于一战前以普列汉诺夫、列宁、卢森堡、希法亭、布哈林、托洛茨基和鲍尔等为典型的这些人,在某种程度上说,后一类经典马克思主义者和西欧的知识传统没有直接的联系。从这种地理上的差异看,所谓西方马克思主义其实也是一种"地缘政治"的产物。我们可以看看西方马克思主义在"蓬勃发展期"最具代表性的那些人物:卢卡契(Georg Lukács)生于布达佩斯,但却是在 1913 年定居德国海德堡之后进入理智的成熟期的;霍克海默(Max Horkheimer)、阿多诺(Theodor W. Adorno)和本雅明(Walter Benjamin)都生于德国富有的犹太中产阶级家庭;萨特(Jean-Paul Sartre)和阿尔都塞(Louis Althusser)则是法国中产阶级家庭出身,前者的父亲是一位海军军官,祖父是一位具有博士学位的语言教师,而后者的父亲则是一位颇为成功的银行经理;"西马"的英国代表人物雷蒙·威廉斯(Raymond Williams)尽管出身于工人阶级家庭,但其一生的大部分时间都是在剑桥大学度过的。他们所在的国家尽管有工人运动组织,但共产主义并非是官方的意识形态。显然,他们的家庭和生活环境也并未给他们提供充分进入工人运动的条件。

西方马克思主义的发展期的代表人物,生活的时间段也是颇有意味的。从大范围来讲,卢卡契生于 1885 年、布洛赫(Ernst Bloch)生于 1885 年、柯尔施(Karl Korsch)生于 1886 年、葛兰西(Antonio Gramsci)生于 1891 年、本雅明生于 1892 年、霍克海默生于 1895 年、莱希(Wilhelm Reich)生于 1897 年、布莱希特(Bertolt Brecht)生于 1898 年、马尔库塞(Herbert Marcus)生于 1898 年,这些人都是世纪之交前十五年间出生的一代。他们都因第一次世界大战对"美好的资本主义"这个 19 世纪美梦的毁灭而激进化,并在这个动力的推动下开始寻求批判资本主义的理论出路;洛文塔尔(Leo Lowenthal)生于 1900 年、列斐伏尔(Henri Lefebvre)生于 1901 年、阿多诺生于 1903 年、萨特生于 1905 年、梅洛-庞蒂(Maurice Merleau-Ponty)生于 1908 年、戈德曼(Lucien Goldmann)生于 1913 年,阿尔都塞生于 1918 年、威廉斯生于 1921 年,这些人都是 1900 年之后出生的一代人,他们都在两次战争之间或在第二次世界大战中走向激进;科莱蒂(Lucien Colletti)生于 1924 年,哈贝马斯(Jürgen Habermas)生于 1929 年,他们则是一战之后出生的一代人,他们都是在二战之后接受的政治教育。这种分类的唯一一个主要例外是德拉·沃尔佩(Galvano della-Volpe),他生于 1897 年,但却是第二次世界大战"促使"他宣布自己是一个"马克思主义者"的。可以料想得到,每一代人都各自围绕着各自的生活经历而形成了不同的论题,这些经历有布尔什维克革命、法西斯的兴起,或抵抗运动的重大政治活动,等等。

这些西方马克思主义者的理论主张的特点,也和他们生活的时代和地域有着密不可分的关系。

时代为他们提出了相似又特殊的问题,而他们对时代的难题也给出了自己特殊的答案。之所以说"相似",是因为,无论他们是发轫期的西方马克思主义者,还是勃兴期的西方马克思主义者,都是某种"双重幻灭"的境遇促使他们选择马克思主义的。第一次世界大战用血腥的事实让欧洲人"在巨变过程引起的毁灭中惊惶恐惧,眼睁睁地看着那些曾经使他们怡然自得、给他们带来好处、他们也衷心喜爱的事物消失得无影无踪"。经济的高度发达带来的不是第二国际"预言家"们曾预期的共产主义革命在欧洲的成功,而是非理性的列强战争。因而一战的效果是双重的,它不仅使自由资本主义美好时代的美梦不再,也使当时欧洲左翼知识分子信奉的"时机成熟之际新秩序将会应运而生"[1]这样典型的第二国际"经济决定论"名声扫地。对资本主义整体及其文化的批判和对第二国际的"经济决定论"的批判,构成了以卢卡契为代表的第一代西方马克思主义者的理论出发点。无论是对于德国的法兰克福学派的理论家来说,还是对于法国的亲马克思主义的、或共产党内的知识分子来说,第二次世界大战作为一个关切到自身命运的事实性体验,彻底改变了他们的思考对象和思考方式。阿多诺给自己及世界下了一道美学和哲学的禁令:"在奥斯维辛之后,写诗是野蛮的""奥斯维辛集中营之后的一切文化、包括对它的迫切的批判都是垃圾"[2]。而他在那期间并从那以后,都将自己的批判重心放在对奥斯维辛之前的现代美学和启蒙思想的批判之上。不唯他是如此,与他一起的法兰克福学派的思想家们都是这样。[3]在二战之后法国共产党执行的苏联斯大林主义路线使得"苏联正统的马克思主义"成为了左翼知识分子的反抗对象,而且"二战"的经验在法国战后提升为一个理论命题,即"主体与历史的关系"。左翼知识分子通过对此论题进行理论探讨,丰富马克思主义学说本身,使它与当代哲学美学思想积极展开对话,摆脱法共的反智主义倾向。[4]对资本主义本身和苏联斯大林主义的"双重幻灭",使得这批知识分子在批判资本主义和批判"僵化"的马克思主义的双重要求下"创造"出了加上了不同定语的"马克思主义"——"新马克思主义""存在主义的马克思主义""结构主义的马克思主义""弗洛伊德主义的马克思主义""基督教的马克思主义",等等。[5]

到了20世纪50年代,用一个名称来指代这个"庞杂"的马克思主义思想潮流已经成为必要。大多数评论者都采用了莫里斯·梅洛-庞蒂的一个提法——西方马克思主义。正是梅洛-庞蒂1955年的《辩证法的历险》一书使这个词流行开来,他用这个词来指由20世纪30年代乔治·卢卡契的那部"异端著作"《历史与阶级意识》培养起来的、从不同派别汇成巨大思潮的这个思想群体。[6]对梅洛-庞蒂及采用这一提法的人来说,西方马克思主义就是指人道主义、主体主义或非教条的马克思主义这一潜在传统。

一 西方马克思主义文学理论的基本特征

"理论"的非实践性,是我们论述的这个时段[7]的西方马克思主义者的共同特点。西方马克思主义理论家们将自己限制在理论的探讨上,形成了特有的"学院化特征"。这种学院化特征主要表现在他们的"理论综合"或者严格地说就是"美学理论"和"文学批评理论"的综合之上。卢卡契、布莱希特、布洛赫、法兰克福学派、萨特、戈德曼、德拉·沃尔佩和阿尔都塞等人的著作构成的西方马克思主义时代,亦即西方马克思主义美学和文学理论的形成期。他们的作品较为系统,与马克思、恩格斯零散的、片断性的对文艺问题的讨论有所不同。而且相对于普列汉诺夫、梅林和其他第二国际理论家的化约主义理论而言,也有长足的进步。如果再算上雷蒙·威廉斯这位唯一可与大陆同辈匹敌的英国马克思主义者的话,也许就可以这么说:西方马克思主义者已经使文化理论的丰富性胜过了经济或政治理论。他们关注的全部焦点已经是"作为意识形态"的文化问题了。

1. 作为一种"综合形式"的马克思主义文学理论

类似于西方马克思主义的哲学,西方马克思主义文论的一个总特征就是用西方现代文艺观、美学观"补充"和"完善"马克思主义的文艺观、美学观。它没能自觉地把马克思主义的文艺和美学思想当作一个时代的文学、美学精华,只是把它视为一种社会—历史的文艺批评方法或模式。西方马克思主义文艺思想的代表人物卢卡契,首开将马克思主义与现代资产阶级思想混为一统的风气。卢卡契一生自信奉行马克思主义,其实思想十分驳杂。在他走向马克思以前,不仅深受诺瓦里斯(Novalis)、克尔凯郭尔(Sren Kierkegaard)、陀思妥耶夫斯基(Ф. М. Достоевский)的影响,而且还对生命哲学与美学代表人物狄尔泰和齐美尔的著作产生浓厚的兴趣。在接触马克思主义之后,也希望用那些资产阶级哲学来"补充""发展"马克思主义。他甚至在《历史与阶级意识》中开宗名义地说"马克思主义只是一种方法":

> 放弃马克思的所有全部论点,而无须放弃他的马克思主义正统。所以,正统马克思主义并不意味着无批判地接受马克思研究成果。它

不是对这个或那个论点的"信仰",也不是对某本"圣"书的注解。恰恰相反,马克思主义问题中的正统仅仅是指方法。他是这样一种科学信念,即辩证的马克思主义是正确的研究方法,这种方法只能按其创始人奠定的方向发展,扩大和深化。[8]

卢卡契所要做的就是用马克思主义的术语来重新表述生命哲学和新黑格尔主义,这在他早期著作《心灵与形式》《小说理论》中表现得非常明显。在《小说理论》中,卢卡契勾勒了一个"倒退"的历史轨迹。伟大诗史时代,人的心灵统一了艺术和生活,那时艺术就是生活,反之亦然。而现代社会所出现的小说却是"破碎的世界的镜像"[9],折射出心灵和世界的分离。不难看出,他的文学理论、美学思想中一直有着马克思主义与黑格尔主义相结合的影子。

法兰克福学派文学艺术理论、美学中坚阿多诺也坚持着马克思主义的黑格尔化这个方向,用黑格尔的"理性"概念把马克思主义命题和现象学、存在主义融为一炉,力图借以批判资本主义社会精神生活沦丧、美学趣味贫乏和低下的现实状况。同属于法兰克福学派的马尔库塞,则从20世纪20年代开始就致力于将马克思主义和弗洛伊德精神分析相结合,从理论上,给弗洛伊德学说的"本能"和马克思主义学说的"经济基础"之间、"自我"和"上层建筑"之间、"超我"和"法""道德"意识形态之间划上等号,暗示人的本能欲望是一个革命性的力量,是一切艺术理想的源头。

法国的情形也是如此。从第二次世界大战爆发到20世纪50年代末接触到马克思主义的萨特,一开始就无法接受马克思主义的唯物主义,并试图将存在主义和马克思主义调和起来,从而使马克思主义存在主义化,使之成为"真正的"人学。与此相应,他的"存在主义的马克思主义"文学理论的核心概念不是别的,而是"自由"。阿尔都塞和皮埃尔·马舍雷等人的"结构主义的马克思主义"显然在马克思主义中引入了大量的索绪尔语言学、列维-施特劳斯的结构人类学、拉康的结构主义精神分析的命题和内容。甚至不以艰涩难懂的理论见长的英国新马克思主义代表人物雷蒙·威廉斯在其理论建构的背后也保存了利维斯主义者的这个身份。

不可否认,这些"综合"在给马克思主义传统思考方向提出了许多新颖的思考增长点的同时,也暴露出把马克思主义与资产阶级学说结合起来的根本性的错误倾向。

2. 作为"意识形态批判"的西方马克思主义文学理论

对于马克思主义来说,艺术是上层建筑的一部分。它是社会意识形式的一部分,即复杂的社会知觉的一部分。因而在马克思主义者看来,理解文学的前提是理解整个社会过程,因为文学也是其中的一部分。经典马克思主义者就指出:"任何一种社会心理归根到底都是由社会关系决定的。"[10]这种特殊的知觉形式,与观察世界的主导方式有关,或者说与一个时代的"社会精神"、意识形态有关。

经典马克思主义者往往从"反映论"出发,从文艺的内容方面来理解社会过程对文艺的决定性关系,而西方马克思主义者则从"总体性"这个概念出发,认为形式也是社会意识形态的载体,也是由社会历史所决定的,文艺的内容与形式因而是作为一个整体范畴反映着历史时代的总体性的。因此,这使西方马克思主义者对更为广泛的文学作品持一种开放的态度,托尔斯泰、高尔斯华绥(John Galsworthy)等等经典作家的艺术创作,不仅是他们的研究对象,波德莱尔(Charles Baudelaire)、普鲁斯特(Marcel Praust)等人作为他们批判地理解垄断资本主义社会状况的钥匙,也成了他们的研究对象。

西方马克思主义理论家们之所以强调意识形态的重要性,并从这个前提出发进入文艺研究,是有着一套理论支撑的。众所周知,经典马克思主义者关注的焦点是经济基础的变革,无产阶级革命党的首要目标在于夺取政权,打碎旧的国家机器,建设新的社会制度。同时他们也十分重视包括文艺在内的文化工作,认为文艺是无产阶级强有力的斗争工具。但是在经典马克思主义的理论中,文化和文艺毕竟是第二性的,而生产关系的变革才是第一性的。不过,西方马克思主义者从反对第二国际的"经济决定论"开始就反对这种第一性和第二性的区分方式,并认为在西方资本主义社会,由于存在"异化"和"物化",无产阶级已经被"整合",已经在很大程度上丧失了阶级意识,因而无产阶级面临着自身阶级意识的危机。在西方马克思主义看来,革命的成功与否关键在于能否戳穿资本主义的意识形态谎言,是否能以这种方式使无产阶级阶级意识得以复兴。因此,对文学艺术的"意识形态批判"成了西方马克思主义的"革命"的重要组成部分,我们会在西方马克思主义文学理论、美学文本中不断地碰到"Ideology"(意识形态)这个词。

同时,意识形态在西方马克思主义那里也是一个高度复杂化的概念。一般地说,早期西方马克思主义者倾向于从否定的意义上去理解这个概念,认为"意识形态"就是不真实的观念,它掩盖着事实的真相、掩盖了资产阶级统治和剥削的本质,并使得一切生活在其中的人们,不知不觉地按照它的意识形态规则进行判断,而生活在其中的艺术家,则不知不觉地创造着从内容到形式都折射着它的艺术作品。这样一来,有两项任务摆在了他们的面前:一方面是对有害的、貌似无涉现实的艺术进行从内容到形式的批判,另一方面是发掘激进的现代艺术的合理性,并从理论上给予支持。思想激进的阿多诺的理论构造,论证了现代艺术(反传统的无调性音乐)对资本主义意识形态的批判作用,并与这种艺术的意识形态保持了某种"同一性",尽管他一再声明需要一种"非同一性哲学";马尔库塞的"弗洛伊德主义的马克思主义"也在艺术中,发现了所谓对抗资产阶级意识形态侵蚀的审美之维。[11]

对艺术的意识形态批判,暴露了西方马克思主义文学理论的含混性:一方面,它"贯彻"历史唯物主义,得出社会决定艺术的命题;另一方面,它又将艺术视为促生社会变革的一股重要力量,因此不得不通过对艺术的意识形态批判,区分出具体作品中社会意识形态因素和超越性、批判性的"审美之维"两个范畴。区分出这两个范畴并不能说明矛盾得到了解决,毋宁说他们十分明显地把这个矛盾摆了出来,用新的理论语言提出了如何辩证地将"历史的"方法和"美学的"方法结合起来的文学理论问题。

下面我们就重点介绍几个在文学理论方面具有时代代表性也具有地域代表性的西方马克思主义文学理论的重要人物及其主要思想。

二 卢卡契:西方马克思主义文论的开端

卢卡契、柯尔施和葛兰西被视为西方马克思主义思潮的开端性人物。其中,卢卡契不仅是经历最丰富的一位,而且在理论建构上也是涉猎面最广的一位,他在哲学、美学、文学理论、文学史方面都有建树,而且任何一部介绍西方马克思主义的理论著作往往都得从卢卡契开始讲起。[12]

1. 物化或异化理论[13]

卢卡契一生著述很多,其色彩也很不相同。我们在这里要探讨的是使他成为西方马克思主义创始人的一个核心概念——物化。卢卡契认为,在资本主义制度下,人的异化是其存在的本质特征。这种异化现象不仅成为外在客观世界的根本特点,而且也成为人的内在世界的根本特征。卢卡契的人道主义理论首先是从批判异化入手的,《历史与阶级意识》所以声名大噪,一个重要的原因就是它是20世纪最早、最系统提出异化理论的著作。在《历史与阶级意识》发表近十年以后,直到1932年马克思的《1844年经济学哲学手稿》才公开发表,《手稿》发表以后,他的人道主义、异化思想一下子轰动了整个西方思想界,青年马克思成为人们关注的焦点。与此同时,人们惊讶地发现马克思在《1844年经济学—哲学手稿》中所论述的人道主义思想,以及所展开的异化理论与卢卡契在《历史与阶级意识》中所阐述的人道主义、异化理论十分相似,而这一切都是在卢卡契未看到马克思的《手稿》情况下独立分析得出来的结果。顿时卢卡契身价倍增,《历史与阶级意识》的异化、人道主义理论被西方理论界交口称赞。

在1922年所写的《物化和无产阶级意识》一文中,卢卡契对物化做了本质定义,他写道:

> 商品结构的本质已被多次强调指出过。它的基础是,人与人之间的关系获得物质性,并从而获得一种"幽灵般的对象性",这种对象性以其严格的、仿佛十全十美的合理的自律性掩盖着它的基本本质,即人与人之间关系的所有痕迹。[14]

用更明确的话来表述,异化就是资本主义的资本逻辑、商品关系替代了人与人之间原有的"属人"的关系,资本主义的一切非人特征已经成为了处于这种社会中的所有人的主观态度。所以在这个意义上卢卡契才说:"只有当社会中的对象化形式使人的本质与其存在相冲突的时候,只有当人的本性由于社会存在受到压抑、扭曲和残害的时候,我们才能谈到一种异化的客观社会关系,并且作为其必然的结果,谈到内在异化的所有主观表现。"[15]

"异化是历史的结果",从卢卡契的全部实践哲学和美学著作中透露出这样一个结论。历史的本质以物质实践为核心,在主客体的相互作用下形成。卢卡契认为在自然史与人类史相互作用下展开的历史进程中,实践、劳动构成了社会存在的根基,"实践本身最直接地提供了对社会存在的本质最重要的、直接的证明。实践对于真正的、批判的本体论来说,也是必要的客观核心"[16]。目的性的劳动是"本质劳动",是对人的本质规定,这一劳动过程在最初阶段首先是使个体形成日常生活的意识和自我意识。这种个体性意识由于是源于与自然交换的协作劳动和人与人的交往关系,因而也是普遍的意识、"总体性"的意识。每个个体在这种关于自身稳固性的认识的意识形态范围内,进行着合规律的劳动,在一种与自身的劳动对象直观的关系中改变着物质基础,这就是阶级社会史前史中普遍的劳动状况和意识状况。

资本主义前史的这种无意识劳动,在改变着人处身于其中的物质基础的同时,伴随着劳动的精细化和劳动分工,在认识、意志、情感的不同对象化领域中也产生了不同的"同质化中介"。"同质化中介"即指历史活动中的人认识对象世界和揭示自我意识的方法,主要有两类,其一是"非拟人化同质形态",包括科学诸门类和哲学;其二是"拟人化同质形态",即人依照自身所处的关系及世界去对外部现象加以解释的方法原则,包括文艺、宗教诸门类。[17]人类通过这两类实践的中介进行"中介的实践",作用于物质与自身的社会的交换过程,加速着物质与自身的社会的交换进程,并且不断地丰富着两类"同质化中介"的内容,这样一步步地进入了资本主义的生产关系。如果说前资本主义生产关系的自然状态决定了人认识世界的"拟人化同质中介"的话,资本主义生产关系则客观地要求把"祛魅"的"非拟人化同质中介"的方法作为其实践的意识形态的主导方面。这种特定的历史要求,被在物质资料上占统治地位的资产阶级以明确的阶级意识表现出来。这种非拟人化的劳动中介,以超越个人的社会生产为前提。在这种劳动中日益分化的两个阵营——代表着资本本性的资产阶级和代表着可变资本的无产阶级——都以这种非拟人化为主导的意识形态中介完成着自身的物化。前者,作为资本本性的代表,在面对其特定的资本运作的领域时,一方面运用科学创造最大可能的剩余价值;另一方面,他又必然地感到实现创造的剩余价值的关键——商品的售卖——不在自己的掌握之中,而是取决于不可知的总体资本运作。"直接剥削的条件和实现这种剥削的条件不是一回事,二者不仅在时间上和空间上是分开的,而且在概念上也是分开的。"[18]资产阶级的物化意识就这样形成"一方面,一切个别现象中存在着严格合乎规律的必然性;另一方面,总过程都具有相对的不合理性"[19]的困境,从而丧失了对世界本质加以把握的可能性。阶级社会中的生产关系造成的拟人化中介和非拟人化中介的分工,艺术、意义世界和具体劳动、物质生产世界的分离使得本质劳动成为异化劳动,这种异化劳动在资本主义社会中达到了极点,造成了马克思所说的人的商品化:

> 商品形式的奥秘不过在于:商品形式在人们面前把人们劳动本身的社会性质反映成劳动产品本身的物的性质,反映成这些物的天然的社会属性,从而把生产者同总劳动的社会关系反映成存在于生产者之外的物与物之间的社会关系。由于这种转换,劳动产品成了商品,成了可感觉而又超感觉的物或社会的物。……这只是人们自己的一定的社会关系,但它在人们面前采取了物与物的关系的虚幻形式。[20]

2. 艺术的拯救和"伟大的现实主义"

"拟人化中介"和"非拟人化中介"的分离,历史地造成了实践的不完整性,但是"拟人化中介"的"实践"部门,也就是说艺术和宗教等实践部类却

为人类保存了"总体性"的可能性,为拯救保留了希望:

> 科学给予我们事物和事物的性质,而艺术则赋予我们心灵和命运,事物只有通过心灵和命运三棱镜才能看清。[21]

青年卢卡契正是从这一出发点形成他的文学观的。在用马克思主义的概念和术语思考问题之前,他的作品《心灵与形式》和《小说理论》就比较充分地反映出他对艺术对抗异化功能的肯定。尤其是在《心灵与形式》中,他揭示了古代艺术,也就是古希腊时期的艺术怎样以其"拟人化中介"为人类保存了意义的总体性的。随着人类历史的发展,分工的发达,这种总体性又是怎样一步一步以异化的方式存在于现代艺术当中,世界是怎样从总体性"诗史的世界"转变成了批判的"小说的世界"的。

他对《荷马史诗》所呈现的世界高度赞赏,因为他认为那是一个完美的主客体统一的"同质"[22]的世界。

> 只有在一切被形式包容之前就已变得同质的地方;只有在形式不是一种强制,而是向着意识的转化、向着潜伏着的(作为模糊的渴望静卧在必须被赋予形式的事物最深处的)一切事物的表面呈现的地方;只有在知识就是美德的地方;只有在美就是可见世界意义的地方,存在的总体性才是可能的。[23]

《荷马史诗》的世界是美的世界,因为在荷马的时代人没有丧失主客体的统一性,对那种状态的心灵来说,既不知道迷失自我,也不知道寻找自我,"在没有开头也没有结尾的《伊利亚特》故事中,一个完满的宇宙已在包容一切的生活中兴旺地成长出来"[24]。但人们总要追求自我的实现,认识对象化是必然趋势,这样,"这种本质的概念就导致了对他存在的断定的超越"[25]。从而生活和形式的对峙就被创造出来,异化成了人类生活确定的条件。

小说的世界不同于荷马的时代,就在于这种社会的形式限制着人的灵魂,人们追求创造和生产,结果自己所创造出的这个对象世界却和人疏远了。不仅如此,它还压抑着人,束缚着人。小说是现时代的史诗,但它不同于荷马史诗的地方,就在于总体性已不再是生活的本身,它只成了一种向往和追求,一种在小说中再现的世界。卢卡契青年时期也是出于这种理论原因而激赏德国浪漫派的诺瓦利斯等人的小说创作。18 世纪是理性主义的时代,是资产阶级高歌猛进的时代,在他们看来理性就是一切,世间不存在着理性的界限,一切都应用理性去说明。但施莱格尔、诺瓦利斯却发出了另一种声音,认为理性主义的结果具有极大的危险性和足够的破坏力,理性主义至少在理论上废黜了所有的存在价值和意义。当时青年卢卡契认为,只有浪漫主义文学的声音才能抗衡理性主义和工具主义的扩张。因为,在浪漫派那里诗就是道德,伦理就是诗。他们热切地希望着一种文化,这种文化使人能成为天才;这种文化再不会服从理性的进步而使其异化。

> (诺瓦利斯说)"诗是人类精神的特有行动方式"……浪漫主义世界观,一切是诗,诗就是"一切和一"。从来没有谁像浪漫派那样,"诗人"对他们有如此重要的意义、如此神圣、如此包罗万象……他们的目标就是一个人在其中能过真实生活的世界。[26]

诗人用诗的理想可以创造出一个比现实"更真实"的世界,其中蕴涵着拯救的希望。尽管后来在接触并服膺于马克思主义之后,卢卡契否定并批判了早期的这种具有唯心主义色彩和存在主义思想倾向的理论,但是这个论点依然在他的理论体系中保存了下来,反映在他的现实主义理论之中。

后来,卢卡契对他的"浪漫派倾向"进行了理论反思,指出浪漫派所追求的那种"主体的自由",不过是"空洞的自由",因而"不得不跌入宿命论的深渊"[27]。那么他的现实主义艺术观的本质又是什么呢?是不是和经典马克思主义文艺观的现实主义相同呢?回答是否定的。如果说经典马克思主义文艺观的现实主义是建立在"合规律性和合目的性"统一的反映论基础上的话,那么卢卡契的现实主义所强调的更多地却是创作的"合目的性"和理想性:

> (艺术原则)就是创造一种具体的总体。它是这样一种形式观念的结果,这个观念恰恰是以关于其物质基础的具体内容为目标的。它因此能消除因素对整体的"偶然的关系",能解决偶然和必然的纯粹表面的对立。……费希特也曾经提纲挈领地谈到过应该赋予这个原则以方法论的功能:艺术使"先验的立场变成普遍的立场"。这就是说,在先验哲学中只是一种可用来解释世界的很成问题的假设的东西,在艺术中以完善的状态存在着。[28]

在艺术这个中介中,人能够创造一个世界,创造规则性和必然性,并且在创造的这个世界中塑造典型个性的自由或非自由的命运,从而创造着想象的实践,以这种方式克服人的异化。正是在这个意义上卢卡契才说:"席勒的美学理论著作表现了要提出这个问题(指物化的克服)和指望具有解决问题的功能和倾向。"[29]

以此原则为指导的文艺,在卢卡契看来,才是达到历史阶段性本质的有效中介。"中介的东西必须是两个方面在其中合一的东西,就是说,意识从一个因素认出另一个因素,从命运认出它的目的和动作,从它的目的和动作认出它的命运,从这种必然性认出它自己的本质",中介就这样使"真理成为发展出来的结果,而同时又将结果与其形成过程之间的对立予以扬弃"[30]。

在这种拟人化同质中介中,卢卡契认为,首先,创作主体的创作行为具有具体性:把一定阶段内意识中不可解决的现实问题反映出来。因此,他才称赞歌德的"现实主义",认为他的"现实主义"创作中介使他在不放弃对进步的肯定的同时,能无所畏惧地批判社会。从"对当时正在兴起的小邦君主专制的鄙陋和腐败的批判,对骑士堕落成为宫廷骑士以及其他类似事件的批判"[31],到"强烈批判资本主义劳动分工,愈来愈尖锐地批判人的本质所遭到的分裂"[32]的《威廉·迈斯特》,到超越个人悲剧性的对人在异化状态下的发展的全景式写照的《浮士德》[33],卢卡契认为歌德无不把握住了必然性发展的具体问题。其次,在这种中介中所创造的个体形象表现为典型性,这种典型人物在创作主体为其设置的必然性下进行选择,表现为对必然性的肯定或否定的意识。意识在什么程度上"从命运认出它的目的和动作,从它的目的和动作认出它的命运"则反映了创作主体本人、乃至他所从属的阶层对世界历史本质的反思程度。当威廉·迈斯特这个典型人物提出了人的生存中事实与价值的悖论时,歌德作为创作主体就已把理性所把握的必然因素和主体的伦理价值全部凝聚在这个他所创造的典型中了。每个典型都是历史必然性和人的本质的普遍性相结合的具体形象,它一方面反映着历史必然性(社会发展)的强大趋势,一方面坚持着人的"应然"的存在价值,使得这两种都属"必然"的冲突在自己身上集中地发生从而构成具有巨大激发功能的悲剧审美中介。卢卡契经常引用古希腊索福克勒斯的《安提戈涅》一剧来说明这一点:"合唱队以人征服世界行动的赞美诗开始,人不断地扩大着活动疆界;它只受到死亡的限制,只有在人作为建设者的地方(对于希腊人这就是社会基础)才出现了内在的中心问题,这是所有艺术的伟大主题:在城邦与人之间的矛盾冲突。这绝不是偶然的,这是思想家和诗人智慧的有机结合体,是对审美最深刻本质的认识。"[34]

古典原则下的艺术具体性、历史性、典型性中介要求,为了创造典型,"必须到人们中间,到人与人之间的关系中间,到人们的活动场所去寻找这样持续的特点,这样的特点作为社会发展的客观倾向,是长期都起作用的,这样的作家在意识形态方面形成了一支真正的先锋队,因为他们对活生生的,但还直接被掩盖着的客观现实的倾向刻画得那样深刻和真实,以至后来的实际发展证实了他们的描写"[35]。因而,这样的现实主义中介最后也是最重要地具有预言性,或毋宁说是唤起人真正从实践上改变现实的启发性。卢卡契的无产阶级认识世界的中介,是对这一有其历史局限的审美中介的"扬弃",也就是说,资产阶级在意识中的对物化的克服,在无产阶级的中介中"颠倒了过来",在这里是用物质实践使这种意识现实化,并与上面所总结的具体性、历史性、典型性和对必然性的预言性(即对于实践的创造性)有着深刻的承接关系。[36]

3. 评价卢卡契

卢卡契对文学与艺术的关注,其实是一个哲学家对文艺问题的哲学思考,因此,他的文学理论实质上是其哲学思想在文艺上的延续和发展。在他探讨文学问题的文字中,我们总能看到他的哲学基本问题。他的文学价值论、文学功能论也总是围绕着如何克服异化或者物化问题而展开的。

从哲学认识论出发,卢卡契将现实主义模仿看做是艺术的决定性源泉,肯定了现实主义模仿中的主观成分,并努力去解释艺术中主观因素与客观因素的辩证关系。他指出,整个审美活动都以人为中心,艺术的对象世界也就是人的世界,它所表现的是与人相关的本质,是人的精神的外化。在艺术作品中,主体与对象现实的一致性必须通过现实的反映来实现。但他又多次引用利伯尔曼的名言"我画的比你更像你自己",来说明任何现实主义反映都是人的主观的能动的反映,都是主观性与客观性的融合,都是合规律性和合目的性的统一:

> 一切属于人与人之间的关系的东西都是内在的,只有当它在这一艺术门类的特定形式中产生感性的纯粹外在形式的效果时,才能成为审美的存在。正如我们通常所见,这种形式的联系只是一种深刻内容的直接性表达,也就是人本身所能认识到的他的生活、所活动的周围世界是怎样的,这一伟大生活真理的直接表达。这种审美的真理由自我认识和对世界的认识构成了一个循环的运动:"认识你自己"的正当冲动把人引向世界,使得他对他的同伴、对他们在其中生活的社会、对作为他们活动场所和基地的自然界有所认识,并使它转向外部。[37]

成熟期的卢卡契认为这样的艺术创作比浪漫派的主观性艺术方法更能

够起到把人提高到人的高度的艺术功用。

尽管卢卡契的理论中包含着许多辩证的、真理性的因素,尽管卢卡契反对浪漫派文艺方法的"空洞自由"是对的,但是他对现实主义的理论辩护,就像他早年为浪漫派辩护一样,很难说是辩证的。这一点在他参与的表现主义争论中表现得非常明显。在那场 20 世纪 30 年代的争论中,大多数西方马克思主义者都站在新艺术一边支持表现主义,但是卢卡契却出于理论的或其他的原因,坚持古典美学意义上的现实主义,面对同时代的艺术社会生产,除了固守一个理论姿态之外(这令人想起德国社会民主党的那些理论家),无法指出令人满意的真正现实的、因而是实践的途径。一味坚持着"十九世纪史诗"的伟大形式,而把 19 世纪以来当代文学形式和方法,简单地称之为非本质的资产阶级颓废艺术,从这样的立场出发,尽管并不缺乏对资产阶级意识形态进行批判的果断和勇气,但在与西方马克思主义内部对文学新形式的探索或争辩中,却显得武断和保守,以至于"从一个健康的原则出发,却给人以脱离实际的印象"(布莱希特语)。

现实主义僵化是因为卢卡契辩证法的黑格尔化所致。卢卡契的辩证法是为了克服第二国际的庸俗经济决定论,却使黑格尔辩证法的唯心主义以"颠倒"的形式全面复活了。前面分析的卢卡契实践中介论充分地显示了这一点:历史作为一条本质发展的单线在行进着,从物质到意识再到物质实践;中介作为正题的"物质"和反题的"意识"的合题——意识着的物质实践和对本质的把握,保证了本质历史的展开。如果说"从意识到物质再到意识",以此达到最后的绝对精神是最简化了的黑格尔辩证法的形式的话,那么,"从物质到意识再到物质实践"的循环,则是最简化了的卢卡契辩证法的形式。在卢卡契一贯坚持的本质意识决定实践方向的哲学中,其辩证法在形式上甚至内容上都与黑格尔辩证法形式相重合。我们知道,以不同元素开始的循环模式,其实都是同一个循环模式[38]。这种黑格尔式辩证法决定了卢卡契的总体性概念还停留在黑格尔的历史范畴当中,使得卢卡契在无矛盾的而只有对立(静止的对立)的、过于简单的模式中把握现实主义问题,从而使文学语言工具表现性地从属于思辨中的历史。

应该说,作为实践的指导的"中介"首先是具体的物质性的。"'精神'从一开始就很倒霉,受到物质的'纠缠',物质在这里表现为振动着的空气层、声音,简言之,即语言。语言和意识具有同样长久的历史;语言是一种实践的、即为别人存在因而也为我自身而存在的、现实的意识。语言也和意识一样,只是由于需要,由于和他人交往的迫切需要才产生的。"[39]因此,中介必然随着社会交往关系和人自身与物质生产的关系的改变而改变。但是，当卢卡契找到实践审美"定式"之后说"巨大的技术进步不在是客观上和主观上的前提（我们这里需要它的一些因素，如空闲时间的获得，对材料和工具的掌握，全部实现计划安排的能力等）"时，他就否认了中介作为物质的历史具体性。因此，卢卡契这种从哲学出发的非现实的现实主义，在文学方法和文学批评原则中的应用使得文学由于哲学而实际上属于过去；表现性总体的非理论化倾向及其实证结果，使得卢卡契用资产阶级革命与资产阶级文学表现性反映之间的关系绘制出新的历史时期的社会变革和文学反映之间的关系，非但是不现实的，而且有阻碍文学艺术本身发展的可能性。

卢卡契所标举的"歌德创作形式"只是"市民社会"的公共领域运作的特殊结果。这一特殊结果是由许多既有的文化的、政治的、社会的多元结构决定的，如在欧洲民族国家形成过程中德国的特有现实所构成的"文化"与"文明"的对抗，"泛神论"对"基督教一神论"的对抗等，而温克尔曼对希腊的重新发现又为这种选择提供了恰当的形式。但是，这种古典趣味的形式选择是在历史文化语境中做出的，超越了具体时代，就要在接受上受到质疑；早在19世纪就有来自资产阶级内部的批评，认为新希腊风格是不愿做现代人而企图复古的倾向的产物，事实上，这种企图注定是失败的，正像浪漫派自己模仿中世纪风格失败了一样。

三　法兰克福学派的文化工业理论

卢卡契把文艺作为一种社会现象，而不是当作纯粹的自我表现或纯审美形式来认识的这种研究方法，深刻地影响了法兰克福学派。虽然法兰克福学派的理论家们各自论题有所不同，而且使用的术语也不那么"马克思主义化"，但是，他们在文艺研究的方法上有一个共同立场，那就是阿多诺所说的："我们把艺术解释为发生在社会之中的一种程序编码语言，因此，必须通过批判的分析来解译。"[40]

与卢卡契不同的是，法兰克福学派重视对最新的文学生产状况进行批判分析，以达到批判资本主义意识形态的目的。这种批判跨越了相当广阔的时空范围，其著作涉及到哲学、经验社会学、音乐理论、社会心理学、精神分析、文学和法学等领域。该学派经历了资本主义战后深层的信仰危机，因此，更加增强了对资本主义意识形态的批判力度。从霍克海默、阿多诺到马尔库塞，往往都将自己的理论活动看成是意识形态批判，而他们理论成就最突出、对 20 年代西方文学理论影响最深、开文化研究风气之先的,就是对资本主义文化工业的意识形态批判。

1. "文化工业"概念的提出

早在 20 世纪 20 年代末、30 年代初的时候,德国美茵河畔的法兰克福研究所,就进行过现代"合理化""标准化"和"批量生产"的文化娱乐设施对工人阶级生活影响的研究。其中很有代表性的就是西格弗里德·克拉考尔(Siegfried Kracauer)的专著《白领工人:一份来自德国的最新报告》[41],这部报告的全部叙述都意在揭示,现代德国工人为了过上白领的生活究竟要付出怎样的代价,并要怎样表现出跟舆论的认同——所谓白领工人的生活就是由沉闷老套的工作和沉闷老套的资产阶级生活点缀构成的。

> 就在各个工厂进行合理化调整的同时,这些场馆设施(也就是"祖国宫"(Haus Vaterland),柏林的"莱西影院"(Resi-Kino),也叫"京都影院",以及"默凯福地"(Moka-Efti)咖啡屋,等等)也把提供给非手工劳动工人的娱乐合理化了。当我问他们为什么以批量方式为大众提供这种娱乐时,一个职员悲伤地告诉我说:"因为人们的生活太糟糕了,他们甚至无法再进行和自己的判断力有关的任何事情了。"无论事实是否如此,大众的确在这些组织设施里、在他们自己的工作团体里面感到很自在。这不是出于对公司所有者的商业利益的考虑,而是由于他们自己的无意识的无能感。他们相互汲取温暖,相互慰藉,因为他们无法摆脱他们作为成员中量的单位的命运。他们周围高雅的、华丽的环境使得他们仅仅成为一种量的单位,也只是使他们能更好受些。[42]

这种研究表明,随着资本主义生产力的高度发展,那些原先只属于特权阶级的文化似乎也向非特权阶级敞开了。但是,这种文化只是一种"合理化"了的、千篇一律的、毫无个性可言的、"图式化"的文化,只是让非特权阶级在悲惨的生活中"更好受些"的意识形态点缀。但克拉考尔对文化工业的这种研究,还仅停留在经验研究层面。

另一方面,作为法兰克福研究所成员的瓦尔特·本雅明,尽管没有明确提出"文化工业"这个专有概念,但自 20 世纪 30 年代起,就对"批量生产"的文化工业和文化产品的艺术特性进行了理论上的反思,开创性地把马克思主义学说中关于生产力和生产关系的原理以及艺术作为"精神生产"的论述运用到文学艺术领域,用来肯定性地解释现代条件下新艺术生产的规律和特征。在本雅明看来,现代艺术生产力的提高有着积极意义,是艺术手段和技巧进步的结果,电影、无线电广播等面向大众的传播技术,已经决定性地改变了当代的艺术生产和艺术接受。[43]艺术生产力的标志就是艺术品的复制技术的空前提高。在本雅明看来,艺术的机械复制使包括文学在内的艺术的全部功能颠倒了过来,传统艺术的那种起源于宗教崇拜的"光晕"被复制艺术所打破。复制艺术或者说文化工业粉碎了凝结在传统艺术"光晕"中的商品拜物教的异化意识。"随着单个艺术活动从礼仪这个母腹中解放出来,其产品便获得了展示的机会"[44],因而也打破了剥削阶级独占艺术的一统天下。本雅明对文化工业本身的考察已经上升到了理论的层次,但是不可否认,他将文学艺术的技术层面直接对等于生产力,将文学艺术创作等同于一般生产,并由此出发,肯定了文化工业对文学艺术的积极作用。这种做法是机械的和片面的,无法从一种历史的、社会的角度认清文化工业的艺术生产的真正功能。文化工业问题从概念到理论,需要更为系统的考察。

在理论层面上完整地提出文化工业概念的是霍克海默和阿多诺。资本主义工业的高度发达状况却为艺术造成了困境,随着工业生产的发展,艺术陷入堕落的命运。因为艺术面临一个商品交换社会,在商品关系占统治地位的情况下,艺术不蜕化为商品、不蜕化为为实用目的服务,将是十分困难的。阿多诺指出包括文学在内的文化生产,不外是:

> 或多或少按照计划生产出来的文化产品,这种产品是为大众消费度身定做的,并在很大程度上决定了消费的性质。[45]

因而,阿多诺将其命名为"文化工业",以突出艺术已沦落为一种标准化、商业化的工业制作,既不是自律性的艺术,也不是自发性的通俗艺术。在1947年初版的《启蒙辩证法:哲学断片》一书中,霍克海默和阿多诺将"文化工业批判"作为启蒙资产阶级意识形态批判的一部分,并在其"文化工业:作为大众欺骗的乌托邦"一章里展开了充分的论述。

霍克海默和阿多诺将万物商品化的物化逻辑推到了极至,将文化工业作为艺术的彻底物化的总体进程加以描述。交换价值的原则支配了文化的生产、流通与消费。所谓的艺术品,确切地说,应称之为"文化工业品",仅仅是为了满足市场的需要而出现。艺术家的创作也随之充当起赚钱的手段,他们已不再或无力关心艺术的审美价值。正如阿多诺举出的例子:虽然贝多芬指责瓦尔特·斯科特的"写作就是为了赚钱",并视此类必须出卖艺术的做法为世界对美学的强制,但是他自己也必须"从管家每月生活费用中学来艺术商品化的形而上学"[46],而人们对艺术的欣赏也演变成某种外在于艺术品本身的交换与消费。文化工业的技术,通过祛除掉社会劳动和社会系统这两种逻辑之间的区别,实现了标准化和集约生产,这一切都是由追求利润最大化的总体资本所决定的。在文化生产流水线的另一端出来的产品千篇一律,不是对艺术审美的偷工减料的拙劣模仿,就是对传统经典的"野蛮改编"。

物化不仅发生在文化工业的生产环节,不仅是艺术品的灾难,而且更为严重的是,真正的物化还发生在文化工业产品的消费阶段。

2. 文化工业的意识形态作用

文化工业作为凭借现代科技手段大规模地复制、传播文化产品的娱乐工业体系,批量地制作和传播大众文化产品,以独特的大众传播媒介如电影、电视、收音机和报刊杂志、书籍等,通过娱乐的方式潜移默化地起着意识形态作用。为此,阿多诺说,工业社会的力量对人们发生的影响是一劳永逸的。文化工业的产品到处都被使用,甚至在娱乐消遣的状况下,也会被灵活地同化。但是文化工业的每一个产品都是经济总体的一个组成部分,所有的人从一开始起,在工作时,在休息时,只要他还在呼吸,他就离不开这些产品。没有一个人能拒绝去看有声电影,没有一个人能拒绝收听无线电广播,社会上所有人都自愿或不自愿地接受着文化工业的影响。以至于"整个文化工业把人类塑造成能够在每个产品中都可以不断再生产的类型"[47]。《文化工业:作为大众欺骗的启蒙》一章指出,文化工业从生产到消费的全过程,不外起着以下的意识形态作用:

其一,文化工业意识形态"图式"履行着"操纵功能"。电影院、商场、画刊、无线电、电视、各种文学形式、畅销书等构成的文化工业产品,虽然种类繁多,体裁各异,但其中包含的意识形态却具有相似的"图式",都是"从制造商们的意识中来的"[48]。拿文化工业中的电影生产来说,好莱坞的生产商和导演们,有意识地做了感知器官无意识中做的事情,即操纵消费者对文化工业所提供的感性材料的认知和理解。具体而言,电影事先确定了什么是可以被看到的,而将其他一切都删去。它们以某种方式为世界提供了一个框架,这一框架所不能捕捉的任何存在都被否定,因此,就连这个框架本身,即感知的局限,也被遗忘了。由此,生产商的感知、偏见和看法普遍化为人类的感知和理解。意识形态就这样既操纵着公众生活,又控制了个人的生存方式、思维方式和价值标准,使个人丧失了内在的自由、独立的判断能力以及可能的想象力。那些人们自以为在艺术消费中自己思考得出的结果,实际上是一系列官方意识形态操纵的产物。

其二,文化意识形态通过文化媒介履行着"欺骗功能"。各种文化媒介在认同现实的基础上,通过光彩、幸福的形象肯定现实、粉饰现实,甚至虚拟现实,构造出关于现实的美好幻想与假象,使人们沉浸在虚假的快乐与廉价的抚慰中。有声电影运用科技复制的"现实"和廉价文学创作用俗套摹写的"现实"替代了现实本身。

> 整个世界都要通过文化工业过滤……复制经验客体的技术越严谨无误,人们现在就越容易产生错觉,以为外部世界就是银幕上所呈现的世界那样,是直接和延续的……真实生活和现实再也分不开了。[49]

这种文化产品中的情节和主人公为消费者提供了关于自我的"替代性"想象。公众长期接受情节俗套,因而这种俗套已经成为了公众的无意识,通过无意识重新辨认自己在文化产品中的想象性"影像"能够给他带来"快感"。[50]公众从银幕或者廉价读物中往往把自己与"百万富翁"等同起来,人们在通俗小说和电影中读到看到的婚礼与自己的婚礼是一样的,作品中的主人公与公众没有什么差别,唯一的不同是主人公是"幸运的",公众在体验自身和作品主人公的这种极端相似却又绝对区别的同时,认同了自己的社会条件,同时肯定了"机遇创造成功"的资产阶级意识形态。文化工业的产品就这样制造着文化产品消费者的集体移情和公众白日梦[51]。

在文化工业的总体环境下,所谓经典艺术和经典的风格被这种工业本身所扭曲,被漫画化,变成资本主义消费领域以内的东西,也就是说变成易于消化的东西:

> 文化工业抛弃艺术原来那种粗鲁而又天真的特征,把艺术提升为一种商品类型。它变得越绝对,就越会无情地把所有不属于上述范围的事务逼入绝境,或者让它入伙,这样这些事物就变得更加优雅而高贵,最终将贝多芬和巴黎赌场结合起来。[52]

无论是通俗的还是经典的,无论是大众的还是高雅的,文化工业产品都是在欺骗性地为受众提供"欢乐"的许诺,其总体目的就是使人们从机械劳动中解脱出来,养精蓄锐地再次投入机械劳动。

这两种功能最终汇成一种总功能,即为社会维护现状的功能。文化工业生产的图式化替代了反思,文化产品所呈现的虚拟现实替代了现实,这一切使主体无法真正地想象一种理想性的现实,更不要说对他所处身于其中的社会进行实际的批判了。程式化、同一性的艺术,已经成为现有社会维持自己再生产的必要工具。

3. 作为反抗的新艺术实践

在文化工业成为物化艺术的整体性现实这种状况下,阿多诺等人认为,反同一性的新艺术实践才是疗救精神匮乏的一剂良药。阿多诺指出,现代艺术的出现,是与"异化的历史必然性"相对应的"克服历史异化的必然性"的产物。从这种历史观念出发,他认为,传统的现实主义艺术虽然曾经在19世纪创造了它的辉煌,留下不少深刻动人的篇章,但随着历史进入20世纪,随着现代工业的发展,异化现象笼罩着方方面面。而传统现实主义艺术在对现实的传达中,局限于表层现实的认识,无法抵达重重假面背后的真实。他说:

> 在今天,谁还要像小说的创始人那样沉溺于客观的东西,追求靠堆砌和细描那些毫无胆识地观察得来的东西的效果,谁就必然只会制造工艺模品。这类作品制造谎言,掩盖着世界的荒谬,它要人们怀着爱去屈从这个世界。[53]

因此,在20世纪这个现代主义运动风起云涌的时期,批评家不应该像卢卡契那样对现代主义抱着一种敌视的态度,相反应该欢迎现代主义,因为现代主义的思潮、运动、创作在向人们的接受习惯提出挑战的同时,也是在向文化工业的艺术环境提出挑战,在向异化深重的时代提出挑战,并从而拯救艺术自身的尊严。在这个意义上,阿多诺说:"新型小说的这种反现实主义的要素,亦即形而上学的方面,本来就是由它现实的对象即社会造成的。在这个社会中,人与人、人与自己被分离开来。在小说的这种审美的超验性中,对世态的针砭就折射出来。"[54]

如果说古典时期是"审美"的美学形态统治文学创作的话,那么在现时代,与社会总体性保持一致的文学的主要美学形态就应该是"审丑"。现代艺术自身反和谐、反模仿、反同一性、反确定性、甚至反艺术的特点,使它同传统艺术,同现实,同人们习以为常的审美经验和审美心理拉开距离。这样的新艺术形式内在的非同一性品格,促使艺术呈现出非直观的抽象的形态,以此揭露出既存现实的异化本质。形式毅然舍弃了传统艺术中一体化、完美化的要求,转而"越过总体而趋于断片状态。"[55]零散、分裂、破碎、变形、解体等,成为艺术形式的重要因素,折射出现代社会本身的零散、分裂、破碎、变形、解体的本质。

这种现代艺术本身就是对文化工业的抵抗。他说,在今天,在与社会的关联中,艺术发觉自个儿处于困境之中,如果艺术放弃自律性,就会屈从于既定的秩序,成为文化工业加工的原材料。但现代艺术正是对艺术自律性的固守,反过来,艺术的自律性也保证了现代艺术"通过凝结成一个自为的实体,而不是服从于现存的社会规范并由此显示其'社会效用'"[56]。正是因此,阿多诺认为勋伯格对音乐无调性可能性的发展,表现出拒绝向当代社会无法解决的不和谐做妥协的倾向。

文化工业已经塑造了受众的庸俗的审美心理。文化工业提供给人们的是纯粹的娱乐和消遣,而并不提供思想和对现实的真实性的认识。在这样的艺术消费中,人们已经习惯于肤浅的感观之乐,而只有现代艺术的反艺术才能破坏这种审美图式,引发人们的反思,这也是新艺术的批判性所在。阿多诺以贝克特(Samuel Beckett)为例来说明反艺术的产生。贝克特的代表作是1952年创作的两幕剧《等待戈多》。剧中的世界是乡间的荒野和光秃秃的树,两个人在那里无聊地等待着一个名叫戈多的人。但他们不知道戈多是否一定要来,甚至也不知道是否确实有戈多这样一个人存在。剧中人的谈话杂乱无章,同样十分无聊。这就是阿多诺所谓"使现实成为无"的反艺术。如果说消费艺术以大众娱乐的方式生产和再生产了一个不费力的、快乐的、满足的和舒适的世界图像,让人们心安理得地接受统治者的操纵和控制,那么,贝克特的《等待戈多》之类的作品,却以混乱和无聊、大杂烩的方式,揭示了消费艺术所生产的世界图像的虚幻性,指明了人在世界上的尴尬困境,让人们意识到生存处境的荒诞、颓废和无聊,撕破了文化工业所散布的虚幻图像的假面,使人们看到了异化现实的真相,实现了"艺术和社会的非同一性的同一",实现了反艺术的批判性功能。[57]

可以说,阿多诺的这种反艺术理论不仅在法兰克福学派内部是有代表性的,而且也能够代表20世纪50到60年代之间德法西方马克思主义文学理论的一般观点,即反艺术、现代艺术的介入性和革命性。阿多诺的这种观点不仅回响在马尔库塞的"破坏性"革命文学艺术理论中[58],而且也回响在法国的萨特"境遇剧"(La theatre de la situation)的创作实践当中。

四　从萨特到阿尔都塞

如果说20世纪60年代之前法国西方马克思主义的领军人物无可置疑

地当推让-保罗·萨特的话,那么60年代之后阿尔都塞则几乎成了法国新马克思主义的代名词。这不仅是一个理论家替代另一个理论家的问题,而是一种思想方法替代另一种思想方法的问题。萨特的理论属于卢卡契异化理论和法兰克福学派批判理论的同调,阿尔都塞的理论则完全不同,彻底转换了理论的场地。

1. 萨特的文学观

1946年,萨特在《存在主义是一种人道主义》的演讲中这样说过:"我们在争取自由时发现,自由完全依赖于别人的自由。"而别人的自由依赖于我们的自由。他从这一经验事实中得出了这个结论:"我不得不在争取我的自由的同时,争取别人的自由。"[59]可以说,他的文学观的根本出发点就是"为了自由"。在萨特看来,自由是艺术创作的核心,是创作的唯一题材,是真正艺术品的唯一内容:

> 不管作家写的是随笔、抨击文章、讽刺作品还是小说,不管他只谈论个人的情感还是攻击社会制度,作家作为自由人诉诸另一些自由人,他只有一个题材:自由。[60]

对萨特来说,文学就是争取自由的武器。"写作,这是某种要求自由的方式;一旦你开始写作,不管你愿意不愿意,你已经介入了。"[61]那么,萨特所说的自由是什么呢?萨特从人道主义立场出发,提出人的存在首先是自由,这种自由的核心内容是选择自我。人并不是生来就是他之所是,他之所以是他乃是自我选择的结果,人是人的未来,人就是他的所作所为。因此,人的存在先于本质,人恰恰是在苦恼中认清了自己的自由,这种自由就是对存在本身的意识。

如何选择自由的理论以及文学作为选择自由的有效武器的理论,和萨特的历史哲学紧密地联系在一起。他的历史哲学集中体现在他的《辩证理性批判》和《对于一种方法的探求》之中。这种历史哲学和黑格尔的历史辩证法、卢卡契的历史观念是相近的。我们可以这样来概括:历史的创造者是"全称单数的人"[62],迄今一切历史都是这个"大写的人"的创造物。但是,在萨特看来,人在创造历史、创造出自己不断生成的历史辩证法的同时,却发现这种辩证法对于本真的自己具有反辩证法[63]的性质,它使人成为实践的中介、工具和手段,使人成为他的实践所不断生成的他人、他物,并且成为他生产的物、他的实践场域、他所组成的群体、集团和社会所隶属的物。也就是说,人在其实践中越来越失去自己,丧失自己,越来越成为非人;他构成的辩证法反过来反对他,排斥和消灭他,他越来越成为他的反面和对立面;他的自由的设计和创造对他构成了他必须服从的铁的规律,构成了他无法摆脱、不可逆转的、地狱般的、生生死死的无限循环;他的自由、选择、创造、目的、设计、积极的能动性等,所有这一切都走向了其反面,并和其反面内在地统一在一起,构成对立面的互补。历史整体化的施动者同时"也总是被整体化者",人既是历史活剧的演员,又是他自己的观众。在萨特看来,要想从反辩证法中摆脱出来,就得依靠实践积累形成的总体性辩证理性,对对象世界进行充分的现象学描述,揭示人类迄今为止创造的这个实在世界的匮乏和荒漠本质[64],从而认清自身的"向自由而生"的本质,认清选择自由的可能性。在这里,我们又碰到了卢卡契和法兰克福学派的老问题:劳动(实践)——异化——拯救。当然,萨特所说的现象学描述,也是他对文学创作和文学介入的一种理论的与实践的要求。

文学的这种现象学描述,在萨特的文学实践中表现为对他所处身于其中的资本主义社会的批判,首先批判的"对象就是法规、迷信、传统管理和传统政府的法令"[65]。萨特在这种"目的性"之下创作了大批"境遇剧"以揭示现实、抨击黑暗。标志神权专制破产的《苍蝇》,描绘人与人之间畸形社会关系的《地狱》,抒写精神冲突的《死无葬身之地》,以及介入种族歧视问题的《恭顺的妓女》,都以特有的眼光发现了现代社会中人的处境的荒谬和人与人之间关系的异化,在作品中向读者提出了"一个暗示""一项建议""一个存在的要求""一个有待完成的任务",总之,向读者提出了一个改变自身异化境遇的"召唤"[66]。他相信,文学作品的这种描述,能够积极地调动起读者的介入意识,毕竟作者和读者作为"单称的人"都处在同一个历史的荒漠之中,都有着相同的追求自由的意向结构。

不可否认,萨特的这种文学观念的批判功能,能够发挥革除社会弊病的战斗作用,在理论上也高度重视读者在文学阅读中的积极作用。但是,他的这种思路不是没有问题的。如果说卢卡契那里的阶级意识还植根于无产阶级的生存状况,因而还具有某种理论真实性的话,那么在萨特这里,作家"本真地"把握自由的现象学描述、辩证理性等概念,在理论上就不那么可靠了,辩证理性似乎更多地成为了知识分子和作家的专有之物,成了一种神秘的存在,仅仅在理论上保证着拯救的可能。

2. 阿尔都塞"结构主义转向"的背景

学界一般认为阿尔都塞是"结构主义的马克思主义"者。严格说来,阿尔都塞对待结构主义的态度并不是一味地接受,而是持一种批判的态度。从他最早发表《孟德斯鸠:政治和历史》到《保卫马克思》和《读〈资本论〉》的出版这段时间,正是法国结构主义在社会科学领域如日中天的时代。在这种思想环境下,阿尔都塞不可避免地会受到一定的影响,在理论语言的使用上会借用一些结构主义的术语。

但是,试图从结构出发来重新阐释马克思主义还有着更为深刻的理论原因。

从当时的马克思主义理论发展来看,马克思主义在法国理论界并不是很受重视。一方面,法国布朗基的雅各宾主义和蒲鲁东的工团主义在法国工人运动中一直处于支配地位,另一方面,法国共产党长期处于理论贫困的境况之中,马克·波斯特(Mark Poster)当时这样描述这种理论贫困:"革命理论被公式化地划分为两个部分,即辩证唯物主义(马克思从未用过的术语)和历史唯物主义。辩证法被看成一种关于客观的外在现实的形而上学假定。唯物主义的意思是,'物质是第一性的',精神是第二性的,因为精神是物质的反映……历史唯物主义和经济主义一样:经济基础以单方面的机械的方式决定政治和法律的上层建筑。"[67]

尽管这一"贫困说"是对马克思主义的歪曲描述,但这个问题却是战后困扰着法国知识分子的一般问题。萨特和梅洛-庞蒂受到马克思对历史阐释的影响,开始逐渐不满意现象学对主体意识无限性的肯定,也开始尝试用社会历史的内在法则来说明意识的现实化。但他们在理论上无法放弃现象学主体性的出发点,一直认为那样无异于屈从于法共的"官方马克思主义"。萨特在其《辩证理性批判》中所做的全部努力,就是试图证明实践的而非观念的主体个体的自由,是如何在社会结构中转化为历史世界的。萨特要说的是,历史本身无法完全清楚地划分为主体意愿部分和客观存在部分,而是一种"主客体间性"的产物,说到底还是主体实践(praxis)的产物。无论是法共的"经济主义"解释,还是存在主义马克思主义给出的"主体主义"(人道主义)解释,在阿尔都塞看来都不是真正科学的解释。必须回到马克思,认真对马克思进行理论总结,才能科学地回答这一问题。

而此时的结构主义同样也在社会学科领域内提出了"科学"的要求,如克洛德·列维-施特劳斯的《结构人类学》。在阿尔都塞看来,结构主义起码在主体问题上态度是正确的。"因为马克思理论的反人道主义的论断一方面恰好与某些非马克思主义的重要学者(索绪尔及其学派)所表现出某些'结构主义'(反心理主义、反历史主义)反应'殊途同归',另一方面又与批评者的人道主义意识形态直接冲突。"[68]因此,无论如何,弗洛伊德、索绪尔、列维-施特劳斯,都构成了阿尔都塞理论阐释的参照系。弗洛伊德对癔病的长期研究发现的无意识对主体意识的绝对统治,索绪尔的语言学沉思发现的语言(langue)对言语(parole)的绝对统治,列维-施特劳斯的人类学研究发现的作为语言构成的婚姻规则和亲属系统对土著人的绝对统治,这些"科学"的发现都证明了个体只是结构的承担者和当事人,是结构维持自身的一个元素。

3. 阿尔都塞转向之一:结构的历史观

阿尔都塞一直强调"马克思主义不是一种历史主义"[69],并认为,任何对历史作决定论解释的历史主义,都是对马克思"经济基础—上层建筑"这一隐喻的曲解和简化。无论是卢卡契的历史辩证法还是萨特的历史哲学,都是黑格尔历史主义的变体。卢卡契将黑格尔的绝对精神替换成阶级意识,让无产阶级的阶级意识成为历史发展的目的,似乎历史的进程一定会走向这个目的似的;萨特用"全称的单数主体"替代了黑格尔的"绝对精神",似乎历史的发展就是自由主体实践的目的性产物。阿尔都塞认为,这种对经济决定论的简单颠倒的历史观,和它所颠倒的对象一样是可疑的。这种主体决定论的历史观起码简化了历史实践和实践主体这两个基本概念。

在阿尔都塞的理论中,实践是多层次的。在《关于唯物主义辩证法》一文中,阿尔都塞指出:界定社会分工实践的正确方法应该立足于其具体生产,因而实践具有多元的结构特征。[70]历史的同一性"由某种特殊类型的复杂性构成,这种复杂性有多种背景,按恩格斯的说法,我们可以图式化地归为三类:经济、政治和意识形态"[71]。

阿尔都塞认为经济实践、政治实践和意识形态实践是构成社会结构的三种实践、三种改造和生产过程。经济实践是通过人类劳动将自然改造成为社会产品过程,政治实践是通过革命对社会关系的改造,意识形态实践是通过意识形态生产将一种属于过去世界构成的关系改造成一种新关系的过程。这三个实践领域相互结构为一个整体。在每个社会形态内部,不平衡不仅以外在形式出现(就是指经济基础和上层建筑的相互作用),而且以社会总体的每个因素、每个矛盾的有机内在形式出现,而且这三个实践层面相对具有自主性。阿尔都塞认为,既然历史的社会形态是由多种要素、多种矛盾构成的,那其中必定有一个支配其他矛盾的主要矛盾,他把这种主要矛盾支配次要矛盾的结构称为主导结构,认为正是这种主导结构体现了社会整体结构的本质特征。由此他进而指出,由于矛盾发展的不平衡是绝对的,"主导结构虽然是固定的,但结构中各矛盾的地位却在变化:主要矛盾变为次要矛盾,一种次要矛盾上升到主要地位"[72]。因此,在历史发展的过程中,构成社会形态的诸要素在整个社会结构中的地位和作用就不是一成不变的,因而也就不存在某一因素始终起主导作用,而是经济、政治、意识形态交替起第一位的作用或共同起作用。他用这种"结构的因果性"或"结构的总体性"取代了黑格尔的"表现性因果性"和一元的因果性。"矛盾在不再具有单一含义以后,它的定义、作用和本质就得到了严格的规定;根据有结构的复杂整体赋予矛盾的职能,矛盾从此就有了复杂的、结构的和不平衡的规定性。"因而,历史的社会变革不是哪个层面能够决定的,更不是哪个"单称主体"意志所决定的,正是在这两层意义上,他反对经济主义和主体主义,并把这两者当成目的论的历史主义变体进行批判。在他看来,造成历史社会结构迁跃发展的结构因果性,正是一种"过度决定"(surdétermination)[73]的机制。在这三种层面中,意识形态实践是更为复杂的层面,人们在实践中除了从事经济生产活动和政治活动之外,还同时从事一种与宗教、道德和哲学相关的意识形态活动,这种活动或者以自觉的实践方式进行,或者以反映、判断或表态等被动和机械的方式进行:

> 意识形态活动依附于一整套宗教的、道德的、法律的、政治的、审美的、哲学的表象或信仰,以自发的或非自发的,自觉的或无意识的方式进行。意识形态表象涉及到人们生活于其中的自然与社会;涉及到人们的生活及其与自然、社会、社会秩序、他人和它们自身的实践活动——包括经济和政治实践——之间的关系。[74]

由此可见,阿尔都塞将意识形态分别放在社会关系和实践活动方面去考察,将意识形态描述为一整套结构松散的表象体系。也就是说,既有"经济实践中的意识形态表象体系",也有"政治实践中的意识形态实践和表象体系",似乎意识形态无处不在。这种复杂的意识形态层面,虽然归根到底被经济基础决定,但是其功能却是以扩散性和流动性渗透于其他实践层面,以歪曲的方式表现或掩盖社会真实矛盾,起到制约社会—历史发展的作用。这样一来,对意识形态本质、属性和作用特征的理解就成了至关重要的一个认识环节。

4. 阿尔都塞转向之二:意识形态理论

阿尔都塞结构主义转向的另一个主要方面在于他对意识形态概念的分层界定。《马克思主义和人道主义》(1965)和《意识形态和意识形态国家机器》(1969)是阿尔都塞意识形态理论的两篇重要文献。其中《意识形态和意识形态国家机器》集中精确地分析了意识形态特殊性和规定性。在这篇文章中,阿尔都塞所提出的作为一种"特殊认知形式"的意识形态概念,极大地影响了60年代之后的西方马克思主义哲学和文学(文化)批评。

阿尔都塞的意识形态观,可以概括为以下几个方面:[75]

其一,意识形态具有物质实在性。马克思和恩格斯在《德意志意识形态》中认为,意识形态是思想对现实社会关系的倒置的反映。阿尔都塞深化了这一论点,认为这种倒置的反映有其物质基础,是通过一系列物质组织生产出来的。在这个意义上,他说,意识形态具有其物质性。他强调指出,人类主体的理念仅存在于他的行为之中;这些行为依次进入实践;这些实践"在意识形态的物质实在"中,如在教堂、学校或政治团体中,"受到物质仪式的支配"[76]。这种支配实践的意识形态物质仪式和组织,阿尔都塞称之为"意识形态国家机器"。

在阿尔都塞这里,强调意识形态的物质性比强调客体更为重要,甚至使意识形态的物质性颠倒了传统马克思主义对意识的社会决定因素问题的探讨。马克思说:"不是人们的意识决定人们的存在,相反,人们的社会存在决定人们的意识。"[77]这意味着,人的意识可以解释为是人们所生活的社会关系以及个人或团体在这些关系中所占据的特殊地位的产物。阿尔都塞把这种决定因素颠倒了过来。他坚持认为,人们的社会意识并不是由他们在社会结构中所占据的地位产生的,而是自主意识形态机器中那些正在运作着的自主意识形态实践所造成的物质意识形态形式对人们发生作用的结果。意识形态不是由阶级地位决定的意识的纯粹反映,而是一个具有自主性的生产形式,生产出人类的主体意识。

其二,意识形态为补充"生产力的再生产"和进行"生产关系再生产"而发挥作用。在阿尔都塞看来,马克思所说的再生产并不单单是生产资料的再生产,还包括生产条件的再生产。而生产条件的再生产,至少又包括下面两个必要条件:"1. 生产力再生产;2. 生产关系再生产。"[78]就"生产力再生产"而言,仅仅保障劳动力再生产的物质条件(劳动力的衣食住行)并不足以进行劳动力本身的再生产。有效的劳动力必须是合格的,必须拥有劳动技能,像学校和技术培训组织这样的意识形态物质机构,在传授给就学者成为合格的劳动力技能的同时,还使他们变得有教养,或学会服从规范,根据他们可能承担的地位的不同,将他们生产为合格的管理者和被管理者,并因而也生产出这些就学者(被规训者)对既有生产关系的认同、默许、服从。其实,这里的"生产力再生产"中也包含了"生产关系再生产"的内容。全部的意识形态国家机器所履行的任务就是"生产关系再生产",学校、家庭、宗教组织、文学艺术通过制造"服从(subject)"的"主体"(subject),维持既有生产关系再生产。

其三,意识形态具有"主体建构"功能。一切意识形态都通过主体的范畴起作用,通过一系列仪式和日常组织方式、通过质询、传唤(interpellation)而使个体成为具体主体。[79]如果说,前面提到的"生产关系再生产"偏重于意识形态生产的客观方面和物质性方面的话,那么,这里所说的这个方面,主要强调的是个体心理的被建构特征。在这个方面,阿尔都塞更多地将弗洛伊德和拉康的精神分析概念引入他的意识形态作用理论。个体成为具体主体的过程,类似于拉康精神分析意义上的自我(ego)向"象征界"的认同过程:个体要成为自我必须进入社会,把社会当作承认自己的对象,并经过投射和反射成为具体主体,既而主体同社会主体相互认同识别,具体主体间相互识别,主体确认自我认识,具体主体从而被编入社会秩序当中。这是一整套复杂的心理的认识(recognition)、认同(identification)或误认(misrecognition)过程。如果看一看受阿尔都塞意识形态建构主体理论影响颇深的后现代主义女权主义对女性这个性别主体的看法,那我们就将较好地理解这个复杂过程了。在女权主义理论中,作为生物性差别的性别差异的社会化和永久化,就是社会意识形态建构的结果:比如,一个女孩子,从小就受到作为主流意识形态的男权意识形态向她发出的种种传唤和招呼,在这种日常询唤(通过家庭、学校、文学艺术作品一系列物质性意识形态载体)中,在社会对她的预期中(如应该培养传统意义上的"美丽""娴淑""温柔"等美好品质),自觉不自觉地以这种社会预期培养自我,最终自觉地具有了女性身份意识,能够自由地作为女性去行为,成为男性/女性这种男权社会区分得以维继的合格的承担者。

说到底,阿尔都塞所说的意识形态建构的功能就是个体通过别人的、他者的,也就是社会的眼光看自己、塑造自己的过程。因而意识形态总是"个人与其实在生存条件的想象关系的'表述'"[80]。

5. 文学艺术和"症状阅读"

阿尔都塞在《皮科罗剧团,贝尔托拉西和布莱希特(关于一部唯物主义戏剧的笔记)》(1962)、《一封论艺术的信——答达斯普尔》(1966)和《克雷莫尼尼,抽象派画家》(1966)中,表述了自己对文学艺术问题的看法。从这些论文中可以清楚地看到,阿尔都塞认为,真正的文学艺术不是意识形态。[81]

如果说通俗艺术像法兰克福理论家所说的那样是作为主流意识形态生产工具而存在的并不对那种意识形态进行质疑的话,那么在阿尔都塞看来,真正的艺术则以暴露那种"意识形态和现实的想象关系"为其主要的任务。

> 艺术的特殊性"使我们看到","使我们察觉到""使我们感觉到"某种间接提到现实的东西。……艺术使我们看到的,因此也就是以"看到""察觉到"和"感觉到"的形式(不是以认识的形式)所给予我们的,乃是它从中诞生出来、沉浸在其中、作为艺术与之分离开来并且间接提到着的那种意识形态。[82]

这也就是说,文学艺术、文本的表述以某种方式向我们展示意识形态、展示意识形态起作用的方式而获得美学效应。阿尔都塞这种对文学艺术的看法,在很大程度上借用了弗洛伊德的梦理论。在弗洛伊德的理论中,梦是无意识、潜意识和意识冲突的场所,是"本我""自我"和"超我"冲突的场所。在阿尔都塞的有关文学艺术的理论中,文本是多重意识形态斗争的场所、是具有领导权(hégémonie)[83]的主导意识形态和具体主体的意识形态之间的斗争场所,也是这种斗争的"效果"的表现场所。

阿尔都塞在回答达斯普尔提出的"巴尔扎克问题"时,详细地解释了文本的这种"意识形态效果"理论。达斯普尔曾在信中说,巴尔扎克的现实主义在于他在创作过程中使自己坚持的某些政治信仰让位于艺术的逻辑。但是阿尔都塞指出,恰恰相反,巴尔扎克的反动的、独特的政治立场不仅一直为他所坚持,而且在作品内容上起了决定性的作用。正是因为他保持了自己的政治概念,他才能产生出他的作品。正是因为他坚持了个人的意识形态,才在作品内部造成了起码由两种意识形态构成的斗争,造成了意识形态的距离。这两种基本的意识形态一个是作者,即巴尔扎克本人所坚持的封建主义意识形态,一个是作为"时代精神"的资产阶级意识形态。文本本身为我们展现了资产阶级意识形态对巴尔扎克本人的意识形态的规约和统治,让我们能"察觉到"这种统治的作用效果。[84]

从阿尔都塞意识形态理论整体与弗洛伊德精神分析学说的相似性出发来看,倘若说艺术作品是一个相对独立的封闭体系的话,那作家意识形态和暗指现实的一般意识形态之间的脱节、错位、冲突和矛盾构成了叙述中的"症状",这种"症状"使得文本"显意"(类似于梦的显意)出现空白,从而指向了一个控制着或标出叙述走向的更大的意识形态结构,即类似于梦的隐意的占统治地位的意识形态。巴尔扎克所加工的意识形态,是封建保王党的贵族思想体系,而巴尔扎克的作品却成了封建贵族必然走向灭亡的无情的挽歌,这种错位可以让读者看到巴尔扎克意识形态和现实的想象关系,巴尔扎克的"现实主义"也通过这种方式完成了自己的展示意识形态机制的功能与作用。

在《一封论艺术的信》中,阿尔都塞也表示,并不是每一种文学艺术文本的意识形态症状都是这么明显的,因而有必要建立一种文学艺术批评科学,使像巴尔扎克这样的意识形态"离心"效果的"自发的"实践者的实践,能够以一种科学的、而不是意识形态的语言得到表述:

> 像任何知识一样,艺术的知识也必须先跟意识形态自发性的语言决裂并建立一套科学的概念来替代它。必须意识到只有这样跟意识形态决裂才有可能来着手建立艺术知识的大厦。[85]

这种科学的方法,在阿尔都塞看来,就是借自弗洛伊德和拉康的精神分析方法的"症状阅读"(lecture symptomale),通过文本叙述中表层的矛盾、疏漏和空白,拖出一个控制着叙述的以社会无意识方式存在着的意识形态结构,从而揭示占统治地位的意识形态和具体主体的意识形态之间的关系配置。

6. 评价阿尔都塞

阿尔都塞的理论极大地影响了20世纪70年代之后的文学理论和文学批评,以至于自从阿尔都塞之后,意识形态这个词成了当代文学理论、艺术理论文本中最常见的词语之一。当然,阿尔都塞对马克思主义的阐释在某种程度上是建立在曲解的基础之上的,以至于"当我们反观阿尔都塞的著作时,可以发现一种与经典马克思主义迥异的马克思主义",它"不能被简单地视为现代主义的理论框架,还有许多后现代主义的洞见"。[86]《后现代主义的唯物主义和马克思主义的未来》的两位编者在这里所说的阿尔都塞不同于现代主义理论的地方和"后现代主义洞见",也就是指其"结构因果性""过度决定"和"意识形态建构"等理论方面。

阿尔都塞的"结构因果性"的主旨在于提出"理论的反人道主义"和反历史目的论的理论，有利于拨正那种唯心主义的、主观主义的实践观；但这种理论"在理论上"，将经济实践、政治实践和意识形态实践放置在同一层面，又通过"过度决定"的概念，在理论效果上取消了经济基础对上层建筑的决定作用，曲解了马克思的经济基础—上层建筑的理论模型，使意识形态、上层建筑成了移置经济斗争和政治斗争的场所，开启了意识形态批判、意识形态斗争、意识形态领域内的阶级斗争、话语斗争取代经济斗争和阶级斗争本身的后现代主义理论趋向。

由于在阿尔都塞的理论中，文学作为独特的意识形态斗争形式的重要地位是不可替代的，所以，他的理论使得文学也显出了特殊的重要性。既然文学是意识形态的一种形式，他的"理论反人道主义"在文艺观上一方面表现为取消作家的独立性：作家只是意识形态斗争场域中的一个承担者，一个当事人，他只是社会无意识表达自我的一种工具；可以说，福柯所说的"作家死了"就是阿尔都塞这种观点的一个后现代主义版本；另一方面表现为消解文学相对于批评的独立性：当阿尔都塞指出文学阅读和艺术欣赏只是让接受者"感觉到"而不是"认识到"意识形态的作用的时候，当他提出建立关于文艺的科学的时候，他也就是在说，文学和一般文学阅读、艺术和艺术欣赏是意识形态自发性的实践，是批评分析的科学实践的对象，文学艺术作为意识形态症状文本，有待于批评家把其中的意识形态作用用科学的语言表述出来，揭示症状的症结所在。如果我们将这种取消作家、读者独立性的"理论反人道主义"文艺观同前面提到的卢卡契和萨特对作家、作品的"绝对信任"的人道主义文艺观相比较，那将是十分有趣的。

不可否认的是，阿尔都塞意识形态理论把重点放在意识形态的物质机构中产生的问题，对当代文学理论起了重大的影响作用。阿尔都塞有关文艺与意识形态之间关系的讨论，被他的学生皮埃尔·马舍雷（Pierre Macherey）和米歇尔·佩舒（Michel Pêcheux）发展成较为系统的意识形态生产理论和话语实践理论，对英国的马克思主义发生了深远的影响。意识形态生产理论促使人们去探讨文学生产中的话语生产，既让人们看到意识形态幻象与文学虚构间的相互重叠与相互区分，又让人们看到文学创造对日常意识形态的扭曲与变形的表述作用，这些深层的分析最终促成了意识形态批评的形成。与此同时，意识形态生产理论也深入到人们对各类文化生产的思考，将文化研究的重心转向了对现存各类意识形态国家机器的批判性分析,从而促成了英美文化理论和文化研究的空前发展。

五 英美新马克思主义文化理论

20世纪70年代之后的英美新马克思主义理论,可以从两种观点出发来考察。从其中一种观点来看,马克思主义文化理论得到了"前所未有"的发展,以至整个英美左翼理论界开始换一种眼光来审度整个世界。当然,文学仍然是马克思主义分析的范畴之一,通过这种分析,得出了各种不同的试图超越马克思主义分析范式的结论。从另一种观点来看,20世纪的最后30年的马克思主义文学理论界,见证了经典马克思主义"经济—历史"分析模式的被消解的过程,在这一过程中,马克思主义被彻底切断了与经济基础和历史基础的联系,而使这一过程发生的主要原因正是文化研究理论的兴起,同时也是文化研究理论的兴起使这个过程和后结构主义和后现代主义联系了起来。这个时期,在英国的马克思主义文学理论的主要代表人物雷蒙·威廉斯和他的学生特里·伊格尔顿主要受到阿尔都塞意识形态理论的影响,并在把阿尔都塞的理论运用于具体的文化研究和文学研究中起到了重要的作用。

雷蒙·威廉斯作为新左派的重要理论家,最突出的贡献在于继承了列宁、葛兰西和阿尔都塞的领导权理论。他在《马克思主义与文学》中指出,不能认为马克思主义的文学理论是一种简化的、决定论的文学理论,马克思主义文学理论也不应陷入简单的因果关系的分析之中,它对文学的理论把握应该在社会经济、政治和文化过程的统一体中来进行。在他看来,艺术作为一种具体的意识形态实践:

> 归根到底依赖于现实的经济结构,但是一部分反映着这个结构和相应的现实,一部分则由于影响,对现实的态度有助于或有碍于不断改变这个现状。[87]

统治阶级总是利用文学、文化媒介的物质性为自己的统治制造合理性和合法性,形成有利于维持现状的领导权,而被统治者则内化统治阶级固有的思想体系、意识形态和世界观。因此,要想推翻旧的统治,首先必须进行坚决而全面的文化渗透和文化批判,进而摧毁旧的文化领导权,建立起新的文化领导权,这项工作应该成为任何革命的前奏。这种"文化唯物主义"的领导权理论,明显有着阿尔都塞"过度决定"的"结构因果性"的理论影子,并为以后文化研究的那种"'文化政治学'取代'经济政治学'的趋势"[88]奠定了系统的理论基础。威廉斯的学生特里·伊格尔顿在同样的方向上继续了他的理论,坚持"文化唯物主义",把文学和文化当成一种意识形态产品,认为以这种产品为批判对象的马克思主义批评科学应该分析以下六个范畴:1. 社会生产方式或一般生产方式;2. 文学的生产方式;3. 一般意识形态;4. 作者意识形态;5. 美学意识形态;6. 文本。最后一个范畴"文本"与前面各个范畴有着重要的区别,它是前面各个范畴的产物,而不是与它们相并列的范畴。马克思主义文学批评的任务,就在于去解读文本中体现的前五种范畴之间的"复杂的历史结合",也就是说,去解读这些范畴的"过度决定"机制。[89]

不难看出,英国新马克思主义的领军人物在很大程度上受惠于阿尔都塞所提出的一整套理论方法。这种方法在美国理论界也同样找到了它的增长点,而且出现了新的综合的趋势,即把卢卡契的"总体性"、法兰克福的文化工业批判和阿尔都塞学派的"症状阅读"、意识形态理论综合起来的趋势。这个趋势的代表人物就是于20世纪七八十年代在英美左翼理论界声名鹊起的弗雷德里克·杰姆逊(Fredric Jameson),同时杰姆逊也是西方马克思主义这个思潮和结构主义、解构主义和后结构主义文学批评联接起来的一个重要之点。"杰姆逊的著作,犹如夜晚天空中升起的镁光照明弹,照亮了后现代被遮蔽的风景,后现代的阴暗和朦胧霎时变成一篇奇异和灿烂"[90],《西方马克思主义探讨》的作者佩里·安德森,在他另一篇新作里这样称赞杰姆逊。现在我们就来看看杰姆逊的主要贡献。

1. 新的"历史化"

正如杰姆逊在《政治无意识》中所说,"永远历史化"是他所遵从的一种认知表象世界的出发点。[91]杰姆逊的理论也是在这个路向上发展着的。所谓"历史化",我们可以做以下概括性的理解:它继承了"总体性"概念;在经典马克思主义的历史主义总体性和卢卡契的黑格尔总体性、黑格尔主义历史目的论的总体性经历"阿尔都塞转向"之后,已经失去其理论效力的时候,这样坚持"总体性"需要极大的理论勇气,而杰姆逊的这种理论勇气又决非是盲目的,他的具有新的具体含义的"总体性"概念,保持着强大的解释功能。在这一点上,杰姆逊的文化批评是阿尔都塞的马克思主义哲学(历史唯物主义)在批评中的有机延续。他们都认为谁也不能为历史发展提供一个预言性的直线性图式,历史发展本身充满了戏剧性的变化,但是,特定历史条件内的社会发展变动是有其界限的,该界限的决定性因素最终是经济实践状况,也就是说,社会历史发展本身是政治实践、意识形态实践(美学的、文化的实践包括在内)、理论实践及经济实践总体性结构性"过度决定"的产物。

然而,杰姆逊的"总体性"对卢卡契的"总体性"还有所继承,这一继承就构成了杰姆逊的第二个理论贡献:倘若说经典马克思主义及卢卡契,还有社会民主党的理论家们总是以经济基础或其中介的运动总结以往的一般规律并以之预言以后的历史发展的话,那么杰姆逊对此只继承了一半儿,他只以当下社会为其理论的出发点(也是终点)——绝不作对未来的预言——并用经典马克思主义"基础/上层建筑"的划分及其矛盾运动说明迄今为止的社会运动规律及相应的文化现象,这就是杰姆逊著名的资本主义文化分期。

在这种"历史阶段的区分"中,他标出了三个阶段:1. 市场资本主义时期,其基础是对"直接"自然的占有,而与之相应的意识形态较为简单,甚至具有积极向上的精神气质;2. 资本主义的完成期、垄断资本主义时期,或"现代主义时期",政治上表现为帝国主义,意识形态上也完成了西方/非西方的划分,在这种划分之下,意识形态诸形式明显地包含了民族主义、国家主义及其在社会主义国家意识形态中的变体;3. 晚近资本主义时期,或"后现代主义时期"。以跨国公司的跨国垄断为其基础,打破了经济实体(包括文化生产的经济实体)与政治边界(民族国家)之间的重合,冲突与稳定并存:"稳定"是指几百年来的全球规模的资本主义发展所带来的极大物质丰富一方面使大的垄断实体和政治实体在同一"市场规则"下,可能稳定地保持其在全球范围内业已建成的霸权体系,另一方面自然开发、人力开发的饱和态使"娱乐"开发或"文化开发"成为必然的最重要的产业,经济开发的主导产业中增加了非创造性的大众文化(既包括高雅文化也包括大众文化),或毋宁说是"大量文化",反过来这种非创造性在意识形态上却是"生产性"的,即再生产现有的生产关系,也就是说稳定着现存的霸权体系。[92]

在这种历史分期的基础上,杰姆逊将现实主义、现代主义和后现代主义的艺术风格分别和资本主义历史发展的三个阶段对应了起来:

> 现实主义、现代主义、后现代主义是市场资本主义、垄断资本主义以及跨国资本主义的文化阶段。[93]

这三种风格范畴各有其对应于社会基础的意识形态功能:

早期现代主义者所拥有的对自由与创造力的幻想,只是他们那个社会经济的历史转变时期的一种功能,在那时,新的消费经济的形态,也就是所谓的第二次工业革命,已经开始替代旧的、古典的或巴尔扎克式的资本主义。但是在今日,当现代主义不再代表新生事物,而是去参加组合一种系统,这系统在功能上依赖它那不可或缺的时尚变化以及传媒文化的无止境的供应,在这样一个时候,那些想改变自己风格的作家与艺术家们,就又会走向这么一个结论,即他们必须首先改变这个世界。[94]

显然,杰姆逊在其分析中引入了社会学的方法。具体而言,就是将文化和文学文本与社会现实形态并置。这种社会现实通过写作主体的意识反映到文本之中。这里的三种风格类型范畴,就是三个阶段的资本主义生产方式的意识形态"自我表述",这里也隐含着卢卡契的历史观的命题。

如果说现实主义是早期资产阶级主体对客观确实性的肯定性把握的表征,主体和客体之间具有透明性的关系,那么现代主义则是在资本主义物化结构形成过程中对艺术主体目的性的建构,从而形成了"艺术/现实""自由/必然"的二元对立结构。艺术在这个现代主义时期成了独立于现实的一个领地,一个自足的目的性领地,实质上也是一个幻觉的主体性领域:一方面资本主义在这个时期通过建立起社会化大生产而抹杀个体,另一方面却在社会结构中预留了一个"意识形态飞地",保存着起"召唤"作用的"个体理想":

> 现代主义是以某些独特的个人风格而得到肯定的,这种风格完全可以被天才的主体、超凡魅力的主体或超主体等等所利用。[95]

现代先锋艺术家出于逃避物化的个体目的,通过现代主义实践而将自己置于艺术商品化的对立面的同时,完成了"艺术/现实"的区分,也完成了"高雅文化/大众文化"的区分。

艺术风格的历史辩证法在后现代主义那里进入了综合阶段。垄断资本主义时期的一般生产结构,决定了资本对文化生产的绝对控制,现代主义风格学意义上的"高雅文化/大众文化"的区别已不复存在,或者说,以商品内部的类的区别而存在。一切文化因素,无论其高雅与否,在全球化语境中,在新的生产媒介中,都表现出同样的后现代特质——一切都成了"深度丢失"[96]的大众文化。

2. 对大众文化的新理解

长久以来,杰姆逊一直指出美国学术和欧洲学术之间存在着巨大的方法上的不同,而杰姆逊本人则宁愿在美国做一个欧洲(理论)中心论者。尽管欧洲与美国理论作为西方文化整体,都有"高雅文化/大众文化"的意识形态区分,尽管二者都"倾向于相对所谓高雅文化来限定它(大众文化——引者)的界限"[97],但欧洲理论较之于美国理论更多地强调研究者的理论责任,像法兰克福学派,即使在"虚假的"意识形态二元对立中,也能就实在现象(这个实在现象由于前述原因而导致了它的部分虚假性)而给出了"真正的理论作品,为精细地仔细分析它所指责、激进观点所赞扬的那些文化工业的产品提供了工作方法"[98]。而美国理论界则由于其民粹主义倾向丧失了基本的理论能力,而这一结果又导致了美国理论界普遍地以激进为姿态,仇视对大众文化现象作出的具体而又有理论色彩的分析,只会站在二元对立的一面(当然是民粹主义的"大众至上"的一面)来反对另一面(高雅文化)。

但这并不是说部分法兰克福成员为当下大众文化的堕落开出的高雅文化治疗法的药方,优于非理论的民粹主义放任法;恰恰相反,杰姆逊认为无论民粹主义的"大众至上",还是阿多诺式的文化古典主义,从理论上来讲,在当下晚近资本主义社会整体中,都是一种文化上的盲目选择。

商品社会的前提,正如马克思在《资本论》中指出的那样,就是"万物商品化",即商品的普遍化。这也是公认的法兰克福学派的理论来源之一卢卡契在《历史与阶级意识》中早已阐明了的,但法兰克福学派的批判理论倾向似乎只承认商品化对艺术的物化结果只是大众文化,似乎只承认只有大众文化才是消费对象,而高雅文化因为植根于神秘的主体本身之内的"高雅趣味",就不是消费对象了。这样的观点,恰恰与作为其理论出发点的卢卡契早在20世纪20年代就已提出的观点是相违的(卢卡契本人在这个问题上坚持的也是现实主义和现代主义的对立),也是与杰姆逊撮要指出的社会学意义上的客观条件(马克斯·韦伯的"理性化"、卡尔·马克思的"万物商品化")相悖的。事实上,从艺术的物质载体生产的角度看,从以满足"个体"需求为目的的市场上买回的高雅艺术品与低俗艺术产品,在交换媒介物的量上和生产者制造它们的目的上,没有什么质的区别。

从文化的生产过程上来看,高雅文化和大众文化,它们都共同地服从于"无目的的目的性",这一决定因素是对以往前资本主义时期,或资本主义的不发达时期艺术的核心价值的颠倒。以前艺术是作为"无目的的目的"

本身而存在的,康德可以做出这样的界定,因为在资本主义不发达时期,商品普遍化是有限度的,尤其是在古典时期(而且特别在德国),艺术在那时的历史情境中普遍地作为反抗政治现实恶浊的一面镜子而存在,在艺术中,未被商品化也不愿被商品化的艺术家可以相对地、且一般地按自己的主体意愿把自身批判社会的"想象中的目的"植入不以外在价值为目的的文本之中,所以,这种理想型的古典美学可如康德所言作为"无目的的目的"而存在;而现时代的(高雅的和大众的)文化产品,在大量生产的流水线上出于外在的目的而被制成,艺术家在置身于一个貌似宽松的社会环境的同时,又被愈益具体的社会关系即更具统一形式的意识形态所束缚。因而出于这两方面的原因,艺术及其载体即艺术品自身的目的丧失了,而只能服从于最大化其利润的目的性。

古典时期的意识形态在艺术中的形式,还主要以作为对资本主义的反抗的"自然"为向导(也可能是来自封建意识形态对挽歌的需求),所以,创作者还有可能拒绝商品的体制化,而晚近资本主义的发展及新一轮商品化,便使创作者无所适从,更无从选择。在资本主义早期还有使用"主体"或"自然"这些弥合经济实践和文化实践间裂隙的意识形态概念的歌德和施莱格尔兄弟,可历史的发展本身使得这些浪漫主义作品进入20世纪之后很难再通过艺术自身的力量对抗文化工业了。要在20世纪60年代之后找到用艺术自身的目的来对抗来自政治、经济的目的的作家已非常之难;艺术真正完成了从"无目的的目的"本身向"无目的的目的性"的倒转。在这样一种艺术生产状况下,高雅文化及其亚文类(大众文化)在质上是抹平的;而且在这样的一种艺术生产状况下,创作者(更多的是体制之内的创作者)的创造力必然是平庸的,这就导致了当前艺术生产中主题的无限重复:"不存在任何第一次重复,……大众文化……没有最初的研究客体。"[99]

相同或雷同的主题早已作为前提分配给"高雅/大众"这两个以经济为基础或因经济基础而"最终"被决定了的意识形态阵营了。这些"高雅/低俗"的不同主题,为了不停地取悦于其顾客而无休止地重复着,形成了不断的循环:"高雅"的欣赏者在主题的支配下,尽可能地去追求其品味而标明其身份,而"大众"在另外的主题支配下,去追求各色不在理解力上提出难题的亚文类给予他们的满足,而这种情况的前提是意识形态区分——"高雅的/大众的"成为基本固定的形式,前者以文化保守主义的姿态迎接一切乐意进入它的人,并在一种"想象的关系上"许诺进入者成为"趣味高雅者"。后者则以"文化激进主义"的姿态迎接一切乐意进入它的人,并且同样在"想象的关系上"将他们"召唤"为"激进主义者"。

"高雅文化/大众文化"在这个意义上也是一种资本主义晚近体制内的意识形态国家机器。杰姆逊深刻地提出了他对大众文化的新理解:大众文化不仅仅只包括亚文类在内,亚文类的存在本身就指明了它的对立面的存在,而对立面之所以是对立面,是由于这两项在矛盾上的同质性造成的,所以高雅文化也是具体社会内部商品化、具体化、物化的结果。

这种文化的彻底商品化,使得后现代成了"文化的时代"。但是这个时代的文化,形式大于内容,甚至是没有内容的。晚近的风格独具的建筑、绘画、摄影、电影等后现代潮流的内容就是无内容,无论是在非创造性的批量生产的大众消费文化品上,还是在以反抗主流文化的精神分裂式创作开始又以成为主流消费文化而告终的实验艺术上,都表现出资本运作这个"所指"的强大的整合能力,表现出感性形式的纯粹性及其非人化对人的征服,即物对人的胜利。

杰姆逊的理论是多声部的,在这里,卢卡契的历史实践论是"历时"框架,阿尔都塞的"症状阅读"和"结构因果论"则是每种历史风格的"共时"分析方法,而主要目的指向显然是法兰克福学派提出的当代文化批判问题。如果剔除前面引述的佩里·安德森的那段文字的修辞因素的话,他也许是想说,杰姆逊是一位西方马克思主义文学、文化理论的综合者,他通过这种综合尝试着提出一种理解后现代主义文化的认知模式。

由于西方马克思主义这个标签本身就是强加的,所以,这个文学理论流派也许是迄今所有文学理论流派中人物最多、成分最复杂、内部理论分歧最大的一个。尽管西方马克思主义内部包含了人道主义的、结构主义或科学主义的分歧,尽管其内部有的理论家借重于黑格尔哲学的复活,而有的理论家在弗洛伊德主义学说中寻找灵感,但是有一点是可以肯定的,即这个庞大的西方马克思主义理论共同体,是在认真严肃思考当代世界重大现实问题中成长和发展起来的;在内部争论的过程中,在深化对意识形态复杂性探讨的过程中,他们扩展了理论视域,把文学问题放入文化领域去考察,既而又开辟了把文化问题和后工业社会问题、全球化问题联系起来的理论趋势。但同样不可否认的是,西方马克思主义的理论突破性在文化理论上,但其理论弱点也在文化理论上,用英国学者杰克森(Leonard Jackson)的话来说,这种弱点就是对马克思主义的"去唯物主义化"(Dematerialisation)[100],用文化批判取代了真正的社会斗争。在这个意义上说,西方马克思主义是西方知识分子批判传统的一个当代延续,"由于知识分子在社会结构中的位置或他们特有的文化,他们可以站在社会整体的立场之上;不仅如此,知识分子还常常有着这样一种社会角色或受到这样的教育,它使他们倾向于将自己界定为更为广大的社会或国家的'代表',或群体的历史传统或民族传统的'代表'。教师和神职人员所受的教育就常常使他们觉得对他们群体的整体负有责任……这种意识常常诱使一些知识分子感到他们对文化象征和社会整体负有责任和义务——正是这一点使得他们团结成了一个整体"[101]。也正是这一西方文化传统使西方马克思主义者把对当代文化的批判当作了自己的天职。

注 释

[1] Carl Grünberg, *Festrede, gehalten zur Einweihung des Instituts für Sozialforschung an der Universität Frankfurt am Main am 22. Juni 1924*, Frankfurter Universitätsreden, 20 (Frankfurt am Main, 1924), p.8. 卡尔·格律恩堡在1924年6月22日美茵河畔法兰克福大学社会学研究所(也就是后来闻名世界的"法兰克福学派"的研究实体)成立大会上的讲话。

[2] 参看 Adorno, *Prisms*, trans. Samuel and Shierry Weber, London, Wesley V. Blomster, New York, 1973, p.34. 又见[德]阿多诺:《否定的辩证法》,张峰译,重庆:重庆出版社1993年版,第362页。

[3] Rolf Wiggershaus, *The Frankfurt School: its History, Theories and Political Significance*, trans. Michael Robertson, The MIT Press, Cambridge, Massachusetts, 1986, pp.6-7.

[4] 参见 Peter Dews, 'Althusser, Structualism and the French Epistemological', in *Althsser: A Critical Reader*, ed. Gregory Elliott, Blackwell, 1994. pp.104-106。所谓"反智主义",也就是"教条主义"的一种表现形式,反对对现实进行真正的理论思考。

[5] 参看[美]罗伯特·戈尔曼 编:《"新马克思主义"传记辞典》,赵培杰、李菱、邓玉庄等译,重庆:重庆出版社1990年版,第13页。

[6] [美]莫里斯·梅洛-庞蒂:《辩证法的历险》,约瑟夫·比恩译(艾凡斯顿,1973)[Maurice Merleau-Ponty, *Adventures of the Dialectic*, trans, Joseph Bien Evanston, 1973]。该词的首次使用可追溯到第三国际对卢卡契和柯尔施的论战性的批评。参见卡尔·柯尔施的《马克思主义和哲学》(弗雷德·哈利代译并序,纽约和伦敦,1970)[Karl Korsch *Marxism and Philosophy*, trans. With intro. Fred Halliday, New York and London, 1970],第119—120页。但直到梅洛-庞蒂的作品问世之后该词才广为使用。但是对其含义一直是有争议的。比如可参看雷蒙·阿隆:《马克思主义与存在主义者》(海伦·威瓦尔译,纽约,1969)[Raymond Aron, *Marxism and Existentialists*, trans. Helen Weaveretal New York, 1969]第64页,该书宣称

"西方马克思主义实际上就是第二国际的马克思主义。"

[7] 即20世纪二三十年代至70年代西方马克思主义的理论形成发展期。至于70年代之后,西方马克思主义文学理论整体已经大规模地渗入了西方文论,作为一种弥散性的存在存在于后结构主义文论、解构主义文论、女权主义文论、后殖民主义文论、文化研究等等当代文学理论形态之中。本章最后涉及的杰姆逊的理论可以看做是西方马克思主义在后现代语境中的延续。

[8] 见《什么是正统的马克思主义?》,参看〔匈〕卢卡契:《历史与阶级意识》,杜章智等译,北京:商务印书馆1992年版,第47—49页。

[9] 〔匈〕卢卡契:《小说理论》,参看《卢卡契早期文选》张亮 吴勇立译,南京:南京大学出版社2004年版,第 IX 页。

[10] 〔俄〕普列汉诺夫:《普列汉诺夫美学论文集》第1册,曹葆华译,北京:人民出版社1983年版,第555页。

[11] 在西方马克思主义中,只有卢卡契对20世纪现代主义艺术持一种彻底的否定态度,但这并不妨碍他的意识形态批判理论和其他西方马克思主义者理论的同一性,这种同一性就是夸大意识形态作用的"艺术审美救世论"。

[12] Martin Jay, *Marxism and Totality*, *The Adventures of a Concept from Lukács to Habermas*, Polity Press, Cambridge, 1984, pp.1-2.

[13] 卢卡契在新版序言中指出,当初他在写作《历史与阶级意识》的过程中,将异化和物化看做是同义的。必须指出的是,物化(Vergegenständlichung)在马克思主义经典作家的译本中,译作"对象化",和异化(Dieentfremdung)有本质的区别。

[14] 〔匈〕卢卡契:《历史与阶级意识》,杜章智等译,北京:商务印书馆1992年版,第143—144页。

[15] 同上书,第20页。

[16] 〔匈〕卢卡契:《关于社会存在的本体论》,白锡 译,重庆:重庆出版社1993年版,第13页。

[17] 有关两种类型的中介划分,参看卢卡契《审美特性》第一卷,北京:中国社会科学出版社1986年版,"第一章日常生活中的反映问题","第二章艺术由日常生活中分化的预备性问题"中的有关论述。

[18] 《马克思恩格斯全集》第25卷,北京:人民出版社1972年版,第272页。

[19] 同上书,第166页。

[20] 《马克思恩格斯全集》第23卷,北京:人民出版社1975年版,第88—89页。

[21] Lee Congdo, *The Young Lukács*, Chapel Hill: University of North Carolina, 1983, p.51.

[22] 〔匈〕卢卡契:《小说理论》,见《卢卡契早期文选》,张亮、吴勇立译,南京:南京大学出版社2004年版,第7页。

[23] 同上书,第7、8—9页。

〔24〕 同上书,第 32 页。

〔25〕 Lee Congdo, *The Young Lukács*, Chapel Hill: University of North Carolina, 1983, p.99.

〔26〕 〔匈〕卢卡契:《心灵与形式》,见《卢卡契早期文选》,张亮、吴勇立译,南京:南京大学出版社 2004 年版,第 172—173 页。

〔27〕 〔匈〕卢卡契:《历史与阶级意识》,杜章智等译,北京:商务印书馆 1992 年版,第 207 页。

〔28〕 同上书,第 212—213 页。

〔29〕 同上书,第 214 页。

〔30〕 〔德〕黑格尔:《精神现象学》上卷,贺麟、王玖兴译,北京:商务印书馆 1979 年版,第 13 页。

〔31〕 〔匈〕卢卡契:《卢卡契文学论文选》第 1 卷,北京:人民文学出版社 1986 年版,第 24—25 页。

〔32〕 《表现主义论争》,张黎选编,上海:华东师范大学出版社 1992 年版,第 236 页。

〔33〕 〔匈〕卢卡契:《卢卡契文学论文选》第 1 卷,范大灿选编,北京:人民文学出版社 1986 年版,第 324 页。

〔34〕 同上书,第 41—43 页。

〔35〕 《表现主义论争》,张黎选编,上海:华东师范大学出版社 1992 年版,第 107 页。

〔36〕 卢卡契在《历史与阶级意识》中指出的无产阶级打破物化的四点,显然可以与其审美及艺术的具体性、历史性、典型性以及预言性相通。"第一,这种打破只有作为对过程固有矛盾本身的认识才可能",这对应其审美视界的"具体性";第二,"与总体性的关系不必表现为总体的全部丰富内容,总体的全部丰富内容全都被有意识地包括在行动的动机和目的之内,重要的是以总体为目标,……随着社会不断地资本主义化,从而有必要把个别事件也从内容上纳入到内容的总体性中去",这一点对应着"从命运认出它的目的和动作,从它的命运和动作中认出它的命运"的"历史性"与"典型性"统一的审美视域;"第三,在判定一个步骤正确与否时,主要看它在整个发展中的作用正确与否";"第四,相应的正确意识就意味着它的对象的改变,而且首先是,它自身的改变",这两点则承接着现实主义艺术的"预言性"原则。引文见《历史与阶级意识》,第 290—292 页。

〔37〕 〔匈〕卢卡契:《审美特性》第一卷,徐恒醇译,北京:中国社会科学出版社 1986 年版,第 441—442 页。

〔38〕 对卢卡契辩证法的黑格尔传统形式,塞夫的批评可以作为借鉴,他说:"卢卡契企图把具体的总体概念化,结果成为抽象的思辨,因为他把总体看做某种没有具体物的、纯粹形式的自在之物。结果造成他的方法论充满了认识论上的矛盾,这种总体还是其中的个别现象具有客观的或仅仅概念的存在,这一点不清楚,卢卡契企图使黑格尔的精神变为物质的社会总体,结果还是逃不出黑格尔的思辨思

想"。(《塞夫的科学人道主义》,引自张西平《历史哲学的重建》,北京:三联书店1997年版,第282页。)

[39] 《马克思恩格斯选集》,第1卷,北京:人民出版社1995年版,第81页。

[40] 〔德〕阿多诺:《晨边峰十年:研究所1934—1944年的历史报告》,译文参考《现代美学新维度——西方马克思主义美学论文精选》,董学文、荣伟编,北京:北京大学出版社1990年版,第401—402页。

[41] Siegfried Kracauer, *Die Angestellten. Aus dem neuesten Deuschland*, Frankfurt am Main, 1930.

[42] Siegfried Kracauer, *Die Angestellten. Aus dem neuesten Deuschland*, 见 Kracauer, *Schriften*, vol. 1, pp. 285-286.

[43] 刘北成:《本雅明思想肖像》,上海:上海人民出版社1998年版,第175—176页。

[44] 《现代美学新维度——西方马克思主义美学论文精选》,董学文、荣伟编,北京:北京大学出版社1990年版,第177页。

[45] T. W. Adorno, *The Culture Industry: Selected Essays on Mass Culture*, ed. J. M. Bernstein, London:Routledge, 1991, p.85.

[46] 〔德〕霍克海默、阿多诺:《启蒙辩证法》,渠敬东、曹卫东译,上海:上海人民出版社2003年版,第176页。

[47] 同上书,第142页。

[48] 同上书,第139页。

[49] 同上书,第141页。

[50] 在霍克海默和阿多诺看来,这种快感无疑是"愚蠢"的。他们不无尖刻地说,这种无意识机制使"公众愚蠢化的速度并不亚于他们智力增长的速度",见〔德〕霍克海默、阿多诺:《启蒙辩证法》,渠敬东、曹卫东译,上海:上海人民出版社2003年版,第162页。

[51] 〔德〕霍克海默、阿多诺:《启蒙辩证法》,渠敬东、曹卫东译,上海:上海人民出版社2003年版,第161—162页。

[52] 同上书,第151页。

[53] Theodor. W. Adorno, *The Position of the Narrator in the Contemporary Novel*(《当代小说中叙述者的位置》), in *Notes to Literature I*, ed. and trans. Shiery Weber Nicholsen, New York:Columbia University Press, 1991, pp.30-31.

[54] Adorno, *Notes to Literature I*, d. and trans. Shiery Weber Nicholsen, New York:Columbia University Press, 1991, p.32.

[55] 〔德〕阿多诺:《美学理论》,王柯平译,成都:四川人民出版社1998年版,第256页。

[56] 同上书,第386页。

[57] 同上书,第54—55页。

[58] "艺术并不因为它为工人阶级或为'革命'而写便是革命的;艺术只有从它本身来说,作为已经变成形式的内容,才能在深远的意义上变成革命的……意见艺术品借助于美学形式改造,在个人的典型命运中表现了普遍的不自由和反抗力量,从而突破蒙蔽的(和僵化的)社会现实,打开革命(解放)的前景,这件艺术品也可以称为革命的。在这个意义上,每件真正的艺术品都将是革命的,即对感觉和理解具有破坏作用的,都将是对于现成社会的一篇公诉状,是解放形象的显现。"参看 Herbert Marcuse, *The Aesthetic Dimension: Towards a Critique of Marxist Aesthetics*. Boston: Beacon Press, 1974, pp. 1-2.

[59] 〔法〕让-保罗·萨特:《存在主义是一种人道主义》,周熙良、汤永宽译,上海:上海译文出版社1988年版,第27页。

[60] 《萨特研究》,柳鸣九主编,北京:中国社会科学出版社1981年版,第17页。

[61] 《萨特文集》七卷,沈志明、艾珉主编,施康强译,北京:人民文学出版社2000年版,第106页。

[62] Jean-Paul Sartre, *L' Idiot de la famille*, vol. 1, Paris: Gallimard, 1981. p. 9.

[63] 即萨特所说的"消极辩证法",见〔法〕萨特:《辩证理性批判》上卷,林骧华等译,合肥:安徽文艺出版社1998年版,第201页。

[64] Jean-Paul Startre, *Search for a Method*, New York: Knopf, 1963, p. 70.

[65] 《萨特研究》,柳鸣九主编,北京:中国社会科学出版社1981年版,第56页。

[66] 《萨特文集》第七卷,沈志明、艾珉主编,施康强译,北京:人民文学出版社2000年版,第126页。

[67] Mark Poster, *Existentialism in Postwar France: From Sartre to Althusser*, Princeton: Princeton University, 1975, pp. 21-22.

[68] 〔法〕阿尔都塞:《自我批评材料》,见《保卫马克思》,顾良译,北京:商务印书馆1984年版,第237页。

[69] 〔法〕阿尔都塞:《读〈资本论〉》,李其庆、冯文光译,北京:中央编译出版社2001年版,第134页。

[70] 〔法〕阿尔都塞:《关于唯物主义辩证法》,见《保卫马克思》,顾良译,北京:商务印书馆1984年版,第135—190页。

[71] 〔法〕大卫·麦克莱伦:《马克思之后的马克思主义》,徐其铨等译,北京:中国社会科学出版社,1986年版,第396页。

[72] 阿尔都塞:《关于唯物辩证法(论起源的不平衡)》,见《保卫马克思》,顾良译,北京:商务印书馆1984年版,第184页。

[73] 这是阿尔都塞从弗洛伊德那里借来的词,用以说明决定历史发展的"超因果"的决定性,任何一个实践领域都可能成为历史变革诉求的承担领域,视历史变革条件移置情况而定。必须说明的是,这个词借自弗洛伊德精神分析理论,弗洛伊德曾用"过度决定"(Die Áberdetermination)"来描述形象对梦思的表现机制,这些

形象的特殊性在于它们可以把一组梦思凝缩在一个单独的形象中,可以将心理能量从极为潜在的思想转化为无关的形象。阿尔都塞用同样的术语来描述不同实践间的矛盾的作用效果,这些作用效果使社会结构作用于作为整体的社会结构,进而反作用于每一种实践和每一种矛盾,并对每一特定的历史阶段中占统治地位的结构内所包含的矛盾之主要性和次要性、对抗性和非对抗性模式加以限定。"——本·布列斯特为阿尔都塞所编的"术语汇编"中"过度决定"条目,见 Louis Althusser, *Reading Capital*, trans. Ben Brestew, London:Verso, 1979, p. 315 and p. 316.

〔74〕 Louis Althusser,'Theory, theoretical practice, and theoretical formation', in *Philosophy and the Spontaneous Philosophy of the Scientists*, ed., Gregory Elliot, London:Verso, 1990, p. 23.

〔75〕 参看 Tony Bennet, *Formalism and Marxism*, London:Methuen, 1979, Chapter VI.

〔76〕〔法〕阿尔都塞:《国家机器和意识形态国家机器》,见《哲学与政治:阿尔都塞读本》,陈越编,吉林:吉林人民出版社2004年版,第359页。

〔77〕《马克思恩格斯选集》第二卷,北京:人民出版社1995年版,第32页。

〔78〕〔法〕阿尔都塞:《意识形态和意识形态国家机器》,《哲学与政治:阿尔都塞读本》,陈越编,吉林:吉林人民出版社2004年版,第321页。

〔79〕 同上书,第361页。

〔80〕 同上书,第352页。

〔81〕 "艺术和意识形态之间关协的问题,是个很复杂很困难的问题。然而我能告诉你们研究工作的一些方向。**我并不把真正的艺术列入意识形态之中**,虽然艺术的确与意识形态有很特殊的关系。"(着重为原文所有)这里"真正"的文学艺术不是那种作为意识形态"宣传"工具的一般文艺,不是平常一般的、平庸或者低俗的作品。阿尔都塞:《一封论艺术的信》,见《列宁和哲学》,杜章智等译,台北:远流出版社1990年版,第241页。

〔82〕〔法〕阿尔都塞:《一封论艺术的信》,《列宁和哲学》,杜章智等译,台北:远流出版社1990年版,第242页。

〔83〕 "领导权"一词来源于葛兰西,也来自普列汉诺夫和列宁,指统治阶级动在意识形态斗争中制造的"普遍同意"。该词的起源可以追溯到马克思和恩格斯的《德意志意识形态》:"统治阶级的思想在每一个时代都是占统治地位的思想。这就是说,一个阶级是社会上占统治地位的物质力量,同时也是社会上占统治地位的精神力量。支配着物质生产资料的阶级,同时也支配着精神生产的资料,因此,那些没有精神生产资料的人的思想,一般地也是受统治阶级支配的"。见《马克思恩格斯选集》第1卷,北京:人民出版社1995年版,第98页。

〔84〕〔法〕阿尔都塞:《一封论艺术的信》,见《列宁和哲学》,杜章智等译,台北:远流出版社1990年版,第244—245页。

〔85〕 同上书,第 245 页。

〔86〕 Antonio Callari and David F. Ruccio ed. *Postmodern Materialism and the Future of Marxist theory: Essays in the Althusser Tradition*, Hanover NH: University of New England Press, pp. 1-2.

〔87〕 〔英〕雷蒙·威廉斯:《文化与社会》,吴松江、张文定译,北京:北京大学出版社 1991 年版,第 349 页。

〔88〕 Leonard Jackson, *The Dematerialisation of Karl Marx*, *Literature and Marxist Theory*, London and New York, Longman Publishing, 1994, p. 206.

〔89〕 Terry Eagleton, *Criticism and Ideology: Marxism and Literary Criticism*, London: Methuen, 1976, p. 45.

〔90〕 〔美〕弗雷德里克·杰姆逊:《文化转向》,胡亚敏等译,北京:中国社会科学出版社 2000 年版,前言。

〔91〕 Mark Currie, *Postmodern Narrative Theory*, New York: St. Martin's Press, 1998, p. 9.

〔92〕 参看 Steven Best and Douglas Kellner, *Postmodern Theory: Critical Interrogations*, New York: The Guildford Press, 1991, p. 185.

〔93〕 Steven Best and Douglas Kellner, *Postmodern Theory: Critical Interrogations*, New York: The Guildford Press, 1991, p. 185.

〔94〕 〔美〕詹明信(即杰姆逊汉文名):《晚期资本主义文化逻辑》,张旭东等译,北京:三联书店 1997 年版,第 144 页。

〔95〕 Anders Stephanson, 'Regarding Postmodernism—A Conversation with Fredric Jameson', *Unversal Abandon?: The Politics of Postmodernism*, ed. Andrew Ross, Minneapolis: Unversity of Minnesota Press, 1983, p. 21.

〔96〕 Anders Stephanson, *A Conversation with Fredric Jameson*, p. 4.

〔97〕 〔美〕杰姆逊:《快感:文化与政治》,王逢振等译,北京:中国社会科学出版社 1998 年版,第 237 页。

〔98〕 同上书,第 238 页。

〔99〕 同上书,第 248—249 页。

〔100〕 Leonard Jackson, *The Dematerialisation of Karl Marx*, *Literature and Marxist Theory*, London and New York, Longman Publishing, 1994.

〔101〕 Alvin Ward Gouldner, *The Future of Intellectuals and the Rise of the New Class*, New York: Prinston, p. 5.

第十三章
结构主义文学理论

在欧美文学理论界,二战结束之后,新批评虽然已日渐成为昨日黄花,但是它的一些理论观念和批评方法依然是文学理论界的统治力量。1957年,诺思罗普·弗莱《批评的剖析》的发表,给文学理论界带来了巨大的冲击。弗莱的神话—原型批评理论,打破了传统的文本中心论,对文学产生的更大的宏阔语境进行研究,将文学批评的目光投向文学的认知结构。不过,弗莱的理论最后并没有实现自己的预期目标。诺思罗普·弗莱的神话—原型批评,体现了文学理论研究一种整体化的倾向。这种理论思潮在结构主义文学理论那里得到了系统的发展。更为重要的是,索绪尔的语言学理论、俄国形式主义文学理论和布拉格学派对文学理论发展产生的重要影响也显现出来,到了20世纪60年代,结构主义文学理论以法国为中心,逐步开始在文学理论界取得统治地位。

一 结构主义文学理论概述

1. 结构主义思潮的一般性特点

20世纪在西方思想史上居首位的三大理论性思潮是分析哲学、现象学和结构主义。这其中尤以结构主义情况最为复杂。结构主义思潮在其诞生之初,声势浩大,几乎影响了语言学、人类学、哲学、社会学、历史学以及文学理论等所有的人文社会学科。因之,由于内部思想的歧异性、观点的多变性和学科归属的不确定性,使结构主义的身份难以确定。这里所说的结构主义主要指的是20世纪60年代在法国涌现的以列维-施特劳斯、罗兰·巴特、德里达以及雅克·拉康等为代表的社会思潮。而在通常意义上,所谓的"结构主义"包括三方面内容:现代语言学理论、现代文艺理论和当代法国人文思想运动。[1]虽然法国结构主义运动涉及到的是整个的人文学术思潮,但就一般而言,"法国结构主义"一词的首要含义是文学现象而不是哲学现象,而且主要指的是文学理论活动。因为在法国结构主义那里,分析已经取代了创作,其深层次是理性主义和科学性的理论追求。结构主义文学理论是在结构主义思潮的影响下产生的,并成为结构主义思想的重要组成部分。

结构主义(Structuralism)是十分复杂的理论思潮,它既是一种特殊的方法,也是一种哲学立场。作为一种思维方式,结构主义所指涉的不是事物本身固有的本质属性,而是如何去认识事物的方法和模式。它建立在这样的认识论基础上,即如果人的行为或者产品具有某种意义,那么其中一定有使这一意义成为可能的区别特征或者程式系统。简而言之,在结构主义看来,世界是由各种关系而不是事物所组成的。也就是说,在既定的语境之中,一个事物就其自身而言是没有任何意义的,它的本质不在其自身,而是在于与其他事物之间的关系。一个事物只是构成了这个既定关系的一个要素、一个基本单位,并为这个关系所决定。事物之间的关系就是结构,结构本身是自足的、封闭的,理解一个结构不需要借助结构之外的任何其他因素。

皮亚杰提出,结构的三个基本特征在于:整体性、转换性和自身调节性。[2]任何结构都有自己的整体性,结构内部包括了许多不同的成分,但是这些成分之间有着密切的联系,它们受这个体系之所以为体系的一些规律的支配。那么这些规律是什么呢?就是这个体系的构成规则,起着构造结构的作用,也就是结构的转换性。借助这种转换性,结构能够不断地整理加工新的材料。与此同时,由于新的材料和因素的不断出现,就需要结构本身还能够对自身进行调节。一个结构虽然能够在内部进行各种转换,但是这些转换不会越出这个结构的边界,它只能从属于这个结构从而保持结构本身的平衡状态,这种自身调节性使结构具有了守恒性和封闭性。

2. 索绪尔语言学理论、俄国形式主义和布拉格学派对结构主义文学理论的影响

上面谈到的是结构主义思潮的一般性特点,结构主义文学理论的诞生,同现代语言学理论有着密切的关系。作为现代语言学的奠基人,索绪尔的语言学理论提出了把语言作为系统和结构来研究的观点。索绪尔主张对语言进行"共时"的研究,强调共时性的重要性。在索绪尔看来,语言是由相互依赖的诸要素所组成的表达概念的符号系统,这其中每一个要素的价值完全是由于另外要素的同时存在而实现的。也就是说,一种语言所表达的种种概念是由它的结构所界定和决定的,这就使语言成为一个封闭的独

立的自我界定的结构。这个结构的各个组成成分,只有和这个结构融为一体才能够获得意义。按照索绪尔的语言学理论,如果要考察一部文学作品,其目的就是要找出它所用的语法规则,找出语言中的能指和所指的关系。在文学中,"事物"没有地位,语言因素获得意义并不是词与外界事物联系的结果,而是作为一种结构、一种有关系统的组成部分的结果,现实世界与语言世界实际上是分离的。此外,他还提出了一系列二元对立的概念如语言与言语、历时性与共时性、能指与所指、横向组合与纵向组合等等,这些也构成了一整套结构主义语言学的分析方法。索绪尔的现代结构语言学为结构主义文学理论的诞生提供了分析结构的方法和意义生成的理论基础。关于索绪尔的语言学理论,我们在第8章中已经详细论述,此不赘述。

同时,我们认为,俄国形式主义和布拉格学派对结构主义文学理论的诞生起到了更为重要的作用。如法国文学理论家茨维坦·托多洛夫所说:"形式主义理论是结构语言学的起始。"[3]他们的理论追求是对"建立在文学材料的特殊性基础上的一种独立的文学学的向往"[4],因此,他们提出了"文学性"的概念,同时还进一步明确提出,"诗学的任务(换言之即语文学或文艺理论的任务)是研究文学作品的结构方式。有艺术价值的文学是诗学的研究对象"[5]。"文学性"是一个具有本体论和方法论意义的重要概念,"文学性"问题的提出,为现代文学理论学科的建立和学科建制提供了理论基础。俄国形式主义者还认为,所谓的"内容"和"形式"的划分不科学。表达了什么(内容)和怎么表达(形式)只是一种人为的抽象,而事实上,被表达的对象是统一在审美对象之中的,在艺术中不存在没有找到表达方式的内容,所以,"内容"和"形式"的区分既无法弄清纯形式因素在艺术作品的艺术结构中的特性,也会使人从经验的常识出发,认为内容在艺术之中和艺术之外处于同等地位。[6]所以,俄国形式主义者提出了"形式"(form)和"材料"(material)的划分,主题(包括形象、思想和情感)和语言组成了材料,形式则作为艺术手法,将材料组织起来并使之获得审美效果。关于俄国形式主义文学理论,本书第9章已经详细介绍,此不赘述。

布拉格学派是俄国形式主义理论的直接后继者。在布拉格学派的语言学理论中,结构主义则成为他们的"战斗口号"。[7]俄国形式主义的代表人物雅各布森移居布拉格,对布拉格学派的产生起到了促进作用。布拉格学派的理论,尤其是其代表人物穆卡洛夫斯基(Jan Mukarofsky)的理论秉承俄国形式主义的观点[8],坚决反对对文学作品"内容"(content)和"形式"的划分,同时还认为,一件艺术作品并不是作者个人的主观事件,也不仅仅是社会内容的反映,它是客观的、独立于其作者的,由这种特定艺术的整体结构的演变所决定,而文学史家的任务就是建构一个文学作品的演变系列。[9]为了避免误解,和空洞的"形式"概念划清界限,穆卡洛夫斯基在翻译什克洛夫斯基的《散文理论》一书时,提出了"结构"和"结构主义"的概念。这也成为捷克结构主义的由来。同俄国形式主义相比,穆卡洛夫斯基认为,"结构"这一概念比"形式"概念更加科学,内涵也更为丰富,因为"'结构'这一概念建立在各个部分的相互作用所组成的内在统一上,这种相互作用不仅是各个部分的肯定性的相关、一致和协调,也包括它们的矛盾和冲突"。[10]

尤为重要的是,结构主义文学理论从结构主义语言学那里借鉴了语言研究模式,这其中,雅各布森的理论对结构主义文学理论的影响最大。[11]雅各布森对语言活动的"诗歌性"功能的研究,对隐喻和转喻二元对立模式的研究,对语言的六种功能的分析,将语言学和诗学紧密结合,成为连接形式主义和结构主义文学理论的桥梁和理论基础。早期的雅各布森虽然是俄国形式主义的代表人物,但是他后来的理论活动和理论倾向却对结构主义文学理论产生了重要影响。法国"结构主义之父"列维-施特劳斯正是在雅各布森的影响下才提出了自己的结构人类学理论。

没有索绪尔的语言学理论、俄国形式主义和布拉格学派,就不会有结构主义思潮的兴起。正如英国学者安纳·杰弗森所言:"俄国形式主义也许更多的是在其复活的形态上而不是在残存的形态上对60年代巴黎结构主义的理论发展起着重要的作用。结构主义者们旨在建立一种独树一帜的诗学的欲望,他们的富有科学精神的思想——更具体地说他们关于叙事理论的著作在相当大的程度上都归功于俄国形式主义。"[12]这个判断应该是很确切的。

但是,如果从理论概念和操作方法的层面看,结构主义文学理论同俄国形式主义文学理论相比,还是存在明显的差异性的。我们既要看到两者之间的相同之处,也要看到两者之间的不同之处,不能简单地混同起来。我们认为,造成结构主义文学理论与俄国形式主义文学理论之间差异的原因,主要是彼此的逻辑起点不同。俄国形式主义流派的学术理论比较庞杂,呈现出一种兼收并蓄的态势,其中既有逻辑哲学、现象学背景,又有语言学、文学创作的实践背景。而结构主义文学理论流派的理论前提则相对比较集中。从布拉格结构主义开始,索绪尔的结构语言学模式就在其文学理论研究中占据着主导的地位。此外,也受胡塞尔现象学影响的俄国形式主义文学理论,毕竟含有把文学视为语言中的意识、按心理学的模式和意识内容划分文学成分的因素,而结构主义文学理论已经"不是利用心理学尺度,而是直接从语言学逻辑进行借鉴"。[13]

3. 结构主义之父列维-施特劳斯

1945年,列维-施特劳斯(Lévi-Strauss)在雅各布森及其同事创办的语言学杂志《词语》上发表了《语言学与人类学的结构分析》一文,标志着结构人类学的开始,也正式宣告法国结构主义的出现。因此,列维-施特劳斯被尊为"结构主义之父"。

事实上,就其学术活动而言,虽然曾经和雅各布森共同发表过《波德莱尔的〈猫〉》一文,对一首名不见经传的小诗的评论成为结构主义文学批评中的经典,但列维-施特劳斯并不是文学理论家,而是一位杰出的人类学家和社会学家,人类学研究构成了他的主要研究领域。他对于结构主义文学理论的影响更多的还是在观念和方法上的。基于这个原因,我们不对其进行专节介绍,只是在这里对其结构主义思想及对法国结构主义的影响进行简单的说明。

二战期间,列维-施特劳斯旅居美国,结识了雅各布森,这对他本人以及整个法国后来的思想界产生了深远影响。在雅各布森的影响下,列维-施特劳斯对结构主义思想产生了浓厚的兴趣,《语言学与人类学的结构分析》一文就是这种影响的直接产物。在列维-施特劳斯看来,构成文化的整个社会行为领域也是一种按照语言模式编码的活动。所以,对列维-施特劳斯来说,对社会生活和社会文化的研究不仅可以应用语言学的方法,而且社会生活和社会文化的内在本质同语言的内在本质具有内在的一致性。因而,在列维-施特劳斯的理论中,整个文化系统被视为一个语言系统和巨大的符号体系,而亲属关系、意识形态、饮食、仪式等文化的组成要素,都成为这个语言系统的部分表现,构成了次一级的语言系统和符号体系。这些次一级语言系统的社会功能在于保证文化这个大的系统和符号体系的永久存在。不难看出,这背后隐藏的还是索绪尔语言学理论中关于"语言"和"言语"的区分。

在对以俄狄浦斯为代表的神话的研究分析中,列维-施特劳斯认为,在一切神话言语背后存在着共同的神话语言,神话也是一个象征系统的言语,其构成单元和组合规则是可以被发现的。他说:

> 不管神话是个人加工,还是从传统中借鉴的,它是从自己的(个人的或集体的)源泉中派生的……它只是它借以活动的各种表现的仓

库。但是它的结构仍然是相同的,而且通过这些结构,符号的功能才得以完成……[14]

而这种深层的构成单元和组合规则就是神话语言,是一种关于神话的元语言,它是超越时代、超越历史、超越个人的,是全人类的心理都具有的普遍有效的思维构成原则。每个神话言语可以分割为尽可能小的单位或者"神话素",这些单位具有特定的功能和关系,这些关系和功能又使神话同特定的主题相联系。不管神话以何种方式被叙述,我们总能感受到隐藏在每一个神话背后的神话语言的存在。而这些神话在从原始人向现代人的传递过程中犹如音乐乐谱的被传播一样,在传递和接受的过程中,总要接收到和丢失掉某些成分。就其总体而言,神话的要素构成单位和组合规则并未消失,保持着相对的稳定性。神话本身是共时存在的,但是在历时性的传递中则以垂直的方式得到阅读。所以在共时性和历时性二元对立的结构中,列维-施特劳斯的神话分析方法是对神话的情节要素进行分割和重新组合,进而发现其构成单位和组合原则。

这是一种典型的结构主义分析方法,对结构主义文学理论产生了重要影响。正如美国文学理论家乔纳森·卡勒所评论的那样:"列维-施特劳斯对神话的叙述,作为一种阅读理论,为研究文学的人在阅读虚构性话语时创造并验证阅读程式的努力,展示了不可多得的前景。神话与文学至少在'具体的逻辑'方面相通,这样,他关于如何阅读神话的建议,就可以看成是在文学阅读中可能以直觉形式起作用的符号学活动的假设。"[15]

4. 结构主义文学理论的发展过程

在形式主义和现代语言学的共同作用下,在列维-施特劳斯的推动和影响下,结构主义文学理论迅速发展起来。

结构主义文学理论的中心在法国的巴黎。20世纪60年代,法国结构主义文学理论迅速兴起,具体表现在两个方面:一是巴黎出现了一批以某些著名人物、著作或论题为中心的松散组织。列维-施特劳斯、福柯、阿隆这时在法兰西学院讲课;德里达、阿尔都塞经常光顾在高等师范学院里的一个"认识论俱乐部";1960年巴黎还成立了一个先锋派文学理论社团——"太凯尔"(Tel Quel)[16],它有自己的理论刊物,以克莉斯蒂娃为首,罗兰·巴特、德里达、托多洛夫、雅各布森等都是其撰稿人。这些规模不大的分散的理论圈子,促进了法国结构主义的发展。二是60年代罗兰·巴特与代表传统经院式批评观念的皮卡尔(R. Picard)之间发生了一场关于结构主义与实证主义的论争,使结构主义文学理论在法国产生了空前广泛的影响。这一时期,罗兰·巴特写了《批评与真理》来驳斥皮卡尔的观点。与此同时,列维-施特劳斯在《野性的思维》中专辟一章来批评萨特的《辩证理性批判》,阿尔都塞推出了《保卫马克思》和《读〈资本论〉》,拉康把几十篇论文汇编成册以《文集》出版,福柯发表了《古典时代癫狂的历史》《临床医学的产生》《词与物》及《知识考古学》等,这些著作的出版把法国结构主义推向高潮。在文学批评领域,格雷马斯、托多洛夫、热拉尔·热奈特等人的叙述学、符号学研究也硕果累累。

到了70年代,法国结构主义又进入一个更为深入的发展时期。结构主义的文学研究分化为结构主义的诗学研究、叙述学研究和符号学研究。结构主义者通过对文学理论的具体研究,逐步形成了自己的一般理论与思想原则,即文学活动和言语行为结果都被认为是一段文本,由此,将文本结构与现实结构看做是同一的。文本结构和话语结构尽管是给定的,但同时也是被构成的。这就赋予了结构主义文学理论研究以更为深广的社会内容和内涵。与此同时,一种怀疑和批判结构的封闭性、固定不变性的态度也随之产生。罗兰·巴特、德里达等理论家开始逐步颠覆结构主义文学理论的整体观、系统观。在他们看来,文本不再是封闭的闭合结构,而是一个具有无限开放性的"话语编织物",每一个文本都是对于其他文本和其他文本的转换的参照。这样,结构主义思潮开始呈现出鲜明的多元倾向,在思潮内部逐渐出现了不和谐音,发展到后来就是所谓的"后结构主义"(Post-structuralism)。在后结构主义文学理论的猛烈冲击下,结构主义文学理论终于疲态尽显,逐渐成为历史,但是它的一些重要思想、研究方法在今天的文学研究中依然具有重要的影响。

法国结构主义的主要代表人物有所谓的前、后"四子"。前"四子"是指列维-施特劳斯、福柯(Michel Foucault)、阿尔都塞(Louis Althusser)和拉康(Jacques Lacan)。后"四子"是指罗兰·巴特(Roland Barthes)、格雷马斯(Greimas)、托多洛夫(Todorov)和布雷蒙(Bremond)。前"四子"再加上罗兰·巴特,被誉为结构主义"五巨头"。事实上,由于结构主义思潮本身的复杂性,对于理论家的评价自然就有所差异。阿尔都塞可以看做是马克思主义文学理论家,德里达是后结构主义的公认的代表人物,而福柯压根儿就不承认自己是结构主义理论家。一般认为,法国的结构主义文学理论有三个重大倾向:结构主义批评、结构主义叙述学和语言学的结构主义文本分析。[17]鉴于此,本章将从这三个方面入手,涉及到的结构主义理论家主要包括:列维-施特劳斯、罗兰·巴特、格雷马斯和托多洛夫,等等。事实上,结构主义还有许多分支,例如雅克·拉康的结构主义精神分析理论等,但是由于他们理论的主要内容很少或者基本不涉及到文学理论和文学批评,故本章从略。

5. 结构主义文学理论的一般特点

尽管结构主义文学理论内部观点驳杂,但我们还是可以根据其理论的发展脉络和内在逻辑,总结出结构主义文学理论的基本特点。

第一,结构语言学为结构主义文学理论的兴起提供了重要的理论前提与论证基础。罗兰·巴特曾这样定位结构主义:"我认为,结构主义这一名称今天应该留给特别强调与语言学有直接联系的那种方法论的运动……在我看来,这是最确切的标准。"[18]结构主义语言学对结构主义文学理论的影响在于:首先,它把文学作为具有自身规律的系统进行研究,一个语言成分应当按照其在关系网中所处的位置而不是按照某种因果规律进行解释。这就摆脱了文学史和传记批评这种方法的窠臼。其次,结构语言学所提供的诸如"能指"和"所指""语言"和"言语"以及"历时性"和"共时性"等为文学研究提供了必要的概念。由此,这种语言学带来了它的第三个作用,就是为结构主义符号学和叙事学研究提供了一套系统的原则。所以,对于结构主义文学理论来说,结构语言学并不仅仅是激发理论灵感的动力和源泉,而且还是一种将结构主义原本各行其是的种种设想统一起来的方法论的模式。

第二,结构主义文学理论是对文本意义的生成而不是意义本身的研究。在结构主义文学理论看来,文学不再是一种再现或者交流,而是一系列的语言形式,这些形式或者顺应、或者违逆了意义的生成。结构主义文学批评就是对文本意义的生成过程的研究,并确立或者发现文学程式。乔纳森·卡勒认为:"结构主义使人们看到的那种文学研究,其基本上不是一种阐释性的批评;它并不提供一种方法,一旦用于文学作品就能产生迄今未知的新意。与其说它是一种发现或派定意义的批评,毋宁说它是一种旨在确立产生意义的条件的诗学。它将新的注意力投向阅读活动,试图说明我们如何读出文本的意义,说明作为一门学科的文学究竟建立在哪些产生过程的基础之上。"[19]这种判断是正确的。"意义"问题的研究在20世纪的文学理论中占有重要地位,如在前面章节谈到的英国学者瑞恰兹对意义的研究。在结构主义文学理论这里,"意义"问题同样占据重要位置,格雷马斯的结构语义学就是专门对"意义"进行研究的典型代表。但是需要注意的是,结构主义文学理论关心的只是意义产生的方法、过程,而不是意义本身。

第三,作家主体身份的消失。由于结构主义文学理论认为阅读本身就是一种文本参与活动,强调了阅读过程的重要作用,所以,作者的主体中心地位丧失,让位于阅读活动。作为一种主体,作者不再具有绝对权威和对自己的文本阐释的权利,其本身成为各种规范的结果。所谓"作者",是由特定的运作构成的,不是什么先天存在的。无论是写诗还是写小说、从事批评,作者只能置身于一个为他提供各种程式的系统之中,是这些程式构成并且界定了话语表述的种类。一种文学要素的意义在于读者把功能[20]赋予给那个要素的可能性。一个词、一个比喻和一段对话所具有的意义,是通过与那段特殊文本中的其他要素的相互关系而获得的。这样,作者就不能把自己的权威性强加给读者,对文本的解释就完全取决于读者的个性。文学文本并不是完整地传达了作者的意思,而是创造了一个结构,把它作为一个形式来等待意义的充实。这就使文学活动具有了无限的开放性和可能性。这个思想发展到后来,就是罗兰·巴特所提出的"作者之死"。

第四,结构主义认为文学研究的中心任务在于,"文学研究与具体作品的阅读和讨论不同,它应该致力于理解那些使文学之所以成为文学的程式"[21]。并且,在结构主义看来,这种使文学之所以成为文学的程式在理论上和实践中都是可以成立的。"结构的假设是可以从外在世界得到证实的。从原则上,如果不总是从实际上说的话,它们可以比之为种种独立而又严格限定的系统,每个这样的系统依其自身的权利而享有某种程度的客观性,这也是对其理论构造的有效性的证明"[22]。这说明,文学本身不再是一个个独立的文本,而是一种秩序、一种结构、一种话语,而寻找文学研究的恒定模式和文学中的深层结构,或者说寻找一切文学言语背后的文学语言,建构文学的元话语,构成了结构主义文学理论的主要品格。结构主义文学理论把文学视为一个系统,一个结构,它是具有内在性、能够自我生成、自我调节和自我参照的整体。结构主义文学批评则把对结构的分析和普遍有效的文学程式的探寻作为主要目的,例如早期的罗兰·巴特。格雷马斯、托多洛夫等人对叙事结构的分析也是如此。

二 罗兰·巴特

事实上,由于思想的丰富性、内容的广阔性和理论的细致性,对每一位结构主义文学理论家的理论的研究都可以写成一部大部头的著作,所以,本章将撮其要者尽可能地将他们的理论整体面貌呈现出来。罗兰·巴特就是这其中最有特点也最难把捉的一位理论家。

如果不是因为那一场偶然的车祸,罗兰·巴特也许不会终止他那风行水上、天才而灵动的思想。在现代西方文学理论家中,罗兰·巴特实在是一位独具特色的理论巨匠。在他的学术生涯中,前后期文学理论思想发生了截然不同的转变,故尔他被戏称为"结构主义变色龙"。[23]

一般认为,罗兰·巴特的学术思想可以划分为三个时期:

第一个时期是他的探索时期。在这一时期,罗兰·巴特在接受存在主义和西方马克思主义的同时,深受现代结构语言学的影响,对语言结构与写作的关系进行了深入思考,已经初具结构主义思想。这一时期的代表作品是《零度写作》。第二个时期是他的符号学与结构主义时期。代表作品为《符号学原理》《论拉辛》《神话学》《批评与真实》《叙事作品结构分析导论》。在这一时期,罗兰·巴特形成了自己独具特色的符号学和结构主义理论。第三个时期是罗兰·巴特从结构主义向解构主义转向的时期。以《S/Z》《作者之死》《文之悦》《符号帝国》《罗兰·巴特论罗兰·巴特》和《一个解构主义的文本》为代表,罗兰·巴特从对文本写作语言静态结构的建构转向了动态的、颠覆性的文本解构主义思想,更加关注的是读者在阅读与鉴赏过程中的参与式的、颠覆性的愉悦和享受。

1. 关于"零度写作"

罗兰·巴特走上文坛之时,适值左翼文学观念流行,其中尤以萨特为代表。正如我们在本书前面章节中所知道的,作为一名存在主义哲学家,萨特是以文学作为切入点,来实现自己的哲学信念——自由的。在萨特看来,"什么是写作?为什么写作?为谁写作?"应当成为作家明确的问题。作家应当具有一种介入意识,作家说话就是行动,作家的揭示就是变革,作家要把自己的观念融入到作品中,"作家的职责是使任何人不能不了解世界,都不会说自己对之一无所知"。[24]介入是文学创作的必然,不偏不倚地描绘社会和人生只是不切实际的幻想。所以,写作活动过程包含了阅读活动,作家创作只有在读者的参与性阅读中才能真正完成。

罗兰·巴特部分地赞同萨特的观点,虽然萨特的理论针对古典文学作品进行分析时是成立的,但是在罗兰·巴特看来,萨特的理论对于现代文学作品却并不适合,这是一种与现代写作和文学观念相悖的古典文学观。因而,罗兰·巴特提出了与"介入"理论相对立的"零度写作"(writing degree zero)理论。罗兰·巴特认为,从福楼拜以来的现代文学史已经证明,文学已经变成了语言问题,文学开始关注的是语言自身而不再是社会生活。罗兰·巴特这里所谓的古典式写作,被统称为政治写作,分为革命式写作、马克思主义写作和思想式写作。政治写作只注重人的现实价值和意义,写作中的字词成为一种虚设,这种写作实际上只具有单一的政治价值,而将文学语言的可能性消除了。在罗兰·巴特这里,写作已经成为一个语言学问题。写作只是一个单纯的"不及物"活动,写作不指向自然、社会、人生,不再是任何思想、价值的工具,是一个符号系统,写作活动本身成为文学的核心。"作家不再是写什么东西的人,而是绝对写作的人。"[25]这样,在写作中的绝对主体不再是观念意识的传声筒,作家在沉默的"白色写作"(white write)中实现所谓的"零度写作"和写作的真正自由。"于是我们可以说,这是一种毫不动心的写作,或者说一种纯洁的写作。"[26]"零度写作"理论的提出,实现了写作中语言的最大限度的丰富性和可能性,作者不再像是全知全能的上帝一样来操控作品,通过作品来干预社会和人生,文学已经成为语言的乌托邦。与此同时,作家虽然摆脱了观念的限制和语言的牢笼,却只是一个写作者,作家的主体身份被消解,文本意义被剥夺了。这时,文学写作距离文字游戏也就不远了。而写作就是文字游戏,这恰恰是后结构主义的理论核心内容。

2. 叙述作品结构分析

罗兰·巴特是结构主义阵营中的一个异类,他的《叙述作品结构分析导论》是叙述学的奠基之作,但是后来在经历了他自己所谓的"语言的历险"之后,他却又开始了对自己理论的解构,转向了后结构主义。这里我们首先来集中介绍他的叙述学理论。

罗兰·巴特在语言学理论的基础上,借鉴结构语言学的理论和方法,阐述了自己的叙述学理论。他认为,叙述本身是与人类历史同步的,因此,叙述作品超越国度、超越历史、超越文化,犹如生命一般,是永存的。而在一切的叙述形式中,一定存在着一个共同模式。那么,如何去寻找这个共同模式呢?罗兰·巴特指出:

> 叙述的分析注定要采取演绎的方法;它不得不首先假设一个描写模式(美国语言学家称之为"理论"),然后从这一模式出发,逐渐潜降到与之既有联系又有差距的各种类型;由此具备了统一的描写工具的叙述分析。只有在这些联系和差距中才能发现叙事作品的多样性及其历史、地理和文化的不同性。[27]

这里表明了罗兰·巴特建立叙述学的构想。也就是说,要对叙事作品进行分析理解,就要用内在结构分析的方法,找出作品的意义层。一部作品是从基本的功能层到人物的行动层,进而形成叙述层的话语叙述,在各个层次的纵向联结中,叙事作品的意义最终显现出来。罗兰·巴特所倡导的这种结构主义方法,不是从作品的内容,而是从作品的形式结构去认识和把握叙事作品,是一场文学理论的思维变革,在文学理论史上具有重要影响。

罗兰·巴特又是如何建立自己的描写模式的呢? 我们知道,在语言学的研究中,句子是最小的研究单位,句子又组成了话语。话语有自己的单位、语法和规则。罗兰·巴特认为,话语有可能就是一个大的句子,而句子有时候又有可能是一个小的"话语"。叙事作品的结构,就不仅仅是无数个句子的简单相加,其中的每个句子都可以说具有单独的叙述功能,所以,罗兰·巴特把句子作为切入点,进而发现叙事作品结构的意义体系的形成。

罗兰·巴特认为,读者在读(听)一部叙事作品的时候,不仅仅是一个词一个词地读(听)下去,而且也是一个层次一个层次地读(听)下去,因而他将叙事结构描写分为三个层次:功能层、行动层和叙述层。前两个层次大体上相当于"故事",而最后一个层次相当于"话语",也就是表达方式和叙述内容的手法。功能层是切分叙述故事的最小单位,在作品中起到主要的灵魂作用。所谓功能,是把故事的横向组合叙述单位压缩后所得到命名的语义单位。普洛普对它的解释是:"人物的功能可在一个故事中充当恒定、不变的成分,它们并不因为由谁来实现而改变。它们构成了一个故事的最基本的组成部分。"[28]比如说,一个人买了一把手枪,然后用手枪杀人,那么,"买手枪"这一行为就构成了一个功能、一个意义单元,它为以后使用手枪的时刻奠定了潜在的暗示标志,而具体发出动作的主体则并不重要。功能层的功能单位只有到了行动层并在全部的行动中占据一定的地位才能获得意义。行动层是人物分类的构成法则和叙述作品主体。它研究的是人物的结构模式。在罗兰·巴特看来,叙述作品结构分析中的主体是行动主体,对于人物身份的划分,不再按照他"是什么",而是根据他"做什么"来划分。在行动层中,人物之间的关系得到展示,而此时只有与叙述层相结合,成为叙述话语的一部分的时候,人物和行动才能获得自己的意义。所以,叙述层就是叙述的人以及叙述作品的整体语境,研究的是叙述者、作者和读者之间的关系。在这里,写作者并不等于叙述者。作品的叙述者只是一个叙述符号,是纸上的生命。"因为(叙事作品)说话的人不是(生活中)写作的人,而写作的人又不是存在的人。"[29]而读者符号要比叙述者符号更为复杂,应该置于更为重要的地位。对读者的重视使罗兰·巴特的这种思想后来发展成为解构主义思想,导致了"作者之死"和读者的绝对自由。这个时候,叙述作品结构的分析可以说到此为止,而叙述作品的结构分析,还仅仅是语言学意义上的。正如罗兰·巴特所说:

> 叙事作品中"发生的事情",从指物的(现实的)角度来看,是地地道道的无虚生有。"所发生的",仅仅是语言,是语言的历险。[30]

而叙述本身如果要想获得意义,就必须从叙述结构模式的外界取得。这个时候的外界就应当指其他的符号系统,这些符号系统包括社会的、经济的、意识形态的,等等。

罗兰·巴特在《神话学》等著作中对时装、广告等一系列社会、文化现象从符号学的角度进行了细致而又深刻的解读,可以说是上述思想的自然延伸。

3. 解构主义思想

经历了"语言的历险"的罗兰·巴特,在对读者符号和阅读活动的关注中,开始逐渐走向解构主义或者说后结构主义文学理论。在其学术生涯的早期,罗兰·巴特一度十分推崇索绪尔的结构语言学原理,并且力图运用这种理论来发现文学的普遍结构和模式。但是,在德里达的"延异"概念的影响下,他发现,每一个文本本身都是自成体系的。如果像早期的结构主义理论家普洛普、列维-施特劳斯等人那样,"在单一的结构中,见出世间的全部故事",同时"从每个故事中,抽离出它特有的模型,然后经由众模型,导引出一个包纳万有的大叙事结构,再反转来,把这个大叙事结构施用于随便哪个大叙事"[31]这样做的结果就是忽视了文本自身内部存在的差异,同时,还有理论上的虚设性和生硬牵强之嫌。正是由于认识到了结构主义的不可克服的弊病,罗兰·巴特开始自觉地转向后结构主义文学理论。

从"零度写作"到叙述作品分析,罗兰·巴特一直就关注写作问题。而这里的写作不是简单的作家的写作,而是"写作"(écriture)自身,它不属于作家本人,而是属于作家、读者乃至阅读活动过程。阅读也成为一种写作,一种属于读者的新的创造性写作。这种理解赋予"写作"以广泛的生命力。

对于文学作品的解释,人们习惯于从作者入手,作品是作者思想的派生物,作者成为意义的解释中心。罗兰·巴特认为这样的文学批评无视阅读过程的存在和读者对于文学文本的作用,所以,他指出:"我们懂得,为了使写作有理想的未来,就必须颠覆写作的神话;读者的诞生必须以作者之死为代价"。[32]而所谓的"作者之死",具体含义则是:"从约定俗成的角度来看,作者死了:其公民身份,其含具激情的个人,其传记性角色,业已消失了;令人敬畏的作者身份,文学史、教学及舆论对其叙述有证实和补充的责任,这些都被抹去了,不再笼罩其作品了。"[33]在这种情况下,作者只是一个写作符号,虽然作者的身份对于意义来说是必需的,但是他已经丧失了固定的意义,文本完成之后,谁在叙述已经没有意义,只有文本这个话语体系留待读者阐释和回味。所以,只有作者之死才是文学创作的开始。每一个文本在大的文学结构中都具有"互文性"(Intertextuality,也有人译为"文本间性"或者"文本互涉关系")特征,文学文本成为各种话语交织的产物,因而也就具有意义的多重性和丰富的审美意蕴。这使读者的阅读享有高度的自由,在阅读过程中,读者其实也是在进行写作,来填充意义的空白处。阅读和写作就成为对文学作品意义的颠覆过程。

事实上,并不是所有的文学文本都能使读者获得高度的解读自由并充分享受到阅读的快乐的。这使罗兰·巴特在《S/Z》一书中,在对巴尔扎克的短篇小说《萨拉辛》的解读中,提出了"可读性文本"(le lisible)和"可写性文本"(le scriptible)的区分。而这部独具特色的《S/Z》一书也成为罗兰·巴特的解构主义经典之作。

"可读性文本"的文本意义比较确定,是可以解读和把握的,读者不是意义的生产者而只是消费者。作家的写作是一种工具性的功利活动,其目的是要把读者带入作家在文本中所描绘的世界,读者的阅读活动仅仅是行使一种选择权。对于作品的意义和内容,读者只能被动地接受或者拒绝,无法进行创造性的阅读。在罗兰·巴特看来,古典作品都具有可读性特征。所以,一切的"可读性文本"都是古典之文。而"可写性文本"则恰好相反,它是动态的、变化的。这样的"文"是"能指的银河系"而不是"所指的结构",它不指涉任何绝对的意义,"可写性文本"是每一位读者"自己"在进行写作,在这里,永远都是现在时,没有任何固定的结论性语言。读者在阅读文学文本的同时,能够进行新的意义的创造,成为新的文本的生产者和消费者,充分享受到"文本的欢欣","可写性文本"具有意义的多重性、语言的无限性和空间的无限敞开性。

那么,文本阅读又是如何实现的呢?罗兰·巴特认为,文本是话语编织物,具有多元的复合性和局部的可逆性。存在着五种符码的阅读行为。五种符码构成了一种网络,一种局域,文本贯穿其中,而正是在贯穿过程中,

"文"才成"文"。这五种符码分别是:阐释符码、意素、象征符码、布局符码、文化符码。[34]阐释符码的作用在于建立故事的情节线索,制造悬念和秘密,然后随着故事叙述的进展解决这些问题,就好像谜语被指向、提出、阐明直至最后豁然而解;意素是意义"明灭不定的微粒",指明自身,具有不稳定性和离散性,成为纯一的主题区,暗示着叙述的主题和意义的闪现;象征符码则深幽莫测,具有隐秘性和象征性,它和意素之间的界限很难区分;行为是布局符码的术语,它可以组成诸多的序列,暗示着在后面的叙述中将会出现的一系列行为事件,序列的形成是经验的而非逻辑的,它所形成的逻辑在于"已经读过",在阅读过程中,在某种情节的名目下(例如漫步、谋杀、约会等等),聚集起一定的信息;文化符码是"文"时时引用的诸多知识符码,它包括物理学、生理学、医学、心理学、文学、历史等等,而且文化符码的目的不是为了建构或者重新构造文化模式。罗兰·巴特指出,这五种符码代表了五种不同的声音,即:经验的声音(布局符码)、个人的声音(意素符码)、科学的声音(文化符码)、真相的声音(阐释符码)和象征的声音(象征符码)。这五种符码、五种声音相互交织,汇聚成为"写作",成为一个立体空间。[35]

通过以上介绍,不难看出,罗兰·巴特这种对"文"的理解已经提出了全新的文本理论。对于文学理论研究具有重大影响。归纳起来,其理论观点大体如下:

1. 文学文本不同于传统的"作品"。文学文本纯粹是语言创造活动的体验。
2. 文学文本突破体裁和习俗的窠臼,走到了理性和可读性的边缘。
3. 文学文本是对"能指"的放纵,没有开始也没有结束,也没有一个结合点,"所指"则被一再后移。因此,如前所述,"文"是"能指的银河系"。
4. 文学文本构筑的基础是无法追根寻源、也无从考据的文本间的引语、属事用典、回声和各种文化语汇之上,使文本互相交织的产物,因此纷繁多义,难以把握。文学文本最终所呼唤的不是什么真谛,绝对真理,而是拆解,是解构。
5. "作者"既不是文本的源头,也不是文本的终极。他只能"造访"文本。
6. 文本向读者无限开放,由作为合作者和消费者的读者驱动或参与创造。
7. 文本的最终指向是一种和乌托邦境界类似的快感的体验。[36]

罗兰·巴特的文本理论使作者不再君临读者,读者不必接受作品某种特定的意义,"作者之死"带来的是读者的新生。但是需要注意的是,罗兰·巴特一再强调:"我恢复的不是某个读者(你或我),而是阅读"。[37]因为在他看来,一切阅读都有超越个体的形式。"能够想象得最为主观的阅读仅仅是照某些规则来玩的游戏而已。这些规则出自何处呢?必定不会出自作者,他只是依其一己的方式运用它们(这运用也许是富有天才的,譬如巴尔扎克的情形);这些规则所来之处,远不及作者那么显而易见,它们出自古老的叙事逻辑,出自某种甚至我们出生之前就将我们构织了的象征形式,一句话,出自广阔的文化空间,我们个人(无论作者或读者),身处其中,只不过是一个通道而已"。[38]透过罗兰·巴特此语,我们还依稀可见他自己早期结构主义思想的痕迹。

不难看出,虽然罗兰·巴特力图避免过于张扬读者的作用,而是强调新型的"写作"和"阅读",但是,他对读者问题的关注使读者和阅读又很容易成为一种中心和神话,除了极具悟性和一定阐释能力的批评家,这样的读者在文学阅读中又是很难实现的,只能处在理论上的想象之中。怎样解决这个问题呢?美国学者乔纳森·卡勒在罗兰·巴特的理论的基础上,提出了"文学能力"的概念,算是在理论上解决了这个问题。在乔纳森·卡勒看来,文学作品之所以具有结构和意义,是因为读者在以一定的方式来阅读它。所以,文学批评的注意力不在于具体的文本,也不在于作者,而应当着眼于读者,读者的"文学能力"和"阅读阐释的过程"。语言毕竟不是文学,对于文学的理解需要经验和文学知识的积累。读者需要将文学的"语法"内化,能够将语言序列转变为文学结构和文学意义。这就是"文学能力",也就是能够把文本当作文学来阅读的一套程式结构。究其实质,对于这个问题,乔纳森·卡勒同样没有找到一个更好的答案。对于一般的读者及阅读来说,"文学能力"确实在某种程度上存在,但是它的最终实现也还是勉为其难,只能在理论上找到解释。如何实现读者的有效的参与性"写作"和高度的阅读自由,而不致使批评流于主观和随意,还是一个没有完全解决的问题。

三 结构主义叙述学

结构主义叙述学研究是结构主义文学理论最具代表性、最有成绩的领域。如今,叙述学早已经脱胎于结构主义文学理论,成为文学理论中一个独立发展的研究方向。在结构主义叙述学之前,英美新批评也将文学作品视为一个封闭的内在自足的结构,认为文学是一个独立的世界,是一个完整的、自给自足而又有机的客观实体,文学受这个世界内部的特殊规律所支配。但是,新批评文学理论在批评实践的方法上推崇的是"细读法",即对具体文本的细致分析,从结构上来阅读和理解诗歌语言,进而找出由悖论、隐喻、反讽、象征等形成的诗歌语言的张力结构。这虽然对文学文本的阅读细致入微,但是它忽视了一个重要维度:文学结构之中系统陈述之间的关系。结构主义叙述学所研究的正是英美新批评所忽视的这一点。

罗兰·巴特 50 年代开始的社会神话研究和既而进行的叙事文的结构研究,使人们对文化人类学和符号学的关系有了进一步的了解。俄国形式派文论家弗·普罗普的《俄国民间故事形态学》(1928)于 60 年代被翻译成法文出版后,对推动符号学研究作用极大。格雷马斯(A. Greimas)就是在该书的基础上深入而全面地研究了叙事语法,提出了完整的既可用于文学叙事又可用于社会叙事的符号学理论。因此,人们习惯于在方法论方面将符号学同结构人类学和比较神话学联系在一起。

"叙述学"一词首先见于托多洛夫在 1969 年发表的《〈十日谈〉语法》一书,托多洛夫在该书中自述:"这部著作属于一门尚未存在的科学,我们暂且将这门科学取名为叙述学,即关于叙事作品的科学。"[39]但事实上,一般认为 1966 年才是叙述学宣告成立的年份,因为格雷马斯的《结构语义学》在本年问世,此书提出了一系列的符号学方法论新概念,建立了文本的叙事和话语研究,被公认为是符号学法国学派的奠基之作。

直接启发法国结构主义理论家进行叙述学研究的是俄国著名的民间文学专家普罗普的民间故事研究。普罗普在其《俄国民间故事形态学》一书中,对一百个民间故事进行研究后认为,在这些故事背后,有一个恒定不变的结构,这个结构由前后相接的三十一个"功能"构成。所谓"功能",就是指人物的行为,这些行为服从于人物的行动。每一个民间故事往往由某些功能组成,不一定具有全部这些功能。普罗普的理论经过列维-施特劳斯的介绍,在法国产生了广泛的影响,结构主义叙述学就是其直接影响的产物。

法国叙述学研究有两个维度,一是关于古代神话和民间故事的初级叙事形态的研究,一是对现代小说的叙述形态的研究。前者以格雷马斯和布雷蒙为代表,后者以罗兰·巴特为代表。在介绍他们理论的过程中,本节将只介绍他们的主要理论观点,具体的批评则较少涉及。叙述学研究是一种抽象研究,在结构主义叙述学看来,叙事是超越文学的具体体裁而存在的现象。在这里,作品是一个封闭自足的结构整体,叙述学研究所关注的不是具体的文本,而是文本的构成和叙述规律。它的目的不在于阐释作品,而是注重理论模式的建立,进而探讨叙事文本所共有的构成成分、结构原则和叙事规律。叙述学的理论基础在于,"如果不参照一个具有单位和规则的潜在系统,谁也不能组织成(生产出)一部叙事作品"。[40]也就是说,在一切言语、一切文学作品的最具体的叙述形式里,存在共同的模式,这种共同的模式就是叙述形式和叙述规律。正是由于叙述形式和叙述规律的存在,才使人们能够区分长篇小说和短篇小说、民间故事和神话、喜剧和悲剧,等等。

对叙述学研究做出重要贡献的理论家有罗兰·巴特、格雷马斯、布雷蒙、托多洛夫等。

1. 格雷马斯的结构语义学

结构主义思潮的中心是在巴黎。但是很多结构主义理论家并不都是法国人,立陶宛后裔格雷马斯就是其中之一。格雷马斯是符号学法国学派的创始人之一,代表作有《结构语义学》《论意义Ⅰ》《论意义Ⅱ》《符号学与社会学》《神与人——立陶宛神话学研究》等。其中,《结构语义学》是法国百多年以来的第一部语义学专著,该书提出了一系列的名词、方法和概念,建立了文本的叙事和话语研究。

(1) 关于《结构语义学》

如前所述,格雷马斯的重要作用在于,他的结构语义学发展和完善了普罗普的"功能说",并且打破了民间故事的范围,对小说人物以及叙述句法等问题进行了更具普遍意义的理论阐述,为结构主义文学批评提供了一系列重要的原则和概念术语,为结构主义叙述学的发展奠定了理论研究和文学批评的操作平台和规则系统,而他的结构语义学研究又是以对意义的探索为出发点的。格雷马斯从语言学理论出发,认为作为一种研究对象,文学作品是用特定的自然语言讲述的故事,因而是由能指和所指组成的一个意义的整体。所以,格雷马斯着意对文学语言进行语言学的描述,进而用语言学理论来解释文学意义生成的可能性。在实际操作过程中,格雷马斯从词语或词汇单元出发,试图规范出各种原则和概念,用以解释它们在语句或完整文本中组合起来产生的意义。正如乔纳森·卡勒所评价的那样,《结构语义学》"这部论著试图对一切语言的意义进行解释,包括隐喻意义,与上下文关联的话语的意义,甚而一部文本或一套文本的'总体意义'"。[41]

在《结构语义学》中,格雷马斯开宗明义地指出:"在我们看来,人类世界本质上可定义为意义的世界。世界只有意谓什么才称得上是'人'的世界。……只有在探寻意义的活动中,诸人文学科才能找到它们的共同点,因为,如果说各门自然科学在探知什么是人和世界的话,那么诸人文科学就是以多少有点明晰的方式给自己提出了人和世界意谓着什么的问题."[42]格雷马斯认为,需要把感知作为把握意义的非语言所在。通过感知,人们能够感到二元对立的差别的存在,同时借助感知,世界呈现在人们面前,并且"为"我们而形成。这样,就把意义探索的范围限定在人类的感知层面和感觉世界,而语义学的任务就是用科学的方法来描述感性世界。在确定了自己的结构语义学基本的认识论的选择之后,格雷马斯提出一系列概念来建立自己的结构语义学理论大厦,进而阐明意义结构的存在方式和显现方式。

为了能够对感性世界进行描述、分析,格雷马斯提出了基本的操作概念:能指和所指。在格雷马斯这里,能指是"表示能使意义出现在感知层面并同时被确认为是外在于人的成分或者成分组";而所指则表示"意义或能指所覆盖的、并因能指的存在而得以表现的各种意义"。[43]能指和所指二者互为存在前提,它们的结合体则称为"表意集"。

在格雷马斯的语义学理论中,意义的成分被称作"义素"(sème)。对于"义素"的探寻必须在结构层次上来认识,或者说只有在"义素"属于一个意义结构时才能被想象和描写。因为对格雷马斯来说,"语言不是一个符号系统,而是诸意义结构的结合——其布局有待阐明"。[44]所以,意义的基本结构就是所谓的"语义轴"。"语义轴"是指互相对立的两项,它们有一个共同的观察点,或者共同的维度,在这个维度上,互相对立的两项表现为轴的两极。比如说大和小,黑和白的对立,前者是在度量这个共同的维度上,而后者则在色彩这个观察点上。这个共同的观察点或者维度就被称为"语义轴",它表示的是这两个对立的关系项的共同点。只要找到或者构想出合适的"语义轴"的名称,就能够构想出对一个关系的结构描写。意义的结构在交际过程中显现出来。这里不难看出,格雷马斯的结构语义学已经存在着两个独立的层面:符号学层面和语义学层面。这两个层面构成了大小不等的显现单位,能指和所指在话语叙述中相遇,显现出意义本身。在格雷马斯看来,这种分析非常适合于神话研究,因为神话语言能够进行转化,能够从对物的世界的研究自动转入意义世界,同时这种意义还适合于语言学的描写程序。叙述话语通过扩展与定义、压缩和命名,以及转义命名等元话语的运作,展现意义。于是,格雷马斯指出:"叙事文字要具有意义,必须形成一个指义整体,并被组织起来,作为一个基本的语义结构"。[45]在一篇叙事作品中,文本的起始状态和终结状态的关系,对应于主题的起始(提出问题)和主题的结局(问题的解决)的关系。这也就是说,读者只有把叙述作品纳入语义结构之中,找到主题的发展和情节发展的关系,才能说是已经把握了叙述文字,也只有这样,才能对具体的事件和文本中的语句进行阐释。

在前面章节我们谈到,普罗普在《民间故事形态学》中,通过功能的分析描写,建立了角色,并将角色类别缩减成 7 种类型的施动者。有鉴于此,格雷马斯提出了三对、六个施动者范畴:主体/客体;发出者/接收者;辅助者/反对者。然后在此基础上,格雷马斯提出了神话的模型:

$$发出者 \rightarrow 客体 \rightarrow 接收者$$
$$\uparrow$$
$$辅助者 \rightarrow 主体 \leftarrow 反对者$$

格雷马斯认为这个模型不但比较简单,而且对于神话的显现而言还有一定的价值。"说其简单,是因为整个模型以主体所追求的愿望对象(客体)为轴;作为交际的内容(客体),愿望对象位于信息发出者和接收者之间,而主体的愿望则投射于辅助者和反对者。"[46]有了这个模型之后,需要的是一定的"主题",如爱情、仇恨、宗教仪式等的投入。在主体和客体之间是一种目的论性质的关系。所以在功能显现层面,"愿望"就成为一个丰富的"义素"投入,在功能显现层面转化为"寻找"。格雷马斯举了两个例子,为了便于理解,我们不妨将其列出。一个是以古典主义哲学家的哲学理论为例。其"愿望"关系是求知欲。在格雷马斯看来,可以按如下方式进行分配:

主体 …………… 哲学家
客体 …………… 世界
发出者 …………… 上帝
接收者 …………… 人类
反对者 …………… 物质
辅助者 …………… 精神

按照帮助人这一"愿望"关系,马克思主义思想体系则可以做类似的分配:

主体 …………… 人
客体 …………… 无阶级社会
发出者 …………… 历史
接收者 …………… 人类

| 反对者 | …………………… | 资产阶级 |
| 辅助者 | …………………… | 工人阶级 |

如果将这种模式关系纳入神话模型,不难看出它的理论上的合理性。除此之外,还有许多主题如爱情、爱国主义、惧怕、羡慕、宗教或政治狂热等,都可以进入这个模型。客观来讲,在一定程度上,这种模型的解释是有其合理性的。

格雷马斯认为,叙事可以分为两大类:一类是接受现有秩序的叙事,另一类则是拒绝现有秩序的叙事。第一种情况的出发点是认为,存在的就是合理的,应该为其找到合法存在的理论依据,确认社会的或者自然的秩序存在的理由,并对其进行解释。比如说,在"人"的这一层次上,该秩序就得到了解释,因为寻找和考验是已经建立了秩序的人类的行为,所以叙事的作用在于,使世界通过叙事被人所认识,世界是人的产物,这就使世界的存在得到了"人"的解释,人和世界融为一体。而在第二种叙事看来,现存的秩序是不完美的,在这一世界中,人是被异化的。因此,人类和个人就应该肩负起世界的命运,通过不断的斗争和考验来改变它。这个时候的叙事图式和模型就起到了拯救者的许诺作用,通过这种叙事揭示世界存在的不合理性,同时为无法忍受的人的异化现象找到了一种理论上的解决办法。

(2) 叙述结构理论

对于叙述结构,格雷马斯同样提出了自己的观点。在他看来,建立叙述结构的普遍有效的公理系统,必须先具备完善的符号学理论。而他的结构语义学已经为此奠定了基础。格雷马斯将叙述作品分为"叙述结构"和"话语结构"。所谓的"叙述结构",应当是叙述作品的表层结构,是叙述的程序问题,而"话语结构"则应当是主题和母题层次,是一个广阔的语义域。这两个层次是两个独立而又相互镶嵌的层次。对于叙述语法的组成部分,格雷马斯指出:"功能和行动元是叙述语法的组成部分,叙述语句是基本的句法形式,而叙述单位——这里最典型的就是行动——则是叙述语句的组合段系列。"[47]"行动元"和"角色"并不相同,一个行动元可能由几个角色表现出来,而一个角色又有可能是几个行动元。就叙述程式来讲,角色在不同的叙述中可能会发生变化,而行动元和功能则是不变的。格雷马斯认为,叙述语法生成的是叙述客体,即叙述作品,叙述作品又被视为是被挑选出来的,作为表达的叙述流程,而叙述流程则要取决于行动元作用的特定分布,这些行动元要由各自在叙述程序里的位置来确定。叙述客体(叙述作品)有自己的语法结构。语义通过行动元作用对主题作用的筛选得到了加强,主题所要实现的潜在的意义,就是要利用言语所延伸为话语构形的形象的形式表达出来。话语形象是布满了形象的组合段的展现,而这些形象本身是多义的,只有其中某些起到行动元作用的形象才会上升为主题作用,这种行动元就被称为角色,所以,角色就成为叙述层次、话语层次的相互交叉所构成的公共场域,成为叙述结构和话语结构得以共同进行表达的场所。就此,格雷马斯找到了对叙事模型的解释。所谓叙事,就是话语显现,凭借着一系列的功能之间的连续关系来展现一个内在的转换模型。这个模型具有普遍的解释有效性。

从文学理论的角度来看,格雷马斯的结构语义学和叙述学理论过于抽象晦涩,相当难理解,更不要说在具体的批评中进行实际的操作和应用。他的设想是运用语义学的方法对词语和语句进行改写,进而界定阅读行为的过程和实现对意义的探寻,这样就可以像运算程式那样考察整个文本的意义。可是,这种分析忽略了语言学和文艺学的区别,语言学方法固然包含了结构和功能的理论内涵,但是这毕竟不等于是文学研究,而且文本的意义绝不仅仅决定于文本中的其他语句,还有更为丰富的语境,亦即罗兰·巴特在《叙述作品结构分析导论》中所提到的,叙述本身如果要想获得意义,就必须从叙述结构模式的外界取得。这里的外界应当指其他的符号系统,包括社会的、经济的、意识形态的,等等。所以,对于读者和批评家来说,格雷马斯的理论只能停留在理论层面,只是一种难于实现、难于操作的理论期待。

2. 托多洛夫的结构主义诗学

在所有的结构主义文学理论家中,法籍保加利亚裔学者茨维坦·托多洛夫的叙述学著作最多。在他的学术生涯中,经历了从形式主义批评到结构主义批评再到对话批评理论的提倡者的转变。他在结构主义诗学、叙述学、象征理论、体裁理论以及对话理论等方面取得了很大成绩。代表作有:《〈十日谈〉的语法》《散文中的诗学》《诗学》《象征理论》《巴赫金:对话原则》《批评的批评》等。

在托多洛夫看来,文学是在与实用语言的对立中产生的,因为实用语言是在自身之外获得价值,而文学语言则指向自身,是一种自足的语言。所以,文学作品和它所指出的、表达的、寓意的,也就是和所有外在之物的关系都必然受到贬斥。因而,"人们将不断地把注意力转向作品本身的结构,转向它的情节、主题及形象的内在交错"。[48]根据这种观念,托多洛夫认为,在文学研究中存在着两种态度。一是将文学作品视为最终的、唯一的目的,文学既不体现某种不自觉的结构,也不表现某种哲学观念。这种态度被他称为"描述性态度"。描述性态度使文学成为词语构造物,研究者探求的不是一种文学现象之所以形成的原因,而是一种文学现象得以存在的理由。托多洛夫认为,这种态度其实是让作品自身描述自己,而评论者的评论其实已经取消了这部作品的存在。托多洛夫更为赞赏的是第二种态度,这种态度将文学作品看做是"他物"的体现,而这种态度更接近于科学。

> 因为这种态度是从作品对"他物"的具体体现出发,找出抽象的结构(或特性或本质等),而抽象的结构正是这类思考的真正对象。[49]

而正是在这一点上体现了托多洛夫作为一位结构主义文学理论家的理论态度。在他看来,结构主义文学理论所研究的并不是文学作品本身,而是文学作品这种特殊话语的各种特性和抽象性质。任何一部文学作品,都是具有普遍意义的抽象结构的具体体现。所以,文学理论研究是就文学性言语作品的结构和功能提出一种理论,这种理论能够对可能出现的文学做出描绘。这样,具体的文学作品就投射到"他物"上去了,这个"他物"就是文学性话语作品本身的结构,具体的文学作品只是它的一个实例和表现方式。这种分析方法被托多洛夫称为"诗学"的研究方法。

托多洛夫认为,诗学研究应当是一种科学研究。而谈到科学,就要涉及到它的"方法"和"对象"。从常识来讲,诗学的研究对象是文学或者文学性;诗学的方法则是指导诗学作品本身的法则。但是托多洛夫认为这还远远不够。在他看来,诗学研究具有自身的特点。正如他在《批评的批评》中所谈到的那样:

> 首先,批评不是文学的外在附属物而是文学必不可少的一面(因为,文学作品本身永远不能说出其全部真理);其次,解释性行为要比批评更为普遍,同时,从某种意义上说,批评所关注的是使这种行为专业化并阐明在其他地方不过是一种无意识实践的东西。[50]

这可以说是他对诗学的一种定位,即诗学不是对象的附属物而是具有自身的言说逻辑和表述方式,而且它业已成为一种专业化的研究。所以,"即使诗学的对象是具体的文学作品,只要诗学著作本身具有理论性,那么诗学就有可能不知不觉地用自身的著作去取代研究对象。……可以说科学并不是要论述研究的对象,而是要借助对象来阐明自己。"[51]这种认识体现了托多洛夫的理论的一致性。换言之,文学虽然是诗学的研究对象,但是它是诗学用以检查自身的语言、了解自身的介质,诗学的对象正是它的方法,对象的存在不过是诗学用以论述自己而选定的一个方法而已。这种看法相当深刻,对于我们认识和理解文学理论的理论性、科学性具有重要意义。

托多洛夫强调:"诗学并不过问一部具体作品中的某一片段,而是关心它称之为'描写'或'情节'或'叙述'的抽象结构。"[52]这样,托多洛夫就将自己的"诗学"同结构主义思想结合起来,而诗学要想成为结构主义诗学,就必须具有一种系统意识,并以语言学作为基础,因为托多洛夫十分欣赏瓦莱里所说的"文学是——并且只可能是——言语的某些特性的扩展和运用"。[53]因而,在他看来,字母和符号这些语言的基本要素就应当成为文学的基础。

托多洛夫认为,文学作品不是由词而是由句子组成的,而这些句子又属于不同的"语域"。所以,"语域"的研究就在结构主义诗学的研究中起着引导作用,它触及到了文学性言语作品的底层单位。他将作品分为三类语域:第一类语域是讲述的指称意义,第二类语域是话语的字面意义,第三类则是讲述行为过程本身的体现,或者说是言语行为,包括评价性讲述、情感讲述和情态讲述等。分布在作品中的各种语域之间的相互关系,使作品成为一个整体结构。

叙述学理论是托多洛夫的结构主义诗学的重要组成部分。他对叙事视角、叙事句法、文本结构等提出了自己的见解。

叙事作品的视角和语域的结合,成为人们通常所说的作家表现事物的方式。叙事视角所涉及到的是故事中的人物和叙述者之间的关系,托多洛夫提出了叙述视角的三种主要形式。第一种是叙述者＞人物。托多洛夫称之为"从后面观察",在这种情况下,叙述者比他的人物知道得更多,这也被称作"全知全能视角"。第二种是叙述者＝人物。他称之为"同时观察"。在这里,叙述者和人物知道得一样多,人物不知道,叙述者也就不知道。第三种是叙述者＜人物。这被称作"从外部观察"。在这里,叙述者比任何一个人物知道的都要少,他可能仅仅向读者描写人物的所见所闻,但是却不能进入人物的内心世界,叙述者只是一个旁观者而已。[54]托多洛夫还将视角分为"内视角"和"外视角"两个对立的系统。"内视角"是人物对叙述者无所隐瞒;"外视角"则是叙述者可以把人物的全部行为描写给读者。如果说叙述视角是叙事者观察故事的方式的话,那么,叙事语式则是向读者陈述和描写的方式。叙事语式包括描写和叙述两种,更为具体地讲,这两个语式就是话语和故事,二者都以时间性为前提,而这两种时间性又是性质不同的时间性。描写处于连续性的时间之中,而叙述特有的变化又使它将时间分割为断续的单位,所以,叙述时间就不能和纯粹意义上的连续时间相等同。对于叙述句法,托多罗夫提出了两个重要概念:"命题"(proposition)和"序列"(séquence)。命题适用于情节并构成了叙述的最小单位,是一些不可简化的行为;序列则由几个命题组成,可以构成完整而又独立的故事的各种有关陈述的集合和排列,是一种完整的整体、一则故事和一件轶事。

对于文本结构,托多洛夫认为可以分为三种结构类型,文本中往往会使用多种类型关系。

第一种是逻辑顺序(或因果顺序)。文本中的各单位是一种逻辑性的关系。具体包括:(1)顺事因果关系。这是读者最熟悉的类型,一切的情节都是已经出现的情节所引起的。(2)心理因果关系。表现这种因果关系的叙事作品中,某个情节不是另一个情节的原因,而是一种性格特征的原因或者结果。(3)哲理因果关系。在这样的叙事文本中,各单位之间的关系既不是靠情节也不是借助于性格形成。情节只是一些图解,只是某些观念和概念的象征。

第二种是时间顺序。托多洛夫认为,读者往往容易将时间顺序和逻辑顺序混淆。所谓的时间顺序,应当指最小的单位之间的关系是纯粹按照时间来排列的。这种时间关系包括:指称性时间关系,就是人们通常理解的时间关系或者说阅读时间;写作时间关系,这是话语作品为自身的话语行为定的时间坐标,是体现在作品中的时间,是一种永无休止的现在时;还有一种就是无时间关系,它包括两种情况,一是排除时间关系的因果性作品,比如卡夫卡的小说,另一个其实就是第三种文本结构类型,空间顺序。

第三种是空间顺序。这种结构类型的作品一般不叫"叙事作品"。在诗歌中表现得十分广泛。比如马雅可夫斯基的"楼梯体"诗歌就是这种空间结构类型的代表。

事实上,这三种结构类型常常是混用的,因为"单纯地使用因果关系,就会流于实用文体;单纯地使用时间关系,就会流于简单的历史样式;单纯地使用空间关系,就会耽于字母的音节美"[55]。

托多洛夫的诗学理论以讨论叙述形式为核心内容,虽然他对叙事时间、叙事视角、叙事句法和文本结构等提出了自己的见解,很多观点也比较精到,但是同其他叙述学理论家比如罗兰·巴特的叙述学理论相比,却既不深入,也不全面。托多洛夫的诗学理论是一种极端的理论中心主义,其理论中心就是绝对的结构主义,在他看来,是文本的结构而不是文本本身应当成为理论关注的中心。这种研究方法拒绝成为评价性的理论,拒绝对文本做出任何价值判断。在托多洛夫看来,审美评价并不是诗学的中心任务,他指出:"审美价值存在于作品的内部,但只有当读者阅读时,作品的审美价值才能体现出来。阅读不仅是作品的一种表现行为,还是作品的一个增殖过程。"[56]托多洛夫虽然承认,结构并不是评判作品的唯一要素,但是他还是强调:"评价一部作品的审美价值依赖于作品的结构,这在今天已是一个无可争辩的真理。"[57]对文学理论研究而言,托多洛夫的这种见解未免失之武断和绝对。

四 结构主义文学理论的贡献与局限

按照德里达的看法,存在主义源自于当代思想家对黑格尔、马克思、胡塞尔和海德格尔等哲学大师作品的人类学读解。[58]而结构主义是作为存在主义对立面出现的。针对存在主义的主体、意识、个体、存在、本质、历史性等概念,结构主义借助语言学尤其是结构主义语言学的成果,提出了主体离心化、无意识、结构、意指、模式、共时性等概念。存在主义的生存领会关注的是个体及其主观性,而结构主义的结构分析关注的是结构及其客观性。结构主义是一种方法,而非政治立场,是分析模式而非价值判断。

以法国为中心的结构主义文学理论是在20世纪60年代英美新批评文学理论开始走向衰落时大步登上西方文坛的。它虽然也是形式主义文论律动的一个产物,与新批评文学理论的关系也很直接,但确乎表现出自己特异的姿态。

结构主义文学理论不像新批评文学理论那样一心关注意义,它对文学能指的注意不会屈就于任何的所指。结构主义文学理论认为,文学与语言的关系主要不是相互否定或者相互对立,而是平行的。组织语言要先于任何的信息与意义,况且这些只是语言体系的产物。此外,如前所述,虽然结构主义文学理论在强调语言的重要性上与新批评在理论上相互呼应,但是结构主义文学理论主要关注的是新批评所忽视的一个重要维度,即结构语段、话语陈述的关系问题。

通过本章的介绍不难看出,结构主义文学理论试图建构科学的文学理论,在结构主义文学理论的研究中,文学理论的科学性得到了较为充分的展现,这为文学理论研究的科学化做出了重要贡献。正如托多洛夫所说:"科学的对象不是、也从未曾是一个真实的自在之物。因此涉及文学研究时,它的对象就不是文学作品本身(就像'物体'不是物理、化学或几何的研究对象一样)。这个对象就只可能是构思出来的:组成这对象的是按这种或那种观点在一个真实事物的内部可以辨认出来的抽象范畴,以及它们间的相互作用规律。科学话语应该说明观察到的现象,但它的目的并不在于描写事实本身。"[59]理论思维毕竟是一种思维的思维,有其自身的致思方式。文学理论作为一种理论思维,必然具有抽象性和预设性。因此,可以这样说,虽然存在着许多不可克服的理论缺陷,但结构主义文学理论毕竟是科学的文学理论的一个形态。它有着自己的话语体系、概念范畴,在对文学程式、文本结构、叙述分析等研究上,结构主义文学理论做出了自己的贡献。

结构主义文学理论带来了更多对常规观念的挑战。它企图使人们相信"作者死了"。文学的价值与真理无关,否认作品中有真理,否认真理先于虚构,也不承认真理可以与虚构区分开来。在结构主义文学理论家的眼里,作家不可能用写作来表现自己,作家唯一的力量就是把现存的著作——语言词典和已经写出的文化——混合起来,对这些东西进行重新安排与组合。他们反对任何形式的人文主义及一切以个人主体为意义源泉的文学理论,把形式主义传统推向极致。结构主义文学理论上承俄国形式主义和英美新批评,注重文学文本的客观分析,下启解构主义文学理论,具有明显颠覆意味的解构思想成分。

严格地讲,结构主义文学理论不是一个观点统一的范型,它内部各家的思想差异不小,同结构主义之外的其他学说和思想体系也有千丝万缕的联系。这一范型之所以以"结构主义"名之,主要是因为这种理论或者说这种关于文学的思维方式,是比较共同地认为文学的真正本质不在于文学本身,而在于文学各种要素之间的结构,以及它们之间可以感觉到的那种关系,也就是说,结构即本质。"就最广泛的意义来讲,结构主义是20世纪人文科学和社会科学中的一种动向,这种动向比较不大看重因果说明,而强调指出,为了理解一种现象,人们不仅要描述其内在结构——其各部分之间的关系,还要描述该现象同与其构成更大结构的其他现象之间的关系。就比较严格的意义来讲,结构主义一词通常限于指现代语言学、人类学和文学批评中的一些思想流派。在这三个领域中,结构主义试图重建现实现象下面的深层结构体系,这些体系规定现象中可能出现的形式和意义。"[60]结构主义将文学中结构的功能和作用,强调到了无以复加的地步。

结构主义文学理论范型尽管多样,但都习惯于将其研究的对象分为一些结构成分,并从这些成分中找出对立的、有联系的、排列的或转换的关系,以求认识文学结构的复合性与复杂性。具体讲来,就是把结构成分分为历时和共时、横组合和纵组合、语言和言语、代码和信息、所指、能指与意指以及秩序与序列的关系。在列维-施特劳斯、雅克·拉康、路易·阿尔都塞、罗兰·巴特、格雷马斯和托多洛夫等结构主义理论家那里,可以看到这一特点的展开形式。

结构主义文学理论通过张扬文学结构系统自身自足、自主的特性来代替以往强调人的主体性,表明现代西方"语言学转向"之后文学理论界主体性观念弱化和消解的趋向。乔纳森·卡勒一针见血地指出:"虽然结构主义总要寻找事件背后的系统和具体行为背后的程式起源,它却无论如何也离不开具体的主体。主体可能不再是意义的起源,但是,意义却必须通过它。"[61]在面对文学文本的意义的时候,作者是否死了呢?结构主义文学理论对主体的消解并最终导致"作者之死",毕竟有走向极端之嫌。

戈德曼(Lucien Goldmann)的"发生结构主义"文学理论是这个范式的典型例子。他把马克思、卢卡契和皮亚杰的思想捏合在一起,把心理学和结构主义结合在一块,提出了不同于卢卡契的现实主义、又不同于阿尔都塞的文本离心模式的另一种西方马克思主义文学理论模式,即作品、现实、意识形态的同构模式。这种模式认为伟大的文学作品,其价值在于它具有同特定社会集团的意识形态相同的内在结构,而作品与意识形态的内在结构的契合,又恰好反映和表现了现实社会内在结构的平衡状态。这一理论模式用"同构对应"的分析方法,把文学同意识形态、社会现实正向地连结起来。例如在《小说社会学》中,他认为"小说形式乃是市场生产所创造的个人主义社会中的日常生活在文学层面的变貌,在小说这种文学形式……以及人与一般商品的日常联系之间,或者更广义地说,以及市场社会中人与其他人的关系之间,存在着一种严密的异体同形的结构"。[62]诚如伊格尔顿所说:"戈德曼寻求的是文学作品、世界观和历史本身之间的一整套结构关系。他想要说明一个社会集团或阶级的历史状况怎样以它的世界观为媒介转换成一部文学作品的结构。要做到这一点,只是从作品开始,然后联系历史,或者先历史后作品,都是不够的;必须运用一种辩证的批评方法,在作品、世界观和历史之间不断地取得联络,调整它们之间的相互关系。"[63]他还说:"结构主义:因为他的兴趣不在一种特殊的世界观的内容而在这种世界观所展示的精神范畴的结构。遗传(也即发生):因为戈德曼研究这种精神结构是如何历史地产生的。也就是说,他研究一种世界观和产生这种世界观的历史条件之间的关系。"[64]不管我们对模式论证的中间环节会有这样那样的挑剔,但它确乎构成了"发生结构主义"文学理论,这是不能否认的。至少,它展示了唯物主义历史观在文学理论上是可以十分细致、周密运用的一种思维形式。

许多文学理论家对戈德曼过于规整的结构对应持批评态度,尤其是戈德曼把小说在其发展过程中与资本主义交换关系的对应情况,分为四个阶段,一些理论家认为将经济基础同文学作品直接对应,其模式有些粗陋。但戈德曼在小说和资本主义经济之间建立同构关系是有自己的理由的。他认为小说和经济基础的关系,不是表现在和生产的关系上,而是跟交换的过程结构一致。小说和生产的其他产品一样具有商品的性质,具有消费性。因此,小说的发展同商品和消费的发展是同步同构的。在前资本主义社会当然也存在着商品的交换和消费,但不是一切意识形态产物都具有商品交换和消费的特性。作家特定社会集团的世界观妨碍了经济结构对文学的影响并协调了两者的关系。作家的世界观提供了一面透镜,在感觉到经济结构对文学的影响之前就受到折射。所以,在前资本主义社会中,叙事文学(那时还没有成熟形态的现代小说)主要是社会集团意识即世界观的产物,而不直接和经济基础相关。在资本主义社会,一切思想体系都是物化的形态,作家的世界观也不再是某些社会集团意识的独立产物,而是物化关系即商品交换和消费关系的直接产物。"在市场式的社会中,集团意识逐渐失去了所有积极的现实性,而倾向于仅仅成为经济生活的反映"。[65]这就是戈德曼小说社会学理论的核心,他的深刻性与简单性都呈现出来了。不过,正如伊格尔顿所言:"他的整个模式过于讲求匀称,不能适应文学和社会关系的特点,如辩证的冲突复杂性,不平衡性和间断性。在他后期著作《小说社会学》中,这种模式实质上退化成了一种关于经济基础与上层建筑关系的机械论了。"[66]

作为一种挑战常规文学理论思想的新思潮,结构主义文学理论受到的指责主要还有:反历史的和形式主义的。

我们知道,结构主义文学理论的目标是企图建立一种普遍的文学"语言",或者说找出支配文学实践的法则系统、隐藏在文学背后的话语结构,或者说支配文学的"元语言"。它强调文学与语言的特殊关系,强调透过文学使人注意语言的特性与本质。但是需要注意的是,语言学毕竟不等于文学,所以应用语言学来研究文学,就要注意二者之间的区别。道理很简单,"语言学不是阐释学。它不能发现某一语序究竟是什么意思,也不能产生一种新的解释,它只是试图确定那隐藏在事件背后的系统的本质"[67]。某些结构主义文学理论家的理论并没有很好地解决这个问题,这也使其理论常常陷入空洞的符号分析和形式主义泥潭,所以"结构主义之父"列维-施特劳斯批评说:"披着结构主义外衣的文学批评的主要缺点,是由于其经常囿于玩弄镜子的游戏,因而就无法把对象和主体意识中的符号区别开来。"因而他强调,要防止被"封闭进一种对称的相对主义"。为了结构而找结构,是一种"出于想象而又有迷惑力的批评",这只能是本末倒置,也不符合结构主义的理论构想。怎样解决这个问题呢?只有"历史"才能赋予结构和符号更为深广的实在内容,也为结构主义文学理论研究找到坚实的理论基础,"只有历史传统本身的存在,才为结构分析的工作提供了一个基础"[68]。

对于结构主义文学理论和形式主义的关系,历来是结构主义文学理论备受指责的一个重要原因。许多论者认为结构主义文学理论排除了主体的作用,从语言学入手,试图寻找隐藏在文学背后的模式和结构,重视能指而忽视所指,是在"能指的漂浮"中玩弄语言游戏,是形式主义的文学理论。客观地讲,虽然结构主义文学理论与形式主义有很密切的关系,但是二者并不能完全等同,结构主义文学理论创造了自己的意义场和解释单位。结构主义文学理论家对此做出了很好的解释。列维-施特劳斯认为:"与形式主义相反,结构主义拒绝将具体事物与抽象事物相对立,也不承认后者有特殊的价值。形式由与自身对立的素材加以界定,而不是由自身界定。但是结构没有特定的内容;它本身就是内容,这种内容可以理解为是当作真实属性的逻辑组织中所固有的。"[69]在列维-施特劳斯看来,多数的结构主义是把人们带回到具体的事物上来,而不是空洞无物的符号和结构,在真正的结构主义者看来,形式和内容是互为表里、相互契合的。总之,可以说,结构主义并不取消历史,它是将历史不仅与内容,而且与形式联系起来;不仅与物质,而且与可理解性联系起来;不仅与观念形态,而且与审美联系起来。结构主义眼中的形式随世界的变化而变化。抓住这种形式的变化,从而用语言去表达这种形式的变化,有助于结构性地把握世界或把握世界的内在结构。换言之,结构主义文学理论在一定程度上对形式主义文学理论的片面性进行了反拨。正如俄国学者所指出的:"旧的文学史的错误在于,它注意了外部干涉,否定了文学的自主发展。而形式主义的片面性在于,它把文学过程置于真空之中。形式主义的立场景观有很大的片面性,但却是一个重大的成果,因为它发现了文学演变的特性,把文学史从对一般文化史乃至对意识形态或社会史的寄生关系中解放出来。结构主义作为上述两个对立面的综合,虽然也保留着自主发展的可能,但并未抽空文学,没有取消文学同外部世界的联系。因此,它能使人充分把握文学的广度和规律性。"[70]

不可否认,结构主义文学理论的缺陷十分明显。一方面,如果文学理论研究一味地陷入越来越抽象的模式,越来越晦涩的术语和越来越学院化的操作方法,就会使文学理论陷入误区,脱离文学活动的实际。不仅读者难以接受,就是作家也不可能达到这些理论要求,所以文学理论和文学批评最后只能成为一小部分知识分子和文学批评家的文字游戏和自说自话。另一方面,结构主义者认为在文学文本、文学文本的文化背景乃至整个世界的背后,都隐藏着"结构"。这就陷入了先验唯心论和唯理论的泥潭,只能是理论的幻想。同时,读者在阅读过程中所注入的并不仅仅是语言学的知识,也不可能仅仅是对结构形式和结构模式的阅读期待。所以,诚如先哲所说,美学的观点和历史的观点还是十分重要的,这是人文科学必不可少的重要维度。正是由于这些问题的存在,使一些理论家,如本章所谈到的罗兰·巴特,开始自觉地反思并批判和清理结构主义文学理论的谬误,这就是下一章将要谈到的后结构主义文学理论。

注 释

〔1〕〔比〕J. M. 布洛克曼:《结构主义:莫斯科—布拉格—巴黎》,李幼蒸译,参见该书的《新版中译者前言》,北京:中国人民大学出版社 2003 年版。

〔2〕〔瑞士〕皮亚杰:《结构主义》,倪连生、王琳译,北京:商务印书馆 1984 年版,第 2 页。

〔3〕〔法〕茨维坦·托多洛夫:《俄苏形式主义文论选》,方珊等译,北京:中国社会科学出版社 1989 年版,第 5 页。

〔4〕艾亨鲍姆语,引自〔法〕茨维坦·托多洛夫:《批评的批评——教育小说》,王东亮、王晨阳译,北京:生活·读书·新知三联书店 2002 年版,第 21 页。

〔5〕〔俄〕鲍里斯·托马舍夫斯基:《诗学的定义》,《俄国形式主义文论选》,方珊等编译,北京:生活·读书·新知三联书店 1989 年版,第 76 页。

〔6〕〔俄〕维克托·日尔蒙斯基:《诗学的任务》,《俄国形式主义文论选》,方珊等译,北京:北京:生活·读书·新知三联书店 1989 年版,第 211—213 页。

〔7〕参见〔英〕特伦斯·霍克斯:《结构主义和符号学》,瞿铁鹏译,上海:上海译文出版社 1997 年版,第 74 页。

〔8〕经由雅各布森,穆卡洛夫斯基成为俄国形式主义理论在捷克的继承者,但是俄国形式主义者并不认为穆氏有多大的理论原创性,甚至讥讽其理论"拾人牙慧"。参见张冰:《陌生化诗学——俄国形式主义研究》,北京:北京师范大学出版社 2000 年版,第 314 页。

〔9〕穆卡洛夫斯基语,参见 René Wellek, *Theory and Aesthetics of the Prague School*, in *Discriminations: Further Concepts of Criticism*, New Haven and London: Yale University Press, 1970, pp. 275—301.

〔10〕引自 René Wellek, *Theory and Aesthetics of the Prague School*, in *Discriminations: Further Concepts of Criticism*, New Haven and London: Yale University Press, 1970, p. 278.

〔11〕事实上，索绪尔的理论并未如人们所想的那样直接影响了法国结构主义。法国结构主义文学理论主要还是受雅各布森的影响。《普通语言学教程》完成后，没有在法国找到落脚之地，它的传播过程，反而是经过莫斯科到布拉格再到美国，法国学界了解索绪尔是通过从美国回来的列维-施特劳斯，通过罗兰·巴特才知道的。而罗兰·巴特则承认自己首次真正接触到索绪尔是在1956年。可参见张寅德编选《叙述学研究》的《编选者序》，北京：中国社会科学出版社1989年版，第17页。

〔12〕〔英〕安纳·杰弗森等：《西方现代文学理论概述与比较》，包华富等编译，长沙：湖南文艺出版社1986年版，第3页。

〔13〕参见〔美〕R.玛格欧纳：《文艺现象学》，王岳川、兰菲译，北京：文化艺术出版社1992年版，第103页。

〔14〕参见〔英〕特伦斯·霍克斯：《结构主义和符号学》，瞿铁鹏译，上海：上海译文出版社1997年版，第35页。

〔15〕〔美〕乔纳森·卡勒：《结构主义诗学》，盛宁译，北京：中国社会科学出版社1991年版，第88页。

〔16〕"太凯尔"是一个团体、一种期刊和一套丛书的统称。直译为"如是"，创办者为菲利普·索勒。是结构主义和符号学研究最为激进的杂志。强调要探索"文字的实际革命的理论"，通过集中研究新形式的小说、哲学、科学和政治分析达到这一目的。理论倾向是强调从语言学出发来分析文学作品。参见〔比〕J.M.布洛克曼：《结构主义：莫斯科—布拉格—巴黎》，李幼蒸译，北京：中国人民大学出版社2003年版，第77页；〔英〕特伦斯·霍克斯：《结构主义和符号学》，瞿铁鹏译，上海：上海译文出版社1997年版，第186页。

〔17〕〔荷兰〕D.W.佛克马、E.贡内-易布思：《20世纪文学理论》，林书武等译，北京：三联书店1988年版，第61—62页。

〔18〕引自〔美〕乔纳森·卡勒：《结构主义诗学》，盛宁译，北京：中国社会科学出版社1991年版，第370页。

〔19〕同上书，第16页。

〔20〕"功能"是结构主义，尤其是在叙述学中的重要概念之一，罗兰·巴特认为它是叙述中的最小单位。

〔21〕〔美〕乔纳森·卡勒：《结构主义诗学》，盛宁译，北京：中国社会科学出版社1991年版，第16—17页。

〔22〕〔法〕克洛德·列维-施特劳斯：《结构人类学》第2卷，俞宣孟、谢维扬、白信才译，上海：上海译文出版社1999年版，第305页。

〔23〕见赵一凡著：《欧美新学赏析》，北京：中央编译出版社1996年版，第132页。

〔24〕〔法〕萨特：《什么是写作》，参见蒋孔阳主编《二十世纪西方美学名著选》（下），上海：复旦大学出版社1988年版，第213页。

〔25〕 Roland Barthes：*To Write: an Intransitive Verb*，Hill and Wang，New York，1986，p.49.

〔26〕 〔法〕罗兰·巴尔特:《写作的零度》,参见《符号学原理》,李幼蒸译,北京:生活·读书·新知三联书店1988年版,第102页。

〔27〕 〔法〕罗兰·巴特:《叙事作品结构分析导论》,张寅德译,张寅德编选《叙述学研究》,北京:中国社会科学出版社1989年版,第4页。

〔28〕 参见〔英〕拉曼·塞尔登编:《文学批评理论——从柏拉图到现在》,刘象愚、陈永国等译,北京:北京大学出版社2003年版,第357页。

〔29〕 〔法〕罗兰·巴特:《叙事作品结构分析导论》,张寅德译,张寅德编选《叙述学研究》,北京:中国社会科学出版社1989年版,第30页。

〔30〕 同上书,第41页。

〔31〕 〔法〕罗兰·巴特:《S/Z》,屠友祥译,上海:上海人民出版社2000年版,第55页。

〔32〕 Roland Barthes：" *The Death of Author*"，*Modern Literary Theory*，*A Reader*，ed. Rice and Waugh，Edward Arnold Press，1992，p.116.

〔33〕 〔法〕罗兰·巴特:《文之悦》,屠友祥译,上海:上海人民出版社2002年版,第37页。

〔34〕 参见〔法〕罗兰·巴特:《S/Z》,屠友祥译,上海:上海人民出版社2000年版,第79—83页。罗兰·巴特还将这五种符码用符号来代替:阐释符码(code herméneutique,简写为HER)、意素(sème,简写为SEM)、象征符码(简写为SYM)、布局符码(是行为符码和情节符码的统称,proairétique,用ACT来表示)、文化符码(或者更进一步称之为基准符码,codes cultures)。

〔35〕 同上书,第84—85页,"声音的编织"部分。

〔36〕 此处参考汪耀进《罗兰·巴特和他的〈一个解构主义的文本〉》一文,载于〔法〕罗兰·巴特:《一个解构主义的文本》,汪耀进、武佩荣译,上海:上海人民出版社1997年版。

〔37〕 〔法〕罗兰·巴特:《S/Z》,屠友祥译,上海:上海人民出版社2000年版,第52页。

〔38〕 同上书,第53页。

〔39〕 参见张寅德编选《叙述学研究》的《编选者序》,北京:中国社会科学出版社1989年版,第1—2页。

〔40〕 〔法〕罗兰·巴特:《叙事作品结构分析导论》,张寅德译,张寅德编选《叙述学研究》,北京:中国社会科学出版社1989年版,第3页。

〔41〕 〔美〕乔纳森·卡勒:《结构主义诗学》,盛宁译,北京:中国社会科学出版社1991年版,第122页。

〔42〕 〔法〕A. J. 格雷马斯:《结构语义学》,蒋梓骅译,天津:百花文艺出版社2001年版,第1页。

〔43〕 同上书,第8页。

〔44〕 同上书,第24页。

〔45〕参见格雷马斯:《论意义》,引自〔美〕乔纳森·卡勒《结构主义诗学》,盛宁译,北京:中国社会科学出版社1991年版,第145页。

〔46〕〔法〕A. J. 格雷马斯:《结构语义学》,蒋梓骅译,天津:百花文艺出版社2001年版,第264页。以下的神话模型以及两个例子可参见该书第265—266页。

〔47〕〔法〕A. J. 格雷马斯:《叙述语法的组成部分》,王国卿译,张寅德编选《叙述学研究》,北京:中国社会科学出版社1989年版,第110页。

〔48〕〔法〕茨维坦·托多洛夫:《批评的批评——教育小说》,王东亮、王晨阳译,北京:生活·读书·新知三联书店2002年版,第4页。

〔49〕〔法〕茨维坦·托多洛夫:《诗学》,沈一民、万小器译,见《符号学文学论文集》,赵毅衡编选,天津:百花文艺出版社2004年版,第189页。

〔50〕〔法〕茨维坦·托多洛夫:《批评的批评——教育小说》,王东亮、王晨阳译,北京:生活·读书·新知三联书店2002年版,第1页。

〔51〕〔法〕茨维坦·托多洛夫:《诗学》,沈一民、万小器译,见《符号学文学论文集》,赵毅衡编选,天津:百花文艺出版社2004年版,第257页。

〔52〕同上书,第193页。

〔53〕参见〔法〕茨维坦·托多罗夫:《象征理论》,王国卿译,北京:商务印书馆2004年版,第383页。

〔54〕〔法〕茨维坦·托多洛夫:《叙事作为话语》,参见张寅德编选《叙述学研究》,北京:中国社会科学出版社1989年版,第298—299页。

〔55〕〔法〕茨维坦·托多洛夫:《诗学》,沈一民、万小器译,见《符号学文学论文集》,赵毅衡编选,天津:百花文艺出版社2004年版,第222—223页。

〔56〕同上书,第255页。

〔57〕同上。

〔58〕Jacques Derrida, *Da droit de la philosophie*, Paris: Galilée, 1990, pp.115-116.

〔59〕〔法〕茨维坦·托多罗夫:《象征理论》,王国卿译,北京:商务印书馆2004年版,第378页。

〔60〕《美学文艺学方法论》(下),北京:文化艺术出版社1985年版,第50页。

〔61〕〔美〕乔纳森·卡勒:《结构主义诗学》,盛宁译,北京:中国社会科学出版社1991年版,第60页。

〔62〕〔法〕戈德曼:《文学社会学方法论》,段毅译,北京:工人出版社1989年版,第209页。

〔63〕〔英〕特里·伊格尔顿:《马克思主义与文学批评》,文宝译,北京:人民文学出版社1980年版,第38页。

〔64〕同上书,第37页。

〔65〕Lucien Goldmann, *Towards a Sociology of the Novel*, Tavistock publications, 1977, p.10.

[66]〔英〕特里·伊格尔顿:《马克思主义与文学批评》,文宝译,北京:人民文学出版社1980年版,第38页。

[67]〔美〕乔纳森·卡勒:《结构主义诗学》,盛宁译,北京:中国社会科学出版社1991年版,第61页。

[68]〔法〕克洛德·莱维-施特劳斯:《结构人类学》第二卷,俞宣孟、谢维扬、白信才译,上海:上海译文出版社1999年版,第306页。

[69]同上书,第127页。

[70]〔俄〕波利亚科夫编:《结构—符号学文艺学》,佟景韩译,北京:文化艺术出版社1994年版,第28—29页。

第十四章
解构主义文学理论

1968年在法国爆发的学生运动蔓延整个欧洲,这使得西方的政治、经济、文化发生了重大转折。在学潮期间,结构主义者们的中立态度引起了学生们的不满。同时,结构主义所标榜的结构的稳定性、整体性和秩序性遭到了人们的怀疑、批评和反对,显示出他们在国家机器和权力结构面前的无能。现实的革命运动已经宣告失败,如何找到出路呢?一种新的理论决定以颠覆语言既定结构的方式来达成对政治权力系统的解构,以纯理论的方式表达了颠覆现实和传统的强烈愿望,这就是解构主义思想。

一 解构主义文学理论概述

解构主义(Deconstructionism)文学理论的产生和兴起,是在结构主义阵营内部发生并以对结构主义理论的批判和拆解开始的。结构主义文学理论发展到末端,批评家无视作品的主题和内容,将目光从作品的意义及内涵或价值上移开,转向意义之所以产生的结构,因而一味地追寻、阐发某种结构模式。如我们在前一章中,后期罗兰·巴特的理论指出,结构主义者从每个故事中,抽离出它特有的模型,然后经过众多不同的模型,导引出一个包纳万有的大叙事结构,再反转来,把这个大叙事结构施用于随便哪个大叙事。这样做的结果是忽视了文本自身内部存在的差异,同时,还有理论上的虚设性和生硬牵强之嫌。换言之,当"结构"成为唯一的终极目标时,结构主义的同一性掩盖了差异性和矛盾性,使世界同质化、同一化,除了孤零零的结构,世界还剩下什么呢?意义是否还有可能?

解构主义文学理论发现了索绪尔语言学理论中的异质性要素,在此基础上融合尼采、海德格尔对传统形而上学的批判精神,提出了自己的理论。解构主义思想的原产地是法国,却在美国得到了响应并迅速发展。1966

年,美国霍普金斯大学邀请法国思想界名流,召开了一次理论研讨会,意图弥合英美和欧陆思想传统上的差异,在美国迎接结构主义思想的到来。但是,德里达在会上发表了题为《人文科学话语中的结构、符号和游戏》的演讲,其锋芒直指结构主义宗师列维-施特劳斯,对结构主义思想进行了解构。在这篇演讲中,德里达明确宣告,存在着两种对结构、解释、符号等的解释。结构主义是第一种解释,它试图回到中心,回到基础,回到起源,是"一种追求破译,梦想破译某种逃脱了游戏和符号秩序的真理或源头,它将解释的必要性当作流亡并靠之生存"[1]的思想。另一种新的解释则不再转向源头,"它肯定游戏并试图超越人与人文主义,超越那个叫做人的存在,而这个存在在整个形而上学或神学的历史中梦想着圆满在场,梦想着令人心安的基础,梦想着游戏的源头和终极"[2]。德里达的演讲宣告了结构主义思想在美国的匆匆结束和解构主义思想的悄悄到来,可以说是解构主义到来的宣言。

  1967年,德里达出版了自己的三部扛鼎之作:《声音与现象》《论文字学》《书写与差异》,正式宣告了解构主义的诞生。从70年代初开始,德里达的著作开始在英语世界迅速传播,在德里达对美国耶鲁大学的定期访学中,一些学者接受了他的思想,并且将其应用到文学批评之中。这些学者之间的长期交流,形成了以德里达(Jacques Derrida)、保罗·德曼(Paul de Man)、J. 希利斯·米勒(J. Hillis Miller)、哈罗德·布鲁姆(Harold Bloom)以及杰弗里·哈特曼(Geoffrey Hartman)为代表的"耶鲁学派"(Yale School)。70年代末之后,围绕解构主义产生了激烈的论争,这些论争为文学理论的发展增加了活力,同时也激发了各个领域的研究。解构主义思想同各种思想学说,如形式主义、现象学、马克思主义、解释学、结构主义、女权主义等交织在一起,成为后现代主义的重要理论基础之一。对于在结构主义之后所出现的具有"解构"倾向的文学理论与批评,人们对其没有一个统一的名称,但人们一般用"后结构主义"专指在欧陆出现的具有这种倾向的批评,主要代表人物是德里达、福柯(Michel Foucault)和后期的罗兰·巴特等;而用"解构"批评专指美国出现的以"耶鲁学派"为代表的批评理论。当然,也有学者用"后结构主义"涵盖"解构"批评。

  解构主义本身是以对传统哲学的颠覆的面貌出现的,是一种强烈的实践性叛逆力量,但是却在文学理论上得到了充分的发展,这是值得回味的。事实上,"解构主义"的提法本身就不符合其理论原意,以德里达为代表的理论家们,更多的时候使用的是"解构"(deconstruction)或者"解构批评"(deconstructive criticism)。因为这些理论家都具有反理论化的倾向,主张淡化理论,拒绝承认自己是理论家。而且,他们的话语实践往往是用一种"游戏"的态度来取代理论的态度,他们的论述往往追求的是文字游戏,因而文风诘屈聱牙,这些都为理解和论述解构主义理论带来了重重困难。

像任何文论思想一样,解构理论和批评是在关系所构成的历史网络中栖息和生存的。它在精神上源于"语言论"文论传统,这包括形式主义、新批评、结构主义等,而其最重要的哲学支柱则来自德里达的解构哲学。解构哲学面对和批判的则是整个西方的形而上学传统。

20世纪下半叶西方文论的发展有两个主要的趋向:一是由"语言"研究转向"话语"研究。[3]"语言"性文论研究主要借鉴的是语言学的体系和方法(语法、语义、狭义的修辞)等,它们关注的是文学作品的字词句段章的特点和结构。叙事学和新批评在这方面非常明显,叙事学借用的主要是语法和语义分析,而新批评则大量地对诗歌文本进行语义和修辞(狭义)分析。"话语"性研究则将生活世界中各种文化现象和社会存在看成"话语"形式(包括语言性的和非语言性的),然后分析其形成的机制。在此视野中我们过去不言自明的一些概念预设,如"主体""对象""历史""科学"[4]等都被看成是一种话语性的构建。福柯的"知识考古学"和"谱系学"、新马克思主义的意识形态分析、广义的符号学、后殖民主义批评、女权主义批评、文化研究等都依循了这条思路。从这个趋向来看,如果不考虑其内部实际主张上的千差万别,结构主义基本可以看做是"语言"性的文论研究,而解构批评则更倾向于"话语"性的文论研究。第二个趋势是破除形而上学的简单性,由一种类似于科学的"认识性"形态转向如其本然的"描述性"形态,这是20世纪西方文论的又一个明显的趋势。前者依恃的是一套形而上学的话语体系,而后者试图还原事物的本来面目,"面向事情本身",而对概念本身保持了警惕和怀疑。如海德格尔和德里达都是这样,海德格尔的解释学精神是对传统形而上学思维的打破,在他看来意义是生成的而不是固定的,德里达的若干范畴也不再是传统意义上的概念。解构批评显然是这一转变趋势中的代表性力量。

对于解构主义,人们往往容易望文生义,仿佛解构主义打倒一切,摧毁一切,事实上,解构并不代表摧毁,而是颠覆,它也不是虚无主义和非理性的疯狂,而是一种对规范化、模式化的抵制,是对中心和权威的反叛。这一点我们会在这些思想家的具体论述中发现。鉴于每一位解构主义思想家思想的复杂性,本章采取与前面各章不同的体例,不对解构主义文学理论作一般性特点的描述。本章将在对各位思想家的理论的论述中,在对他们的文字

"踪迹"的追溯中,充分展现他们各异的理论特色。

二 雅克·德里达与解构主义思潮

2004年10月8日,当雅克·德里达在法国巴黎悄然去世的时候,美国最大的知识性报纸《纽约时报》随后就发表了一篇负面报道,认为德里达的思想就是否定真理并且吸引一些奉承者的"时尚"和"主义",认为"对很多美国人来说,他们感到他体现了一种法国流派思想的弊病,不但瓦解了古典式教育的许多传统标准,同时还跟造成分裂的政治诉求有所关联"。[5]这篇评论引起了世界性的反应,几千名学者在网络上签名,抗议《纽约时报》对德里达及其思想的攻击和歪曲,这成为跨国文化交流中一件引人注目的事件。

那么,作为解构主义之父,德里达和他的解构主义思想究竟如何呢?

1. 对逻各斯中心主义的颠覆

在那篇著名的演讲《人文科学话语中的结构、符号和游戏》中,德里达认为,被结构主义所神圣化的"结构",或者说"结构的结构性",总是被赋予一个中心,要将它与某种固定的源点联系起来,进而被中性化。但是问题在于,既然中心作为本原,它就应当是独一无二的,在那里,内容、组成成分、术语的替换都已不再可能。但是"中心乃是整体的中心。可是,既然中心不隶属于整体,整体就应在别处有它的中心"。[6]所以,人们所认为的本质上的中心成为一种悖论性的存在,它既在结构之中又在结构之外,所以它也就是不存在的,整体化也就是不可能的。人们认识中的中心还不仅仅是"结构",它应当"被当做某种中心置换的系列、某种中心确定的链条来思考。这个中心连续地以某种规范了的方式接纳不同的形式或不同的名称"。[7]这个中心就是发源地、基础或原则,是存在的理由和内在的根据,它包括终极目的、本质、实体、主体、意识、上帝、人等等。既然中心是不存在的,中心就不能够以这种形式被思考,中心没有固定的场所,它只是一种功能、一种非场所,而且在这个非场所之中,符号在无止境地替换,相互游戏。这就是一种非整体化的思想。事实上,通过对结构主义的解构,已经初步展示了德里达解构主义理论的思想面貌。

在《论文字学》一书中,德里达正式开始全面解构逻各斯中心主义和"在场"的形而上学。德里达认为,自柏拉图以来,西方的思想一直就受逻各斯中心主义(Logocentric)的支配,各种五花八门的思想、体系都由逻各斯

中心主义衍生而来。德里达明确地指出:

> 此处的逻各斯可以从以下几种意义上去理解:在前苏格拉底或哲学上的意义,在上帝的无限理智的意义上或在人类学的意义上,在前黑格尔的意义上或在后黑格尔的意义上。[8]

逻各斯中心主义这种思维方式,为主体的扩张和形而上学的传统提供了理论基础,其突出特点在于把意义和实在的法则视为不变之物,将其作为思想和认识的中心。逻各斯中心主义不仅设置了种种二元对立,如主体/客体、本质/现象、能指/所指、真理/谬误等等,而且还为这些二元对立设置了等级,这二者之间并非是处在同一层面的平衡关系,而是一种从属关系,第一项处在绝对的优势地位,这就是"在场"的形而上学。文字由于说话人的不在场,所以具有多义性,很容易被误读,因此,在"在场"的形而上学中,文字的作用就是表达思想,而理论说明就成为一种追本溯源的活动,所追求的是纯粹的、直接呈现自身。以结构主义理论为例,结构主义将"结构"视为一个纯粹的功能,是一个封闭的、能够进行自我调节和转换的体系,不与外部发生任何联系,这时,结构就只能是起源和中心的自我展开。中心的设定使起源和结束都已经先验地可预见了,因而结构也就获得了固定性和确定性。

在德里达看来,言语中心主义(Phonocentric)是逻各斯中心主义的特殊形式,而索绪尔的语言学理论就是其中的代表。索绪尔曾经指出:"语言和文字是两种不同的符号系统,后者唯一的存在理由是在于表现前者。语言学的对象不是书写的词和口说的词的结合,而是由后者单独构成的。但是书写的词常跟它所表现的口说的词紧密地混在一起,结果篡夺了主要的作用;人们终于把声音符号的代表看得和这符号一样重要或比它更重要。"[9]

德里达认为,索绪尔的观点将言语系统和表音文字甚至与拼音文字相对照,这种认识把文字看成是危险的工具,试图将语言和言语区分开来,使言语更加透明。而事实上,正如索绪尔自己所言:"我们一般只通过文字来认识语言"[10],语言并不是透明的,距离、说话人的缺场、误解、含混等恰恰是语言的本质所在。文字系统并不外在于语言系统,将文字视为言语的一种寄生的、并不完备的再现,是对言语的偏袒。言语中心主义"主张言语与存在绝对贴近,言语与存在的意义绝对贴近,言语与意义的理想性绝对贴近"[11],也就是说,文字是言语的再现,写作是思想的表达,阅读则是追寻作者的原意。因此,阅读和写作、符号的创造与解释、作为符号的编织物的文本已经处于次要地位,"真理或由逻各斯的因素并在逻各斯因素内构成的意义则处于优先地位"。[12]德里达认为,这种观点歪曲了说和写的关系,使语言凌驾于书写之上。哲学的写作可为其中的代表。对于哲学家而言,他们并不认为哲学是文字,文字只是哲学的表达方式。哲学的特性在于希望它能够解决问题,发现真理,但是真理的发现则意味着在这一领域已经可以终止写作,画上句号了。颇为矛盾的是,越是认为已经穷极真理的,它的阐释就要越有力度,而这样的结果就是生成的文字也就越多。这种悖论就如美国学者乔纳森·卡勒所言:"如果说哲学即是界定文字与理性的关系,它本身就不能是文字,因为它欲从理性而非文字的角度来界定这一关系。如果说哲学是就文字与真理的关系来确定真理,那么它就必须站在真理一边,而非文字一边。"[13]因而,德里达认为,如果哲学话语反对用文字来界定自身,也就是在反对自身,这种自我分裂和对立是话语自身的结构特质。所以,文字是将语言呈现为在说话人缺席的情况下运作的一系列的物质符号,它们或者是含糊不清或者是以修辞模式编织而成的。因而,在解构主义文学理论看来,语言并不像结构主义者所认为的那样,是透明的、清晰的,包含着明确的二元对立的结构;它更像一个意义之网,无限展开,无限变化,无限循环,任何东西不会由语言符号清楚地表现出来。

结构主义理论认为,符号是能指和所指的结合,是二者的复合体。[14]既然任何东西都无法清楚地由语言符号表现出来,那么,德里达又是依靠什么实现对传统形而上学的解构呢?又应该如何认识能指与所指的关系,认识符号的特性呢?德里达巧妙地回答了这个问题。德里达提出,对于一些关键性的概念术语,可以在其上加上一个删除号,如"符号"一词,就可以写成"符号",这个删除号表示的是符号既在又不在,相反相成。看到它的时候,人们只是想到它的能指,忘记了所指是什么。这种方式彻底地切断了能指和所指的关系,使人们只须注意能指而忘记所指,只剩下了能指的"踪迹"(trace),语言只是文字游戏。

德里达认为,在文本中存在着"力",这种内在的力量是文本的魅力所在。而结构主义不再有能力来关注这种"力",不能够进行意义的再创造,这时,"形式"就成为批评家关注的对象,"当人们不再有能力从力的内部去了解力,即去创造时,就开始着迷于已经被创造出来的形式"。[15]结构将意义化为形式,是一种脱离了文本自身力量的整体主义,进而成为形式与意味的形式统一体,这一形式统一体将意义中立化。但是问题在于,形式并非空洞抽象的存在,而是为意义和文化所缠绕的。所以,德里达指出,结构主义在方法上给人一种技术性解放的幻觉。在意义中立化之后,文本就像一个无人居住之城,只剩下一个像骷髅架子一样的"结构","结构"成了对象本身。本来结构是一种阅读或者写作的工具、批评方法和内容的呈现形式,但是现在却成为批评家的唯一理论目标,因此,这也成为一种逻各斯中心主义的表现形式。在德里达看来,"结构"的概念不能理解为几何学或者形态学意义上的,而是修辞学意义上的。但是,人们常常为了形态而重视形态,进而忽略了这其中所进行的隐喻游戏。结构主义的阅读方式则只是一种"神学的"或者"形而上学的"绝对的同时性,不可能容忍意义的丰富性。结构主义的缺陷在于:

> 特别强调保护每一个整体在其自身层面上的结构一贯性和完备性。在一既定构成中,它首先拒绝去考虑那些不成功或有缺陷的部分,以及所有那些使其从某种终极目的或理性标准看来像是一种正常演化的盲目预测或神秘偏离的东西。做一个结构主义者就意味着对意义的组织结构的迷恋,对每个时刻每种形式的成功组构的迷恋,也意味着拒绝把所有那些不能在某种理想形态中得以理解的东西降级为反常的事故。[16]

德里达指出,作品的内在力量和意义的丰富性应当是文学批评的对象,"作品的力度,天才的力度,还有那一般意义上的生生不息的力量,正是抵抗这种几何学隐喻的东西,它也正是文学批评的适当对象"[17]。这生生不息的力量就是"延异"和无法把握的"踪迹"。

2. "延异"和"踪迹"

既然传统的二元对立的结构本身就包含着自我分裂和对立,"解构"就要颠覆这种二元对立的等级关系,粉碎逻各斯中心主义和形而上学的神话。在德里达看来,"延异"(différance,也有人译为分延、延宕)才是更为"本源"的东西,但是鉴于"本源"是属于逻各斯中心主义的概念,所以德里达拒绝使用诸如"本源""根据"等这些概念。那么,究竟应当如何理解"延异"呢?需要注意的是,解构主义的"延异"的理论基础仍然是索绪尔的语言学理论。索绪尔提出了能指和所指的区分,认为语词和事物之间并不具有必然的关系,而是约定俗成的结果,也就是说语言符号是任意的,与此同时,语言符号还处于不断变化的状态,所以,语言符号并非独立自足的实体,它仅仅是差异的结果,是靠与同一语言系统之内的其他符号的差异而获得意义,"语言中只有差别。……不必触动意义或声音,一个要素的价值可以只因为另一个相邻的要素发生了变化而改变"[18]，因此，符号理论就不再去探求隐藏在背后的概念是什么，阐释的对象也由能指转向了关系，如索绪尔所言："在语言状态中，一切都是以关系为基础的。"[19]索绪尔的语言学作为结构主义的理论源头，自身就以内在的悖论性而存在。一方面，它肯定了逻各斯中心主义，语音大于文字，思想先于语言；另一方面，又批判了形而上学，肯定差异，强调关系。在肯定逻各斯中心主义的时候，这种理论是以假定能够把握能指为前提的；另一方面，在强调语言的共时性研究时却无视自己所肯定的差异和关系，拒绝承认每一个符号都在激发起其他符号，在这种能指的永无止境的伸延和扩展中，文本成为意义的无尽扩散，只是拆解意义而不是聚合意义。正是这一点构成了"延异"的理论基础。德里达的文风向来晦涩难懂，对"延异"的解说同样也不例外。对他而言，这种论述本身就是对"延异"的理论应用。德里达指出，"延异"不是一个词也不是一个概念，它既不存在也没有本质。

> 我在此将要提议的东西，不会简单地制作成哲学的话语，而哲学话语是通过原理、公论、公理、定论来活动的，是沿着理性的线性秩序的话语系列来进行的，在对延异的描写中，一切都是策略性的、冒险性的。策略性是因为呈现于文字领域之外的超越性真理都无法神学式地控制整个领域。冒险性是因为这种策略不单单是这个意义上的策略，即通过一个最终的目标、一个目的或一个控制主题、一种主宰，以及对这个领域的进展的最后占用，从而调整方案的策略。最终，这是一个无终极性的策略，可以称之为盲目的策略。如果经验主义价值本身并未获得同哲学义务相对的全部意义的话，它还可以被称之为漫游经验，如果在延异的踪迹中有某种漫游的话，这种漫游不再遵循哲学的逻辑话语线索，也不遵循一种对称和内在的反应的经验—逻辑话语线索。嬉戏概念使自身超越了这种对立，它处在哲学的前夕且超越了哲学，它表明了无尽的运算中必然和偶然的统一。[20]

这也就是说，"延异"就是差异的策源地，什么也不控制，什么也不统治，它没有自己的领地，甚至还是每一块领地的颠覆者。作为"延异"的文字，成为一种嬉戏活动，每一概念都刻写在意义的链条和系统之内，概念通过系统的差异嬉戏，指涉他者，指涉其他概念。换言之，"延异"是能指的狂欢和游戏。

甘冒意义虚无的危险就是开始游戏，首先是进入延异的游戏中，延异不准任何词、概念和主要解释从某中心的神学在场中概括和支配差异活动和文本间隔。[21]

　　差异游戏先假定综合和参照,它们在任何时刻或任何意义上禁止作为自身在场并且仅仅指涉自身的单一要素。无论在口头语还是在文字话语的范围内,每个要素作为符号起作用,没有不指涉另一个自身并非简单在场的要素的。每一符号链就导致"要素"(语音素或文字素)建立在符号链或系统的其他要素的踪迹之上。这一符号链,这一制品是只在另一文本的变化中产生出来的文本。在要素之中或系统之内,没有任何纯粹在场或不在场的东西。只有差异和踪迹之踪迹遍布各处。[22]

"延异"使文本和写作不再具有时空稳定性意义,文本只是供读者去发现和追溯的一组"踪迹"(trace),这组"踪迹"随后就会和作为其他"踪迹"的文本相遇,发生联系,彼此组织成一个语言的网络,一个新的文本就是语言的再分配的场所,这就是所谓的"互文本性"(intertextuality)。而这一追溯"踪迹"的延异过程会无限进行下去,所以文本也就不存在什么所指涉的终极意义,读者在阅读时也无须尊重原文所"虚拟"的稳定意义,可以任意驰骋想象,使语言和文本无限敞开。

3. 什么是解构?

事实上,试图对解构主义做出某种历史定位或者本质性规定,恰恰违背了解构主义自身反本质主义的理论要求。德里达说过,哪里有一种语言以上的体验,哪里就存在着解构。解构没有终极目的,它是无限定无止境的,但是它也不是相对主义和虚无主义,它在每一个不同的上下文的脉络中移动或者转型。德里达说过,没有无记忆的解构,"只存在在既定文化、历史、政治情境下的一些解构姿态。针对某种情境,有某种必要的策略"[23],对于德里达而言,解构主义并不代表放弃哲学,他既没有放弃对哲学的解构也没有放弃哲学,但是他意味深长地指出:

　　哲学不是各种思想模式中的一种,或者说不是同一层次上的思想模式。我相信它有一种特殊性和一种使命,它有一种与众不同的雄心,即成为放诸四海皆准的东西——必须考虑的是哲学想要成为普遍性这一事实。所以,它不简单地是一种话语或各种思想中的一种。但我也相信如是的哲学并非全部思想,非哲学的思想、超出了哲学的思想是可能存在的。比如,当人们要去思考哲学,思考哲学是什么时,这种思想本身就不是哲学的。我感兴趣的正是这些东西。解构,从某种角度说正是哲学的某种非哲学思想。……我认为可以有一种思考理性、思考人、思考哲学的思想,它不能还原成其所思者,即不能还原成理性、哲学、人本身,因此它也不是检举、批判或拒绝。[24]

德里达的这种解释体现了解构理论的深刻反思性,也在一定程度上消除了人们对所谓解构的误解。同时,德里达强调,解构也不是一种简单的理论姿态,它是一种介入伦理及政治转型的姿态,是去转变一种存在霸权的情境,叛逆霸权并质疑权威,是对非正当的教条、权威与霸权的对抗,是对二元对立的等级秩序的颠覆。"解构哲学,恐怕就是以那种最忠实、最内在的方式去思考哲学概念所具有的一定结构的那种谱系,同时也是从某种它无法定性、无法命名的外部着手,以求确定那被其历史所遮蔽、所禁止的东西,而这种历史是通过对有利害关系的压抑而成就的。"[25]所以在这个意义上,如德里达所说,解构不是否定,而是一种肯定,一种投入和承诺。[26]

德里达强调解构主义思想的"介入性",介入的重要方式就是"写作"和"阅读",因此,他提出了一种新的写作观。德里达认为,思考"文学是什么"这样的问题毫无价值,因为它需要人们来大量地阅读被称作"文学"的文本。而事实上,关于文学本质的"文学性"问题并不存在。

> 没有内在的标准能够担保一个文本实质上的文学性。不存在确实的文学实质或实在。如果你进而去分析一部文学作品的全部要素,你将永远不会见到文学本身,只有一些它分享或借用的特点,是你在别处、在其他的文本中也能找到的,不管是语言问题也好,意义或对象("主观"或"客观")也好。甚至允许一个社会群体就一种现象的文学地位达成一致的惯例,也仍然是靠不住的、不稳定的,动辄就要加以修订。[27]

在德里达看来,写作不再是对某个隐含的对象的描写,而是在符号的同一性破裂的情况下写作,是能指和所指的断裂、"延异",是能指的滑动。语言自由了,文学的本质就是没有本质。这种观念提出的意义,正如伊格尔顿所指出的:"写作概念的出现是对纯结构思想的一种挑战:因为一个结构总是设想一个中心、一个固定的原则、一种思想的等级和一个牢固的基础,而正是这些想法被写作中的无限差异和变化抛进了怀疑的境地。"[28]前面一章谈到的罗兰·巴特后期的理论,也是一种新的写作观。可见,"写作"已经成为解构主义的一个有力的颠覆方式,也正因如此,解构主义理论在文学上产生了很大影响。对于这种影响,乔纳森·卡勒有详细的分析。卡勒认为,德里达在文学上的影响,除了德里达自己的解构批评实践可以作为解构主义阅读策略的范例之外,在三个方面还有影响。第一个是对一系列批评概念的影响,包括对文学自身的概念的理解。虚构性、修辞性和不认真性成为文学的特质,在这里语言可以随心所欲、自行其是而不必承担任何责任。第二个影响是对文学批评主题的重新确认。"解构阅读虽然旨在揭示一个给定的文本怎样阐现或寓意化、主题化这一无所不在的结构,它并不因此抬高一种主题而否定其他,而是试求在另一层次上来描述文本的逻辑。"[29]解构主义还影响了人们对批评活动的性质及目标的看法。解构主义的缘起在于意识到了结构主义的理论困境,进而对结构主义所奉行的二元对立和理性信仰发起诘难。解构主义"揭示了文本盲乱的非理性性质,说明文本是在搅乱或颠覆据认为它们正在显现的任何一种体系或立场。借此,解构展现了一切文学科学或话语科学的不可能性,使批评活动重新成为阐释的使命"。[30]这种影响很快就在美国的一批文学理论家那里显现出来。

一般认为,德里达的解构主义理论,割断了能指和所指的联系,试图颠覆逻各斯中心主义,但是它的批判又不得不借用传统哲学、文学理论的概念范畴,这本身就是悖论。对此,德里达很自信地说:"不用形而上学的概念去动摇形而上学是没有任何意义的;我们没有对这种历史全然陌生的语言——任何句法和词汇;因为一切我们所表述的瓦解性命题都应当已经滑入了它们所要质疑的形式、逻辑及不言明的命题当中。"[31]但是不可否认的是,德里达的理论最终导致了文学写作中片面追求能指的狂欢、语言的嬉戏,放弃了责任。此外,解构主义理论注重解构忽视建构,同时也拒绝他人对解构主义以理论的态度看待,但又在具体的文本拆解中玩弄理论,这种矛盾使人难以理解,也许,解构本身就不需要被理解。这就使符号永远都不可能拥有完整的、终极的意义,永远处于躁动的不确定性状态之中,文本成为一个言人人殊的世界,将责任完全抛给了读者,至于读者怎么处理,则与解构理论无关了,这就必然导致大量印象式的、相对主义的批评和理论的出现。看来,在这种情况下,解构本身已经成为一种新的需要被解构的中心了。

三 米歇尔·福柯的话语理论

同样是对形而上学、对理性的解构，如果说德里达是用一种怀疑的眼光来看待形而上学的历史，进而在能指的游戏中颠覆形而上学的话，福柯则用一种冷峻透辟的目光审视理性的历史，将理性的内在权力关系赤裸裸地呈现出来。米歇尔·福柯的名字和思想是20世纪后期思想界的一道风景，是尼采之后的又一个反理性战士。如美国新历史主义的代表海登·怀特所评价的那样："他（福柯）比尼采更始终一贯地抗拒寻求某种起源或超验主体的冲动，这种冲动总是幻想它可以赋予人类生活以某种特定的'意义'。"[32]福柯的出现，既改变了哲学的面貌，也改变了史学的面貌，当然也改变了文学理论的面貌。因为他的思想穿透"话语"的层层迷雾，解放了其中异质性的叛逆因素，对权力和权力的对象的关系做了彻底的解构，将人们的目光引向那些被压抑、边缘的地带。同时，他的理论也揭示了知识和理论形成的可能性条件，开启了一个新的思想时代。

1. 话语理论研究

什么是话语（discourse）？在概述部分，我们已经初步探讨了话语问题。话语问题在20世纪后期的文学理论中占有重要位置。许多理论家如阿尔都塞、罗兰·巴特、托多洛夫等对此都有过深入研究。比如托多洛夫，在研究"什么是文学"的时候，他提出要回答这一问题，就必须引入一个文学概念的类属概念——话语概念。他指出：

> 话语概念是（语言）"应用"之功能概念的结构对应物。为什么此概念是必要的呢？因为语言根据词汇和语法规则产生句子。但句子只是话语活动的起点；这些句子彼此配合，并在一定的社会——文化语境里被陈述；它们因此变成言语事实，而语言则变成话语。[33]

在托多洛夫看来，话语比文学概念更加具有一般性，话语是在一定社会背景之中语言的运用，因而，任何一种语言属性，在语言内部是随意的，但在话语中则可能是强制的。而文学种类就是社会在所有可能的话语代码中选择的结果。作为生活在这一话语环境中的读者，自然就会具有这种"话语能力"，进而感受到这种规则的存在。托多洛夫的理论还处在结构主义理论范畴之内。

70年代以后,在西方知识界,话语研究开始呈现出不同的面貌,归纳起来,大致有三个走向:拜肖等人的意识形态话语分析;布尔迪厄的语言行为实践;福柯的知识/权力研究。[34]意识形态话语分析深受阿尔都塞的影响,将话语视为意识形态的特殊形式,与纯粹的语言学没有关系,是人们在特定的历史条件和社会环境中,决定自己应该说什么、怎么说的潜在机制。

福柯的话语理论和西方马克思主义的意识形态话语分析有异曲同工之妙。在福柯这里,话语已经不仅仅是语言学和结构主义的含义,而是具有了更为丰富、复杂的含义。无论关注什么问题,福柯最终发现的都是话语,而话语又与权力密切相关。在他看来,话语构成了一般的文化实践的基础,权力的运作方式体现得最彻底也最复杂的地方就是话语。福柯认为,作品、作者、书籍等已经不是话语研究的重要单位,它们并不能揭示话语的形成和断裂,所以福柯决意自己建立一系列的概念和领域及方法。"话语"和"陈述"就成为福柯研究的核心概念。对话语的形成所做的考察就是"知识考古学"。知识考古学并不是要做深层的揭示,它无意于成为一门阐释性的学科;它也不是寻找话语背后的意义;同时,它也更不想做价值论的判断。知识考古学要做的,是确定话语形成的不同策略,是对话语的系统描述,将话语之间的断裂、差异和话语内部的规则和规律呈现出来。在此,福柯将不连续性、断裂等概念引入了自己的考察过程。在他看来,"不连续性、断裂、界限、极限、体系、转换等概念的引入给整个历史分析提出的不仅是程序问题,也是理论问题"。[35]

福柯指出,陈述是话语的基本单位。话语的形成,有赖于陈述视角、陈述策略、陈述对象、陈述功能的确立。所以,福柯认为,对某个话语事实,语言分析提出的问题应当是:陈述是根据什么规律形成的?而对于话语事件,提出的问题则应为:这种陈述是怎么出现的?为什么处于这个位置的不是其他陈述?"如果我们能够指出所涉及的话语的任何对象是如何在这个整体中找到自己出现的地点和规律;如果能够指出话语在本身无需发生变化的情况下,可以同时或者连续地产生出相互排斥的对象的话,那么,一种话语的形成得以确定了(至少对它的对象而言)。"[36]

分析话语的形成,首先要做的是一项否定性的工作:"摆脱那些以各自的方式变换连续性主题的概念游戏。"[37]这时就要摒弃两个互相关联而又互相独立、能够保证话语连续性的主题。第一个主题认为在所有的表面之下还有着一个秘密的起源,这使话语的历史分析常常去寻找并重复某个脱离一切历史规定性的起源;第二个主题则认为每一个话语都是建立在已经说过的东西上,这使话语的历史分析倾向于去解释或者倾听某个已经说过的东西。这两个主题的存在,对分析话语的形成是一种障碍。

在福柯看来,话语的形成,有赖于术语的使用和陈述之间关系的合理描述。福柯提出了话语形成的四种假设,正是这四种假设,形成了不同的话语,构成了话语的"大家庭"。第一种假设是,如果分散在时间中的不同形式的陈述,只参照同一对象的话,它们就形成为一个整体。确立这种整体关系群的第二种假设是它们的形式和连贯的类型。比如说文学理论的发展,作为一种话语,文学理论到今天已经积累起大量的材料,以及相对应的研究手段和方法。第三种假设则是能否在确定于陈述群中起作用的那些持久和一致的概念系统的同时,建立起陈述群。第四个假设是为了重新组合陈述,描述其连贯性,阐述它们的统一的表现形式:主题的同一性和持久性。

话语的形成,同样有赖于陈述方式的形成,其实这也就涉及到陈述主体的问题。考察陈述主体,需要面对几个重要的问题。第一个问题是,谁在说话?在所有说话个体的总体中,谁有充分理由使用这种类型的语言?谁从这个拥有者那里接受他的特殊性及其集权地位?第二个问题是,说话者使用他的话语的合理性起源及其应用的机制所在点,也就是话语的场所在哪里?第三个问题则认为,主体的位置不是固定的,而是不确定的;其决定机制在于,"主体的位置也同样是由它相对于对象的各种不同范围或群体有可能占据的处境所确定:从某种明显或不明显的提问界限来看,它是提问的主体,从某种信息的程序来看,它是听的主体;而从典型特征的一览表来看,它则是看的主体,从描述典型看,它是记录的主体"。[38]通过这些分析,福柯认为,陈述过程的各种不同形态并不归结于某个主体的综合或者统一的功能,而是表现了主体的扩散。"当主体使用某一种话语时,这些各不相同的形态则归结为不同的身份、位置,主题能占据或接受的立场,归结为主体言及领域的不连续性。"[39]

不难看出,对于陈述主体的研究,福柯终于涉及到了他的核心论点。在他看来,在话语中发挥力量的总是权力,陈述本身就是在权力关系之下的言说形式。话语实践体现了特定时期的社会群体的一种无意识结构,这种无意识结构是隐藏在话语实践背后的一个更为宏阔的整体,决定了话语实践的可能性方式和现实性构造,这就是"权力"。在福柯的理论中,"权力"的概念并不是从国家主权、法律形式和统治整体的角度出发,对他而言,这些只是权力的最终形式,而且这种理解,只能使权力的问题贫困化。他强调:"我说的权力既不是指在确定的一个国家里保证公民服从的一系列机构和机器,即'政权',也不是指某种非暴力的、表现为规章制度的约束方式;也不是指由某一分子或团体对另一分子或团体实行的一般统治体系,其作用通过不断地分流穿透整个社会机体。"[40]在福柯看来,权力同法律和国家机器非常不同,也比它们更为复杂、更为稠密、更具有渗透性。当然,权力体系也有它的最高点,但是这一最高点并不构成权力的"源泉"或者"原则",最高点和最低点的要素之间处于相互支持、相互制约的关系中,而且他们的分布是不均匀的,并没有一种系统的策略把他们融合成为一个整体,他们在相互纠缠中运作。[41]具体的解释则是:

> 我以为,首先应该将权力理解为:众多的力的关系,这些关系存在于它们发生作用的那个领域……而且它们构成自己的有机体;那是它们在不断的斗争与对抗中改变它们、加强它们、换掉它们位置的规律;诸多力的关系之间存在的那些使其形成系列或系统的相互依赖的点,或相反,使它们彼此独立的差距与矛盾;它们赖以发挥作用的战略,其一般意图或制度形式体现在国家机器、法律陈述和社会联盟之中。[42]

福柯所说的"权力",无所不在,渗透到各个层面,具有连续性、重复性、停滞性和自我再生性。它是一种生产性的,随时随地可以产生,来自一切,权力构成了历史运转的机制,是整合社会的决定因素。但是权力必须进入话语并接受话语的控制,而话语的力量又正是来自于权力,这是二者之间的辩证关系,人们的特定话语实践方式正是特定权力的实践方式。规范的形成,真理的生产正是因为权力话语的作用,而在现代,人文科学的产生和生产正是如此,福柯指出:

> 现代总是伴随着规训权力的话语是对规范进行论证、分析和专门化的话语,以便能够按部就班地实施它。国王的话语可能消失,并且由这样一个人的话语取而代之:他将制定规范,实施监督,区分正常和反常;也就是说,通过教师、法官、医生、精神病医生的话语,尤其是精神分析学家的话语,……在今天,取代了与权力有密切联系的话语,逐渐地形成了一种规范化的话语。那是一种人文科学的话语。[43]

也就是说,权力在现代转换了自己的生成和存在形式,"规范"是随着权力的扩张而扩张的一种功能性的关系,因此,对陈述的意义和陈述的有效性之间的本质性差异根本不必考虑。在这个意义上,福柯自然而然会得出这样的结论:所有的知识都是不公正的,知识的本质是邪恶的,对于一切认识活动而言,没有获得真理或者发现真理的权力。这种观点显然已经将权力极端化、绝对化。

2. "知识型"和"人之死"

考察了权力和话语的关系之后,福柯开始了他的知识考古学。福柯的知识考古学,并不是确切地指哪一学科,而是着意考察人类的认识和理论的可能性基础,重构和考察作为知识、理论、制度和实践之间深层的可能性条件。在福柯看来,文化的基本代码(那些控制了其语言、知觉框架、交流、技艺、价值、实践等级的代码),从一开始,就为每个人确定了经验秩序,这个经验秩序是每个人都将要面对和处理的,他在里面会重新找到自我迷失的道路。而在思想的另一端,则存在着科学理论或哲学阐释,它们阐明了为什么一般来说存在着秩序,它遵从什么普遍规律,什么样的原则能够说明它,为什么是这样的特殊秩序,而不是其他的秩序被确立起来了。也就是说,一面是秩序,一面是对秩序存在的解释。但是在文化的基本代码和科学理论或哲学阐释之间,还存在着一个所谓的"中介"区域,福柯指出:

> 正是在这里,因不知不觉地偏离了其基本代码为其规定的经验秩序,并开始与经验秩序相脱离,文化才使这些秩序丧失了它们的初始的透明性,文化才放弃了自己即时的但不可见的力量,充分放纵自己得以确认;这些秩序也许不是唯一可能的或最好的秩序;于是这种文化发现自身面临着一个原始事实:在其自发的秩序下面,存在着其本身可以变得有序并且属于某种沉默的秩序的物,简言之,这个事实是说:存在着秩序。[44]

这一中间地带先于词而存在,它比那些试图赋予陈述以明确形式和哲学基础的理论更为真实、坚固和古老。福柯想要做的,正是要进入这一中间地带,其目的是:

> 它旨在重新发现在何种基础上,知识和理论才是可能的;知识在哪个秩序空间内被构建起来;在何种历史先天性基础上,在何种确实性要素中,观念得以呈现,科学得以确立,经验得以在哲学中被反思,合理性得以塑成,以便也许以后不久就会消失。[45]

因此,对福柯的研究而言,他并不关心那些以客观性为目的的被描述的知识。福柯所关注的,是"知识型"(《词与物》一书的译者将其译为"认识型"),是已经撇开了任何理性价值或客观进步的认识论领域。福柯对"知识型"的解释颇为复杂,他说:

事实上,知识型是指能够在既定的时期把产生认识论形态、产生科学,也许还有形式化系统的话语实践联系起来的关系的整体;是指在每一个话语形成中,向认识论化、科学性、形式化的过渡所处位置和进行这些过渡所依据的方式;指这些能够吻合,能够相互从属或者在时间中拉开距离的界限的分配;指能够存在于属于邻近的但却不同的话语实践的认识论形态或者科学之间的双边关联。[46]

简单地说,所谓的"知识型",就是在某一个时期存在于不同的学科领域之间的所有关系。它是在一个时期内的知识、认识论形态和科学之间彼此连接的方式,是构成各门学科和知识的潜在条件和共同的规则,是各种知识形成的可能性条件。它不是知识的形式,也不是某一学科,因为福柯明确表示过,考古学不描述学科。"知识型"是标志话语实践的陈述形成的一种整体,这一实践"不只是表现在某一具有科学性的地位和科学目的的学科中,我们在司法文件中,在文学语言中,在哲学思考中,在政治性的决策中,在日常话题中,在意见中,同样可发现这一实践在起作用"。[47]由这种理论出发,福柯认为,不是主体凌驾于话语之上,而是话语操纵着主体,话语才是主体的可能性前提。

在这里,我们不禁想到了索绪尔的语言学理论中对"语言"和"言语"的区分。"语言"作为社会性的法规系统,是人们进行交流的制约规则和制约系统;而"言语"则与个体相关,受"语言"的制约和支配。正是这种思想,构成了结构主义的理论基础。所以,"知识型"的提出,使人们看到了福柯的思想中结构主义的影子。因而,有人认为福柯的思想是属于结构主义的,这是有道理的。但是如果仅限于此,福柯的意义就会大打折扣。正是以这种思想为基础,福柯提出了"人之死"。

福柯认为,在19世纪之前,欧洲并没有关于"人"、以人为对象、客体和内容的学科。到了19世纪,"人"成为认识主体和理解主体,人既是知识的主体,又是知识的对象。一种新的人类学被康德所开创,它的基本问题就是:"人是什么"?对这个问题的思考和解答贯穿了整个19世纪。经过一个世纪无数思想家的努力,"人"终于被建构起来了。"人性""人道"等成为这一时期的核心概念。但是这些思想存在的弊端在于,它们把对人的有限性的分析当作了人的无限本质。作为生活着、劳动着和说话的存在,人是有限的,因为人毕竟受制于劳动、生命和语言,人毕竟是从事着生产和交换并进行话语言说的自然的存在,"人"的具体存在的规定性恰恰体现在这些制约性因素之中。作为一种生物性存在,人具有了种种功能和需求;由于生产和劳动,人能够交换自己所需要的,在交换活动中人的生存与其他人的生存交织在一起;因为人有语言,所以人能够建立起一个使用符号的天地,人与自己的过去、物和他人建立了关系,也确立起了知识。所以,"我们可以在事关生命、劳动和语言这样一些科学的临近关系中、在其直接的边界上和整个时间中确定人的科学的位置"。[48]但是现代"知识型"无视或者遮蔽这个问题,将无限性、创造性和绝对性交给有限的人,这将最终导致"人"的膨胀和破裂。这与其说是探讨人的事实存在,还不如说建构起了"人"的概念,人本身并没有在"知识型"中出现。因此,实际上,人已经消失,"人"已经死了。

福柯坦诚,自己要做的,就是要恢复人的有限性,恢复人在劳动、生命和语言中的有限性地位,努力修复和维护人的有限性,也就是"通过什么代价主体可以说出关于自我的真实"?[49]所以,当人发现自己并不处于创造的中心,并不处于空间的中间位置和生命的顶峰的时候,人已经从自身中解放出来,这时,"人不再是世界王国的主人,人不再在存在的中心处进行统治"[50],所以,福柯说:

> 对所有那些还想谈论人及其统治或自由的人们,对所有那些还在设问何谓人的本质的人们,对所有那些想从人出发来获得真理的人们,相反,对所有那些使全部认识依赖于人本身之真理的人们,对所有那些若不人类学化就不想形式化、若不非神秘化就不想神话学化、若不直接想到正是人在思维就不想思考的人们,对所有这些有偏见和扭曲的反思形式,我们只能付诸哲学的一笑——这就是说,在某种程度上,付诸默默的一笑。[51]

不难看出,福柯所说的"人之死",并不是真正的主体的死亡,而是被自康德以来的现代哲学、现代思想所建构起来的"人"的概念和"知识型"。换言之,"人"和"人性"并不是本质性的概念,它们在随着学科和知识的变化而变化,与其说它们是学科和知识构成的基础性概念,还不如说它们的意义随着知识和学科的变化而变化,是被学科和知识建构起来的知识和概念,因此它们也没有指涉对象和事物的客观性、科学性。一个是被陈述的对象自身,一个是陈述的方法,二者之间没有什么关系。所以,对学科和知识所谈论的实际对象——"人",并没有实际的影响。既然如此,这种建构的规则就应当被揭露,而规则建构的合法性就应该被质疑。

福柯将这种思想应用到文学上,对"作者"的身份提出了质疑。他提出,既然科学的文本属于已经确立的真理,也就是真实性已经不再归结于产生这些文本的个人了,那么,作者作为真实性标记的作用已经消失了。但是由于人们相信文学作品全然接受作者的支配,所以又必须为文本署上名字。这就形成了一个奇妙的现象。福柯指出,作者的确定不是历史的事实,而是批评家们在不断的阅读中操作的结果。作者只是文本在社会中存在、流传和起作用的方式而已,作者只是一个"功能体",构不成文本的主宰,因此,"必须剥夺主体(及类似主体)的创造作用,把它作为讲述的复杂而可变的功能体来分析"[52]。

福柯的解构主义思想,使人文学科内在的形成规则与权力的纠缠关系彻底地呈现出来,使人们对西方文化有了一种新的认识视角。但是他的思想也使人们看到了思想混乱无序的原因之所在。因此人们对福柯、对他的理论一直就是褒贬不一。诚如海登·怀特所说:"福柯不仅肯定在西方文明的消逝中没有看到什么可值得哀悼的地方,他也没有给我们提供多少希望,好像可以用什么更好的文明来替代它。"[53]事实上,福柯自己明确说过,他无意做价值判断,只是揭示事实,揭示话语的形成规律、构型规则和话语背后所隐藏的东西。福柯对当代的思想产生了广泛的影响,后来的新历史主义、女权主义、文化研究等都从他这里寻找思想资源,这可以从侧面证明他的思想的力量。

四 保罗·德曼的解构理论与批评

《剑桥文学批评史》认为,德里达、福柯和德曼是解构批评的三个源泉,并指出,如果没有德曼,解构批评将是不可能的,"德曼对德里达的(理论的)运用在解构主义发展中是关键性事件"。[54]德曼的代表作包括:《盲视与洞见》(1971)和《阅读的寓言》(1979)。其他一些著作多为他人在他死后结集而成的论文集,其中主要有:《浪漫主义修辞学》(1984)、《对理论的抵制》(1986)、《批评作品1953—1978》(1989)、《浪漫主义和当代批评》(1993)、《审美意识形态》(1996)[55]等。

德曼不是一个体系性的思想家。德曼所有的理论和批评实践都可看做是有关"阅读"的,并提出了一种全新的阅读理论。阅读在经典文论中是不成问题的,潜隐其下的是主客二分和目的论模式,即文本是客体,阅读者是主体,而文本都有一个目的或意义,阅读的目标是去发现它们,这也是古典释义学的前提性假设。而现代阐释学(从狄尔泰到海德格尔到伽达默尔)

和读者反应批评摇撼了这一前提,提出了"视界融合""效果历史""召唤结构""隐含的读者"等观念,对于是否存在终极意义以及意义的生成结构如何出现了若干不同的观点和争论。

如果说经典的阅读模式为主题性阅读,后来的一些阅读主张为自由性阅读的话,那么德曼的解构批评与它们的不同之处在于,他明确提出"阅读是不可能的",也就是说,在阅读中要形成确定的意义是不可能的,因为文本自身具有解构性。德曼的全部理论正是建基于此。

1. 德曼的修辞性语言观

在思想史上,对语言的本质存在不同的看法,主要有两种:一种是工具主义的语言观,认为语言的基础是逻辑。这种语言观的显著特点是相信语言在表达能力上的无限性,相信语言可以穿透一切事实的僵硬岩层,获得对世界的完全确定而清晰的知识表达。在此看法中,语言沦为工具,文学语言由于其工具性不明显而受到冷遇。J. 奥斯汀(John Austin)认为文学是一种无关紧要的语言,因为在他的言语行为理论中,文学语言既不是陈述性(constative)的,没有真假,也不是行为性(performative)的,没有恰当与否。第二种可称为本体性的语言观,他们不满足于对工具主义语言观对语言的还原和简化,肯定了语言的本体性地位。如海德格尔就说过"语言是存在的家"。

德曼赞成海德格尔对语言作用的强调,但是对海德格尔所确信的这种"语言"和"存在"之间的稳定性关系表示怀疑。实际上,海德格尔也在追求一种纯粹的语言,一种本体性的语言,而排斥非本体性的语言。解构批评和德曼本人都倾向于认为修辞是语言的本性,当然对语言修辞性的解说会有很大的分歧和不同。德曼所说的修辞性包括两个方面:第一,语言的本体性并非体现为对哲学本体,如海德格尔的"存在"的直接言说,而是表现为对使用语言的人的支配,一定意义上不是人支配语言,而是语言支配人。语言的字词句段等的结构以及一些具体的修辞手法决定了人们的思想情感、认识体验等,表现在文学上则是语言的修辞特点决定了作家对主题、题材和情感等的选择、描述和表现;第二,语言的修辞性显示了语言的不稳定性,语言不是透明和纯粹的,语言的修辞性是语言的常态,它动摇和破坏了语言的逻辑和语法的纯粹性,从而使传统意义上的"理解"和"阅读"也出现了动荡,显得飘摇不定。人们发现的不是意义的凝聚而是其不可避免的发散。

人们通常认为修辞只是文学语言的专利,而如果运用到其他的话语形式(如哲学)中就会造成一定的混乱。所以,修辞被认为具有一种"危险性"。英国经验主义哲学家洛克在《人类理解论》中就说:"文字是永远介在理解和理解所要思维的真理之间的,因此,文字就如可见物所经过的媒介似的,它们的纷乱总要在我们的眼前遮一层迷雾,总要欺骗我们的理解。"[56]在《隐喻认识论》中,德曼对洛克的语言论进行了批判,认为洛克不得不面对语言的问题,而当他面对语言的问题时,又对语言的修辞性进行了不恰当的谴责,试图克服这种修辞性。德曼指出这是不可能的。因为,修辞性和语言是不可分的。德曼认为,修辞实际是人们对自在的现实进行整理和分割的手段,语言为我们划定了世界的边界和它所应是的样子。甚至"主体"也不过是一个隐喻,是一种认识性的知识建构的需要,实际并不存在这样固定的主体心灵和自我。

2. 盲视与洞见

在《盲视与洞见》一书中,保罗·德曼将很多理论家作为其考察的对象。德曼在对这些批评家的考察中发现,在这些批评家的批评实践中,盲视与洞见总是并存的。"在他们有关文学本质的一般论述(这是他们批评方法的基础)和他们的实际阐释中都出现了悖论式的矛盾之处。他们有关文本结构的发现与他们当作模式的一般观念矛盾。他们不仅没有意识到这种矛盾,而且凭借它大做文章,将他们最好的洞见都归于这些洞见所否证的假设之上。"[57]

德曼指出,这种矛盾并不是个人的或集体的悖谬的结果,而是一般文学语言的构成性特点。批评家只能通过某种盲目性才能达到真正的理解。这也是《盲视与洞见》的主题性结论。

> 洞见看来得自激发了批评家思想的相反运动,一种未说出的原则,引导他的语言远离了他自己所声称的立场,误用和消解了他自己说出的承诺,到了一种完全失掉了基础的程度,就如同他自己做出断言的可能性都被质疑了一样。然而正是这种消极的明显破坏性的努力,引向了可以合理地被称为的洞见。[58]

洞见是由一种自身的背叛行为而获得的。批评家总会说出一些自己未曾想到的东西。而批评家之所以能够达到理解,就是因为受到盲目性的驱使。如在新批评那里,虽然坚持对柯勒律治式的"有机形式"的信奉,但他们最后发现文学语言是反讽和含混(复义)的,甚至充满了悖论。形式这一概念在新批评那里扮演着双重的角色,它是有机整体性的创造者和消解者。

人们一开始设定有一个有机统一的形式,但形式是在阐释中形成的,而不是固定的,因此,它也不再是有机统一的了。新批评最后的洞见(诗歌语言是一种反讽和含混的语言)毁掉了引向这一洞见的前提(诗歌语言是有机统一的)。

最后,德曼得出结论:"所有这些批评家看来都奇怪地注定要说一些和他们的初衷相反的话。他们的批评立场都被他们自己的批评结果所击败。"[59]作为分析例证,德曼分析了卢卡契的《论小说》中的时间概念。时间在卢卡契那里被当作一种治愈与和解的力量,反对由超验力量干涉所引起的异化和疏离。而对卢卡契文本的更细的阅读会发现,这种超验的力量正是时间本身,被当作药的实际正是疾病本身。德曼用了一个比喻来说明卢卡契的矛盾,在卢卡契的故事中,"时间"这个大坏蛋看起来是一个英雄,当他实际在谋杀女主人公("小说")时,却被认为是正在拯救她。总之,在德曼看来,卢卡契的小说理论中用来作为问题之解决的"时间"恰是问题本身,卢卡契最大的洞见也是他最大的盲视。乔纳森·卡勒在总结德曼对文学批评的贡献时,其中有一条就涉及了德曼对盲视和洞见之间的互相依存关系的发现,并且指出德曼的这一发现是更大和更普遍的哲学发现的体现。如海德格尔就认为真理和非真理是并生的,澄明和遮蔽是互相依存的,是不可分的。遮蔽和非真理是绝对的,是无法被穷尽的。德曼所说的盲视与洞见的结构类似于海德格尔所说的非真理和真理的关系。只不过海德格尔所说的具有更大的概括性。

3. 对理论的抵制

德曼的《对理论的抵制》写于20世纪80年代,可以看做是他对美国20世纪文论的一个简要的回顾性评价,也是对他自己理论和批评的一个总结。他认为当时美国出现了一种对文学理论的抵制,德曼这里所理解的文学理论显然不同于我们所说的一般的文学理论,而是指:

> 当研究文学的方法不再基于非语言学的,也就是说历史的和美学的考虑,或更具体说,当讨论的对象不再是意义或价值,而是产生和接受意义或价值的模式(这一模式先于意义和价值的建立)时,文学理论才形成。其中的含义是,意义和价值的建立已经很成问题,需要一门自主的学科来对其可能性和特点进行批判性研究。[60]

德曼所说的文学理论不再是主题性的批评和理论,而是一种以语言学为基础的对意义和价值的产生机制予以关注的理论。其核心点不再是对意义和价值做出判断,如历史批评和美学批评所做的那样,而是对一切意义的生发方式进行分析,也就是一种话语批评。

德曼认为混淆能指的物理性和能指所指的东西的物理性是不幸的。没有一个头脑清醒的人会将葡萄种在"白天"这个词的光明中,但一个人很难不设想一个时间空间而考虑自己的过去和未来,因为时空图式属于虚构,而不是世界。但这并不意味着虚构的叙述不是世界和现实的一部分。意识形态就是将语言现实与自然现实,将指称与现象主义混淆起来了。德曼认为正因为这样,才需要文学性的语言学来揭示意识形态的背离,它是强有力和不可或缺的工具,也是说明其发生机制的决定性因素。那些谴责文学理论无视社会和历史现实的人不过是担心他们自己的意识形态的神秘化,会被他们努力所诋毁的工具(指文学性)所解魅。这是德曼对若干指责所做出的有力的回应,也就是说,德曼所说的文学理论不是不关心现实,而是从一个方面,从消极的方面指出了现实的语言性建构本质,即其被意识形态神秘化的本质。德曼这里所说的意识形态就是指故意地混淆语言现实与自然现实,用语言虚构将一些并非天经地义的事情说成是天然就合理的。我们的生活中充满了这样的语言性建构,成为人们思想和行为的无形束缚。德曼所说的"文学理论"或语言的修辞分析就是要揭示这种语言虚构和建构的机制,从而将其解魅。这样的一种理论很自然地受到了一些人的反对和抵制。

德曼认为事情不仅仅是这样的,文学理论一方面受到了外在的抵制,另一方面,抵制也是内在于文学理论的,它所受到的外在抵制是这种内在抵制的体现而已。抵制是文学理论话语的构成性部分,这在自然科学中是不可想象的,就是说一种文学理论总是内含一些争执性的反对因素,不像自然科学那样似乎具有真理的绝对性。德曼认为如果因此而不做文学理论,就像因为不能治愈死亡而不要解剖一样。为什么文学理论会具有这种抵制的性质?德曼认为这是由语言本身的性质决定的。德曼认为对语言的理解是非常艰难的,他考察了语法、修辞和逻辑之间的复杂关系。其核心的观点是文学性将语言的修辞功能推向高于逻辑的和语法的功能的地位,作为一种决定性和不稳定的因素介入,破坏了整个语言的内在平衡。德曼认为修辞就是对理论的消解,是对稳定的认识领域的扰乱,从语法到逻辑一直到有关人和现象世界的科学都躲不开它的扰乱,这引向了一种揭示语法模式的不足之处的修辞性分析。修辞消解了三分(语法、修辞和逻辑)乃至整个语言的稳定的认识论结构。因此,德曼认为对理论的(外在)抵制就是对语言的修辞的或比喻的维度的抵制,这一维度在文学中比在其他语言文本中更加明显,但是对任何文本的阅读都会发现这一维度。"因为语法和修辞是阅读的组成部分,随之而来的阅读是一个消极的过程,在其中,在任何时候,语法认识都被修辞置换所消解。"[61]德曼指出当代文学理论最具有"教益"的方面就是发展出了一些精细的技巧,避免了内在于理论分析中的一些威胁。而德曼认为这些内在于理论的威胁是不可克服的。《对理论的抵制》概括了德曼的修辞性语言观和阅读观,这实际也可以看做是对他的一生的理论与批评的核心性观念的总结。

在谈到德里达的思想时,我们曾经谈到德里达提出了一种新的写作观。德里达认为,写作是"延异",是能指的"踪迹",它包括了各种形式的书写;写作不仅补充了言说,甚至还代替了言说。所以,哲学写作本身自然也要受这种语言的修辞的限制。所以在这个意义上,哲学文本可以当作文学文本来阅读,反过来,文学文本也可以当作哲学文本来阅读。受德里达的这种思想的影响,保罗·德曼提出了"修辞的"解构主义。

德曼说:"解构不是我们加给文本的某种东西,而是它首先构成了文本。文学文本同时确认和否认了它的修辞的权威性……"[62]德曼认为,阅读必然是"误读",因为修辞和转义不可避免地介入批评和文本之间,所以必须正确地处理"正确的误读"。对解构者而言,除了与文本自身的过程互相配合之外,做不了其他任何事情。如果能够与文本成功地配合,找出文本同时肯定和否定的修辞之处,就可以达到正确的误读。在具体的批评实践中,保罗·德曼的修辞性阅读和分析,常常精细到教人无法捕捉和理解的程度,在他的有些凌乱和打破常规的分析中我们得不到通常阅读所有的快乐,而是一种疲惫和困惑。这是解构批评最不得人心的地方。但德曼的若干结论我们还是可以理解和接受的。如果给出批评对象文本的主旨性线索,那就是,德曼在对文本的字面义和修辞义之间大做文章,认为文本自己断言了隐喻相比于换喻所具有的优越性,而文本自身其实又瓦解了这种看法,因为文本自身也表明,隐喻和换喻是并生一起的,是难以分割的。由此过渡到一般性的阅读问题上,一切语言都有欺骗性、不可靠性和不确定性,所以想做一种确定的阅读是不可能。文学阅读由于语言的修辞性而导致了阅读的不可能性,这种不可能性就是"阅读的寓言"。由于文学文本语言的这种修辞性特性,使它永远处于语法和修辞、隐喻与换喻等等的内在矛盾之中,所以文本意义永远处于悬置状态,因此只能是解构性阅读。

保罗·德曼这种思想的意义和影响,正如伊格尔顿所言:"实际上,德曼在这种活动中已经发现的完全是一种新的界定文学'实质'本身的方式。正如德曼所正确地看到的,一切语言都是根深蒂固的隐喻式的,靠转义和形象发生作用;相信任何语言确实表示字面的意思都是一种错误。哲学、法律政治理论完全和诗一样靠隐喻发生作用,因此同样是虚构的。"[63]保罗·德曼的理论,使修辞性、虚构性成为语言的根本特质,这就消解了一切文本之间的特性,也否定了语言的可交流性。其理论的负面性影响是不言而喻的。

五　希利斯·米勒的解构主义文学理论

1983年保罗·德曼去世之后,希利斯·米勒成为美国解构主义文学理论的领军人物,他也是当下一位十分活跃的文学理论家。希利斯·米勒笔耕不辍,写下了大量的批评、理论性文章,使解构主义文学理论向纵深发展。

希利斯·米勒是一位思想活跃的理论家,他的文学思想的发展历程几乎和20世纪美国文学理论的发展历程同步,他既随着这些思想的发展而发展,同时也成为其中最有代表性的人物之一。在50年代前期,米勒的文学思想处于新批评的影响之下,推崇细读法;50年代后期,深受日内瓦现象学派文学理论的影响,在美国积极推行日内瓦学派的代表乔治·布莱的思想。他接受了布莱的思想,认为阅读行为先于批评,是批评的源头。这些思想在他后来的解构主义理论中时有所见。60年代末,开始接受德里达的解构思想,进而转向解构主义文学理论。"耶鲁学派"的理论家们的思想都是通过大量批评实践总结出来的,这一点,米勒也不例外。他也写了许多理论性文章,这为我们理解解构主义批评提供了系统的材料。

1. 修辞性阅读

保罗·德曼、希利斯·米勒的解构主义文学理论都十分关注阅读问题,这是为什么呢?米勒对此做出了自己的解释。米勒认为,首要的问题是体制的问题,是文学研究的体制问题。当下的重要问题是学科的外部条件发生了重大变化,文学研究既要服务于寓于其中的语境,同时也要接受这种语境的服务。现实问题是学习文学的人越来越少,文学已经被边缘化,这导致整个社会的基本语言技能水平下降,写作和阅读能力下降。另外一个问题是学科内部发生的变化,文学研究的范式越来越多,人们对方法论有越来越多的可行性选择。而文学研究首要的、最基本的问题就是阅读。因为,"盲目地拒绝阅读是对我们职业的最低义务的轻视"[64]。

米勒认为,现代的文学批评有四个支柱,即社会、自我、语言和形而上学的本体论,这四个支柱构成了文学变异的合法化依据。米勒指出,文学研究者之间的论争都可以追溯到这些预先设定的文学基础,这四者之一有可能构成了不同的文学研究者的理论逻辑起点,以至于这些文学研究者没有意识到这一逻辑起点已经决定了自身理论话语的言说内容和方式。米勒认为文学研究者应当承担起重建文学理论和文学批评的重任:"当前文学研究者之间的争论是如此的利害攸关,我们必须慎重而又缓慢地行进,仔细检验其基础,不要想当然地接受任何东西,再次回到我们现代传统的文学研究的基础性文本上来,耐心细致地重新阅读。"[65]这也就是米勒所倡导的"修辞学"研究。

对于自己所从事的理论工作,米勒曾经解释说:

> 我所倡导的那种探询,既不是"纯理论"的工作,也不是纯粹的实践工作,即一系列的解释。它是介于二者之间或者说是二者的准备工作,是清理地基或者挖掘地基的一种尝试。它是在"批评"(critique)的最根本的意义上的"批评"(criticism),是有辨别力的验证,是对构成理论和实践之间桥梁的媒介的验证。如果批评作为批评是介于理论和实践之间的话,那么它与解释学或探询意图的意义之间就不具有一致性,同时和诗学或者关于文本如何具有意义的理论也不具有一致性,尽管它和后者的关系更为密切。不过,批评是对这一或那一特定文本中语言基础的验证,而不是在抽象概念中来进行验证。[66]

米勒强调"文本中语言的基础"的检验,这就使其阅读和批评从文本的语言入手。米勒认为,既然一切文本都是语言,而阅读又先于批评,所以,最佳的方式就应当是修辞性的阅读,这样才能把握语言的根本特质。而在他看来,"言语的形象并不源于语言的正确使用或者转化,一切语言一开始就是比喻性的。语言使用过程的字面意思或者指称性概念,仅仅是由于忘记了语言的隐喻性'根源'而产生的一种幻想"[67]。所以,他的解构主义文学理论特别关注比喻性语言及其在文本中的出现和使用。他说:"解构主义探讨的是在比喻、概念和叙述的相互交织的固有属性中究竟暗含了什么。"[68]所以,对于批评家而言,当他开始阅读的时候,就已陷入了文本之网中。一方面,新的文本是寄生于从前的文本之中的,而新的文本又对从前的文本进行破坏,进而形成一个历史的链条,这也就是我们说过的"互文本性"。另一方面,文本内部也存在着这种对立的寄生关系,解构批评运用修辞的、词源的或者喻象的分析来解除文学和哲学语言的神秘性,这种批评自然就是内部的而不是外部的。解构批评常常在分解/建构、遮蔽/敞开、组成/解散等成对的两极之间徘徊,也就是说,任何一种解构同时也是建构性的。因为解构批评和它所解构的对象具有同样的性质,"它非但不把文本再还原为支离破碎的片断,反而不可避免地将以另一种方式建构它所解构的东西,它在解构的同时又在建造。它在这里跨不过去就在那里跨过去。它不是以君临一切的架势从外部审视文本,而是始终局限于文本追寻自身的活动之中"[69]。所以,解构不是层层深入的终极阐释,它是一种不确定性,因为它无法揭开缠绕在一起的各种意义。解构批评所能做的,只能是在迷宫般的词语森林中漫步,追溯文本,使它的各种成分再次生动起来,在文本的断裂与"延异"中展示文本的自我裂变过程,进而说明文本是异质性的而非逻辑连贯一致的,它是向逻辑前提、逻各斯统一体的力量提出挑战。所以,文学研究中所谓的"有机统一体"和对作品做整体性把握的观念是不可能的。

2. 什么是解构?

像德里达一样,米勒也着力解释解构的含义,为解构主义辩护。这种新的批评模式,是对文本中语言的修辞性阅读而已。

> "解构"并不是通常所认为的那样,是虚无主义的或者否定文学文本的意义。相反,它力图尽可能地解释由于无法恢复的语言的比喻性特性而产生的意义的摆动。对我而言,目前这种批评最吸引我之处在于,它预示着说明性写作和文学研究的综合,我认为这正是我们的职业当下所面临的主要任务。[70]

人们对解构主义有一种误解,就是认为解构主义导致了虚无主义。而在米勒看来,这种理解表现了人们对这种新的批评模式,对于它的贬低一切价值观念,使传统的阐释模式变得不可能而感到的恐惧。而事实上,虚无主义是西方形而上学之内无法割弃的异己存在。很明显,这种思想来源于德里达。在论述德里达的思想时,我们已经谈到,德里达是在对索绪尔语言学理论的异质性要素的分析中,发现了差异和"延异"的。米勒则认为,虚无主义是和逻各斯中心主义共生的,二者是寄主和寄生物的关系,"任何以逻各斯为中心的文本都包含其自我削弱的反面论点,包含其自身解构的因素"[71]。"虚无主义"是形而上学强加给它的名称,就好像"无意识"的提出,它是意识强加给意识自身无法直接面对的部分的名称。米勒说:

逻各斯中心主义的形而上学在试图排除包括在自身之内又有别于自身的那一部分的过程中,遵循着一条自柏拉图以来一切西方形而上学巨著所证明的自我颠覆的规律,对自身进行分解。形而上学在自身内部包含着自己的寄生物,成为它自己徒劳地企图治愈的"不治之症"。它企图彻底消灭隐藏在自身内部的虚无性,从而把这种不治之症掩饰起来。[72]

　　米勒进一步分析了形而上学的这种历史。米勒认为,尽管文学的方法论名目繁多,但是可以将它们划分为两种类型:一种是"形而上学的";另一种类型则假定在文学之中,由于语言内在本质的缘故,形而上学的前提就必然是在被肯定的同时又被颠覆,也就是说,形而上学和对形而上学的质疑是同时并存的。第一种类型,米勒指的是自柏拉图、亚里士多德以来的文化传统,它包括一系列的各种意义上的逻各斯概念,这些概念包括起源、结局、连续性、因果关系、有机统一体、辩证进程等等。在这种观念中,文学研究建立在文学参照某种事物的观念之上,这些参照是在语言之外的,它可能是自然中的客体,是社会,也可能是经济现实,还有可能是无意识、绝对精神或者上帝。而第二种类型则是反形而上学的或者文学的解构主义方法,它认为形而上学的假定既在文本中存在,又同时被文本自行消解,被文本中的比喻性的文字游戏消解,这种消解组织读者将文本当作由逻各斯的各种形式所构成的一个"有机统一体"来进行阅读。[73]既然虚无主义是形而上学内在的寄生物,它们就是一体的,因此,解构主义批评也就不可能是虚无主义的。

　　"解构主义"既非虚无主义,亦非形而上学,而只不过就是作为阐释的阐释而已,即通过细读文本来清理虚无主义中形而上学的内涵。但是,这种程序在它自己的话语中决不能回避它所引述段落的语言。这种语言就是形而上学中虚无主义以及虚无主义中的形而上学的内涵的表现。我们没有任何其他的语言。批评的语言同它所解读的作品的语言一样,都受到同样的限制,都会进入同样的死胡同。为逃脱语言牢房所做的最为勇敢的努力到头来只会把墙筑得更高。[74]

　　这也就是说,解构总是不可避免地要进入所解构对象的内部,这就像德里达所说的,不用形而上学的概念去动摇形而上学是没有任何意义的。所以,解构主义批评能做的,只能是"把幽灵和寄主的关系颠倒,玩弄语言的游戏,这样就可能超越虚无主义通过形而上学以及形而上学通过虚无主义而产生的反复增值"[75]。同虚无主义相比,解构主义批评不是寄生者,而是弑亲者，他把西方的形而上学彻底拆毁，使其没有修复的机会和再生的希望。

米勒的文学思想也受到了福柯的影响。在他看来，解构主义批评理论具有了不同于一般的批评理论的功能，他说："理论的功能是把我们从意识形态中，甚至从理论自身的意识形态中解放出来。批评理论从事的是道德和政治行为。它具有制度的和社会的力量。因而，批评理论不再'仅仅是理论上的'了。"[76]

米勒还对文学史的观念提出了质疑。关于文学史阶段的划分是一种文学按阶段组织的观念，而米勒认为，关于阶段的名称问题完全是形而上学的产物。这里存在的问题是：文学史的存在是否有井然的叙事模式和互为因果的顺序？它是否是历史学家编造的一个庞杂而又不确定的虚构物？如果文学史确实存在的话，每一个文学阶段都有其自身的特殊性，还是时间之外某种力量强加的结果？更为重要的是，谁有权为阶段命名？一个真正的阶段名称是否必须由该阶段的人来确定？说到底，米勒的这些提问可以最终归结为，文学阶段是一个杜撰概念，是一种修辞手段。"每一阶段的名称都在回避关于这一阶段性质的无数问题，每一种都是出于'政治的'目的，根据某种方式的比喻性简化而做出的一种策略性解释。"[77]

近年来，米勒比较关注在全球化时代，文化研究对文学研究的侵蚀和冲击问题。在全球化时代，由于技术的进步，交流的扩大和经济的全球一体化，文化研究异军突起，使传统的文学观念发生了深刻的变化。文学形式、文学作品、批评家和文学研究者的存在方式都发生了变化。文学研究是否还有意义呢？米勒认为，应当反对文化研究的"同质化"倾向，为文学研究做辩护。

在米勒看来，无论发生什么变化，文学都是文化表现自己和构成自己的一种主要方式，而"了解我们过去的一种必不可少的方式就是研究过去的文学，而不只是研究语言本身"[78]。研究文学的第二个理由在于，既然语言是我们交流的主要方式，那么文学研究仍然是理解修辞、比喻和讲述故事等种种语言可能的必不可少的手段，因为对这些语言的运用已经塑造了我们的生活本身。研究文学的第三个理由在于可以通过它来认识"他者"，这里的"他者"不仅是不同文化中的人，还是同一文化内部的他人。这是米勒的理论尊重差异性的一个延续。

对于一位依然活跃的理论家，我们的任何评判都可能是不准确的。米勒的解构主义文学理论，继承和延续了德里达的思想，在他的不断辩护的过程中，解构主义文学理论得到了更为深入的发展。尤为可贵的是，在文学研究日益式微的时刻,米勒勇敢地站出来,在反思文学研究自身存在的问题的同时,坚持文学研究的合理性,这是值得肯定的。

有影响的解构主义文学理论家,除了我们已经介绍过的,还有哈罗德·布鲁姆和哈特曼,但是影响力相对较小。通过对以上几位思想家的介绍,我们已经可以窥斑见豹,对解构主义文学理论有一定的了解。

解构主义思想是在对西方形而上学传统中存在的逻各斯中心主义的颠覆中建构起来的,但是却在文学研究领域取得了成绩。或许这与它推崇语言、文字有关。在解构主义看来,写作就是游戏,是在"延异"中追寻能指的"踪迹",它消解了所谓的二元对立的界限,打破了二元对立的等级结构,击碎了人们对于真理认识的迷雾和对理性的迷恋,揭示了事物表面背后的复杂性。所以多样性、否定性、差异性、不确定性、非连续性成为解构主义的主要特征。解构主义带来了一次非常重要的思想和方法论的变革,它使我们对每一种绝对化的思想都保持了足够的警惕和反省。

但是解构主义理论家的错误在于,将语言的可能性当作必然性,在虚幻的文字游戏中获得一种解放的满足感,其实这是一种变相的自我放逐。此外,德里达所倡导的新的写作观念和文本观念,消弭了一切文本之间的差异,一切的阅读都成为解构主义的,这就使文学理论承担了不可能承担的重任,如有的学者所指出的:"在许多方面,解构主义的出现不仅想要恢复文学理论领域已经丧失的特权,而且允许这门学科史无前例地提出去攫取思想至高权力的主张。"[79]可以说一语道破了解构主义理论的理论野心。而由一种带有强烈的政治姿态的策略性话语变为一种文学批评和阅读理论,这本身就说明了这种理论的虚幻性。与此同时,正如我们常说的,文学是人写的,是写人的,是写给人看的,文学是"人学",可是解构主义文学理论将文学中的"人"抽走了,将人的主体性和价值判断归于虚无。同时,过于强调语言是能指的游戏,使写作放弃了自己的责任,陷入一种文字游戏之中,这些是它不得不承担的责任。解构主义文学理论在今天已经穷途末路,失去了当年的锋芒和锐气。这从米勒对解构的不断阐释和维护中就能看出,正如哈贝马斯所指出的:"解构工作使解释的垃圾堆越来越高,而解构本来恰恰是要清除这个垃圾堆,以便揭示其飘摇不定的基础。"[80]毕竟,理论是在发展的,解构主义文学理论也需要被"解构"。

注　释

［1］〔法〕雅克·德里达:《书写与差异》,张宁译,北京:生活·读书·新知三联书店2001年版,第524页。

［2］同上。

［3］这里有必要区分一下"语言""话语""世界"和"生活世界"之间的联系与区别。"语言"和"世界"是一种假定性的"客观"存在,即一种相对不考虑人的因素和实用的因素的纯粹客观性的存在,这实际只是一种假设,假设它们是脱离了人的因素的自在存在,分别与之相对应的是"语言学"和"自然科学",它们都具有数学一样的精确性。而真正的人所生活于其中的是由"话语"所构成的"生活世界"。"话语"是运用中的"语言",是"语言"的活的存在形态。"生活世界"是人与自然成为一体的世界,是渗透进了人的因素的具有意义的世界。"话语"和"生活世界"是一体二面性的存在,是两位一体的。如果沿用索绪尔关于"言语"和"语言"的著名区分,我们说"语言"不过是一种抽象的理想性描述而已,而"话语"才是"语言"的实际的活的存在,它涵盖了说话者、听话者、话语体系以及说话的方式和情形等多种因素,要比索绪尔所说的"言语"更加全面而复杂。说"话语"构成了世界,并不是说"话语"构成了作为"自然科学"对象的"自然世界",而是说它构成了我们所生活于其中的日常的"生活世界"。人们容易混淆这两种世界的区别,从而认为一些"话语"理论是唯心主义的,是对"话语"作用的一种夸大,这是一种误解。关于"话语"理论的研究,在论述米歇尔·福柯的部分将会展开详述。

［4］〔德〕哈贝马斯:《作为"意识形态"的技术与科学》,李黎、郭官义译,上海:学林出版社1999年版。哈贝马斯在其中认为科学和技术可以是一种意识形态。

［5］参见苏哲安:《德希达讣闻风波:"外侨"经验与"位置"分析的问题》,刊载于台湾《当代》杂志2004年第11期。台湾将"德里达"翻译为"德希达"。

［6］〔法〕雅克·德里达:《书写与差异》,张宁译,北京:生活·读书·新知三联书店2001年版,第503页。

［7］同上书,第504页。

［8］〔法〕雅克·德里达:《论文字学》,汪堂家译,上海:上海译文出版社1999年版,第13页。

［9］〔瑞士〕费尔迪南·德·索绪尔:《普通语言学教程》,高名凯译,北京:商务印书馆1980年版,第47—48页。

［10］同上书,第47页。

［11］〔法〕雅克·德里达:《论文字学》,汪堂家译,上海:上海译文出版社1999年版,第15页。

［12］同上书,第19页。

［13］〔美〕乔纳森·卡勒:《论解构》,陆扬译,北京:中国社会科学出版社1998年版,

第 77 页。
〔14〕 罗兰·巴特:《符号学原理》,马宁译,赵毅衡编选:《符号学文学论文集》,天津:百花文艺出版社 2004 年版,第 283 页。
〔15〕 〔法〕雅克·德里达:《书写与差异》,张宁译,北京:生活·读书·新知三联书店 2001 年版,第 4 页。
〔16〕 同上书,第 43 页。
〔17〕 同上书,第 33 页。
〔18〕 〔瑞士〕费尔迪南·德·索绪尔:《普通语言学教程》,高名凯译,北京:商务印书馆 1980 年版,第 167 页。
〔19〕 同上书,第 170 页。
〔20〕 雅克·德里达:《延异》,汪民安译,参见《2000 年度新译西方文论选》,王逢振主编,桂林:漓江出版社 2001 年版,第 82—83 页。
〔21〕 〔法〕雅克·德里达:《多重立场》,佘碧平译,北京:生活·读书·新知三联书店 2004 年版,第 16 页。
〔22〕 同上书,第 30—31 页。
〔23〕 〔法〕雅克·德里达:《书写与差异》,张宁译,北京:生活·读书·新知三联书店 2001 年版,第 14 页。
〔24〕 同上。根据这种思想,德里达特意提醒中国读者,哲学不是一般的思想,哲学与一种有限的思想相联系,是源于古希腊的传统,哲学是欧洲形态的东西,而德里达认为:"在西欧文化之外存在着同样具有尊严的各种思想与知识,但将他们叫做哲学是不合理的。因此,说中国的思想、中国的历史、中国的科学等等没有问题,但显然去谈这些中国思想、中国文化穿越欧洲模式之前的中国'哲学',对我来说则是一个问题。"德里达的这种思想值得深思。参见该书第 10 页。
〔25〕 同上书,第 13—14 页。
〔26〕 同上书,第 16 页。
〔27〕 〔法〕雅克·德里达:《文学行动》,赵兴国等译,北京:中国社会科学出版社 1998 年版,第 39 页。
〔28〕 〔英〕特里·伊格尔顿:《当代西方文学理论》,王逢振译,北京:中国社会科学出版社 1988 年版,第 195 页。
〔29〕 〔美〕乔纳森·卡勒:《论解构》,陆扬译,北京:中国社会科学出版社 1998 年版,第 187 页。
〔30〕 同上书,第 198 页。
〔31〕 〔法〕雅克·德里达:《书写与差异》,张宁译,北京:生活·读书·新知三联书店 2001 年版,第 506 页。
〔32〕 〔英〕约翰·斯特罗克编:《结构主义以来》,渠东、李康、李猛译,辽宁教育出版社、牛津大学出版社 1998 年版,第 90 页。

[33] 〔法〕托多罗夫:《巴赫金、对话理论及其他》,蒋子华、张萍译,天津:百花文艺出版社2001年版,第17页。

[34] 赵一凡:《欧美新学赏析》,北京:中央编译出版社1996年版,第91页。

[35] 〔法〕米歇尔·福柯:《知识考古学》,谢强、马月译,北京:生活·读书·新知三联书店1998年版,第23页。

[36] 同上书,第55页。

[37] 同上书,第23页。

[38] 同上书,第65页。

[39] 同上书,第68页。

[40] 〔法〕米歇尔·福柯:《求知之志》(《性经验史》第一卷),参见《福柯集》,杜小真编选,上海:上海远东出版社2003年版,第345页。

[41] 《权力的眼睛——米歇尔·福柯访谈录》,严锋译,上海:上海人民出版社1997年版,第162页。

[42] 〔法〕米歇尔·福柯:《求知之志》(《性经验史》第一卷),参见《福柯集》,杜小真编选,上海:上海远东出版社2003年版,第345页。

[43] 引自〔美〕理查德·沃林:《文化批评的观念——法兰克福学派、存在主义和后结构主义》,张国清译,北京:商务印书馆2001年版,第272页。

[44] 〔法〕米歇尔·福柯:《词与物——人文科学考古学》,莫伟民译,上海:上海三联书店2001年版,第8—9页。

[45] 同上书,第10页。

[46] 〔法〕米歇尔·福柯:《知识考古学》,谢强、马月译,北京:生活·读书·新知三联书店1998年版,第249页。

[47] 同上书,第231—232页。

[48] 〔法〕米歇尔·福柯:《词与物——人文科学考古学》,莫伟民译,上海:上海三联书店2001年版,第458页。

[49] 〔法〕米歇尔·福柯:《结构主义和后结构主义》,参见《福柯集》,杜小真编选,上海:上海远东出版社2003年版,第496页。

[50] 〔法〕米歇尔·福柯:《词与物——人文科学考古学》,莫伟民译,上海:上海三联书店2001年版,第454页。

[51] 同上书,第446—447页。

[52] 〔法〕米歇尔·福柯:《什么是作者?》,赵毅衡编选:《符号学文学论文集》,天津:百花文艺出版社2004年版,第523页。

[53] 〔英〕约翰·斯特罗克编:《结构主义以来》,渠东、李康、李猛译,辽宁教育出版社、牛津大学出版社1998年版,第126页。

[54] *The Cambridge History of Literary Theory*, vol 8 *From Formalism To Post structuralism*, ed by, Raman Selden, Cambridge University Press 1995, p.167.

〔55〕 *The Rhetoric of Romanticism*, Columbia University Press, 1984; *The Resistance to Theory*, University of Minnesota Press, Minneapolis, 1986; *Critical Writings, 1953—1978*, University of Minnesota Press 1989; *Romanticism and Contemporary Criticism*, The Johns Hopkins University Press, Baltimore and London 1993; *Aesthetic Ideology*, University of Minnesota Press, Minneapolis and London, 1996.

〔56〕〔英〕洛克:《人类理解论》,关文运译,北京:商务印书馆1997年版,第475—476页。

〔57〕 Paul de Man, *Blindness and Insight*, University of Minnesota Press, Minneapolis, 1983, ix.

〔58〕 Ibid., p.103.

〔59〕 Ibid., p.106.

〔60〕 Ibid., p.7.

〔61〕 Ibid., p.17.

〔62〕 Paul de Man, *Allegories of Reading*, University of Yale Press, 1979, p.17.

〔63〕〔英〕特里·伊格尔顿:《当代西方文学理论》,王逢振译,北京:中国社会科学出版社1988年版,第210页。

〔64〕〔美〕希利斯·米勒:《理论的胜利、阅读的阻力以及物质基础问题》,见《重申解构主义》,郭英剑等译,北京:中国社会科学出版社1998年版,第236页。

〔65〕 J. Hillis. Miller, *Search for Grounds in Literary Study*, in *Theory Now and Then*, Harvester Wheatsheaf, 1991, p.273.

〔66〕 Ibid., p.270.

〔67〕 J. Hillis. Miller, *Tradition and Difference*, in *Theory Now and Then*, Harvester Wheatsheaf, 1991, p.89.

〔68〕〔美〕希利斯·米勒:《作为寄主的批评家》,见《重申解构主义》,郭英剑等译,北京:中国社会科学出版社1998年版,第102页。

〔69〕 同上书,第131页。

〔70〕 J. Hillis. Miller, *Rhetorical Study at the Present time*, in *Theory Now and Then*, Harvester Wheatsheaf, 1991, p.206.

〔71〕〔美〕J.希利斯·米勒:《解读叙事》,申丹译,北京:北京大学出版社2002年版,第2页。

〔72〕〔美〕希利斯·米勒:《作为寄主的批评家》,见《重申解构主义》,郭英剑等译,北京:中国社会科学出版社1998年版,第107页。

〔73〕 参见J. Hillis. Miller, *The Crossways of Contemporary Criticism*, in *Theory Now and Then*, Harvester Wheatsheaf, 1991, p.175.

〔74〕〔美〕希利斯·米勒:《作为寄主的批评家》,见《重申解构主义》,郭英剑等译,北京:中国社会科学出版社1998年版,第109页。

〔75〕 同上。

〔76〕 J. Hillis. Miller, *Rhetorical Study at the Present time*, in *Theory Now and Then*, Harvester Wheatsheaf, 1991, p. 202.

〔77〕 Ibid. , p. 210.

〔78〕 〔美〕希利斯·米勒:《"全球化"对文学研究的影响》,见《重申解构主义》,郭英剑等译,北京:中国社会科学出版社1998年版,第299页。

〔79〕 〔美〕理查德·沃林:《文化批评的观念——法兰克福学派、存在主义和后结构主义》,张国清译,北京:商务印书馆2001年版,第284页。

〔80〕 〔德〕于尔根·哈贝马斯:《现代性的哲学话语》,曹卫东译,南京:译林出版社2004年版,第215页。

第十五章
后现代形态文学理论

20世纪下半叶,西方文学理论出现新的动向,呈现出复杂的面貌。其中,最有代表性的就是后现代主义文学理论的出现。所谓后现代主义,是在"二战"后产生的思潮,它同我们在前一章所介绍的解构主义思想相互关联,都坚决地对传统价值观进行消解,其影响遍及文艺、哲学、心理学、宗教、法学、教育学等各个领域,成为一股风靡世界的文化思潮。我们对后现代主义虽然很难做出明确的定义,但它的许多观念和举措,却可以归结为是企图扫清传统理论的种种束缚,为文学理论的变迁和演化提供一个可以预期的空间。

在这种后现代主义的思想氛围下,西方文学理论开始对传统的理论观点进行全面清算。后殖民主义理论是以研究殖民时期之后宗主国与殖民地之间的文化话语权利的关系而登上舞台的,它把意识形态又带回到文学理论的范围,并使文学和政治的关系得以凸现;新历史主义理论在对历史主义的改造中,借鉴文学理论的研究成果,吸收一些新的观点,对历史叙述话语进行反思,攻击解构主义和形式主义的偏颇,重新确立了文本与历史之间的关系。后殖民主义和新历史主义这两个流派,都使得文学理论的外部研究重新得到了认可。而文化研究,可说是这一系列变化之后出现的一个总结性的思潮,它是一种立足于当代学术语境中的综合性研究,关注历史、哲学、宗教、美学、伦理、语言、社会、政治、经济等各类与人的生存发展及人类文化有关的问题,其研究方法,具有跨越不同领域和传统学科界限的特点。

一 后现代主义思潮

后现代主义是20世纪中叶出现的一种世界性的文化思潮,具有强烈的怀疑精神和反文化属性,它对传统理论采取了绝对摈弃的态度,对价值因素也进行了彻底的消解。这种极端姿态,使其理论内部充满着悖论,也生发出种种不同的状貌。

1. 关于后现代主义的概念

一般认为,后现代主义出现于20世纪50年代末、60年代初的美国,以后扩展到欧洲发达的资本主义国家。如同现代主义与传统文化决裂的关系一样,后现代主义也被认为是与现代主义的决裂。后现代主义作为术语的形成,也如同现代主义一样,既是一种含混的时间概念,也是一种话语陈述,代表着新的思想,其本身不能突显出它的内涵和实质。

美国文学理论家伊哈布·哈桑(Ihab Hassan)认为,后现代主义一词来自于弗·奥尼斯(F. Onis)。奥尼斯在1934年出版的《西班牙及西属亚美利加诗选》中,最先采用了postmodernism一词。哈桑还认为,后现代主义的真正兴起,是以1939年乔伊斯的《芬内根的守灵夜》为其上限。1942年,达德莱·费兹(Dudlty Fitts)在他编辑出版的《当代拉美诗选》一书中,再次使用postmodernism一词。1947年,英国著名历史学家阿诺德·汤因比在《历史研究》中也采用了这个词。50年代,美国"黑山诗派"的主要理论家查尔斯·奥尔生(Charles Olsom),经常使用后现代主义一词,使之影响日益广泛。但是,此时的后现代主义概念,仅表现为文学中对现代主义文艺思潮的一种逆动和反拨,并没有明确的内涵界定。[1] 到了60年代,美国批评界对后现代主义进行了一场影响深广的大讨论,哈桑和莱斯利·菲德勒(Leslie Fiedler)开始明确地使用这一概念进行理论研究。70—80年代,利奥塔德(Jean-Francois Lyotard)和哈贝马斯(Jurgen Habermas)的争论,把这场源于北美批评界的讨论,提高到了哲学、美学和文化批评的高度。80年代中期,国际比较文学学会先后筹办三次国际研讨会,正式将后现代主义作为一个前沿课题加以研究,这使得关于后现代主义的争鸣达到高潮。从此,后现代主义成为西方家喻户晓的一个文化术语,在哲学、美学和文学艺术领域被广泛使用。

伊哈布·哈桑是较早对后现代主义做系统研究的学者,也是后现代主义这一概念和术语的最坚决的捍卫者。但是,他也认为,后现代主义的内涵与当今许多术语有某种亲缘关系,而这些术语本身的内涵就是不确定的。所以,他把后现代主义的本质特征归纳为"不确定的内在性"。这种"不确定"的状态,使得对后现代主义的研究也出现了各种各样的情况。当代许多重要的思想家和理论家,都就这一问题提出了自己的看法。丹尼尔·贝尔(Daniel Bell)用"后工业社会"来解释后现代主义;哈贝马斯认为后现代主义是一种反现代的思潮,必须加以对抗;利奥塔德把后现代主义形容为后现代知识状态的集中体现;弗·杰姆逊(Fredric Jameson)则认为后现代主义是晚期资本主义的特征,是对现代主义的彻底反抗。

1986年,荷兰学者汉斯·伯顿斯和佛克马合编了《走向后现代主义》一书,对后现代主义的发展做了较为详细的介绍。伯顿斯把70年代中期以前后现代主义的发展分为四个阶段,显示了后现代主义自身发展的连续性以及与现代主义的衔接:1934—1964年是后现代主义这一术语开始应用的阶段;60年代中期,后现代主义表现出一种与现代主义理论家和作家的精英意识彻底决裂的姿态,表现出"反文化"的倾向;1969年,理查德·沃森提出了一种作为现代主义智性反叛的后现代主义,比以往的理论更具国际性;1972年至1976年,出现了"存在主义的后现代主义"思潮。可以说,70年代以后,后现代主义概念日趋综合也更具有包容性,开始从多种后现代主义走向一种后现代主义。[2]

总的来说,后现代主义是第二次世界大战后出现的、从现代主义内部孕育而最终与现代主义决裂的文化思潮。它的产生有多方面的因素。产生之后,迅速风行于西方思想文化界,其影响远远超出文学艺术领域。这里,我们就其中的代表观点和代表人物做一简单的介绍,以期大体说明后现代主义理论的存在状况。

2. 关于后工业社会

后工业社会理论是美国社会学家和政治学家丹尼尔·贝尔首先提出来的。这个理论可以看做是对后现代主义思潮发生背景的研究。贝尔用后工业社会这样一个概念,指出了西方现代社会仍处于一个急剧的变革之中,传统的社会结构和文化,正在剧烈的震荡中瓦解和消失,但新的社会结构和文化又远未形成,所以是个过渡性的历史阶段。"后"(post-),这样一个前缀,正体现了它和过去工业社会的联系和差异,也表达了对未来社会的捉摸不定。

在《后工业社会的来临》《资本主义文化矛盾》等著作中,贝尔是从他自己的社会理论入手,展开对"后现代文化"的研究的。他认为,人类社会已从前工业社会、工业社会(或资本主义社会)进入了后工业社会(或晚期资本主义社会)。在他看来:

> 前工业社会生活——这仍然是今日世界大部分地区的状况——其主要内容是对付自然,在诸如农业、采矿、捕鱼、林产等榨取自然资源的

行业中,劳动力起决定作用。……

工业社会,由于生产商品,它的主要任务是对付制作的世界。这个世界变得技术化、理性化了。……

后工业化社会的中心是服务——人的服务、职业和技术的服务,因而它的首要目标是处理人际关系。[3]

在后工业社会中,由于依靠后工业化秩序所取得的巨大成就,使得这个社会对两种既定的社会秩序不屑一顾:一切传统的生活方式、文化习俗、价值评判、审美标准等都将被抛弃,一切传统的阶级社会分析的理论方法都被认为已经过时,社会阶层将以知识和教育为准则重新分化组合。贝尔通过这种研究,力求深入剖析西方后现代社会的特点和种种矛盾,试图阐明科学技术对资本主义社会文化的影响,希望重建社会学理论,使之适应后工业社会并调和现代资本主义社会的文化矛盾。

美国的弗·杰姆逊也对后现代主义出现的社会背景作了描述。他在《后现代主义与消费社会》《晚期资本主义的文化逻辑》等书中,从左翼立场出发,通过马克思主义的视角,系统地阐述了对后现代(即晚期资本主义)社会、文化发展的观点。

杰姆逊将三种文化形态与三种社会形态一一对应,认为国家资本主义阶段出现的是现实主义,垄断资本主义阶段出现的是现代主义,而晚期资本主义阶段出现的是后现代主义。他说:

第一阶段的艺术准则是现实主义的,产生了如巴尔扎克等人的作品;但随着时间的流逝,时代的进步,生物学意义上的"变异"在不断发生,于是第二阶段便出现了现代主义;而到第三阶段现代主义便成为历史陈迹,出现了后现代主义。后现代主义的特征是文化工业的出现。[4]

杰姆逊不仅从社会生产力发展的角度把晚期资本主义界定为一个合理的历史分期,而且在意识形态上分析了这种分期变化。在他看来,晚期资本主义阶段,现代化的过程已经大功告成,过去人们所面对的自然已经一去不返,一个全新的世界开始出现。在这个阶段,科技优先的地位得到确立,科学技术官僚产生,传统工业科技开始向更新的信息科技过渡。而工业科技向信息科技的过渡,应该看做是资本主义新一轮的全球性扩张,是对无意识领域的渗透扩张。"现代"是资本主义征服"自然"的活动,而"后现代"就是资本主义在文化层面、在无意识层面上的扩张活动。

丹尼尔·贝尔和弗·杰姆逊这两种观点是比较有代表性的。尽管他们在很多方面不同,但有一点却是相似的,那就是都承认这个时代发生的巨大变化,承认后现代历史分期的合法性。在后现代这样一个时代,科学技术的迅猛发展,使人类知识领域空前扩张,科学的成就使大部分事物失去了神秘性。伴随着科技力量的发展,文化艺术变成无处不在的事物,改变了人们以往对文艺的认识,批量生产出来的大众文化,取代了昔日高雅文化的地位。正是在这种背景中,让人们看到了后现代文化的处境,一方面,文化突破了原来的发展局限,几乎无所不包;另一方面,它也因此失去了韵味,失去了光辉的色彩。

3. 后现代主义的特征

后现代主义的文化精神到底是什么?每一个理论家都有自己的答案,但是,有些基本的特征还是公认的。当人们看到某种文化形态具有这样的特征时,就可以判断这种文化形态在一定程度上是后现代的。在各种对后现代特征的描述中,弗·杰姆逊的描述是一个比较全面和可靠的版本。

1984年,杰姆逊在《新左派评论》上发表了他的代表作《后现代主义,或晚期资本主义的文化逻辑》。在他看来,后现代主义首先表现出一种"美学民众主义",消除了传统的高雅文化和通俗文化的界限;接着,他详细地论述了后现代文化的构成特征。杰姆逊先是通过对凡·高作品和后现代绘画的对比,指出了后现代文化特有的"感情的消逝",因而,造成后现代作品的"平面化""无深度感"的特点。后现代主义以一种平面感削平了以往的深度模式,拒绝挖掘任何意义,只在文本的表层进行自己的探索。在接下来的分析中,他通过对《尖叫》这幅名画的分析,又提出了"主体性丧失"这一特征,这个特征取代了现代主义时期主体的异化特征。由于主体性的丧失,个人风格的消失,所以,后现代主义艺术"几乎是普遍性的被称作是拼凑的实践",而建立在这样状态上的后现代社会,是一个没有历史的社会,这就成了后现代主义的另一个特征——"历史意识的消失",文化被抹去了所有的过去,留下的只有文本而已。[5]

凡此种种,构造了一个后现代的世界模式。在这个世界中,一切都在一个平面上,没有深度,没有历史,没有主体,没有真理,所谓的同一性、整体性、中心性纷纷消失。艺术退出了迷人的光晕,非艺术、反艺术成为时代的主流,艺术渐渐等同于平庸的生活。

法国理论家利奥塔德对后现代中心性、主体性、同一性消失的特点,做了独特的研究。他在《后现代状态:关于知识的报告》一书中,分析了知识地位的变化,借此提出了自己对后现代主义的看法。在他看来,后现代主义知识推崇的是"想象力",这使得后现代主义知识追求"不稳定性",而拒绝稳定的"系统"和"决定论"。他认为,人类话语交往的目的在于追求谬误推理,而不在于追求共识。所以,后现代主义的特色不是求同,而是求异,打破了以往的理论上的中心论和专家史的一致论。因此,利奥塔德认为,后现代就是一种对"元叙事"的怀疑态度。在《后现代状态:关于知识的报告》一书的"引言"中他写道:"简化到极点,我们可以把对元叙事的怀疑看做是'后现代'。"[6]

对于利奥塔德而言,科学除了在陈述有用常规和追求真理方面不受限制,它不得不面对自己游戏规则的合法性问题。为了论证自己的合法性,哲学话语被制造出来,现代的各种科学话语正是利用哲学这种"元话语"来证明自己的合法性,这些"元话语"则往往要明确地引用某种"宏大叙事"。利奥塔德要做的就是要解构这种"总体性"和"宏大叙事"。他之所以如此防范"宏大叙事",是因为他认为"宏大叙事"是未经批判的,常常赋予叙事一种霸权。这种对"宏大叙事"的怀疑精神,正是后现代主义反对传统、主体、中心的一个突出代表,它给知识分子提供的是反抗绝对主义的策略:

> 为了我们对唯一的整体、对概念和感觉之间的调和、对透明的和可交流的体验的怀旧感,我们付出了高昂的代价。在放松和姑息的广泛要求下面,我们听到了重新建立恐怖和实现占有真实的幻想的欲望的喃喃声。回答是:对总体性开战。让我们做那不可表现的事物的证人;让我们激活分歧,挽救他的荣誉。[7]

相比较而言,被称作"后现代主义大祭司"的法国思想家让·鲍德里亚(Jean Baudrillard)理论的时代感要比前两者强一些。鲍德里亚深受西方马克思主义和精神分析学说的影响,对消费社会进行了深刻的批判和分析。在他看来,马克思主义是以生产理论为基础对资本主义社会展开批判的,但是到了消费社会,这一理论是否还能实现对当代社会的批判已经成为问题。在他眼里,马克思主义的生产理论虽然要批判政治经济学,但实质上还是站在资本主义政治经济学的立场上,反而论证了资本主义社会的合法性。鲍德里亚是通过对传媒文化的研究来介入后现代讨论的,因为在他看来,"大众的媒介是同一个过程。大众就是媒介","操控的秘密就存在于大众媒介得狂热于符号之中"。[8]鲍德里亚由于实证分析及同传媒的紧密关系,形成了自己对后现代主义研究的特色。他在《物品的体系》《消费社会》《生产之镜》等著作中,表达了自己的理论观点。在鲍德里亚看来,模拟的秩序分为三个阶段,一是从文艺复兴到工业革命时期,这是仿造占据支配地位的古典时代;然后是生产占支配地位的工业时代,也是政治经济学时代;第三就是后工业化社会,这是模拟占支配地位的时代,是建立在高科技传媒手段基础上的文化,是一种性质不同的文化,是一种他所谓的"仿真"文化,其核心概念就是"幻象"和"仿真"。在今天,我们面对的是被符号编码复制出来的虚拟世界,"今天的模拟者力图使真实、所有的真实与它们的模型相一致"[9]。以这种理论去观察,在后工业化社会中的人完全无法触及实在,看到的只是象征符号,只是"幻象"和"仿真"构成的体系。今天的文化,只是符号的繁殖和模拟的游戏。鲍德里亚以这一观点为基础,分析了社会的消费,并建立了自己的符号交换理论,认为今天的消费对象不仅是被消费的物品,而且包含着针对消费者周围集体和周围世界的意义,消费成为了一种控制、掌握符号的系统行为。因为,鲍德里亚认为任何一种认识都只不过是一种说法,是一种与客观现实脱节的符号。他说:"不再有工作的意识形态问题,即不再有传统的伦理模糊了'真实'的劳动过程和剥削的'客观'过程,而是工作的场景问题。同样,也没有权力的意识形态问题,而是权力的场景问题。意识形态只与被符号所出卖的现实相适应;模拟则与现实的短路及其被符号所复制相适应。"[10]正因为持此观点,所以,他的见解也引起了很大的争议,并被有的学者认为是"非常危险"的。[11]

4. 现代与后现代

在现代主义向后现代主义的发展过程中,两者的争论成为整个理论和文化转向的一个焦点。而对后现代主义的定位,也离不开对两者关系的探讨。在这个问题上,哈贝马斯是个关键人物。

1981年,哈贝马斯在《德意志批评》上发表了《现代性对抗后现代性》的著名论文,接着,在1985年又写了《关于现代性的哲学话语》,对自己的论点进一步的拓展。从这时开始,哈贝马斯作为一个现代卫道者的形象出现,和后现代的各种代表人物发生激烈的争论。在哈贝马斯看来,后现代性不可能存在,因为现代性仍是一项尚未完成的宏伟工程,它具有开放性,远未终结。哈贝马斯认为,主体性是现代性的基本原则,贯彻主体性的主要历史事件是宗教改革、启蒙运动和法国大革命,主体性还确立了现代的文化形态,现代的国家、社会、宗教、科学、道德和艺术都体现了主体性原则。但是问题在于,一旦现代被看做是一个新的时代,现代意识就必然要求为自己确立新的规范,"接着便会出现这样的问题,即主体性原则及其内在自我意识的结构是否能够作为确定规范的源泉;也就是说,它们是否能够既能替科学、道德和艺术奠定基础,又能摆脱一切历史责任的历史框架"[12]。由此,自我关涉的理性批判也开始出现了。归根结底这还是一种意识哲学的范式。主体性和意识哲学将理性理解为人与生俱来的认识和实践能力,主体对客体的反映成为真理的源泉。从这种观念出发,必然导致理性和自由、个人和社会、自然与社会、情感和理性的冲突。理性成为实现主体目的的工具,理性的目的化推动了科技和生产力的发展,但是同时也把人和自我客体化、工具化。与此同时,主体性原则的自我反思导致的是宗教的衰退,而宗教的衰退又进一步导致了信仰和知识的分离。这证明,现代性确实存在着问题。

但是,这是否就意味着必须否定现代性呢?哈贝马斯从文化审美意义上把现代意识分为三个阶段,即启蒙主义的现代主义意识,浪漫主义的现代主义意识以及自19世纪中叶、具体地说是自波德莱尔至今的现代意识。在他看来,我们仍处在第三个阶段。而在这一阶段,主体性尚未充分发展,它仍在"权力"概念中闪现;启蒙以来的"理性"也依旧与"话语"相连,现代性的启蒙理想尚未实现,它的使命尚未完成,单以一个前缀"后"就想超越现代性是不可能的。后现代主义对现代主义传统的反抗,只不过是中产阶级品味庸俗者的一种反动。哈贝马斯认为,还要将未曾充分展开的主体性作为切入点。要摆脱现代性哲学话语的困难局面,惟有从意识哲学的范式回归到真正的生活世界,过渡到语言哲学的范式,因为通向生活世界即交往参与者所属的生活世界的必由之路,只能是语言。在他看来,"具有言语行为能力的主体所具备的一切类潜能,经过合理重建,确切地说是诉诸我们在已经取得成效的生产过程中直接获得的知识,都可以充分地发挥出来"[13]。

在《资本主义的文化矛盾》一书中,丹尼尔·贝尔对当代资本主义的文化现状进行了激烈的抨击。他指出,西方文化传统中新教伦理的崩溃,就是由于现代主义的破坏性影响造成的。在丹尼尔·贝尔看来,正是现代性的危机,导致了后现代文化的出现。而在哈贝马斯看来,贝尔的这种指责,这种对现代文化的扫荡,只是把任何对立面都推向极端加以否定的论辩方式,代表了一种极端的新保守主义倾向。

利奥塔德由于对现代"宏大叙事"明确地怀疑和反对,使他成了哈贝马斯的另一主要的论敌。在哈贝马斯看来,利奥塔德的这种怀疑是一个事关原则的大问题,意味着背叛了人文理想和社会希望。哈贝马斯不放弃启蒙理想,试图调整和完成理性的重建和修复,建立新理性图式——交往理性,希望通过对话、交往获得具有共识的价值观。交往理性的理论前提是假定在客观世界、社会世界、主观世界之外,作为知识和观念的载体的语言世界的存在。交往行为不是同世界而是同语言发生关系,而且是同时把上述三个世界作为理解和解释的框架,与此同时,在满足四个有效性要求——即对客观世界的陈述是真实的、交往行为的人际关系是正当的、言辞表达和说话者的意图是一致的,以及言语行为的语言形式是可理解的——的前提下,交往行为就能在意见一致的基础上展开积极的对话。因此,合理性的问题就超越了自我中心主义,转向主体之间的领域。[14]哈贝马斯认为,这种交往行为理论可以克服传统现代性的理论困境,同时,也可以遏制那种超越现代性的后现代主义的冲动,走出一条即不放弃现代性理想,又不放弃现代性批判的第三条道路。

从哈贝马斯所造成的各种论战中可以看出,后现代主义这个话语其实有很大的漏洞和含混性。不过,它在某种程度上确也揭示了现代性的种种弊端。后现代主义和现代主义的关系错综复杂,严格划分它们各自的界限是很难的。

关于后现代的论争,从20世纪五六十年代开始,吸引了几乎所有的欧美主要文学理论家。但是,到了80年代后期,新历史主义逐渐取代了后现代主义的主导地位,登上了理论的舞台。这在90年代初的东方文学理论界成了一个热门话题。

后现代主义理论不仅在流传的时间上比较长久,而且它所涉及和影响的领域也相当广泛。同时期及其后的各种理论,无不笼罩在这种"后"学的气氛中。比如解构主义,它所具有的破坏、颠覆和批判的味道,正是后现代主义反抗现代传统的精神表演;再如女权主义对男性话语、男性中心主义的反叛,也正是后现代主义反对主体、反对中心的一种体现。

后现代主义具有很强的影响力,包括我们下面陆续谈到的三种主要的文学理论,也无不是从后现代主义理论中吸取和借鉴了许多东西。在我们研究20世纪中后期西方文学理论的时候,后现代主义的特征和理论形象始终存在,可以说它一直是"在场"的。

二 后殖民主义批评

后殖民主义与后现代主义遥相呼应,构成理论转型时期的"后学"风貌。同后现代主义理论一样,后殖民主义理论也涉及了很多学科,如哲学、历史、文学、心理学、人类学等等，所研究的问题也比较复杂，比如种族、阶级、性别的关系，文化与帝国主义，第三世界的文化抵抗，全球化与文化身份，等等；这使得我们很难给它下一个统一的定义。从时间上看，后殖民主义指的是一种新的殖民主义，即全球化背景下的经济和文化帝国主义。后殖民主义理论尽管林林总总，但其所有研究大都基于一个共同点，那就是欧洲殖民主义的历史与它所造成的后果。所以，从学术思潮上来观察后殖民主义理论，大体可以把它看做是对旧的殖民主义历史及其当代影响的批判性反思。

后殖民主义理论主要研究殖民主义时期之后，宗主国与殖民地之间的文化话语权利的关系。一般来说，殖民主义主要是指对一个国家的经济、政治、军事和主权的侵略和干涉，而后殖民主义理论则主要是强调这种侵略和干涉中对文化知识和文化霸权方面的控制。与后现代主义相比，后殖民主义理论具有更鲜明的意识形态性，它对文化和政治的关注也更为明显，这成了后殖民主义理论的一个特点。

1. 后殖民主义的兴起

后殖民主义理论兴起的时间，一般认为是在19世纪后半叶开始萌发，在1947年印度独立后才正式出现。后殖民主义理论受意大利思想家葛兰西（Antonio Gramsci）的"文化霸权"（或称"文化领导权"）理论影响很大；阿尔及利亚的弗朗茨·法侬（Frantz Fanon）的民族歧视与文化殖民理论，对后殖民主义的广泛兴起亦有重要的理论奠基作用。此外，福柯的"权力话语"与德里达的解构主义，也为后殖民主义提供了重要的思想方法和理论依据。

弗朗茨·法侬是较早自觉地运用理论武器来对现代殖民主义进行批判的学者，虽然由于身患白血病，36岁就离开了人世，但他的具有诗人气质的论述，对世界上受苦心灵的深切关注，却给后世造成了经久不息的影响。他于1952年出版的《黑皮肤，白面具》一书，对近现代殖民主义造成的黑人的心灵创伤进行了尖锐的抨击和分析，成为后殖民主义理论中有关种族研究的一个景点。而他的另一本书《世上的不幸者》，则更扩大了论述的范围，对非洲民族资本主义剥削无产阶级和农民进行了尖锐的批判，认为贫苦农民才是"地球上承受苦难的人"。他以他的著作对这个世界上默默无言的受害者予以支持，对不合理的现实发出强烈的控诉：

> 我们必须坚信，让殖民主义为殖民地人民带来物质利益，而不令它期望殖民地人民忘记对尊严的追求是办不到的。殖民主义一旦探明它的社会改造战术正向何种方向发展，我们就会看到它会像往常一样做

出反应:增强警察力量,调集军队,建立一种更适合它的利益和心理的恐怖统治。[15]

1978年,萨义德(Edward. W. Said)的《东方学》一书出版,表明后殖民主义理论开始走向自觉和成熟,该书被认为是后殖民主义理论真正确立的标志。在萨义德之后,后殖民主义重要理论家有斯皮瓦克(Gayatri Spivak)、霍米·芭芭(Homi Bhabha)等,由于文化身份的原因,他们的研究都从非洲转到印度次大陆上来。

霍米·芭芭是一个生长在印度的波斯人后裔,这种复杂的身份成为他探讨文化殖民主义的一个动力。他张扬第三世界文化理论,注重符号学与文化学层面的后殖民批评。在他的前期研究中,他常常从拉康式的精神分析角度,来描述外在的强迫的权力是如何通过心理因素扭曲人性的;后来他逐渐转向研究当代条件下后殖民主义的文化境遇。他对弗朗茨·法侬非常推崇,并对他的理论进行了细致的研究。他说:

> 我们转向法侬既不是由于哲学思想的限度,也不是因为政治方向的结束。作为图森和桑戈尔智谋和技艺的传人,作为尼采、弗洛伊德和萨特反传统精神的继承者,法侬是僭越和过渡真理的传播者。他可能渴求人类和社会的总体改造,但却最有效地从历史变化的不稳定的间隙说话:即从种族与爱欲之间的矛盾情感领域;从文化与阶级之间尚未解决的矛盾中;从心里再现和社会现实的斗争深处。[16]

英国的汤林森(John Tomlison)也以《文化帝国主义》介入这场讨论,在该书中,他对"文化帝国主义"的现象及其理论意义进行了学术梳理和评判性介绍。在汤林森看来,所谓的"文化帝国主义"指的是"他们"的文化和生活,威胁着"我们"的生活方式,这也就是我们所讨论的后殖民主义理论。汤林森认为,"文化帝国主义"话语主要体现为媒体帝国主义、民族国家话语、对全球资本主义的批判和对现代性的批判等四个层次的话语。他对这些都做了独特的分析。[17]

英国理论家特里·伊格尔顿也在自己的文学理论中融进了对后殖民性问题的反省。在他看来,"我们现代的文化观念很大程度上归功于民族主义、殖民主义以及为帝国主义权力服务的人类学的发展"[18]。而美国的弗·杰姆逊的第三世界文化研究,也为后殖民批评注入了活力。他试图在第一世界和第三世界这种中心与边缘的对立关系中,探讨第三世界的文化命运,希望两者可以真正的进行对话,以打破第一世界话语的中心地位。

后殖民主义理论真正的兴盛期是 1985 到 1995 这 10 年间。目前，一些第三世界和东方国家的文学理论家与批评家，也渐渐介入到后殖民主义的讨论中。像非洲一些国家，亚洲的印度、日本、韩国、中国、新加坡等国家，都有一批学者在努力地寻找自我的文化身份和在世界多元文化中的地位。

此外，由于后殖民主义涉及的理论方法很多，因此，有学者认为后殖民主义理论本身的方法也可以划分为解构主义的、女权主义的、精神分析的、马克思主义的、文化唯物主义的、新历史主义的等等。

2. 东方主义

萨义德是巴勒斯坦人，1935 年生于耶路撒冷，儿时在开罗就读于西方人办的学校，后随父母移居黎巴嫩，并在欧洲各个国家间流浪，1951 年来到美国，1963 年后在美国哥伦比亚大学任教，1964 年获哈佛大学博士学位。萨义德这种特殊的身份，是我们研究他的理论很重要的参照。他的独特经历，使他能以东方人的视角去看待西方，以一种边缘话语去面对中心权力话语。萨义德以自己切身的流亡处境去考察后殖民文化的现实，不拘于学院象牙塔式的小范围研究，坚持关注西方学术界的政治影响力，关注学术与外部世界的关系，常常对具体的社会文化文本发表意见。

作为后殖民主义理论最为主要的人物，萨义德的贡献主要在两个方面：一是在《东方学》一书中对西方在殖民扩张以来的理论建构进行了深刻的揭示，从而奠定了后殖民主义理论的一般基础和方法论原则；二是在《文化与帝国主义》一书中指出了西方文学叙事与帝国主义事业之间的关系，从而为后殖民主义理论的美学分析提供了重要模式。

"Orientalism"这一词在中国习惯上被译成"东方主义"，也有译成"东方学"的，这是因为汉语无法用一个词来对应这个单词的复杂含义。这个词，在萨义德看来具有三个方面的含义，即一种学术研究学科，一种思维方式，一种权力话语方式。《东方学》的主题之一，就是解释隐含在"东方学"研究中的权力话语及运行机制，这是从观念和"主义"的角度谈的；但它的主要目的，是要对作为一个学科的"东方学"的发展和演变的历史进行基本的描述，这就是从学科的角度谈的。为了方便，我们统一用"东方学"来描述种种情况。

"东方学"是伴随着西方的全球扩张而形成的一种关于东方的学问。现代以前，西方研究的东方还不是今天我们所说的"东方学"的内容，但从那时开始，"东方"就一直被书写成一种怪异的、不友善的形象。萨义德对

"东方学"进行历史的回溯,是要从历史中看出西方的思维惯性。现代以来,随着资本主义在西方兴起并向全球扩张,西方人对于东方世界的亲身经历以及各种见闻、思考、言说,构成了新的历史时期关于东方的话语,配合着西方教育机构和科研机构的学科建设和机构设置,形成了西方文化中的"东方学"。西方人对"东方"的认识,是以西方的文化思维为其背景和基础的,因此,西方的"东方学"是西方对东方的"编造",这种"东方"只是他们所认为的"东方",并不是真正的"东方",其实是对"东方"的遮蔽和歪曲。萨义德对这种现象进行了一系列的分析,并发出了种种疑问:

> 这是东方学自信心登峰造极的表现。没有哪一种论断性的概括不被认定为普遍真理;没有哪一种对东方特性的理论列举,不被用来描述世界东方人的行为。一边是西方人,另一边则是东方人(阿拉伯人):前者有理性,爱和平,宽宏大量,合乎逻辑,有能力保持真正的价值,本性上不猜疑;后者却没有这些优点。这些论断出于一种什么样的观点?这一观点虽经集体形成然而却又有其特定的内容。是什么样的特殊技巧、什么样的想象动力、什么样的体制和传统、什么样的文化力量使克罗默、贝尔福和当代政治家们在描述东方时出现如此惊人的相似?[19]

对于萨义德来说,对这一问题的解答就是隐含在它后面的话语权力的问题,他将福柯的话语理论与葛兰西的文化霸权理论结合起来,指出"东方学"其实是一种话语结构。西方为自己的经济、政治、文化利益而编造了"东方"。西方人的"东方学",并不是要去追求什么是东方的真理知识,而是要通过一种关于东方的貌似真理的言说,去定义一种有利于西方的东西的关系;通过推论,得出西方是一种优越的文明,东方是低于西方的"他者"的结论;而强化和固定这种差异的意义,其结果就是东方被制作成了永远落后的形象。此外,现代以前西方对东方形象的歪曲是非学科性的,而现代以来,西方对东方的描述虽然仍是歪曲的,但却披上了科学的知识形态这件外衣。萨义德的理论,就是要对现代形成的这种"东方学"的真理性进行解构,解除它科学的外衣,暴露它的荒谬与不实。

《东方学》一书出版后,由于文本实证分析的精彩和观点的鲜明独特,引起了各个学科领域的广泛兴趣。但同时,也由于它的内容的多义性,而遭到各方面的误解和攻击。有许多民族主义者在翻译这本书的过程中,加入了许多反西方的色彩,把萨义德当作反抗西方的斗士。但是,萨义德并非是要人们走向另外一个极端,比如去做出一个"西方学",而是要超越东西方对抗的二元立场,希望二者之间可以建立起公平对话的新关系。所以,在1994年该书再版时,萨义德写了一个很长的"后记",申述自己的真实意图。在《东方学》的开头,作者引用马克思在《路易·波拿巴的雾月十八日》里的话:"他们无法表述自己;他们必须被别人表述"。这或许是作者切入问题的关键所在。

萨义德在1993年还出版了一本书,叫《文化与帝国主义》。这本书主要讨论的是西方帝国主义和第三世界民族主义的关系问题,以及这种关系如何在社会历史现实层面和文化意识形态精神层面展开。萨义德以19世纪和20世纪的小说叙事为分析对象,将现代几位欧洲文学家的作品置于政治与文化的具体背景中,显示了西方帝国主义的野心与其文化之间的密切关联。而且,该书也揭示了被支配的人民如何在这种背景下生产他们自己的充满活力的、反抗的文化。[20]

《文化与帝国主义》这部书,进一步深化和拓展了后殖民主义理论,集中阐释了文化控制与知识权力之间的关系,强调了后殖民主义知识分子的反权力话语的历史,并将文化殖民主义批判的矛头对准美国。

3. 后殖民主义与女权主义

后殖民主义与女权主义之间,无论在实践上还是在理论上都呈现出既相互联系又相互冲突的复杂关系。当然,它们之间也有鲜明的一致性,即这两种文学理论都关注在统治结构中被边缘化了的"他者",自觉地去维护"他者"的利益,以颠覆性别的、文化的、种族的等级秩序为己任,坚决否定男权主义与殖民主义共有的二元对立的思维方式。

美国藉的印度裔女学者斯皮瓦克,是其中的代表人物。她使后殖民主义研究开始真正地关注印度次大陆。斯皮瓦克生于印度的加尔各答市,1963年移居美国,现为美国匹兹堡大学英语与文化研究系教授,其主要著作有《在他者的世界里》《后殖民批评家》等。斯皮瓦克是一位综合多个流派、跨学科的思想型的学者,她将女权主义理论、阿尔都塞理论和德里达的解构主义理论整合在自己的后殖民主义理论中。她善于运用女权主义的理论去分析女性所遭受到的话语权力被剥离的处境,运用解构主义的权力话语理论去透析后殖民语境中的"东方"地位,运用西方马克思主义理论对殖民主义的形式及其构成进行重新解读,并力图从中恢复历史的真相。她将这些理论中的批判性、颠覆性和边缘性精神,同自己本民族受殖民压抑的历史记忆联系起来,从而取得令人瞩目的成绩。她说过:

姑且考虑一下这种知识暴力所标识的封闭地区的边缘(人们也可以说是沉默的、被压制而不出声的中心),处于文盲的农民、部族、城市亚无产阶级的最底层的男男女女们。据福柯、赫德鲁兹所说(在第一世界,在社会化资本的标准化和统治下,尽管他们似乎没有认识到这一点),被压迫阶级一旦有机会(这里不能规避再现的问题),并通过同盟政治而趋于团结之时(这里起作用的是一个马克思主义的问题),就能够表达和了解他们的条件。我们现在必须面对下面的问题:在由社会化资本所导致的国际劳动分工的另一面,在补充先前经济文本的帝国主义法律化教育的知识暴力的封闭圈内外,属下能说话吗?[21]

在斯皮瓦克看来,作为一个在美国任教的东方女性学者,需要承受三重压力:首先是面对西方人时作为一个"东方人"所感到的压力;其次是在男权话语中作为一名女性的压力;第三是在"第一世界"的语境中作为边缘的"第三世界"的压力。在这种压力下,斯皮瓦克并没有屈服,而是试图通过自己的研究,重新建构第三世界自身的历史叙述逻辑,以自己的独特身份去重写自己民族的历史。

除了斯皮瓦克之外,在后殖民主义与女权主义两者间游走的理论家还有许多人。比如,印度的莫汉蒂(Mohanty)在《第三世界妇女和女性主义政治》一书中,就激烈地反对西方文化帝国主义所造成的所谓的文明世界,认为妇女在这个世界中被漠视和侵犯,尤其是第三世界的妇女,早已丧失了自己说话的能力。她的思想推动了第一世界中的女权主义运动,促进了第三世界女权主义的觉醒。再如,法国的埃莱娜·西克苏(Helene Cixous)也发表了一系列以女性为中心的论文,如《美杜莎的笑声》《阉割还是斩首》等等,提出为了消除男权社会中男女固定不变的"二元"对立,女性的写作应该以"双性同体""描写躯体"为目标,才能真正地解放女性。这些观点,都扩充了后殖民主义理论的研究,扩大了它的受众和影响。

如今,后殖民主义理论不仅成为第三世界与第一世界力图"对话"所借鉴的文化策略,而且也使得边缘文化重新认识其民族文化的前景。后殖民主义理论使人们认识到,每一种文化都有其独特的发生发展的过程,任何一种文化都不可以作为判断另一种文化的绝对尺度。那种认为只有走向西方才是唯一出路的看法,应该引起人们的警惕和质疑。西方文化先于其他文化一步迈入了"现代",但这并不意味着这种发展模式就应成为整个世界发展唯一正确的方向和目的。当今的世界是一个多元的世界,任何一个民族都有能力而且也应该发出自己的声音。

三 新历史主义理论

新历史主义理论在上世纪70年代末酝酿,至80年代后期,已成为英美文学与文化批评领域内颇有影响的跨学科、多方向的重要理论流派和批评思潮。新历史主义与后现代、后殖民主义的关系相当密切,它的重新书写历史这一观念的精神实质,与后现代主义、后殖民主义的颠覆性内质是相同的。

1. 新历史主义的特征

要知道何谓新历史主义,须先弄清楚历史主义是怎么回事。一般认为,历史主义是18世纪末开始主要在德国发展的一种思潮,在启蒙运动和法国大革命以后与浪漫主义的兴起相伴生,后来,历史主义逐渐影响到欧美国家。现在,能够找到的较早提到历史主义思想和理论的,是弗里德里希·史莱格尔于1797年随意记录的一些有关语言学的零碎的笔记。这种思潮在历史、哲学、文学领域都造成了很大的影响。历史主义的代表人物包括了各个领域的人文学者,比如意大利的维柯、法国的卢梭、德国的黑格尔;而在现代,克罗齐和狄尔泰等也属于历史主义之列。虽然他们的理论的出发点可能不尽相同,但其基本的观点却大体一致,即都强调历史的总体性发展,认为对社会生活的理解应建立在对人类历史的思索上,认为社会发展规律支配着历史的进程,并允许对社会的进程加以预见。在对文学研究的应用中,历史主义把文学当作一面"镜子",认为文学是某个历史时期的政治和文化的摹本,因而它也是人们了解和接触这一历史时期的工具。

历史主义的这种理论观念,在20世纪的现代思潮的氛围中,遭到了许多学者的非议和批判。英国的政治哲学家卡尔·波普尔在所写的《历史主义贫困论》《开放社会及其敌人》等著作中,就坚决地反对所谓的"历史决定论",可以说是对历史主义理论和观念的沉重打击。在卡尔·波普尔看来,任何理论方法都不可能真正预测人类历史的进程,也不可能有一部真正如实地表现过去的历史,所谓历史的意义和目的,都是人类自行加上去的。而历史主义对"总体性"的坚持,很容易导致权力的集中,形成极权主义。在西方文学理论的发展上,20世纪出现的"语言学转向",也在某种意义上是种告别历史主义研究方法的尝试。形式主义、新批评、结构主义、符号学和解构主义等流派,都告别了"历史"而走入"形式",历史的意义让位于语言的解析。

正是在这种背景中,新历史主义理论登上舞台。1982年,美国学者斯蒂芬·格林布拉特(Stephen Greenblatt)为《文类》杂志的"文艺复兴研究专刊号"编选了一组论文,并撰写了"导言",称这些论文体现了一种新历史主义的倾向,从此,新历史主义一词很快地被广泛接受和使用。由于格林布拉特正式确立了这一理论派别,因此成为该派别的精神领袖。

我们知道,这个时期,西方文学理论的形式主义"语言论转向"已经走入死胡同,新历史主义便趁机重新强调对文学文本实施政治、经济和社会等的综合分析,并将文学形式与历史母体重新整合,对半个多世纪以来的形式主义文学理论进行清算。作为一种文化诗学,新历史主义将理解和阐释构成作品意义这一命题,作为自己的理论基石。对于它而言,书写文学史的意义就在于总结一代人对以往文学的见解,并必然打上当代人的烙印。新历史主义的代表人物除格林布拉特外,还有海登·怀特(Hayden White)、蒙特洛斯(L. A. Montrose)、多利莫尔(J. Dollimore)等人。

新历史主义理论之"新",主要在于它回归历史的方式是独特的;它不是简单地回复到旧的历史主义或者历史唯物主义,而是吸收了后结构主义、尤其是福柯的"知识考古学"和"谱系学"的一些理论成分,力图把唯物史观与现代的文化批评结合起来,创造出一种新的历史主义批评方法。"历史性"和"文本性"及两者间的相互关系,成了它批评实践的主要参照点。

美国加州大学圣地亚哥分校的英国文学教授蒙特洛斯,给新历史主义提供了一个较精确的定义,即它研究的是"文本的历史性和历史的文本性"。"文本的历史性"指的是一切"文本"都是特定的历史文化、政治经济下的产物,而任何一种对"文本"的读解,都不是纯客观的,都是在具体历史环境中读解的,"文本"本身就是历史的重要组成部分;"历史的文本性"则是说文学"文本"和非文学"文本"并无本质上的区别,历史文献只是前人所记述的文献材料,与文学"文本"一样,也具有叙事的虚构性。在这种观念中,历史和文学的界限取消了,文学研究被置于宏大的历史叙事语境中。因为这一定义简洁鲜明,所以被广泛运用,成为新历史主义的一个代名词。

2. 格林布拉特的文艺复兴研究

文艺复兴研究是新历史主义的突破点,它通过研究历史语境中一些不起眼的小地方,去修正、打破在特定历史语境中占支配地位的主要文化代码,从而实现"去中心"和重新书写文学史的目的。

格林布拉特长期任教于美国加州大学伯克莱分校,专门研究文艺复兴时期的英国文学,著有《文艺复兴人物瓦尔特·罗利爵士及其作用》《文艺复兴时期的自我塑造:从莫尔到莎士比亚》《再现英国的文学复兴》等。1980年出版的《文艺复兴时期的自我塑造:从莫尔到莎士比亚》一书,是他的成名作。该书强调新历史主义应该是一种批评实践,而不是教条,试图为走向死胡同的文学理论找到一条新路。

格林布拉特研究文艺复兴的出发点是"自我",他相信16世纪的英国产生了能够塑造成型的自我意识。"自我"问题实质上就是主体问题。与旧历史主义坚持与研究对象保持距离以获得所谓客观的真理不同,他把文学和历史看做是一个相互作用的"力场",通过对人物自我意识的构型过程的剖析,揭示出自我与社会权力话语之间既顺从又逆反,既有压制又有反抗的文化机制,从而使其研究具有强烈的政治学属性和历史意识形态属性。他说:

> 文学以三种相互锁联的方式在此文化系统中发挥自己的功能:其一是作为特定作者的具体行为的体现,其二是作为文学自身对于构成行为规范的密码的表现,其三是作为对这些密码的反省观照。我在下面的论文里所尝试的阐释工作,将会涉及所有上述三种功能。[22]

在格林布拉特看来,我们通常所说的历史并不是实录,而是王权下的产物。他从文艺复兴的各种故事中选择了一小批有吸引力的人物,比如莫尔、廷德尔、魏阿特等,从人们不大注意的小问题、小细节出发去发现为大历史叙事所忽略的地方,期望通过这种个人化的研究,显现出真实的自我状态。格林布拉特通过这种对历史的重新取舍,力图证明文学书写了心灵的历史,记录了主体的状态,参与了历史的发展进程,是一种在历史语境中塑造人类主体的有效载体。格林布拉特所提供的这种研究方式,要求研究者必须以自己的主观视界实现对历史和文学的双重切入。研究者必须意识到自己作为文化阐释者的身份,有目的地将文学看做构成特定文化的符号系统的组成部分,从而打破文学与外部联系的阻隔,返回到个人经验与特殊环境中去。

与新历史主义相对应,格林布拉特还应用了一些其他术语来定义他所倡导的这种研究方法。比如,"文化诗学"。这是因为这种研究并不仅仅局限于文学,而是用文化人类学的方式把整个文化当作研究的对象。在《文艺复兴时期的自我塑造:从莫尔到莎士比亚》这本书中,他就已经提到了"文化诗学"这一名词,并把它定位为一种目标。1986年,他在西澳大利亚大学做一次演讲时,对新历史主义发展中的问题又进行了一些分析,演讲的题目即为"通向一种文化诗学"。"文化诗学"的命名,指出了新历史主义研究的跨学科性质。这种开放的性质,使得它可以借鉴当代理论发展中的各种资源。同时也指出了新历史主义所具有的政治学属性,使文学研究走出了学院的固守模式,进而把文学放回其自身的历史语境之中去阐释和理解。

3. 海登·怀特的"元史学"

如果说格林布拉特通过对文艺复兴的研究,为新历史主义确立了实践的而非教条的品性,那么,海登·怀特的"元历史"理论,则从学理上加强了新历史主义的思辨性,从"元理论"上为新历史主义作了强有力的辩护。这就使得海登·怀特成为了这一派别的中坚人物。令人惊讶的是,尽管海登·怀特被学术界公认为是新历史主义的重要理论家和辩护者,但他从来不承认自己是新历史主义者。

海登·怀特是美国当代著名思想史家、历史哲学家和文学批评家,与其他新历史主义者不同,他的学术专长是对19世纪欧洲思想史的研究。他的主要著作有《自由人文主义的出现:西欧思想史》《元史学:19世纪欧洲的历史想象》《话语转义学:文化批评论文选》《形式的要旨:叙述话语与历史表征》等。他广泛吸收哲学、文学、语言学等学科的研究成果,可以说主导了20世纪70年代以后历史哲学领域中的"语言学转向",并将历史主义思想带入文学理论和批评领域,成为跨学科研究的一个典范。

海登·怀特从历史史实的研究中抽出身来,上升到对"元历史"的研究,探讨什么是历史话语的本质,历史话语与文学话语如何相互转换等一系列元史学理论问题。这是一种与传统的以分析批判为特征的历史哲学不同的思辨的历史哲学,力图为作为"整体"的人类历史提供一种意义,并且展示出发展的总方向。

确切地说,海登·怀特的研究对象是历史作品而非历史本身,是对历史事件的叙述而非历史事件本身的研究。在他看来,史学家对历史事件的叙述,是一种语言学规则的建构,是一种诗意的修辞行为,而他所要做的是对历史想象的深层结构的分析,所以,他的理论也就是一种有关历史作品的形式理论。他说:

> 在该理论中,我将历史作品视为叙事性散文话语形式中的一种言辞结构,这就如同它自身非常明白地表现的那样。各种历史著述(还有各种历史哲学)将一定数量的"材料"和用来"解释"这些材料的理论概念,以及作为假定在过去时代发生的各组事件之标志,用来表述这些

史料的一种叙述结构性的内容,一般而言它是诗学的,具体而言在本质上是语言学的,并且充当了一种未经批判便被接受的范式。[23]

海登·怀特认为,一般人将历史视为"关于过去的事情"的看法是偏颇的,我们所说的历史仅仅是被写下来的、供人阅读的历史话语,这决定了历史文本与其他的文本不再具有根本性区别。历史也只是一种语言结构,一种具有阐释功能的语言结构。在历史文本的表层之下,存在着一个"潜在的深层结构",它在本质上是诗性的,具有诗人式的想象性和虚构性。所以,只要历史学家仍然继续着自己的言说和写作,那么,他们对于历史事件的思考和写作就依然是"文学性"的,也就是"诗性的"和"修辞性的"。这种对历史诗意化的研究,使他受到了文学理论家和历史学家的双重质疑。

怀特在他的《元史学:19世纪欧洲的历史想象》一书中强调,历史修撰离不开想象,历史叙述和历史文本不可避免地带有虚构性,在这一观点的基础上,他又在《话语转义学:文化批评论文选》中大大地向前跨进了一步,断然将历史与文学等量齐观。他认为,史学家与文学家所感兴趣的事件可能不同,然而他们的话语形式以及他们的写作目的则往往一样,他们用以构成各自话语的技巧和手段也往往大体相同。他说:

> 历史学家把史料整理成可提供一个故事的形式,他往那些事件中充入一个综合情节结构的象征意义。历史学家也许不喜欢把他们自己的工作看成是把事实变成虚构的想法;但这正是他们的著作的效果之一。历史学家对某一系列历史事件提出可选择的情节结构,使历史事件获得同一文化中的文学著作所含有的多重意义。[24]

对于海登·怀特而言,历史学家运用修辞性语言,通过某种叙述形式,不仅赋予过去的历史事件以实在性,还赋予了它意义。因为"只要历史实体在定义上隶属于过去,对它们的描述就不会被直接的(受控的)观察所证实或证伪"[25]。这样,历史讲述的就不仅仅是事件,而且也有事件所展示的可能的关系系列。这种关系系列,不是事件本身所固有的,而是存在于对其进行思考的历史学家的大脑之中,因此,历史的叙述就转换为语言的问题,也就具有了"文学性"。海登·怀特坚持认为,解决文本与历史的关系是新历史主义研究的关键。作为研究对象,人们可以在文学文本的研究中采用历史文本研究法,在历史文本的研究中采用文学文本研究法。这样才能打通学科间的界限,使历史"真实"地回归。这正如美国学者杰姆逊所说:"历史本身在任何意义上不是一个本文,也不是主导本文或主导叙事,但我们只能了解以本文形式或叙事模式体现出来的历史,换句话说,我们只能通过预先的本文或叙事建构才能接触历史。"[26]

4. 影响与局限

新历史主义理论的兴起,其思想的开放性一直是它的一个优势,但这也使得它的理论群体处于混乱与杂糅的状态,没有一种可供人进行归纳的一致性成分。当然,相对而言,新历史主义也有自己的一些特点,比如,它体现了 20 世纪文学研究对社会的重新关注,强调了文学话语和历史话语并无本质上的区别,并将文学文本置于更广泛的社会话语结构中进行探讨。显然,与以往的研究不同,它更关注"大历史"中"小历史"的真实存在状态,以一种"边缘化"的策略将历史带入文学。或者说,它是一种蔑视历史规律、以"微观政治"代替"宏观政治"的理论方法和叙述策略。

新历史主义理论借文学理论研究历史文本,又反过来影响到文学理论的研究,这使其身份变得复杂和暧昧。正是因为它的这种杂糅状态、成员身份的复杂,以及奇特而庸俗的历史观,所以,也常常会造成它内部的理论矛盾,使得它在各个方面都遭受到质疑和批评;而且,这些批评者又常常是来自两个本来相对的理论阵营。比如,传统的历史主义批评它否定了历史的客观真实,而重视文本的形式主义理论则批评它有过于明显的政治意向。美国学者理查·勒翰就认为,新历史主义过多地受到了解构主义、后现代主义的影响,过于热衷于对历史的消解。而由于它过分地强调把文学放在广泛的社会政治领域内进行研究,这也偏离了学术所应保有的中立态度。

尽管新历史主义遭到种种驳难,但我们还是应该看到,它在那个文学理论内部研究横行的时代,重新开创了文学理论外部研究的天地,使得西方文学理论的发展不至于过分偏颇,应该说是有其特殊价值的。

四 文化研究的兴起

文化研究以其包罗万象的特性,学科开放的观点,成为 20 世纪末席卷全球的一股理论热潮。文化研究作为一种理论现象,它既没有固定的研究领域,也没有统一的研究方法;既富于变化,而又难以清晰地定位;实际上,是一个不断扩展的知识实践领域。文化研究是从西方传统学术体制中逐渐发展出来的,它重点关注通常为传统学科所忽视或压抑的边缘性问题,是对既有学科的挑战。文化研究作为一种方法,改写了传统的"中心"和"边缘"

的观念,对传统的学科理念和学科建制构成强烈冲击。

1. 文化研究的概况与渊源

狭义的文化研究,是指20世纪50年代诞生,在60年代后以伯明翰大学"当代文化研究中心"为代表的英国学者的研究取向和研究成果。广义的文化研究,是指包含了许多理论和方法的有关文化的研究。尽管伯明翰学派是当代文化研究的主要推动者和最重要的代表,但它并不能包揽文化研究全部情况。除英国之外,欧美许多国家都有基于本国传统的蔚为大观的文化研究。

1963年,英国伯明翰大学创建了"当代文化研究中心",该中心主要研究通俗文化和文化媒介,其成员多是英国的新马克思主义者,他们在研究中接受了结构主义、解构主义、拉康理论、后现代媒体理论等种种当代理论的影响。这些成员觉得,在英国,知识分子与工人阶级之间有很大的隔阂,知识分子应该为工人阶级做些事情,所以,他们研究的重心是工人阶级的生活。这个研究中心的主要代表人物是理查德·霍加特(Richard Haggart)、雷蒙·威廉斯(Raymond Williams)、E. P. 汤普森(E. P. Thompson)等。其中,雷蒙·威廉斯可以说是文化研究方法的奠基者。他著有《文化与社会》《漫长的革命》等。在这些著作中,威廉斯开始引领思想界向文化精英主义告别,并确定了文化研究的大体走向。他详尽地分析了"文化"这一词语的历史变迁,同时扩展了"文化"这一概念的范围和意义。在他看来,"文化"有三种界定方式:第一种是理想的文化定义;第二种是文化的文献式定义,这两种定义都是传统意义上的文化定义,而文化研究则要把理论视野投放到第三种定义,即:

> 最后,是文化的"社会"定义,根据这个定义,文化是对一种特殊生活方式的描述,这种描述不仅表现艺术和学问中的某些价值和意义,而且也表现制度和日常行为中的某些意义和价值。[27]

威廉斯在论述"文化"的同时,还提出了另外一个影响后来文化研究发展的重要概念,即"经验"。在他看来,生活在同一文化中的人们共同拥有一种"经验",这种"经验"是不可替代的,只有置身于这种文化中的人,才能体会到这种文化的特质所在。后来,伯明翰研究中心的研究者们,常常采用一种称之为"民族志"的方法,亲身进入到某一社会群体的"文化"当中,在其中长期地生活,力求从"内部"来解读其意义。这种"民族志"的方法,可以说同威廉斯对"经验"的重视是很有关系的。

理查德·霍加特是伯明翰大学"当代文化研究中心"的创建者,是早期文化研究队伍中的中坚人物。他不仅通过创建"当代文化研究中心"为文化研究确立了自己的发展空间,而且,他所著的《文化的用途》一书,也成为了文化研究理论的经典。在《文化的用途》里,他描绘了他的青年时代英国工人阶级的生活状态,然后,记述了50年代美国大众文化对传统工人文化的冲击。该书所具有的特定经验和技艺、文学化的批评模式、跨学科的思维视角,都使它成为后来文化研究著作的典范。E. P. 汤普森的《英国工人阶级的形成》与《文化的用途》的理论取向很相像,但前者更为细致地论述了英国工业革命早期工人阶级意识和文化的形成过程。

文化研究的理论,在这些前驱者的带领下,逐渐影响到英国以外的范围。由于它注重当代的大众文化,注重那些被主流文化排挤的边缘文化,注重对文化背后的社会政治、经济运作机制的分析,注重对传统学科界限的超越……所以这些都给了文学理论研究者们很大的启示。再者,由于它自身所蕴含的特质与后现代主义、后殖民主义、新历史主义等理论极为合拍,所以,也使得很多理论家或多或少地采用他们的方式进行自己的研究,从而推动了文化研究自身的改造与转化。

2. 关于意识形态

意识形态概念是马克思主义理论的核心术语之一。雷蒙·威廉斯在《马克思主义与文学》一书中说,意识形态这个概念在马克思和恩格斯那里,含义并不十分明确,它游移于两种意思之间,一个是指一种某个阶级特有的信仰系统;另一个是说一种可能与真实的或科学的知识相矛盾的幻想信仰系统,即虚假思想或虚假意识。马克思主义是拒绝把文化视为一个独立自主的领域的。作为一种旨在引导无产阶级社会革命的思想体系,马克思主义特别注重对意识形态和社会体制的分析,而关于文化的内容,则主要是对其社会生产和消费过程中权力运作、控制关系表现出高度的敏感。威廉斯的这些看法,被文化研究者拿来融入自己的理论,成为文化研究很重要的一个特点。由于这些观念在文化研究理论发展中处于不同的地位,因而造成了文化研究各个时期不同的取向,早期一般称为"文化主义"的文化研究,后期则称为"结构主义"的文化研究。伯明翰大学"当代文化研究中心"的另一名创建者斯图亚特·霍尔在《文化研究:两种范式》一文中,对这种不同的取向做出了自己的分析:

很明显,由于"文化主义"范式的界定可以无需参考意识形态概念的意义框架(当然这一词语出现过,但并不是作为观念概念),所以"结构主义"介入时大量围绕在对意识形态概念的阐释上;而由于坚持了自己更为纯正的马克思主义路线,"文化"的概念并不那么突出。[28]

法国的"结构主义马克思主义"思想家阿尔都塞可以说是这一变化的关键人物。阿尔都塞有关意识形态的著述,是当代西方争议最大也应用最广的理论分析模式之一,一度几乎主导了文化研究,并成为文化研究中结构主义这一流派的理论基础。阿尔都塞认为,意识形态是个体与现实环境之间想象性的关系,是一种隐蔽地对人进行控制的思想构架,它建构了我们对现实的认识。这样一来,"文化"的含义也由此发生了转变,不再仅仅是早期文化研究者所认为的生活经验的表现,作为一种意识形态,它成为了这种经验产生的前提和基础。这样,文化研究的主要目标就变成了探讨文化主体意识形态的构成机制。这种主体是在社会和文化的发展中逐渐建立起来的,是社会关系的主观方面的体现。阿尔都塞的理论推动了文化研究对文化体制和社会实践方面的研究进度,让人们看到意识形态确实有效地占领并控制了绝大多数人的思想意识和情感模式。但是,与此同时,由于这种理论过分地强调意识形态的建构性,甚至认为意识形态支配一切,个体完全是被统治的,这样就使理论陷入了消极的境地。这让人产生疑问,难道文化仅仅是政治的工具,难道个体在这个社会结构中就毫无反抗的机会与可能?

正因为阿尔都塞的理论有此不足,到了20世纪70年代后期,文化研究中出现了所谓的"转向葛兰西"。意大利的马克思主义思想家葛兰西,在墨索里尼的因牢中提出了"文化霸权"(或称"文化领导权")这一概念,反思马克思预期的无产阶级革命没有在西欧发生的原因。所谓"文化霸权",就是某个居支配地位的阶级,不仅在国家形式上统治着社会,而且还通过精神方面的领导统治着这个社会。"文化霸权"不同于英国早期文化研究中的"文化主义",它并不认为大众文化是工人阶级价值观的真实表达,但也不完全等同于结构主义的文化研究,并不把文化只看成是一种意识形态国家机器。在他看来,文化是统治与反抗之间的谈判所产生的一种混合体,它既是支配的,又是对抗的。这种理论,较为恰当地将意识形态和主体实践联合起来对文化加以考察,在某种程度上克服了结构主义的一些缺陷。

由于意识形态概念在文化研究中具有越来越重要的地位,所以,也造成了文化研究在选择研究对象上的某些特点。那些处于社会边缘的社会群体,成为文化研究所关注的对象,这是因为,对这些群体的研究,可能会揭开统治阶级所构造的虚假的主流文化,可能会更正确地再现社会文化的真正状态。所以,像工人阶级的文化、青少年的文化、女性的文化、种族的文化等等,这些富有政治含义的文化层面和角落,就成了有影响的选题对象。

3. 关于大众文化

西方文化研究理论中的大众文化,不是我们以往说的大众的文化。这里的大众文化,是文化研究理论中最具有反叛精神的一部分。在文化研究兴起以前,大众文化是被严厉批判的概念。例如在德国,法兰克福学派的理论家特别是阿多诺、马尔库塞等人,就认为大众文化只能在被动的消费中去认同市场和商品拜物教的统治,接受现存的不合理的资本主义秩序。于是,以文化工业这一名词掀起了文化批判的高潮,认为文化工业是生产让大众不假思索就去消费的商品,剥夺了人们的反抗意识,只是简单地去追求快感。再早,英国的马修·阿诺德于1869年出版的《文化与无政府状态》一书,认为文化是世界上最好的东西,是为培养有修养的中产阶级而存在的,而工人阶级贫困、愚昧,因而他们的文化即大众文化,只是一种无政府状态,会给社会造成很大的危害。而利维斯(F. R. Leavis)则在1930年出版的《大众文明和少数人文化》一书中,坚信文化是少数人的专利,认为英国文学有着伟大的传统,而大众文明的大众文化是商业化的低劣的文化。这些批判在很长一段时间内发生着巨大的影响,使大众文化成了众矢之的。尽管在人口比例上,在社会的基本构成上,大众是多数,文化精英只是一小部分人,但因大众无法"再现"自己,所以,有关大众生活的一切,长期被打入另册,成为主流之外的边缘。

自20世纪50年代开始,一批工人阶级家庭出身的青年理论家和批评家走上舞台,自觉地作为社会边缘集团的发言人,批判精英主义,致力于重新确认工人阶级的政治和文化,并认为30年代是美好的旧时光,那时的工人文化是健康纯朴、生气勃勃的。通过理查德·霍加特、E. P. 汤普森等人的努力,工人文化开始成为文化研究严肃的主题。但是,早期的英国文化研究,批评标准仍十分接近利维斯式的"健康""严肃""有机"等等,因此有所谓"左派利维斯主义"之称。随着文化研究的扩展,阿尔都塞的意识形态理论、葛兰西的"文化霸权"理论的介入,文化研究越来越多地把边缘文化纳入自己的研究范围,也逐渐消除了精英主义批评标准的痕迹,开始在与主流统治价值观的对立中重新确认大众文化的意义。

可以这样说,当资本主义的社会控制和统治权威越来越由政治、经济转向文化和日常消费领域之后,文化研究把"文化"置于权力的物质关系背景中,经过这种理论实践,大众至少在符号与话语的层面上获得了部分的权力。雷蒙·威廉斯在1976年出版的《关键词》一书中,曾对大众文化表达过一些意见,他认为大众文化更现代的意义是为多数人所喜爱。斯图亚特·霍尔也在自己的文章中对大众文化的不同定义做了自己的分析,而他最认同的定义是:

> 最关键的是与统治文化之间的关系,这种关系用持续性的张力(关系、影响和对抗)来界定大众文化。这是围绕文化的辩证法建立起来的文化概念。它把文化形式和文化活动的领域看成是持续变动的,然后考察把这一领域不断地建构为统治与附属两部分的那一关系。……处于核心的是力量间变化的、不均衡的关系,它界定着文化领域,文化斗争与其众多形式。它的主要焦点是文化间的关系以及霸权问题。[29]

在专注于大众文化的研究者中,美国的约翰·费斯克(John Fiske)是其中出色的一位。他几乎涉及了人们日常生活的各个方面,如超市、汽车、化妆品、流行歌曲、肥皂剧等等。作为美国威斯康辛大学传播学系的教授,他有意识地把文化研究和传播学结合起来,并且一再地声称自己是不折不扣的大众文化迷,可以说是大众文化的有力捍卫者。在他看来,我们研究大众文化的意义在于,文化研究中的"文化"一词,重心既不在美学方面,也不在人文方面,而是在政治方面。在1989年出版的《理解大众文化》一书中,他分析了当时大众文化研究的走向,认为大众文化是大众在文化工业和日常生活的交界中产生出来的,是来自底层的自发的文化创造,而不是屈服于文化工业的被动的群众文化。在书的结束语中,他自信地谈道:

> 对那些以不同方式判断大众文化为否定性的社会影响力的诸多观点,我确实希望提出挑战,因为,我最终相信,在我们的社会中,大众力量具有积极的影响。学院中人与政治人士无法正确说明大众力量的进步因素,这仅仅表现了他们的无能。我希望我已经成功地引导部分读者与我同行。[30]

大众文化研究开拓出的领域相当广泛,而其中很重要的一个方面就是对"媒介"和"传播文化"的研究。霍尔在70年代发表的《编码,解码》,已经成为人们今天进行传播研究的基础理论。在霍尔的推动下,文化研究者对电视观众这种特殊的受众,做了大量的分析,比如莱昂·恩的《观看达拉斯》、莫利的《家庭电视》等。另一个重要人物是法国的文化理论家米歇尔·德赛图,他于1974年出版了《日常生活的实践》一书,这也成了文化研究学者如今进行理论实践所要参照的一个范本。约翰·费斯克就是德赛图在美国的推广者,深受德赛图思想的影响。

4. 跨学科的挑战

关于文化研究,似乎对它谈得越多,就越不清楚自己在谈些什么。一方面,文化研究已经成为显赫的学术思潮和知识领域;另一方面,它甚至不能为自己提供一个清晰的形象和稳定的构架。1999年,彼德·布鲁克(Peter Brooke)编写了《文化理论词汇》一书,把若干文化理论术语划分为若干门类,如女性主义,电影、传媒与大众文化,信息理论,文学批评与美学理论,马克思主义理论,后现代主义与后殖民主义,心理分析等等。这本书虽然勾勒了文化研究的大致领域,但却远未穷尽文化研究的范围。既然对文化研究无法精确界定,那研究者只能以自己的理解为准。比如,雷蒙·威廉斯偏重完整的"经验"和客观的"规律",而理查德·约翰生则重视"主体性"与意识形态。每个研究者虽都有自己的关于文化研究的独特理念,但又并无自觉的学科认同。在约翰·斯道雷和多米尼克·斯特里纳蒂两位英国学者为当代文化研究撰写"导论"时,也只能根据文化研究的不同理论和方法设计章节,而无法系统构建一个有体系的理论形态。他们的两本"导论"所提供的只是对诸种文化理论的评述而已。

这些情况,可能就是文化研究跨学科所带来的后果。因为学科体制的建立,造成了某些固定的学科分界线,许多重要的问题由此也失去了讨论的空间。文化研究的跨学科实践,体现了一种回归日常实践、重构社会生活的努力。文化研究认为,人类生活的一切都可以成为研究的对象,这就为人们打破以往的学科界限找到了一个出路。文化研究质疑现行的学科分类背后的体制和权力,企图拯救被学科体制排斥、遗漏的普通日常生活,企图通过向现行学科挑战,达到向现行的政治秩序提出疑问的目的。但是,也必须看到,令文化研究尴尬的是,学科体制的同化力是很强的,如今,现有的学科体制实际上已经接纳了它,它已经在现行的文化教育制度中找到了自己的位置。文化研究实践的核心即大众文化研究,也受到了怀疑,有人在发问:通过学者们的研究,大众真的能拥有自己的"再现"? 今天的大众文化研究,是否仍处在边缘地位?

总之,文化研究的初衷具有颠覆体制的冲动,但随着主流话语对文化研究的容纳,它已经成为当代学术系统中的一项常见研究,不再构成对文化等级和学科制度的挑战。甚至可以说,时至今日,西方的文化研究已不能算是边缘,而是一种拥有一定权威、占据中心位置的时髦话语了。当然,我们从文学理论史的角度来看文化研究的跨学科性质,它一方面打破了以往纯文学理论研究的凝固的思路,使人们认识到文学理论研究背后的权力关系,认识到文学理论研究可以达到的更为广泛的视野,认识到可以在学术体制之外与社会政治运动建立动态的联系;但另一方面,这种拓宽的视野又似乎没有任何限制,使人不清楚"文学理论"到底有没有自己特定的疆界,这提醒文学理论研究应该始终保持对自身建制的警觉,不能沉迷在文化研究的兴奋中而迷失甚至取消自己的理论特质。

注 释

[1] 〔美〕伊·哈桑:《后现代主义概念初探》,中国社会科学院哲学所编《后现代主义》,北京:社会科学文献出版社1999年版,第157页。
[2] 〔荷兰〕伯顿斯:《后现代主义及其与现代主义的关系》,见《走向后现代主义》,王宁等译,北京:生活·读书·新知三联书店1991年版,第14—31页。
[3] 〔美〕丹尼尔·贝尔:《资本主义文化矛盾》,赵一凡等译,北京:生活·读书·新知三联书店1989年版,第198页。
[4] 〔美〕杰姆逊:《后现代主义与文化理论》,唐小兵译,北京:北京大学出版社1997年版,第6—7页。
[5] 〔美〕詹明信:《后现代主义,或晚期资本主义的文化逻辑》,见《后现代主义,或晚期资本主义的文化逻辑》,张旭东编,北京:生活·读书·新知三联书店1997年版,第420—515页。
[6] 〔法〕利奥塔德:《后现代状态:关于知识的报告》,车瑾山译,北京:生活·读书·新知三联书店1997年版,第2页。
[7] 〔法〕利奥塔德:《对"何谓后现代主义?"这一问题的回答》,见《20世纪西方文论选》(下),朱立元编,北京:高等教育出版社2002年版,第407页。
[8] 鲍德里亚语,引自〔法〕鲍德里亚《生产之镜》的"中译本序言",仰海峰译,北京:中央编译出版社2005年版,第9页。
[9] 鲍德里亚:《影像与模拟》,见《生产之镜》,仰海峰译,北京:中央编译出版社2005年版,第186页。
[10] 同上书,第213页。
[11] 〔英〕史蒂文生:《博德里亚的暴风雪》,见《认识媒介文化》,王文斌译,北京:商务印书馆2000年版,第225—276页。
[12] 〔德〕于尔根·哈贝马斯:《现代性的哲学话语》,曹卫东、何浩译,南京:译林出版社2004年版,第24页。

〔13〕〔德〕于尔根·哈贝马斯:《后形而上学思想》,曹卫东、付德根译,南京:译林出版社2001年版,第14页。

〔14〕这里是对其"交往行为理论"的归纳,具体可参见〔德〕尤尔根·哈贝马斯《交往行为理论》,曹卫东译,上海:世纪出版集团、上海人民出版社2004年版。

〔15〕〔法〕弗朗茨·法侬:《论民族文化》,见巴特·穆尔-吉尔伯特等编《后殖民批评》,北京:北京大学出版社2000年版,第160—161页。

〔16〕〔印〕霍米·芭芭:《纪念法侬:自我心理和殖民条件》,《后殖民主义文化理论》,罗钢等编,北京:中国社会科学出版社1999年版,第203页。

〔17〕〔英〕汤林森:《文化帝国主义》,冯建三译,上海:上海人民出版社1999年版。

〔18〕〔英〕特瑞·伊格尔顿:《文化的观念》,方杰译,南京:南京大学出版社2003年版,第28页。

〔19〕〔美〕萨义德:《东方学》,王宇根译,北京:生活·读书·新知三联书店1999年版,第61页。

〔20〕〔美〕萨义德:《文化与帝国主义》,李琨译,北京:生活·读书·新知三联书店2003年版。

〔21〕〔美〕斯皮瓦克:《属下能说话吗?》,见《后殖民主义文化理论》,罗钢等编,北京:中国社会科学出版社1999年版,第118页。

〔22〕〔美〕格林布拉特:《文艺复兴自我造型》"导论",见《文艺学与新历史主义》,北京:社会科学文献出版社1993年版,第78页。

〔23〕〔美〕海登·怀特:《元史学:19世纪欧洲的历史想象》,陈新译,南京:译林出版社2004年版,第1页。

〔24〕〔美〕海登·怀特:《作为文学虚构的历史关系》,见《20世纪西方文论选》(下),朱立元编,北京:高等教育出版社2002年版,第691页。

〔25〕〔美〕海登·怀特:《元史学:19世纪欧洲的历史想象》,陈新译,南京:译林出版社2004年版,第6页。

〔26〕〔美〕詹明信:《马克思主义与历史主义》,张京媛译,见《晚期资本主义的文化逻辑》,张旭东编,北京:生活·读书·新知三联书店1997年版,第148页。

〔27〕〔英〕雷蒙·威廉斯:《文化的分析》,见《文化研究读本》,罗钢等编,北京:中国社会科学出版社2000年版,第125页。

〔28〕〔英〕斯图亚特·霍尔:《文化研究:两种范式》,见《文化研究读本》,罗钢等编,北京:中国社会科学出版社2000年版,第57,58页。

〔29〕〔英〕斯图亚特·霍尔:《解构"大众"笔记》,见《大众文化研究》,陆扬等编,上海:上海三联书店2000年版,第51页。

〔30〕〔美〕约翰·费斯克:《理解大众文化》,王晓珏、宋伟杰译,北京:中央编译出版社2001年版,第227页。

主要人名对照表

阿贝拉尔(Abelardus, Petrus)
阿多诺,泰奥多(Adorno,Theodor W.)
阿尔都塞,路易(Althusser,Louis)
阿奎那,托马斯(Aquinas, Thomas)
阿里奥斯托,卢多维克(Ariosto, Ludovico)
阿诺德,马修(Arnold,Matthew)
阿威罗伊(Averrois)
阿维森纳(Avicenna)
艾柯,翁贝托(Eco, Umberto)
艾略特,托马斯·斯坦恩斯(Eliot, Thomas Stearns)
安提丰(Antiphon)
奥尔生,查尔斯(Olsom,Charles)
奥古斯丁(Augustus, Aurelius)

巴尔扎克,奥诺雷·德(Balzac, Honore de)
巴特,罗兰(Barthes,Roland)
芭芭,霍米(Bhabha,Homi)
柏拉图(Plato)
鲍德里亚,让(Baudrillard,Jean)
贝尔,丹尼尔(Bell,Daniel)
贝甘,阿尔贝(Béguin,Albert)
贝克特,萨缪尔(Beckett,Samuel)
本雅明,瓦尔特(Benjamin,Walter)
比尔兹利,门罗(Beardsles,Monroe)
别林斯基,(Белинский,В. Г.)
波德莱尔,夏尔(Baudelaire,Charles)
波普尔,卡尔(Popper,Karl)
伯克,爱蒙德(Burke,Edmund)
薄伽丘,乔万尼(Boccaccio, Giovanni)
布莱,乔治(Poulet,Georges)
布莱希特,贝尔托特(Brecht,Bertolt)
布雷蒙,克洛德(Bremond,Claude)
布鲁姆,哈罗德(Bloom,Harold)
布洛赫,恩斯特(Bloch,Ernst)
布瓦洛,尼古拉斯(Boileau,Nicolas)

车尔尼雪夫斯基(Чернышевский, Н. Г.)

达·芬奇,列昂纳多(Da Vinci,Leonardo)
丹纳,伊伯利特·阿道尔夫(Taine, Hippolyte Adolphe)
但丁,阿利吉(Dante,Alighie)

德里达,雅克(Derrida,Jacques)
德曼,保罗(Man,Paul de)
狄德罗,德尼(Diderot,Denis)
狄尔泰,威廉(Dilthey,Wilhelm)
迪尼亚诺夫,尤里(Тынянов,Юрий)
笛卡尔,勒内(Descartes,René)
都德,阿尔封斯(Daude,ALfonce)
杜勃罗留波夫(Добролюбов,Н.А.)
杜夫海纳,米盖尔(Dufrenne,Mikel)

法侬,弗朗茨(Fanon,Frantz)
费希特,约翰·哥特利伯(Fichte,Johann Gottlieb)
佛克马,多尔维(Fokkema,Dollwe)
弗莱,诺斯洛普(Frye,Northrop)
弗雷泽,詹姆斯(Frazer,James)
弗洛伊德,西格蒙德(Fred,Sigmund)
福柯,米歇尔(Foucault,Michel)
福楼拜,古斯塔夫(Flaubert,Gustave)

伽达默尔,汉斯-格奥尔格(Gadamer,Hans-Georg)
高尔吉亚(Gorgias)
高森,斯蒂芬(Gosson,Stepheen)
戈德曼,吕西安(Goldmann,Lucien)
戈蒂埃,泰奥菲尔(Gautier,Théophile)
歌德,约翰·沃尔夫冈·冯(Goethe,Johann Wolfgang von)
格雷马斯,阿尔吉达·尤利安(Greimas,Algirdas Julien)
格林布拉特,斯蒂芬(Greenblatt,Stephen)
葛兰西,安东尼奥(Gramsci,Antonio)

龚古尔,埃德蒙(Goncourt,Edmond)
龚古尔,儒勒(Goncourt,Jules)
瓜里尼,巴蒂萨(Guarini,Battisa)

哈贝马斯,尤根(Habermas,Jürgen)
哈兰德,理查德(Harland,Richard)
哈桑,伊哈布(Hassan,Ihab)
哈特曼,杰弗里(Hartman,Geoffrey)
海德格尔,马丁(Heidegger,Martin)
贺拉斯(Horace)
黑格尔,格奥尔格·威廉·弗里德里希(Hegel,Georg Wilhelm Friedrich)
胡塞尔,埃德蒙德(Husserl,Edmund)

华兹华斯,威廉(William Wordsworth)
怀特,海登(White,Hayden)
霍尔,斯图亚特(Hall,Stuart)
霍加特,理查德(Haggart,Richard)
霍克海默,马克斯(Horkheimer,Max)

杰姆逊,弗雷德里克(Jameson,Fredric)

卡斯特尔维屈罗,利多维克(Castelvetro,Lodovico)
康德,伊曼纽尔(Kant,Immanue)
柯施,卡尔(Korsch,Karl)
柯勒律治,萨缪尔(Coleridge,Samuel)
科莱蒂,吕西安(Colletti,Lucien)
克尔凯郭尔,索伦(Kierkegaard,Sren)
克拉考尔,西格弗里德(Kracauer,Siegfried)
克罗齐,本内迪托(Croce,Benedetto)

库尔贝,古斯塔夫(Courbet,Gustave)

拉康,雅克(Lacan, Jacques)
莱蒙,马塞尔(Raymond,Marcel)
莱希,威廉(Reich,Wilhelm)
莱辛,哥特霍尔德·埃夫拉伊姆(Lessing, Gotthold Ephraim)
兰波,阿尔图尔(Rimbaud,Arthur)
兰色姆,约翰·克劳(Ransom, John Crowe)
朗吉努斯(Longinus)
里夏尔,让-皮埃尔(Richard,Jean-Pierre)
利奥塔尔,让-弗朗索瓦(Lyotard, Jean-Francoic)
列斐伏尔,亨利(Lefebvre,Henri)
列维-斯特劳斯,克洛德(Lévi-Strauss, Claude)
卢卡契,格奥尔格(Lukács, Georg)
卢那察尔斯基(Луначарский, A. B.)
卢塞,让(Rousset,Jean)
洛文塔尔,列奥(Lowenthal,Leo)

马尔库塞,赫伯特(Marcus,Herbert)
马拉美,斯泰凡(Mallarme,Stephane)
马里内蒂,菲立浦·托马索(Marinetti, Filippo Tommaso)
马舍雷,皮埃尔(Macherey,Pierre)
马雅可夫斯基(Маяковский, B.)
迈蒙尼德(Maimonides)
梅洛-庞蒂,莫里斯(Merleau-Ponty, Maurice)

米勒,约瑟夫·希利斯(Miller, Joseph Hillis)
明屠尔诺,安东尼奥·赛巴斯蒂安(Minturno, Antonio Sebastian)
尼采,弗里德里希(Nietzsche, Friedrich)
诺瓦里斯(Novalis)

庞德,埃兹拉(Pound,Ezra)
佩舒,米歇尔(Pêcheux,Michel)
佩特,瓦尔特(Pater,Walter)
皮萨列夫(Писарев,Д. И.)
皮亚杰,让(Piaget,Jean)
蒲伯,亚历山大(Pope,Alexander)
普罗狄科(Prodikos)
普罗克鲁斯(Proclus)
普罗普,弗拉基米尔(Пропп,В. Я.)
普罗泰戈拉(Protagoras)
普洛丁(Plotinus)

钦提奥,吉尔兰蒂(Cinthio,Girandi)
琼生,本(Johnson,Ben)
屈莱顿,约翰(Drydon,John)

热奈特,吉拉尔(Genette,Gerard)
荣格,卡尔·古斯塔夫(Jung, Carl Gustav)
瑞恰兹,艾弗·阿姆斯特朗(Richards, Ivor Armstrong)

萨特,让-保罗(Sartre,Jean-Paul)
萨义德,爱德华(Said,Edward)

塞万提斯,米格尔·德(Cerrantes, Miguel de)
莎士比亚,威廉(Shakespeare, William)
施莱尔马赫,弗里德里希(Schleiermacher, Friedrich)
什克洛夫斯基,维克托(Шкловский, Виктор)
史莱格尔,奥古斯特·威廉·冯(Schlegel, August Wilhelm von)
史莱格尔,弗里德里希·冯(Schlegel, Friedrich von)
叔本华,阿尔图尔(Schopenhauer, Arthur)
司汤达(Stendhal)
斯达尔夫人(Madame de staël)
斯卡里格,尤利乌斯·凯撒(Scaliger, Julius Caesar)
斯皮瓦克,加亚特里(Spivak, Gayatri)
斯塔罗宾斯基,让(Starobinski, Jean)
苏格拉底(Socrates)
索绪尔,费尔迪南·德(Saussure, Ferdinand De)

塔索,图尔夸多(Tasso, Torquato)
泰阿根尼,雷吉姆的(Theagenes of Rhegium)
汤普森,爱德华·帕梅尔(Thompson, Edward Palmer)
退特,艾伦(Tate, Allen)
托多洛夫,茨维坦(Todorov, Tzvetan)
托尔斯泰,列夫(Толстой, Л. Н.)
托洛茨基(Троцкий, Г.)
托马舍夫斯基,鲍里斯(Томашевский, Борис)
陀思妥耶夫斯基(Достоевский, Ф. М.)

瓦莱里,保罗(Valery, Paul)
王尔德,奥斯卡(Wilde, Oscar)
威廉斯,雷蒙(Williams, Raymond)
韦伯,马克斯(Weber, Max)
韦勒克,勒内(Wellek, René)
维吉尔(Virgile)
维加,洛普·德(Lope Felix de Vega)
维柯,乔万尼·巴蒂斯塔(Vico, Giovanni Battista)
维姆萨特,威廉·库尔茨(Wimsatt, William Kurts)
魏尔兰,保罗(Verlaine, Paul)
沃尔佩,加尔瓦诺·德拉(della-Volpe, Galvano)

西塞罗(Cicero)
锡德尼,菲利普(Sidney, Philip)
席勒,约翰·克里斯托弗·弗里德里希·冯(Johann Christoph Friedrich Von Schiller)
谢林,弗里德里希·威廉·约瑟夫·冯(Schelling, Friedrich Wilhehn Joseph von)
休姆,托马斯·恩斯特(Hulme, Thomas Ernest)
雪莱,佩尔希·毕希(Shelley, Percy Bysshe)
雅各布森,罗曼(Якобсон, Роман)

亚里士多德(Aristotle)
燕卜荪,威廉(Empson,William)
姚斯,汉斯·罗伯特(Jauss,Hans Robert)
叶芝,威廉·巴特勒(Yeats,William Butler)
伊格尔顿,特里(Eagleton,Terry)

伊瑟尔,沃尔夫冈(Iser,Wolfgang)
英伽登,罗曼(Ingarden,Roman)
雨果(Hugo,Victor)
约翰逊,撒缪尔(Johnson,Samuel)
左拉,埃米尔(Zola,Emile)

后　　记

该书是为北京大学中文系文学专业本科生和研究生编写的教材,列入"博雅大学堂·中国语言文学"系列。该教材对北大其他相关专业、兄弟院校文学类专业的学生和教师以及广大文学与文学理论爱好者,也有一定的适用性。

无疑,教材不同于专门的学术著作,也不是日常使用的手册,它应是一个学科教学指导思想、教学内容、培养目标和教学要求的具体体现,是基础或专业教育的一项基本建设。教材如果定位准确、取舍精当、内容新颖、体系完整、叙述平实,能用通俗易懂的语言讲清楚复杂的理论、概念和问题,处处能为学生着想,那对提高"教"与"学"的质量是会有大的帮助的。鉴于此,我们在"绪论"中写明了撰写该教材的宗旨、体例构想以及力求突出的几个特点,以期接受读者和教学实践的检验。

从严格的意义上讲,"西方文学理论史"在我国作为一门学科还很年轻,其研究范围、写作方式、问题视角,都在摸索和探讨之中。这样一来,教材多样化、多品种、多层次就势在必行。应该承认,这部教材实际上依然带有实验的性质,再加上我们的知识水准和理论能力的限制,存在这样那样的缺点和错误是肯定的。因此,希望得到专家、教师同行及各方面读者的批评指正。

参加该书编写的成员主要是北京大学中文系文艺理论教研室的教师、博士研究生及个别硕士研究生,除主编外,他们是:金永兵、赵文、李龙、李心峰、戴晓华、陈春敏、李琳、唐文吉、周冰心。编写初期,已在河南大学任教的张清民博士、在烟台师范学院任教的徐润拓博士、在上海社科院文学所工作的饶先来博士,也协助做了一些资料性的工作。而撰稿过程中,赵文和李龙两位博士主动承担了较为繁重的任务。

该教材的编写与出版,得到北京大学中文系的支持,学校教务部的资助,出版社编辑张雅秋博士为该书付出了辛勤、细致而有价值的劳动,在此,一并表示真诚的谢意。

董学文
2005 年 5 月 19 日